MATTHEW THOMAS

NOUS NE SOMMES PAS NOUS-MÊMES

Traduit de l'américain
par Sarah Tardy

belfond

Titre original :
WE ARE NOT OURSELVES
publié par Simon & Schuster, New York

Ce livre est une œuvre de fiction. Les références à des événements historiques, des personnes ou des lieux réels sont utilisées fictivement. Les autres noms, personnages, lieux et événements sont le fruit de l'imagination de l'auteur, et toute ressemblance avec des événements ou des lieux réels, des personnes, vivantes ou mortes, serait pure coïncidence.

Retrouvez-nous sur
www.belfond.fr
ou www.facebook.com/belfond

Éditions Belfond,
12, avenue d'Italie, 75013 Paris.
Pour le Canada,
Interforum Canada, Inc,
1055, bd René-Lévesque-Est,
Bureau 1100,
Montréal, Québec, H2L 4S5.

ISBN : 978-2-7144-5722-6

Belfond | un département **place des éditeurs**

place
des
éditeurs

Pour Joy

« Ma chérie, te souviens-tu
De l'homme que tu as épousé ? Touche-moi,
Rappelle-moi qui je suis. »

Stanley KUNITZ

« Nous ne sommes plus nous-mêmes
Quand la nature accablée force l'esprit
À souffrir avec le corps. »

Le Roi Lear

SON PÈRE REGARDAIT LA LIGNE DANS L'EAU *quand le garçon attrapa une grenouille et lui perça le ventre avec un hameçon, juste pour voir. Les boyaux luisants accrochés à la pointe lui donnèrent la nausée et une vague de remords l'envahit. Il s'efforça de prendre une voix innocente en demandant la permission de pêcher à la grenouille. Son père jeta un coup d'œil dans sa direction, gonfla les narines, et répondit en brandissant une boîte de café grouillante. Des asticots tombèrent et s'éloignèrent en se tortillant. Ce qu'il venait de faire était inacceptable, lui dit-il, et son jeune âge n'excusait pas sa cruauté. Il l'obligea à retirer l'hameçon, à tenir entre ses doigts la créature agonisante jusqu'à la fin. Puis il lui passa le couteau à appâts et lui fit creuser une petite tombe. Il s'exprimait avec une froideur terrifiante, comme si tous deux n'étaient plus que des étrangers et qu'un lien invisible avait été rompu.*

La grenouille inhumée, le garçon prit son temps pour tasser la terre afin d'éviter d'avoir à lever les yeux. Son père lui dit de réfléchir un moment à ce qu'il avait fait et s'éloigna. Le garçon s'accroupit, écouta les pas de son père, tandis que ses yeux s'embuaient et que l'odeur tourbée des feuilles mortes lui piquait le nez. Puis il se redressa et regarda la rivière. Le crépuscule tombait à une vitesse folle sur la vallée. Au bout d'un moment, il s'aperçut qu'il était resté plus longtemps que ne l'avait désiré son père, mais il ne put se résoudre à retourner à la voiture. Il avait peur, une fois là-bas, de découvrir que son père l'avait désavoué.

Comme rien ne pouvait être pire à ses yeux, le garçon jeta des cailloux dans la rivière et attendit que son père vienne le chercher. Lorsqu'un caillou tomba sans produire son bruit d'éclaboussement familier et qu'un long coassement s'éleva tout à coup derrière lui, il prit ses jambes à son cou, terrifié. Il trouva son père appuyé contre le capot, un pied sur l'aile de la voiture, prêt à attendre toute la nuit, semblait-il. Mais son père lui ajusta sa casquette et lui ouvrit la portière pour rentrer à la maison. Il ne l'avait pas abandonné. Pas encore.

PREMIÈRE PARTIE

Sous le soleil ou la pluie

1951-1982

1

PLUTÔT QUE D'ALLER À CONFESSE, les hommes qui se retrouvaient après le travail chez Doherty préféraient consulter le père d'Eileen Tumulty. Et du haut de ses neuf ans, Eileen était là pour le voir. Ses livraisons achevées sur les coups de quatre heures et demie, son père passait la chercher à son cours de gigue irlandaise, puis tous deux faisaient le chemin à pied jusqu'au bar. Les répétitions duraient jusqu'à six heures, mais cela ne la dérangeait jamais de quitter plus tôt le sous-sol du presbytère. M. Hurley passait son temps à lui crier dessus, sous prétexte qu'elle n'était pas dans les temps, ou qu'elle ne gardait pas les bras bien collés le long du corps. Eileen était trop grande et trop maigre pour cette danse dont les mouvements compacts, selon M. Hurley, devaient évoquer ceux d'un homme immobile attendant que la police passe. Eileen aurait préféré danser le jitterbug ou le Lindy Hop, ou n'importe quoi d'autre pourvu qu'elle s'abandonne et qu'elle agite ses membres débordants d'énergie. Mais sa mère avait préféré l'inscrire au cours de gigue irlandaise.

Sa mère n'avait jamais vraiment quitté l'Irlande. Elle n'avait d'ailleurs pas acquis la citoyenneté américaine. Son père, lui, aimait clamer haut et fort qu'il l'avait demandée à la première occasion. Daté du 3 mai 1938, son certificat était accroché dans le salon en face d'une aquarelle de saint Patrick chassant les serpents, seule œuvre d'art de leur appartement, à l'exception de la croix celtique en bois dans la cuisine. Il y avait un sceau sur la petite photo du certificat, une signature toute propre et un visage d'une implacable férocité. Eileen le contemplait, espérant y trouver des réponses, mais cette image rajeunie de son père, les lèvres pincées, ne lâchait jamais rien.

Au moment où le corps de son père remplissait l'encadrement de la porte, son Stetson brandi comme un bouclier contre les politesses futiles, M. Hurley cessait d'aboyer, et pas seulement sur Eileen. Car les hommes baissaient toujours d'un ton en sa présence. Le disque continuait de tourner et les filles terminaient leur pas. Le son du violon devenait agréable dès lors qu'Eileen ne devait plus discipliner son corps indomptable. Une fois le morceau terminé, M. Hurley ne prenait pas la peine de lui donner la permission de partir. Il se contentait de fixer le sol en attendant qu'elle ramasse ses affaires. Elle avait si hâte de sortir et d'entamer leur trajet silencieux qu'elle attendait d'être dehors pour changer de chaussures.

Lorsqu'ils atteignaient le coin de la rue du bar, Eileen courait voir si quelqu'un occupait le tabouret de son père. Cela n'était jamais arrivé : chaque fois, elle trouvait les hommes attroupés en demi-cercle autour du tabouret vide, comme aimantés par son arrivée imminente.

L'endroit était enfumé, et elle était la seule enfant, mais ne se lassait jamais de voir son père entouré de sa cour. Avant cinq heures, le bar était peuplé de travailleurs, comme lui ; ils buvaient d'un air décidé, éreintés mais contents, exhalant un bien-être qui flottait autour d'eux comme de la brume. Les employés de bureau arrivaient après, faisant tinter leurs pièces sur le comptoir encombré en attendant d'être servis. Ils vidaient leur bière à grosses gorgées et faisaient aussitôt signe pour être resservis, les deux mains agrippées à la rampe du bar, penchés en avant pour faire venir leur boisson plus vite. Ils scrutaient son père autant qu'ils scrutaient le barman.

Assise à l'une des vieilles tables de devant, dans sa jupe plissée et son chemisier col Claudine, Eileen faisait ses devoirs en prêtant l'oreille aux conversations de son père. Elle n'avait pas besoin de fournir beaucoup d'efforts, comme personne ne trouvait nécessaire de baisser le ton, pas même alors qu'elle n'était qu'à quelques mètres de là. L'autorité de son père avait quelque chose de désinhibant, capable de faire oublier aux hommes toute retenue.

« Ça me rend fou, bégaya Tom, un ami de son père. J'en dors plus la nuit.

— Dis-moi.

— J'ai trompé Sheila. »

Son père se rapprocha, le clouant d'un regard sur son tabouret.

« Combien de fois ?

— Juste une.

— Pas à moi.

— La deuxième, je n'ai pas osé aller jusqu'au bout.

— Deux fois, donc.

— Deux fois, oui. »

Le barman passa pour vérifier le niveau des verres, puis il fit claquer son torchon sur son épaule et s'éloigna. Eileen croisa le regard de son père et cassa la mine de son crayon.

« C'est qui, cette poule ?

— Une fille à la banque.

— Tu lui diras que c'en est fini des conneries.

— Je lui dirai, Mike.

— Tu as fini de faire l'imbécile ? Dis voir.

— Oui. »

Ils s'interrompirent pour saluer un homme qui venait d'entrer. Un courant d'air aux relents de bière et de détergent balaya les jambes nues d'Eileen.

« Mets la main à la poche, insista son père. Dépense-moi chaque penny que tu as mis de côté. Paie-lui un truc bien, à Sheila.

— Oui, bonne idée. Bonne idée.

— Chaque penny, jusqu'au dernier.

— Je ne reculerai pas.

— Jure devant Dieu que tu vas mettre un point final à tout ça.

— Je le jure, Mike. Je le jure solennellement.

— Et que je n'entende plus dire que tu vas voir ailleurs.

— Ça y est, c'est du passé.

— Et, des fois que l'idée te prenne, ne va pas raconter tes galipettes à Sheila. C'est déjà bien assez pour elle de te supporter.

— Oui, approuva l'autre. Oui.

— Tu fais un bel imbécile.

— Je sais.

— L'affaire est close. Allez, paie ta tournée. »

Sauf dans les moments où il se montrait sérieux – et dans ces moments-là, tous les visages s'assombrissaient –, tout le monde riait au moindre de ses mots. Les hommes ne tarissaient pas d'éloges sur ses qualités, même devant lui. La moitié d'entre eux lui devaient le premier travail qu'ils avaient décroché à la descente du bateau, chez Schaefer, Macy's, derrière le bar, comme extra ou comme hommes à tout faire.

On le surnommait Big Mike et il avait la réputation d'être insensible à la douleur. Des épaules si larges que même quand il était en manches de chemise, on aurait dit qu'il portait un veston ; des poings aussi gros que des têtes de bébé ; un torse comme les tonneaux de bière qu'il portait sous chaque bras. Ce physique, il ne faisait rien pour l'entretenir ; ce n'était pas un sportif, juste un gars de la campagne. Au repos, il n'était pas si impressionnant d'ailleurs, mais malheur à qui s'avisait de lui faire des cachoteries, car alors il se métamorphosait sous vos yeux.

Eileen était assez grande pour comprendre que les seules personnes qu'il tenait en estime étaient les rares qui ne croyaient pas à son mythe aussi vite qu'elles vidaient leur chope, mais celles qui sentaient d'abord sa part d'humanité comme on flaire avec circonspection un brassage bien fermenté.

À neuf ans seulement, Eileen savait déjà beaucoup de choses. Elle savait pourquoi son père ne passait pas la chercher à la danse juste avant de rentrer dîner : les hommes en costume qui débarquaient de Manhattan après les autres auraient été lésés. En sa compagnie, ils desserraient leur cravate, ôtaient leur veste et, serrés les uns contre les autres, se mettaient à causer. Il lui aurait alors fallu partir du bar à cinq heures et demie et non à six heures moins le quart, et ces quelques minutes faisaient toute la différence. Eileen avait compris que ce n'était pas pour lui une simple distraction : en agissant ainsi, il se mettait à la disposition de ces hommes, et ce devoir lui importait autant que celui qui l'unissait à son épouse.

Ils mangeaient ensemble, tous les trois, chaque soir. Sa mère servait le dîner à six heures précises, après une journée passée à faire le ménage dans les toilettes et les bureaux de la fabrique d'horloges Bulova. Et pas question d'arriver en retard, même avec de bonnes excuses ; elle n'était jamais d'humeur. Tout au long du trajet, le père d'Eileen jetait des coups d'œil à sa montre et pressait le pas à l'approche de leur immeuble. Parfois, Eileen ne parvenait plus à le suivre, alors il la portait sur la dernière ligne droite. Parfois aussi, elle faisait exprès de traîner des pieds pour qu'il la prenne dans ses bras.

Par une douce soirée de juin, une semaine avant le début des grandes vacances, Eileen et son père trouvèrent en rentrant deux assiettes sur la table et la porte de la chambre close. Son père tapota sur sa montre comme si celle-ci l'avait trahi, en remonta le mécanisme et la compara à l'horloge accrochée au-dessus de l'évier, qui affichait six heures vingt. Eileen ne l'avait jamais vu aussi bouleversé. Ce n'était pas uniquement une question de retard, elle le voyait bien. Il y avait là quelque chose de plus important, quelque chose entre ses parents, mais impossible de savoir quoi. Elle en voulut à sa mère de s'astreindre aussi fermement à ses règles, mais son père n'avait pas l'air de partager cette colère. Il mangea lentement, sans un mot, remplissant le verre d'Eileen lorsqu'il se levait pour remplir le sien, et lui resservit une louche de carottes du faitout posé sur la gazinière. Puis il prit son manteau et ressortit. Eileen se rendit alors devant la porte de la chambre, sans oser l'ouvrir. Elle dressa l'oreille, mais rien. Elle se posta devant la porte de M. Kehoe ; silence là aussi. Une terreur soudaine l'envahit à l'idée d'avoir été abandonnée. Elle n'avait qu'une envie : tambouriner aux portes pour les faire sortir, mais elle savait d'expérience qu'il valait mieux s'abstenir d'approcher sa mère dans ces moments-là. Pour se calmer, elle récura la gazinière et la cuisine, ne laissant pas la moindre miette, pas la moindre trace de saleté, rien qui puisse prouver que sa mère avait cuisiné là. Elle essaya d'imaginer ce que cela pouvait faire d'avoir toujours vécu seule. Voilà qui devait être plus supportable que de se voir brutalement abandonnée. À côté, tout semblait plus supportable.

Si elle tendait l'oreille au bar, c'était parce que son père n'était pas du genre loquace à la maison. Et quand il lui arrivait de parler, ce n'était que pour sortir de grandes phrases en donnant un coup de fourchette dans sa viande. « Un homme ne peut pas s'estimer satisfait s'il n'a pas travaillé pour obtenir ce qu'il voulait. » « Tout le monde devrait avoir un second métier. » « L'argent est fait pour être dépensé. » (Il était catégorique sur ce dernier point : les Américains de souche qui rechignaient à payer des tournées l'exaspéraient.)

Son second métier était justement celui de barman, chez Doherty, chez Hartnett, au Leitrim Castle – un soir par semaine à tour de rôle. Avec Big Mike Tumulty aux commandes, les bars étaient toujours pleins à craquer et l'argent coulait à flots, comme si ce n'était pas un barman que l'on accueillait alors mais un bateleur de passage donnant une représentation exceptionnelle. Il n'en oubliait pas Schaefer non plus ; tout le monde savait qu'il leur était fidèle. Et il s'efforçait de cultiver l'accent irlandais que sa mère s'échinait à faire disparaître – un atout dans la profession.

Pourtant, quand, dans un élan de courage, Eileen lui posait des questions sur ses origines, il la faisait taire d'un geste de la main. « Je suis américain », disait-il, comme si cela valait pour explication. Et, d'une certaine manière, c'était le cas.

À la naissance d'Eileen, en novembre 1941, il y avait encore à Woodside des vestiges de paysages sylvestres, même si les bois dont s'inspirait le nom du quartier étaient maintenant limités aux cimetières qui l'entouraient. L'ordre naturel était ici inversé ; l'asphalte, les bardeaux des maisons, la brique respiraient la vie, et les pelouses appartenaient aux morts.

Son père venait d'une famille de douze enfants et sa mère de treize, mais Eileen, elle, n'avait ni frère ni sœur. Dans un immeuble de quatre étages, au milieu des maisons plantées en rangs serrés le long du fleuve et de la ligne de train aérienne n° 7, tous trois dormaient dans des lits jumeaux, dans une pièce qui tenait plus du baraquement militaire que d'une chambre. L'autre chambre abritait un pensionnaire, Henry Kehoe, logé comme un roi en échange d'un loyer qui les déchargeait de certaines dépenses mensuelles. M. Kehoe prenait ses repas à l'extérieur et, quand il était là, restait enfermé dans sa chambre à jouer de la clarinette, tellement bas qu'Eileen devait coller son oreille à la porte pour l'entendre. Elle le voyait seulement quand il entrait, sortait ou utilisait la salle de bains. Si elle n'avait pas toujours vécu ainsi, sans doute aurait-elle trouvé cette présence fantomatique inquiétante. Mais le simple fait de le savoir derrière cette porte, surtout les soirs où son père rentrait après avoir bu du whisky, la rassurait.

Son père ne buvait pas tout le temps. Pas une goutte, les nuits où il officiait au bar. Il s'arrêtait même chaque année au moment du carême pour prouver qu'il en était capable – à l'exception du jour de la Saint-Patrick, bien entendu, ainsi que la veille et le lendemain.

Les soirs où son père travaillait, Eileen et sa mère se couchaient tôt et dormaient comme des loirs. Le reste du temps, Eileen veillait plus tard, et toutes deux en profitaient pour inspecter les objets précieux de la maison – argenterie, bibelots, lustre en cristal, cadres. Elles avaient beau savoir ce qui les attendait au retour de Big Mike, ce moment suscitait toujours une grande excitation chez elles, comme une fête organisée pour un unique invité. Quand il ne restait plus rien à astiquer, sa mère l'envoyait au lit et allait attendre sur le canapé. Eileen gardait la porte de la chambre entrouverte.

Tout se passait plutôt bien lorsque son père ne buvait que de la bière. Il accrochait alors soigneusement chapeau et manteau dans l'entrée. Puis il s'écroulait sur le canapé tel un gros ours apprivoisé, à la fois doux et grognon, sa pipe serrée entre les dents. Eileen entendait sa mère lui parler à voix basse des questions ménagères, auxquelles son père répondait en hochant la tête et en joignant les mains, les doigts pointés vers le ciel comme dans une comptine à mimer, avant de les laisser retomber.

Certains soirs, il faisait même son entrée en dansant, et sa mère riait malgré elle. Il la tirait du canapé et l'entraînait dans la pièce au rythme de quelques pas langoureux. Comment résister à son charisme extraordinaire ?

À l'inverse, les soirs de whisky – les soirs de paye, principalement –, son père lâchait la bride. Après avoir flanqué son manteau sur la console de l'entrée, il arpentait la pièce à la recherche de projectiles, comme si la pression accumulée au bar, au contact de ces hommes pleins d'attentes, ne pouvait être évacuée que par des actes physiques. Tout le monde savait que Big Mike, même après plusieurs verres de whisky, gardait la tête froide, et Eileen avait entendu les hommes conter cet exploit chez Doherty. Un soir, en réponse à la question franche et désespérée de sa mère, il lui avait expliqué qu'il allait toujours au bout de ses missions – à savoir : suivre le rythme des tournées générales –, et que jamais il n'aurait failli à la foi que les hommes plaçaient en lui, même si cela lui coûtait de garder l'esprit clair et le dos droit. Tout le monde avait besoin de croire en quelque chose.

Le père d'Eileen jetait uniquement les objets qui ne se brisaient pas, des coussins, des livres, et jamais rien sur sa mère qui, pendant ce temps, attendait en silence. Quand il apercevait Eileen debout dans l'embrasure de la porte, il s'arrêtait net, pareil à un acteur pris d'un trou de mémoire, et filait dans la salle de bains. Sa mère se glissait alors dans son lit, et le lendemain matin, son père lançait des regards noirs derrière sa tasse de thé, clignant lentement des yeux comme un lézard.

Parfois, Eileen entendait les Grady ou les Long se disputer. Elle trouvait grand réconfort dans ces éclats de colère : sa famille n'était pas la seule de l'immeuble à avoir des problèmes. Ses parents aussi partageaient alors de curieux moments de communion, échangeant des regards de part et d'autre de la table, les sourcils levés, ou de timides sourires, quand les voix commençaient à s'élever.

Un soir, pendant le dîner, son père désigna la chambre de M. Kehoe. « Il ne va pas camper ici éternellement », dit-il à sa mère. Mais tandis que le cœur d'Eileen se serrait à l'idée d'une vie sans M. Kehoe, son père ajouta : « Dieu l'a voulu ainsi. »

Quel que soit le temps qu'elle passait à écouter au mur, Eileen n'entendait jamais de M. Kehoe que les ressorts de son matelas, le faible grattement d'un crayon sur le papier, lorsqu'il était assis à son petit bureau, ou le souffle discret de sa clarinette.

Un jour, à table, sa mère se leva et sortit en trombe de la pièce. Son père la suivit, fermant la porte de la chambre derrière lui. Malgré leurs chuchotements, Eileen sentit toute la tension qu'il y avait dans leurs voix. Elle se rapprocha en catimini.

« Je la récupérerai.

— Tu n'es qu'un pauvre idiot.

— Je vais arranger ça.

— Et comment ? "Big Mike n'emprunte jamais un penny", ironisa sa mère.

— Je trouverai un moyen.

— Comment as-tu fait pour en arriver là ?

— Parce que tu crois que j'ai envie de voir ma femme et ma fille finir leurs jours dans ce trou à rats ?

— Ah, formidable. C'est *notre* faute, maintenant ?

— Ce n'est pas ce que j'ai dit. »

Un courant d'air dans la salle de séjour poussa la porte de la chambre contre la main d'Eileen ; son cœur s'emballa.

« Tu ne peux pas résister à l'envie de jouer aux courses et à la loterie, dit sa mère. Au moins, reconnais-le.

— C'est vraiment pour vous que je l'ai fait. Je sais que vous ne vous plaisez pas ici.

— Et moi qui croyais que tu finirais maire de New York, répondit sa mère. Mais jouer les maires chez Doherty te suffit, apparemment. Même pas propriétaire. Monsieur le *maire* de chez Doherty. » Elle se tut. « Je n'aurais jamais dû retirer ce foutu truc de mon doigt.

— Je la récupérerai. C'est promis.

— Bien sûr que non, et tu le sais. »

Sa mère avait étouffé ses cris, sifflant presque entre ses dents, mais à présent, il n'y avait plus que du chagrin dans sa voix.

« Tu n'arrêtes pas de repousser les limites, toujours repousser les limites. Un beau jour, il ne te restera plus rien.

— Suffit, maintenant », coupa son père.

Un silence s'ensuivit pendant lequel Eileen les imagina flottant au cœur de ce mystérieux secret qui les liait, comme deux statues de pierre qu'elle ne pourrait jamais comprendre.

À la première occasion, elle alla fouiller dans le tiroir du bureau où sa mère gardait sa bague de fiançailles depuis le jour où elle avait failli la perdre en faisant la vaisselle. Plusieurs fois, elle avait surpris sa mère en train d'ouvrir l'écrin, et elle en avait déduit que celle-ci voulait admirer le bijou à la lumière, par pur plaisir. Mais à présent, face au tiroir vide, elle comprit que sa mère s'assurait seulement que la bague était encore là.

Une semaine avant son dixième anniversaire, en rentrant avec son père, Eileen ne trouva pas sa mère dans la cuisine. Elle n'était pas non plus dans la chambre, ni dans la salle de bains, et n'avait laissé aucun mot.

Son père fit réchauffer une boîte de haricots et frire du bacon, le tout accompagné de quelques tranches de pain.

Ils étaient en train de manger quand sa mère arriva.

« Dites-moi bravo », lança-t-elle en accrochant son manteau.

Son père termina de mâcher avant de répondre.

« Pour quoi ? »

Sa mère abattit des papiers sur la table et le fixa intensément, comme elle le faisait parfois quand elle cherchait à le provoquer. Son père enfourna un nouveau morceau de bacon et ramassa les papiers tout en mastiquant. Son front se plissa à mesure qu'il lisait. Puis il les reposa.

« C'est quoi, cette histoire ? demanda-t-il sans perdre son calme. Comment as-tu pu me cacher ça ? »

Si Eileen ne l'avait pas si bien connu, elle aurait pu croire qu'il était blessé ; seulement, rien au monde ne pouvait blesser son père.

Sa mère eut presque l'air déçue de ne pas se faire crier dessus. Elle réunit les papiers et s'en alla dans la chambre. Quelques minutes plus tard, son père prit son chapeau et partit.

Eileen entra dans la chambre et s'assit sur son lit. Sa mère était à la fenêtre, une cigarette à la main.

« Que se passe-t-il ? Je ne comprends pas.

— J'ai obtenu mes papiers de naturalisation, répondit sa mère en désignant la commode. Vas-y. Jette un œil. » Eileen s'approcha et ramassa les papiers. « À partir d'aujourd'hui, je suis citoyenne des États-Unis. Tu peux me féliciter.

— Félicitations, dit Eileen.

— Ça fait des mois que j'y travaille, expliqua sa mère avec un petit sourire triste, entre deux bouffées. J'avais envie de le surprendre. Je lui aurais même proposé de m'accompagner. Ç'aurait été quelque chose ça, pour lui, d'être mon témoin à ma prestation de serment. Et puis finalement, j'ai préféré lui faire du mal. J'ai demandé à mon cousin Danny Glasheen de m'accompagner à sa place. »

Eileen hocha la tête ; le nom de Danny figurait sur les papiers. Des papiers semblables à ceux qu'on garde rangés dans un dossier pendant des siècles, aussi longtemps que perdure la civilisation.

« Et maintenant, j'aimerais pouvoir revenir en arrière, dit sa mère avec un rire contrit. Ton père est un homme de cérémonie. »

Eileen n'était pas sûre de comprendre ce que sa mère entendait par là, mais il y avait sans doute un rapport avec la façon dont son père tenait à faire la moindre chose dans les règles de l'art. Elle-même avait remarqué la manière dont il prenait le coude d'un homme qui avait trop bu et le positionnait contre le bar pour l'empêcher de s'effondrer, sans même que celui-ci s'aperçoive qu'on l'aidait. La délicatesse avec laquelle il posait son bock sur le comptoir et son attention à ne jamais renverser une goutte de whisky. Et sa coiffure, impeccable, sans aucune mèche folle. Elle l'avait vu porter un cercueil aux enterrements, le regard rivé à l'horizon, droit comme un i, le pas régulier, escortant le mort à la sortie de l'église au son de la cornemuse, comme s'il accomplissait la tâche la plus importante au monde. C'était une des raisons pour lesquelles les hommes lui étaient si attachés. Et sa mère aussi, sans doute.

« N'aime jamais personne, lui dit celle-ci en ramassant ses papiers pour les glisser dans le tiroir qui avait autrefois abrité sa bague. Tout ce que tu y gagnes, c'est un cœur brisé. »

2

AU PRINTEMPS 1952, sa mère fit une annonce extraordinaire : elle attendait un enfant. Jusqu'alors, Eileen n'avait jamais vu ses parents se prendre par la main, et si sa tante Kitty ne lui avait pas un jour raconté qu'ils s'étaient rencontrés lors d'un bal irlandais où ils avaient brillé par leur talent de danseurs, elle aurait même pu croire qu'ils ne s'étaient jamais touchés. Et pourtant, sa mère s'était retrouvée enceinte, comme n'importe quelle autre femme. Le monde était décidément plein de mystères.

Sa mère démissionna de chez Bulova, s'installa sur le canapé et se mit à tricoter un plaid pour le bébé. Ce premier ouvrage terminé, elle attaqua un bonnet. Un gilet s'ensuivit, puis une paire de chaussettes, chaque fois d'un blanc immaculé. Elle entreposa ces miniatures dans un tiroir du vaisselier. C'était un travail d'orfèvre, aux mailles serrées et aux rangs parfaits. Eileen ignorait que sa mère savait tricoter. Elle se demanda si elle avait déjà confectionné des vêtements pour sa famille en Irlande, ou pour les vendre peut-être, mais elle se garda bien de lui poser la question. Elle n'osait même pas lui demander la permission de toucher son ventre. Le mieux qu'elle put faire pour se rapprocher du bébé fut d'examiner les ouvrages rangés dans le tiroir, de passer ses mains sur la laine douce, de les porter à son visage. Une nuit, elle attendit que sa mère fût couchée pour récupérer ses aiguilles encore chaudes, entre lesquelles se balançait la chaussette qui compléterait la paire. Eileen essaya de se représenter le bébé qui allait peupler avec elle cet appartement, ce bébé qu'elle couvrirait de baisers. Mais la seule image qui lui vint à l'esprit fut le visage de sa mère en miniature, affichant cette expression circonspecte qu'elle arborait quand Eileen cherchait son affection. Elle se concentra fort, jusqu'à faire disparaître l'image de sa mère. À la place apparut celle d'un bébé souriant, débordant de joie et de lumière. Sa relation avec lui serait tout autre que celle qu'elle entretenait avec ses parents ; elle s'en fit la promesse.

Eileen était si excitée à l'idée d'être grande sœur que son cœur se brisa littéralement quand son père lui apprit la fausse couche. À cela s'ajouta que le curetage n'était pas venu à bout de l'hémorragie, et sa mère dut subir une hystérectomie.

À la suite de cette intervention, elle manqua de succomber à une infection de la vessie et fut obligée de rester à l'hôpital, sous un traitement au soufre. Les enfants n'étant pas les bienvenus, Eileen ne vit plus sa mère que moins d'une fois par mois. Les unes après les autres, les semaines défilèrent. Son père parla rarement de sa mère durant cette période. Lorsqu'il emmenait Eileen lui rendre visite, il lançait un vague : « On y va, prépare-toi. » Autrement, tout se passait comme si sa mère avait été effacée de leur vie.

Eileen avait compris qu'il valait mieux éviter de parler de sa mère. Pourtant, un soir, quelques semaines après l'instauration de cette nouvelle routine, elle s'était risquée à la mentionner à plusieurs reprises, juste pour voir la réaction de son père. « Suffit, maintenant, avait-il aboyé en se levant de table, son visage exprimant une émotion contenue. Va faire la vaisselle. » Il avait quitté la pièce comme si le simple fait de demeurer à l'endroit où sa femme absente avait été évoquée lui était trop douloureux. Ses parents avaient pourtant passé tant de temps à se disputer ! Eileen décréta qu'elle ne comprendrait jamais rien aux relations entre les hommes et les femmes.

Désormais, elle se retrouvait chargée de la cuisine et du ménage. Elle utilisait l'argent que lui confiait son père pour faire les courses, allait au Lavomatic, et elle se rendait à vélo dans l'une des dernières fermes du quartier pour acheter des fruits frais. Elle élabora son propre petit répertoire de recettes inspirées de celles de sa mère : bœuf-carottes, haricots verts ; *London broil* ; pain irlandais ; côtes d'agneau et pommes de terre au four. Grâce à un livre de cuisine emprunté à la bibliothèque, elle poussa même ses essais plus loin. Une fois, elle prépara des lasagnes, mais tous ses efforts n'aboutirent qu'à une espèce de bouillie et, de dépit, elle frappa du poing le comptoir de la cuisine.

Eileen faisait ses devoirs à la lumière tamisée de la lampe, puis s'installait par terre pour construire des châteaux de cartes ou montait regarder la télévision chez les Schmidt, émerveillée de voir ces mères perpétuellement souriantes ou ces pères qui posaient leur journal pour prendre le temps de parler avec leurs enfants.

À l'école, elle avait souvent la réponse attendue avant les autres filles mais elle détestait attirer l'attention. Si elle avait pu posséder un pouvoir magique, elle aurait choisi d'être invisible.

Un jour, son père l'emmena à Jackson Heights, dans une résidence grande comme un pâté de maisons tout entier. Ils descendirent au sous-sol, chez le concierge, un ami de son père. Le soupirail de la cuisine donnait sur une pelouse, une pelouse d'un vert aveuglant. Eileen demanda à sortir. « À condition que tu n'ailles pas sur la pelouse, lui dit l'ami de son père. Même les gens qui habitent ici n'ont pas le droit de marcher dessus. Je suis payé pour ça : veiller à ce qu'elle ne serve à rien. » Et les deux hommes éclatèrent de rire sans qu'elle comprenne pourquoi.

La pelouse s'étalait au centre des bâtiments, entourée par une petite rampe métallique – la franchir aurait été un jeu d'enfant. Un joli chemin de brique en faisait le tour et la traversait en son milieu ; Eileen le parcourut dans tous les sens possibles, par les deux petits rectangles d'abord, puis par le principal, sous le chant des oiseaux et des feuilles secouées par le vent. Des becs de gaz se dressaient tels les gardiens de ces richesses qu'ils allaient éclairer, la nuit venue. Un extraordinaire sentiment de paix l'envahit. Pas une voiture à l'horizon, et personne ne poussait son chariot de courses sur le trottoir. Une vieille dame lui fit signe avant de disparaître à l'intérieur. Eileen aurait été contente de vivre ici, à observer à sa guise ces fenêtres ornées de rideaux. Et tant pis s'il était interdit de marcher sur l'herbe. Quelqu'un accepterait peut-être de la faire monter en haut d'un bâtiment afin qu'elle puisse admirer la pelouse en entier. Au premier étage, la salle à manger d'un appartement était allumée. Elle s'arrêta pour la contempler. Une horloge à balancier et un joli placard surplombaient gentiment une coupe posée sur la table. Même si elle ne put distinguer ce qu'il y avait à l'intérieur, elle eut la certitude qu'il s'agissait de son fruit préféré.

Ces habitants avaient compris une chose importante dans la vie, et elle avait percé leur secret : certains endroits dégageaient du bonheur, plus de bonheur encore que les endroits ordinaires. Et à moins de connaître l'existence de tels endroits, les gens s'accommodaient de ce qu'ils avaient. Eileen imagina d'autres lieux semblables à celui-ci, dissimulés derrière des murs ou des haies d'arbres, des lieux où les gens gardaient leurs secrets rien que pour eux.

Le jour où elle troua ses souliers, son père, ignorant tout des préceptes féminins, rentra avec une paire de chaussures toutes neuves, mais couleur crottin de cheval en plus d'être, à n'en pas douter, une paire pour garçon. Lorsque Eileen refusa de les enfiler, il lui confisqua ses vieilles chaussures pour l'obliger à les porter. Et quand, le lendemain, elle se plaignit des moqueries qu'elle avait essuyées à l'école, il lui rétorqua : « C'est toujours mieux que d'avoir froid aux pieds. » À son âge, ajouta-t-il, il s'estimait déjà heureux d'avoir une paire de chaussures de seconde main, alors des neuves…

« Si maman était là, elle ne m'obligerait pas à les mettre ! cracha-t-elle amèrement.

— Peut-être, mais elle est malade. Et elle n'est pas là », répondit-il, et le tremblement dans sa voix dissuada Eileen de renchérir.

Le lendemain soir, il revint avec une jolie paire de chaussures vernies, toutes brillantes.

« La discussion est close », dit-il.

Même si M. Kehoe rentrait tard, il n'avait jamais l'air saoul et faisait preuve d'une politesse sans faille. Il avait beau loger chez eux depuis qu'Eileen avait deux ans, on aurait toujours dit qu'il venait d'emménager.

Elle avait pris l'habitude de préparer à manger pour lui également. Elle lui apportait son assiette dans sa chambre, et M. Kehoe répondait par un sourire lorsqu'elle frappait à sa porte, recevant cette offrande de bonne grâce. Son père, quant à lui, râlait qu'il faudrait lui compter le couvert.

M. Kehoe avait une mèche noire dans sa chevelure autrement grise, comme un trait de pinceau trempé dans du goudron. Quand il ne portait pas sa veste en tweed aux poignets élimés, ses manches de chemise étaient relevées, sa cravate légèrement desserrée.

C'est alors que ses quintes de toux commencèrent. Une nuit, Eileen se présenta à sa porte avec une tasse de thé ; une autre, avec du sirop.

« Je ne prends pas assez l'air, voilà tout, lui expliqua M. Kehoe. Je sortirai marcher dorénavant. »

Malgré cette toux persistante, il continuait à jouer de la clarinette. Eileen ne se cachait plus pour l'écouter à présent. Elle s'asseyait par terre, dos au mur, devant sa porte, tout en feuilletant ses livres d'école. Lors de ses soirées solitaires, elle affichait ouvertement sa curiosité. Il lui arrivait même de siffler en chœur.

Un soir, après le dîner, son père s'était installé dans le canapé sans mot dire, une expression ennuyée sur le visage. Eileen, postée à sa place habituelle au pied de la porte de

M. Kehoe, faisait mine de l'ignorer. Les bruits des tuyaux se mêlaient assez harmonieusement aux notes de sa clarinette. En levant les yeux, elle fut troublée de trouver le regard de son père rivé sur elle, chose qu'il ne faisait jamais. Elle tâcha de se concentrer sur son joli livre illustré des Frères Grimm. La veille, lorsqu'elle lui avait appris que M. Kehoe le lui avait offert, son père avait été ébranlé ; elle l'avait surpris, un peu plus tard, toquant à la porte du pensionnaire pour lui donner de l'argent.

Elle s'était absorbée dans *L'Histoire de celui qui s'en alla apprendre la peur* quand son père la tira brusquement de sa lecture. Elle eut à peine le temps de s'écarter qu'il enfonçait la porte, sommant M. Kehoe de cesser immédiatement son vacarme. Le pensionnaire s'excusa de l'avoir dérangé, mais Eileen savait qu'il n'en était rien : de l'endroit où son père était assis, on l'entendait à peine.

Lorsque son père voulut lui arracher l'instrument des mains, M. Kehoe se leva et s'agrippa si fort à sa clarinette qu'elle se déboîta, le projetant en arrière dans une bruyante quinte de toux. Son père partit dans la cuisine où il alluma la radio à un tel volume que les voisins se mirent à cogner au plafond.

Le lendemain, quand Eileen rentra chez elle, M. Kehoe n'était plus là.

Elle n'adressa pas la parole à son père pendant près d'une semaine. Ils se croisaient sans rien dire, tel un vieux couple. Mais il finit par l'intercepter dans le couloir.

« Il allait partir, tu sais, lui dit-il. J'ai simplement un peu accéléré les choses.

— Ce n'était pas obligé, répondit-elle.

— Ta mère rentre à la maison. »

Eileen fut à la fois terrifiée et exaltée par cette nouvelle, elle qui avait commencé à s'imaginer que sa mère ne reviendrait jamais. Elle ne serait plus aux commandes de la maison. Elle n'aurait plus son père pour elle toute seule.

« Quel est le rapport avec M. Kehoe ?

— Tu peux déménager tes affaires là-bas ce soir.

— Tu ne comptes pas prendre de nouveau pensionnaire ? »

Il secoua la tête. Un extraordinaire sentiment de liberté envahit Eileen.

« Alors, je vais avoir ma propre chambre ? »

Son père détourna les yeux.

« Ta mère a choisi de dormir là-bas avec toi. »

3

LE MERCREDI SUIVANT LA FÊTE DE PÂQUES 1953, huit mois après son départ, sa mère revint de l'hôpital. En faisant chambre à part, ses parents ne s'étaient jamais autant rapprochés du divorce.

Sa mère trouva un emploi de caissière chez Loft, une confiserie de luxe sur la Quarante-Deuxième Rue, et se mit à rentrer de plus en plus tard, souvent ivre. En signe de protestation, Eileen laissa les assiettes s'empiler dans l'évier et le linge sale aux quatre coins de leur chambre. Mais quand ses camarades de classe se moquèrent de ses chemisiers froissés, elle comprit qu'il lui faudrait continuer à tenir la maison seule.

Sa mère se mit à boire chez eux, mollement enfoncée dans le canapé, tenant d'une main son verre de scotch et de l'autre sa cigarette, où pendait une colonne de cendre semblable à un ver qui menaçait de tomber. Eileen regardait cette vilaine chose grandir, impuissante. Et quand, malgré le cendrier posé sur ses genoux, sa mère faisait tomber sa cendre sur les coussins, elle accourait pour la ramasser. À plusieurs reprises, sa mère passa la nuit sur le canapé, mais au matin, elle partait toujours travailler, quel que soit son état.

Elle acheta cet été-là un climatiseur chez Stevens, sur Queens Boulevard, et demanda au livreur de l'installer à la fenêtre de leur chambre. Personne d'autre à leur étage ne possédait de climatiseur. Elle invita Mme Grady et Mme Long, et toutes les quatre se postèrent devant cette infatigable machine, le regard rivé sur elle comme sur un enfant aux pouvoirs miraculeux.

Lorsque ses parents étaient tous les deux à la maison, une trêve gênante s'installait. Enfermée dans leur chambre, sa mère s'asseyait à la fenêtre et regardait la nuit prendre possession de la rue. Après dîner, Eileen lui apportait du thé, alors que son père restait à table, sa pipe à la bouche, pour suivre le football irlandais à la radio. Au moins étaient-ils tous sous le même toit.

Eileen détestait savoir sa mère dans le train. Elle imaginait son corps avachi, plongé dans les tunnels obscurs, tandis qu'elle-même attendait à la table de la cuisine, des heures durant, les yeux rivés sur la porte. Dès qu'elle entendait le verrou tourner, elle se levait pour mettre la bouilloire sur le feu ou faire la vaisselle. Pour rien au monde, Eileen n'aurait fait à sa mère le plaisir de la laisser voir qu'elle s'inquiétait à son sujet.

Un soir, épuisée d'avoir cuisiné et récuré les casseroles, elle alla se pelotonner dans le canapé, où sa mère fumait, le regard dans le vague. Hésitante, elle posa sa tête sur les genoux de sa mère, attentive à ne pas bouger d'un cil. Elle regarda la fumée se déverser de ses lèvres pâles et la colonne de cendre s'allonger. À l'exception des quelques rides apparues autour de sa bouche et des quelques vaisseaux éclatés sur ses joues, la peau de sa mère semblait toujours aussi lisse, aussi pulpeuse, blanche comme de la porcelaine. Ses magnifiques lèvres n'avaient pas changé. Seules ses dents tachées montraient des signes d'usure.

« Pourquoi tu ne me fais pas des câlins et des baisers comme les mères qu'on voit à la télévision ? » demanda-t-elle.

Elle s'attendait à une réponse cinglante, au lieu de quoi sa mère écrasa simplement son mégot et sortit une nouvelle cigarette. Un long silence passa.

« Tu ne crois pas que tu es un peu grande pour ça ? » finit par lui répondre sa mère avant de la repousser pour se lever et aller se chercher à boire.

Elle revint s'asseoir, son grand verre à la main.

« Je n'étais pas comme ton père, moi, lâcha-t-elle. Je ne pensais qu'à quitter la ferme. Je me souviens, quand j'ai préparé mon sac, j'ai entendu mon père dire à ma mère : "Laisse-la, Deirdre, ce n'est pas un endroit pour une jeune fille, ici." J'avais dix-huit ans. J'étais venue chercher l'eldorado, et à la place, je me suis dégoté une vie de bonniche à Long Island. Une bonniche qui prend le train matin et soir au crépuscule. *Cré-pu-scule.* Je suis sûre que tu ne connais même pas ce mot. »

Eileen avait compris que sa mère était partie dans un de ses monologues alcoolisés qu'il lui arrivait de réciter, pleine d'une vacillante éloquence. Alors elle s'assit et l'écouta.

« Dans le temps, je rêvais d'habiter les maisons où je faisais le ménage. Je n'étais pas comme les autres ; moi, ça me plaisait de faire les carreaux. Ça me permettait de voir les pelouses et les collines. Il n'y avait pas un seul caillou, sur ces pelouses. Les courts de tennis, j'aimais bien les regarder aussi. Tout bien nivelés, pas une brindille, rien. Et qu'est-ce que ça signifiait, tout ça ? Qu'on avait dompté le chaos. Attention, les dunes, le vent, les embruns et les bateaux, j'aimais bien aussi. Et quand je me retrouvais de l'autre côté, à passer la serpillière, et que je voyais les femmes sur leur divan, allongées comme des chats repus de lait, je ne leur en voulais pas, non. À leur place, le divan, je serais restée dessus du soir au matin, comme un vrai nabab, en attendant qu'on m'invite à retourner sous mes draps de soie. »

En prononçant ces derniers mots, sa mère avait fait un geste du doigt langoureux qui lui rappela celui de la Faucheuse.

« Ça avait l'air bien, dit Eileen.

— Ce n'était pas *bien*, rétorqua sèchement sa mère après le temps qu'il lui fallut pour reprendre ses esprits. Ce n'était pas bien, c'était *merveilleux*. »

Quelques jours avant Noël, sa mère lui demanda de venir la chercher chez Loft un peu avant la fin de sa journée. À son arrivée, elle semblait si sereine qu'il aurait été parfaitement impossible de deviner qu'elle buvait pour de bon à présent. Eileen fit le tour de la boutique, ébahie, croyant à peine à toutes ces confiseries finement ciselées, glacées, ornementées qu'elle avait sous les yeux.

Son service terminé, sa mère lui donna une boîte de truffes en chocolat qu'elle avait le droit de rapporter chez elle, puis toutes les deux prirent le chemin de la Cinquième Avenue, passant par la Trente-Neuvième Rue, devant les vitrines de Lord & Taylor qu'Eileen avait jusqu'ici seulement vues dans les journaux. Les scènes qu'elle distinguait derrière les fenêtres, ces cheminées aux flammes chaleureuses et, plus loin, ces meubles aux capitons soyeux, toutes ces scènes réveillèrent en elle le sentiment qu'elle avait éprouvé le jour où, sur la grande pelouse, elle avait découvert le monde parfait. Ces tentures somptueuses brossaient un tableau dans lequel elle aurait aimé pénétrer pour y vivre. Le vent soufflait par bourrasques, mais l'air n'était pas trop froid, et le parfum vivifiant de l'hiver lui chatouillait les narines. Dans la lumière déclinante du jour, l'avenue était touchée par toute cette magie. Une joie sans pareille transporta Eileen quand elle songea à l'image qu'elles devaient renvoyer aux passants : une mère et sa fille, profitant de leur trajet du soir pour faire les magasins. Elle guetta sur leurs visages des signes traduisant ce qu'ils pensaient tout bas – *Quelle jolie petite famille !*

« À Noël, il faut toujours sortir le grand jeu, lui dit sa mère dans le train, en rentrant. N'oublie jamais ça. À Noël, tout le reste n'a aucune importance. Tu pourrais être à l'article de la mort, ça n'y changerait rien. »

Le soir venu, sa mère la borda pour la première fois depuis son retour de l'hôpital. Mais lorsque Eileen se réveilla au beau milieu de la nuit, le lit d'à côté était vide. Elle se leva et sortit d'un pas hésitant. Sa mère se trouvait dans le canapé.

L'espace d'une terrible seconde, Eileen la crut morte. Elle avait la tête renversée, la bouche béante, et la main crispée autour d'un verre vide. Eileen se rapprocha, regarda sa poitrine se soulever régulièrement, puis elle récupéra le cendrier sur ses genoux et le verre dans sa main, bien attentive à ne pas la réveiller, et déposa le tout dans l'évier. Elle alla chercher la couverture de sa mère sur son lit et la déplia sur elle. Cette nuit-là, elle dormit avec la porte ouverte pour ne pas la perdre de vue.

Le colis qu'elle reçut par la poste contenait une méthode accompagnée d'un instrument, une clarinette, celle-là même qui avait appartenu à M. Kehoe. Un billet du notaire lui apprit qu'un cancer du poumon l'avait emporté et que ces deux objets lui avaient été légués par testament. Eileen dormit avec pendant plusieurs jours, jusqu'à ce que sa mère s'en rende compte un matin et la somme d'arrêter cette habitude « morbide ». Eileen essaya plusieurs fois de jouer, mais perdit patience face aux seuls couacs que produisait l'instrument. Le souvenir de la musique qu'elle avait entendue à travers les murs, sensuelle, feutrée, était gravé dans son esprit et lui faisait penser à M. Kehoe. Des morceaux entiers lui revenaient quand elle fermait les yeux, comme si la musique n'attendait qu'une main experte pour sortir de son corps. Pourtant, elle n'arrivait jamais à souffler deux notes justes d'affilée. Elle finit par étaler toutes les pièces de l'instrument côte à côte et les contempla longuement avant de les ranger dans leur étui de feutre rose. Au fond, elle n'avait pas besoin de savoir en jouer pour l'apprécier. Les pièces de la clarinette étaient lisses, noires, un véritable travail d'orfèvre, délicieusement lourdes dans sa main, ses clés de métal brillant d'un splendide éclat. Elle adorait appuyer sur ses touches, qui s'enfonçaient facilement et revenaient à leur place avec une charmante solidité. L'embouchure sur laquelle M. Kehoe avait posé ses lèvres se terminait par une ouverture effilée ; elle adorait sentir cette pièce contre ses propres lèvres et ses dents, quand elle la mordillait.

Cette clarinette était ce qu'Eileen avait de plus beau, ce que sa famille tout entière avait de plus beau. Mais elle n'était pas à sa place dans cet appartement. Quand elle serait grande, elle habiterait une belle maison où la clarinette pourrait se fondre. Voilà ce qu'aurait voulu M. Kehoe. Restait à trouver un mari qui lui permette de réaliser ce rêve.

À treize ans, elle commença à travailler au Lavomatic pour gagner son argent de poche, qu'elle pétrit longuement entre son pouce et son index le jour de sa première paye, avant de l'étaler sur la table, devant elle, pour calculer. À ce rythme, et en mettant de côté chaque dollar qu'elle pourrait, elle serait en mesure de se passer de l'aide de ses parents une fois sortie du lycée – voire avant. Cette perspective l'exalta, avant de laisser rapidement place à la morosité. Eileen n'aimait pas ne pas avoir besoin de ses parents. Cet argent, elle l'économiserait, mais pour eux.

Comme pour rattraper le temps perdu, sa mère buvait maintenant plus que son père dans ses plus sombres périodes. Si Eileen l'aidait, c'était davantage pour éviter les accidents que pour lui rendre service. Elle lui préparait son café, gardait constamment des aspirines à portée de main et la couvrait si elle s'endormait sur le canapé.

Un soir, en entrant dans le salon, elle trouva sa mère qui dodelinait de la tête, comme toujours lorsque, dans ses derniers instants de lucidité, elle luttait contre le sommeil. Ces instants-là étaient les plus commodes pour rester à ses côtés. Sa mère était alors bien trop embrumée pour lui baragouiner des méchancetés, mais un vague battement de paupières prouvait de temps en temps qu'elle sentait sa présence.

Tandis qu'elle prenait place auprès d'elle, Eileen sentit le canapé mouillé sous sa main. D'abord, elle crut que sa mère avait renversé son verre.

L'idée de devoir la changer la terrifiait, car un sursaut de conscience n'était pas exclu. Pourtant, elle ne pouvait pas non plus la laisser ainsi toute la nuit. Elle réussit à lui enlever ses vêtements mouillés et à l'envelopper dans sa robe de chambre. Ensuite, elle l'allongea sur la partie sèche du canapé. L'emmener jusqu'à son lit était une autre histoire.

Accroupie près du canapé, Eileen posa la tête puis le buste de sa mère sur ses genoux, et fit suivre le reste. Après quoi, elle l'attrapa sous les aisselles et la traîna. De temps en temps, sa mère murmurait vaguement. Eileen parvint enfin jusqu'à la chambre, mais impossible de relever sa mère pour la mettre au lit. À moitié réveillée, cette dernière avait décidé de rester par terre.

« Maman, laisse-moi t'aider, dit Eileen.

— Non, je vais dormir là.

— Tu ne peux pas dormir par terre.

— Si… »

Sa voix se perdit. Son accent irlandais revenait lorsqu'elle était saoule ou fâchée.

« Il fait trop froid par terre, laisse-moi te relever, insista Eileen.

— Je veux rester comme ça.

— Pas question. »

Eileen s'obstina pendant un long moment, mais elle finit par baisser les bras et s'étendit sur le lit de sa mère pour reprendre des forces. Ce fut le bruit de son père, de retour du bar, qui la réveilla. Elle le trouva dans la cuisine, à table avec un verre d'eau.

« Tu pourrais aider maman à se mettre au lit ? Elle est couchée par terre. »

Il se leva sans un mot et la suivit. À l'exception de la dernière soirée de M. Kehoe, son père n'avait jamais remis les pieds dans cette chambre. Sous la faible lumière provenant de la cuisine, sa mère ressemblait à un tas de linge sale.

Eileen regarda son père la ramasser avec une facilité déconcertante, à croire qu'il y serait parvenu même d'une seule main. Il plaça un bras sous sa tête. Elle était complètement endormie, ses longs membres pendaient. Il prit son temps pour la coucher, puis il la contempla. Eileen l'entendit prononcer à voix basse : « Bridgie », une fois, sans doute plus pour lui-même que pour sa mère, avant de rabattre la couverture qu'il lissa sur ses épaules.

« Au lit, maintenant », dit-il à Eileen, et il ferma la porte derrière lui.

« Imaginez un peu, des arbres partout dans Woodside », disait à sa classe de troisième sœur Mary Alice, la professeure de sciences sociales. Imaginez un peu, un magnifique domaine, immense et impeccable, qui s'étendait sur plus de quarante hectares. C'était ce qu'il y avait ici même, mes enfants. Ce que vous appelez aujourd'hui votre quartier, chaque centimètre carré, absolument tout appartenait autrefois à une seule et même famille, des pionniers de ce pays. »

Un camion-poubelle arrêté devant l'école émit une série de toussotements qui la fit taire quelques instants. La carte enroulée au-dessus du tableau noir vacilla légèrement ; dans sa tête, Eileen la vit se dérouler et atterrir droit sur sœur Mary Alice.

« Le petit-fils d'un des premiers colons puritains de Cambridge, dans le Massachusetts, avait construit une ferme sur de vastes terres qu'il avait achetées tout près d'ici. » Sœur Mary Alice se mit à arpenter la salle, son livre ouvert à la page des illustrations de ladite ferme. « Ses descendants l'ont transformée en manoir. Ce *manoir* (elle cracha presque ce mot) était pourvu d'une vaste entrée, puis d'un grand salon en enfilade. On trouvait également un second salon avec une immense cheminée, puis une grande cuisine avec un heurtoir en cuivre sur la porte. Il y avait aussi un verger le long du bâtiment. » À entendre la grandiloquence avec laquelle sœur Mary Alice énumérait ces atouts, on l'aurait crue à un procès, dressant un véritable réquisitoire contre cette maison. « Après que plusieurs générations eurent vécu là-bas, le domaine a été vendu à un marchand de Manhattan, originaire de Caroline du Sud, qui en fit sa résidence du weekend. Dans la seconde moitié du siècle dernier, quand les voies de chemin de fer se sont développées, un promoteur immobilier a flairé la bonne occasion : il a fait raser les arbres, a asséché les étangs, dessiné à la place du domaine les rues dans lesquelles vous marchez aujourd'hui et a morcelé le tout en près de mille parcelles, dessinées au hasard. Il a ouvert la porte à la classe ouvrière. Il ne demandait qu'un loyer de dix dollars par mois. Des maisons ont été bâties. Le dernier vestige du domaine, le manoir, a quant à lui été détruit en 1895 pour laisser place à l'église, ainsi qu'à l'école dans laquelle vous vous trouvez actuellement. »

Eileen fixait l'horloge au cadran blanc qui ressemblait à un visage renfrogné quand sœur Mary Alice arriva à sa hauteur et lui montra le livre. Elle tourna paresseusement la tête, mais au moment où son regard se posa sur les illustrations, Eileen fut comme hypnotisée. Tandis que sœur Mary Alice poursuivait son chemin, elle l'arrêta et demanda à revoir l'ouvrage.

« Le pont de Queensboro a été achevé en 1909. Un an plus tard, ce fut au tour du tunnel du Long Island Railroad. Les plans de l'IRT Flushing Line, la ligne 7 du métro pour vous, ont ensuite commencé à être dessinés, station par station, à partir de 1915. Les Irlandais – vos grands-parents ou vos parents, peut-être – ont alors migré en masse sur l'autre rive de l'East River, pour fuir les bidonvilles de Manhattan. Ils ont atterri à Woodside et se sont entassés dans des immeubles pleins à craquer. Imaginez dix, vingt personnes dans un seul appartement. Puis, en 1924, providence : l'organisme pour le logement a fait bâtir de nouvelles maisons et des immeubles afin de remédier à ce problème de surpopulation. » Sœur Mary Alice retourna au tableau. Un petit sourire triomphant se dessina sur ses lèvres, comme si le coup de grâce allait être porté, sous les yeux des jurés. « Ainsi œuvre le Seigneur. À ceux qui ont peu, il donne. N'est-il pas beau d'avoir pensé à vous tous, ici présents, plutôt qu'à une seule famille bien lotie dans un manoir au cœur de la forêt ? N'êtes-vous pas d'accord, mademoiselle Tumulty ? »

Eileen, qui rêvait encore au manoir, fut tout à coup tirée de ses pensées.

« Oui, répondit-elle. Oui. »

Mais au fond, elle trouvait terriblement dommage que ce manoir ait été démoli. Une belle, une grande bâtisse dans les bois, entourée de terres – il n'y avait rien de mal là-dedans, non.

« Songez à une chose, dit sœur Mary Alice pour conclure. Aujourd'hui, aucun d'entre vous ne serait là si cette propriété était restée à sa place. Aucun d'entre *nous*. Nous n'existerions pas, purement et simplement. »

Eileen jeta un coup d'œil autour d'elle, tâchant d'imaginer un monde où aucun de ses camarades n'aurait vu le jour. Elle pensa au petit appartement qu'elle occupait avec ses parents. Aurait-ce été une perte s'il n'avait jamais été construit ?

Elle s'imagina dans un canapé du manoir, regardant les arbres par la fenêtre. Assise jambes croisées, tournant les pages d'un gros livre. Quelqu'un avait eu la chance de naître dans un tel endroit ; pourquoi pas elle ?

Quoi qu'il en soit, même si elle n'était pas née là, elle trouverait le moyen de vivre dans une grande et belle maison comme celle-ci. Les autres n'y arriveraient peut-être pas, mais elle, oui.

Certains soirs, Eileen allait rendre visite au bout de la rue à sa tante Kitty et à son cousin Pat, qui avait quatre ans et demi de moins qu'elle. Son oncle Paddy, le frère aîné de son père, était décédé lorsque Pat n'avait que deux ans, si bien que celui-ci avait toujours considéré le père d'Eileen comme le sien.

Toute jeune, Eileen avait fait la lecture à Pat. Grâce à elle, il était devenu un lecteur précoce, capable d'écrire alors que les autres enfants apprenaient encore l'alphabet. Pat avait l'esprit vif, mais ses notes ne le reflétaient pas car il ne faisait jamais ses devoirs. Il lisait tout le temps, tant que ce n'était pas pour l'école.

Eileen le faisait asseoir à la table de la cuisine et l'obligeait à ouvrir ses manuels. Il devait obtenir des A et seulement des A, lui expliquait-elle. Grâce à son aide, il serait capable de tout. Elle voulait qu'il réussisse et qu'il gagne de l'argent pour acheter un manoir, lui répétait-elle. Un manoir dans lequel une aile entière lui serait réservée. Mais Pat expédiait son travail à toute vitesse pour pouvoir retourner à ses romans d'aventures ; tout ce qu'il souhaitait quand il serait grand, c'était conduire un camion Schaefer.

La maîtrise de soi que sa mère déployait le matin, si impressionnante au départ, faiblit peu à peu et finit par s'effondrer, l'année où Eileen entra au lycée – grâce à une bourse qu'elle avait obtenue pour St. Helena, dans le Bronx. Sa mère partit en retard au travail, une fois, deux fois, puis elle cessa tout bonnement d'y aller. Un jour, elle perdit connaissance dans le hall de leur immeuble et la police dut la monter à l'étage. Après le départ des agents (qui fermèrent les yeux sur l'affaire, le père d'Eileen étant ce qu'il était), Eileen ne fit aucun commentaire. Elle n'essaya pas non plus de passer des vêtements propres à sa mère, car elle savait que cela la mettrait mal à l'aise – et même quand cette dernière était dans un état aussi pitoyable, Eileen redoutait sa colère. Le souvenir des cintres que sa mère sortait lorsque, enfant, elle faisait une bêtise demeurait vivace dans son esprit.

Le lendemain, lorsqu'elles se retrouvèrent seule à seule à la table de la cuisine, tandis que sa mère tirait sur sa cigarette dans une langueur silencieuse, Eileen lui annonça son intention d'appeler les Alcooliques anonymes. Elle se garda bien de préciser qu'elle avait obtenu le numéro par sa tante Kitty ou qu'elle avait évoqué la question avec sa famille.

« Fais ce que tu veux », lança sa mère, avant de la regarder composer le numéro avec un intérêt surprenant.

Une femme décrocha. Eileen lui dit que sa mère avait besoin d'aide. La femme répondit qu'ils voulaient bien l'aider, mais que pour cela, sa mère devait faire elle-même la démarche.

Tous les espoirs d'Eileen s'effondrèrent.

« Mais elle ne le fera jamais », fit-elle, au bord des larmes.

Voyant le regard de sa mère se poser sur ses yeux embués, Eileen s'empressa de les essuyer.

« Il faut qu'elle demande elle-même de l'aide pour que nous puissions faire quoi que ce soit, insista la dame. Je suis vraiment désolée. Mais accrochez-vous : il y a toujours des gens avec qui vous pouvez parler.

— Qu'est-ce qu'ils disent ? » lâcha alors sa mère en nouant fermement la ceinture de sa robe de chambre.

Une main posée sur le combiné, Eileen lui expliqua la situation.

« Passe-moi ce foutu téléphone », lui ordonna-t-elle. Puis elle écrasa sa cigarette et se leva. « J'ai besoin d'aide, cria-t-elle. Z'avez pas entendu la petite ? J'ai besoin d'aide, bordel ! »

Deux hommes se présentèrent chez eux le lendemain soir. Eileen ne fut jamais aussi soulagée que son père ne soit pas à la maison. Elle se joignit à eux tandis qu'ils annonçaient à sa mère qu'ils feraient le nécessaire pour la faire admettre à l'hôpital Knickerbocker. Le départ était prévu pour le lendemain.

Ce soir-là, sitôt les deux hommes partis, sa mère alla chercher la bouteille de whisky sur l'étagère et, assise dans le canapé, la descendit petit verre par petit verre. Elle la dégustait posément, comme si elle avalait un médicament. Les deux hommes lui avaient demandé de prendre des affaires pour deux semaines. Eileen les fourra dans un petit sac en toile qu'elle glissa sous le lit. Elle avait l'intention de tout expliquer à son père une fois sa mère partie.

Pendant toute la journée, à l'école, Eileen se fit un sang d'encre, incapable d'entrevoir comment les choses pourraient ne pas mal tourner, au vu du nombre d'heures qu'il restait avant le retour des deux hommes. Pourtant, sa mère semblait se porter plutôt bien lorsqu'elle rentra. Le calme régnait dans l'appartement. La bouilloire était posée, toute brillante, sur la gazinière, le sol était balayé et les rideaux soigneusement tirés. Eileen fit cuire des œufs et des saucisses. Sa mère mangea lentement. Et quand, sur les coups de six heures, les hommes firent leur apparition, tous deux en costume, sa mère hocha la tête et ne rechigna pas. L'étrange tendresse dans son regard, l'étrange tristesse qu'elle dégagea en parcourant l'appartement d'un pas traînant, pour réunir les dernières choses dont elle avait besoin – sa brosse à dents, son portefeuille, un livre –, serrèrent le cœur d'Eileen.

Elle fit le trajet avec eux jusqu'à l'hôpital, après quoi les deux hommes la raccompagnèrent. Une fois devant son immeuble, le conducteur s'arrêta, et attendit sans bouger que son collègue sorte et fasse le tour de la voiture pour ouvrir à leur passagère. Eileen resta plantée devant le véhicule, voulant leur exprimer toute sa gratitude, mais il n'existait aucune formule adéquate. L'homme ôta son chapeau. Un étonnant silence complice filtra dans l'air ambiant. Heureusement, ces hommes n'étaient pas du genre bavard. Il lui tendit un morceau de papier sur lequel était écrit un numéro.

« N'hésite pas à appeler si tu as besoin de quoi que ce soit, lui dit-il. À n'importe quelle heure. »

Puis la voiture démarra.

Sa mère fut internée neuf jours durant. À sa sortie, elle assista à des réunions et trouva un emploi de femme de ménage dans une école de Bayside. Elle se plaignait de devoir calquer ses horaires sur ceux du Long Island Rail Road. Mais en vérité, et Eileen le savait, ce qui l'ennuyait surtout était de pouvoir mesurer au cours de ces trajets le peu de chemin parcouru depuis l'époque où elle prenait déjà le train.

Eileen, elle, rêvait de partir pour un long voyage en solitaire. Lorsqu'elle entendit parler en cours de géographie de la vallée de la Mort, l'endroit le plus chaud et le plus aride de toute l'Amérique du Nord, elle se fit la promesse de s'y rendre un jour, quand bien même il lui serait impossible d'exposer sa peau d'albâtre au soleil, sous peine d'atroces brûlures. Une telle étendue, désertique, infinie, était le seul endroit au monde où elle s'imaginait pouvoir supporter l'absence de compagnie.

4

À L'AUTOMNE 1956, l'année où Eileen entra en classe de seconde, une nouvelle flopée de parents venus d'Irlande se mit à débarquer. Quel bonheur ! Bien sûr, dans ces moments-là, l'appartement prenait des allures de couloir d'hôpital, encombré par tous ces gens enrhumés qui réquisitionnaient le plancher pour dormir – quand ce n'était pas le lit d'Eileen –, mais n'empêche : à leur contact, son père revenait à la vie, aussi charmeur qu'une bête de cirque faisant tourner un ballon sur son museau, tandis que sa mère et elle formaient une véritable coalition pour maintenir l'ordre dans ce capharnaüm.

Plus d'une douzaine de personnes défilèrent ainsi dans leur petit appartement : Margie, la sœur benjamine de sa mère, à peine plus âgée qu'Eileen, et que sa mère rencontra pour la première fois ; ses tantes Ronnie et Lily ; ses oncles Desi, Eddie et Davy ; ses cousins et cousines : Nora, Brendan, Mickey, Eamonn, Declan, Margaret, Trish et Sean. Ils logeaient parfois à deux, trois, voire quatre chez eux, puis laissaient la place à de nouveaux arrivants lorsqu'un appartement se libérait à Rockaway, Woodlawn ou Inwood. Le sentiment qu'éprouvait Eileen quand ils se retrouvaient tous ensemble à table était incomparable ; et quand, la nuit, elle se réveillait au son de leurs doux ronflements et du bruissement de leurs draps, une certitude l'envahissait : elle n'avait jamais été aussi heureuse.

Son oncle Desi, le plus jeune frère de son père, fut le premier à arriver. Il partagea la chambre de son père. À la première occasion, lorsque celui-ci s'absenta, Eileen bombarda son oncle de questions. Le faire parler n'était pas difficile. Desi donnait l'impression d'être un robinet qu'il suffisait d'ouvrir pour que les mots coulent.

« Ton père était un amoureux de Kinvara, lui dit-il. C'était le gars le plus heureux du monde, là-bas. Le sourire jusqu'aux oreilles, du matin au soir. Mais nous avons dû partir à Loughrea quand les réformes agraires ont commencé. Nos nouvelles terres étaient peut-être meilleures, mais je crois qu'il ne s'est jamais remis d'avoir dit adieu à ses champs et à la maison qu'il avait aidé à bâtir de ses mains, tout môme. »

L'appartement, les voisins, les bruits du dehors, tout semblait avoir été envoûté par Desi, glissant dans le silence tandis qu'il frottait son menton mal rasé.

« Moi, j'étais bien plus jeune que lui. J'avais environ sept ans quand nous avons déménagé. Pour moi, construire cette nouvelle maison reste inoubliable. Nous l'avons fait sortir de terre. Nous, les garçons, et notre père, les mains dans la glaise, à traîner des troncs d'arbres du marais, à faire pousser du chaume pour le toit. Je te le dis, c'était du costaud, tout ça. Ça l'est toujours à l'heure qu'il est. Tout le monde en était fier, tout le monde sauf ton père. Si on avait réussi à nous prendre une maison sans qu'on puisse rien y faire, ça pouvait très bien recommencer, voilà ce qu'il disait. Il ne s'est jamais senti chez lui là-bas. Son toit à lui, c'était le ciel, tiens. On n'avait pas besoin de lui demander deux fois d'aller travailler. Nom de nom, on n'avait pas besoin de lui demander tout court. C'est bien simple, il travaillait tout le temps. Ces murs de pierre qu'il a construits… ma parole, il y en avait des kilomètres.

» Lui, ce qu'il voulait, c'était un peu de sous pour jouer aux cartes. Il y avait des parties de poker qui pouvaient durer cinq jours, parfois. Il ne désirait rien d'autre. Et puis qu'on le laisse travailler dans les champs, aussi. Crois-le ou non, mais ton père avait assez de force pour tordre un marteau. Pourtant, sa force, il ne s'en servait jamais pour autre chose que faire pousser ses foutus légumes. Puis un jour, en 1931 – ton père devait avoir environ vingt-quatre ans –, notre grand frère, Willie, qui était policier à Dublin, a développé une cataracte et a dû revenir vivre à la ferme. Seulement, notre lopin était trop petit pour deux hommes et mon père, et il n'y avait de boulot pour personne sur cette maudite île, même pas pour quelqu'un comme ton père. »

Il leva un sourcil et fit claquer sa langue avec emphase, comme si l'impossibilité d'accueillir ce frère avait scellé le sort tout entier du pays qu'il avait laissé derrière lui.

« Le mieux que notre père a pu faire, ça a été de dégoter un billet pour l'Amérique. C'était Willie qui avait envie de partir, pas ton père, mais comment voulais-tu ? Les infirmes, ils ne rentraient pas là-bas.

» Notre père lui a donné trois mois de rab, et ton père les a passés à labourer, herser, semer. C'était à peine s'il s'arrêtait pour manger et dormir. Il y avait de quoi se demander s'il n'essayait pas de se tuer à la tâche. Ses amis lui ont organisé la plus grande fête d'adieux qu'on ait jamais vue. Trois jours et trois nuits tout entiers. Quelle foire ! À la fin, ton père est allé directement aux champs. Les gens ont eu beau lui dire qu'il devait rentrer se reposer, rien à faire : il a travaillé toute la nuit. Et le lendemain matin, notre père est sorti de chez nous avec le billet à la main. Je l'ai suivi. Il est allé voir ton père, qui arrachait des mauvaises herbes, et je n'oublierai jamais ce qu'il lui a dit. »

Desi s'arrêta. Il se leva pour jouer la scène.

« "Michael John", il a dit en lui tendant le billet, raconta Desi en tendant un billet imaginaire à Eileen, "tu dois partir. Un point c'est tout." Et là-dessus, il est retourné à la maison. » Desi détourna la tête, fit quelques pas, puis demi-tour. « Je suis resté avec ton père pendant un moment, dans un silence total. C'est notre mère qui l'a accompagné au bateau. »

Il se rassit et baissa les yeux vers sa tasse de thé vide. Eileen se leva pour le resservir.

« Je me souviens de sa première lettre, reprit-il en croquant dans un sablé. Il disait que le plus dur pour lui était que Willie ne saurait pas s'occuper de ses récoltes, qu'il allait les laisser en terre trop longtemps. Et c'est exactement ce qui s'est passé. Il disait que pendant tout son trajet, il les avait vues dans sa tête, les récoltes, en train de pourrir sur pied. Qu'il avait vu toute cette bonne nourriture gâchée. Il a juré de ne plus jamais planter une graine de sa vie. Notre frère Paddy, le père de ton cousin Pat – paix à son âme –, était déjà arrivé ici depuis environ deux ans. Il a recommandé ton père à la brasserie Schaefer. En un clin d'œil, ils l'ont embauché ; c'est comme ça que ton père a commencé à porter des tonneaux. »

Eileen savait à quel point son père était fier de savoir écrire, lui qui avait grandi avec des gens qui n'avaient pas tous eu cette chance, et elle l'observait toujours avec le plus grand intérêt quand il chaussait ses lunettes pour signer un chèque ou un bordereau de livraison. Mais l'idée que son père ait pu s'asseoir à une table pour écrire une lettre – une lettre qui, en plus, révélait ses pensées et ses sentiments –, cette idée la désarçonnait. La seule de ses réactions qui aurait pu s'apparenter à l'expression d'un sentiment était lorsque, devant la bêtise, la paresse ou la cupidité de certains hommes, il s'indignait.

Son père avait été jeune un jour, Eileen le savait, mais elle n'avait jamais vraiment réfléchi à cette question. À présent, elle se représentait un jeune homme traversant la mer pour commencer une vie nouvelle, un brave jeune homme qui avait emmené un germe de regrets et de chagrin qu'il nourrirait ensuite de son silence. Jamais Eileen n'avait soupçonné tout ce que son père portait en lui. C'était un homme dans son genre qu'elle désirait trouver, mais sans cette carapace si dure ; un homme mis à l'épreuve par la vie, mais qui aurait conservé un soupçon d'innocence. Un homme capable de surmonter les embûches qui se dresseraient sur son chemin. Si son père avait un point faible, c'était bien celui-ci. Il existait plusieurs manières d'être fort, Eileen le voyait parfaitement.

Elle désirait trouver un homme au tronc épais et à l'écorce fine, un homme dont l'éclosion révélerait la beauté, même si elle en était seule spectatrice.

Le contact de tous ces gens qui défilaient chez eux l'avait peut-être poussé à changer ; ou peut-être était-ce le nouvel enjeu que représentait son salaire de responsable. Toujours est-il que, le jour où son père passa de simple chauffeur à chef d'équipe, une chose extraordinaire se produisit : il cessa de sortir et se mit à boire à la maison, où Eileen ne l'avait jamais vu porter le moindre verre d'alcool à ses lèvres. Il s'y adonnait avec une telle décontraction, une telle patience que, plutôt qu'un signe avant-coureur de chaos, comme cela avait été le cas pour sa mère, cet acte suggérait une urbanité, un équilibre, une forme d'évolution.

Il acheta de jolis verres qu'il remplissait de glaçons avant d'y verser un doigt de très bon whisky, une ou deux fois, le soir, invitant quiconque logeait chez eux à le partager avec lui, comme si cette habitude n'était rien d'autre qu'un passe-temps salutaire, une manière de purger le moteur de son emploi du temps. Il acheta de nouveaux meubles, un lave-vaisselle, un tapis oriental tissé main. Il acheta aussi un poste de télévision, devant lequel tout le monde se réunissait, le soir. Une seule chose pouvait faire éclater la bulle de bonheur d'Eileen : lorsque, du coin de l'œil, elle observait sa mère au moment le plus captivant du film, s'attendant à la voir serrée avec les autres, au comble de l'angoisse, mais la trouvait à la place le regard rivé sur le verre de son mari, comme un chien attendant que tombe de la table un morceau de nourriture.

Un garçon nommé Billy Malague emmena Eileen à Anchors Aweigh, un bar dans le quartier voisin de Sunnyside. Billy avait un an de plus qu'elle. Sorti de McClancy avec son diplôme en poche, il s'était adressé à son père dans l'espoir de décrocher une place chez Schaefer. Billy était amoureux d'Eileen depuis des années, du moins au dire de ses amies. Mais lui ne l'intéressait pas ; elle avait accepté son invitation uniquement pour être en mesure de dire qu'elle lui avait donné sa chance. Plus d'une fille se serait pourtant jetée à ses pieds. Il avait une tignasse blonde si vigoureuse qu'un homme semblait pouvoir s'y suspendre. Billy était du genre rustaud, imposant, apprécié des autres hommes. Eileen voyait ce qu'il avait de séduisant, mais fréquenter un homme qui avait pour unique ambition de conduire un camion pendant trente ans était pour elle tout bonnement inconcevable.

Anchors Aweigh était un endroit sombre et quelque peu défraîchi. L'orchestre qui jouait à leur arrivée ne tarda pas à remballer pour laisser place à la musique du juke-box. Une énergie revigorante émanait du public où se mélangeaient joyeusement plusieurs générations.

Eileen n'avait jamais bu. Elle passa en revue la carte des boissons et commanda un zombie, présumant qu'il valait mieux y aller franchement pour une première. Un sourire approbateur se dessina sur les lèvres de Billy.

« Je me souviens de mon premier jour, lui raconta-t-il. Ton père m'avait traité d'avorton. C'est comme ça qu'il appelle tous ceux qui sont nés ici. Mais venant d'un homme tel que lui, c'était un vrai compliment. »

Elle ne put s'empêcher de remarquer la manière dont il faisait tourner les glaçons dans son verre et s'essuyait la bouche du revers de sa main velue entre chaque gorgée.

« L'itinéraire qu'il m'a donné passait par Staten Island. Le genre de missions pour lesquelles les gars touchent un extra. C'était mon premier jour, et même à un bleu comme moi, ton père a donné un itinéraire qui rapporte. Il m'a dit : "Tu as douze arrêts à faire. En six heures, c'est bouclé. Alors fais-en dix." Je n'ai pas compris au départ, je ne voulais pas qu'il me prenne pour un tire-au-flanc, alors j'ai répondu : "M'sieur, s'il faut six heures, moi je tâcherai d'en faire cinq", et c'est là qu'il m'a regardé comme si j'étais le dernier des imbéciles. "Si tu me boucles ça en moins de dix heures, il m'a dit, ne remets même pas les pieds ici." »

Billy parlait de son père avec un tel enthousiasme qu'Eileen se demanda si ce n'était pas plutôt de lui qu'il était tombé amoureux. Elle était surprise de la rapidité avec laquelle elle vidait son verre, sirotant sa boisson sucrée avec une paille. Elle craignait à présent de regarder ce verre vide, de sentir les choses lui échapper, son cerveau picoter légèrement, ses lèvres s'ouvrir de plus en plus lentement et sa tête s'alourdir. Peut-être venait-elle de franchir le premier pas qui l'éloignerait de ses rêves. Le plus effrayant, c'était la facilité avec laquelle elle s'y était prise. Il lui avait suffi d'ingurgiter le contenu d'un verre. Afin de chasser ces vilaines pensées, elle en commanda aussitôt un autre. L'agitation qui régnait dans sa tête diminua à mesure qu'elle le buvait, s'efforçant de retourner les regards insistants de Billy, en vain. Elle ne voyait rien d'autre que ses joues étonnamment rebondies et ses oreilles décollées. Elle l'imagina un peu plus petit, avec un T-shirt rayé et une coupe au bol, si bien qu'elle éclata de rire au beau milieu de l'anecdote qu'il était en train de lui raconter. Tout le monde prenait pour un homme l'individu qu'elle avait en face d'elle, mais de toute évidence Billy n'était encore qu'un petit garçon. Le serveur qui, lui, ne laissait aucun doute sur son âge - un ou deux ans de moins que son père, environ - lança à Eileen un regard que Billy ne remarqua pas, et qui semblait traduire une certaine pitié à l'égard du garçon. Elle avait trouvé son premier verre trop sucré, mais elle apprécia tellement le deuxième qu'elle en commanda trois autres d'affilée.

Il était plus de minuit quand Billy la porta jusque chez elle, en implorant son père, apprit-elle plus tard, de lui laisser la vie sauve. Il expliqua qu'Eileen avait perdu la raison, qu'elle l'avait giflé chaque fois qu'il avait tenté de l'emmener, qu'il n'avait pas voulu que l'on se méprenne sur ses intentions et qu'on le mette à la porte, ce qui l'aurait obligé à la laisser seule au milieu de ces animaux.

Le lendemain matin, son père la réveilla tôt. Eileen resta plus d'une heure par terre, sur le carrelage de la salle de bains, la tête contre la cuvette des cabinets, se redressant chaque fois que l'envie de vomir lui prenait. Une fois l'estomac vide, son père l'envoya sous la douche. Puis il l'emmena à la messe, à l'église St. Sebastian.

« N'espère pas recevoir un traitement de faveur », lui glissa-t-il.

L'air conditionné qui soufflait dans l'église flambant neuve sécha sa sueur et la fit frissonner. Par deux fois, elle fut obligée de se lever pour aller aux toilettes du presbytère. Quand elle piquait du nez, son père la réveillait d'un coup de coude. Et quand vint le moment de communier, elle fut incapable d'avaler son hostie. Pendant une affreuse seconde, devant l'autel, elle craignit d'être prise d'un haut-le-cœur. Elle retourna sur son banc sans avoir bu le sang, et manqua finalement une journée d'école.

Lorsque le vendredi soir arriva, une fois le dîner terminé, la cuisine nettoyée et sa mère partie s'enfermer dans leur chambre, son père lui demanda de venir sur le canapé.

« Puisque tu as choisi d'être stupide, au moins, tu ne vas pas le faire à moitié », lui dit-il.

Il alla jusqu'au placard où les bouteilles d'alcool étaient rangées, et rapporta plusieurs verres qu'il posa sur la table basse. Puis il fit un second aller-retour, en revint avec plusieurs mignonnettes de whisky.

« Qu'est-ce que c'est ?

— C'est pour te donner une leçon.

— Je ne peux pas, protesta-t-elle.

— Oh que si.

— Tu m'as déjà donné une leçon.

— C'en est une autre, répondit-il. On va commencer par les bonnes bouteilles. »

Son père avait l'intention de lui faire parcourir, méthodiquement, tout ce que l'on pouvait boire et tout ce qu'il fallait éviter. Il versa un fond de whisky dans son verre. Plus que l'alcool, ce qui la révulsait, c'était l'idée que son père avait manigancé tout cela, qu'il l'avait prémédité. Comme s'il avait acheté ces bouteilles spécialement pour l'occasion, comme s'il avait préparé cette leçon en véritable professeur.

Elle prit une petite gorgée ; l'alcool lui brûla le gosier. Son père lui dit d'en prendre une plus grosse. Une odeur de bois brûlé et un goût de cendre ressortaient. Il versa un peu de chaque bouteille et la fit boire tour à tour. Elle percevait une différence de qualité, mais n'aurait su préciser laquelle. Au bout du quatrième verre, son père s'en versa un pour lui et lui demanda de boire en même temps, lentement. Le whisky descendit facilement, sans laisser d'autre trace que la chaleur qui se diffusa dans son ventre et sembla réchauffer tout son corps, une partie après l'autre.

Il écarta alors les bouteilles de whisky et rapporta plusieurs mignonnettes de vodka. Elle n'en aima pas une seule et son père, quant à lui, n'en but pas une goutte. Il avait chaussé ses lunettes de lecture. Son attitude avait quelque chose de professoral. Eileen n'aurait su dire si cette dégustation était un cours de maître ou une assignation à domicile. Puis ce fut au tour du gin. Il descella chaque bouteille et versa un doigt dans le verre d'Eileen. Lui s'était arrêté au whisky. Elle se demanda si son père avait choisi cette approche scientifique rébarbative pour que cesse sa supposée fascination pour l'alcool.

C'est alors qu'il se leva et rapporta du réfrigérateur une bouteille de Schaefer.

« Bois ça, dit-il.

— Je n'aime pas le goût de la bière.

— Bois ça en entier et finissons-en. »

Il ouvrit la bouteille et la lui tendit, mais après quelques petites gorgées, Eileen tenta de la lui rendre.

« Termine », ordonna-t-il.

Elle s'exécuta et, quand elle eut fini, son père décréta que cette bière était sa première et sa dernière. Elle le vit ensuite apporter de nouvelles bouteilles, stupéfaite qu'il ait accepté de faire entrer chez eux des alcools aussi fruités et aussi colorés. Du Cointreau. De la crème de menthe. De la crème de cassis. Du Grand Marnier. Tour à tour, il lui fit tout goûter. Lorsqu'il remarqua qu'elle appréciait la crème de menthe, il secoua la tête et lui en servit un verre plein.

« Vas-y, fais-toi plaisir.

— Mais je n'ai pas envie d'en boire autant.

— Finis-moi ce verre si tu veux rester sous ce toit. » Il sortit un nouveau verre et le remplit. « Et celui-là aussi.

— Tu joues à quoi ? demanda-t-elle, à moitié assommée.

— Bois ça. »

Le lendemain matin, elle se réveilla avec la gueule de bois, soulagée d'être un samedi.

« À partir de maintenant, tu ne toucheras à aucune boisson si elle n'est pas transparente, lui dit son père quand il la trouva dans la cuisine, appuyée contre le plan de travail après avoir pris une aspirine. Et tu ne toucheras plus à ton verre si tu l'as posé et que tu l'as quitté des yeux.

— Entendu.

— Bois du whisky, insista-t-il. Du bon. Mais pas trop. Et rien d'autre.

— Je crois que je ne boirai plus jamais de ma vie. »

L'ombre d'un sourire sembla passer sur les lèvres de son père.

Le soir de la Saint-Sylvestre, il leva son verre en son honneur, suivi par tous les invités.

« Je porte un toast à mon Eileen, qui s'est une fois de plus distinguée parmi les meilleurs élèves, annonça-t-il, acclamé par les invités. Que Dieu la bénisse. Vous verrez qu'un jour nous travaillerons tous sous ses ordres. » Il s'arrêta un instant. « Et je vais vous dire : cette fille-là doit être promise à un grand avenir si elle tient encore sur ses jambes après s'être enquillé une demi-douzaine de zombies. Une chose est sûre, c'est bien la fille de son père. »

La fille de son père. Dans ces mots résonnait une vie entière d'affection inexprimée. Des mots dont Eileen aurait pu se nourrir des années durant, tel un cactus maintenu en vie par quelques gouttes de pluie. Mais elle se sentit si honteuse qu'elle se jura de boire dorénavant la même chose que la fille la plus rasoir du groupe qu'elle fréquenterait.

5

DEPUIS L'INSTANT OÙ LES ÉTUDIANTES FRANCHISSAIENT LES PORTES de St. Catherine, l'école d'infirmières de Bushwick Street, à Brooklyn, jusqu'au jour de la remise des diplômes, le message le plus important que leurs professeurs semblaient vouloir leur transmettre était que quiconque ne se montrerait pas à la hauteur serait renvoyé sur-le-champ. Eileen, elle, était habituée à ce genre de tactique après treize années d'éducation catholique, et même si les études d'infirmière n'étaient pas sa voie de prédilection, elle s'y était préparée malgré elle, dès son plus jeune âge. Tout ce que ses enseignantes entendaient lui faire subir, la vie s'en était déjà chargée et, quelque part, elles le savaient. Eileen sentait parfois qu'elles la traitaient avec une forme de courtoisie professionnelle. Ce sentiment devait se rapprocher de ce que vivait son père, pensait-elle, à se voir louer pour des choses que l'on accomplit malgré soi, à se demander s'il était possible d'échapper au piège qu'était le respect des autres.

Elle ne cherchait pas à jouer les martyrs, comme pouvaient le faire les saintes-nitouches de son école. Eileen les aurait bien imaginées entrer dans les ordres, vu la satisfaction dans leur voix quand elles se plaignaient de leur travail épuisant et ingrat. Mais elles n'auraient pas tenu cinq minutes au couvent. Elles n'avaient pas le mental pour ça.

Eileen n'avait jamais rêvé de devenir infirmière. C'était l'activité qu'exerçaient les filles de son quartier quand elles avaient assez de jugeote pour ne pas finir secrétaires. Elle aurait préféré devenir avocate ou médecin, mais à ses yeux, ces professions restaient l'apanage des privilégiés. Elle ignorait même avec quel argent elle aurait pu accéder à ces métiers. Elle ne doutait pas d'avoir l'intelligence nécessaire pour y arriver ; l'imagination, en revanche, lui faisait défaut.

À sa sortie de St. Catherine, elle obtint une bourse qui lui permit de terminer son cycle à St. John, où elle entra à l'automne 1962. Elle envisageait alors de suivre les cours d'été pour décrocher son diplôme en trois ans au lieu de quatre, puis de poursuivre ses études à l'université, sur les rails qui la mèneraient tout droit à un salaire d'administratrice. Eileen gagnait son argent de poche – ainsi que celui qu'elle mettait de côté pour la suite de ses études – comme mannequin chez Bonwit Teller. Les clientes venaient admirer les robes sur elle, et Eileen leur montrait à quoi elles auraient ressemblé avec quelques centimètres de hanches en moins, des jambes plus longues, de jolies salières de part et d'autre de leur décolleté, une épaisse crinière noire, une peau lisse ou de grands yeux d'émeraude aux paupières langoureuses et saisissantes. Mais elles avaient pour elles leur argent et l'insolente insouciance qui allait avec. Sans le vouloir, Eileen devint la coqueluche du salon d'exposition. Elle ne poussait pas les clientes à la consommation en posant, une main sur la hanche, ni en montrant à tout prix que les robes lui allaient comme un gant. Elle se contentait de les enfiler et de les présenter, sans sourire, mais sans se donner un air grave non plus ; sans chercher le regard des gens, mais sans l'éviter ; sans partir à l'assaut des clientes, mais sans rester dans son coin ; elle était naturelle, tout simplement. Quand son nez la grattait, elle se grattait. À la demande des clientes, elle se tournait dans tous les sens pour montrer un article, et regagnait sa cabine après avoir donné satisfaction. Les autres filles, elles, semblaient s'attarder davantage, comme pour se convaincre qu'elles aimaient ce qu'elles n'avaient pas réussi à faire apprécier aux clientes.

Parfois, Eileen se prenait à rêver que la prochaine personne à pousser la porte du magasin serait un homme riche, venu chercher une robe pour sa fiancée, mais qui, en la voyant, donnerait un nouveau cap à sa vie. Il lui ferait oublier son travail d'infirmière, lui ferait faire le tour du monde et prendrait en charge ses parents. Elle pourrait alors avancer dans la vie, tel un somnambule, sans jamais avoir à changer de draps sales, sans jamais avoir à repousser la main baladeuse d'un grand-père ni à traverser une nuée de mauvaise haleine pour prendre la température d'une vieille dame. Plus un seul jour à devoir travailler, plus rien à devoir penser. Elle retournerait ensuite dans ce même magasin et prendrait place dans l'un des fauteuils pour mettre une jeune fille à l'épreuve. Elle jouerait la cliente qui fait mine de s'en aller sans rien acheter, celle qui fait perdre son temps à tout le monde, avant de repartir avec un exemplaire de chaque article, juste pour montrer au personnel qu'il n'a aucune idée du train de vie réel des femmes de son rang. Mais les seules personnes à pousser la porte du magasin étaient des femmes un peu plus âgées qu'elle, ou des jeunes filles accompagnées de leur mère. Et même si toutes la complimentaient sur son physique éblouissant, au fond, elles ne pensaient jamais qu'à elles.

Un après-midi du mois d'avril 1963, une jeune femme de son âge se présenta pour acheter des robes à ses demoiselles d'honneur. Elle hésitait sans grande conviction entre plusieurs modèles, dégageant une nervosité contagieuse. Eileen lui trouvait un air familier ; trop familier. Ce ne fut qu'après plusieurs essayages qu'elle reconnut Virginia Towers, une ancienne élève de St. Sebastian qui avait quitté l'établissement pendant leur année de cinquième pour déménager à Manhasset. Eileen pria le ciel de ne pas être reconnue, mais tandis qu'elle examinait les coutures, Virginia se mit à lui taper frénétiquement sur l'épaule.

« Eileen ?

— Oui ?

— Eileen ! Eileen Tumulty ! » s'exclama Virginia avec une totale insouciance.

Eileen leva les sourcils, acquiesçant en silence, inquiète de se voir accostée aussi familièrement dans cet endroit où elle s'évertuait à garder ses distances avec les autres filles.

« C'est moi, Ginny. Ginny Towers.

— Ça alors, Virginia », répondit-elle d'une voix blanche.

Cette bonne et aimable Virginia avait été l'unique élève protestante de leur classe. Lorsque les autres allaient à confesse, elle jouissait du mystérieux luxe de toujours rester sur le banc. Son père, un homme important dans une banque d'investissement, était le seul parent d'élève à être aussi haut placé. Virginia avait beau être timide et plutôt gauche, personne ne se moquait jamais d'elle ; comme si l'aisance de sa famille enveloppait ses épaules d'un manteau protecteur.

« Qu'est-ce que tu fais là ? » lui demanda Virginia.

Comme il n'existait aucune réponse qui ne l'eût mise mal à l'aise, Eileen désigna sa robe en tirant sur son empiècement, puis leva les mains avec un sourire navré, en signe de résignation.

« Mais bien sûr ! s'écria Virginia. Les robes. » Elle en avait deux entre les mains et trois autres étaient posées sur une armoire, mais aucune ne paraissait faire l'affaire. « Eh bien, d'après toi, laquelle est la mieux ? »

Si Eileen avait eu les moyens de se payer des robes de demoiselles d'honneur aussi chères, elle aurait choisi un modèle complètement différent - plus soyeux, plus polyvalent, moins vulgaire. Elle-même avait dans son placard des robes plus jolies que celle de Virginia. Pas plus d'une demi-douzaine, mais toutes étaient parfaites. À ses yeux, mieux valait s'acheter une très belle robe à cent dollars que cinq bon marché. De toute manière, elle sortait suffisamment peu pour ne pas avoir à craindre d'être vue deux fois avec la même.

« Celle que j'ai passée tout à l'heure était assez jolie, répondit-elle.

— La lavande ? J'en étais sûre ! Moi aussi, elle me plaît. Eh bien, marché conclu. »

Plantée au milieu du salon dans cette robe bouffante, Eileen avait l'impression d'être un homme-sandwich chargé de promouvoir les menus du jour.

« Eileen *Tumulty*, lâcha Virginia comme si elle répondait à une question. Ce n'est pas ton vrai métier, j'imagine.

— Je suis en train de finir mes études, répondit-elle. J'ai fait une école d'infirmières.

— Je t'aurais plutôt vue faire médecine ou quelque chose comme ça, toi qui étais toujours la première de la classe. »

Le rouge lui monta aux joues.

« Moi, je termine mes études d'art à Sarah Lawrence cette année, reprit Virginia. Et je vais me marier ! Enfin, ça tu le sais déjà. C'est un type de Penn, hyper baraqué – dingue que je me retrouve avec un type aussi costaud ! Mon père lui a déjà arrangé toute une série d'entretiens chez Lehman Brothers. On va déménager à Bronxville. Tu te rends compte, je pourrai aller à l'école à pied jusqu'à la fin de l'année ! »

Eileen connaissait vaguement cette ville, une banlieue résidentielle aisée dans le sud du comté de Westchester.

« C'est formidable, répondit-elle.

— Et tu ne devineras jamais ce que je vais faire l'année prochaine.

— Quoi donc ?

— Du droit. À Columbia.

— Tu as toujours été douée, dit Eileen en cachant sa surprise.

— Pas autant que toi. Une vraie flèche.

— C'est gentil.

— Tu as toujours été plus mature que nous autres, affirma Virginia. Je repense souvent au jour où, en sixième, tu m'as emmenée chez Woolworth pour me faire acheter un cahier pour chaque matière. Tu t'en souviens ? »

Eileen s'en souvenait, mais n'aimait guère se remémorer toute l'énergie qu'elle déployait lors de ces entreprises de sauvetage, elle qui croyait à l'époque qu'une série d'efforts bien ciblés pouvait suffire à restaurer l'équilibre moral du monde.

« Tu n'étais pas la fille la plus organisée qui soit, c'est vrai ; mais cette sortie chez Woolworth, je ne m'en souviens pas, non.

— À mon avis, tu devais être exaspérée de toujours me voir en train de chercher mes affaires. C'est toi qui m'as appris à séparer mes notes de cours. C'est l'une des choses les plus utiles qu'on m'ait jamais montrées.

— Tant mieux, répliqua Eileen qui sentait son ventre se soulever.

— Et si tu t'inscrivais avec moi en droit ? On pourrait étudier ensemble. Ça m'aiderait bien, tiens. »

Eileen avait l'impression que Virginia lui parlait depuis l'extérieur d'une cage de cirque, tenant d'une main un barreau et agitant nonchalamment de l'autre un morceau de viande. Elle devait couper court à la conversation avant d'avoir dit le mot de trop.

« Dans une autre vie peut-être », répondit-elle, et le barrage qui avait retenu sa gêne céda tout d'un coup.

Elle se sentait comme nue dans sa robe au décolleté plongeant. Une nouvelle cliente venait d'arriver, et, voyant sa collègue occupée, Eileen en profita pour demander à Virginia si la robe lavande était son dernier choix, sur quoi elle la laissa à la caisse.

« Passe donc nous voir, lui lança Virginia en partant. Donne-nous juste un mois ou deux, le temps de nous installer. N'oublie pas : nous serons à Bronxville. Tu nous trouveras dans l'annuaire. M. et Mme Leland Callow. Ce sera un plaisir de te recevoir. Les amis de longue date, c'est ce qu'il y a de plus précieux dans la vie. »

Sa mère lui avait dit de mettre des sous de côté et d'acheter une occasion si elle devait s'offrir une voiture, mais ce fut son père qui l'accompagna chez le concessionnaire automobile.

« Ça représente presque toutes mes économies », constata-t-elle.

Ils se trouvaient devant une Pontiac Tempest de 1964, flambant neuve.

« Tu en gagneras, de l'argent. Et tu pourras en remettre de côté.

— Ce n'est pas un bon investissement.

— C'est un investissement pour toi, pour ta vie, lui répondit son père. Si tu la veux, prends-la. Un camion à bière, à côté, c'est de la roupie de sansonnet si tu veux mon avis. Je m'en achèterais bien une aussi. Ou une décapotable, comme celles de là-bas. Comment il a dit qu'elle s'appelait, celle-là ? La GTO ? Et puis ta mère et moi, on irait se balader avec. Tu penses que ça lui plairait ? »

Son père eut l'air sérieux pendant un instant, si bien qu'Eileen hésita à lui répondre : *Oui papa, je pense que oui,* avant de lui dire simplement : « Ce ne serait pas *du tout* un bon investissement. » Puis elle lui demanda laquelle valait mieux, entre la rouge cerise et la bleu marine.

Deux possibilités s'offraient à elle : prendre une voiture d'occasion et mettre de côté pour son avenir ; ou jouer son va-tout et incarner dès à présent l'image qu'elle voulait renvoyer aux autres, voire appâter son futur mode de vie en en adoptant déjà les codes.

« Merde alors, à ton avis ? » lui répondit son père.

Elle choisit la rouge cerise.

Elle était installée à table quand sa mère rentra du travail.

« Encore en train d'étudier ? »

Eileen lâcha un grognement sourd en guise de réponse. Pour attirer son attention, sa mère jeta son trousseau sur son cahier ouvert. Il y avait un nombre incalculable de clés accrochées aux anneaux, ouvrant chacune une chambre ou plusieurs dans lesquelles sa mère devait faire le ménage. Eileen les repoussa comme si le trousseau était un nid à microbes.

« Tu peux poser tes livres cinq minutes ? reprit sa mère. J'aurais besoin de toi pour nous emmener en voiture quelque part, mes amis et moi.

— Vous emmener où ? Et quels amis ?

— Mes amis de la réunion. »

Mes amis de la réunion, se répéta amèrement Eileen. *Elle réussirait presque à nous attendrir.*

« Tu n'as qu'à la prendre, déclara-t-elle sans lever le nez.

— Je ne suis pas à l'aise quand je la conduis. »

Sa mère, qui n'avait son permis que depuis un an, n'était pas très habile au volant. Et la Pontiac était encore toute neuve.

« Mais j'ai un examen à réviser.

— Écoute, j'ai dit à tout le monde que c'était moi qui passais les chercher cette semaine, expliqua sa mère. On fait ça à tour de rôle.

— Et comment pensais-tu tenir parole, exactement ?

— Allez, répondit sa mère. Il est déjà tard. »

Le premier arrêt était à Jackson Heights. Eileen fut surprise de se retrouver au pied d'une de ces résidences. Elle avait toujours imaginé que les gens fortunés étaient épargnés par les attributs les plus tristes de la nature humaine. Sitôt sa mère sortie de la voiture, Eileen reprit son cahier. Elle espérait réviser à chaque arrêt, et tant pis si les autres se trouvaient dans le véhicule. Elle n'avait pas de temps à perdre avec des salamalecs ; le fait d'avoir souscrit à cette corvée déprimante était déjà bien assez.

Lorsque sa mère revint, une vivacité nouvelle illuminait sa voix.

« Hiram, lança-t-elle à l'homme qui s'installait sur la banquette arrière, je te présente ma fille, Eileen, qui nous conduira ce soir.

— Bonsoir Charon, plaisanta-t-il.

— *Eileen*, répondit-elle.

— Je parlais du nocher des Enfers. Charon. Sur le Styx.

— Ah, fit-elle. D'accord, je vois.

— Charon, celui qui conduit les morts. »

Le postiche d'Hiram s'était malencontreusement déplacé quand il s'était cogné en entrant dans la voiture, mais au lieu de l'ajuster d'une main furtive, il l'enleva et le remit à sa place avec un naturel déconcertant, comme si, plutôt que de camoufler son crâne chauve, cet accessoire servait à l'exhiber.

« Je te rassure, Hiram, tu es encore vivant, lui répliqua sa mère avec un petit gloussement. En revanche, on ne peut pas en dire autant de la chose que tu portes sur la tête.

— Je te donne une astuce, déclara-t-il alors à Eileen : évite les hommes à moumoute.

— Sage conseil, remarqua-t-elle.

— Va dire ça à ma femme. Enfin, je n'avais pas ce machin-là quand elle m'a connu. Tu aurais vu ma crinière ! On aurait dit Samson. »

Dans le rétroviseur, Eileen l'observa, tourné vers la fenêtre d'un air rêveur. Mais un œil alerte lui rendit son regard, comme si Hiram avait l'habitude d'être dévisagé.

« Nous, on évite les femmes avec des ciseaux », ajouta-t-il en étouffant un rire.

Il devait s'agir d'une de ses blagues favorites ; à côté, les bons mots les plus lourds semblaient aussi légers qu'une plume.

« On évite de boire trois verres au déjeuner, poursuivit-il.

— *Un* verre, rectifia sa mère.

— Oh, puisque nous allons en enfer, autant y aller avec panache. À propos, cette voiture est une merveille.

— Merci, répondit Eileen.

— Tu inverses les choses, intervint sa mère. L'enfer, on en sort.

— Oui, oui, approuva-t-il par politesse. Le purgatoire, le plein d'espoir. J'exagère peut-être : disons plutôt que nous ne sombrons pas dans le désespoir. À défaut, nous nous consolons avec cette belle tire. »

Sa mère débordait d'enthousiasme quand elle sonna aux autres portes et ramena ses amis dans la voiture, où elle parla sans s'interrompre de la pluie et du beau temps pour les mettre à l'aise. Eileen n'avait pas osé rouvrir son cahier, même lorsqu'elle s'était retrouvée seule à seul avec Hiram. Elle avait finalement passé un excellent moment. Quelques minutes lui avaient suffi pour sentir la détermination qui émanait de ces gens-là. Après trois arrêts, Eileen se gara au bout d'un pâté de maisons et, les yeux rivés sur le rétroviseur, observa sa mère et ses quatre amis – éventail de largeurs et de hauteurs différentes – disparaître dans le sous-sol de l'église.

Sur le chemin du retour, une fois tous ses amis déposés, sa mère souffla sa fumée de cigarette par la vitre entrouverte en déversant un flot de paroles rapide et continu. Mais, aussi optimiste qu'elle parût, Eileen voyait bien que les coins de ses lèvres pointaient vers le bas, comme tirés par un hameçon. Sa mère ne croyait pas totalement à sa propre rédemption. Eileen elle-même n'était pas sûre d'y croire, elle qui lui avait pourtant permis d'y accéder, au prix de larmes et d'heures passées à la table de la cuisine – où sa mère avait déterré toutes les erreurs qu'Eileen s'était échinée à enfouir, et avait imploré son pardon. Sa mère avait travaillé dur pour tuer le passé, mais le passé était resté vivant dans l'esprit d'Eileen, consciente que cette apparente solidité pouvait fondre à tout moment, redevenir ce liquide qui s'était infiltré dans les moindres recoins de son enfance, apportant pourriture et chaos. L'odeur de ce passé, irrépressible fumée, polluait l'air qui les séparait ; et, en l'absence d'autres personnes pour le filtrer, un nuage âcre persistait à présent.

« Ouvre plus grand, s'il te plaît. »

Sans dire un mot, sa mère s'exécuta. Les yeux fixés sur l'horizon, elle fumait en évitant le regard d'Eileen comme elle le faisait autrefois, lors de ses plus mauvais jours. Eileen se gara et descendit pour baisser les vitres arrière. Elle resta là un instant, à contempler sa mère. Vue de dos, celle-ci aurait presque pu passer pour quelqu'un d'autre et cette impression, étrange et fugace, lui procura une joie soudaine. Peu importait ce que traversait sa mère, Eileen avait décidé de s'en détacher. Elle avait déjà sa propre vie à gérer. La vie était ce que l'on en faisait. Parmi les maisons où elle avait déposé ces gens, certaines lui auraient convenu ; pourquoi eux ne parvenaient-ils pas à s'en accommoder ? Si elle avait vécu dans une telle demeure, elle n'aurait pas eu besoin de monter un jour dans la voiture d'une autre, pour se rendre à une réunion dans le sous-sol humide d'une église. Elle aurait plutôt contemplé sa cheminée, son canapé en cuir ou son salon plein de livres ; elle aurait écouté le silence ; elle aurait passé la tête dans les pièces vides avant l'arrivée d'un invité, ces pièces agréablement inutiles le reste du temps. Toutes ces choses-là auraient suffi à lui faire poser son verre. Et pourtant, il existait des gens pour qui ce n'était pas le cas. Leur existence même, leur impuissance à se contenter de ce qu'ils avaient la perturbaient, prouvaient que certaines formes de malheur étaient des puits sans fond. Elle secoua la tête pour chasser cette pensée comme de la poussière d'un tapis oriental, et décida qu'une maison lui suffirait.

6

ELLE PASSA TOUT L'AUTOMNE 1963 à essayer de convaincre son cousin Pat d'entrer à l'université. Puis le mois de décembre arriva et, avec lui, la fin de la période des inscriptions. De nombreux établissements les avaient déjà clôturées. Eileen alla chez Pat tenter sa chance une dernière fois.

« Je ne suis pas fait pour les études supérieures, lui dit-il, ses gros pieds posés sur la table basse de l'appartement de tante Kitty, où Eileen était assise, les genoux serrés sous les plis de sa jupe en coton.

— N'importe quoi.

— Je n'ai jamais fait d'étincelles à l'école. »

Il se pencha en avant, tapota sa cigarette au-dessus d'une tasse à café et se radossa.

« Tu serais un étudiant brillant. Tu es plus intelligent que la moyenne.

— Et toi, tu ferais mieux d'arrêter d'espérer que je devienne le prochain leader des États-Unis. »

En vérité, Eileen avait déjà abandonné cette idée. Pat avait été assez malin pour arriver jusqu'en terminale sans avoir à lever le petit doigt et avait le don de s'attirer la faveur des gens – ce qui n'était pas sans lui rappeler son père –, mais cela ne l'empêchait pas de ruiner son avenir prometteur dans des bars interdits aux mineurs. Eileen avait fini par se résigner. Elle ne demandait plus qu'une chose : qu'il reste à l'abri du danger.

« Tu pourrais décrocher des A les yeux fermés, insista-t-elle malgré tout. À condition de fournir quelques petits efforts. »

Elle croisa les jambes et se mit à jouer avec le paquet de cigarettes, résistant à l'envie de chasser la fumée qui flottait dans sa direction.

« C'est pas mon truc d'être assis derrière un bureau pour gratter du papier. Je n'arrive pas à tenir en place.

— Et si je remplis les dossiers pour toi ?

— J'ai besoin de bouger, moi. Et je n'ai pas envie de rester enfermé. »

Il écrasa sa cigarette et glissa ses mains derrière sa tête.

« Ne t'inquiète pas, tu auras tout le loisir de bouger, au Vietnam, répondit-elle amèrement. À condition que tu aies encore tes deux jambes pour le faire, bien sûr. »

Quand il fêta ses dix-huit ans, en février 1964, Eileen le poussa à épouser sa petite amie du moment, en vain. Quatre mois plus tard, à sa sortie du lycée, il était convoqué pour une visite médicale. Eileen fut terrifiée. Pat était un spécimen idéal, grand et vigoureux, doté d'une santé incroyable, d'une vision quasi parfaite et de bons genoux, en dépit de la malédiction qui courait dans la famille. Il n'avait aucune chance d'être réformé. Elle l'exhorta à s'engager dans la Garde nationale pour échapper à une affectation plus dangereuse. Lorsque la résolution du golfe du Tonkin fut signée au mois d'août, cela la rassura un peu. Elle était alors convaincue qu'il finirait à l'université. Pourtant, quelques semaines plus tard, il s'en alla postuler chez les Marines.

Après toutes les bagarres de rue qu'il avait gagnées, Pat présumait certainement de ses capacités. Il fut envoyé à Parris Island, où il apprit les bases, puis se spécialisa dans la manipulation des missiles antichars avant d'être affecté au Camp Lejeune, où il demeura jusqu'en juin 1965, moment auquel il se porta volontaire pour partir au Vietnam après les premières vagues meurtrières qui touchèrent le sud du pays.

Il téléphona à Eileen avant de s'en aller. Elle n'arrivait pas à se le représenter, les cheveux coupés en brosse, à l'autre bout du fil, semblable à tous ces autres garçons en polo et pantalon de toile, comme si tous étaient allés faire leurs emplettes dans le même magasin. Elle ne pouvait le voir autrement que dans le blazer de St. Sebastian, vacillant d'un pied sur l'autre avec impatience tandis qu'elle lui ajustait son nœud de cravate. Pat était comme un frère pour elle.

« Tu as intérêt à rester en vie ou tu entendras parler de moi, lui dit-elle.

— Il y a des gars qui pètent de trouille à côté de moi, mieux vaut que je te les passe si c'est pour faire un sermon. C'est à Pat que tu causes. Pat *Tumulty*. Allez, à bientôt.

— Très bien.

— Et dis à ton père qu'il va être fier de moi. »

Le père d'Eileen lui avait tellement rebattu les oreilles avec ses discours patriotiques que Pat était persuadé de s'embarquer pour une noble cause.

« Que ce soit clair : n'essaye même pas de jouer les héros pour l'impressionner, rétorqua Eileen. Il ne l'avouera jamais, mais il est mort de peur à l'idée qu'il puisse t'arriver quelque chose.

— Il te l'a dit ?

— Il n'a pas besoin de le dire, ça crève les yeux. Tout ce qu'il souhaite, c'est que tu rentres chez nous en un seul morceau. Tu sais bien qu'avec tous ses principes à la noix on ne voit même plus l'homme qu'il y a derrière.

— Il irait au casse-pipe à ma place si on le laissait faire.

— Peut-être, mais ça ne veut rien dire. De toute façon, mon père a toujours eu peur d'avoir une vie normale. Mais toi, reviens en un seul morceau, rentre dans le rang, et tâche de m'impressionner *moi*, plutôt. Oublie-le un peu, va. »

Elle entendit presque Pat se rengorger. Il répéta :

« Dis-lui qu'il va être fier de moi.

— Tu n'as qu'à lui dire toi-même, soupira-t-elle. Tu le trouveras là où tu l'as laissé, dans son fauteuil à la con. Il n'a même plus besoin d'en bouger : tout le monde vient à lui, maintenant.

— Je le ferai.

— À bientôt, Pat », lui dit-elle, puis elle pensa : *Adieu, Pat,* au cas où ces mots seraient vraiment les derniers.

Elle attendit de l'entendre raccrocher.

7

EILEEN ÉTAIT DE PLUS EN PLUS IMPATIENTE qu'arrive le jour où elle prendrait le nom d'un homme. Avec son caractère typiquement irlandais, « Tumulty » la gênait, charriait des odeurs de tourbe et des échos de chants révolutionnaires minables, révélateurs de la rancœur et de l'animosité qui coulaient dans ses veines et faisaient parfois surface sous la forme d'une familiarité traîtresse.

Elle avait grandi au milieu d'un si grand nombre d'Irlandais qu'elle n'avait jamais vraiment songé à ses racines. Quand, le jour de la Saint-Patrick, une clameur semblable à celle d'une réunion de famille s'élevait dans la ville tout entière, une fierté tribale la gagnait, et chaque fois que résonnait la longue plainte des cornemuses, une loyauté ancestrale la mobilisait.

Pourtant, lorsqu'elle entra à l'université et s'aperçut qu'il existait un monde où son père n'était pas roi, elle commença à comprendre que les opinions des autres étaient susceptibles de peser considérablement dans la balance de l'avenir. Son prénom, Eileen ne pouvait s'en débarrasser, mais le fait de l'accoler à un autre nom, tout à fait différent du sien, lui aurait permis d'apprécier à nouveau son identité irlandaise, voire de la défendre avec fierté, comme au cours des rares occasions où son âme avait été rappelée à ses origines – à l'instar de ce jour où, la veille de son dix-neuvième anniversaire, Kennedy avait été élu Président et où elle en avait pleuré de joie.

Elle voulait un nom passe-partout, juste pour l'étiquette, pour le décorum, n'évoquant rien de plus qu'une longue lignée issue de l'Amérique blanche et protestante. Et si ce nom allait de pair avec le pedigree adapté, elle ne s'en plaindrait pas.

À la mi-décembre 1965, Eileen effectuait son second cycle à l'université de New York, spécialisée en administration hospitalière, après avoir bouclé le premier en trois ans, comme prévu. Entre les cours, elle retrouvait sous l'arche de Washington Square son amie Ruth, qui travaillait dans le quartier, pour aller déjeuner. La journée était particulièrement douce pour un mois de décembre ; certains jeunes hommes avaient tombé le manteau.

« Ce n'est pas non plus qu'il ait *besoin* d'un rancart, expliqua Ruth à Eileen tandis qu'elles se dirigeaient vers un snack-bar de Broadway. Il se trouve qu'il n'a personne, c'est tout. »

Eileen poussa un soupir. Chaque fois que ses amies croyaient lui avoir trouvé un homme, elle avait affaire à des beaux parleurs, des play-boys prétentieux dont les numéros de charme fonctionnaient sur tout le monde, sauf elle.

« Je suis sûre que ce type se trouvera quelqu'un, répondit-elle. Tu n'as qu'à lui dire que tout vient à point à qui sait attendre. »

Les hommes qui l'attiraient – ceux en qui l'on pouvait avoir confiance, des hommes prévisibles – passaient pour barbants aux yeux des autres filles. Des hommes comme ça, Eileen n'en rencontrait pas assez. Peut-être n'arrivaient-ils pas à l'atteindre, effrayés par la foule de prétendants qui gravitaient autour d'elle dans les bars. Si tel était le cas, cela prouvait déjà qu'ils n'étaient pas faits pour elle. Mieux valait encore finir seule qu'avec une mauviette.

« Tu es *impossible* ! s'écria Ruth. Moi qui essaie de te rendre service ! Eh bien, tu sais quoi ? J'arrête. Je jette l'éponge », fit-elle en boutonnant son manteau.

Eileen sentait son amie bouillir de colère. Mais une fois arrivée devant le snack-bar, Ruth l'arrêta.

« Écoute, dit-elle, c'était pour Frank que je faisais ça. On est ensemble depuis peu de temps, je ne pouvais pas lui refuser cette faveur. Personnellement, je me fiche de ce que tu feras pour le nouvel an. Tu n'as pas envie de faire la fête ? Très bien. Tu préfères passer le reste de ta vie toute seule ? Très bien. Au moins, j'aurai essayé. De toute façon, après le coup que tu m'as fait avec Tommy Delaney...

— Toi, tu te crois en sécurité parce que tu sors avec un militaire, répondit Eileen comme si elle se parlait à elle-même. Un type de West Point, c'est ça, d'après toi, le gros lot ? »

Elle observa un taxi s'arrêter au coin de la rue et un homme payer sa course.

« Tommy était quelqu'un de très bien, protesta Ruth.

— Oh, je n'en doute pas. Mais dommage que je n'aie pas pu le vérifier par moi-même : il a passé la soirée à donner des tapes dans le dos à tous les gars du bar.

— Tommy est très populaire.

— Et après avoir payé sa tournée générale, il m'a sorti que j'étais sa future femme. Tout le bar s'est mis à hurler. Quel culot ! »

Le client descendit du taxi, son journal sous le bras. C'était un bel homme, un grand brun aux cheveux courts, avec de superbes lunettes. Sans doute un professeur de passage, grec ou italien. Elle détourna les yeux avant qu'il ne lui fasse face.

« Il t'aimait bien. Il a fait ça pour t'impressionner.

— M'impressionner !

— Écoute, le type dont je te parle est différent, dit Ruth sans grande conviction. Il ne risque pas de jouer les don Juan : il n'a pas plus envie que toi d'aller à cette soirée.

— Et pourquoi ? Il ne serait pas homo par hasard ? »

Eileen ne savait trop pourquoi elle continuait à discuter. En temps normal, elle aurait déjà cédé devant l'insistance de son amie, mais elle n'avait pas envie d'essuyer une nouvelle déception, pas le soir du nouvel an. Elle regarda le taxi s'éloigner, puis s'arrêter à nouveau pour prendre un jeune couple. Le soleil, caché derrière un nuage, reparut. Ruth déboutonna son manteau.

« Il fait une thèse à NYU. C'est un scientifique. Frank est en cours d'anatomie avec lui. Il est complètement obsédé par sa recherche, un vrai rat de bibliothèque. Frank se fait du souci pour lui. Il aimerait qu'il s'aère un peu. »

Eileen se garda de tout commentaire, s'efforçant de ne pas croire à l'image pleine de promesses qui se formait dans son esprit.

« Frank lui a dit que c'était moi qui l'avais harcelé pour caser une copine le soir du nouvel an.

— Ça c'est trop fort ! s'écria Eileen. C'est moi qui dois passer pour la laissée-pour-compte, maintenant ?

— Mais c'est un gentleman. Il ne pourra pas dire non s'il sait qu'une femme a besoin de lui. Il n'y avait que ça qui pouvait marcher.

— Ruth ! »

Deux filles passèrent devant elles pour pénétrer dans le snack. À travers la vitrine, Eileen pouvait voir que les places au comptoir étaient toutes occupées ; il ne restait plus qu'une banquette de libre.

« Et si je te disais qu'il est mignon ? Même Frank l'a reconnu. Il paraît que toutes les filles le trouvent craquant.

— Eh bien, qu'elles le prennent, répondit-elle sans le vouloir, elle-même surprise d'être sur la défensive.

— Allez, fais-le pour moi. C'est la dernière fois que je t'embête, promis, dit Ruth qui s'apprêtait à pousser la porte du snack. Après ça, tu auras tout le loisir de devenir vieille fille.

— Très bien. Mais quand le jour J viendra, ne compte pas sur moi pour faire semblant de me réjouir. »

En attendant le jour J, Eileen réussit à se persuader qu'elle ne faisait rien de plus qu'une bonne action. Mais au moment où la sonnette retentit chez Ruth, sa nervosité grimpa en flèche, au point qu'elle courut s'enfermer à clé dans la chambre.

« Arrête ! Il faut que j'aille lui ouvrir, protesta Ruth.

— Je n'y vais pas. Dis-lui que je suis malade ou je ne sais quoi.

— Sors de là et va dire bonjour ! » lui intima Ruth tandis que l'on sonnait à nouveau.

Elle entendit son amie le faire entrer. La voix du garçon lui plut : douce, mais non dénuée d'une certaine force. Elle se résolut à sortir, mais seulement après avoir décidé de lui faire vivre la pire soirée de sa vie. Jamais elle ne laisserait croire à quelqu'un qu'elle avait besoin de compagnie, et certainement pas à un handicapé social qu'il lui faudrait tirer par la manche partout où elle irait.

Mais elle n'eut pas le temps de lui faire la moindre réflexion ; Ed s'était déjà levé. Il était beau, en effet, mais pas trop ; soigné, svelte, et élégant jusque dans les traits de son visage, qui lui conféraient une gravité charmante quand il souriait.

Il se pencha et lui souffla à l'oreille :

« Je sais que rien ne t'obligeait à accepter. Je vais tout faire pour que tu n'aies pas l'impression d'avoir perdu ton temps. »

Son cœur marqua un battement, comme un moteur chauffant par un après-midi d'hiver.

Il dansait comme un dieu. Lorsqu'il l'attira contre lui, elle fut surprise par sa force tranquille. Ses lunettes, sa coiffure soignée, la galanterie qu'il avait déployée en chemin et à chaque porte qu'ils avaient passée, tout cela l'avait intimidée, mais, une fois pendue à son cou, elle se détendit. Les autres filles assises à leur table voyaient en lui l'homme le plus courtois qu'elles aient jamais rencontré. Lorsqu'elle l'entendit parler pour la première fois – avec une parfaite éloquence qui, étrangement, ne lui donnait pas le moindre accent –, il lui fit l'effet d'un de ces professeurs que l'on voyait dans les films, mais sans la loufoquerie qui, d'ordinaire, émasculait ce genre de personnage. Son raffinement aurait fait hausser les sourcils des hommes auxquels elle était habituée jusque-là, les hommes de son milieu. Il était capable de discuter de sujets hors de leur portée. Et s'il prenait une bière, ce n'était que pour la laisser se réchauffer entre ses mains, telle une offrande aux dieux de la conversation. Eileen se demandait comment il s'entendrait avec son père, et c'est sans doute pour cette raison qu'elle le lui présenta plus tôt que prévu, au cas où ce dernier briserait ses espoirs ; mais, au contraire, le patriarche fut conquis. Ces deux-là s'entendaient si bien qu'elle dut même feindre l'agacement. Cela n'aurait pas dû la surprendre, pourtant : Ed était un enfant du quartier, le genre à jouer des poings pour défendre un ami, mais aussi, par sa force de dissuasion, à empêcher une bagarre d'éclater ; le genre auquel les hommes prêtaient attention, car sa manière de s'exprimer suggérait qu'il ne leur répétait pas ce qu'ils savaient déjà.

Ed avait un don pour le sport. Lorsqu'ils rejoignirent sur le green la vieille amie d'Eileen, Cindy, et son époux, Jack, grand amateur de golf, Ed plaça la balle sur le tee et envoya un coup si sûr qu'on ne distingua plus qu'un point à l'horizon, au terme de sa longue parabole.

Ils allèrent passer un week-end à Forest Hills chez d'autres amis d'Eileen, Marie et Tom Cudahy. Près de la maison se trouvait un terrain de tennis. Après avoir emprunté des tenues à leurs hôtes, tous les quatre jouèrent en double, pour le plaisir, sans compter les services ni les points. Ed retournait des coups que personne n'aurait été assez rapide pour rattraper. Lorsque, à la fin, Tom lui proposa de jouer seul avec lui, Eileen surprit l'expression gênée de Marie. L'une comme l'autre savait ce qui allait arriver. Tom avait défendu les couleurs de l'université Fordham ; ses services étaient puissants, et il prenait un malin plaisir à malmener ses adversaires, même s'il s'était bien gardé de montrer son esprit de compétition pendant les doubles mixtes.

Les deux hommes se mirent en position. Tom envoya un véritable boulet de canon. Plus d'une fois, la balle fila droit sur Ed, sans même un rebond, comme si Tom le visait délibérément. Au second service, la balle arriva sur ses mains. Ed tourna les poignets juste à temps pour renvoyer le coup et faire passer la balle au ras du filet. Tom accourut, mais trop tard : la balle avait déjà rebondi plusieurs fois avant qu'il ait eu le temps de la toucher. Le service changea ; Ed lançait des balles réfléchies, fiables, et renvoyait les coups avec force et vigueur. Eileen n'était pas insensible à la manière dont il promenait sa raquette, tel un fouet, devant sa poitrine, répondant aux attaques avec une férocité soudaine. Il expédiait la balle dans les coins et baladait son adversaire. Tom remporta le set, mais jamais personne dans leur petit cercle ne lui avait donné autant de fil à retordre.

Ils retournèrent chez les Cudahy pour prendre une douche et se changer. Eileen et Ed marchèrent les doigts entrelacés, tandis qu'elle tenait de sa main libre le bas de la robe courte qu'elle avait empruntée. Sur le court, au milieu de toute cette agitation, elle n'avait éprouvé aucune gêne, mais elle se sentait presque nue à présent. Ed, lui, était sensationnel dans les vêtements que Tom lui avait prêtés, à croire qu'il était né pour les porter.

« Je ne savais pas que tu jouais si bien au tennis, lui dit-elle.

— Je ne suis pas si bon que ça.

— D'après ce que j'ai vu, si. »

Il faisait rebondir une balle en marchant.

« J'ai travaillé comme agent de propreté un été, à Prospect Park. Il m'arrivait de rester là-bas à la fin de ma journée pour jouer au club. Je passais mon temps à courir après les balles ! Un jour, un joueur pro m'a gentiment donné quelques conseils. Il m'a dit : "Il faut que tu ailles là où tu penses que la balle va aller. Et tâche d'y arriver avant elle."

— Ma stratégie à moi n'est pas mauvaise non plus, répondit-elle. "Ne pas bouger d'un pouce." Il m'a suffi de laisser la balle passer puisque tu étais derrière moi.

— J'avais remarqué, fit Ed en riant.

— C'est vrai que je ne suis pas très dégourdie… »

Un parfum de chèvrefeuille s'élevait du jardin. Ed rangea sa balle dans sa poche.

« Il faut dire que ce ne serait pas correct de te faire transpirer dans cette robe blanche. » Il l'attira vers lui avant de lui pincer la hanche. « Cette *toute petite* robe blanche. » Ils avancèrent d'un pas maladroit, collés l'un à l'autre. « Ça friserait l'indécence.

— Cette toute petite robe blanche est faite pour jouer au tennis, Tarzan, dit-elle en le repoussant gentiment. Alors un peu de tenue, s'il te plaît. »

Tom marchait devant avec Marie, sa raquette sur l'épaule comme le fusil d'un chasseur, et tout débraillé. À la manière dont son polo sortait de son pantalon, on comprenait qu'il n'avait jamais eu de problèmes d'argent, mais Eileen savait qu'il espérait, de cette façon, ressembler à tout le monde. Tom avait beau travailler chez J. P. Morgan, lui aussi était originaire de Sunnyside, et son père était un travailleur comme le sien – à quoi s'ajoutait que l'université de Fordham n'avait pas non plus le prestige de Yale, de Harvard ou de Princeton.

Quand le serveur arriva, Tom fronça le nez et désigna en silence un nom sur la carte des vins, sans doute par peur de mal le prononcer. Puis il commanda à manger pour tout le monde, sans même demander aux autres ce qu'ils voulaient. Ed pressa tendrement la main d'Eileen et un courant passa. L'espace d'un instant, Eileen eut l'impression de savoir exactement ce qu'il pensait, pas seulement à propos de Tom, mais aussi à propos d'elle, de lui, de la vie, et elle aimait la manière dont Ed voyait les choses. Elle pourrait rester sur la même longueur d'onde que lui toute sa vie durant, pensa-t-elle.

Ed n'était pas un dur, mais pas un faible non plus. Quel était le mot pour le décrire ? *Sensible* était le seul à lui venir à l'esprit, si étonnant que cela puisse paraître ; Ed était un homme sensible. Un homme qui s'imprégnait de tout ce que vous lui donniez.

Son nom, Leary, n'aurait pas pu être plus irlandais, mais elle finit par se dire qu'elle pourrait l'épouser malgré tout.

8

MÊME SI LA FAMILLE D'ED ÉTAIT ARRIVÉE À NEW YORK peu avant la guerre de Sécession, son seul fait d'armes remontait à l'époque où l'arrière-arrière-grand-père d'Ed avait contribué à la construction de l'*USS Monitor*. Ed disait que son père entretenait délibérément le flou autour de cette histoire, laissant entendre que l'aïeul avait été une sorte d'architecte naval, alors qu'il était juste un griveton comme les autres, qui allait pointer au chantier de Continental Iron Works, à Greenpoint, où avait été bâtie la coque du cuirassé.

La mère d'Ed, Cora, avait une voix réconfortante et un rire de velours. Eileen et Ed passaient les vendredis soir en sa compagnie, à boire du thé et manger des cookies à l'avoine dans la cuisine où Ed avait grandi, dans un appartement de Luquer Street, à Carroll Gardens, au bord de la voie ferrée, non loin de la ligne aérienne F du métro. La fenêtre était toujours ouverte, même par les jours les plus froids, pour faire disparaître la buée. Eileen aimait regarder les rideaux en dentelle se soulever avec le vent. Des chats errants du pâté de maisons voisin se pelotonnaient dans des vieux pneus ; lorsqu'ils sautaient sur le rebord de la fenêtre, Cora les chassait d'un coup de torchon. Les trains défilaient en cahotant, à intervalles réguliers, marquant le temps qui passait. Chaque fois qu'Eileen se levait pour partir, Cora l'étreignait contre sa poitrine. Cette affection maternelle l'étonnait toujours. Elle retournait alors ces accolades, avec maladresse et non sans une certaine curiosité, mais elle les retournait malgré tout.

Le père d'Ed, Hugh, était mort depuis des années. Eileen en savait peu sur lui ; Ed donnait des informations au compte-gouttes et Cora ne l'évoquait jamais. La seule trace de lui qu'il restait dans l'appartement était une photo sous cadre, posée sur l'un des bouts de canapé, où il apparaissait en chapeau et pardessus, un sourire furtif sur les lèvres. Eileen avait appris qu'il jouait du piano pour accompagner les films muets ; qu'il avait travaillé à l'usine Sapolin où il scellait des pots de peinture, et avait un jour gagné un extra en suggérant que le logo du bidon soit reproduit sur le château d'eau planté sur le toit ; qu'il avait été embauché par les assurances Chubb en tant que chargé d'indemnisation ; et que la Seconde Guerre mondiale était la seule chose qui lui avait donné une vraie raison de vivre.

Ed semblait moins mal à l'aise quand il racontait la vie de son père pendant la guerre, même si lui-même n'avait aucun souvenir de cette période. C'étaient seulement des histoires qu'il avait entendues.

« Il pouvait parler pendant des heures quand on le lançait sur le sujet », disait-il.

Après l'exhortation du gouvernement pour que les civils prennent part à l'effort de guerre, Hugh s'était retrouvé sur les docks, au chantier naval Todd, à serrer des boulons sur des plaques en acier pour réparer les cloisons et les coques des bateaux endommagés. Le travail en lui-même n'avait rien de très excitant, hormis, peut-être, le léger danger qu'il y avait à rester suspendu au-dessus de l'eau, mais Hugh aimait trimer sous le soleil avec les autres hommes, et sentir à plein nez l'air iodé en imaginant à quoi ses efforts serviraient ; peu lui importait si les Leary travaillaient toujours sur des bateaux au bout de trois générations.

Ed disait que son père et les autres transformaient de simples cargos en véritables tankers, grâce à une seconde couche qui complétait la coque. Ils convertissaient aussi des paquebots de luxe en caserne pour le transport des troupes.

L'apogée de leur mission, aussi bien en termes de complexité que de prestige, fut atteinte lorsqu'ils travaillèrent sur le *Queen Mary*. Ils le dépouillèrent de son mobilier et ses lambris, remplacèrent ses bars et restaurants par des hôpitaux, le peignirent en gris foncé pour tromper les sous-marins ennemis et l'équipèrent d'un dispositif ignifugé. Le *Queen Mary* filait aussi vite qu'un contre-torpilleur, poussant des pointes à trente nœuds là où un sous-marin n'en faisait que dix. Au plus fort du conflit, en 1943, le paquebot transporta seize mille hommes de Londres à Sydney, sans même une escorte armée.

Un soir, Eileen s'attarda chez Ed. Cora était partie se coucher. Ils étaient assis dans le canapé en toile élimée, dont le rembourrage sortait par endroits. Eileen prit la photo de Hugh posée sur la petite table.

« Il était comment ? demanda-t-elle.

— Comme beaucoup de pères, j'imagine, répondit Ed. Il partait travailler, rentrait tard le soir. On ne le voyait pas beaucoup.

— Mais en tant qu'homme, je veux dire. Quand j'essaie de me le représenter, je n'arrive pas à voir autre chose que ce manteau et ce chapeau. »

À la lumière des deux lampes posées de chaque côté du canapé, la pièce avait des airs d'arrière-salle de club miteux. Dans chaque coin du salon, Cora avait exposé de jolies statuettes, mais rien qui suffisait à transformer cet appartement en un véritable foyer. Eileen vit soudain d'un autre œil le fait que sa mère ait toujours bien tenu la maison, veillant à ce que rien ne s'abîme ; et aussi le fait que son père n'ait jamais hésité à mettre la main au porte-monnaie pour remplacer un meuble quand le besoin s'en faisait sentir. Ed n'avait pas grandi avec ça.

« Il aimait bien rire, expliqua-t-il. Il racontait souvent des blagues scabreuses. Et puis il avait tout le temps un cigare à la bouche. On aurait dit un chien avec la langue qui pend. Il était toujours en train de courir à droite à gauche, parce qu'il ne voulait jamais rien manquer.

— Quoi d'autre ? » demanda-t-elle en posant la photo. Elle le sentait sur le point de se livrer. « Continue.

— Il était porté sur la bouteille. Ce n'était pas beau à voir, quand il buvait.

— Je connais ça, répondit Eileen, sur quoi tous deux communièrent en silence.

— Je suis désolé, dit-il. Tu mérites mieux. »

La gorge d'Eileen se serra d'émotion.

« Tu peux tout me dire, tu sais.

— Quand bien même il y aurait quelque chose à dire, je ne saurais pas comment faire.

— Dis-moi ce qui te passe par la tête, c'est tout. »

Mais Ed se tut, et elle craignit tout à coup d'être allée trop loin. Nerveuse, elle avait tiré sur le tissu qui recouvrait le bras du canapé ; elle tâcha de le remettre en place d'une main, sans quitter Ed des yeux. Elle aurait dû le laisser tranquille plutôt que de se risquer à l'agacer et à le voir se fermer comme une huître, mais elle refusait d'en revenir à des rapports superficiels, tels ceux qu'elle avait entretenus avec les autres hommes. Eileen n'avait jamais autant désiré parler à quelqu'un qu'à Ed. Elle désirait lui dire des choses qu'elle n'avait jamais dites à personne, et apprendre sur lui des choses comme elle n'en avait jamais apprises sur personne. Elle avait toujours pensé qu'un soupçon de mystère lui était indispensable pour apprécier un homme. Pourtant, connaître davantage Ed ne la rebutait pas, au contraire.

« Tu te souviens de Charlie McCarthy ? lui demanda Ed après un moment. La marionnette d'Edgar Bergen ? Mon père disait que je lui ressemblais. »

Eileen joignit les mains sur ses genoux et retint son souffle en s'efforçant de ne pas avoir l'air trop impatiente d'entendre la suite.

« J'ai compris relativement tôt que je pouvais réussir à le faire rire en imitant Charlie McCarthy. Alors je me suis entraîné et j'ai fini par maîtriser sa voix. Quand mon père rentrait du bar, je sautais sur le canapé avec mon air comique. » Ed joignit le geste à la parole. Il esquissa un sourire déformé et ouvrit de grands yeux ronds qu'il fit rouler de droite à gauche comme un sinistre pantin. « Ça le faisait rire, des fois. Mais d'autres fois, il me coupait en plein milieu de mon numéro en me disant que je ne ressemblais pas du tout à une marionnette. Je n'arrivais jamais à prévoir sa réaction. Je me souviens de la dernière fois où je lui ai fait le coup. Il a ri, mais ri ! Et puis, ajouta Ed en abattant sa main sur la table basse, il m'a balancé une claque sur la figure, vlan ! et il m'a dit d'arrêter de me ridiculiser. »

Leurs mains migrèrent l'une vers l'autre, sur le canapé. Leurs doigts restèrent enlacés un moment, après quoi Eileen lui prit la main avant d'y déposer un baiser et de se rapprocher de lui.

Ed lui expliqua ensuite qu'il n'avait jamais évoqué avec sa mère le problème d'alcool de son père, mais il présumait que celui-ci n'avait jamais bu avant la guerre.

« Si la guerre avait perduré, ou s'il s'était trouvé à faire un métier à l'extérieur, comme gardien de parc par exemple, peut-être que les choses auraient été différentes. »

Une fois la paix proclamée, Hugh avait fait son retour chez Chubb, où il demeurait assis toute la journée derrière un bureau. Il n'avait aucun passe-temps.

« Je crois que le seul moyen pour lui d'apaiser ses angoisses était d'aller chez Molloy. Tout le monde levait son verre quand il entrait. Tout le monde riait à ses blagues, et on le laissait payer des tournées. »

À l'âge de neuf ans, Ed avait été chargé par sa mère d'aller récupérer la paye de son père, en train, tous les vendredis. Quand il n'arrivait pas à temps, ils se retrouvaient coincés pour la semaine. Cependant, son père avait découvert le moyen de remédier au problème : grâce à sa belle voix, il parvenait à empocher dans les vingt-cinq dollars, soit deux tiers de son salaire hebdomadaire, en chantant aux messes funéraires de St. Mary's Star of the Sea. Ed ne l'aurait jamais su s'il n'avait œuvré comme enfant de chœur pendant les enterrements de la semaine.

« La première fois que je suis tombé sur lui, raconta-t-il, je sortais de la sacristie avec ma croix. Il était debout sur le côté, avec un sourire nigaud, et le moment venu il s'est approché du lutrin. Il m'a lancé un coup d'œil nerveux, comme si je l'avais surpris en train de faire je ne sais quoi. Peut-être qu'un de ses amis l'avait pistonné, sachant la voix qu'il avait. J'étais certain qu'il avait bu avant. Ça se voit, ces choses-là. »

Eileen hocha la tête.

« Et puis l'orgue a commencé à jouer, et mon père à chanter. Il avait l'air surpris de sa propre voix, comme s'il s'entendait pour la première fois. Il était bon ! Je n'en revenais pas. Il y mettait du cœur. Il a même fait couler des larmes sur les bancs de l'église.

— Mon père chante comme une casserole, remarqua-t-elle, mais il est persuadé du contraire. »

Ed lui adressa un sourire chaleureux.

« Il est allé chercher son argent, après ça. J'étais dans le presbytère, en train d'enlever mon aube. Il a posé un doigt sur sa bouche et m'a dit : "Pas un mot à ta mère." » Une expression sérieuse apparut sur le visage d'Ed. « Comme si je ne m'en doutais pas. »

À nouveau, elle hocha la tête. Il y a des fois où la vie vous fait grandir plus vite. Mais, à côté de ça, certaines personnes ne grandissent jamais.

« Je l'ai croisé là-bas de plus en plus souvent. Je me demande bien comment il se débrouillait pour continuer à chanter sans se faire renvoyer de chez Chubb. Ce n'était pas rien de faire l'aller-retour jusqu'à son bureau. Aller à l'église, ça devait lui prendre deux, peut-être trois heures de sa journée. Ça a duré des années. À mon avis, les pennies qu'il gagnait, ma mère n'en a jamais vu la couleur. Dire qu'il était à deux pas de la maison pendant tout ce temps. Elle aurait été si contente d'aller déjeuner avec lui. »

Passé ces premières confidences, la digue céda. Eileen et Ed se mirent à sortir une fois par semaine pour manger à Manhattan. La conversation s'orientait souvent sur leurs jeunes années. Elle découvrit qu'Ed avait été un écolier modèle, mais qu'à son entrée au lycée il avait tourné le dos aux études. Après qu'il eut été renvoyé deux fois, Cora avait joué de son influence à la paroisse pour le faire admettre en probatoire dans un établissement catholique de garçons à Manhattan, la Power Memorial Academy. Les interminables trajets en train l'avaient dissuadé de s'y attarder une année de plus. Son diplôme en poche, Ed avait dégoté un petit boulot à l'usine Kohnstamm, sur Colombia Street, à deux pas de chez lui, où il mélangeait de la peinture à des colorants. Ses chèques de paye, il les rapportait à sa mère.

Là-bas, il s'était pris d'admiration pour son supérieur, un scientifique qui supervisait l'équipe de mélangeurs. La découverte des procédés chimiques avait éveillé la passion pour la recherche qui sommeillait en lui. Il apprit si bien à connaître les produits que ses collègues préférèrent vite le consulter lui plutôt que leurs manuels. Il trouva alors un nouveau poste mieux payé, à l'usine Domino, où il transformait du jus de canne en sucre, observant réactions, réactifs et produits. Il commença à suivre les cours du soir dans un centre d'études supérieures, puis quitta Domino pour s'inscrire à temps plein au St. Francis College, où son jeune frère, Phil, étudiait. Cora paya les droits d'inscription de ses deux fils grâce à l'argent qu'Ed avait rapporté à la maison.

Il n'y avait pas de couloir dans leur appartement. Pour passer de la cuisine au salon, on était obligé de frôler les pieds de chaque lit – dont celui qu'Ed partagea avec son frère jusqu'à ses vingt et un ans, moment où leur sœur Fiona se maria et partit pour Staten Island. Et jusqu'au jour où Hugh rapporta chez eux un bureau qu'il avait pris à son travail, Ed et Phil étudièrent ensemble sur la table de la cuisine, seul endroit où ils pouvaient s'étaler. Cora n'avait jamais besoin de les appeler pour dîner : il suffisait de leur demander d'enlever leurs livres.

Les vendredis soir, alors que ses amis étaient de sortie, Ed, lui, restait à attendre le coup de fil du barman. Il arrivait en voiture devant le bar et klaxonnait, puis patientait le temps que son père prenne un dernier verre. Ed ne rentrait jamais : il ne voulait pas voir son père boire. Un jour, il attendit si longtemps qu'il s'assoupit et se réveilla en sursaut, le pied écrasé sur la pédale de frein, persuadé qu'il s'était endormi en conduisant et s'apprêtait à emboutir la voiture devant lui. Il se mit à klaxonner comme un fou ; quelques hommes sortirent pour voir d'où provenait tout ce raffut. Son père finit par les rejoindre et observa Ed comme s'il s'agissait du rejeton un peu barjot de quelqu'un d'autre. Ed continua à marteler le klaxon, et lorsque, enfin, il s'arrêta, son père lui hurla dessus. Après cet épisode, Ed se contenta de donner un petit coup d'avertisseur, avant de couper le moteur.

Comme Phil l'avait été l'année précédente, Ed fut nommé parmi les meilleurs étudiants de St. Francis, au sein de la Duns Scotus Honor Society. Ils devinrent ainsi les premiers frères de l'histoire de St. Francis à recevoir cet honneur.

Ils se trouvaient chez Lüchow, sur la Quatorzième Rue, attablés devant une escalope viennoise-choucroute, quand Ed raconta à Eileen la mort de son père.

« Quelques jours avant la remise des diplômes, dit-il, mon père a fait une crise cardiaque dans le canapé. C'est moi qui l'ai conduit à l'hôpital. Je crois bien que j'ai grillé tous les feux. J'ai dû placer mon bras en travers de sa poitrine pour lui épargner de tomber, ajouta-t-il en mettant son bras devant elle pour lui montrer la position, exactement comme je le faisais quand j'allais le récupérer au bar. J'ai traversé tous les carrefours pied au plancher. Je me suis aperçu qu'il était mort quand on est arrivés là-bas. Je lui ai donné quelques tapes sur les joues. Puis je l'ai soulevé sur mon épaule et je suis entré en catastrophe. »

Ce fut seulement après avoir eu la confirmation officielle de sa mort, lorsqu'il se retrouva assis, en larmes, dans la salle d'attente, qu'Ed se rendit compte qu'il s'était fait très mal au dos. Puis, entre deux spasmes de douleur et de chagrin, il prit conscience de l'amour qu'il portait à toutes ces choses qu'il avait cru détester quand il revenait du bar avec son père : son poids sur ses épaules, qui lui tirait les bras ; la chaleur alcoolisée qu'il dégageait, ces soirs-là ; le piquant de sa barbe contre son cou ; la musique de sa voix tandis qu'il marmonnait tout seul ; le parfum doucereux du whisky.

« On ressent parfois des choses inexplicables, conclut-il. Tu auras beau essayer de les décrire, tu sais que les autres ne saisiront jamais.

— Je vois exactement ce que tu veux dire », répondit-elle.

Il fallut un petit moment à Eileen pour comprendre qu'elle ne faisait pas référence aux sentiments que lui inspiraient ses propres parents. En réalité, il s'agissait de ce qu'elle ressentait maintenant à l'égard d'Ed. Restait à espérer que tout cet amour demeure gravé dans le livre du temps.

« N'en dis pas plus », ajouta-t-elle.

9

EILEEN AVAIT L'INTENTION D'ACHETER UN LUXUEUX CADEAU DE MARIAGE à son futur époux. Hasard des choses, le meilleur ami de son père, en plus d'occuper régulièrement le tabouret voisin du sien chez Hartnett – celui-ci avait détrôné Doherty depuis que son père avait recommencé à fréquenter les bars –, se trouvait être le vice-président de Longines, qui commercialisait les montres LeCoultre en Amérique du Nord. Pour six cents dollars, Eileen fit ainsi l'acquisition d'un prototype de la future collection. Le bijou, monté sur un bracelet en or dix-huit carats, aurait dû lui en coûter deux mille. Elle le paya en trois traites.

Elle réfléchit à l'inscription qu'elle ferait graver dessus : quelque chose d'original renfermant tous les sentiments qu'Ed lui inspirait, quelque chose d'intime qu'ils transmettraient à la postérité, mais toutes ses idées lui semblèrent niaises au possible. Au bout du compte, elle décida de faire graver son nom complet, deuxième prénom inclus, en espérant que cette absence de fioritures serait perçue comme une forme de poésie brute, un témoignage de tendresse, pour lui, son homme.

Une semaine avant leur mariage, ils allèrent dîner à la Tavern on the Green. À la sortie du métro, ils sautèrent dans une calèche qui les escorta jusqu'à l'entrée. Eileen n'avait jamais été dans ce restaurant. Elle apprécia ses tables de banquet et sa grande baie vitrée, entourée par les austères arbres d'hiver.

Elle offrit son cadeau après la salade. Ed défit le ruban avec soin, puis le papier cadeau vert brillant, ouvrit l'étui et souleva la montre.

« Elle est magnifique, déclara-t-il, mais ensuite il reposa l'étui sans même avoir passé la montre à son poignet, et il ajouta : Je ne peux pas l'accepter. Ce ne serait pas du tout mon genre de me balader avec une montre en or. Mieux vaudrait la rapporter. »

L'espace d'un instant, au-delà des mots et de la colère, Eileen fut frappée d'une telle déception qu'une vive douleur lui vrilla le ventre.

« C'est un prototype, Ed. Je ne peux pas. »

Elle plia la serviette sur ses genoux, lissa les plis de sa robe en soie.

« Et pourquoi ?

— Parce que c'est une pièce unique.

— Mais je suis sûr qu'ils comprendraient...

— Bon sang, je l'ai fait *graver* ! »

Ed se remit à parler, mais elle ne l'entendait plus à présent. Rapidement, comme par réflexe, elle passa en revue les différentes façons dont elle pouvait s'échapper du restaurant. Elle se vit ainsi partir sans dire un mot, en laissant la montre sur la table, bien entendu, et rentrer chez elle pour dire à ses parents que le mariage était tombé à l'eau. Elle était déçue à l'idée qu'elle ne verrait pas son père en haut-de-forme et queue-de-pie. Un serveur débarrassa les assiettes à salade ; puis un autre arriva et remplit leurs verres d'eau, lentement pour éviter que ne tombent de la carafe un trop grand nombre de glaçons. Sa présence zélée était la seule raison pour laquelle elle ne s'était pas encore levée.

« Tu pourrais peut-être demander qu'on remplace le bracelet en or par du cuir, si tu ne peux pas la rendre, suggérait maintenant l'homme à qui elle avait juré de rester toute dévouée, cet homme qui ne mesurait pas le moins du monde la distance soudain apparue entre eux, ni à quel point il paraissait vulnérable, à la limite du ridicule, en cet instant. Je suis quelqu'un de simple, moi, poursuivit-il. Je ne saurais pas porter une montre pareille. »

Elle réalisa avec quelle étrange simplicité elle pouvait décider d'abandonner cette vie. Ed lui inspira soudain une immense pitié. Finalement, l'averse passa, laissant derrière elle une petite flaque de ressentiment dans laquelle Eileen demeura, jaugeant combien son futur époux était aveugle et fermé.

Le dîner se déroula dans une atmosphère tendue, mais ils arrivèrent malgré tout au bout du dessert. Une fois qu'ils eurent quitté la table, une rancune soudaine poussa Eileen à ressortir la montre de son sac pour lui faire lire l'inscription.

Ed la contempla silencieusement. L'espace d'un instant, elle crut que ces mots gravés l'avaient touché au point de se raviser, et une immense nervosité l'envahit. Mais il lui rendit la montre.

« Je te promets de t'aimer, de te servir et de te soutenir toute ma vie, lui déclara-t-il. Et ce cadeau me touche, plus que je ne saurais le dire. Je n'ai jamais rien eu d'aussi beau. Mais je sais que je ne la porterai pas. Si tu la rends, nous pourrons mettre cet argent de côté pour nos enfants, pour qu'ils puissent aller à l'université. Pardonne-moi. Je n'y peux rien, je suis comme ça. J'aurais préféré qu'il en soit autrement. Parfois, j'ai l'impression que tout serait plus facile si j'étais quelqu'un d'autre. En ce moment même, par exemple. Tu es si belle ce soir. Je m'en veux de t'avoir déçue. »

Quelques jours plus tard, en voyant Ed, le père d'Eileen lui demanda pourquoi il ne portait pas sa montre. Lorsqu'il lui avoua la vérité – qu'elle était chez eux, dans son étui, et qu'il ne se sentait pas à l'aise avec au poignet –, son père ne piqua pas la colère qu'elle avait imaginée. La réponse d'Ed le plongea dans un état contemplatif, puis, au cours de la soirée, son père la convoqua dans sa chambre.

« Les objets de valeur, il ne les refuse pas pour rien, lui dit-il. Ça fait cent ans que sa famille est dans ce pays, et ils n'ont jamais réussi à avoir une maison à eux. C'est une hérésie ! J'aime autant te dire que si tu n'as pas ta maison à toi avant le jour de ma mort, je te hanterai jusqu'à la fin des temps. »

Ils se marièrent un peu plus d'un an après leur rencontre et passèrent un week-end de lune de miel aux chutes du Niagara. Eileen avait plutôt rêvé d'une destination comme la France, l'Italie ou la Grèce, mais Ed travaillait alors sur un article, dans le cadre de sa thèse, et ne pouvait pas se permettre de s'absenter trop longtemps.

Le *Maid of the Mist* restait à quai, en dehors de la haute saison. Ils durent donc contempler les chutes depuis les points d'observation, mais les blocs de glace géants et les embruns froids les empêchèrent de rester là longtemps. Finalement, ils allèrent au restaurant et se contentèrent de petites balades pour profiter de la vue.

Le dernier jour, tandis qu'ils se trouvaient dans la tour d'observation de Prospect Park, où Eileen s'efforçait de comprendre comment toutes ces particules d'eau pouvaient former un seul et même grand corps, Ed lui annonça qu'à leur retour ses recherches risquaient de l'occuper au point de ne plus pouvoir sortir, et ce durant une grande partie de l'année. Eileen ne le prit pas au sérieux. Ed croyait sans doute avoir besoin de cette forme d'autoséquestration pour déployer une énergie folle, typiquement masculine, à vouloir tout gérer, histoire d'asseoir son nouveau rôle de chef de famille. Ses recherches étaient les mêmes à l'époque où tous deux préparaient leur mariage, et pendant les premiers mois de leur relation aussi, et il était bien parvenu à dégager du temps pour elle. Certes, ils se retrouvaient alors plutôt le week-end, mais Eileen était elle aussi très prise par son propre travail.

Ils rentrèrent à la fin du mois de mars 1967 et quittèrent l'un et l'autre le domicile parental pour s'installer au premier étage d'une maison partagée par trois familles, sur la Quatre-Vingt-Troisième Rue, à Jackson Heights. Eileen était au comble de la joie ; son rêve de vie commençait enfin à se réaliser. Depuis des années, ce quartier faisait l'objet de tous ses fantasmes, et il était maintenant celui où elle rentrerait et dormirait tous les soirs. Ses moindres détails lui étaient déjà familiers, mais ils brillaient à présent d'un tout autre éclat. Les pots de fleurs, à chaque croisement de rues, annonçaient la naissance d'une vie nouvelle, et le parfum du printemps qui s'infiltrait par la fenêtre imprégnait les taies d'oreiller.

À son grand soulagement, elle laissait derrière elle les années de tourment passées chez ses parents. Mais elle restait partisane d'un certain conservatisme, sinon en politique – son père l'aurait reniée si elle avait franchi ce pas –, du moins dans son comportement, dans son allure. Eileen avait pourtant toujours été plus mûre que les gens de son âge, mais sa prudence devint soudain excessive ; elle jetait le lait périmé dans l'évier, alors même qu'il ne sentait rien, et ralentissait dans les virages ou par temps de pluie. Elle acheta aussi à Ed une belle veste en tweed toute neuve et l'obligea à se débarrasser de ses vieilles chaussures, qu'elle remplaça par des richelieus et des Oxford.

Une chose la tracassait encore, cependant. Son rêve n'était pas de vivre dans un bout de maison comme celui dans lequel ils avaient atterri, pris en sandwich entre deux autres familles. Les Orlando, leurs propriétaires, occupaient le rez-de-chaussée, et avaient laissé le second étage à Consolata, la sœur aînée d'Angelo Orlando. Angelo travaillait au Service d'assainissement de la ville, et son épouse, Lena, était femme au foyer. Ils avaient trois enfants : Gary, dix ans, Donny, neuf, et Brenda, sept. Leur maison résonnait de ces bruits qu'Eileen associait plus à la vie d'un immeuble qu'à celle d'une maison. Pour elle, une maison, même occupée par plusieurs familles, aurait dû être synonyme de havre de paix. Mais les fils des Orlando jouaient sans cesse dans l'allée, flanqués d'une armada de mômes du quartier. Lorsqu'il pleuvait, ils se bagarraient à l'intérieur des heures durant, se poussaient contre les murs, déclenchant les réprimandes aiguës de Lena. La nuit, le son persistant de la radio de Brenda filtrait dans le bureau d'Ed. Comme il s'était équipé de bouchons d'oreille et possédait, de toutes les façons, une extraordinaire faculté de concentration, cette radio ne le dérangeait pas, mais elle plongeait Eileen dans une rage noire. Il y avait aussi les disputes occasionnelles d'Angelo et Lena, avec hurlements et portes qui claquent. Des nuisances de tous les côtés. Consolata, quant à elle, faisait le même circuit dans son appartement presque chaque soir, marchant d'un pas étonnamment lourd pour une femme aussi mince ; elle éteignait le poste de télévision dans une pièce pour allumer celui de l'autre, qu'elle laissait ainsi jusqu'à la fin des programmes et parfois même au-delà, sans se soucier du bruit de friture qui tourmentait alors le sommeil d'Eileen.

Trois mois après leur mariage, Eileen s'étonna de n'être encore jamais sortie au bar, au restaurant, ou allée à une fête avec son mari. Elle ne prenait plus la peine de servir des excuses à ses amis. Quand ils appelaient pour les inviter et qu'elle déclinait, l'envie de passer le téléphone à Ed la démangeait. Le peu de fois où il lui arriva de sortir, elle le fit toute seule, mais finit par abandonner l'idée devant les questions insistantes de ses amis, qui voulaient savoir où Ed était passé. Elle l'avait imaginé à ses côtés lors de parties de belote chez les Coakley, volant au secours de Frank McGuire pendant un barbecue ou se mettant au piano pour amuser la galerie après quelques daïquiris à la banane chez Tom Cudahy. Elle l'avait imaginé dans leur salle à manger – enfin équipée pour recevoir, depuis qu'Ed lui avait donné son feu vert pour acheter du mobilier –, à une table pleine de monde où Jack Coakley battrait des mains et reniflerait d'un air comique le fumet du poulet rôti, citron et poivre, qu'elle apporterait fièrement ; mais au lieu de cela, elle n'avait pour compagnie que les pages cornées des romans qu'elle lisait en boudant dans son fauteuil. Elle devait d'ailleurs la présence de ce fauteuil à sa mère, qui avait tanné Ed dans le but d'avoir un siège décent où s'asseoir quand elle venait les voir. Elle refusait catégoriquement de s'installer dans leur canapé miteux, dont ils avaient hérité lorsque Phil était parti à Toronto. Quant à Ed, du moment qu'il avait un endroit où se reposer – quitte à dormir par terre –, il se contentait de poursuivre son travail, comme si ses besoins physiologiques n'étaient que des nuisances, et les plaisirs de l'esprit, des illusions. Seul importait son travail – pas le travail en général, car il n'écoutait Eileen que d'une oreille lorsqu'elle lui racontait sa journée, mais *son* important et précieux travail à lui, ce travail qui lui permettrait d'apporter sa pierre à la science. Avant de sortir pour ses promenades solitaires, Eileen s'arrêtait toujours quelques instants sur le seuil de la porte, et elle le regardait, voûté sur ses fichus cahiers et n'esquissant même pas un au revoir de la main.

Elle empruntait le même chemin que dans sa jeunesse, celui de ses premiers rendez-vous, à l'époque où Jackson Heights était un quartier où il faisait bon être vu. Elle passait devant chez Jahn, où elle avait autrefois l'habitude de prendre un hamburger et un milk-shake en sortant du cinéma, et se souvenait de ces jeunes hommes pleins d'espoir qui lui faisaient faire le tour de la Trente-Septième Rue avant de la raccompagner chez elle en train. Elle les entraînait parfois dans des ruelles, non pour flirter – quoique –, mais pour contempler les résidences et les maisons qu'elle aimait tant et se projeter dans un futur où cet environnement privilégié serait le sien.

Quand ses espoirs lui gonflaient à nouveau le cœur, Eileen marchait jusqu'à ce qu'ils disparaissent et que les maisons environnantes lui redeviennent étrangères. Elle s'arrêtait devant chez Arturo pour regarder ces couples soudés dîner ensemble, ou ces familles qui se tendaient leurs assiettes, et elle se demandait quand elle pourrait, à son tour, se délecter du même pain chaud beurré à la perfection, ou d'un verre de vin rouge qui lui réchaufferait le ventre, avec Ed – rien que tous les deux, sans se presser, arrêtant leur choix sur une appétissante carte des menus. Il fallait prendre le temps de connaître ces plaisirs ; autrement, la vie ne valait pas la peine d'être vécue.

Il faisait une chaleur inhabituelle en ce début de printemps, Ed était assis à son bureau, en T-shirt et sous-vêtements. Eileen commençait à maudire ce bureau, un meuble marron terne, aux pieds tout abîmés. Elle savait qu'elle n'en serait jamais débarrassée, qu'il la suivrait partout où elle irait.

Acquérir ce bureau, lui avait raconté Ed, était l'un des rares moments de bonheur qu'il avait partagés avec son père, une fois adulte. Un jour, en rentrant du travail, Hugh lui avait demandé de se lever et de le suivre. Ils avaient pris la voiture jusqu'en ville ; son père avait refusé de lui donner une explication. Ils étaient arrivés devant les locaux des assurances Chubb.

« On aurait dit que tout avait été retiré, avait expliqué Ed. Mon père m'a emmené devant un cagibi. À l'intérieur, il y avait une chaise et un bureau. Sa chaise et son bureau. Il avait demandé à l'un des hommes de service de les lui garder. Chubb allait changer tout son mobilier le lendemain. Il m'a dit : "Assieds-toi. Ouvre les tiroirs. Fais semblant de travailler." Ça m'a fait drôle de le sentir m'observer. D'habitude, c'était ma mère qui regardait par-dessus mon épaule quand je travaillais. Il m'a demandé si j'y arrivais et a ajouté : "Crois-tu pouvoir travailler à ce bureau ?" Alors je lui ai répondu : "Comment pourrait-on ne pas arriver à travailler là-dessus ? Ce bureau est superbe." » Mon père, fidèle à lui-même, m'a sorti : "Tant mieux. Comme ça, je pourrai enfin lire le journal à table", mais je suis persuadé que, dans le fond, il était heureux d'avoir fait ce geste pour moi. »

Cette histoire avait touché Eileen quand elle l'avait entendue pour la première fois ; seulement, à présent, cet affreux bureau semblait incarner les limites que le passé d'Ed avait imposées à son imagination.

Elle l'observa qui travaillait, ridicule avec ses jambes blafardes qui sortaient de son slip, et attendit qu'il fasse pivoter sa chaise vers elle pour lui montrer, un instant au moins, qu'il était un homme normal. Fâchée, déçue, elle fit volte-face et alluma la climatisation. Ed se leva en silence et l'éteignit, puis retourna à son travail. Sans le moindre regard pour elle. Tous deux firent ainsi l'aller-retour plusieurs fois. Eileen peinait à croire qu'elle s'était engagée à vivre avec un homme qui s'appliquait autant à se faire du mal. Ils n'étaient pas à un dollar près et parvenaient même à mettre chacun un peu de côté tous les mois pour l'apport de leur future maison. Mais Ed estimait qu'il n'y avait pas de petites économies.

Lorsqu'ils s'étaient connus, ces bizarreries lui étaient apparues comme une bouffée d'air frais. Ed avait en lui un je-ne-sais-quoi d'européen. Son charme était sans aucun doute supérieur à celui des médecins qu'elle fréquentait à son travail. Il était aussi intelligent que n'importe lequel d'entre eux ; simplement, il n'avait pas fait médecine pour ne pas abandonner la recherche, qu'il aimait trop. Il y avait là quelque chose de romantique, mais au fil de leur vie son excentricité virait à la pathologie. Ce qu'Eileen avait pris pour de charmantes marques d'indépendance se révélait rigide et aliénant.

Épuisée par la chaleur, Eileen finit par lui dire qu'elle en avait assez et sortit marcher, en prenant la direction de Woodside vers l'appartement de ses parents. Son chemisier s'imprégnait de sueur à mesure qu'elle avançait, poussée par le ressentiment. Ed n'avait qu'à crever de chaud si cela lui chantait. Il n'était pas question qu'elle reste enfermée avec lui une minute de plus.

Lorsque son père la découvrit derrière la porte, fulminante et en nage, il comprit immédiatement que quelque chose était arrivé.

« Ta vie est là-bas maintenant, lui dit-il. Arrange ça avec lui. »

Dans sa précipitation, Eileen avait oublié son sac à main.

« Tu as bien réussi à venir ici à pied, lui répondit son père quand elle lui demanda de l'argent pour acheter un ticket de bus. Alors tu rentres à pied. »

À son retour, Eileen était si furieuse contre son père qu'elle en oublia sa colère contre son mari. Ed ne fit aucun commentaire en la voyant, mais, lorsqu'elle sortit de sa douche,

Eileen découvrit un intérieur baigné par la fraîcheur d'une climatisation poussée à fond.

Ils firent l'amour pendant une éternité cette nuit-là. Et transpirer ne la dérangea pas du tout.

Elle était en visite chez ses parents, à Woodside, quand elle trouva une pancarte collée sur la vitrine de Doherty : « GRANDE COURSE À PIED : BIG MIKE TUMULTY CONTRE PETE MCNEESE, VENDREDI 21 JUILLET, 19 HEURES ».

Eileen connaissait Pete et ne l'avait jamais beaucoup apprécié. C'était un grand homme maigre qui parlait toujours trop fort, comme s'il cherchait à imiter la voix d'un autre.

« C'est quoi, cette histoire de course ? » demanda-t-elle à son père en entrant dans la cuisine.

Il était assis sur le côté, à la table, avec une tasse de thé, la tête tournée vers la fenêtre, et portait un tricot de peau blanc neuf et des chaussons.

« Il se targuait d'être plus rapide que tout le monde.

— Mais tu as presque soixante ans.

— Et alors ?

— Pete n'en a même pas trente. »

Son père remit la bouilloire sur le feu.

« Deux fois plus vieux, répliqua son père. Donc, deux fois plus fort. »

Tout cela était ridicule et pourtant, quand le jour de la course arriva, elle ne put s'empêcher de faire un crochet par le bar en rentrant. Doherty était encore plus bondé que d'habitude, crépitant d'une électricité statique quasiment palpable, comme si, plutôt qu'une course à la noix, un match de boxe allait avoir lieu.

Des cris de joie fusaient au milieu du brouhaha, et partout où son regard se posait, des groupes d'hommes se donnaient des tapes bourrues sur la nuque. Quelqu'un demanda à son père comment il comptait s'y prendre pour battre Pete.

« En l'aveuglant au jus de tabac », répondit-il, la bouche pleine de chique, et toute l'assemblée se mit à rire en chœur.

Les gars prenaient les derniers paris.

« Deux dollars sur Big Mike ! » entendit-elle crier fièrement.

Si tout l'argent que ces gens étaient prêts à perdre pour soutenir son père avait été rassemblé sur le comptoir, il y aurait eu de quoi racheter le bar à ses propriétaires, ou de quoi accomplir quelque chose d'utile.

L'itinéraire était fixé : ils allaient partir du bar, courir tout le long du trottoir, faire le tour du pâté de maisons et revenir. Voilà qui risquait de ne pas être facile à suivre. Elle voyait déjà Pete apparaître au coin de la rue, bien droit et se mouvant avec facilité, grâce à ses jambes longues comme celles d'un cheval, et son père suivre derrière, les joues gonflées, rouge comme une écrevisse, flageolant sur ses pattes. Tous ces gens allaient assister à la fin d'une ère.

« Un whisky irlandais, réclama-t-il en frappant légèrement du poing sur le comptoir. Faut que je me chauffe. »

Sur ces mots, il enleva sa chemise et son tricot de corps. On aurait dit un lutteur de rue. Pete tenta d'esquisser un petit sourire narquois, mais son angoisse était palpable. Le père d'Eileen posa un pied sur le tabouret. Des grappes de muscles roulèrent sous sa peau, et lorsqu'il se pencha pour nouer son lacet, son dos parut aussi large qu'une table de jeux.

« Jimmy, appela-t-il d'un ton faussement sec. Dégage-moi ces gosses de la rue. J'ai pas envie de leur rentrer dedans en courant. »

Les gars éclatèrent de rire et échangèrent des regards. Pete et le père d'Eileen se rangèrent sur la ligne de départ, au fond du bar. Le tenancier fit le compte à rebours, et tous les deux s'élancèrent au milieu de la haie formée par la foule, pour atteindre la porte en même temps. Le père d'Eileen propulsa son corps massif sur le côté, comme chargerait un taureau, et projeta Pete contre le cadre de la porte. Ils ne mirent même pas le pied dehors. Pete chancela, le souffle coupé, avant d'avoir pu s'élancer.

« Même pas touché le portillon », commenta son père.

De la chaleur émanait de sa peau nue. Il retourna à son tabouret avec un regard un peu mauvais, où brillait une étincelle de violence, ses pas résonnant de la fierté d'un chef de clan.

Eileen regarda ses amis récupérer leur argent, et elle sentit leurs yeux sur son corps long et mince auquel sa blouse collait sous la chaleur de l'été. Ils la contemplèrent, sans cacher leur plaisir, avec un désir empreint d'une légère mélancolie. Elle était la fille du chef et s'était mariée en dehors du clan.

Ils n'avaient rien gagné, mais rien perdu non plus – ni leur argent ni leur perception de Big Mike. Son père avait joué le jeu, mais selon ses propres règles – une solution salomonique s'il en était, qui lui fit tristement songer à la manière dont son père aurait pu exploiter son talent pour motiver les foules, si seulement il avait connu une autre vie.

10

ED ÉTAIT UN SPÉCIALISTE DU CERVEAU. Ses recherches en neurosciences couvraient le domaine de la psychopharmacologie, et plus spécifiquement les effets des psychotropes sur le fonctionnement du système nerveux. Ses travaux de thèse l'avaient conduit à mener une expérience dans les aquariums du Muséum américain d'histoire naturelle, dans une aile dédiée au comportement animal. L'étude portait sur les relations entre un neurotransmetteur appelé norépinéphrine et l'apprentissage chez le cichlidé incubateur buccal à menton noir, un poisson d'Afrique de l'Ouest dont la femelle avait la particularité de conserver ses œufs, une fois ensemencés par le mâle, sous sa langue. Ed les isolait dans des aquariums miniatures, à l'intérieur d'une serre où régnait une température constante de vingt-six degrés, et effectuait des tests expérimentaux dans une pièce séparée, chauffée à la même température, en leur injectant des médicaments qui soit stimulaient leur activité, soit la neutralisaient. Le poisson voyait une lumière rouge et, s'il ne franchissait pas une barrière dans les cinq secondes, il recevait un choc. Ed observait les effets de ces médicaments sur la capacité de l'organisme à accélérer ses prises de décision – en d'autres termes, sa faculté d'apprendre.

La thématique de l'apprentissage le fascinait, sans doute parce que lui-même l'avait découverte quasi par hasard.

« Je me demande ce que je serais devenu si je n'étais pas tombé sur ce chimiste chez Kohnstamm, disait-il à Eileen. C'était moins une, j'en suis conscient. »

Il se livra à ses expériences sur les poissons six jours par semaine pendant presque toute une année et persévéra même à des moments inopportuns, alors que se tenaient des réunions de famille ou des dîners entre amis ; mais il implorait ses collègues de bien vouloir le remplacer lorsque Eileen tapait du poing sur la table et exigeait qu'il lui accorde un peu de temps. Ed ne dormait jamais assez, ne mangeait jamais assez, et souffrait du dos à force de passer des heures assis à son bureau. Pourtant, les progrès qu'il observait chez ses poissons lui insufflaient une telle énergie qu'il rayonnait quand ses recherches touchèrent à leur fin, au point qu'Eileen fut autorisée à aller faire les magasins sans lui. Elle acheta une table basse, deux canapés, deux tables d'appoint et des lampes sur leur American Express, persuadée qu'il était dans de trop bonnes dispositions pour le lui reprocher. Mais, culpabilisant d'avoir tant dépensé, elle ne lui avoua rien pendant des semaines, jusqu'au samedi où les meubles devaient être livrés. Ce jour-là, son soulagement fut immense lorsqu'il partit relever ses données plus tôt que d'habitude. Après le passage des livreurs, qui entreposèrent leur vieux canapé dans l'arrière-cour en attendant le ramassage des encombrants, le lundi, Eileen s'assit sur l'un des nouveaux canapés et réfléchit à ce qu'elle allait lui dire. Au moment où la porte d'entrée s'ouvrit enfin, elle bondit sur ses pieds, prête à se défendre, mais Ed arriva avec son air serein, le même que dans les moments où il se trouvait complètement absorbé par son travail, comme s'il sortait d'une séance de méditation. Alors qu'il pénétrait dans la pièce, elle attendit de voir son visage se décomposer et s'apprêtait à lui dire qu'elle comptait tout renvoyer, mais Ed s'assit simplement sur le canapé et nota que les coussins étaient jolis et fermes comparés aux anciens, tout déformés. Jamais elle n'aurait pensé qu'il avait remarqué les coussins déformés.

Il ne lui restait plus que deux semaines à patienter avant de finir sa récolte de données quand le système de chauffage lâcha, provoquant une chute brutale de la température qui tua tous ses spécimens.

Ed ne réagit ni en saccageant son laboratoire ni en insultant le technicien responsable du système. Il ne rendit pas non plus la vie impossible à Eileen. Il mangea calmement son dîner et s'allongea par terre, dans le salon, entre la table basse au plateau de verre et l'un des canapés. Eileen s'était quant à elle allongée sur le second canapé, un livre à la main, pour lui tenir compagnie, consciente qu'il serait vain d'essayer de lui remonter le moral. À l'heure du coucher, elle se pencha sur lui et vit dans ses yeux, non pas du chagrin, mais une extrême fatigue. Il n'aurait servi à rien de lui dire que tout allait s'arranger, elle le savait bien. Alors elle posa un baiser sur ses lèvres, lui souffla de la rejoindre bientôt et éteignit la lumière avant de gagner leur chambre. Ed resta ainsi, dans l'obscurité silencieuse. Il la rejoignit très tard – et, le lendemain, il recommença tout du début, avec de nouveaux poissons, pour obtenir de nouvelles données.

Un an plus tard, quand son expérience toucha à sa fin, Ed était penché sur le sujet depuis si longtemps que le nom scientifique de ses espèces avait changé deux fois, passant de *Tilapia heudelotii macrocephala*, puis *Tilapia melanotheron*, à *Sarotherodon melanotheron melanotheron*.

« Ça ne donne jamais rien de bon d'emprunter des raccourcis », lui dit-il lorsqu'elle lui demanda comment il avait fait pour tenir pendant cette période difficile.

Elle était on ne peut plus d'accord avec lui. Ne jamais emprunter de raccourcis – ne jamais choisir la facilité – était la seule et unique raison pour laquelle elle avait pu l'épouser.

Ils recommencèrent à sortir. Ed leur dégota une carte de membre pour le Metropolitan Symphony Orchestra. Un soir, alors qu'ils se rendaient à un concert, Ed ramassa un oisillon blessé dans le caniveau et le transporta dans son mouchoir sur une bonne partie du trajet. Devant les protestations d'Eileen, il finit par s'incliner et le déposa dans une jardinière. Pendant tout le chemin du retour, il ne dit pas un mot. Ce ne fut qu'au moment où ils allèrent se coucher, après avoir éteint, et qu'Eileen lui eut dit : « Bonne nuit, François d'Assise » qu'il se dérida et se mit à glousser malgré lui. Ils firent alors l'amour et s'endormirent.

En décembre 1970, Ed accompagna Eileen en ville pour aller admirer les vitrines sur la Cinquième Avenue. Elle était tout excitée, bien qu'elle eût encore à l'esprit l'ironie corrosive d'Ed lorsque, l'année précédente, il avait qualifié les vitrines d'« autels à l'hyperconsommation ». Mais pas question pour elle de se laisser gâcher le plaisir avec ses rouspétances. Cette tradition, Eileen avait continué de l'observer depuis la fois où sa mère l'avait emmenée voir les vitrines, à l'âge de onze ans.

Ed refusa de payer pour se garer. Ils mirent une demi-heure à trouver une place, au croisement de la Vingt-Cinquième Rue et de la Septième Avenue, soit à près de deux kilomètres de chez Lord & Taylor. Il refusa ensuite de prendre un taxi alors qu'Eileen portait des talons, qu'il faisait moins cinq dehors et que le vent fouettait l'avenue. Le soleil déclinait, les stores des boutiques se baissaient comme pour protester contre ce froid. Les trottoirs de la Septième Avenue semblaient étrangement vides. La plupart des taxis qui passaient étaient occupés.

L'avenue se repeupla à mesure qu'ils approchaient du magasin. À chaque coin de rue tintaient les clochettes des bénévoles de l'Armée du Salut. Apercevant la foule massée devant la vitrine, Eileen pressa le pas, mais Ed, lui, poussa un soupir et ralentit.

Elle s'extasiait devant une scène où un golden retriever tirait sur l'emballage d'un cadeau quand Ed (qui avait boulotté un petit sachet de pralines pour patienter) rompit le charme.

« On nous fait croire que ces machins sont là pour nous amuser, dit-il, alors qu'en fait c'est pour nous pousser à acheter. » Il avait parlé d'un ton enjoué, avec un détachement laissant entendre qu'il pensait partager avec elle un moment de compréhension implicite. « C'est exactement la même chose que ces mécanismes de camouflage ultracomplexe que certains organismes utilisent pour attirer leur proie – c'est-à-dire les gens. C'est assez fascinant, en fait.

— Non, mais, écoute-toi !

— Prends l'Ophrys abeille, par exemple : ses fleurs ressemblent à des abeilles femelles. Quand un mâle tente de s'accoupler avec elle, il se retrouve avec du pollen plein les pattes qu'il va répandre dans la nature. Ce n'est pas ta vitrine, le problème. Le problème, c'est qu'elle soit faite pour t'inciter à entrer dans le magasin. Pour que tu ne repartes pas les mains vides. »

Eileen essayait de diriger son attention vers la petite automate qui portait lentement sa main à sa bouche, l'air ébahie à la vue des bottes marron du Père Noël qui filait par la cheminée.

« Ils passent ce truc en boucle pour t'hypnotiser, t'abrutir. Pour te conditionner.

— Tu es vraiment obligé de toujours couper les cheveux en quatre ? Tu es vraiment obligé de toujours tout analyser jusqu'au bout ?

— Le plus fou, dans tout ça, c'est que tes vitrines sont exactement les mêmes chaque année.

— N'importe quoi ! cracha-t-elle. Il y a énormément de travail sur ces vitrines. Ils y passent des mois. »

Elle n'aurait pas été si affectée si elle ne s'était pas aperçue qu'Ed cherchait à provoquer le débat. Était-ce trop lui demander que de partager un bon moment à deux ?

Elle regarda les autres maris autour d'elle. Eux non plus ne semblaient pas particulièrement emballés d'être là, mais ils attendaient sans rien dire, l'air morne, les mains dans le dos ou en se grattant le nez. Même en y mettant tous leurs efforts, ils n'auraient jamais pu rivaliser avec la logique cruelle d'Ed.

« Et regarde-moi tous ces touristes, insista-t-il. Chaque année, c'est de pire en pire. Et ça se bouscule, et ça veut arriver en premier. "Du pain et des jeux !" J'aimerais mieux être ailleurs. »

À ces mots, elle tourna les talons, décidée à rentrer en train. Un couple qui arrivait en face lui lança un drôle de regard, comme si son dégoût se lisait sur son visage. Elle adressa un grand sourire à un inconnu, un sourire inexplicable, provoqué sans doute par cette extase fébrile qui vous prend après avoir quitté quelqu'un. L'inconnu lui rendit son sourire en rougissant, visiblement flatté. Elle était déjà au coin de la rue suivante quand une main lui attrapa le coude.

« Pas la peine de te mettre dans cet état, lui dit Ed. Je faisais juste quelques observations.

— Le monde n'est pas un laboratoire.

— Allez, répondit-il. Viens, on retourne regarder. »

Dans sa vieille veste aux poignets usés, il avait l'air d'un vétéran prêt à demander l'aumône pour s'acheter un ticket de métro.

« Trop tard, tu as tout gâché.

— Ne dis pas ça. Écoute, je ne peux pas m'empêcher d'exprimer tout ce qui me passe par la tête des fois. Je ne sais pas pourquoi je fais ça.

— Je vais te le dire, pourquoi : parce que tu ne t'es pas assez amusé quand tu étais gosse. »

Il la tira par le bras, mais elle ne bougea pas. Elle regardait de la fumée s'élever d'une bouche d'égout, et sentit résonner dans sa poitrine le grondement d'un bus qui circulait. Jamais elle n'avait été aussi consciente des limites du monde qui l'entourait. Elle aurait voulu être dans l'une de ces vitrines, figée dans le temps, dans l'harmonie parfaite de ces personnages travaillant de concert, exécutant le plan conçu par la main qui les guidait. Comme il aurait été doux de ne plus jamais avoir à prendre de décision, de jouer ce spectacle visible seulement une fois par an, de pouvoir compter sur la présence de ces gens qui vous contemplaient dans un ravissement silencieux ! Le monde réel n'était que désordre, lumière imparfaite, peinture écaillée ; un bonheur partiel, en somme.

« On y retournera, mais pas avant quelques années, dit-elle. Et peut-être qu'au lieu de me gâcher la fête tu en profiteras avec moi. C'est ça, mon rêve.

— Eh bien, que cette année soit celle-ci. Viens, on y retourne et on regarde les vitrines. S'il te plaît, mon amour. Laisse-moi me faire pardonner.

— Trop tard.

— Il n'est jamais trop tard. Ne dis pas ça. »

Pas une fois elle ne l'avait regardé pendant qu'il parlait, mais elle s'arrêta soudain et lui fit face. Des flots de gens passaient tout autour d'eux, se pressant vers des destinations inconnues. Voilà de quoi était faite sa vie, à cet instant précis, si insignifiante qu'elle paraisse. Voilà à quoi ressemblait l'homme avec qui elle avait choisi de la passer. Il tenait son chapeau d'une main, comme s'il l'avait enlevé pour l'implorer et, à le voir ainsi, elle sut qu'il conserverait toujours ses défauts, qu'il se montrerait toujours un peu trop radical dans ses objections, un peu trop inflexible face à la décadence du monde. *Tout le monde ne peut pas tout le temps porter sa croix*, pensa-t-elle. Ed était planté là, s'efforçant de la convaincre de repartir voir ce spectacle qu'il méprisait. Jamais il ne pourrait vivre autrement que selon ses principes, car dès lors qu'une chose lui semblait juste, comme cela venait d'être le cas, plus rien d'autre ne comptait ; tous ces gens, autour d'eux, devenaient aussi insignifiants que l'air dans lequel ils baignaient, seulement retenus au sol par le poids des sacs de courses qu'ils portaient.

« Je t'ai dit que j'aimais beaucoup ce que tu as fait à tes cheveux ? » demanda-t-il, et elle se laissa attendrir car elle avait cru qu'il n'avait rien remarqué.

Elle lui prit la main. Ils revinrent sur leurs pas, dans la rue débordante de vie. Finalement, il y avait quelque chose de parfait dans l'imperfection de son mari – son mari mortel et vivant, qui scrutait les effets du capitalisme avec une vigilance excessive, son mari qu'elle regardait aller de l'avant sur ses jambes arquées. Les yeux rivés sur ses chaussures qui battaient le pavé, elle le laissa la guider où bon lui semblerait.

11

PEU APRÈS L'OBTENTION DE SON DOCTORAT, Ed rentra un jour avec une nouvelle : un cadre de chez Merck, qui était tombé sur l'un de ses articles, l'avait contacté. Eileen était dans la cuisine, en train de couper des légumes qu'elle allait faire mijoter.

« Il a dit que je pourrais diriger mon propre laboratoire, avec des équipements de pointe, le nec plus ultra. Avec toute une équipe pour m'assister.

— Et il t'a dit combien tu serais payé ? »

Elle poussa les poivrons dans le faitout et rinça son couteau dans l'évier. Une odeur écœurante de friture et de sucré s'élevait de l'appartement au-dessous, celui des Orlando.

« Il n'a pas eu besoin de préciser. Mieux payé que maintenant, disons simplement.

— Mieux payé de *combien* ? »

Elle s'attela au découpage du bœuf, un morceau épais, persillé. Ed n'aurait pas aimé savoir combien il avait coûté.

« Nous aurions de quoi vivre très bien. »

Ed ne semblait pas particulièrement enthousiaste en faisant une telle annonce.

« Chéri ! fit-elle, incapable de cacher sa joie. Mais c'est formidable ! »

Elle posa son couteau et se jeta à son cou.

« Il faudrait qu'on déménage dans le New Jersey.

— Là où on voudrait », renchérit-elle.

Elle le lâcha pour s'écarter de lui et mettre en branle le moteur de ses pensées. Elle se voyait déjà dans une maison à Bronxville.

« Et pourquoi pas dans le comté de Westchester ? demanda-t-elle.

— C'est trop loin pour faire le trajet tous les jours.

— Va pour le New Jersey, dans ce cas.

— Pas pour moi, répondit-il.

— Alors quoi ? Qu'est-ce qui te plairait ?

— Rester là où je suis. »

Elle le regarda. Ed envisageait sérieusement de ne pas accepter ce travail. Sa décision était peut-être même déjà prise. Elle reprit le couteau et découpa le dernier morceau.

« Toi qui adores la recherche, pense un peu au labo que tu auras ! Il faudra que je te traîne de force pour te faire rentrer à la maison.

— Ce n'est pas pour de la recherche, mais pour fabriquer des médicaments. »

Ed faisait les cent pas dans le salon.

« Des médicaments qui *sauvent des gens*, insista Eileen en jetant la viande dans le faitout.

— Des médicaments qui servent à faire de l'argent », répliqua-t-il.

Cette opportunité était leur destin. Il devait exister un moyen de lui faire entendre raison. Elle ajouta du sel et du poivre, deux verres d'eau, et alluma la gazinière.

« Tu travailles déjà sur des médicaments. Où est la différence ? »

Ed se tenait sous la petite voûte qui séparait la cuisine du salon. Il leva les bras en l'air et s'y agrippa pour s'étirer.

« Un chercheur qui étudie de nouveaux médicaments et un qui les fabrique, ce n'est pas du tout la même chose, expliqua-t-il. La différence est à peu près la même qu'entre un bichon et un doberman.

— Et si nous avons des enfants ? » Elle referma l'huile et les aromates. « Tu ne voudrais pas pouvoir subvenir à leurs besoins ?

— Bien sûr que si. Mais tout dépend de ce que tu entends par "besoins". »

Il lui lança un regard lourd de sens, laissa retomber ses bras et s'approcha pour regarder à travers le couvercle du faitout. Puis il alluma la radio et joua avec l'antenne pour obtenir un son plus net. La cuisine se remplit des notes de flûtes et de violons d'un orchestre classique.

« Je pourrais t'obliger à accepter, affirma-t-elle. Mais je ne vais pas le faire.

— Tu ne pourrais pas.

— Oh que si. Des tas de femmes le font. Il y aurait toujours un moyen. Mais je ne le ferai pas. »

Il se redressa.

« Ce n'est pas ton genre.

— Exactement, et estime-toi chanceux, dit-elle en pensant tout bas que ce n'était pas tout à fait exact : si son mari n'avait pas l'intention de se battre pour assurer l'avenir, il fallait bien que quelqu'un s'y colle. Simplement, j'aimerais que tu sois conscient d'une chose : je n'ignore pas ce que *je* rate avec cette histoire, et je sais très bien ce que je ne vais pas t'obliger à faire.

— N'oublie pas que je suis sur la voie royale pour devenir titulaire », répondit-il, et à ce moment précis elle sut que les jeux étaient faits.

Ed était professeur adjoint au Bronx Community College, où il avait commencé à enseigner pendant sa thèse à NYU. Il était en passe de devenir professeur agrégé, et probablement titulaire par la suite.

« Elle est belle, ta voie royale ! répliqua-t-elle avec ironie, en le regardant dans le reflet des carreaux pour ne pas avoir à le regarder en face. De toute manière, je me fiche du temps que ça prendra. »

Cinq ans après leur mariage, lorsque Eileen fêta ses trente et un ans, elle décida d'arrêter la pilule pour essayer de concevoir un enfant. À l'Einstein Hospital, où elle travaillait, elle s'était bâti une bonne réputation d'infirmière en chef et ne doutait pas de retrouver son poste après une courte absence. Il lui faudrait bien reprendre le collier – chose à laquelle elle aurait échappé si Ed avait dit oui à Merck.

Quand sept mois passèrent sans aucun résultat, elle commença à s'inquiéter. Dans l'absolu, elle n'était pas trop vieille, mais elle savait qu'il était maintenant temps de procéder à des calculs. Ils n'avaient jusque-là rien programmé et faisaient l'amour quand ils en avaient envie, s'en remettant au hasard. Cependant, tomber enceinte devait être un projet conscient sur lequel elle allait se focaliser comme elle avait géré bien d'autres projets. Elle élabora un calendrier d'ovulation et demanda à Ed de le respecter. Tous deux allèrent passer des tests. Le comptage des spermatozoïdes s'avéra normal et leur motilité forte. Rien d'anormal non plus du côté des ovaires d'Eileen. Chaque mois, l'arrivée de ses règles la faisait pleurer. Chaque mois, Ed tentait de la rassurer.

Puis, finalement, après six autres mois, elle tomba enceinte. Une légèreté nouvelle emplit son esprit. Elle n'accordait plus d'importance aux détails qui, auparavant, la chiffonnaient. Elle avait le rire facile, lâchait du lest avec Ed, et devint presque coulante avec les infirmières qu'elle supervisait. Elle-même était surprise par cette si grande sérénité. Jamais elle n'aurait pensé faire partie de ces horribles mères que l'on voyait chez les hippies, en totale harmonie avec elles-mêmes, et pourtant : malgré la fatigue qui l'accablait constamment, elle continuait à faire la cuisine, à garder en ordre la maison, sans jamais cesser de sourire – et même en riant face à cette comédie qu'était la vie. Elle ne s'énervait plus devant les informations télévisées, et si on lui coupait la route sur la rocade, elle haussait les épaules et se rabattait sur une autre voie en espérant que tout le monde arriverait à bon port, sain et sauf.

Sa mère lui avait rendu visite. Elle était occupée à lire le journal quand elle poussa un grognement de satisfaction.

« Tiens, dit-elle en lui tendant l'exemplaire. Regarde, ça pourrait te servir. »

L'article parlait de Rose Kennedy. L'un des paragraphes racontait que les enfants de la famille avaient pris l'habitude de cacher les cintres de la maison pour empêcher leur mère de les battre. Il était rare que ce souvenir revienne encore à Eileen – non seulement parce qu'il demeurait très déplaisant, mais aussi parce qu'il était si profondément intriqué dans les mailles de son enfance qu'il ne méritait plus d'être mentionné –, et pourtant, même après toutes ces années, au moment où elle se représenta sa mère en train de la fouetter, Eileen eut presque l'impression de le ressentir physiquement.

« Tu vois ? lui lança fièrement sa mère lorsqu'elle lui rendit le journal. Je n'étais pas la seule. Si Rose Kennedy l'a fait, j'ai eu raison de le faire aussi. Et tu devrais le faire également, mais je sais bien que ça n'arrivera jamais. Tu es trop tendre pour ça. »

Si elle n'avait pas été enceinte, Eileen aurait pu lui rétorquer que l'argent n'achète pas le bon goût, et qu'on pouvait malgré toute la fortune du monde se comporter comme la pire bonniche du Queens ; cela lui aurait bien rabattu son caquet, mais elle se contenta de répondre : « Eh bien, à chacune son style », et elle se fit la promesse de ne jamais lever la main sur son enfant.

Quelques mois après le début de sa grossesse, Eileen fut victime d'une fausse couche. Elle fut dévastée, accablée par une tristesse innommable. Pis encore, un pressentiment qui sommeillait peut-être en elle s'éveilla, rappelant à sa mémoire la fausse couche de sa mère et ses conséquences sur leur vie. Elle n'avait jamais osé se l'avouer, mais, dans les dédales aveugles de son esprit, Eileen avait toujours craint que, si elle arrivait un jour à tomber enceinte, il lui serait difficile de mener sa grossesse à terme.

Elle s'efforça de ne pas montrer à Ed à quel point cette histoire la bouleversait. Il fallait le garder à pied d'œuvre pour la mettre à nouveau enceinte, et ne surtout pas lui laisser croire que cesser de la solliciter aurait été galant. Une nouvelle année s'écoula, sans résultat. Eileen se mit à commander un verre de vin supplémentaire quand ils allaient au restaurant. Elle prit l'habitude de lui proposer systématiquement du vin pour accompagner les plats qu'elle cuisinait. Elle achetait ses bouteilles préférées par caisses et les stockait au sous-sol pour toujours en avoir sous la main lorsqu'ils recevaient ; acheter en quantité revenait d'ailleurs moins cher. Elle comprenait mieux, à présent, comment la vie de sa mère avait déraillé. Mais elle gardait le contrôle de la situation ; elle continuait d'aller travailler chaque jour, et déposait de l'argent sur son compte épargne.

Ed ne faisait plus aucun effort pour la rassurer. Comme s'il s'était résigné à ne pas avoir d'enfant. Elle se demandait parfois s'il n'était pas soulagé. Ed avait beau protester, lui affirmer le contraire, Eileen était persuadée que garder pour lui les heures qu'il aurait dû consacrer à son rôle de père ne le dérangeait pas. Un soir, quand il lui dit être trop fatigué alors qu'ils avaient prévu d'essayer, elle l'accusa de vouloir saboter ses plans. Cette histoire la rendait folle, elle le savait, mais elle ne pouvait s'en empêcher.

Ses amies, pour leur part, ne rencontraient aucun problème pour avoir des enfants. Cindy Coakley avait donné naissance à trois filles en l'espace de cinq ans, puis Jack et elle avaient finalement eu un fils, Shane. Marie Cudahy était devenue maman d'un petit Steven, après ses jumelles, Carly et Savannah. Eveline, la fille de Kelly Flanagan, était née avec un bec de lièvre, mais quelques années plus tard Henry était arrivé, aussi mignon que le bébé des réclames Gerber. Les coups de fil se succédaient, annonçant les bonnes nouvelles à tour de bras, et les faire-part aussi, comme une ode à la fertilité. Parmi les amies proches d'Eileen, la seule exception était Ruth McGuire, qui avait eu à charge d'élever deux de ses sept jeunes frères et sœurs. Lorsque Ruth lui avoua qu'elle en avait eu sa dose, Eileen se sentit davantage attirée vers elle. Elles profiteraient ensemble de cette vie sans enfants.

Chaque fois que les invités s'attroupaient, lors de l'anniversaire d'un petit, pour assister à l'ouverture des cadeaux,

Eileen se rongeait les ongles jusqu'au sang. Tout le monde devait lire en elle comme dans un livre ouvert, à voir son sourire mortifié. Elle achetait toujours des cadeaux trop chers, en trop grande quantité. Une angoisse terrible l'envahissait chaque fois que les enfants commençaient à les déballer. Il fallait que le sien soit leur préféré, le meilleur.

Ed eut tout le loisir de poursuivre son ascension professionnelle, libéré du fardeau des nuits courtes, des couches à changer et des visites chez le pédiatre. Il effectuait d'importants travaux sur les neurotransmetteurs, intervenait dans des conférences, et fut finalement nommé professeur plus vite que ses pairs.

Eileen prit sur elle pour ne plus considérer ses menstruations comme une remise en question de sa féminité. Elle se dévoua à son travail avec une ardeur compensatrice et gravit plusieurs échelons. Ses supérieurs et ses collègues voyaient en elle l'une de ces femmes d'un genre nouveau – nous étions en 1975 –, prêtes à sacrifier leur vie de mère par carriérisme. Les hommes la respectaient, les mères la détestaient ; la situation jouait en sa faveur pour continuer sur sa lancée.

Pourtant, sa fausse couche la hantait toujours. Dans ses rêves, elle se voyait aux toilettes, surprise par un plouf sonore derrière lequel se cachait un petit bébé – fille ou garçon, elle n'aurait su dire – dont les yeux ronds s'ouvraient pour la fixer d'un regard furieux, battant lentement des cils. Elle se réveillait alors en sursaut et secouait Ed. Elle évitait de regarder la cuvette quand elle allait aux cabinets. Finalement, Ed et elle prirent le pli de cette vie sans enfant, qui offrait malgré tout d'indéniables contreparties : sortir avec d'autres couples sans avoir quiconque à faire garder ; gâter à l'excès les enfants des autres, comme une tante et un oncle ; avoir la liberté de bichonner leur carrière comme ils auraient bichonné leur enfant. Voilà sans doute la raison pour laquelle Eileen fut aussi si bouleversée quand Ed refusa de prendre la tête de son département, pour se consacrer encore davantage à son enseignement et à sa recherche. Comme s'il lui signifiait par là qu'il n'aimait pas leur enfant.

Afin de compenser le manque à gagner, Ed prit en charge les cours du soir d'anatomie à NYU. Il rentrait en coup de vent pour dîner et repartait prendre le train jusqu'en ville. Les soirs de dissection, il arrivait imprégné d'une odeur rance de cadavre. Elle ne supportait pas qu'il la touche après avoir été en contact avec ces corps sans vie, et poussait des cris d'orfraie en se recroquevillant quand il promenait ses mains sur elle pour la taquiner.

Un poste pouvant déboucher sur une titularisation venait de se libérer au département de biologie de NYU. L'un de ses anciens directeurs d'études faisait partie de la commission de recrutement. Il dit à Ed que son dossier serait sérieusement étudié s'il postulait.

Eileen insista vivement pour qu'il se présente. À l'évidence, NYU serait un pas de géant en termes de prestige.

« Ils ont besoin de moi au BCC, protesta Ed. N'importe qui peut enseigner à NYU. Ce qui est important pour moi, c'est que mes étudiants sortent de mon cours en sachant qu'ils ont reçu une vraie formation. Justement, ce que je veux, c'est les aider à pouvoir intégrer NYU. Je veux qu'ils soient armés pour répondre à ce que leurs professeurs exigeront d'eux quand ils seront là-bas. »

Ed avait bien d'autres arguments : en tant que fonctionnaire de la Ville, il bénéficiait d'une assurance vieillesse en béton et de gros avantages en matière de santé ; la sécurité de l'emploi n'était pas garantie à NYU ; son laboratoire était bien équipé à BCC et lui permettait déjà d'effectuer les recherches qu'il ferait à NYU, en plus de quoi on était obligé de réclamer des subventions lorsqu'on travaillait là-bas.

« Il s'agit simplement d'avoir les bonnes ambitions », conclut-il.

Au bout du compte, il ne postula pas. Pour ne pas perdre la face, Eileen raconta à tous les gens à qui elle avait parlé du projet en débordant d'enthousiasme qu'Ed était pressenti pour prendre la place du doyen de sa faculté. Cette perspective, ajoutait-elle, ne pouvait être ignorée. Ce genre d'opportunité pouvait même conduire à des responsabilités administratives parallèles, dans des institutions encore plus prestigieuses.

Ed continua de donner ses cours du soir. Quand il rentrait tard, empestant les fluides d'embaumement, il lui était désormais interdit d'approcher du lit. Eileen l'obligeait aussi à se doucher avant d'avoir l'autorisation de la prendre dans ses bras ou de l'embrasser pour lui dire bonne nuit. Le dîner et la vaisselle lui permettaient souvent d'aller se coucher sans même avoir eu à le toucher. Elle n'éprouvait aucun remords à se tenir ainsi à distance. Ed avait fait son choix. Il était normal qu'il n'obtienne pas tout ce qu'il voulait, pas quand elle avait dû sacrifier tant de choses pour qu'il reste heureux.

Le grand arbre de l'arrière-cour, dont le sommet surplombait le toit à pignons des Orlando, occultait presque toute la lumière de leur chambre. À bientôt trente-cinq ans, les indices de la vieillesse commençaient à infiltrer leurs esprits, mais Eileen et Ed les tenaient à distance en faisant l'amour. Parfois, leurs ébats étaient mêlés de colère. Leur vie stagnait, même si, au milieu de leurs disputes qui pouvaient durer des jours, Eileen caressait l'idée d'un divorce et soupçonnait qu'il en était de même pour Ed ; ni elle ni lui n'osaient pourtant jamais agiter ce fantôme à haute voix. Tous deux savaient que leur union ne pouvait être brisée, et cette prise de conscience ouvrit une porte dans les sous-sols de leur âme. Cette familiarité leur permit de se considérer à nouveau comme deux étrangers lorsqu'ils étaient au lit, insufflant une force nouvelle à leur vie de couple. Elle se demanda si ses amis avaient traversé les mêmes dédales, mais n'eut jamais le courage de leur poser la question.

À trente-cinq ans, alors que cela ne la préoccupait plus depuis bien longtemps, Eileen tomba enceinte et mena sa grossesse à terme. Elle accoucha à l'aube, quelques jours avant les ides de mars 1977. Le prénom du bébé, si celui-ci était un garçon, avait fait débat entre eux pendant des semaines. Deux jours après la naissance, ils n'en avaient toujours pas la moindre idée, à la stupéfaction de la jeune fille chargée de remplir le certificat. Mais, en leur rendant visite, Ruth oublia un roman, *Madame Bridge*, sur la table de chevet de l'hôpital et, au matin du troisième jour, quand Eileen entendit la jeune fille lui dire qu'elle pouvait toujours se déplacer à la mairie pour remplir elle-même les documents, son regard se posa sur le nom de son auteur, Evan Connell, dont elle n'avait jamais entendu parler. Eileen avait un parent lointain prénommé Connell, mais la véritable raison qui la poussa à choisir ce prénom était qu'il pouvait évoquer un nom de famille, un peu comme ceux des médecins pour lesquels elle travaillait. Elle désirait offrir à son fils un bon départ dans la vie.

Connell était âgé de quelques mois quand elle réalisa soudain, comme au sortir d'un long sommeil, que sa venue au monde avait tout chamboulé. Elle s'était échappée d'un piège dont elle ne savait même pas qu'elle était prisonnière. Pendant un certain temps, elle encouragea Ed à concevoir un second enfant, mais cessa du jour au lendemain en imaginant la créature infâme qui pourrait résulter d'une grossesse aussi tardive. Elle bâtirait l'avenir sur son garçon.

Elle s'étonna d'aimer à ce point donner le bain à son bébé. Toute personne qui la connaissait aurait été surprise également. Sitôt les robinets ouverts et le lavabo bouché, un calme remarquable l'envahissait. D'une main, elle tenait le cou et la tête du bébé, maintenant son corps avec l'intérieur de son bras, et le lavait de l'autre, pressant doucement le gant contre les petits plis de sa peau. Il lui répondait par un sourire muet et elle se sentait soudain délivrée de toutes ses émotions refoulées. Si un peu d'eau l'éclaboussait au visage, il toussait puis retrouvait sa placidité désarmante. Lorsqu'il grandit et put s'asseoir dans le lavabo, elle se mit à lui tendre un gant de toilette mouillé, qu'il agrippait et tétait pendant qu'elle lui faisait sa toilette à l'aide d'un autre, ravie d'entendre ses bruits de succion et de voir le plaisir vital qu'il prenait à tirer dessus avec ses quenottes.

Une fois assez grand pour aller dans la baignoire, elle adora le voir se pencher par-dessus le rebord, perché sur la pointe des pieds, tout en balançant le bras pour toucher l'eau, les petits muscles de son dos se déplaçant sous l'effort. Dans son enthousiasme, il manquait souvent de tomber tête la première. Il s'amusait à jeter de l'eau par-dessus bord en donnant de légères tapes à la surface du bain. Il riait, gazouillait, et tirait sur son pénis avec une joie exploratrice tandis qu'elle shampouinait ses cheveux noirs. Il attrapait sa timbale pour se rincer et prenait une grosse gorgée d'eau savonneuse avant qu'elle ne parvienne à la lui enlever des mains. Une fois le bain terminé, elle était ravie de l'envelopper dans sa serviette, saupoudrer son corps de talc, fixer sa couche et glisser ses petits membres dans son pyjama ; elle était touchée par le calme et le bien-être qu'il ressentait une fois emmailloté dans ses vêtements délicieusement serrés. Fermer ses boutons-pression l'enivrait. Elle respirait l'odeur de son bébé et se demandait comment elle avait pu vivre sans. Son cœur se serrait chaque fois qu'elle le baignait ; chaque fois qu'elle l'habillait pour aller au lit ; chaque fois qu'elle peignait ses cheveux propres ; chaque fois qu'elle l'allaitait, lui donnait un biberon, l'allongeait ; chaque fois qu'elle se levait pour vérifier si tout allait bien, la nuit, et sentait sa poitrine se soulever sous sa main et son cœur battre sous le bout de ses doigts. Elle pensait à lui, éveillée dans son lit, et même si elle était constamment fatiguée, même si certaines nuits, elle imaginait qu'au matin le charme serait rompu, le puits de son amour se remplissait inéluctablement, et elle le cueillait dans son berceau et le pressait contre elle, embrassant son cou tout doux. On ne pouvait faire partager certaines choses, dont celle-ci – la jouissance que procureraient l'existence et la présence d'un beau bébé à une femme comme elle. Elle savait qu'il n'en serait pas éternellement ainsi ; bientôt, elle attendrait certaines choses de lui ; bientôt, elle lui demanderait la lune. Ces moments-là, elle les aimerait aussi, et en remplirait son cœur pour des années.

12

QUAND LA MÈRE D'EILEEN ARRÊTA DE BOIRE, demeurer chez elle à ne rien faire l'épuisa plus que de travailler de longues heures, aussi continua-t-elle à se traîner jusqu'à Bayside pour faire le ménage à l'école, même à soixante ans passés, alors que son père avait depuis longtemps raccroché les crampons et passé les clés de ses camions à des hommes plus jeunes. Cependant, lorsque son employeur perdit son contrat avec les écoles, la mère d'Eileen ne chercha pas de nouveau travail. Elle parlait depuis des années de mettre de l'argent de côté pour s'acheter une résidence secondaire à la mer, à Breezy Point, mais Eileen la soupçonnait d'être consciente qu'un tel bond en avant lui serait impossible à réaliser au vu des années qui lui restaient. Elle commença à lire *The Irish Echo* plutôt que le *Daily News*, et investit ses économies dans des voyages en Irlande. L'allégeance qu'elle vouait à son pays d'adoption s'émoussa peu à peu, comme si tout n'avait été qu'une expérience dont l'hypothèse de départ s'était avérée peu judicieuse.

Eileen avait souvent eu l'occasion de parler avec elle de ses accrochages avec Ed, au sujet de sa carrière, et connaissait par cœur sa réaction – sa mère faisait claquer sa langue et secouait la tête pour condamner ce manque d'ambition. Certains changements s'opéraient en elle, malgré tout. Elle était par exemple de moins en moins pragmatique. Elle semblait aussi moins gênée par sa situation. Elle cessa de se plaindre des hommes politiques, des imbéciles dans le métro, ou de la laideur et de la puanteur de la vie citadine. Elle lisait des romans et avait intégré un club de lecture pour en discuter. Malgré elle, Eileen se sentit un peu trahie. Puis elle en conclut à contrecœur que ces transformations étaient le moyen pour sa mère de tromper son envie de prendre un verre.

« Tes mauvaises pensées ne sont jamais très loin, lança sa mère avec un sourire, un après-midi qu'ils rentraient d'un pique-nique à Flushing Meadow Park avec le bébé. Elles se multiplient, elles te cernent. Ne réfléchis pas à ce que tu ne peux pas avoir. Concentre-toi sur les plaisirs simples de la vie. » Elles étaient belles, ces leçons de morale sur le tard, cette exhumation soudaine des tabous, tactique d'une femme qui avait voulu jouer et s'y était brûlé les ailes – à moins, et ceci aurait été encore plus terrible, qu'elle n'ait jamais rien considéré comme un jeu. Sa mère n'avait pas choisi le bon public pour délivrer son laïus. Certes, l'ombre des anciens Alcooliques anonymes qui avaient raté leur vie et glissé dans la spirale des regrets planait encore sur son esprit, mais le problème d'Eileen n'avait rien à voir avec de mauvaises pensées ; au contraire, son problème était plutôt sa vision légèrement trop optimiste des gens qui l'entouraient. Pour rien au monde, elle n'en aurait démordu, y compris quand sa mère ou son mari ne partageaient pas son avis. Au moins, elle avait son père de son côté – même si, Dieu le bénisse, celui-ci était capable de dire amen à tout pour peu que l'on y mette du cœur. Elle mènerait à bien son projet, cela ne faisait aucun doute. Ce que l'avenir lui réservait, à condition qu'Ed emprunte le chemin qu'elle lui avait tracé, était une belle vie, une vie à l'américaine.

« Chaque chose en son temps », lui dit sa mère, et Eileen pensa : *Et tout en même temps.*

Au Noël 1980, elle offrit un magnétoscope à Ed. Ils l'avaient repéré un jour qu'ils se promenaient tous les deux, mais voyant le prix qu'il coûtait – près de mille dollars –, Ed s'était éloigné en déclarant qu'il pouvait très bien s'en passer. Eileen n'avait pas travaillé dur toute sa vie pour se priver d'acheter alors qu'elle en avait les moyens. Elle touchait à présent un salaire honnête en tant que directrice des soins, au Lawrence Hospital, à Bronxville. C'était le cadeau parfait pour lui qui adorait les vieux films. Elle réserva l'appareil cinq mois avant les fêtes.

Lorsqu'il déballa son magnétoscope, Ed parut horrifié, comme s'il venait d'exhumer d'une terre sacrée une relique qui jetterait une malédiction sur leurs têtes.

« Qu'est-ce que c'est que ça ? demanda-t-il, bouillant de rage devant leur fils de trois ans. Qu'est-ce qui t'a pris d'acheter un truc pareil ? »

Quelques jours plus tard, en sortant de la douche, elle le surprit en train d'introduire une cassette dans le lecteur.

« D'accord, dit-il, voyant son regard sardonique. J'ai eu tort. C'était super comme cadeau.

— Pas la peine de gaspiller ta salive.

— Non, c'est vrai. C'était une belle attention. » Il serrait contre sa poitrine la pochette vide de la cassette. « Ça me fait plaisir.

— Ben voyons.

— Écoute, c'est toujours dur pour moi de voir les choses changer.

— Sans blague !

— Ça ne veut pas dire que je n'ai aucune marge de tolérance. »

Il fit rouler le meuble TV jusqu'à leur lit. Entre deux programmes, PBS faisait de la réclame pour des appels aux dons. Ed donna une petite tape sur l'édredon.

« Viens, dit-il.

— Je ne me suis pas brossé les cheveux.

— Allez, insista-t-il. Il faut que je vérifie que j'enregistre bien l'intégralité du programme.

— Je suis contente que tu t'en serves, tu sais.

— Que dire ? » D'un air amusé, il laissa tomber ses bras en signe de résignation. « Tu es trop bonne avec moi. Je ne sais pas ce que je ferais sans toi.

— C'est vrai ?

— Oui. Je serais perdu sans toi. »

Parfois, Eileen avait l'impression que toutes ces difficultés valaient la peine d'être endurées. Rares étaient les hommes qui reconnaissaient leurs erreurs avec une telle sincérité.

« Chéri », lui dit-elle, puis elle laissa tomber sa serviette et se tint nue devant lui, comme il aimait qu'elle le fasse.

Elle resta d'abord un peu voûtée, puis se redressa, les mains sur les hanches, se délectant du regard qu'il posait sur elle, comme s'il voulait boire son corps. Le film commençait, mais Ed ne pouvait détacher ses yeux d'elle. Elle se sentit rougir.

« Tu devrais enregistrer », lui dit-elle.

Mais Ed ne cilla pas. Elle grimpa sur lui et appuya sur le bouton d'enregistrement.

« On pourra regarder plus tard, déclara-t-il en lui embrassant le cou. C'est ça qui est génial avec ces machines. »

Il fit glisser sa main vers ses reins, lui empoigna les fesses, toucha son sexe.

« Quand on voudra », souffla-t-elle.

Elle roula sur le côté et défit les draps. Ed baissa le volume et enleva son caleçon. Elle tendit un bras devant lui pour éteindre la lampe de chevet, puis il se jeta sur elle, la plaquant sur le dos. La bande de la cassette vrombissait à un rythme régulier. Par intermittence, la télévision illuminait la chambre, soulignant leurs corps dans les belles profondeurs de la nuit.

En janvier 1981, on diagnostiqua à la mère d'Eileen un cancer de l'œsophage.

Une aide-soignante venait l'aider, mais son père s'occupa également d'une partie des soins. Quand Eileen passait chez eux après le travail, il lui avait déjà donné ses médicaments, l'avait lavée, changée, lui avait préparé son repas – liquide, car elle ne pouvait plus rien avaler d'autre – et l'avait mise au lit. Il avait déménagé dans sa chambre et dormait sur le second lit jumeau.

Le jour où sa mère finit par entrer à l'hôpital, le 23 novembre 1981, son père se plaignit de douleurs dans la poitrine. Il se retrouva lui aussi admis, et son propre cancer fut révélé au grand jour par les médecins, cancer qui s'était répandu dans tout son thorax et avait colonisé les organes. Ils lui attribuèrent une autre chambre, non loin de sa mère, à l'autre bout du couloir. Les infirmières faisaient rouler leurs lits une fois par jour pour qu'ils puissent se voir.

Ses parents avaient eu beau faire chambre à part pendant trente ans, quelques jours avant Noël, quand les médecins les séparèrent pour ce qui, apprendrait-on plus tard, serait la dernière fois, la mère d'Eileen lança un appel à son mari depuis l'autre bout du couloir.

« Ne les laisse pas m'éloigner de toi, Mike, mon Mike ! » cria-t-elle, et tout l'étage l'entendit.

Ce que les autres n'entendirent pas fut la question qu'elle posa à Eileen plus tard ce soir-là, une fois intubée.

Les rideaux étaient tirés et les lumières éteintes, hormis une au-dessus du lit. Eileen avait rempli deux gobelets d'eau glacée qui restèrent intouchés. Les glaçons avaient fondu depuis longtemps.

« Est-ce que ça en valait la peine ? »

Eileen se pencha pour mieux entendre.

« Qu'est-ce qui valait la peine, maman ?

— De ne pas avoir bu une goutte depuis vingt-cinq ans. Est-ce que ça a changé quelque chose ? »

Le sourire qu'Eileen sentit se dessiner sur ses lèvres l'embarrassa. Il n'y avait là rien de réjouissant, loin de là, mais elle ne put réprimer ce sourire morbide. Elle ne voulait pas montrer à sa mère combien toutes ces histoires lui étaient douloureuses. Par la porte ouverte lui parvinrent les bips lointains des boutons d'appel de service et des voix dans des interphones. Cela faisait vingt ans qu'elle travaillait en milieu hospitalier, mais elle avait quelque part l'impression de se trouver en terre inconnue. Sous le halo vert de la lampe fluorescente, sa mère ressemblait à une apparition, avec sa peau si fine que l'on pouvait compter les veines.

« Comment peux-tu poser une question pareille ?

— Je te le demande, c'est tout. »

Sa mère tourna la tête sur son oreiller avec effort. Ses joues formaient deux creux lisses sous ses yeux immenses et alertes.

« Est-ce que ça en valait la peine ? »

Eileen avait toujours considéré ces dernières années où sa mère ne buvait plus comme les plus heureuses de leur vie. Le cœur de sa mère renfermait un glacier qui avait fondu en silence, laissant parfois résonner quelques craquements d'émotions ; il avait fondu pour ne plus laisser qu'un océan de sérénité et de rares îlots de désespoir, après la naissance de Connell. Sa mère semblait même presque joyeuse, parfois. Mais tout cela n'avait peut-être été qu'une façade.

« Bien sûr que oui, répondit Eileen en lui prenant la main.

— Comme j'aurais aimé ne pas arrêter. »

Sa mère avait parlé sans la regarder, les yeux rivés sur les plis du rideau, sa main libre posée sur la couverture.

« Pense à toutes les choses que tu n'aurais pas connues. À toutes ces vies que tu n'aurais pas vécues. Ces années ont été les plus belles », affirma Eileen.

Sa mère retira sa main et la posa sur l'autre.

« J'aurais tout sacrifié pour un verre.

— Eh bien, ça n'a pas été le cas.

— J'en serais encore capable aujourd'hui. »

Eileen lui reprit la main et la retint fermement.

« C'est trop tard. Ce qui est fait est fait. Tu ne peux pas l'effacer. Tu as eu une belle vie.

— Pas faux », répondit sa mère, et, peu de temps après, elle mourut.

Son père s'éteignit deux semaines plus tard. En triant ses papiers, Eileen découvrit qu'il avait vendu ses obligations et sa police d'assurance-vie plus de vingt ans auparavant. Peut-être était-ce ainsi qu'il avait pu récupérer la bague de sa mère auprès du prêteur sur gages. Ou peut-être avait-il contracté des dettes plus importantes qu'elle ne l'avait jamais soupçonné. Eileen connaissait sa passion pour les courses, mais que son père ait pu être victime d'un véritable problème de dépendance au jeu ne l'avait jamais effleurée. En tout cas, il avait su le cacher. Elle se souvint d'une chose dont elle avait été témoin à l'âge de dix ans, un jour, après l'école, chez son amie Nora. Nora avait ouvert la porte à un homme en costume sombre et chapeau, qui lui avait demandé de dire à son père qu'il devait régler son dû. Eileen se tenait derrière elle.

« C'est vous qui paierez s'il ne le fait pas, les avait-il menacées en les pointant du doigt. Transmettez-lui le message. »

Eileen était rentrée chez elle effrayée, mais quand elle avait raconté l'épisode à son père, celui-ci avait répondu :

« Il ne parlait pas de toi. Il a cru que tu étais au père de la petite. Eh bien, non. Tu es à moi. »

Il était impossible d'imaginer quiconque débarquer ainsi chez son père étant donné qu'il comptait chaque policier irlandais de la ville parmi ses alliés, et beaucoup d'autres aussi. Mais cela ne signifiait pas pour autant qu'il ne devait rien à personne. Voilà qui devait expliquer pourquoi ils n'avaient jamais habité une maison ; et pourquoi son père insistait tant pour qu'Eileen en possède une. En tout état de cause, elle se retrouva quand même forcée de piocher dans ses économies pour payer les enterrements de ses parents.

Les deux veillées mortuaires s'enchaînèrent à une telle vitesse qu'elle craignit de manquer de monde pour celle de son père. Pourtant, même ceux qui avaient fait le déplacement en avion revinrent, et même sans eux, on aurait à peine pu tenir debout dans son salon.

Elle contemplait le cercueil, se demandant comment un gaillard tel que lui avait pu rentrer dans cette boîte, quand un homme noir, à peu près du même âge qu'elle, s'approcha et se présenta comme étant Nathaniel, le fils de Carl Washington, ancien collègue camionneur de son père. Nathaniel voulut savoir si son père lui avait déjà raconté comment tous deux s'étaient retrouvés à faire équipe. Avec toutes les anecdotes qu'elle avait entendues sur lui ces jours passés, il était assez incroyable qu'elle puisse en apprendre encore de nouvelles.

« Mon père a été le premier chauffeur noir que Schaefer ait employé, expliqua Nathaniel. Quand il s'est pointé là-bas pour la première fois, personne n'a voulu faire équipe avec lui. Il y a même eu des rumeurs de grève. Mon père ne savait pas s'il pourrait rester. Ton père est arrivé le dernier dans l'entrepôt. C'est là qu'il a inspecté tous ses camarades un à un – de dos, les bras croisés sur la poitrine – et qu'il a dit à mon père : "Monte avec moi, salopard de négro." Il a sauté dans son camion sans rajouter un mot. »

Eileen avait envie de disparaître sous terre, mais Nathaniel, lui, souriait.

« Il pouvait être grossier, parfois, s'excusa-t-elle.

— Mon père a entendu pire, répondit-il. Après ça, ton père n'a jamais pris la route avec personne d'autre que lui. Pendant vingt ans. Je ne sais pas si tu t'en souviens, mais il était en charge du Bronx. »

Elle acquiesça.

« Une fois qu'il a eu mon père à son côté, il a insisté pour qu'on le mette sur l'Upper East Side.

— Je me rappelle qu'il a changé, oui.

— "Y a assez de Noirs comme ça dans le Bronx", qu'il a lancé. "On va leur montrer là-bas ce que c'est qu'une face de négro, pour changer." »

Elle porta son mouchoir à ses yeux et lui en tendit un.

« Et Big Mike ceci, et Big Mike cela, poursuivit Nathaniel. En grandissant, j'ai entendu le nom de ton père à la maison plus souvent que ceux de ma propre famille. »

Il fit un signe de la main en direction de sa femme et de ses enfants, et Eileen les salua à son tour.

Eileen fut gênée d'apprendre que M. Washington s'était éteint quelques années plus tôt. Et encore plus gênée de lire sur le visage de Nathaniel, lorsqu'elle lui dit : « Je regrette de ne l'apprendre que maintenant », qu'il n'aurait jamais imaginé qu'elle daigne venir à son enterrement.

13

EN FÉVRIER 1982, le Bronx Community College annonça le départ de son doyen. On proposa à Ed de prendre la relève, et la possibilité qu'il devienne un jour président fut même évoquée. Eileen s'imagina en joueur d'échecs qui aurait anticipé plusieurs coups à l'avance. Non seulement cette offre sonnait-elle la fin de sa carrière d'enseignant, mais il lui était parfaitement impossible de la refuser. Ed n'avait d'autre choix que de sangler femme et enfant sur son dos pour les emmener plus haut sur l'échelle de la respectabilité.

Depuis son arrivée à Lawrence, Eileen avait découvert comment vivaient les gens des classes plus aisées. Elle se surprenait à s'attarder à Bronxville en sortant du travail, à s'émerveiller devant les massifs d'arbustes impeccables, les magnifiques maisons en retrait de la rue et les vitres rutilantes derrières lesquelles chaque table semblait avoir été dressée pour un dîner de Noël. De temps en temps, quand sa voiture était en réparation, elle se retrouvait à prendre le métro Nord, mais cette obligation constituait presque un plaisir, sachant qu'elle passerait par la gare de Bronxville, une gare au charme désuet, sans aucun graffiti à l'horizon, reconnaissable à son halo chatoyant et à ses trains qui s'arrêtaient doucement pour laisser descendre les gens. Elle attendait, enveloppée dans l'étrange sérénité du quai spacieux, et voyait la rame émerger du virage avec la prestance d'un autre temps. Des passagers assoupis traversaient des villes encore endormies, en route pour Grand Central. Sa vie pourrait enfin commencer, pensait-elle, si rentrer chez elle signifiait rentrer dans un endroit enchanteur comme celui-ci. Mais il leur fallait gagner plus pour y arriver. L'offre d'Ed tombait à point nommé.

Elle avait cru avoir été suffisamment claire avec lui. Elle avait cru qu'Ed avait compris et s'était résigné, mais un beau jour, en arrivant à la maison, il lui annonça qu'il avait refusé la place de doyen.

« Mes étudiants sont trop importants. Je veux qu'ils aient les mêmes chances que ceux des grandes universités, et je sais qu'avec moi c'est le cas, expliqua-t-il. Je peux au moins m'assurer de ça. »

Ce revirement la mit dans une rage noire – ce caprice, cette manie de toujours faire passer ses désirs en premier. Ed était bien loin de l'homme humble qu'elle avait cru épouser. Comme à l'accoutumée, il avait ses raisons : il n'avait jamais eu l'ambition de décrocher des titres prestigieux ni le gros salaire qui allait avec ; ce après quoi il courait n'était pas quantifiable, mais philosophique, le genre d'objectif qui ne pouvait mener à des gratifications concrètes. Ces beaux discours l'exaspéraient à présent, mais elle les répétait quand même à ses amies, se drapant dans la rhétorique revigorante du sacrifice et du devoir.

De son point de vue, l'idéalisme d'Ed devait au moins servir son propre pragmatisme à elle, et ce fut le cas, quelques semaines durant. Jusqu'au jour où, au cours du dîner, Eileen lui annonça qu'elle était lasse de vivre dans leur bout de maison et qu'après quinze ans de mariage il était temps de changer, temps de devenir propriétaires. Ed tenta d'avancer qu'ils ne payaient pas un gros loyer et que cela leur permettait de mettre de côté pour les études de Connell, en plus de leur épargner les dépenses et les tracasseries liées à la propriété. Dans d'autres circonstances, ces mots l'auraient apaisée, auraient fait baisser la température, mais au lieu de cela elle laissa monter sa colère et explosa devant le manque de courage sidérant d'Ed. Parce qu'elle était sur le point de lui crier l'une de ces phrases impardonnables, capables d'altérer à jamais la dynamique d'un couple, elle le somma de mettre le petit au lit et claqua la porte de leur chambre.

À la fin de sa journée, le lendemain, quand les collègues qui n'étaient jamais pressés de rentrer chez eux pour voir leur famille s'en allèrent au bar, dans le quartier de l'hôpital, Eileen accepta pour une fois de se joindre à eux. Elle avait l'intention de rester dehors aussi tard qu'elle le voudrait, sans se soucier de son petit garçon, et de faire tout ce que cette faune faisait habituellement. Déjà, le bar se dépeuplait, mais elle n'en était qu'à la moitié de son premier verre de vin et tout à coup un souvenir lui revint, celui d'un épisode particulièrement lugubre, à l'époque où sa mère tardait à rentrer après son travail. Elle sortit son porte-monnaie pour régler l'addition, mais les autres insistèrent pour l'inviter. Sur la route, en retournant chez elle, elle en vint à la conclusion qu'il n'était plus viable de nier que rien n'avait changé avec Ed. Tout se passait comme si le temps dont ils disposaient pour organiser leur vie leur était compté. Eileen était de plus en plus perturbée, elle qui pensait que tous deux suivaient le même chemin, vers des enjeux toujours plus grands, dans un rêve commun. Plus Ed insistait pour demeurer dans cette maison, plus il était difficile pour elle de voir en lui l'homme avec lequel elle passerait le restant de ses jours. Mais elle avait besoin d'un partenaire comme lui, car elle l'aimait énormément, même s'il était parfois difficile à vivre ; c'est pourquoi elle devait le sauver du danger qu'il représentait pour lui-même, sauver leur mariage si c'était vers sa rupture qu'il les précipitait, en insistant pour qu'ils déménagent. Ed avait toujours su l'écouter. À mesure qu'il vieillissait et se radicalisait dans ses peurs et ses habitudes, il lui fallait crier un peu plus fort pour être entendue, mais dès lors qu'il l'entendait, si la réponse était à sa portée, il s'exécutait. De son côté, elle aussi faisait de son mieux. Il avait besoin d'un vrai foyer, tout comme elle. Prisonnier de ses idéaux, l'esprit d'Ed se révélait de plus en plus étriqué. Il avait besoin d'espace pour que ses pensées respirent. Se ressaisir, envisager de nouvelles possibilités, voir plus grand que jamais, voilà ce qu'il lui fallait. Et s'il y avait une chose pour laquelle elle pouvait l'aider, c'était bien celle-là.

Elle était sur le point d'aller faire la lessive, sa panière pleine de linge dans les bras, quand elle entendit sonner à la porte. Ed donnait ses cours du soir. Elle poussa la porte du coude en râlant, puis se précipita vers l'entrée avant que la sonnette ne retentisse à nouveau. Son fils avait toujours eu le sommeil léger, mais depuis ses cinq ans le moindre signe d'activité le réveillait. Ces montées et ces descentes incessantes – deux étages pour arriver à la buanderie, une longue volée de marches pour atteindre la porte d'entrée – la rendaient folle.

Lorsqu'elle vit Angelo sur le perron, un doute la prit : peut-être avait-elle oublié de glisser son loyer sous la porte. Elle trouvait cette coutume mensuelle si humiliante – se baisser, geste de servilité, lutter péniblement pour faire passer l'enveloppe sous le rabat en caoutchouc – qu'un acte manqué n'était pas exclu. Eileen craignait d'avoir cédé à son désir d'oublier, d'attendre de voir combien de temps les propriétaires mettraient à dire quelque chose.

« Je ne vous dérange pas ? J'aimerais vous parler.

— Je vous en prie, entrez. »

Elle portait un sweat-shirt dont la coupe ajustée l'embarrassa légèrement tandis qu'elle montait les marches devant lui. Une fois arrivés en haut, elle l'invita à s'asseoir à la table de la salle à manger, mais il préféra rester sur le pas de la porte, appuyé contre le cadre avec, à la main, son bonnet de laine qu'il venait d'ôter.

« Je peux vous offrir un café ? Un verre d'eau ?

— Non, merci. »

Elle s'assit.

« J'ai quelques soucis financiers, annonça-t-il.

— Vraiment navrée de l'apprendre », répondit Eileen, qui se concentra tout à coup sur le revêtement de ses chaises, car elle ne voulait pas entendre la suite.

Il prit une profonde respiration, fit craquer ses doigts boudinés.

« Inutile de vous embêter avec les détails. Mais pour faire court, je vais être obligé de vendre la maison.

— Très bien, dit-elle.

— Je voulais savoir si vous seriez intéressée. »

Depuis peu, Eileen et Ed envisageaient sérieusement d'acheter. Elle s'était échinée à le convaincre des vertus de la propriété en faisant appel à son sens pratique. Certes, devenir propriétaire leur ajouterait un fardeau sur le plan financier, mais ils constitueraient ainsi un capital plutôt que de jeter l'argent du loyer par les fenêtres, en plus de quoi ils avaient déjà mis assez de côté pour présenter un apport. Les ultimes obstacles restaient l'immobilisme d'Ed en matière de dépenses et sa peur du changement en général. Partager la maison ne faisait pas partie des options possibles pour Eileen, même si l'argent du loyer aurait amorti une partie de leur emprunt. Tout à coup, elle comprit qu'il ne serait finalement pas plus facile de convaincre Ed d'acheter cette maison que n'importe quelle autre. Ils n'auraient pourtant pas besoin de déménageurs. Cet argument était sans doute le meilleur pour rebondir sur son fléchissement récent ; plus ils attendraient, plus Ed aurait du temps pour se convaincre qu'il valait mieux ne pas immobiliser leurs capitaux avec l'achat d'une maison. Mais lorsqu'il entendrait qu'Angelo avait des ennuis, il ne pourrait s'empêcher de vouloir l'aider.

Son père avait promis de la hanter jusqu'à ce qu'ils achètent une maison, il allait enfin être apaisé ; voilà qui n'était pas plus mal. Cette histoire de malédiction lui trottait dans la tête ces derniers temps. Cette maison, Eileen et Ed l'avaient habitée déjà longtemps avant sa mort ; il ne restait plus que quelques papiers à signer pour qu'elle soit officiellement la leur. Son père aurait apprécié la netteté d'une telle solution.

« Tout cela est très inattendu, dit-elle.

— Je vous ferai un prix si vous achetez, répondit-il. La seule chose que je vous demanderai sera de fixer un loyer raisonnable pour ma famille.

— Je vais en parler à mon mari.

— Oui, s'il vous plaît. De mon côté, les choses vont rapidement s'accélérer, quelle que soit votre décision. »

Les pensées se bousculaient dans son esprit. Elle n'aimait pas vivre en étage, surtout depuis que le fils d'un cousin d'Ed, venu de Broad Channel, s'était cassé un bras et une jambe en sautant du toit pour jouer à Superman. Et puis elle en avait assez de ne pas avoir son allée devant la maison. Elle avait fini par se convaincre que le fait même qu'Angelo les laisse s'y garer était une chance, mais cette gratitude s'était estompée, si bien qu'à présent devoir faire le tour de la maison pour entrer chez elle l'agaçait, au même titre que devoir sonner chez Angelo quand elle était bloquée à l'intérieur.

« Il y a une chose que je voudrais, fit-elle.

— Dites.

— J'aimerais échanger les appartements. Je voudrais celui du rez-de-chaussée.

— Vous êtes chez vous, répondit-il.

— Ah, et autre chose…

— Quoi donc ?

— Je vous demanderais de vous garer dans la rue. Il faudrait que l'allée reste libre pour que nous puissions l'utiliser. »

Il sembla retourner dans sa tête ce qu'elle venait de lui dire. Sur ses lèvres se dessina un rictus, traduisant l'effort que lui demandaient ces concessions. Mais, en réalité, ses problèmes, Eileen s'en moquait comme de sa première chemise.

« Aucun souci, affirma Angelo, reprenant tout à coup le fil de la conversation. Il y a plusieurs parkings dans le quartier. Dans le pire des cas, j'aurai un ou deux pâtés de maisons à traverser à pied.

— Et il faudrait débarrasser le garage.

— C'est comme si c'était fait.

— Et les placards en cèdre de la cave. Vous n'aurez qu'à prendre ceux que nous utilisons en ce moment. »

Elle crut l'entendre siffler – décontenancé ou impressionné par la tournure que prenaient les négociations, elle n'aurait su dire.

« Ce genre de détail ne posera pas de problème, assura-t-il. Nous pourrons voir tout cela ensemble.

— Je préfère vous prévenir, voilà tout. »

Il ramassa les clés d'Eileen dans la coupelle posée sur le buffet et les laissa tourner autour de son doigt.

« J'entends bien.

— J'en parlerai à Ed.

— Et vous nous laisserez rester ?

— Oui. »

Il posa les clés et se redressa.

« Avec un loyer abordable ?

— Loin de moi l'idée de vous plumer, affirma-t-elle. C'est comme si vous faisiez partie de la famille maintenant.

— Même si je meurs ?

— Angelo ! Bonté divine ! »

Au regard qu'il lui lança, elle se dit qu'il la voyait à présent non plus comme une femme, mais comme l'un de ses pairs.

« Je vous le demande : même si je meurs ?

— Même si vous mourez. Bien sûr.

— Je veux juste savoir si ma famille sera en sécurité, dit-il. Rassurez-vous, mon but n'est pas de profiter de vous. Je veux simplement protéger les miens. »

Il recula vers l'escalier.

« Je comprends, répondit-elle en le suivant.

— Dans ce cas, plus vite nous ferons estimer la maison, plus vite vous saurez le montant de ma ristourne.

— Il faut que j'en parle avec mon mari, répéta-t-elle. Nous allons devoir demander un emprunt.

— Ne vous faites pas de souci. » Il avait descendu une marche et se retourna, souriant maintenant à pleines dents. Il paraissait presque heureux. « Les gens comme vous, qui avez toutes vos affaires en ordre… vous n'avez qu'à claquer des doigts pour avoir ce que vous voulez dans ce pays. »

DEUXIÈME PARTIE

Tendres années

Jeudi 23 octobre 1986

14

DEPUIS QU'ELLE MANQUAIT À NOUVEAU DE PERSONNEL, Eileen était forcée de rester travailler tard, à remplir des tableaux et rédiger des rapports. Elle faisait sa dernière tournée de médicaments, qu'elle distribuait dans de petits gobelets en carton, quand l'un des patients, croyant faire le malin en les enfournant comme des cacahuètes, manqua son coup et envoya voler l'un de ses cachets sur le lino. Comme personne ne décrochait à la pharmacie et qu'elle n'avait aucun comprimé de remplacement, elle fut obligée de se mettre à quatre pattes pour le récupérer. Un quart d'heure plus tard, elle le retrouva sous le lit, couvert de poussière. Le cachet à la main, elle leva le bras en signe de victoire, mais alors qu'elle reculait à quatre pattes, elle s'aperçut que le patient fixait son arrière-train d'un air hébété – arrière-train auquel elle n'avait plus prêté attention, toute concentrée sur sa tâche qu'elle était. Elle eut envie de lui flanquer la pilule dans la bouche et de lui fermer le bec d'un coup sec, en lui brisant les dents, mais il était hors de question qu'un imbécile de son espèce lui fasse ainsi perdre son sang-froid, aussi se contenta-t-elle de replacer le comprimé dans le petit gobelet. Dans la profession qu'elle avait choisie (bien qu'elle eût plutôt l'impression d'avoir été choisie par sa profession, dans un accès de possessivité malveillante), même les directeurs pouvaient être traités comme des morceaux de viande.

Il était presque dix-huit heures trente quand elle débarqua sur Eastchester Road. Dieu merci, le trafic était fluide sur la rocade qui longeait l'Hutchinson River, et les Mets jouaient à Boston, ce qui voulait dire que la circulation serait sûrement normale de l'autre côté du pont. Pendant les grands matchs, prendre la voiture était un véritable cauchemar, sans fin, ni sens, ni raison d'être, démontrant à lui seul ce qu'étaient les hasards de l'Univers ; son nerf sciatique la torturait, ses pieds s'engourdissaient, rien n'était pire que de se retrouver forcée à avancer au ralenti.

Tandis qu'elle approchait de la Whitestone Expressway, au moment où la route se mit à grimper vers le début des câbles, elle sentit son moral remonter. La traversée du pont était le seul moment de son trajet qui ne l'ennuyait pas. Elle adorait observer la courbe victorieuse des câbles qui se dressaient pour atteindre la première arche, puis plongeaient aussitôt après. Parfois – comme dans le cas présent –, la musique qui passait à la radio suivait le rythme du pont. Les câbles repartaient vers la deuxième arche, et dans ces moments-là Eileen sentait l'étrange présence du beau. Rien dans sa journée ne déclenchait en elle une telle extase. À mesure qu'elle le traversait, ce pont témoignait de son propre équilibre. Là-haut, au-dessus de l'East River, les préoccupations étriquées du quotidien laissaient place à des impressions floues quand l'œil tentait de cerner son immensité. Puis les câbles se posaient sur leur point d'ancrage, le paysage retournait à sa taille humaine, et l'espoir qu'elle avait couvé au pic de son ivresse commençait à disparaître.

Comme prévu, le trafic était fluide. Eileen serait chez elle à sept heures à ce rythme-là. Elle avait appelé à cinq heures pour prévenir qu'elle rentrerait tard et demander à Lena de faire manger Connell, avant de passer un second coup de fil pour lui dire qu'elle s'en chargerait elle-même, finalement. Aucun problème, lui avait assuré Lena, mais Eileen avait décelé une note de sécheresse dans sa propre voix quand elle avait renchéri en lui disant qu'elle avait envie de dîner avec son fils. Elle avait mis du poulet à décongeler au frigo, et si elle ne l'avait pas cuisiné, il aurait été perdu.

Ce matin-là, elle avait pris la décision qu'ils dîneraient en famille, même sans Ed. En continuant de donner ses cours du soir, celui-ci l'avait certes obligée à faire des compromis sur son idéal de temps à passer tous les trois en famille, mais une capitulation totale – laisser Lena faire dîner le petit et lui donner son bain moussant – était hors de question. À eux deux, elle et Connell pouvaient parfaitement former une famille. Il en existait d'ailleurs qui ne comptaient qu'une mère et son enfant. Elle n'avait pas besoin d'Ed pour être heureuse.

Elle lui en voulait de passer deux soirs par semaine à donner ses cours, et de rester tard, un autre soir encore, pour avancer dans ses recherches. S'il lui fallait être aussi souvent absent, la moindre des choses aurait été qu'il rapporte de l'argent. Le poste qu'il avait décliné chez Merck la taraudait toujours, et ces dernières années qu'il avait passées à donner des cours supplémentaires n'avaient quelque part servi qu'à le rendre encore plus irresponsable.

Sur Northern Boulevard, à la sortie de la Whitestone Expressway, elle eut plaisir à voir le Shea Stadium vide. Bientôt – même si cela n'arrivait jamais assez vite –, l'interminable saison sportive prendrait fin. Parvenue à la Cent-Quatorzième Rue, elle bifurqua vers la Trente-Quatrième Avenue pour éviter de traverser Corona par la rocade. Vivre aux abords d'un quartier aussi délabré la déprimait, même si, du côté de chez elle, certaines choses s'étaient également détériorées depuis peu. Des magasins mythiques avaient été transformés en boutiques affreuses, et le nombre d'enseignes écrites en espagnol ne faisait qu'augmenter.

Elle n'était pas impatiente d'aller chercher Connell chez les Orlando. Elle l'avait été, autrefois, à l'époque où il était à la crèche, ou lors de sa première année d'école, quand il courait à sa rencontre dès qu'elle apparaissait à la porte, mais depuis peu, Eileen devait se bagarrer pour réussir à le faire sortir de là ; la télévision était toujours allumée chez les Orlando – cela expliquait en partie pourquoi. Le confort que l'on trouvait là-bas plaisait aux enfants, avec ces babioles partout et ce bazar qui les émoustillait.

La fille de Brenda, Sharon, âgée de quatre ans, était souvent là. Le nombre de personnes présentes ne semblait jamais descendre en dessous de trois. Voilà qui n'était pas sans rappeler à Eileen le temps heureux de son adolescence, à l'époque où ses proches avaient débarqué d'Irlande par vagues. Il y avait des différences, certes : les Orlando étaient bien plus extravertis, plus capables de gestes, certainement plus affectueux. Elle avait eu affaire à des fumeurs dans sa jeunesse, mais il y en avait davantage chez eux ; hormis Sharon, tout le monde avait quelque chose au bec quand Eileen arrivait. De son avis, Connell s'amusait certainement bien moins là-bas qu'elle avec ses cousins, mais il ne pouvait pas se figurer la différence. Ou peut-être s'agissait-il d'un plaisir semblable à celui qu'elle éprouvait quand elle montait chez les Schmidt regarder la télévision. Elle avait alors toujours la sensation d'échapper à la réalité de sa vie. Était-ce là ce que Connell éprouvait ? Il n'y avait pourtant aucune raison à cela. Elle et Ed lui offraient un foyer plus calme que ce qu'elle avait jamais connu. Et pourtant, ces derniers temps, Connell se faisait plus que jamais prier pour rentrer. Eileen était obligée d'admettre que, pendant les premières minutes qui suivaient leur retour, avant qu'elle ait allumé la radio et commencé à cuisiner, son appartement semblait vide comparé à celui des Orlando.

Elle gara sa voiture et pénétra dans son appartement, retira ses chaussures et changea rapidement de bas. Ses chaussons aux pieds, elle monta par l'escalier de derrière. Lena ouvrit la porte, affublée d'un sarrau, en lui disant : « Entrez, entrez », avec le ton informel d'une femme parfaitement à l'aise dans sa propre maison. Derrière elle, Angelo était installé à la table de la salle à manger qui avait autrefois été celle d'Eileen, et fumait une cigarette tout en feuilletant le *Post*. Il portait toujours sa chemise d'éboueur, déboutonnée, sortie de son pantalon, avec un maillot de corps en dessous.

Ses mains étaient épaisses, et ses doigts tachés par le tabac, mais il y avait une certaine élégance dans sa coiffure, courte, avec des mèches plus longues sur le dessus, plaquées en arrière. Il sourit chaleureusement à Eileen et l'invita à avancer d'un petit geste de la main. Les livres de la maison se réduisaient à quelques volumes poussiéreux rangés dans une vitrine derrière lui. Angelo n'avait pas terminé le lycée, mais donnait malgré tout l'impression de connaître la réponse à presque n'importe quelle question. Elle le regarda tourner les pages de son journal voluptueusement, léchant son index et glissant la main sous la page avant de la déplacer, comme un manuscrit enluminé. Depuis la mort de Consolata, quelques mois plus tôt, Angelo était moins prompt à crier, et parlait davantage avec Connell, assis à table, ce que le petit garçon appréciait. La famille payait toujours le loyer de l'appartement de Consolata, sans doute grâce au petit héritage qu'elle avait dû leur laisser. Lena et Angelo prévoyaient de déménager à l'étage avec Gary, afin de donner de l'espace à Donny, Brenda et Sharon. Les enfants étaient grands à présent, mais pas au point de voler de leurs propres ailes de sitôt.

Gary et Brenda se trouvaient dans le canapé, Sharon installée entre eux, la tête posée sur les genoux de sa mère pendant que son oncle lui tenait les pieds. Donny était dans le fauteuil, et Connell avait le petit canapé pour lui tout seul. Ils regardaient Jeopardy. Connell leva à peine les yeux lorsque Eileen entra. Donny lui fit un signe de la main ; Gary eut l'air gêné qu'on le surprenne ainsi. Il était vêtu d'un pantalon en velours côtelé et d'un T-shirt qui lui moulait le ventre, non pas à cause d'un quelconque embonpoint, mais parce qu'il s'agissait d'une relique rétrécie de sa jeunesse.

La question posée portait sur le Président qui avait effectué le mandat le plus court, trente-deux jours. Eileen n'était pas sûre de se souvenir de son nom.

« Harrison », lança Gary juste avant que le candidat appuie sur le buzzer en s'écriant : « William Henry Harrison. »

Connell lâcha un « Ouais ! » enthousiaste, et Donny se tourna vers son grand frère en souriant fièrement. La question suivante, dans la même catégorie, portait sur le nom de l'homme qui avait tiré sur James Garfield à la gare de la Baltimore and Potomac Railroad.

« Charles Guiteau », répondit Gary tout bas, suivi par le candidat.

Eileen préférait quand Gary était dans sa chambre. Elle n'aimait pas penser à Gary. Aîné de la fratrie, il ne s'était pourtant jamais comporté comme tel. Il avait en permanence l'air résigné de qui a déjà baissé les bras devant la vie. Et pourtant, ce garçon avait des possibilités. Eileen détestait voir des gens dotés de réelles capacités ne pas s'élever socialement. Son cousin Pat avait été une grosse déception ; il était inenvisageable que Connell tombe dans les mêmes abîmes que Gary. Elle n'aimait évidemment pas songer non plus qu'elle-même avait pu faire l'objet d'un tel échec, même dans une moindre mesure. Eileen avait réussi son parcours professionnel, mais son existence n'était pas parfaite ; et elle avait beau s'acharner à se frayer un chemin dans la forêt épaisse qu'était la vie des classes moyennes, elle n'avait toujours pas atteint de clairière. Considérer Gary comme un garçon dont la culture puisait sa source dans les jeux télévisés aurait été plus simple que de reconnaître l'individu complexe, intelligent, qu'il était réellement. Elle l'avait entendu débattre de questions d'actualité et n'avait pas pu s'empêcher de tomber d'accord avec lui, et même de se voir éclairée par des remarques qu'elle ne se serait pas faites toute seule. Et pourtant, il était avachi là, toujours en marge des autres, à parler à un téléviseur, dépérissant d'heure en heure. Une impression de claustrophobie l'envahit. Il lui fallait oublier que des gens tels que lui existaient, oublier la possibilité même d'un échec. Il lui fallait arracher son fils de là, sans quoi Gary l'aspirerait dans le trou noir de sa vie.

Connell se leva et tapa dans la main de Donny par-dessus la table basse. Puis il leva les yeux vers elle.

« Il est l'heure d'y aller, dit-elle. C'est moi qui prépare à manger ce soir.

— Je peux descendre quand c'est prêt ?

— *Non,* répondit-elle sèchement, avant de se ressaisir. Tu descends maintenant. On t'a assez vu ici. Laisse donc les Orlando passer tranquillement leur soirée.

— Il ne nous dérange pas, lança Angelo par-dessus son journal. Il peut rester tant qu'il veut.

— C'est gentil, mais j'ai besoin de lui pour m'aider à préparer le dîner. »

Elle n'avait pas eu la moindre intention de demander à Connell de l'aider, mais il lui fallait une bonne excuse.

« On discutait politique tout à l'heure, intervint Angelo. Connell nous a dit que tu voulais qu'il devienne politicien. Je lui ai demandé s'il savait ce que ça voulait dire. »

Eileen eut un petit rire gêné.

« Ce que je voudrais pour l'instant, c'est qu'il descende avec moi », répliqua-t-elle, suffisamment fort pour que son fils entende.

Elle lança alors un au revoir général et se dirigea vers la porte. Connell traîna derrière elle, planté devant la télévision. Gary répondit correctement à une nouvelle question, ce qui déchaîna Donny et le garçon.

« *Connell,* dit-elle. Tu *viens.* »

Il prit son temps pour ramasser son cartable et la suivre dans l'escalier. Elle lui demanda d'émincer la laitue pendant qu'elle faisait cuire le poulet. Elle préparait une salade pour le dîner, qu'elle parsèmerait de morceaux de viande. Elle s'était trop souvent laissée aller aux pizzas ces derniers temps, et les soirs où Ed était aux fourneaux, c'était croque-monsieur dans leur lagune de beurre, ou cheeseburger – du fromage, partout du fromage. Connell était trop potelé à son goût. Certes, il n'avait pas encore eu de grande poussée de croissance, mais il restait indéniable que la bonne nature qui courait dans sa famille pouvait rapidement se transformer en surpoids, faute d'une vigilance scrupuleuse. Si l'on ne lui posait pas de barrières, Connell se gavait de bonbons et de crème glacée. Eileen n'avait pas eu le temps de grossir, enfant. À l'époque, alors qu'elle était à peine plus âgée que son fils à présent, c'était elle qui dressait les menus, faisait les courses et tenait la maison – autant de choses qu'elle n'aurait pu l'imaginer faire. Lorsqu'elle l'envoyait à l'épicerie du coin, elle devait lui écrire une liste, sur laquelle il oubliait immanquablement quelque chose.

Eileen comptait mettre bientôt un peu d'ordre dans la vie de son fils. Ed n'était pas d'une grande aide dans ce domaine. Il aimait trop son garçon, se montrait trop permissif, semblait ravi de tout ce qu'il faisait. Il suffisait que Connell ramène un dix-huit sur vingt à la maison pour le voir rayonner ; c'était chaque fois Eileen qui était obligée de lui demander où étaient passés les deux points manquants. Cette manière qu'avait Connell de se laisser vivre la contrariait, lui qui n'avait pas conscience de la facilité de son existence, du peu de responsabilités qui pesaient sur ses épaules.

Elle ajouta des tomates cerises à la salade et passa rapidement le poulet à la poêle. Puis elle attrapa la vinaigrette, remua le tout, et dit à Connell de venir s'asseoir. Elle lui servit la salade et déposa la viande par-dessus.

« C'est ça, le dîner ? demanda-t-il.

— Il faut que tu manges plus de légumes verts. Enfin, que tu manges *des* légumes verts. »

Dix-neuf heures trente. Ed n'avait commencé son cours que depuis une demi-heure. Restait encore une heure. Prise d'un dépit soudain, Eileen se demanda s'il lui arrivait de penser à elle et leur fils dans ces moments-là.

Connell mangeait trop vite, comme toujours. Il n'aimait pas la salade, et pourtant il l'engloutissait à la vitesse grand V. Il y avait quelque chose d'irrépressible dans sa manière de manger. Peut-être essayait-il d'arriver plus vite au dessert. Il connaissait les règles : pas de dessert avant d'avoir vidé son assiette. Elle avait passé des années, assise à côté de lui pendant des heures, à lui faire terminer son assiette. Elle avait appris à éviter certains aliments, et Connell avait cessé de jeter en douce sa nourriture quand elle avait le dos tourné, se résignant à absorber ce qu'on lui servait. Le dessert était sa principale motivation. Il y avait toujours quelque chose dans le frigo, pour elle autant que pour lui, mais elle ne prenait que des petites portions, rien de comparable avec les montagnes qu'il dévorait. Connell devait apprendre à se restreindre s'il voulait un jour parvenir à se hisser parmi les gens sérieux. Se comporter avec un tel abandon n'était pas convenable. Elle le sommait de manger moins vite, et il lui répondait d'accord, mais continuait au même rythme. « Moins vite, répétait-elle alors, lasse. Tu vas finir par t'étouffer. » Elle se leva pour aller se resservir un verre d'eau. Elle le but debout devant l'évier et le remplit à nouveau. Lorsqu'elle se retourna, Connell agitait les bras, sa fourchette posée sur son assiette, puis il sauta de sa chaise, les mains sur la gorge. Elle lui dit que ce n'était pas drôle, mais elle vit alors son visage et se mit à hurler : « Tu t'étouffes ? » bien qu'elle eût déjà compris ce qui était en train de se passer. Son fils avait déjà rencontré ce genre de problème quand il était bébé, mais il y avait toujours eu plus de peur que de mal – quelque chose d'un peu trop dense, du thon ou du beurre de cacahuète avait créé un bouchon dans son œsophage, sans pour autant l'empêcher de respirer. Mais il ne faisait plus un seul bruit à présent. Le moment était venu de l'attraper avec sang-froid et de déloger la nourriture en le ceinturant, une main enfoncée dans son abdomen, mais Eileen ne pouvait s'y résoudre.

Elle avait dû faire face à des étouffements dans sa carrière. Il fallait placer ses mains au milieu du ventre de la victime et appuyer un grand coup sur le diaphragme pour que la nourriture soit expulsée. Quelques secondes, et c'était fini. Le temps dont on disposait était plus important que ce que l'on pensait, bien plus important, quatre minutes avant que le cerveau ne soit endommagé. Mais il s'agissait de son fils et il n'y avait aucun droit à l'erreur.

Elle le tenait par les épaules quand elle commença à paniquer. Céder à la panique était pire que tout, elle le savait, mais impossible de s'en empêcher ; elle aimait tellement son garçon. *Je t'en supplie, ne meurs pas, Je t'en supplie, ne meurs pas,* pensa-t-elle, puis elle se mit à appeler au secours. L'instant d'après, elle sortait précipitamment pour courir jusqu'à l'escalier de derrière. Elle arriva au bas des marches où elle cria : « Angelo ! Angelo ! Angelo ! » avant de grimper à toute allure pour tambouriner à sa porte. « Viens vite ! » Puis elle retourna aussi vite chez elle où elle avait laissé le petit tout seul. Ses mains tremblaient.

« Il est en train de s'étouffer ! » hurla-t-elle.

Connell virait au bleu. Elle entendit quelqu'un descendre l'escalier quatre à quatre, sur quoi Donny la bouscula pour se retrouver derrière l'enfant et lui donner une démonstration approximative, mais musclée de la manœuvre de Heimlich. Tout à coup, quelque chose vola de la bouche du garçon, droit sur le tapis. Il se mit à tousser avant de pousser un cri effroyable, qui évoquait plus un chat qu'un enfant. C'était une tomate cerise qu'il avait avalée tout rond. Eileen la ramassa et, de rage, l'écrasa dans sa main. Ensuite elle aida Connell à s'asseoir à la table de la salle à manger. Angelo, Gary et Brenda entrèrent. Connell continuait à tousser par-dessus ses cris plaintifs. Elle alla lui chercher un verre d'eau. Dans la cuisine, son regard tomba sur les assiettes, qu'elle flanqua aussitôt à la poubelle avec leur contenu. Elle sentait l'émotion monter, prête à la submerger, à l'emporter. Connell descendit son verre d'un trait. Jamais plus elle ne se mettrait en colère contre lui pour avoir mangé trop vite. C'était à Ed qu'elle en voulait maintenant, Ed qui n'était pas là, Ed qui avait exposé Connell à ce danger par son absence. Elle était reconnaissante aux Orlando de pouvoir compter sur leur présence, le soir, mais mortifiée aussi qu'elle, une infirmière, n'ait pas été capable de le sauver toute seule.

« Alors, tu vas manger moins vite maintenant ? »

Voilà tout ce qu'elle put lui dire quand elle retourna à table. Après quoi, elle fondit en larmes. Connell, lui, semblait trop abasourdi pour pleurer.

« Si ça avait été Gary, je l'aurais laissé s'étouffer, remarqua Donny. Comment on appelle ça déjà, Gary ? L'euthanasie ? »

Connell eut un petit gloussement derrière sa toux.

« Ne nous refais plus jamais ça, lui dit Angelo. Je n'ai pas besoin d'avoir une nouvelle attaque. Deux, c'est déjà suffisant.

— Ça va aller ? demanda Brenda en posant une main sur l'épaule de Connell, qui hocha la tête. Va moins vite. Ton assiette ne s'envolera pas.

— Bien, ma mission ici est terminée, dit Donny en imitant Superman. Je ferais mieux d'aller trouver une cabine téléphonique pour me changer.

— Pourquoi n'irais-tu pas ramasser tes caleçons sales qui traînent par terre dans la salle de bains, à la place ? lui suggéra Brenda. Tu sais, je ne crois pas que la panière à linge soit en kryptonite. »

Tout le monde rit de bon cœur, mais Eileen vit bien que Donny avait été profondément touché par le désastre qui avait manqué de se produire. Les yeux écarquillés, il secouait la tête. Toute la famille Orlando semblait d'ailleurs touchée. Connell passait ses après-midi là-haut, mais il n'était jamais venu à l'esprit d'Eileen que, quelque part, ils puissent le considérer comme un membre à part entière de la famille.

« La Roue de la fortune a commencé », annonça Gary.

La famille Orlando remonta à l'étage. Eileen alla s'asseoir avec Connell.

« Ça va ? » Il hocha la tête. « Encore secoué ? »

Nouveau hochement de tête.

« Je n'arrivais plus à respirer, dit-il.

— Je sais.

— Ni à parler. »

Il ne se doutait pas à quel point il rendait la chose difficile pour elle.

« C'est horrible, dit-elle. Je suis restée paralysée.

— Donny m'a sauvé.

— Je ne sais pas ce qui s'est passé. Je l'ai déjà fait, pourtant. Mais il n'y avait jamais eu autant en jeu.

— Heureusement qu'ils étaient là, répondit-il.

— J'aurais fini par le faire, affirma-t-elle. Mes réflexes professionnels auraient fini par prendre le dessus. Je savais que les Orlando étaient là, et c'est sans doute pour ça que j'ai mis autant de temps à réagir.

— Il m'a sauvé la vie, constata Connell d'un air pensif.

— Pas la peine d'en faire toute une histoire, répliqua-t-elle. Tu t'en serais sorti de toute manière. Il restait du temps. »

Connell semblait toujours assez bouleversé. Elle alla jusqu'au congélateur et lui servit une coupe de glace.

« Tiens, mange, reprit-elle. Tu auras du mal à t'étrangler avec ça. À moins que… »

D'ordinaire, à cette heure, Eileen l'aurait envoyé faire ses devoirs, mais elle se garda de lui demander quoi que ce soit. En cet instant précis, elle n'était pas loin de penser comme Ed : peu lui importait que Connell refasse un jour ses devoirs.

Elle lui dit qu'il pouvait finir sa glace sur le canapé – une première, là aussi –, et alla lui chercher le téléviseur. Le seul qu'ils possédaient était un petit poste en noir et blanc qu'ils gardaient dans leur chambre et faisaient rouler sur son chariot jusqu'au salon lorsqu'un match important ou les World Series étaient diffusés. Elle lava la poêle dans laquelle le poulet avait cuit pendant qu'il regardait Entertainment Tonight, et le rejoignit quand elle eut terminé. Les matchs commençaient habituellement à vingt heures ou avant, mais quand il se leva pour changer de chaîne et mettre la NBC, ils tombèrent sur le Cosby Show. Elle ne fut pas longue à comprendre que déplacer un programme tel que le Cosby Show aurait coûté cher en taxes de publicité à la chaîne. Tous deux étaient installés dans des canapés différents et il n'était pas facile pour Eileen de bien voir l'écran de sa place. La fille, Vanessa, voulait porter du maquillage à l'école, contre la volonté de sa mère. Le garçon, Theo, tentait quant à lui de convaincre sa famille d'organiser un exercice d'évacuation incendie. On se serait cru dans *Leave It to Beaver*, à ceci près que tous les personnages de cette série étaient noirs. Le monde changeait vite. Eileen avait peine à faire coïncider l'Amérique de son fils avec le souvenir qu'elle gardait du monde de son enfance. Elle avait l'impression d'appartenir à une génération d'entre-deux, à cheval sur le gouffre qui séparait deux pans de l'Histoire. Aux yeux de Connell, sa vie datait d'aussi loin que celle des pionniers pour elle lorsqu'elle avait son âge.

Le *Cosby Show* se termina. Le match était sur le point de commencer. Mais quand elle lui annonça qu'elle allait s'allonger dans la chambre, Connell la regarda d'un air choqué.

« Tu ne regardes pas le match ? »

Eileen voyait bien qu'il était encore perturbé et n'avait pas envie de rester seul.

« Pas longtemps, alors », lui répondit-elle en se laissant attendrir.

Elle ne lui en voulait pas. Elle ne cessait pas de repasser dans sa tête le moment où Donny avait expulsé la tomate. Elle avait envie de rester près de Connell, de le serrer dans ses bras, mais elle ne savait pas comment s'y prendre. Elle se fichait bien de revoir l'un de ces matchs qui avaient déjà été diffusés mille fois avant les matchs décisifs. Quelques minutes plus tard, elle se leva donc pour aller chercher son *Lonesome Dove*. Elle le feuilleta distraitement, lisant et relisant la même page plusieurs fois d'affilée. Les Mets se retrouvèrent très vite à la traîne. À la fin de la cinquième manche, ils se faisaient mener 4-0.

Elle n'était pas la mère la plus tendre au monde, Eileen le savait. Elle travaillait beaucoup. Enfin, elle travaillait. Point. D'autres mères restaient à la maison, préparaient des cookies, parlaient à leurs enfants tout le temps, savaient tout ce qu'ils avaient dans la tête. Elle n'avait jamais pensé à faire ami-ami avec Connell. Elle s'efforçait d'encourager de véritables discussions au moment du dîner, où tous les trois bavardaient comme une vraie famille, pas seulement pour faciliter ainsi l'insertion de Connell parmi les gens habitués à juger les autres à la manière dont ils parlent, mais aussi parce qu'elle aimait entendre ce qu'il pensait. Cependant, elle avait travaillé dur pour lui offrir une vie confortable ; voilà qui valait bien n'importe quelle nourriture émotionnelle. La vie ne se réduisait pas à exprimer ses sentiments ou à faire des câlins. De plus, elle n'entrevoyait aucun moyen de passer outre les barrières que son fils avait érigées. Néanmoins, cela la tourmentait, aussi bien sur le plan intellectuel qu'émotionnel.

« Je crois que je vais aller me coucher, annonça-t-elle après avoir mis un marque-page, son livre entre les mains.

— Tu ne pourrais pas rester lire ici ? »

Il avait donc besoin d'elle. Il n'aurait su le formuler en ces termes, mais il venait de l'avouer à moitié. Elle rouvrit son livre et reprit son chapitre au début.

Ed rentra avant vingt-deux heures. Ils entendirent la porte, l'entendirent suspendre son manteau dans l'entrée et poser ensuite sa serviette sur le bureau avant de les rejoindre dans le salon.

« Toujours 4-0 ? » demanda-t-il aussitôt.

Connell hocha la tête.

« Gooden s'est pris une raclée.

— J'ai entendu dire à la radio qu'ils n'avaient pas été assez rapides.

— El Sid a quand même bien joué. Mais les batteurs sont K-O.

— Il est arrivé quelque chose, intervint Eileen. Connell s'est étouffé.

— Quoi ? » Ed se tourna vers elle, puis vers lui. « Que s'est-il passé, fiston ?

— J'essayais de manger en faisant attention à ne pas m'étouffer, et ça a fait tout l'inverse. »

Ed regarda Eileen.

« Il s'est *vraiment* étouffé, tu veux dire ?

— C'était coincé dans la trachée, oui.

— Qu'est-ce qui était coincé ?

— Une tomate cerise.

— Tu l'as fait sortir ?

— Donny s'en est chargé. »

Ed pointa du doigt l'escalier.

« Vous avez mangé avec les Orlando ?

— Donny est descendu, répondit Connell.

— Pour manger avec vous ? »

Le sang d'Eileen ne fit qu'un tour à l'idée de discuter de ces détails devant Connell, qui lirait sur son visage à quel point elle était encore secouée.

« Je t'expliquerai plus tard, dit-elle.

— Viens par là », lança Ed à Connell, puis il s'assit sur le canapé et passa un bras autour des épaules de l'enfant, qui se blottit contre le revers de son veston en tweed.

Il était si facile pour Ed d'établir le contact avec son fils. Il fallait toujours qu'elle ait le mauvais rôle. Peut-être que Connell s'était durci vis-à-vis d'elle. Il se blottit un peu plus encore. Son ventre rebondi débordait de son pantalon de sport. Son visage était maintenant enfoui dans la chemise de flanelle de son père, il se mit à sangloter. Ed posa un baiser au sommet de sa tête et lui caressa le dos. Connell resta ainsi pendant quelques minutes. Ed la regardait, cherchant une explication, mais Eileen lui fit signe que ce n'était pas le moment. Après un temps, Connell leva la tête.

« Est-ce que tu vas faire ce que ta mère t'a déjà demandé plusieurs fois, si je ne m'abuse, et essayer de manger moins vite ? dit Ed d'une voix douce, mais ferme. Est-ce que tu peux faire ça pour moi ? » Connell hocha la tête. « Bien. »

Puis, sans rien ajouter, ils regardèrent le match. Le sujet était clos. Eileen avait cessé de lire *Lonesome Dove* et les observait, à présent. Il fallait la voir, l'aisance physique d'Ed avec leur garçon, qui avait posé sa jambe sur son père. Eileen avait été affectueuse avec Connell jusqu'à trois ans environ, mais ensuite quelque chose s'était immiscé entre eux, une chose quasi imperceptible qui l'avait empêchée de se lier à lui. Sachant qu'Ed y parvenait, elle n'avait jamais passé trop de temps à se demander si son fils se sentait lésé, mais maintenant elle avait la sensation de se trouver de l'autre côté d'une chose importante. Elle n'était pas tant en colère que blessée, en proie à une sinistre fascination.

Les Mets finirent par marquer à la toute fin de la huitième manche, puis, lors de la neuvième, après que Ray Knight et

Kevin Mitchell eurent été éliminés (elle avait regardé tellement de matchs ces derniers temps qu'elle connaissait les noms des joueurs par cœur), Mokkie Wilson avança sur la deuxième base, et ensuite Rafael Santana arriva sur la première. Ed remarqua que cette équipe avait le chic pour se réveiller à la dernière minute. Lenny Dykstra parvint alors à égaliser, mais quelques lancers plus tard il fut lui aussi éliminé et la partie s'acheva. Les Mets étaient menés trois séries à deux. Encore un match de perdu et leur saison, qui avait fait vibrer New York tout entier – et même quelqu'un comme elle, qui s'intéressait peu au base-ball –, serait finie.

« Hurst nous a fait la totale, dit Ed. Impressionnant.

— Personne n'a réussi à le rattraper », renchérit Connell.

Ed se leva et coupa le volume, mais en laissant le téléviseur allumé. Ils regardèrent les Red Sox fêter leur victoire tandis que le générique défilait, puis les informations commencèrent. Ed éteignit alors le poste et le débrancha pour le faire rouler jusqu'à la chambre.

« Clemens est le prochain à lancer, dit Connell, comme un mauvais présage.

— Oui, mais ils jouent à New York.

— Il leur faudra gagner deux séries.

— Ils vont y arriver.

— Face à Roger Clemens ?

— Qu'est-ce que disait Tug McGraw, déjà ? demanda Ed sur le ton d'un Socrate.

— "Tu dois y croire", répondit Connell.

— Alors, voilà. »

Il était plus de vingt-trois heures trente. L'heure pour Connell d'aller se coucher était largement dépassée. Ils se souhaitèrent rapidement bonne nuit, et le garçon partit dans sa chambre. Ed fit rouler le téléviseur devant lui comme s'il pilotait le chariot d'un projecteur. Eileen se mit au lit, et Ed la rejoignit quelques minutes plus tard, après avoir bordé Connell. Elle lui raconta comment il s'était étranglé et comment elle avait réagi, ou plutôt comment elle n'avait pas su réagir, et Ed hocha la tête et lui dit que tout était fini maintenant, que tout allait bien. Entendre ces mots la calma ; Ed savait la réconforter. Il lui donna un baiser et elle roula sur le côté, demeurant immobile, à ressasser ce qui s'était passé, avec une clarté que la clameur du match avait sans doute étouffée. Pourquoi était-elle restée paralysée ? Pendant que Connell se trouvait là, dans l'incapacité même de reprendre sa respiration, les mains sur la gorge, sans pouvoir produire le moindre son, un sentiment plus intense et plus mystérieux que l'amour s'était élevé des profondeurs de son esprit. Elle avait senti qu'il faisait à nouveau partie de sa chair, comme cela avait été le cas autrefois, et qu'elle avait été à un cheveu de périr avec lui. Rien ne serait plus pareil s'il mourait. Elle continuerait d'aller de l'avant, mais sa vie perdrait son sens, son but. Cet enfant qui l'énervait, qui l'exaspérait si souvent, se trimbalait avec son destin entre les mains. Elle ne lui faisait pas suffisamment confiance pour cela. Elle se sentait fragile, exposée, et elle décida de s'employer à ce qu'il soit plus prudent à l'avenir.

À une heure trente du matin, elle fut réveillée par Connell qui lui demandait s'il pouvait venir dans leur lit. Elle était trop endormie pour protester. Elle se décala et le laissa se glisser entre eux. Elle n'arrivait pas à se rappeler la dernière fois qu'il les avait rejoints au lit. Elle avait surveillé de près cette habitude lorsqu'il était plus petit, ne voulant pas qu'ils deviennent l'un de ces couples dont le mariage était pris en otage par un enfant toutes les nuits. Pouvoir faire tranquillement l'amour n'était même pas la question : elle désirait simplement bien dormir. Finalement, Connell avait arrêté tout seul de venir.

Groggy, elle commença à se remémorer les événements du soir. Il n'était pas étonnant que Connell soit là. Elle l'avait entendu réveiller Ed. Les deux parlaient, à présent.

« J'ai failli mourir, lui murmurait Connell.

— Tu n'as rien.

— J'ai eu très peur. J'ai encore peur maintenant. »

Ed se tourna vers lui.

« Tu n'as absolument rien. Tu ne crains rien. Tu as une longue vie devant toi. Une longue vie.

— Je ne voulais pas mourir.

— Écoute, ce qu'il faut faire, c'est te souvenir de cette sensation. Sortir, et profiter le plus possible de la vie.

— Tu crois vraiment qu'ils vont gagner ?

— Les Mets ? Oui.

— Les deux matchs ?

— Les deux matchs. Tu verras.

— Tu es sûr ?

— Crois en eux, répondit Ed. Ils vont se refaire. Allez, dodo maintenant. »

Tandis qu'elle les écoutait parler, Eileen fut téléportée dans les lits jumeaux serrés en rang d'oignons où elle dormait avec ses parents, à l'époque où M. Kehoe vivait encore dans l'autre chambre. Elle n'avait aucun souvenir de conversations qu'il ait pu y avoir entre eux trois après l'extinction des feux. Ses parents lui tournaient le dos. Elle se rappelait s'être demandé ce que cela leur aurait fait de dormir dans le même lit. À présent, elle se demandait si elle aurait eu le courage de venir se glisser entre eux, pour sentir leur chaleur émaner de chaque côté. Peut-être que si ses parents et elle avaient dormi tous les trois ensemble, elle serait devenue en grandissant le genre de fille capable d'un tel courage. Peut-être que l'imagination s'arrêtait aux frontières qui la bornaient. Elle avait appris à aimer la position de ces lits, le sien entre celui de ses parents. Peut-être ne prenait-on que ce que l'on pouvait avoir. En tendant le bras, elle aurait pu leur toucher le dos. Ce simple contact lui aurait suffi. Son fils, lui, ne s'en contenterait pas. Elle fut heureuse, en cette nuit où elle n'avait pas été capable de le sauver elle-même, d'avoir un lit où ils dormaient ensemble et de pouvoir lui donner cette opportunité. Elle ne l'avait pas eue étant enfant, mais cela ne signifiait pas que lui ne devait pas l'obtenir. Elle se demanda s'il avait perdu une part de la confiance qu'il avait en elle, ce soir-là. Tant de choses dans la vie n'étaient que des illusions décrépites. Peut-être n'avait-elle fait qu'accélérer le processus. Mais peut-être n'était-ce pas la pire des choses. Il fallait bien que Connell se prenne en main, à un moment ou un autre.

Elle le sentit rouler dans le lit pour venir se blottir contre elle comme il le faisait autrefois, son front pressé contre le haut de son dos. Moins d'une minute plus tard, il dormait. Elle ne pouvait pas bouger sans le réveiller, mais en même temps elle ne pouvait pas dormir ainsi. Elle décida d'attendre. Elle était étrangement touchée de l'avoir là. Cependant, la nuit s'annonçait longue, et au matin elle allait être épuisée. Il lui faudrait donc finir par le chasser.

Elle était allongée là et pensait : *J'ai failli le perdre. Plus jamais je ne servirai ces tomates cerises à la con. Mieux vaut qu'Ed ne se goure pas avec ses pronostics sur les Mets, ou ce gosse va être encore plus déçu que son père par cette équipe. Cela dit, il doit apprendre que la vie ne marche pas toujours comme on le voudrait.*

L'une après l'autre, elle pesa l'idée selon laquelle il valait mieux pour Connell que l'issue soit celle qu'il espérait, puis l'idée selon laquelle son caractère se forgerait si ce n'était pas le cas. La fatigue accumulée et l'adrénaline retombant, elle réussit à oublier l'étroitesse du lit et à sombrer sans s'en apercevoir, même si Connell était toujours collé à elle.

Le petit serait fou de joie, fut sa dernière pensée. *Allez, qu'ils gagnent.*

Elle se réveilla face au petit, qui dormait encore, Ed à côté de lui, sur le dos et en dehors des couvertures. Connell respirait paisiblement. Ses cils étaient aussi longs que ceux de son père et, à la lumière tamisée du jour qui filtrait à travers les stores, ses joues semblaient douces et pleines. Comme s'il avait senti son regard sur lui, Connell ouvrit les yeux et cligna plusieurs fois des paupières, dans un état de demi-sommeil, légèrement perturbé. Bébé, il avait cet air quand il n'était pas complètement réveillé. Il lui adressa le sourire mou d'un homme ivre ; une seconde plus tard, il s'était rendormi. Elle ne savait quoi faire de tout ce qu'elle ressentait pour lui, ou pour son mari, alors elle se leva pour prendre une douche et les laissa se réveiller et se trouver là, tous les deux.

TROISIÈME PARTIE

Un air riche

1991

15

LORSQUE CONNELL PARTIT SE COUCHER, elle fut surprise de ne pas voir Ed s'enfermer dans son bureau pour classer ses rapports ou lire des articles scientifiques. Il resta sur le canapé à lire le journal, en écoutant du Wagner. Elle n'avait pas besoin de reconnaître la musique pour savoir qu'il s'agissait de Wagner ; les crescendos ronflants et la voix caverneuse du chanteur parlaient d'eux-mêmes. Ed écoutait souvent Wagner lorsqu'il était d'humeur contemplative.

Elle s'installa sur l'autre canapé avec un livre, heureuse de profiter avec lui de l'une des traditionnelles soirées glaciales de février, reconnaissables entre toutes au givre qui se formait sur les carreaux. Elle alluma la cheminée électrique, s'arrêtant au passage pour remuer le faux charbon de bois et écouter les morceaux tinter les uns contre les autres. Elle se réjouissait que l'homme qu'elle avait épousé, en plus de posséder une érudition capable d'impressionner même ses amis les moins spirituels, lise les pages sports en entier.

Au bout d'un moment, Ed se leva et partit dans son bureau, mais alors qu'elle pensait l'avoir perdu pour toute la nuit, il revint avec un stylo, afin de faire les mots croisés. Elle appréciait l'insouciance avec laquelle il requérait son aide lorsqu'il butait sur une définition. Voilà qui dénotait une foi éternelle en l'équilibre de son intellect, une foi grâce à laquelle Ed pouvait assumer sans complexe le roulis de ses lacunes, qui aurait fait chavirer l'assurance de n'importe quel autre homme ; il ne s'agissait pour lui que de vaguelettes se brisant sur sa coque.

« J'ai fait tout ce que je pouvais, dit-il en pliant son journal qu'il posa sur la table basse. Pas la peine de se voiler la face : il est temps que je relâche un peu la pression. »

Elle leva les yeux de son livre et chercha son regard, mais Ed fixait le plafond.

« Je ne suis pas sûre de te suivre, déclara-t-elle.

— J'arrive sur mes cinquante ans. Il faut que je lève le pied. Je mérite bien un peu de repos.

— À d'autres, répondit-elle.

— Je vais devenir comme tout le monde : rentrer chez moi, passer des soirées tranquilles. Regarder la télé, pourquoi pas ?

— J'attends de voir.

— Je peux m'y mettre dès maintenant. »

Le cœur d'Eileen se serra légèrement. Elle aimait l'idée de passer plus de temps au lit avec lui. Ed avait fini par renoncer à ses cours du soir, heureusement, mais il travaillait toujours extrêmement dur et n'émergeait souvent de son bureau que bien après qu'elle s'était endormie.

« Je me demande combien de temps tu tiendrais, répliqua-t-elle. Tu finirais par t'ennuyer.

— Je crois que je m'y ferai.

— Eh bien, si ça te fait plaisir. »

Ed avait chargé plusieurs disques dans la chaîne. Il alla brancher son casque et le posa sur sa tête avant même qu'elle ait pu entendre ce qu'il avait mis. Il s'enfonça dans le canapé et ferma les yeux.

Elle attendit qu'il les rouvre et croise son regard. Ed aimait se laisser aller à rêvasser ainsi, mais d'ordinaire il ouvrait les yeux entre chaque mouvement de la symphonie et lui adressait un petit signe des sourcils. Elle était en train de se demander s'il s'était endormi tant il était immobile, quand il se mit soudain à battre la mesure. À la fin de la face, il resta à sa place, les bras croisés, impassible. Elle éteignit la lumière et se leva pour aller se coucher. Elle l'appela, sans succès. Elle guetta un signe de sa part, pour savoir s'il avait remarqué qu'elle partait, mais il se contenta de remonter ses lunettes. Elle s'approcha et se posta devant lui. Sans doute croyait-il pouvoir l'emporter à ce jeu. Eileen commençait néanmoins à trouver cela étrange. Elle se pencha pour l'embrasser sur la joue, mais avant qu'elle ait pu le toucher il rouvrit les yeux et la dévisagea d'un air épouvanté, comme si elle l'avait interrompu au beau milieu d'une réflexion monstrueuse.

« Je vais me coucher, annonça-t-elle.

— J'arrive tout de suite. »

Après quelques minutes de sommeil agité – elle ne dormait jamais bien lorsqu'il n'était pas là –, elle revint dans le salon. Sur la petite table, près du canapé, la lampe était allumée. Ed portait toujours ses écouteurs. Un disque tournait, et plusieurs autres attendaient dans le chargeur de la platine. Elle éteignit l'ampli et l'appela.

« Juste encore une minute, dit-il en levant une main pour la faire taire.

— Il est quatre heures du matin. »

Sur ces mots, elle éteignit la lampe, mais la pièce resta éclairée par la lumière du petit jour qui filtrait.

« Tu as besoin de dormir, de bien dormir. C'est toi qui dis toujours ça. On dort mal avec de la lumière, non ? Tu as besoin de tes heures de sommeil. D'un sommeil *réparateur*. Allez, viens. Tu as cours dans quelques heures.

— Je crois que je vais annuler, répondit-il. Je ne le sens pas aujourd'hui.

— Hein ? »

Ed n'avait pas manqué un seul cours en vingt ans. Ils s'étaient d'ailleurs déjà disputés à ce propos. *Ça va, tu peux rater un cours,* disait-elle quand quelque chose arrivait. *Ils ne peuvent pas te virer pour ça. Ils ne peuvent pas te virer du tout.*

« Je crois que je mérite bien un petit jour de congé.

— Peu importe, viens te coucher. Il est tard. »

Elle demeura plantée devant lui jusqu'à ce qu'il se lève. Ils traversèrent ensemble le couloir d'un pas traînant. Au matin, lorsqu'elle se réveilla, Ed était assis au pied du lit.

« C'est peut-être mieux si tu appelles pour moi. »

Après avoir appelé, elle se doucha et s'habilla. En allant dans la cuisine, elle le trouva à nouveau couché dans le canapé, comme s'il n'avait pas bougé depuis la veille ; seule une tasse de thé posée sur la table faisait la différence.

« Toi qui parlais de "lever le pied", tu ne fais pas les choses à moitié, remarqua-t-elle.

— J'ai besoin de recharger les batteries, affirma-t-il. Ça ira mieux demain. J'y retournerai demain. »

Il se laissa embrasser quand elle lui dit au revoir. Elle partit travailler. À son retour, il était à la même place, dans les mêmes vêtements. Elle n'aurait jamais cru qu'il resterait enfermé toute la journée ; cela ne lui ressemblait pas. Ne jamais manquer le travail était pour lui une question de fierté, aussi mal placée qu'elle fût. Le sac et la veste de Connell étaient jetés sur une chaise dans la salle à manger.

Ed avait les yeux fermés. Son pied battait à nouveau la mesure. Elle s'approcha et lui tapa sur l'épaule. Alors qu'elle parlait, il fit un signe en direction de ses écouteurs pour lui indiquer qu'il ne l'entendait pas. Elle lui mima de les enlever.

« J'écoute de la musique, dit-il.

— Je vois ça.

— Ça s'est bien passé au travail ?

— Bien, répondit-elle. Tu es resté ici toute la journée ?

— Je me suis levé pour aller manger.

— C'est donc ça, ton nouveau programme ?

— Je fais un test. C'est fou comme je me sens déjà mieux.

— Contente de le savoir.

— Ça fait un moment que je songe à prendre plus de temps pour moi. C'est déjà une première étape. J'ai l'esprit enfumé. J'essaie de revenir à l'essentiel.

— Et le travail, alors ?

— Il va falloir que tu appelles encore pour moi, demain. »

Dans le grand miroir de la pièce voisine, elle aperçut son reflet, avec son manteau qu'elle avait l'intention de remplacer. À une époque, avoir trente ans lui avait semblé atrocement vieux, mais à présent qu'arrivait son cinquantième anniversaire, trente ans, voilà qui lui paraissait ridiculement jeune.

« Ça va durer combien de temps ?

— Je n'ai pas d'idée précise.

— Je peux te compter à table avec nous ce soir ?

— Bien sûr », dit-il en la congédiant d'un geste de la main, avant de remettre ses écouteurs.

Pendant qu'elle commençait à préparer le dîner, elle réfléchit à ce qui était en train de lui arriver. Une sorte de crise existentielle, à l'évidence. Quelque chose effrayait Ed. Vieillir, probablement. Elle savait que tout cela n'était pas lié à une autre femme. Ed et elle livraient le même combat, celui de la normalité. Maintenir la stabilité de son foyer, avoir la conscience tranquille, constituait un barrage à l'infidélité encore plus efficace que leur amour. Eileen pouvait avoir confiance en lui, et pas seulement parce qu'il refusait de rater une journée de travail même après une soirée trop arrosée, et qu'il n'allait pas dilapider son salaire aux courses ou oublier son anniversaire. Ed était, mais d'une manière encore plus subtile qu'elle, infailliblement prévisible. Certaines femmes ne couraient qu'après les hommes mystérieux ; Eileen, elle, aimait qu'Ed soit totalement dénué de mystère. Il y avait chez lui de l'ombre, de la profondeur, du grain ; voilà qui était assez complexe comme ça. Son cœur abritait trop peu de passion pour une grande histoire secrète, et trop pour une pauvre histoire de bas étage. Son travail le préoccupait trop pour aimer deux femmes à la fois ; Ed ne possédait pas la faculté de tolérer les interactions superficielles dont était pourvu tout époux ou épouse infidèle digne de ce nom.

Quelques jours plus tard, il repartit au travail, mais son rituel avec ses écouteurs recommençait chaque soir. Un soir, il retourna dans son bureau. Eileen se sentit soulagée. Elle supposa qu'il classait ses comptes-rendus de laboratoire, mais en entrant pour lui apporter une assiette de biscuits, elle le découvrit en train de griffonner dans un carnet, qu'il s'efforça de lui cacher. Et quand, plus tard, elle revint mettre la main dessus, le carnet avait disparu.

Elle commençait à trouver leurs dîners étranges. Ed détournait les yeux chaque fois qu'elle essayait de croiser son regard, et il ne voulait jamais parler de son travail - il ne voulait jamais parler de rien, en réalité, à part de ce que faisait Connell et de l'école.

« Et là, disait Connell, ils l'ont porté pour faire un dunk, mais personne ne lui a passé la balle une fois qu'il s'est retrouvé accroché au panier. Un gars lui a baissé son short. Et puis son caleçon ! C'est M. Costwald qui l'a fait descendre.

— Ah ! »

Ed s'était légèrement forcé à rire. Elle s'était attendue à ce qu'il condamne le comportement de ces garçons, mais tout se passait comme s'il n'avait pas réellement intégré ce que Connell avait dit. Il y avait dans la chaleur de sa voix, dans la distraction de son regard, un je-ne-sais-quoi qui lui fit se demander si elle n'avait pas trop vite écarté la possibilité d'une relation. Les baisses d'énergie qui le prenaient dernièrement ressemblaient parfois à une sorte de rêverie.

« Eh bien. »

Ed recula sur sa chaise. Il caressa la tête de Connell avec indifférence et se retira sur le canapé, dans l'intimité de ses écouteurs. Connell semblait gêné, comme s'il venait de tendre la main à quelqu'un qui ne l'avait pas serrée. Eileen savait qu'il valait mieux ne pas remuer le couteau dans la plaie en lui parlant.

Elle alla se coucher, préoccupée. Elle palpa la graisse qui s'était accumulée sur ses hanches en se demandant comment celle-ci était arrivée là. Les médecins à son travail se retournaient toujours sur elle dans les couloirs ; cependant, si Ed ne la voyait pas comme eux la voyait, alors l'intérêt que lui portaient les autres hommes n'apparaissait plus comme un plébiscite, mais plutôt comme une habitude mesquine, irréfléchie et dénuée de discernement – elle avait remarqué la manière dont ces médecins reluquaient les autres filles –, qui allait jusqu'à remettre en question l'existence même de sa beauté.

Ed la rejoignit après minuit. Il resta planté devant elle en la regardant bizarrement. Eileen se raidit.

« Tu veux me dire quelque chose ? demanda-t-elle.

— Pas vraiment.

— Tu écoutes quoi, d'abord ?

— Le *Ring* de Wagner. J'ai tellement de disques que je ne l'avais même pas sorti de sa pochette. Ça m'angoisse de les voir tous là. Je suis en train de passer en revue ma collection. »

Ces mots la soulagèrent à un point qu'elle ne soupçonnait pas. L'idée qu'avait eue Ed était assez singulière pour lui correspondre. Voilà qui devait être le genre de choses que les gens faisaient lorsqu'ils atteignaient un point où le chemin de leur passé semblait aussi bourbeux que celui de leur avenir – une manière de prendre du recul pour accomplir un grand projet.

Depuis longtemps, elle jaugeait le succès d'un repas à la palette de couleurs qui s'étalaient dans l'assiette, mais cette conception, trop prolétaire pour elle à présent, la conduisit à considérer d'un air soupçonneux l'orange des carottes, le vert vif des haricots, le blanc de la purée de pommes de terre, les amas foncés de viande et d'oignons, qu'elle triturait du bout de sa fourchette comme quand elle était enfant.

Elle aimait s'asseoir à la table de la cuisine et regarder les rideaux se soulever dans le vent ; se mettre à la fenêtre et, par-delà la petite palissade, observer les Palumbo dans leur salle à manger ; mais la maison voisine lui paraissait maintenant trop proche. Elle détestait sa façade en briques brutes et la décoration miteuse que l'on entrevoyait à l'intérieur. Elle avait auparavant toléré cette vulgarité, car elle se sentait en soi privilégiée de posséder une maison, mais tout cela était devenu trop dégradant pour être supporté.

Depuis peu, elle n'arrêtait pas de penser à Bronxville. Lorsqu'elle avait quitté Lawrence Hospital, en 1983, pour devenir directrice des infirmières à St. John's Episcopal, dans le quartier de Far Rockaway, son trajet quotidien jusqu'à Bronxville lui avait manqué. Mais elle mettait moins de temps pour arriver et touchait un bon salaire. Ed lui aussi gagnait bien sa vie en enseignant, et tous deux avaient fait quelques bons placements : leurs huit mille dollars dans des actions d'huile de schiste, sur les conseils d'un collègue d'Ed, un géologue de NYU, s'étaient transformés en quarante-quatre mille. Cependant, en 1985, la société qui produisait l'huile avait fait faillite et, cette année-là, ils avaient aussi perdu vingt-deux mille dollars à cause d'un placement bidon pour la First Jersey Securities. Le comble avait été atteint deux ans plus tard, lorsque le patron d'Eileen était parti prendre un poste au gouvernement et avait été remplacé par un homme qui avait renvoyé tous ceux qu'il pouvait pour nommer à la place sa propre équipe. Eileen avait finalement atterri au North Central Bronx Hospital, mais au prix d'une baisse de salaire.

Il lui fut impossible, à cet instant précis, de tourner la tête vers la maison des Palumbo, impossible de supporter la vue de leur lustre immonde qui luisait telle de la margarine, et de ces deux-là qui se regardaient vieillir en chiens de faïence par-dessus leurs pauvres assiettes, alors elle se leva pour fermer les rideaux. Ed prit ce geste comme le signe que le repas était terminé et fila dans le canapé.

À l'époque où ils avaient emménagé, leurs voisins étaient irlandais, italiens, grecs ou juifs, et ils connaissaient tout le monde dans le quartier. Puis, petit à petit, d'autres familles s'étaient installées à la place des anciennes : des Colombiens, des Boliviens, des Nicaraguayens, des Philippins, des Coréens, des Chinois, des Indiens, des Pakistanais. Connell jouait avec ces nouveaux enfants, mais Eileen ne rencontrait jamais leurs parents. Lorsqu'une famille iranienne – ils se présentaient comme « persans », mais dans son esprit ils restaient iraniens – acheta la maison, dans le nord de leur quartier, de son amie Irene qui avait déménagé à Garden City, le fils, Farshid, intégra St. Joan of Arc que fréquentait Connell et se mit à traîner chez eux.

Il n'était pas difficile d'entrevoir les raisons pour lesquelles la banlieue attirait tant les gens ; on trouvait déjà des transports collectifs à proximité de son quartier, et les déplacements en voiture étaient faciles également. Il y avait des allées privées devant chaque maison, des stations-service et des concessionnaires auto à intervalles réguliers, le long de Northern Boulevard. LaGuardia Airport n'était qu'à quelques minutes, comme les routes dessinées par Robert Moses et les immenses parkings du Shea Stadium, ainsi que les vestiges de l'Exposition internationale, aussi imposants qu'un glacier.

La plupart des boutiques qu'Eileen aimait n'existaient plus ; elles avaient été remplacées par des marchands de bibelots, de T-shirts, de feux d'artifice de contrebande ; par des salons de coiffure exotiques cachés derrière de lourds rideaux, des vendeurs d'accessoires d'arts martiaux ou de BD ; par des écoles de karaté, des comptoirs de transfert d'argent, des marchands de cigares Optimo coréens et de bonbons qui proposaient aussi des contrefaçons de jouets japonais ; par des stations de taxi, des bars de fortune, des fast-foods, d'obscurs revendeurs de batteries de cuisine, des restaurants aux airs de fumerie d'opium, des bodegas remplies de produits qu'on n'aurait pas pu s'imaginer manger un seul instant. Le Boulevard Theatre, à l'angle de la rue, s'était transformé en discothèque latino, éclairée par des néons clignotants jusque tard dans la nuit, et d'où sortaient des bruits de basse incessants qui, à force, avaient poussé les anciens du quartier à partir. Des voitures s'agglutinaient devant, et la police intervenait tout le temps dans des bagarres. Le petit bar irlandais lugubre était le dernier à résister à cette invasion, mais Eileen n'aurait pu s'enorgueillir de le fréquenter maintenant, elle qui l'avait évité pendant toutes ces années.

Des traces d'opulence imprégnaient encore les résidences arborées voisines. Elle imaginait des célibataires émaciés couvant leur fortune décroissante, de longues lignées arrivant silencieusement à leur fin. Il restait des traces de ce passé, comme les Chocolats Barricini, ou Chez Jahn, mais franchir leurs portes ne faisait que lui rappeler combien ces endroits se raréfiaient.

Il était peut-être possible de voir ces changements comme l'un des charmes de la ville, comme une image de ce qu'il y avait à venir, comme le cycle nécessaire de l'immigration, mais à condition de ne pas être celui qui se voyait déplacé. Cela était peut-être possible, oui, pour un saint. Seulement, Eileen n'avait aucune envie d'être une sainte, pas si cela impliquait de devoir modérer sa colère envers ces gens. Ce n'était certainement pas par sainteté qu'elle avait étouffé le ressentiment qui l'avait envahie après le cambriolage dont ils avaient été victimes, quelques années plus tôt, alors qu'ils se trouvaient en croisière aux Bahamas, mais plutôt par désir de continuer à vivre dans son quartier sans se mettre à bouillir dès qu'elle passait la porte de l'épicerie, dès qu'elle posait les yeux sur quelqu'un, les employés aussi bien que les clients, qui tous – sauf quand ils avaient l'air respectable – auraient pu faire partie des voleurs. En rentrant de cette croisière, elle avait trouvé sa boîte à bijoux sens dessus dessous et ses tiroirs retournés. Par chance, elle avait passé outre la volonté d'Ed et avait loué, au prix qu'il fallait, un coffre-fort chez Manufacturers Hanover, où elle avait mis à l'abri la montre LeCoultre et la bague de fiançailles de sa mère, qui avait tant prêté à controverse. Leurs deux alliances se trouvaient également dans le coffre. Elle éprouva une certaine satisfaction en songeant au peu de choses que les voleurs avaient réussi à emporter ; pour une fois, le fait qu'Ed n'était pas du genre à lui offrir des colliers et des bracelets pour son anniversaire, ou pour leur anniversaire de mariage, constituait un atout. Restait malgré tout que ces dégénérés avaient piqué la chaîne stéréo d'Ed, mais puisqu'il devait la changer depuis des années, cela avait au moins eu le mérite de lui donner une excuse pour lui en racheter une. Elle en voulait malgré tout aussi aux Orlando, présents au moment du cambriolage. Elle n'arrivait pas à comprendre comment personne n'avait pu rien entendre, ou que personne n'ait rien fait s'il avait entendu quelque chose. Mais l'idée qui la tenait éveillée certaines nuits, à fantasmer sur une revanche, était qu'ils avaient pris la clarinette de M. Kehoe dans le placard de leur chambre à coucher. Une clarinette. Qu'avaient-ils bien pu faire avec ça ? Quelle valeur un tel objet pouvait-il avoir à la revente ? Ils ne l'avait pas gardé pour eux : des porcs n'auraient pas su quoi faire d'un instrument aussi délicat. Elle les imaginait dans leur planque, un taudis, en train de dévorer leur butin des yeux, de le renifler, de reluquer les parties de la clarinette d'un air ahuri avant de les fiche à la poubelle.

Elle ne pouvait pas rejeter toute la faute sur les dernières vagues d'immigration. Ses voisins les plus proches étaient installés ici depuis plus longtemps qu'elle, et les uns comme les autres avaient traversé des épreuves difficiles. L'allure des deux maisons était autrefois respectable, même si quelque peu austère, à cause de leurs rideaux en dentelle miteux et de la peinture décolorée des moulures, mais à présent l'arrière-cour des Palumbo était remplie de bouts de ferraille provenant d'épaves de voitures empilées près d'un récupérateur d'eau de pluie, et la maison de Gene Cooney semblait tout le temps en travaux, envahie par d'horribles échafaudages, tandis que sa pelouse était pleine de mauvaises herbes et de gravats. Gene régnait sur cette zone du matin au soir avec une violence contenue, sa ceinture à outils autour de la taille. Des rumeurs avaient germé, sur lui et sa famille, semées par les derniers arrivants. Il se disait que Gene était un trafiquant d'armes de l'IRA réfugié là. Des bruits couraient sur sa fille, un oiseau de nuit qui portait des jupes courtes et des bas résille. Eileen connaissait la vérité : Gene avait déraillé après la mort de sa femme, tuée sur Northern Boulevard par un chauffard qui avait pris la fuite ; et sa fille n'avait rien d'une prostituée, mais copiait seulement la mode des Latinos avec lesquelles elle avait grandi – même si nul n'aurait pu vous reprocher de les confondre avec des putains.

Lorsque Eileen était arrivée dans le quartier, les jardinières étaient luxuriantes, pleines de massifs en fleur et d'essais horticoles estimables, mais depuis, beaucoup étaient retournées à l'état sauvage, gagnées par des pousses géantes qui se déversaient et grimpaient sur les murs. Les jardinières d'Eileen avaient l'air d'oasis au milieu de cette décrépitude, même si elle n'avait pas hérité de la main verte de son père. Angelo l'avait aidée à garder ses végétaux en vie. Elle avait appris des choses grâce à lui, mais depuis que sa troisième crise cardiaque l'avait emporté, quelques années plus tôt, il lui fallait continuellement acheter de nouvelles plantes pour remplacer celles qui fanaient en une nuit.

Elle dépensait trop en meubles. Elle faisait nettoyer ses tapis et repeindre les murs tous les deux ans. Elle avait trouvé en solde un magnifique lustre en cristal, sur Bowery. Leur maison n'était pas tape-à-l'œil, mais elle avait un certain éclat. La seule chose à laquelle elle ne pouvait échapper était les pas des Orlando qu'elle entendait au-dessus de sa tête. Être propriétaire de toute la maison ne lui avait pas rendu ces bruits plus agréables.

Ed était assis à la table pendant qu'elle préparait du thé. Il lui tournait le dos, et ce dos possédait toujours la stature qui l'avait tant émue la première fois qu'elle l'avait enlacé. Cependant elle avait maintenant envie de le pilonner. Penché en avant, Ed se massait les tempes. Elle posa une main sur son épaule, et il tressaillit quand elle le toucha. Elle pensa : *Mais il croit que je suis qui, bon sang ?*

Elle voulait le confondre avant qu'il ait le temps de brancher ses écouteurs. Elle se voyait déjà en train d'arracher la prise une fois qu'il se serait calé contre son oreiller ; la pièce se remplirait de son, et elle hurlerait par-dessus la musique toutes les invectives qu'elle avait accumulées. Mais elle ne fit rien de tout cela. Dans son fauteuil, elle bouquina jusqu'à l'heure du coucher.

Peut-être était-elle trop dure avec son mari. Il avait plus que mérité son repos, après avoir enseigné pendant tant d'années. Elle n'avait encore jamais entendu l'opinion de Connell à ce sujet, et elle s'attendait à ce que son garçon, devenu une présence de plus en plus maussade dans la maison à mesure qu'il s'enfonçait dans l'adolescence, se montre suffisamment indifférent aux nouvelles habitudes de son père pour qu'elle arrive à en conclure que tout était dans sa tête.

Connell remarqua quelque chose, cependant.

« C'est quoi le délire avec les disques ? » demanda-t-il un soir, avec un bruit de gencive désinvolte qui, d'ordinaire, l'irritait.

Elle voyait maintenant que cette attitude lui donnait le courage de parler.

Ed leva les yeux mais ne répondit pas.

« C'est quoi le délire ? » répéta Connell, en se rapprochant de son père.

Étant donné l'étrange comportement qu'Ed avait montré dernièrement, elle craignit qu'il pique une colère, mais il se contenta d'enlever ses écouteurs.

« J'écoute de l'opéra.

— Tout le temps ?

— J'ai décidé que je ne voulais pas mourir sans avoir écouté tous ces chefs-d'œuvre. Verdi. Rossini. Puccini.

— Comment ça, "mourir" ? Il te reste pas mal de temps.

— Il n'y a d'autre temps que le présent, répliqua Ed.

— Pas besoin de mettre des écouteurs, dit Connell, en les pointant du doigt.

— Je ne veux déranger personne.

— Parce que tu n'as pas l'impression de déranger quand même ? »

Un autre soir, alors qu'elle était venue le chercher après son entraînement de course à pied, Connell lui demanda dans la voiture si son père était malheureux.

« Je ne dirais pas ça, répondit-elle. Il est plutôt heureux, à mon avis.

— Il me dit tout le temps : "Il faut faire des choix dans la vie. Peser le pour et le contre, réfléchir à toutes les possibilités d'un côté comme de l'autre. Et puis tu prends ta décision, et tu t'y tiens." »

Le ventre d'Eileen se serra.

« Mais ce que je ne comprends pas, poursuivit Connell, c'est que si c'est tellement pénible, si tu te tiens à une décision juste à cause d'un choix arbitraire, pourquoi les gens s'embêtent à faire des choix ?

— Par amour, affirma-t-elle, sur la défensive. Ton père et moi étions amoureux. Sommes amoureux.

— Je sais », répondit-il.

Peut-être que non, songea-t-elle. Les marques d'affection l'avaient toujours mise mal à l'aise, mais devant son fils elles étaient purement et simplement impossibles. Quand Ed la touchait gentiment et l'embrassait autrefois, à l'époque où Connell était bébé, elle se tortillait déjà pour l'éviter. Bien entendu, elle-même ne le sollicitait jamais, mais Ed savait à l'époque où ils s'étaient mariés qu'il lui revenait de prendre de telles initiatives. Elle n'était pas de ces femmes un peu plus jeunes qui portaient des minijupes. Mais pour lui, elle avait troqué sa fervente indépendance contre une soumission négociée, et ce n'était pas la moindre des offrandes. Elle était pareille au lit avec lui que pour tout autre chose, mais son fils n'aurait pas pu en avoir la moindre idée.

« Ton père est heureux, assura-t-elle. Il prend de l'âge, c'est tout. Tu le comprendras un jour. Il t'arrivera exactement la même chose. »

Ce n'était peut-être pas la meilleure explication, mais elle avait dû lui convenir, car Connell garda le silence pendant tout le reste du trajet.

16

SON PÈRE NE BOUGEAIT PLUS DU CANAPÉ À PRÉSENT, mais ce matin-là il entra dans la chambre de Connell et lui annonça qu'il voulait l'emmener s'entraîner au base-ball. Ils se rendirent en voiture jusqu'à l'endroit où ils allaient habituellement, à la périphérie de Grand Central Parkway, derrière un mini-centre commercial.

Connell prit la dernière batte du présentoir et tâcha de trouver un casque qui lui convienne. Son père revint du stand de boissons avec une poignée de pièces pour les machines à balles. Connell s'approcha de la plus puissante. Il mit son casque moite, qui puait la vieille sueur, et enfila son gant sur sa main droite. Il alla se positionner dans la cage des batteurs gauchers et introduisit sa pièce dans la fente. La lumière de la machine s'alluma, puis plus rien pendant un moment, jusqu'à ce qu'une balle surgisse pour atterrir dans le receveur en caoutchouc. Connell en regarda passer une autre en se demandant s'il serait capable d'en frapper ne serait-ce qu'une seule. Les balles devaient fuser facilement à cent vingt kilomètres-heure, même si cela était en dessous des cent cinquante annoncés.

Le tir suivant se déclencha, et Connell manqua de peu la balle qui atterrit derrière lui avec un bruit effroyable. Le coup d'après, sa batte la frôla tout juste, et celui d'après il la renvoya maladroitement au sol, et puis droit sur la machine. En situation réelle, son coup aurait atterri dehors, assurément, mais il était si bon de frapper fort. Derrière lui, son père laissa échapper un cri de joie, sur quoi Connell enchaîna avec une frappe bien trop puissante qui lui fit vibrer les mains ; il se mit à sauter sur place et loupa complètement le coup suivant.

« Du calme, fiston, lui dit son père. Tu vas y arriver. Trouve le rythme. »

Le coup d'après, il frôla à nouveau la balle. Il était arrivé à la dernière ; il s'arrêta, posant la batte entre ses jambes avant d'ajuster son gant. Personne n'attendait derrière lui, il pouvait prendre son temps. Dans les cages d'entraînement voisines, le bruit des balles frappées résonnait contre les battes et les mailles des filets, quand elles ne restaient pas prises dedans. Le père de Connell était appuyé contre la cage, les mains agrippées au grillage.

« Prêt ?

— Oui.

— Vas-y, frappe-moi ça. »

Il introduisit une pièce et se mit en position. Le premier lancer passa près de lui en sifflant et percuta le receveur.

« Les yeux sur la balle, lui conseilla son père. Regarde-la arriver sur le gant. Regarde simplement celle-là. Ne te sers pas de la batte. »

Il la regarda venir droit sur lui.

« Maintenant, anticipe le coup. Elle arrive là. Toujours au même endroit. Tout est une question de timing. »

Il balança sa batte, mais rata sa frappe. Il se fatiguait vite.

« Plus court, ta frappe, lui dit son père. Essaye déjà de toucher la balle. »

Il tenta une nouvelle frappe, avec cette fois moins de hargne et davantage de maîtrise, et réussit, même si la balle serait sortie, sur un véritable terrain. Il recommença au coup suivant, et encore à celui d'après. La balle cognait sur la batte avec le même bruit qu'un melon qu'on fend. Une odeur de pneu brûlé flottait tout autour de lui. Une fois à court de pièces, il tendit la batte à son père.

« Tu veux essayer ? demanda-t-il.

— Non, c'est toi qui es là pour t'amuser.

— Ça ne me dérange pas.

— Je doute de réussir une seule frappe.

— N'importe quoi. Tu te sous-estimes.

— Mes meilleurs jours sont derrière moi, répondit son père.

— Essaye juste quelques balles. Allez, papa. Une pièce, c'est tout.

— Bon, très bien, mais je ne veux pas te voir rire quand j'aurai l'air d'un épouvantail, là-dedans. »

Son père entra dans la cage et lui prit son casque. Il attrapa la batte, refusa de mettre le gant. Il portait une chemise en tissu écossais légèrement ouverte, et un jean qui lui allait juste bien. Il ressemblait vraiment à un épouvantail, quelque part, pensa Connell. Ses lunettes sous son casque avaient l'air de loupes de laboratoire. Connell sortit de la cage et alla se placer au même endroit que son père, qui glissa la pièce dans la fente et se positionna, côté gaucher, comme Connell.

Le premier coup atterrit dans le receveur. Celui d'après aussi. Son père posa la batte sur son épaule, comme pour signifier que le prochain coup irait là-bas aussi.

« Alors, tu frappes ou quoi ?

— Il faut que je calcule la trajectoire », lui dit son père.

La balle suivante s'écrasa bruyamment ; celle d'après passa un peu trop haut et atterrit devant Connell. Son père n'essaya d'en frapper aucune.

« Il va falloir que tu te décides, déclara Connell. Plus que trois.

— Je regarde la trajectoire de la balle jusqu'au gant, expliqua son père. J'attends le bon moment.

— Plus que deux.

— Ça va, lui dit son père.

— Papa, tu ne peux pas rester planté là sans rien faire. »

Le dernier tir arriva. Son père le frappa avec rage. La balle fusa comme un boulet de canon, suivant un geste à l'arrondi parfait, un geste à la Splendid Splinter. La balle aurait continué à monter en l'air si elle n'avait pas été arrêtée par le plus haut filet, dans lequel elle s'enfonça profondément.

« Oh là là !

— Pas mal, dit son père. Mieux vaut m'arrêter tant que je suis au top. »

Connell entra dans la cage et récupéra le casque et la batte. Son père avait l'air fatigué, comme s'il avait frappé pendant une demi-heure. Connell glissa une pièce dans la fente et regagna sa place dans la cage de batteur. Le coup de son père avait sans doute libéré sa confiance en lui, car il réussit à toucher parfaitement la balle à tous les coups, sauf un, puis, après avoir introduit une nouvelle pièce, il se mit à attaquer la balle, frappant des flèches.

« C'est bien, vas-y ! » disait son père.

Il frappa jusqu'à s'épuiser, puis ils remontèrent en voiture pour se rendre au *diner* où ils aimaient aller après avoir été aux cages. Connell commanda un cheeseburger et son père un sandwich thon-fromage fondu. Ils partagèrent un milk-shake au chocolat. Connell siffla sa moitié, et son père lui donna la sienne.

« Ça va, papa.

— Bois-le, toi », insista son père.

Les plats arrivèrent, mais au lieu de manger son père se mit à observer Connell avec le plus grand intérêt.

« Qu'est-ce qu'il y a ? demanda Connell.

— J'ai toujours adoré te regarder manger. J'adore toujours ça, j'imagine.

— Pourquoi ?

— Quand tu étais bébé, à deux ans peut-être, tu avais l'habitude d'attraper ce que tu avais dans ton assiette et de le mettre dans ta bouche, en poussant avec ta paume. Comme ça. » Son père plaça une main devant sa bouche pour lui montrer. « "Encore des boulettes !" tu disais. Il y avait des fois, tu te retrouvais avec le visage complètement barbouillé de sauce. "Encore des boulettes !" Tu avais une expression bien particulière, décidée, comme s'il n'y avait rien de plus important au monde. » Il s'était mis à glousser. « Qu'est-ce que tu mangeais vite ! Et beaucoup. Tu en redemandais à chaque fois. "J'ai tout fini !" tu disais. J'adorais te regarder manger. C'était sûrement une sorte d'instinct. Je savais que tu survivrais si tu mangeais. Mais je le faisais aussi simplement à cause du plaisir que tu prenais. Un sandwich au fromage fondu, le monde entier était là pour toi, dans ces moments. L'enfourner dans ta bouche, il n'y avait que ça qui comptait. Tu n'arrivais même pas à manger assez vite. »

Son père le rendait nerveux à force de le fixer ainsi. Il n'avait pas touché à son sandwich.

« Tu vas continuer à me regarder pendant tout le repas ?

— Non, je mange. »

Son père avala quelques bouchées. Connell redemanda de l'eau et du ketchup.

« J'aimerais pouvoir t'expliquer, lui dit son père après un silence.

— Quoi donc ?

— Ce que ça fait de t'avoir. Ce que ça fait d'avoir un fils.

— Tu vas manger tes frites ?

— Prends-les, je t'en prie », lui répondit son père. Connell en prit une partie. « Mange tant que tu veux. » Il fit glisser l'assiette vers lui. « Vas-y, mange. »

17

ELLE AVAIT DÉCIDÉ D'ABANDONNER L'IDÉE DU DÎNER en petit comité qu'ils avaient prévu pour les cinquante ans d'Ed et d'organiser une grande fête surprise à la place. Ce serait l'occasion de le faire se lever du canapé un soir au moins, même si elle attendait bien davantage de cette soirée : Eileen voulait le réveiller, le remettre sur les rails de son enthousiasme perdu. Dernièrement, il avait passé tellement de temps tout seul qu'il serait forcément bénéfique de l'obliger à se mélanger aux autres.

Avant de dresser la liste des invités, elle ne s'était pas rendu compte à quel point leur petit cercle était composé d'amis à elle. Presque tous ceux qu'ils avaient perdus de vue étaient les amis d'Ed. En y pensant, il en était de même pour les maris de ses amies – une forme de retrait, de cession du calendrier social à l'épouse. Elle se devait de s'assurer que son mari ne soit pas totalement domestiqué. Aller au-delà de la faune habituelle, telle était son intention. Elle prit la décision de retrouver certains de ses anciens bons amis, datant de l'époque où ils s'étaient mariés, et de joindre des cousins qu'elle n'avait jamais vus. Elle voulait lui rappeler qu'il pouvait toujours y avoir de quoi se réjouir.

Elle refit entièrement ses jardinières, même si elle savait que le froid de début mars tuerait après la fête tout ce qu'elle avait planté.

Elle finissait d'aplatir la terre autour d'un rosier quand une voiture arriva à tombeau ouvert dans la rue, en direction de Northern Boulevard. De la salsa sortait à fond des enceintes postées aux quatre coins de l'engin. Si elle avait été un homme, elle aurait craché de dégoût. Elle détestait le conducteur ; elle détestait le cartel pour lequel il devait travailler ; elle détestait s'inquiéter pour ses invités qui, en prenant le train afin de se rendre à sa fête, seraient susceptibles de le croiser. Dieu les préserve de se faire alpaguer par les prostituées qui avaient commencé à envahir Roosevelt Avenue. L'une d'elles avait approché Ed alors qu'Eileen et lui sortaient d'un escalier, main dans la main.

Elle espérait que les collègues haut placés de l'hôpital qu'elle avait invités ne jugeraient pas sa situation. Ils devaient voir qu'elle était le même genre de personne qu'eux, sa carrière en dépendait. Mais comment aurait-elle pu leur expliquer ce qu'était Jackson Heights, avant ?

Elle ne se considérait pas comme raciste, non. Elle était fière d'être venue en aide, par le passé, à des infirmières noires qui avaient été injustement prises pour cible par leurs supérieurs. Elle prenait plaisir à entretenir de bonnes relations avec les agents de sécurité de l'hôpital, dont la plupart étaient noirs.

Elle adorait rappeler l'histoire de son père qui s'était porté volontaire pour partager son camion avec M. Washington, quand personne ne voulait de lui ; et elle prenait aussi plaisir à raconter que, à l'époque où les vieux Irlandais du quartier s'étaient mis à refuser de faire leurs courses chez l'épicier chinois, en haut de la rue, et alors que celui-ci était au bord de la faillite, son père avait rendu visite à cet épicier pour le jauger. Satisfait d'avoir trouvé un homme, M. Liu, travailleur et honnête, son père avait fait le piquet plusieurs soirs d'affilée au coin de la rue, près de l'épicerie, devant les légumes prétendument suspects, et avait arrêté les passants en leur disant : « Allez-y, dépensez vos sous chez ce putain de chinetoque », et les gens l'avaient écouté. À présent, tous les épiciers de Woodside étaient chinois. La nouvelle génération serait-elle capable de laisser en paix une immigrée irlandaise qui cherchait à vivre sa vie honnêtement, comme son père l'avait fait en son temps ? Parmi les infirmières noires qu'elle avait aidées, certaines lèveraient-elles le petit doigt pour une femme blanche dans le besoin ? Elle avait vu le Bronx sombrer au fil des années ; elle ne s'était jamais insurgée. Les cinq agents de sécurité s'émerveillaient de la voir débarquer chaque jour en voiture et ne manquaient jamais de l'escorter jusqu'à son véhicule, le soir.

On ne pouvait pas dire qu'elle était raciste, non. Mais cela ne signifiait pas qu'elle était forcée d'approuver ce que l'on faisait à son quartier. Son quartier qui se transformait en zone de guerre.

Sa maison ne lui avait jamais paru aussi petite que ce soir-là. Une heure avant qu'Ed soit censé arriver, il y avait à peine la place pour passer dans les couloirs ; elle fut obligée de demander à son cousin Pat de monter du sous-sol l'une des tables d'appoint. Néanmoins, dès que les gens se rassemblèrent dans la cuisine, leur présence lui fit l'effet d'une armure. Elle couvait du regard le lard et les brocolis sur le feu, ainsi que chaque préparation posée à côté. Tout ce qu'elle avait cuisiné convenait à n'importe quel palais, si bien qu'elle présenta le tout sans aucune appréhension. Quand le traiteur débarqua avec des chariots contenant plus qu'ils ne pourraient manger, elle commença à se détendre.

Mais alors, Connell appela d'une cabine téléphonique pour dire qu'ils arrivaient dans dix minutes, et elle éprouva une terreur qui la surprit. Elle passa le mot dans le salon, et celui-ci se remplit de cette clameur si particulière qui survient quand une foule s'impose le silence. Ce silence résonnait en effet encore plus fort que le brouhaha qui l'avait précédé ; elle aurait presque entendu son pouls dans ses sourdes profondeurs. Elle se fraya un chemin entre les murs de gens afin de pouvoir accueillir Ed.

Quand il pénétra dans la pièce, Eileen ferma les yeux, cédant à un étrange besoin de ne pas voir son visage. Un chœur effréné résonna autour d'elle. Lorsqu'elle les rouvrit, elle le vit, rayonnant, ballotté d'invité en invité, poussant un cri à chaque nouveau visage qu'il découvrait – des cris de guerre, aurait-on dit, qui auraient pu exprimer de l'exultation comme de la démence. Ed était tout rouge d'excitation, en nage. Elle s'approcha de lui pour le serrer dans ses bras, et il poussa un nouveau cri, semblable à celui qu'il avait poussé pour les autres, comme s'il ne l'avait pas vue depuis des années. Et ses cris continuèrent ; il ne s'arrêtait plus. Il gratifiait chaque nouvelle personne de la même incrédulité extatique.

Elle avait peur de le laisser seul, et peur de rester. Elle profita de ce qu'il s'engouffrait dans les bras de ses amis pour courir dans la cuisine lui chercher un verre. Quand elle se retourna, il mimait en boucle le choc qu'il ressentait. Elle espérait être la seule à avoir remarqué l'hilarité inconvenante de son petit numéro. Elle cria à Connell d'allumer la stéréo. Ed se faisait pousser dans la salle à manger. Dans le miroir, elle essaya d'observer les réactions des autres, mais elle se retrouvait inexorablement attirée par les expressions de son mari. Lorsqu'il vit son frère, Phil, venu de Toronto, Ed laissa échapper un hurlement qui résonna comme celui d'un animal à l'agonie. Elle attrapa un plateau de hors-d'œuvre. Les odeurs de nourriture se mélangeaient avec bonheur ; aucune trace de poussière sur les meubles quand elle passa son doigt ; rien qui ne fut à sa place. Les seuls désordres avaient été causés par les invités eux-mêmes – le saladier de punch dans lequel quelqu'un s'était cogné, une coupe en cristal qui avait atterri par terre –, mais pour ces choses-là Eileen savait se montrer indulgente.

Elle se servit un verre de vin et déambula dans le salon, où elle s'abandonna à la conversation. Derrière le timbre de chaque individu s'étendait le charmant murmure du groupe, mais elle ne pouvait chasser de ses pensées la surprise frénétique de son mari, au point qu'elle repartit à sa recherche. Elle alla voir sur le perron où se trouvaient Pat, les fumeurs et les enfants, mais personne ne l'avait vu là. La salle de bains était fermée à clé, mais un moment plus tard ce fut sa tante Margie qui en sortit. Elle descendit au sous-sol et chercha dans tous les recoins, mais aucune trace d'Ed.

En remontant, au lieu de retourner à la fête, elle appela en direction de l'escalier. Elle ne reçut aucune réponse, mais monta malgré tout, guidée par une intuition, et le découvrit assis sur une marche entre le deuxième et le troisième étage, simplement assis là, les yeux rivés sur elle alors qu'elle approchait, d'une façon qui l'énerva, comme s'il avait attendu qu'elle le trouve. La musique et les voix étaient atténuées par la volée de marches qui faisaient obstacle, et retombaient par vagues, suivant le rythme de leur propre respiration. Il n'y avait encore eu aucun temps mort dans les festivités.

« Frank voudrait te prendre en photo, dit-elle. Fiona est arrivée. Je ne sais pas si tu l'as vue. »

Il ne répondit pas, mais ne détourna pas les yeux.

« Pat n'est venu que pour te voir. Il ne sort plus, autrement. Tu aurais dû l'entendre quand je l'ai eu au téléphone. "Pour Ed ? qu'il m'a dit. Bien sûr. Tout ce que tu voudras."

— Tiens-le à distance du bar.

— Il n'a même pas mis les pieds dans la maison, répliqua-t-elle avec un petit rire. Il est sur le perron. »

Elle sentait ses yeux s'embuer, et pourtant elle n'avait pas l'impression d'être triste.

« On s'amuse bien en bas, ajouta-t-elle. Ça serait encore mieux si tu étais avec nous. »

Il tapota la marche, à côté de lui. La gentillesse de ce geste la toucha, et se trouver émue alors qu'elle était aussi en colère la désarçonna, au point qu'elle fut tentée de retourner en bas toute seule, mais elle céda, réunit sa jupe sous ses jambes et s'assit.

« Je me fais vieux, dit-il. Je sens mon corps qui se déglingue.

— Tu te sens juste comme ça parce que c'est ton anniversaire, rétorqua-t-elle. Tout le monde vieillit.

— Je ne m'attendais pas à voir tout ce monde. Je pensais qu'on passerait une soirée au calme. »

Elle le regarda avec ironie.

« On n'a peut-être pas eu assez de calme ces derniers temps ?

— Je ne connais même pas la moitié de ces gens.

— Tu les connais presque tous, affirma-t-elle. Il doit y avoir quatre personnes que tu ne connais pas, à tout casser.

— Alors c'est que je ne me souviens pas d'eux.

— Bien sûr que si. Je vais t'accompagner et nouer conversation. Comme ça, tu pourras les remettre. »

Il détourna les yeux.

« Tu adores les fêtes, insista-t-elle. Tu te plains tout le temps que je reçois trop souvent, mais une fois que la fête commence, personne ne s'amuse autant que toi. Tout le monde est là pour toi. Je ne sais pas quoi dire aux gens quand ils me demandent où tu es.

— Tu n'as qu'à leur dire que tu viens de me voir dans la pièce à côté.

— Mais enfin, qu'est-ce que tu as ?

— Je suis fatigué. Je ne peux même pas te dire à quel point. Je suis fatigué de donner le change à ces gens, d'être au centre de l'attention. Est-ce que tu as la moindre idée de l'énergie que ça demande ? Toi, tu n'as jamais de passage à vide. Jamais. Jamais de mauvais jours. Moi, j'ai l'impression d'essayer de faire tenir des balles de jonglage en l'air, et que si je les fais tomber, un malheur arrivera. J'aimerais juste m'allonger un moment, maintenant.

— Eh bien, c'est impossible. Tout le monde est là. Nous devons faire en sorte que la soirée se passe bien jusqu'au bout. Je suis désolée d'avoir fait tout ça.

— Tu n'as pas à être désolée.

— Je le suis. C'était une bêtise. Une terrible bêtise.

— J'ai besoin que l'année se termine, c'est tout. Tu n'imagines pas comme j'ai hâte que les grandes vacances arrivent. Pas de cours d'été pour moi cette année, c'est sûr. Je vais rester au calme. »

Un autre jour, elle aurait été capable de lui rétorquer, les dents serrées, qu'il devait lever ses fesses de là et descendre immédiatement, mais quelque chose l'en empêcha. Elle était sur le point de lui dire qu'elle allait revenir le chercher dans cinq minutes, quand il tapa sur ses genoux et se leva.

« Bon, dit-il, allons-y. »

Avant qu'il ne retourne à la fête, elle courut au sous-sol chercher une bouteille.

« Brandis ça devant tout le monde quand tu seras là-bas. Au cas où quelqu'un aurait remarqué que tu étais parti. »

Frank McGuire avait l'appareil photo autour de son cou et demanda à Ed de venir, l'air aussi soulagé qu'un chien de berger rassemblant le troupeau. Elle l'observa tandis qu'il plaçait les invités en rangs dans la salle à manger, regarda le groupe attendre qu'il ait fait le point, puis un instant d'immobilité passa, qui sembla se diffuser, respirer. Elle tenta de mémoriser la scène – non pas ses détails dont elle pourrait se souvenir plus tard, en regardant la photo, mais l'atmosphère, la franche camaraderie, la façon dont les gens se tenaient les uns les autres, le léger ennui de devoir poser, et la façon dont tout le monde, après coup, avait ri, intimement, balayant cet instant d'un revers de la main. Ce genre de photo, pensa-t-elle, finissait toujours de la même manière – avec des hommes que l'on avait l'impression d'expulser de force, qui se dispersaient dans différents coins pour aller chercher un verre, à manger, pour fumer une cigarette. Ed avait l'air vulnérable, planté là, à l'écart de cette marée. Elle décida de ne plus le quitter jusqu'à la fin de la fête, et l'emmena à droite à gauche en le tirant discrètement par la manche, comme un parfait bateau à voile répondant au plus léger mouvement de la corde, changeant de cap quand elle voulait qu'il change de cap, virant quand elle voulait qu'il vire. Elle le sentait se détendre maintenant qu'elle était à son côté, et ils ne tardèrent pas à s'amuser à nouveau. Elle dut résister à la tentation de le quitter et d'aller vers les bonnes conversations. Elle avait toujours pris comme un luxe le fait de pouvoir compter sur son mari pour s'amuser tout seul lors des fêtes. D'un bout à l'autre de la pièce, ils se faisaient coucou de temps en temps pour s'assurer que tout allait bien, un hochement de tête, un clin d'œil ; une décharge de désir la parcourait de la tête aux pieds lorsqu'elle constatait comme les yeux des femmes dansaient quand elles se trouvaient près de lui. Il était plus difficile de le voir ainsi, de près, déformé par un angle trop serré.

Cindy Coakley apporta le gâteau. Tout le monde chanta « Joyeux anniversaire », et Eileen posa une main sur le dos d'Ed tandis qu'il soufflait ses bougies avec un manque de souffle étonnant, au point que les flammes parvinrent à résister à sa deuxième, et même sa troisième tentative. Les lumières se rallumèrent ; Cindy passa le couteau à Ed. Il resta immobile un moment, en le brandissant devant lui, et Eileen ne put s'empêcher de voir quelque chose de menaçant dans ce tableau. Elle plaça une main par-dessus la sienne, dans ce qui, espéra-t-elle, pouvait rappeler l'unité avec laquelle ils avaient coupé leur gâteau de mariage, puis elle guida sa main vers le bas, jusqu'à une fine couche de glaçage et de crème glacée dure comme de la brique. Lorsqu'elle lâcha sa main, Ed eut du mal à enlever le couteau de cet amas gelé et, comme il n'y parvenait pas, laissa retomber ses bras en signe de défaite avant de faire un pas en arrière pour s'écarter du gâteau. Elle éclata de rire, d'une manière censée traduire quelque chose d'universel et de flou sur l'inutilité des hommes, puis elle saisit à deux mains le visage de son mari et lui colla un gros baiser, sans aucune retenue. Accomplir ce geste devant tous ces gens allait à l'encontre de tout ce qui lui avait jamais été inculqué. Ed commença par se raidir, mais se décrispa ensuite et accepta son baiser. Des sifflements et des hurlements s'élevèrent. Elle le laissa partir, enleva le couteau du gâteau et commença à servir de petites tranches.

Elle détestait se réveiller dans une maison mal rangée ; cela lui donnait le sentiment de payer pour quelque chose qui aurait été consommé sans avoir été savouré. Pourtant, après le départ du dernier invité, elle alla directement au lit. Ed dormait sur le dos, plat comme une limande. C'était presque ce qu'elle préférait chez lui. Elle avait lu quelque part que dormir sur le dos traduisait la confiance en soi, car cette position exposait les organes internes. Ed s'était toujours montré confiant au lit. Elle adorait se sentir toute petite dans ses bras, pouvoir se blottir contre lui et être enveloppée par sa carrure. Elle pensa aux premières fois où ils avaient dansé, à sa surprise face à sa taille qu'il avait cachée sous sa veste trop grande. Il avait un physique athlétique, sans une once de graisse, qui le mettait à l'aise parmi les hommes qui gagnaient leur vie de leurs mains. Ce physique était un pont entre deux mondes, celui, pratique, d'où elle provenait et celui, rarescent, auquel elle aspirait. Ed était aussi le seul homme dans les bras duquel elle avait jamais pu s'endormir.

Le lendemain matin, elle prépara du thé et se mit au travail, rangeant à leur place poêles et casseroles. Une fois les plans de travail et les portes des placards nettoyés, elle passa la serpillière dans la cuisine, mais la fierté qu'elle ressentait d'ordinaire devant ce brillant éclat et l'odeur de pin ne vint pas. Comment avait-elle pu tolérer ce lino miteux depuis tout ce temps ? Le papier peint avait des cloques par endroits, et les joints des fenêtres étaient si mous que les carreaux bougeaient comme une dent prête à tomber dès qu'on les ouvrait. Elle se sentit mieux, dans la salle à manger, en passant le chiffon sur ses beaux bibelots et en respirant l'odeur astringente du savon à l'huile Murphy, mais quelques minutes plus tard, le rebord terni de son grand miroir en pied devint la seule chose qu'elle put voir. Puis, dans la salle de bains, elle remarqua des endroits où l'émail de la baignoire s'était abîmé, exposant le noir en dessous. Les détails que les invités auraient pu capter commencèrent à l'obséder. Avaient-il vu les taches sur le tapis, sous l'ottomane ? Les mouchetures de moisi sur le petit miroir ? Elle les imaginait soulevant chaque objet et découvrant une couche de poussière dessous.

Elle se rendit au sous-sol pour ranger la buanderie. Il lui faudrait dire deux mots à Brenda au sujet des feuilles antistatiques qu'elle trouvait toujours dans le sèche-linge et des boîtes de lessive vide qu'elle devait toujours jeter elle-même. Toutes ces petites infractions à sa qualité de vie s'empilaient et altéraient au final son bonheur sur Terre. Quand elle eut terminé, elle alla réorganiser le haut des étagères ; il lui faudrait également dire deux mots à Donny à propos du rangement de ses outils. Ensuite vint le tour des placards en cèdre. Cette fois, elle se disputa elle-même, car quelques-uns de ses pulls préférés avaient été mangés par des mites. Enfin, elle remonta à l'étage et commença à administrer aux joints des carreaux de la salle de bains un récurage vigoureux. Lorsqu'elle leva les yeux, Ed se trouvait dans l'embrasure de la porte, Connell derrière lui. Ils portaient leurs habits du dimanche.

« Qu'est-ce que vous faites ? demanda-t-elle.

— On va à la messe, répondit Ed. Comme tous les dimanches.

— Quelle heure est-il ?

— Cinq heures moins le quart », dit Connell.

Elle avait manqué tous les services, sauf celui de cinq heures. Voyant qu'ils la regardaient bizarrement, elle baissa les yeux vers ses gants en caoutchouc, vers ces mains qui semblaient appartenir à une autre, agrippées à une éponge verte décrépite.

« Attendez-moi », lança-t-elle en les enlevant, avant de fermer la porte pour se rafraîchir.

18

CONNELL REDOUTAIT LES MOMENTS où son professeur quittait la classe, car en cette absence d'autorité, il se retrouvait sous l'œil du tribunal de ses semblables. Ainsi lorsque Mme Ehrlich se rendit aux toilettes pendant le cours de géographie et demanda à Laura Hollis de surveiller la classe en notant les noms des perturbateurs, Connell sut tout de suite ce qui allait forcément arriver. Ce jour-là, Pete McCauley se précipita au tableau et lui jeta un effaceur, manquant pitoyablement sa cible. Un autre élève au fond de la classe profita de ce tir raté pour lui jeter un crayon, puis deux ; ce dernier atterrit contre l'arrière de sa tête. Des rires claquèrent comme des volets dans un vent hurlant. Même ses amis premiers de la classe gloussèrent un peu. Laura n'écrivait aucun nom sur sa liste, car Juan Castro faisait le guet à la porte. Pete alla ramasser l'effaceur et, fonçant sur Connell, le lui écrasa sur le dos. Connell eut beau frotter la trace blanche sur son blouson pendant tout le reste de la journée, il ne parvint pas à l'effacer.

Il traînait avec ces élèves-là, avant. La plupart d'entre eux vivaient dans des appartements, ce qui le rendait utile puisque lui possédait une arrière-cour. Ils se retrouvaient tous là-bas, laissant par terre leurs bicyclettes. Il les accompagnait chez Woolworth pour voler des sprays Binaca. Il ne volait jamais lui-même, mais prenait tout de même part à ces expéditions pendant lesquelles il ne cessait d'avoir peur de se faire pincer par la sécurité. Une fois dehors, ils sortaient leurs sprays avec ostentation et se pulvérisaient du produit dans la bouche comme s'il s'était agi d'une drogue. Ils en avaient besoin pour leurs nanas, disaient-ils. Dunn et Pete McCauley affirmaient avoir déjà fait l'amour, et Connell n'avait aucune raison d'en douter. Chaque été, après le camp des jeunes catholiques, il y avait au moins une fille de cinquième ou de quatrième enceinte dans le car.

Au printemps de son année de quatrième, il se produisit cependant une chose qui changea sa vie. Ils étaient allés à vélo au parc de la Vingt-Huitième Rue pour régler une embrouille dans laquelle le frère de Juan s'était fourré. Connell se retrouva à avancer en rang d'oignon avec ses amis et face à une bande de jeunes plus âgés qui venaient vers eux. Du coin de l'œil, il vit l'un d'entre eux sortir un couteau, mais continua d'avancer, incapable de faire autrement ; il était certain qu'il allait être poignardé dans la mêlée prochaine. Puis il entendit des sirènes, et tout autour de lui se mit à bouger au ralenti. Cette histoire finirait à l'arrière d'une voiture de police, son avenir serait ruiné ; ses contours s'atomisaient déjà. Il courut avec ses amis jusqu'à leurs bicyclettes et les suivit sur la Trente-Quatrième Avenue jusqu'à chez lui. Il pédala furieusement, son cœur battant la chamade, comme si un crocodile tentait de lui croquer les talons.

Après cet épisode, il se mit à traîner avec les intellos de son cours d'option maths. Depuis le CM2, il n'avait jamais eu moins de dix-huit dans aucune matière. Il avait remporté le concours de mathématiques à deux reprises, celui d'orthographe, ainsi que la foire des sciences. Il ne faisait pas la leçon aux autres quand ils se trompaient, à l'instar de John Ng ; il ne se vantait pas de ses bonnes notes comme Elbart Lim ; et pourtant, il était la proie favorite de tout le monde, sans doute parce qu'il se comportait en vrai petit soldat de bois, assis droit comme un i, sans jamais tourner la tête. Il ne répondait pas quand les autres tentaient d'attirer son attention, pour ne pas avoir d'ennuis avec ses professeurs. Il refusait de les laisser copier sur lui pendant les contrôles. Et ses rondeurs ne l'aidaient pas. Depuis ses premières années d'école élémentaire, du gras s'était installé progressivement, dans son sommeil semblait-il. À présent en troisième, il avait grandi de plusieurs centimètres, et le gras commençait à se transformer en muscles, mais rien à faire : il restait le gros de service. Le fait qu'il soit le seul de sa classe à avoir été accepté dans le meilleur lycée catholique de la ville lui rendait la vie encore plus difficile. Il avait l'impression d'être à des années-lumière d'embrasser la moindre fille. C'était comme si les autres flairaient quelque chose sur lui. Il avait été un temps où il parlait à son père quand sa journée s'était mal passée. Mais il se contentait désormais de descendre au sous-sol et de soulever des poids.

Il se rendait de temps en temps à l'église durant son heure de déjeuner pour prêter main-forte pendant les cérémonies funéraires. Il avait pris cette habitude afin d'éviter la cafétéria. De toute façon, il ne déjeunait pas. Et quand cela lui arrivait, il vomissait parfois après. Connell voulait avoir des muscles aussi tendus que ceux des figurines avec lesquelles il jouait.

L'église était vaste, tout en longueur, et baignée dans la pénombre à l'exception de l'autel, éclairé par des spots et des projecteurs – le tabernacle, en particulier. Connell aimait regarder les visages sur les bancs. Il était le meilleur enfant de chœur du service. Il arrivait en avance et connaissait la cérémonie aussi bien que les prêtres. Il ne se balançait pas comme le faisaient les autres enfants à force de devoir rester debout avec leur missel à la main. Connell était un véritable pilier humain, donnant en offrande à Dieu les crampes qu'il avait dans les jambes et les bras.

L'éducation physique était le cours qu'il appréciait le moins, même si sa bonne condition physique faisait de lui un atout pour ses coéquipiers du jour. Se changer avant le cours était un cauchemar. Un camarade sadique avait inventé un jeu, qui consistait à porter sa tenue de sport sous son uniforme pour se déshabiller en enlevant un à un ses vêtements, comme dans un strip-tease. Ils se livraient ainsi à ce rituel, les uns devant les autres, les filles d'un côté du gymnase, les garçons de l'autre. Connell faisait toujours attention à ne pas regarder en direction des filles ; les représailles qu'il aurait alors eu à subir étaient indescriptibles. Baisser les yeux ou regarder sur le côté n'était pas non plus envisageable, car on l'aurait traité de pédé. Il gardait donc les yeux rivés sur le plafond, un plafond presque aussi haut que celui de l'église, et sur les hautes fenêtres qui affleuraient le sol et qui, toujours ouvertes, semblaient rapprocher le monde extérieur, sans qu'il puisse l'atteindre pour autant.

Après quelques minutes de chahut, le coup de sifflet de M. Costwald marqua le début du cours. Connell se tenait en retrait, comme à son habitude depuis le jour où il s'était laissé aller à accepter que Pete et Juan lui fassent la courte échelle pour atteindre l'anneau du panier de basket. Voyant les autres se faire hisser pour attraper la balle, réaliser un dunk et sauter par terre, Connell, qui trouvait cet exercice amusant, avait baissé sa garde quand Pete et Juan lui avaient fait signe d'approcher. Mais au lieu de lui passer la balle, Shane avait tiré sur son short et son caleçon. Connell était encore gêné d'avoir raconté à ses parents que cet épisode était arrivé à quelqu'un d'autre. Et il se demandait toujours pourquoi il n'avait pas tout simplement lâché l'anneau.

À la fin de la journée, il resta dans la salle principale en attendant que la cloche sonne. L'envie de sauter de sa chaise à la seconde où la cloche retentirait le démangeait, mais il avait appris à ne plus commettre cette erreur. La semaine précédente, il avait bondi sur ses pieds au moment où le professeur avait fait signe de se lever, et toute la classe avait éclaté de rire.

Mme Balarezo autorisa la classe à partir, avant de demander à John Ng de s'assurer que tout le monde sortait en files bien ordonnées. Connell se trouvait au début de la deuxième rangée. Il se glissa derrière Cristina Hernandez et s'engouffra dans la marée d'adolescents qui se dirigeait vers l'escalier. Quelle chance que, Mme Balarezo l'ait placé devant. Il était ainsi plus simple de s'échapper. Se voir exclu par les autres avait finalement ses bons côtés. Quelque temps plus tôt, sa professeure avait demandé à Connell et Kevin d'échanger leurs places. Elle n'avait pas eu besoin d'expliquer pourquoi : tout le monde savait qu'au fond de la classe il se faisait martyriser.

Il descendit les marches et arriva dans la rue, sans s'attarder, sans adresser un mot à personne. Après avoir franchi le portail, il poussa un profond soupir. Il desserra sa cravate, ouvrit un bouton. Mais impossible de se détendre complètement. Il restait plusieurs longues rues à parcourir, bordées de maisons qui semblaient chacune plus rassurante que la précédente. Son trajet était à l'image d'un poing, qui lentement se desserrait.

La première portion du trajet était l'avenue où se trouvait son école, une longue étendue au bout de laquelle il tournait à l'angle de la Trente-Huitième Rue et de la Troisième Avenue. Elle aurait dû être la plus sécurisante, avec toutes ses voitures, les adultes qui y passaient et l'église au coin, mais ce n'était pas le cas : cette portion était la pire. Il longea le presbytère. Les garçons avaient trouvé le moyen d'arriver avant lui, comme s'ils s'étaient téléportés. Ils étaient assis sur les marches et décidaient de son sort. Tommy, Gustavo, Kevin, Danny, Carlos, Shane, Pete. Danny vivait tout près de chez lui, ce qui n'était pas sans conséquences – en dehors de l'école, du moins. Au collège, Danny était comme tout le monde. Quand quelqu'un sortait une blague, il riait plus fort que les autres. Il ne frappait jamais Connell, cependant. Il se contentait de le pousser.

Son esprit était en ébullition quand il passa devant l'église. Avait-il fait quelque chose, ce jour-là, qui aurait pu attirer leur attention ? Avait-il adressé la parole à une fille ? Ou même à qui que ce soit ? Avait-il manqué de respect à ses camarades en ne leur parlant pas ? Tout était possible. Connell aurait voulu être invisible. S'il parvenait à atteindre le coin de la rue sans être repéré, puis à traverser, le risque qu'il soit suivi jusque chez lui diminuerait, mais il lui restait encore plusieurs mètres à parcourir, sur un trottoir étroit, moins encombré, et il fallait se dépêcher. Si les garçons décidaient de l'attraper à ce moment-là, il était fait.

Il traversa l'avenue. Du coin de l'œil, il les vit qui le suivaient. Lorsqu'il atteignit l'autre côté, ils le rattrapèrent et l'encerclèrent rapidement, telle une légion se resserrant. Un moment d'indécision s'écoula, pendant lequel leur indéniable supériorité numérique sembla rester suspendue en l'air telle une question. Dans ce moment d'entre-deux, ils lui parurent vulnérables, comme s'ils voyaient enfin ce qu'il y avait d'absurde dans ce rituel de soumission. Et s'ils abandonnaient leur plan ? Danny dirait : « Eh, les mecs, c'est bon, on laisse tomber », et le groupe se disperserait pour rentrer.

Parfois, depuis peu, il les regardait, même dans des instants comme celui-ci, et plutôt que de voir en eux des petites brutes, il voyait des enfants perdus et, au-delà, des adultes perdus. Il ignorait pourquoi il pensait à tout cela, pourquoi il tournait plusieurs fois dans son quartier après le dîner, à saluer des gens qu'il ne connaissait pas et à faire coucou à des vieilles dames perchées à leurs fenêtres.

Cet instant de flottement se termina. Comme propulsé par une décharge électrique, l'un des garçons surgit soudain du cercle. Ce fut Carlos Torres, ce jour-là, Carlos le discret, Carlos l'effacé, obligé d'en faire des tonnes pour remplir ce rôle bien trop lourd pour lui. Il s'approcha de Connell avec maladresse, en donnant des coups dans le vent. Connell fit de son mieux pour les esquiver. Comme il bondissait dans tous les sens, sa chemise se soulevait et ses boutons tiraient sur le tissu. Ce n'était qu'une question de temps. Le cercle se refermait sur lui. Une claque cinglante atterrit sur son oreille avec un bruit assourdissant. S'accrocher à son cartable, il devait s'accrocher à son cartable ; il fallait que Dieu le préserve de se le faire arracher des mains. Un autre coup puissant lui atterrit en pleine figure. Les garçons le regardaient encaisser les coups, bouche bée, dans une sorte de demi-respect ahuri. Puis leur sentiment se mua en colère :

pourquoi ne se défendait-il pas ? Lui aussi se le demandait. Il était plus imposant qu'eux, plus fort aussi. Peut-être était-ce le fait de savoir que certains venaient à l'école avec des couteaux. Il les avait déjà vus les montrer. Un élève qui était récemment passé au lycée, et dont le grand frère faisait partie des Latin Kings, s'était transformé en légende après avoir apporté un revolver. Comme il aurait aimé avoir un grand frère, pensait parfois Connell, former une équipe soudée capable de régner sur le monde, au lieu de voir sa pauvre trogne solitaire se faire réduire en bouillie ! Ce n'était pas de la peur qu'il ressentait, cependant, lorsqu'il ne se défendait pas. Ce sentiment était autre chose, quelque chose de mystérieux.

Il leva les mains pour protéger son visage quand il sentit un coup sur le côté. Il était sonné, et se concentra pour demeurer debout. Tomber signifiait devoir se protéger avec ses bras, se mettre à leur merci, et espérer qu'ils ne le frappent pas à la tête. Quelque part, le fait de demeurer debout permettait qu'ils restent civilisés. Il tituba, sous les cris de Carlos, qui gagnait en confiance à chaque coup qu'il donnait.

« Allez, frappe, défends-toi ! »

Il se tourna vers le groupe flou, espérant de l'aide. Il les regardait de la même manière chaque fois, et sentait une forme de compassion dans les regards que certains lui rendaient, mais il y avait là de la révolte également, qui les poussait à se joindre à Carlos, en le harcelant.

« Bats-toi, *maricón* ! »

Ils le poussèrent sur Carlos.

« Eh quoi, Carlos, tu vas accepter ça ? »

Connell gardait les poings levés.

« Tu veux te battre, hein ? Tu veux te battre ?

— Non, dit-il. Non. »

Il sentit un poing exploser dans son abdomen et se plia en deux sous la douleur. Son ventre était en feu, mais les larmes ne vinrent pas. Il n'avait pas peur de pleurer. Il en avait même eu envie, l'espace d'un moment, mais il n'en avait pas été capable, tout simplement.

Carlos affichait un sourire de dément. Pendant une seconde, une sorte de complicité se créa entre eux, comme si Carlos l'avait fait entrer dans une confidence.

« Allez, frappe ! cria-t-il. Pédé ! »

Connell vit de la haine dans ses yeux, essaya de regarder ses mains. Carlos le frappa si fort qu'il entendit littéralement le coup résonner, comme si quelqu'un d'autre l'avait reçu. Les autres n'en revenaient pas. Connell tituba – puis un adulte, un inconnu, arriva pour les séparer. Tout le monde se dispersa.

Connell rentra avec sa clé. Il s'effondra sur le canapé et fut réveillé par le bruit de son père qui arrivait à la maison. Il l'entendit se diriger vers son bureau, où il s'arrêtait toujours pour poser sa serviette. Il allait bientôt pénétrer dans le salon. Connell ne voulait pas qu'il le trouve alors sur le canapé. Il ne voulait pas qu'il voie ses marques ou ses bleus et se mette à lui poser des questions ; plus important encore, il ne voulait pas avoir à supporter d'étranges négociations, son père planté au-dessus de lui, attendant qu'il bouge pour pouvoir reprendre sa retraite musicale.

Il pensa à tout ce qu'il racontait à son père, avant. Lui seul savait comment lui remonter le moral. Il s'accrochait à lui, couvrait son visage et son cou de baisers. Cette pensée l'embarrassa. Cette époque datait de bien moins longtemps qu'il voulait se le faire croire.

Il se leva.

« Je vais dehors », dit-il au dos de son père, qui était penché sur son bureau.

Son père acquiesça en silence. Connell se mit en route, remontant le pâté de maisons. Il tourna sur Northern Boulevard, vers Corona. Il se baladait de plus en plus souvent dans des quartiers où il n'était pas en sécurité, mais cela n'avait pas d'importance. Il comptait marcher jusqu'à l'heure du dîner. Il sentait la graisse qu'il brûlait à chaque pas.

Ils passèrent un nouveau dîner silencieux, chaque bruit de fourchette démultiplié comme à travers des enceintes. Les anciennes petites moqueries de ses parents sur son appétit avaient transformé sa manière de manger en un acte efficace, volontaire, tel un lion après la chasse. Un vague malaise emplissait l'atmosphère, malaise dont Connell voyait toute la quintessence à l'endroit où, au-dessus de la porte, un couple de colombes en plastique était perché sur un cœur, figé dans un baiser. Les colombes étaient un cadeau de mariage d'amis que ses parents avaient perdus de vue depuis. Elles pendaient mollement sur un clou et se décrochaient au moindre choc. Un an plus tôt, l'une de ces chutes avait ébréché le cœur. Son père l'avait réparé à la super glu, mais il restait de petites craquelures blanches aux endroits cassés. Connell avait envie de le décrocher du mur, de leur brandir sous le nez et de leur jeter : « Vous voyez, ça ? C'était censé être vous deux ! Des tourtereaux ! »

Les tintements de l'argenterie devinrent de plus en plus fréquents à mesure que le repas progressait, comme si ses parents se dépêchaient d'en finir afin de pouvoir aller se sustenter avec une nourriture plus complète, celle que leur fournissaient leurs pensées. Sa mère n'avait pas remarqué qu'il avait glissé une grande partie de son steak trop gras dans sa serviette, sur ses genoux. Il comptait le déposer dans la poubelle lorsqu'elle ne le verrait pas.

Elle fit claquer ses mains sur la table.

« Depuis quand est-ce qu'on n'a rien à se dire dans cette famille ? »

Son père continua de mastiquer, et Connell aussi. Une solidarité certaine existait entre eux. Son père regardait son assiette. Connell essaya de l'imiter, mais les yeux de sa mère étaient posés sur lui.

« Très bien, reprit-elle. Alors, je vais commencer. Comment s'est passée l'école ? Tu as des devoirs à faire ? »

Depuis peu, il se sentait obligé de combler les silences. Jamais ses va-et-vient dans le quartier n'avaient suscité autant d'interrogations. Connell avait l'impression d'être constamment sur le point de se compromettre.

Il secoua la tête.

« Très bien, dit sa mère. J'en ai assez de vous deux. »

Elle se leva pour débarrasser son assiette.

« Je fais une rédaction sur l'oncle Pat », lança-t-il.

Il n'avait pas voulu en parler, car ce n'était après tout pas à lui qu'incombait la responsabilité de préserver l'existence d'une conversation dans sa famille, mais au moins ce qu'il avait dit était vrai, et si cela pouvait ramener sa mère à table, les épaules de son père seraient déjà déchargées d'une certaine pression.

« Pourquoi l'oncle Pat ? » lui demanda sa mère en revenant s'asseoir.

L'oncle Pat n'était pas un oncle à proprement parler puisqu'il était le cousin germain de sa mère, mais c'était surtout le type qui posait Connell sur des tabourets dans des bars obscurs et le présentait aux gens en l'appelant « le p'tit gars ». Il avait une cicatrice au visage, datant d'un jour où il était intervenu pendant l'agression d'une vieille dame. Où qu'il aille, l'oncle Pat connaissait tout le monde.

« Je dois trouver dans ma famille quelqu'un qui fait un travail intéressant, expliqua Connell. Aller là-bas, si possible. Et raconter ça en cinq cents mots.

— Je vais te dire, moi, qui fait un travail intéressant : ton père. Tu peux aller le voir donner un cours. »

Son père posa son couteau et sa fourchette, et leva les yeux.

« Il n'a pas envie de me voir enseigner, déclara-t-il fermement. Laisse-le aller voir les piafs de Pat. Peut-être qu'il en tirera quelque chose.

— Ed..., commença-t-elle.

— Il pourra lui demander pourquoi il se retrouve à nettoyer de la merde de canaris alors qu'il était le propriétaire d'un des bars les plus réputés de North Fork. Il pourra lui demander pourquoi on lui a fait un chèque pour payer ses impôts l'année dernière.

— Je préférerais que tu ailles observer ton père, lui dit sa mère.

— Impossible, répliqua-t-il. Je dois rendre mon travail demain.

— Demain, répéta-t-elle avec un petit rire. Formidable. Et tu comptais aller voir Pat quand, exactement ?

— J'ai déjà vu la ferme, répondit-il. Je peux inventer le reste.

— Non, tu ne peux pas. Je ne te laisserai pas faire ce travail à moitié. » Connell soupira. « J'appellerai ton collège demain matin et je dirai que tu es malade. Tu rendras ton devoir avec un jour de retard.

— Génial ! Je prendrai le train pour aller le voir, alors.

— Tu rêves, s'écria sa mère, tu vas aller à la fac avec ton père ! » Elle jeta sa serviette sur son assiette. « Je sors faire un tour. J'ai fait la cuisine, vous pouvez débarrasser. »

Lui et son père échangèrent un regard tandis que la porte d'entrée claquait. Son père ne vit pas Connell vider le contenu de sa serviette dans la poubelle.

En temps normal, il lui fallait au moins quarante de fièvre pour pouvoir rester à la maison. Des gens mouraient sur les lits d'hôpital de sa mère ; une fois, un type était décédé dans ses bras.

« Ce sera ton jour de chance, lui dit son père, d'une voix plate. Je n'ai pas cours avant onze heures. »

Connell se mit à danser de joie. Il s'attendait à ce que son père éclate de rire, mais il garda la tête baissée, les mains plongées dans l'eau savonneuse.

Connell se réveilla avec la sensation étrange que sa mère était partie. Il entra dans le bureau d'un pas hésitant, pour trouver son père penché sur sa table, en train d'écrire. Il commença à parler, mais son père leva une main pour l'interrompre.

« Va prendre ta douche. »

Il n'avait pas fini ses céréales quand son père lui demanda d'aller démarrer la voiture. Connell adorait s'asseoir à la place du conducteur lorsque le moteur tournait, au-dessus de ce vrombissement qui lui parlait de puissance et de liberté, et de danger aussi ; en ratant le passage de la première, il pouvait s'encastrer dans la nouvelle porte du garage, ou reculer et écraser un piéton.

« Pousse-toi, lui dit son père, et éteins ce machin. Ce n'est pas le moment. » Il tourna le bouton de la radio avant que Connell en ait eu le temps. « Laisse-moi te dire une chose avant tout, reprit-il après un silence. Mes étudiants, c'est pas des rigolos. » Il avait ce regard qu'il affichait quand quelque chose l'émouvait. « Ils sont fiers. Capables de débusquer un tricheur à un kilomètre. Ils n'acceptent pas d'être traités comme des gosses. L'enjeu est trop grand pour eux. »

Connell n'avait pas la moindre idée de ce que voulait dire son père.

« Quand nous entrerons dans la salle, je te présenterai, et je veux que tu ailles t'asseoir dans le fond et que tu écoutes. Tu ne distrais personne. Je ne pourrai pas te parler, alors ne pose pas de questions. Et, s'il te plaît, ne m'interromps pas, car j'ai besoin de me concentrer. »

Ils arrivèrent sur le campus et se garèrent au parking. Son père coupa le moteur, mais resta immobile. Il avait les yeux fermés et prenait de grandes respirations. Connell attendait qu'il se passe quelque chose. Son père commença à se masser les tempes. Après un moment, il ouvrit les yeux et le regarda.

« Prêt ?

— Ouais », fit Connell.

Son père tendit le bras vers la banquette arrière pour attraper sa serviette.

« Juste un petit rituel pour me relaxer avant d'aller en cours », dit-il.

Il était dur de croire que son père avait besoin d'une telle chose, lui qui avait toujours donné l'impression de tout maîtriser si facilement ; des plaques sur le mur attestaient d'ailleurs ses qualités de professeur.

Il cherchait quelque chose dans sa serviette, mais s'énervait tout seul en ne le trouvant pas. Il tira une pile de papiers et la feuilleta avec frénésie. Dans l'espace confiné de l'habitacle, Connell pouvait presque entendre battre le cœur de son père. Une fois qu'il eut retrouvé ce qu'il cherchait – un bloc-notes –, les mouvements de sa poitrine et l'empressement furieux de ses mains disparurent pour laisser place à une impassibilité sinistre qui gagna son corps tout entier. Connell ne savait quoi dire. Son père regardait fixement devant lui.

« Ce n'est rien, lâcha son père. C'est parce que tu es là. Je veux que tout soit parfait. »

Ils traversèrent le campus, où ils croisèrent des connaissances de son père. Celui-ci le présenta rapidement, s'arrêtant à peine, malgré l'air réjoui qui apparaissait instantanément sur leurs visages, et qui d'ailleurs se serait dessiné sur le visage de n'importe qui, même la plus mauvaise des personnes, en rencontrant la progéniture d'un collègue. Il marchait si vite que Connell avait du mal à suivre, puis ses pas se transformèrent en une petite foulée qui empêcha Connell d'apprécier les lieux comme il l'aurait voulu. L'université ressemblait aux campus impeccables qu'on voyait dans les films, avec leurs bâtiments précédés de colonnes augustes et leurs pierres façonnées, pas du tout le genre d'endroit pour des gens comme ceux que son père lui avait décrits.

« C'est beau, dit Connell.

— Le campus a été conçu par un célèbre architecte appelé Stanford White, expliqua son père machinalement. À une époque, il a été l'annexe du Bronx de l'université de New York. » Sa voix semblait distante, comme s'il donnait une conférence. « Quand NYU a construit ce campus, son doyen a déclaré que cette fac devait incarner l'idéal américain. Au début des années 70, à cause de ses coûts d'entretien, NYU l'a vendue à l'État de New York, et nous avons quitté l'ancien Lycée scientifique du Bronx pour emménager ici.

— Papa…, commença Connell.

— Oui ?

— On est en retard ?

— Non.

— Alors, pourquoi on court ? »

Quelque chose dans sa voix avait dû faire réfléchir son père, car celui-ci s'arrêta et lui posa une main sur l'épaule.

« Je ne voulais pas que ça se passe comme ça, dit-il. Crois-moi. J'avais plein de choses à te montrer ici. Il y a un superbe panorama depuis lequel on peut voir… » Il se gratta le nez. « … le panthéon des grands Américains, reprit-il après quelques secondes. On peut voir à des kilomètres, là-haut. Il y a aussi des statues. Peut-être que si tout se passe bien, je pourrai t'emmener là-bas quand nous aurons fini. »

Ils arrivèrent devant le bâtiment, mais au lieu de se rendre directement dans la salle, au milieu de tous ces étudiants pleins d'attentes, comme la cadence de son père l'avait suggéré, ils prirent le chemin de son laboratoire, où il ferma la porte derrière lui. Il demanda à Connell de s'imprégner de tout ce qu'il trouvait intéressant, du moment qu'il ne cassait rien. Il désigna un squelette humain suspendu dans un coin, les cages à rats alignées le long du mur du fond, et un assemblage de béchers et de boîtes de Petri à l'écart. Puis il sortit son bloc-notes et fit les cent pas dans la salle, lisant discrètement à voix haute.

Connell laissa les béchers les uns contre les autres dans ce fragile assemblage. Il évita les yeux accusateurs des rats et se dépêcha de passer devant ceux, vides, du squelette. Ne trouvant rien de plus prometteur, il refit le tour pour aller taper contre la vitre des rats et écouter ce que son père était en train de lire.

« Tu peux leur donner à manger si tu veux, lui déclara son père en désignant les rats, qui semblaient eux aussi écouter par-dessus son épaule. Il y a un sac de bouchons dans le tiroir derrière toi.

— Ça va aller, dit Connell.

— J'essaie de me concentrer, expliqua son père, et ça m'aiderait de savoir que tu n'es pas en train d'écouter chaque mot. » Son père fouilla autour de lui. « Tiens, prends ça », ajouta-t-il en lui jetant un numéro de *Scientific American*.

Connell n'aimait pas ce magazine ; ils en avaient plein à la maison. Son père essayait toujours d'attirer son attention sur des articles à propos des trous noirs, des glaciers ou des pluies acides, mais Connell se cantonnait à *Sports Illustrated* ou aux pages mondaines du *Time*.

« Tu pourrais peut-être aller t'asseoir dehors ? Je viendrai te chercher quand j'aurai fini. »

Connell avait envie de lui répondre qu'il aurait simplement dû ne pas lui demander de venir à son cours débile s'il avait tellement envie de le voir partir, mais il se retint. Il avait sa rédaction à écrire. Cependant, quelque chose lui disait de ne pas en faire une histoire.

« Je vais aller dans la salle et je t'attendrai là-bas, annonça-t-il.

— Parfait, lança son père, visiblement soulagé. C'est au deuxième. Salle 443. Présente-toi aux étudiants. »

Tandis que Connell s'en allait, son père éclaboussa son visage avec de l'eau dans l'un des éviers au bout de l'une des longues tables.

Connell monta les marches trois par trois. La porte de la salle était ouverte ; il jeta un œil à l'intérieur en prenant un air aussi décontracté qu'il le pouvait. Il y avait plus de monde que ce qu'il avait attendu. Comment était-il censé se présenter devant une salle remplie d'étudiants ? Il arrivait à peine à parler devant des gens de son âge sans redouter que sa voix ne le trahisse.

Il fit semblant d'être absorbé par un panneau d'affichage, puis tourna les talons pour marcher dans le couloir. Il repassa devant la salle. Le sol de la classe était incliné, de manière à ce que les gens du fond puissent voir. Une petite plaque sur le mur retint son attention. « EN CAS D'URGENCE, BRISER LA VITRE ». Ces mots prirent soudain une tournure bouleversante ; il n'aurait su que faire, même avec un marteau à la main. Il commençait à voir la sagesse qu'avait eue son père en préparant un discours.

Il finit par pénétrer dans la salle et se fraya un chemin jusqu'à une chaise libre, dans le fond. Il attendit que le tambourinement se calme dans sa poitrine. Les étudiants comprendraient bien d'eux-mêmes qui il était, puisqu'ils étaient si malins.

Quand son père entra, il ne leva pas les yeux, mais monta directement sur l'estrade et commença à lire son bloc-notes.

« Aujourd'hui, nous allons entamer le chapitre sur le système nerveux central, dit-il. Je vais avoir un certain nombre de points à aborder. Il est crucial que ces connaissances soient assimilées pour votre examen final. C'est pourquoi je vous demanderai de prendre des notes attentivement, car je ne pourrai pas me répéter ou interrompre mon exposé pour répondre à vos questions. Si vous vous sentez perdu à un moment, je vous prierai d'écrire vos questions sur une feuille à part et de me la donner à la fin du cours. Je vous rendrai une réponse écrite quand nous nous reverrons jeudi. Par ailleurs, je suis désolé de vous annoncer que, en raison d'un projet de recherche qui m'occupe en ce moment, je vais être forcé d'annuler mes heures de permanence pour le reste du semestre. »

Des grognements incrédules montèrent dans la salle. Son père ne leva pas les yeux, mais se contenta de poser un doigt sur sa page et d'attendre que la colère retombe.

« À la fin de chaque cours qu'il nous reste, je collecterai vos questions. Je vous ferai ensuite passer les réponses détaillées que j'aurai rédigées concernant vos questions précédentes. Écrire ces réponses me demandera un temps considérable, les heures de permanence perdues seront ainsi compensées comme il se doit, soyez-en sûrs. Si, à l'occasion, je vous parais lent ou distrait, ou s'il vous semble que j'ai besoin de quelques secondes pour reprendre mes esprits, sachez que je suis très fatigué par le rythme que je dois tenir actuellement.

» Une autre chose à noter : à partir d'aujourd'hui, comme je vais exclusivement lire des cours préparés à l'avance, je ne poserai pas plus de questions que je ne répondrai aux vôtres. Durant nos derniers cours, nous avons abordé beaucoup moins de choses que pendant le reste du semestre, vous avez dû vous en rendre compte... »

Il y eut des murmures d'approbation, même si son père ne s'interrompit pas pour les relever.

« … aussi je vous demanderai de ne pas me tenir rigueur pour la monotonie des cours que vous allez avoir à présent. Je peux vous assurer que ce changement de méthode est plus que nécessaire pour la préparation de vos examens. Bien, sans perdre plus de temps, j'aimerais commencer. »

Lorsque son père était entré, un bavardage chargé d'indignation s'était propagé dans la classe. Au début de son discours, quelques étudiants avaient balayé la salle des yeux, guettant les réactions des autres, mais maintenant tout le monde avait sorti son cahier, et plusieurs stylos étaient posés en équilibre sur les pages.

« Le système nerveux central, commença son père, représente la plus grande partie du système nerveux. Il se compose du cerveau et de la moelle épinière, dont nous parlerons plus tard. Le système nerveux central joue un rôle essentiel dans le contrôle du comportement. »

Tout autour de Connell, les gens écrivaient ce que son père disait.

« Le système nerveux central est contenu dans une zone appelée la cavité dorsale, qui peut se diviser en deux sous-cavités, la cavité crânienne et la cavité spinale. La cavité crânienne abrite le cerveau, tandis que la cavité spinale abrite la moelle épinière. »

Quelques mains se levèrent ; à l'évidence, les habitudes avaient la peau dure. Son père les aperçut peut-être du coin de l'œil, mais il n'en montra aucun signe. Il tourna les pages de son bloc-notes tandis qu'il continuait sa lecture.

« Le système nerveux central est protégé par un système complexe, à deux niveaux. Tout d'abord, le cerveau et la moelle épinière sont l'un et l'autre enveloppés dans un ensemble de membranes appelées les méninges. Les méninges se composent de trois couches continues de tissus conjonctifs. De la surface vers la profondeur, on distingue la dure-mère, l'arachnoïde et la pie-mère. »

Les étudiants semblaient perplexes. La plupart d'entre eux avaient cessé d'écrire. Ils se regardaient les uns les autres, et de nouvelles mains se dressaient dans le champ qui s'était formé en l'air.

« Le deuxième niveau de protection du système nerveux central est constitué par des os. Le cerveau est protégé par le crâne, tandis que la moelle épinière est protégée par les vertèbres. »

À présent, presque tous les étudiants de la classe avaient la main levée. Son père avait dit qu'il n'acceptait pas les questions, mais Connell était certain que si son père avait vu autant de mains en l'air, il aurait voulu éclaircir certains points afin que tout le monde puisse continuer.

« Le cerveau reçoit des signaux sensoriels de la moelle épinière, ainsi que ceux de ses propres nerfs – que nous nommerons et dont nous parlerons plus tard. Il consacre la plupart de ses capacités à analyser ces signaux, et à engendrer des signaux moteurs. »

Il lui fallait trouver quelque chose. À l'évidence, son père n'entendait pas le brouhaha qui s'était répandu dans la classe. Il se trouvait dans une bulle. Personne ne prenait plus la moindre note à présent. Connell ne voulait pas énerver son père, mais celui-ci le remercierait plus tard s'il l'aidait à résoudre ce problème.

Ses doigts fourmillèrent alors qu'il se dressait, sentant toutes les têtes se tourner vers lui. Il voulait seulement que son père lève le nez de sa page. Il se racla la gorge.

« Papa ! » lâcha-t-il brusquement.

Son père n'avait pas dû l'entendre, ou s'il l'avait entendu il n'avait pas dû comprendre la gravité de la situation. Le souffle court, Connell mourait d'envie de se rasseoir, mais impossible à présent.

« La moelle épinière occupe trois fonctions principales, poursuivait son père. Elle conduit les informations sensorielles depuis le système nerveux périphérique jusqu'au cerveau. Elle transmet les signaux moteurs du cerveau à différents effecteurs. Et elle joue le rôle de centre nerveux mineur.

— Papa ! répéta-t-il, plus fort cette fois. Papa ! »

Son père dirigea son regard droit sur lui. À croire qu'il n'y avait plus que deux personnes dans la pièce. Toutes les mains brandies en l'air retombèrent d'un seul coup. Son père regarda autour de lui les visages qui le scrutaient fixement. Tout le monde semblait attendre qu'il se passe quelque chose. Mais son père se pencha à nouveau sur son bloc-notes, et alors de nouvelles mains bondirent en l'air partout dans la salle. Des voix l'appelèrent.

« Monsieur Leary !

— Monsieur ! »

Impassible, il reprit sa lecture, déclenchant une série de grognements.

« Le deuxième niveau de protection du système nerveux central est fourni par des os… »

Un étudiant bondit de sa chaise, comme pour foncer droit sur lui et le plaquer par terre, loin de son pupitre.

« Le cerveau est protégé par le crâne… »

Connell savait qu'il avait déjà entendu cela.

« C'est quoi, ces conneries ? s'exclama l'étudiant qui avait bondi de sa chaise.

— Ohé ! cria une fille assise quelques rangs devant. Vous ne pouvez pas faire comme si on n'était pas là. »

Connell avait déjà vu son père s'obstiner. Quand il voulait faire quelque chose, quand il le voulait vraiment, il baissait la tête et continuait, envers et contre tout.

Un tollé général s'élevait dans la salle ; on ne l'entendait presque plus lire.

« Papa ! cria Connell. Papa ! »

Son père s'interrompit à nouveau. Cette fois, il s'écarta de son bloc-notes et de son pupitre. Connell aperçut les pages qu'il avait pliées sous le bloc-notes. Son père le regarda à nouveau avec cet air étrange, comme s'il était la seule personne présente avec lui. Puis son père recula jusqu'à sa serviette et en serra la poignée, comme par peur que quelqu'un la lui arrache. Mais il sembla ensuite retrouver plus ou moins ses esprits et s'avança à nouveau sur l'estrade. Connell se rassit.

« Aujourd'hui, nous allons commencer notre discussion sur le système nerveux central », déclara-t-il.

Il s'arrêta de parler et regarda l'assemblée. Tout le monde était parfaitement silencieux. Connell attendait désespérément que quelqu'un dise quelque chose. Lui-même ne pouvait pas le faire.

Après quelques secondes, son père fit un geste en direction d'une fille, au premier rang, qui avait pris des notes malgré ce chaos.

« Karen, appela-t-il. Karen ? C'est bien ça ?

— Oui, monsieur Leary.

— Karen, si vous le voulez bien, pourriez-vous m'indiquer où j'en étais ?

— Vous veniez de finir de nous dire que la moelle épinière joue le rôle de centre mineur.

— D'accord, fit-il. Bien. Bien. Merci. C'est exactement ça. La moelle épinière comme centre nerveux. »

Il feuilleta son bloc-notes avec acharnement. Une fois arrivé au bout, il recommença, si violemment qu'il semblait sur le point de déchirer les pages.

« Vous voyez, déclara-t-il. Je suis fatigué. J'ai travaillé trop dur. Et j'ai l'esprit très occupé. En fait, j'ai à l'esprit quelque chose de précis qui me perturbe, et j'espère que vous me pardonnerez d'avoir laissé cette chose me distraire aujourd'hui. Si vous vous tournez, vous verrez mon fils dans le fond de la salle. »

Connell sentit le rouge lui monter aux joues.

« Mon fils m'a accompagné, comme vous pouvez le voir, ajouta son père. Aujourd'hui est un jour important pour lui. » Son père avait les yeux braqués sur lui. « Pas vrai, fiston ? »

Il allait lui demander de parler de son devoir.

« Oui, répondit Connell.

— C'est son anniversaire aujourd'hui. »

Tous les regards étaient sur lui. Cela faisait près d'un mois que son anniversaire était passé. Connell revoyait tout : la batte en métal, le gant, le tee de frappeur haut de gamme, les filets, les boîtes de balles, le seau où elles étaient stockées ; sortir dans le froid et le vent qui fouettait après avoir mangé, et se garer au fond de l'allée ; sous la lune, dans la nuit silencieuse, envoyer les balles dans le filet et se réjouir du bruit que produisait un coup bien tiré.

Les visages souriaient. Connell entendit une volée de gloussements. Une fille à la table d'à côté lui demanda quel âge il avait.

« Quatorze ans, répondit-il.

— Quatorze ans aujourd'hui, renchérit son père. Et il a été gentil de m'attendre. Vous comprenez, nous allons voir un match des Mets juste après. L'ouverture du championnat. C'était à ça que je pensais. Je me faisais du souci pour la circulation. Nous risquons d'être un peu ric-rac. Pardon de n'avoir pas été complètement avec vous aujourd'hui. Pour être honnête, je devrais vous demander si cela ne vous dérange pas que nous terminions plus tôt et rattrapions le cours la semaine prochaine. Je sais que certains d'entre vous viennent de loin. Vous voudrez bien me pardonner ? »

Les étudiants se regardèrent. Certains ronchonnaient ; l'un d'entre eux donna une tape sur sa table, avant de s'écrier : « N'importe quoi ! » et de prendre la porte. D'autres haussèrent les épaules.

« Bien. Bien. Parfait, dit son père. Dans ce cas, nous nous arrêterons maintenant. » Les étudiants commencèrent à ranger leurs affaires. « Je vous donnerai un polycopié sur ce que j'allais aborder aujourd'hui, et je prendrai un peu de temps au début du prochain cours pour le revoir avec vous point par point. » Il ramassa sa serviette et commença lui aussi à rassembler ses affaires. « Merci à tous, lança-t-il par-dessus le bruissement des sacs et des blousons. C'est gentil à vous. Pardon d'avoir abusé de votre temps. »

Certains souhaitèrent un bon anniversaire à Connell en sortant. Son père leur fit signe de quitter les lieux. Connell attendit que tout le monde soit parti. Il s'approcha. Son père était debout face au tableau, les mains posées sur la gouttière à craies, ses épaules prises de soubresauts.

« Je vais aux toilettes », dit Connell même s'il n'en avait pas vraiment envie.

Une fois là-bas, il se regarda dans la glace. Il souleva sa chemise, l'enleva et fléchit les deux bras. Il y avait plus de masse, plus de définition. Il plaça ses mains au niveau de ses oreilles et fit saillir ses muscles comme Hulk Hogan. Il se sourit à lui-même, un sourire fou, toutes dents dehors. Il se rapprocha du miroir, posa son front contre la glace. Un rond de buée se forma, puis disparut. Il donna une tape sur son ventre, le petit reste de graisse qui demeurait de son enfance, une tape suffisamment forte pour laisser une marque rouge.

« Disparais, dit-il. Disparais ! »

Puis, de peur que quelqu'un ne le surprenne, il remit sa chemise et sortit.

Ils marchèrent jusqu'à la voiture en silence.

« Je n'ai pas les billets pour le match, déclara son père après avoir roulé pendant un moment. Mais on peut y aller quand même. On peut essayer d'entrer.

— Pas la peine.

— C'est vrai que ce sera sûrement difficile d'avoir des places.

— Sûrement.

— On pourrait aller regarder les avions, alors ? » Connell alluma la radio et monta légèrement le volume. Il observa le visage de son père, guettant des tremblements de colère, mais celui-ci ne sembla pas remarquer le changement. Connell le monta plus haut. La main de son père bondit sur le bouton.

« C'est trop fort, s'écria-t-il. Ne mets pas trop fort ! »

Le volume était maintenant moins fort que lorsqu'il avait tourné le bouton pour la première fois, mais il ne se risqua pas à retenter le coup. Il regarda par la fenêtre.

« Dis, papa…

— Oui ?

— Qu'est-ce qu'il t'est arrivé ?

— Je ne me sentais pas d'humeur à faire cours aujourd'hui, c'est tout.

— Pourquoi tu as dit que c'était mon anniversaire ? »

Il vit le visage de son père rougir, ses mains serrer le volant un peu plus fort.

« Tu ne penses quand même pas que je ne connais pas la date de naissance de mon propre fils ? C'est le 13 mars ! » Son père prit une grande respiration. « Je voulais simplement que tout soit parfait. Je voulais que tu aies de la matière pour ta rédaction.

— Mais tu avais l'air perdu.

— Ça allait très bien ! cria-t-il. Non mais, et puis quoi encore ? Moi qui voulais que les choses se passent bien pendant que tu étais là. C'était la première fois que je t'avais avec moi en classe. Maintenant, la discussion est close ! »

L'aigu de sa voix était monté en même temps que le volume, si bien que ces mots sortirent comme un cri perçant. Puis il s'arrêta et sa respiration ralentit.

« Je n'avais pas envie de rester enfermé aujourd'hui », lâcha-t-il.

Ils roulèrent en silence.

« Je suis désolé pour ton projet, ajouta-t-il. Peut-être que tu pourras revenir me regarder un autre jour.

— Ça va aller, affirma Connell. J'inventerai de quoi écrire. Je sais déjà quel genre de professeur tu es. Tu m'apprends des choses tous les jours. »

Ils arrivèrent dans le Queens et prirent le chemin des pelouses, « leurs » pelouses, comme ils l'avaient décrété, qui s'étendaient le long d'une route menant à l'aéroport LaGuardia. Une fois sur le parking, son père se tourna vers lui.

« Tu veux bien me faire une faveur ? Ne pas parler à ta mère de tout ça ?

— D'être venus ici ?

— Non. De l'autre chose.

— Oui, bien sûr. Bien sûr.

— Elle ne verrait pas les choses comme tu les as vues. »

Ils allèrent jusqu'au grillage, près de l'une des pistes d'atterrissage. Au loin, des avions se présentaient en file, séparés par de longs intervalles. D'autres décollaient autour d'eux, leurs moteurs rugissants. Ils restèrent campés là, minuscules devant ces va-et-vient, le bras de son père autour de Connell, ses doigts à lui accrochés à la grille métallique.

Sur le chemin du retour, ils écoutèrent le match. Une fois rentrés, au lieu de mettre un disque ou de sortir ses écouteurs, son père ralluma la radio, et tous deux s'installèrent dans le canapé pour finir de l'écouter. Les Mets avaient un point d'avance sur les Phillies. Gooden avait joué huit manches remarquables et Franco avait été crédité d'un sauvetage.

Connell pensa raconter à sa mère à quel point il avait trouvé cet épisode bizarre, mais son père faisait tant de choses bizarres qu'il était difficile de dire où les limites se situaient. Plutôt qu'un écart générationnel, ce qui les séparait était le gouffre qui s'était ouvert et avait avalé toute la vie de son père : au lieu de traîner avec les hippies, il avait hanté les laboratoires et écouté du Bing Crosby. Il adorait les langues étrangères et les jeux de mots idiots. Combien de fois, quand Connell avait tendu la main pour se resservir au petit déjeuner, ne lui avait-il pas lancé en l'arrêtant, l'air sérieux : « C'est assez, dit la baleine » ?

Et qui aurait pu oublier le dernier Thanksgiving ? Ils étaient allés chez les Coakley, qui vivaient auparavant à quelques rues d'eux, dans une maison partagée à trois étages comme la leur, mais qui avaient déménagé à Long Island, dans une bâtisse avec des tapis somptueux et un salon à la lumière tamisée, un canapé d'angle et une grande télévision, parfaite pour regarder les matchs. Cindy Coakley était restée l'amie de sa mère depuis leur première année à St. Sebastian.

Ses parents se préparaient dans leur chambre. Connell était allongé sur son lit, un livre à la main. La radio était allumée dans le salon ; ses parents devaient penser qu'il était là-bas en train de l'écouter, car sa mère se mit à rire de son rire juvénile, qui lui donnait l'impression d'être en train d'entendre quelque chose qu'il n'aurait pas dû. Il alla jusqu'à la porte à pas de loup.

« Oh, Ed, s'écria-t-elle. Ne fais pas ça !

— Pourquoi pas ? C'est une super idée.

— Une super mauvaise idée, répliqua-t-elle, mais la malice qu'il y avait dans sa voix disait le contraire. J'insiste... Non, j'exige que tu ne fasses pas ça.

— Je le fais, répliqua-t-il. Allez, j'y vais.

— Ed ! piailla-t-elle. Mais elle est toute neuve ! »

Connell avait l'habitude de les entendre rire, mais il y avait là quelque chose de différent ; il y avait du jeu dans leurs intonations. La voix de sa mère ne lui avait jamais semblé si jeune.

« Alors, ça donne quoi ? demanda son père.

— Je t'interdis de sortir comme ça. Tu m'entends ?

— Tu as peur que je les fasse toutes craquer, hein ? Tu penses qu'elles vont toutes se pâmer d'admiration ? »

Quelques secondes passèrent dans le silence. Connell s'approcha jusqu'à leur porte, le cœur battant à toute vitesse. Des bruits étouffés lui parvinrent.

— On n'a pas le temps », soufflait sa mère, même si sa voix disait le contraire.

Elle poussa de petits gémissements. Le sang de Connell se glaça. Lui qui ne les avait jamais vus s'embrasser sur la bouche les entendait se faire des baisers et Dieu sait quoi d'autre. Il pensa à toutes les fois où il avait regardé Jack Coakley attirer Cindy contre lui, à son affection brute ; à toutes les fois où il avait prié tout bas pour que son père prenne soudain sa mère dans ses bras devant tout le monde.

« On ferait mieux d'y aller », dit sa mère.

Il y eut le bruit d'une fermeture Éclair.

« Peut-être que ça fera marrer Jack. Il en a bien besoin. »

Connell fila dans sa chambre. Quand ses parents émergèrent, il guetta des indices de la chose si drôle dont ils discutaient, mais rien.

Ils roulèrent dans un silence riant jusqu'à la Northern State Parkway, puis jusque chez les Coakley. Les six hommes regardaient le football américain dans le salon pendant que les femmes bavardaient et transvasaient les préparations dans des plats de service. Sur la table de la salle à manger couverte d'une nappe à deux couches avaient été dressés de la belle argenterie, des verres à vin, une salière et un poivrier en argent fin. Tandis que tout le monde arrivait dans la pièce au compte-gouttes, Connell était déjà attablé, impatient de ressentir le douloureux ballonnement qui allait bientôt l'envahir. Après le repas, assis dans le canapé avec les autres hommes, il tapoterait son ventre gonflé tout en rotant en silence. Jack découpa la dinde. Tout le monde commença à se passer les plats.

« Ed, lança Jack, pourquoi est-ce que tu n'enlèves pas un peu ta veste ? Fais donc comme tout le monde, pour une fois. »

Tout le monde se doutait de ce qui allait suivre.

« Je ne peux pas, dit le père de Connell. Ma chemise n'a pas de dos. »

Une légère vague de rire traversa la table. Connell se sentit rougir. Ils faisaient ce petit numéro chaque année. Cette blague les amusait peut-être, mais pourquoi son père avait-il besoin d'être aussi décalé ? Il était le seul en costume ; tous les autres portaient des sweat-shirts et des pantalons épais. Même les jours d'été les plus chauds, lui mettait une chemise à manches longues et un pantalon. Connell n'avait que faire de ses discours sur le cancer de la peau et la couche d'ozone ; tout ce qu'il voyait, c'était que son père avait l'air d'un nigaud.

« Tu sais, Ed, répliqua Jack, tu me réponds toujours la même chose. Qu'est-ce que ça veut dire ? Qu'est-ce que tu essayes de me dire ? »

Jack, un ancien Marine, faisait un mètre quatre-vingt-quinze et cent dix kilos. Quand Connell regardait le football chez lui, il n'avait pas de mal à l'imaginer sur le terrain, devant un quarterback. D'une voix tonitruante, il racontait des anecdotes qui finissaient par des rires rugissants ; le père de Connell parlait doucement, et les gens devaient se rapprocher pour l'entendre. Le visage de Jack s'éclairait chaque fois que le père de Connell disait un mot, mais Connell souhaitait toujours que celui-ci termine le plus vite possible ; le fait que Jack s'aperçoive à quel point son père était étrange le rendait nerveux.

« Il se trouve simplement que ma chemise n'a pas de dos ; c'est pourquoi je ne peux pas enlever ma veste.

— Mais dis-moi, pourquoi une chemise serait-elle vendue sans dos ?

— C'est moins cher comme ça, affirma son père. Moins de tissu.

— À mon avis, ça ne dérangerait personne autour de cette table de voir ton dos », rétorqua Jack avec une voix légèrement différente. Il se tourna vers Frank McGuire. « Toi, ça te dérangerait de voir son dos ? »

Le regard de Frank fit plusieurs allers-retours entre le père de Connell et Jack, comme s'il avait peur de ne pas bien répondre. Il éclata d'un rire nerveux.

« C'est bon, les gars, dit-il. Il veut garder sa veste, il veut garder sa veste. C'est Thanksgiving, après tout.

— Je vois bien qu'il veut garder sa veste, Frank. Mais je lui demande de l'enlever. Ça me dérange.

— C'est ça que tu veux ? Que j'enlève ma veste ? » intervint le père de Connell.

Jack le regarda d'un air agacé. Cindy, qui venait seulement de comprendre que les choses tournaient au vinaigre, comme si la scène s'était déroulée sur une fréquence que seuls les chiens pouvaient entendre, posa une main sur le bras de son mari, dans un silence implorant.

« Oui, répondit Jack. C'est ce que je veux.

— Eh bien, c'est toi le maître ici.

— Ça l'était encore, la dernière fois que j'ai vérifié.

— Jack ! » s'écria Cindy.

Même la mère de Connell, qui avait souri devant cette joute verbale, semblait maintenant inquiète. Connell n'était pas censé savoir ce que savaient ses deux parents – que la compagnie aérienne dans laquelle travaillait Jack prévoyait de drastiques réductions de personnel et qu'il craignait de se faire renvoyer. Un soir, Connell s'était levé de son lit et, dans l'embrasure obscure de sa porte, avait écouté la conversation téléphonique de sa mère, postée dans la cuisine.

« Ça va aller, Cindy, dit son père. Elle te tracasse vraiment, cette veste, hein, Jack ?

— Personne d'autre n'en porte.

— C'est bon, déclara son père en se levant. Je comprends. Je suis désolé d'avoir perturbé la soirée. »

Il sortit un bras de sa manche, lentement, puis l'autre. Il avait découpé toute la partie arrière de sa chemise, qui n'était visiblement pas une chemise bon marché. Les manches accrochées aux épaules ressemblaient aux manches à air que l'on voyait sur le bord de la route. Sa peau était lisse, ridiculement maculée de taches de rousseur et de poils difformes. Pendant un instant, l'assemblée parut se figer.

« C'est ça que tu voulais ? demanda-t-il. Voir ça ? Tu es content de toi ? Eh bien, regarde ! »

C'est alors que Jack se mit à aboyer d'un rire si puissant et si soudain qu'il résonna tel un dernier cri d'agonie ; un autre s'ensuivit, comme pour le ponctuer ; puis ce rire s'accéléra, se multiplia, pareil à des ricochets après le premier impact. Il se propagea autour de la table, contagieux.

« Assieds-toi et mange-moi de cette dinde, mon salaud », lança Jack quand il eut recouvré son calme.

Son regard disait qu'il repartirait à l'assaut s'il le fallait. Connell avait déjà vu des gens jeter ce regard à son père. Peut-être fallait-il être un adulte pour vraiment l'apprécier.

Cet automne-là, il avait encouragé Connell à monter un projet sur l'habituation pour la Foire des sciences. Le principe était le suivant : ils tapaient sur des cloportes avec un stylo. Certains cloportes cessaient rapidement de se rouler en boule, tandis que d'autres continuaient à réagir pour se protéger. Finalement, tous avaient cessé de réagir. Il s'agissait d'après son père d'un résultat caractéristique, démontrant la capacité d'apprendre à ignorer plusieurs millions d'années d'instinct à cause de cinq minutes de dérangement.

Connell avait collecté des données ; son père l'avait aidé à dessiner ses résultats sur plusieurs panneaux – tableaux, graphiques, tout ce qui n'avait aucun rapport avec la technologie. Lorsqu'il était entré dans l'auditorium, Connell savait qu'il n'avait pas la moindre chance. Les autres enfants installaient d'énormes volcans en activité, des voitures téléguidées, des écosystèmes complets avec des boucles alambiquées de la longueur de deux tables. Il n'avait même pas une boîte d'insectes. Quand les professeurs s'étaient approchés pour revoir sa présentation, il s'était mis à transpirer. Il avait expliqué la manière dont ils avaient – il avait – procédé, du mieux qu'il l'avait compris, c'est-à-dire moins bien que ce qu'il aurait dû.

En lui remettant le premier prix, ses professeurs avaient mentionné l'élégante simplicité du projet et son application minutieuse d'une méthode scientifique. D'autres parents avaient sifflé et crié quand le nom de leur enfant avait été annoncé ; son père était resté assis et lui avait adressé un petit hochement de tête en levant discrètement le poing. Connell n'avait jamais été aussi impressionné par son père. À croire que, depuis le début, celui-ci avait su qu'il jouait une carte gagnante.

Quand sa mère rentra à la maison, elle le prit à part.

« Alors, c'était comment, la fac avec papa ? demanda-t-elle. Il était comment ? »

Il y avait une étrange intensité dans son expression, et elle murmurait presque. Connell était si énervé qu'il faillit cracher le morceau. Puis il se rappela sa promesse.

« Fidèle à lui-même, répondit-il. Je n'ai pas compris un seul mot de ce qu'il disait. »

19

UN ARTICLE DANS UNE REVUE INFIRMIÈRE disait qu'une routine déterminée avait un effet délétère sur l'esprit d'une personne sujette à la dépression, et que bousculer l'environnement d'un dépressif pouvait être un moyen efficace de préparer un traitement. Eileen n'était pas absolument certaine qu'Ed souffrait de dépression au sens strict, mais elle savait en revanche qu'elle n'arriverait jamais à le faire aller chez un psychiatre pour le savoir.

Ce dont Ed avait besoin – ce dont ils avaient tous besoin – n'était rien d'autre que se désengluer de leur quotidien. Elle commença à se demander si un déménagement ne serait pas tout simplement la solution idéale pour le tirer de sa torpeur. Le moment était parfaitement choisi : Connell entrait au lycée l'année suivante et pourrait faire le trajet jusqu'en ville depuis n'importe quel endroit ou presque ; la valeur de leur maison, étant donné la dégradation du quartier, ne ferait que baisser. Dans quelques années, ils seraient pris au piège.

Une nouvelle maison pouvait créer toute la différence. Les choses s'étaient améliorées pour les Coakley dès que Jack avait été promu directeur du fret chez SAS et qu'ils avaient déménagé à East Meadow. Jack lui-même avait montré certains signes de dépression quand ils étaient encore à Jackson Heights, mais là-bas il s'était mis à la fabrication de meubles dans son grand garage, au jardinage et au paysagisme. Il avait transformé leur arrière-cour en un véritable petit paradis pour tous : il y avait la piscine où des cris résonnaient, la radio qui noyait le vrombissement des tondeuses lointaines, les empreintes de pieds mouillés séchant sur le béton chaud, l'odeur omniprésente de l'écran solaire.

Cinq ans plus tôt, Eileen avait augmenté le loyer qu'elle demandait aux Orlando, déjà bien en dessous des prix du marché – mais ce supplément restait dérisoire. Dans son esprit, savoir son fils en sécurité avait toujours compensé ce qu'elle perdait en faisant cette faveur aux Orlando. Connell montait dans l'un de leurs appartements après l'école et restait là-bas jusqu'à ce qu'elle ou Ed rentre à la maison. À présent qu'il devenait assez grand pour s'occuper de lui tout seul, cependant, la protection qu'ils offraient n'avait plus la même signification.

« Je réfléchissais à la maison », dit-elle.

Connell était sorti dîner chez Farshid, et elle et Ed s'étaient retrouvés seuls à table. Ed ne répondit pas. Elle était maintenant habituée à ces échanges à sens unique. Elle avait appris à lire le sens de ses silences. Celui de ce soir-là était de bon augure ; il n'y avait pas dedans la pesanteur des autres. Il était comme une feuille sur laquelle elle pouvait protéger ses pensées.

« Je me disais que ce serait peut-être une bonne chose d'avoir un endroit pour nous, sans locataires. Je suis fatiguée de jouer la logeuse. Pas toi ? »

Elle remplit une assiette de poulet, de pommes de terre et de haricots verts vapeur, et la lui tendit. Tout semblait fade, mais ils n'étaient qu'eux deux, et de plus Ed n'avait jamais l'air de s'en soucier.

« Notre maison est ici, dit-il.

— Je sais, mais je pensais que nous pourrions chercher un endroit qui soit davantage… à nous.

— Nous avons fait beaucoup de travaux ici. »

Ed attaqua son poulet. Mais au lieu d'en couper un petit morceau, il le trancha simplement en deux.

« Tu es heureux ici ?

— Je suis heureux, oui. »

Il entreprit de couper la moitié en deux, et ainsi de suite, complètement absorbé par sa tâche.

« Tu n'es pas heureux, rétorqua-t-elle. Tu fais peine à voir. Tu ne te lèves plus du canapé.

— Je suis heureux.

— Nous pourrions déménager en grande banlieue. Nous trouver une jolie maison.

— Notre maison est suffisamment jolie. »

Il leva les yeux vers elle pour la première fois. Son poulet formait une mosaïque bien nette de morceaux de la taille d'une bouchée, mais il n'avait pas commencé à manger.

« Ça devient un enfer, ce quartier.

— Je suis un enfant de la ville, moi, déclara-t-il. Tu m'imagines dans des rues vides ? Avec un kilomètre entre chaque maison ? »

Il fit un geste de dédain avec sa fourchette. De l'espace entre les maisons, c'était tout ce qu'elle demandait.

« Tu ne penses pas que ça serait bien de s'en aller d'ici ? De recommencer ailleurs ? Le moment serait parfait : Connell va entrer dans une nouvelle école l'année prochaine, et nous avons suffisamment d'économies.

— Je me trouve bien mieux ici que là où j'ai grandi.

— Oui, dit-elle, pour ça, tu as raison. »

Elle détestait passer pour celle qui se plaint. Elle ne voulait pas habiter un palace, juste faire un pas hors de l'endroit où ils vivaient. C'était pour lui qu'elle l'envisageait, mais comment pouvait-elle lui en parler sans lui laisser entrevoir son raisonnement ?

« J'en ai assez d'avoir constamment quelqu'un qui marche au-dessus de ma tête, reprit-elle. Nous allons échanger notre appartement avec celui de Lena. Elle sautera sur l'occasion. Toutes ces marches à monter doivent la tuer. »

Là, elle le fusilla du regard : ses haricots verts étaient tous coupés en deux à présent.

« Notre vie est ici, martela-t-il.

— Tu n'aurais pas envie de connaître un autre quartier ?

— Je ne veux pas être isolé, répondit-il. Je ne veux pas être obligé de m'habituer à une nouvelle manière de vivre. »

Elle se mordit la langue, mais sa réponse sortit quand même.

« Tu as déjà une nouvelle manière de vivre. »

Elle le regarda enfourner enfin un peu de nourriture dans sa bouche et manger lentement, comme s'il découvrait pour la première fois la mécanique de la mastication. Cette vision la rendit folle. Elle posa son couteau et sa fourchette, et attendit.

« Nous n'avons pas les moyens de déménager là où tu voudrais », déclara-t-il, mais tout se passait comme si cette conversation n'en était plus une, tant il était concentré sur les minuscules morceaux qu'il portait à sa bouche, sur le fait de les mâchonner puis d'avaler.

« Tu n'as pas la moindre idée de l'endroit où j'aimerais déménager », répliqua-t-elle amèrement.

Cela faisait bien longtemps qu'elle avait cessé de se préoccuper des détails de leurs finances. Ils avaient un compte commun qu'Ed alimentait méticuleusement. Il gérait aussi leurs investissements. Comme il restait très classique dans le choix de ses actions (leur premier investissement chez First Jersey Securities avait été son idée à elle, un tuyau qu'un médecin lui avait donné à son travail, et Ed avait accepté, bon gré mal gré), ils avaient rarement souffert des effets d'une trop grande prise de risque, et se trouvaient dans une position de force en comparaison de couples qui gagnaient pareil qu'eux ou même davantage. Mais cette décision-là, Eileen ne pouvait se permettre de la lui laisser. Si elle ne parvenait pas à déclencher son enthousiasme, il lui faudrait être enthousiaste pour deux.

Elle commença à regarder les annonces à Bronxville.

« Celle-ci a l'air parfaite, lui dit-elle en lui montrant les heures de visite dans le journal.

— Tu connais mon avis là-dessus.

— Allez, fais-moi plaisir. Ça tombe un samedi. On pourra passer la journée là-bas.

— Je nous ai déjà prévu quelque chose ce jour-là. »

Il ne prévoyait presque jamais de sortie. Elle ne put s'empêcher de sourire devant ce grossier stratagème.

« Dis voir, répondit-elle.

— Des places pour le match des Mets.

— Tu les as déjà achetées ? Et c'est forcément pour samedi ?

— Un collègue va me revendre les siennes. J'ai dit que je devais d'abord voir ça avec ma femme. »

Un tel espoir se lisait sur le visage d'Ed, comme si celui-ci pensait réellement qu'elle n'avait pas vu son subterfuge, qu'elle ne put se résoudre à contester. Le lendemain soir, il rentra avec les billets, sans aucun doute achetés directement au stade sur le chemin du retour. Il en avait même pris quatre, pour rendre plus crédible son petit numéro.

Le samedi arriva. C'était un jour doux et ensoleillé de début mai, un jour parfait pour aller voir un match, fut-elle obligée d'admettre. Connell avait donné la place restante à Farshid. Dans le train n° 7, des fans accoutrés de tenues infantilisantes bourdonnaient avec une sémillante énergie. Quand les portes s'ouvrirent à Willets Point, Eileen se sentit emportée par l'entrain de la foule. Mais au lieu de suivre le chemin habituel, qui montait et descendait avant de déboucher sur les tribunes, ils s'arrêtèrent après la première volée de marches. En émergeant du couloir, ils furent inondés de lumière, et découvrirent des joueurs à taille humaine, pour une fois.

Les garçons s'installèrent, visiblement fiers d'être enviés par les spectateurs placés plus haut. Les batteurs étaient toujours à l'échauffement ; Connell et Farshid sortirent leurs gants. Connell ne manquait jamais d'apporter son gant au match ; il le portait pendant des heures, témoignage silencieux et inconfortable de sa passion, même s'il n'avait jamais réussi à attraper une balle de sa vie dans les gradins ; ils avaient toujours la mauvaise place. Plus bas, cependant, avoir son gant pouvait s'avérer judicieux.

Ed prit les commandes et s'en alla au stand des rafraîchissements. En l'absence de son influence modératrice, les garçons se bombardèrent de termes obscurs : *le gros smash, le coup de la boîte de maïs, le haut et serré, le 3-2-1, le troisième but, le lancer de l'impossible, le crochet*. Tandis qu'elle les écoutait parler, un calme méditatif envahit Eileen. Elle s'efforça de se remémorer ses précédents matchs de base-ball ou ceux qu'Ed écoutait à la radio. Elle avait saisi depuis très longtemps les mécanismes de base de ce sport, et Ed avait réussi à lui expliquer certains aspects plus complexes, mais elle n'avait jamais compris la solennité sacerdotale avec laquelle son mari et son fils embrassaient le match, où de vieilles battes et autres gants de cuir craquelés étaient révérés comme des reliques, de la même manière que des doigts et des viscères de saints l'avaient été quelques siècles plus tôt. En vérité, elle était impressionnée par l'étendue des connaissances de son fils. S'imbiber de toutes ces données était une gymnastique cérébrale comme une autre. Pour ces hommes qui n'avaient pas connu la guerre, citoyens d'une nation encore assez jeune pour se faire éclipser par ses grandes rivales du passé, cette obsession pour les statistiques d'ex-joueurs était une manière de s'insérer dans l'Histoire. La rhétorique du base-ball fleurait les choses anciennes, les confidences, le sérieux, l'élévation du prosaïque au sublime. Connell et Ed lisaient des comptes-rendus des matchs qu'ils avaient vus ou écoutés, et même de ceux auxquels ils étaient allés. Le récit qui entourait le match semblait aussi important que le match lui-même. Ed s'enflammait face à la puissance descriptive de certains rédacteurs sportifs, mais Eileen ne comprenait jamais de quoi il voulait parler ; elle ne voyait là que des paragraphes passe-partout, habillés comme une chronique épique. À la place, elle se concentrait sur le caractère viscéral de l'expérience du stade : l'odeur de la viande bouillie, nichée sous le chou ; le tonnerre du tableau d'affichage qui les exhortait à applaudir ; l'impact de la main de son fils quand il lui donnait une tape en signe de victoire.

Ed était parti depuis un moment. Elle se mit à regarder autour d'elle, à la recherche de son gilet « MEMBERS ONLY ». Elle finit par le repérer, un gradin plus haut, penché sur la rambarde, fixant l'horizon avec une main en visière comme un guetteur sur un nid-de-pie. Le talon de son billet était resté dans sa poche à elle ; il ne pouvait le montrer aux agents du stade, dont l'un était justement en train de lui demander de s'en aller. Elle voyait qu'Ed s'agitait de plus en plus. Il chassait à présent de son épaule la main d'un deuxième agent. Elle détestait se donner en spectacle, mais le service d'ordre pouvait être appelé d'un instant à l'autre, chose qui provoquerait un scandale encore plus grand. Elle se leva et cria son nom, en agitant les bras : Ed finit par la repérer et partit au nez et à la barbe des agents, qui, voyant l'ordre restauré, ne se lancèrent pas à sa poursuite. Il se fraya un chemin dans la tribune, encombré par ses plateaux de nourriture ; Eileen distribua leur pitance aux garçons.

« Vous étiez passés où, bordel ? »

Il se tenait debout devant son siège. Elle jeta un coup d'œil autour d'elle pour voir si quelqu'un les écoutait.

« Je n'ai pas bougé d'ici, dit-elle en songeant qu'il fallait à tout prix le calmer : personne n'avait encore dressé l'oreille, mais elle sentait la crise approcher.

— Je n'arrivais pas à te trouver, répliqua-t-il sèchement.

— Je vois ça, mon chéri. Mais tu es là maintenant.

— Je vous ai cherchés partout.

— Ed, dit-elle, je suis là. Tu es là. Profite du match, à présent. »

Les garçons étaient trop occupés à manger pour remarquer quoi que ce soit. Ed était toujours debout au milieu de la foule, comme si l'explication qu'il cherchait était projetée à l'arrière de la tête des spectateurs. Farshid tripotait avec apathie un bretzel à l'air cireux. Connell engloutit un hot dog en deux bouchées et s'attaqua à son bretzel. Quand

Eileen commença à sentir des signes d'agacement derrière elle, elle tira sur la manche d'Ed. Il s'assit tout d'un coup sur son siège et commença à lisser son pantalon avec insistance, comme pour essayer de se réchauffer ou d'enlever des miettes de ses cuisses. Il n'avait rien acheté à manger pour eux deux.

« Qu'est-ce que tu as pris pour nous ?

— Je ne nous ai rien pris. »

Elle secoua la tête, incrédule.

« Et qu'est-ce qu'on va manger ?

— Mais tu ne m'as rien demandé.

— Il faut que je demande pour avoir quelque chose à manger, maintenant ? »

Elle prit un morceau de bretzel à Connell.

« Attends », dit Ed.

Comme un vendeur de hot dogs avait fait son entrée, il lui fit signe d'approcher.

« J'ai l'impression que tu ne réfléchis plus, des fois, lui dit-elle, une fois qu'ils eurent leurs hot dogs. Ressaisis-toi un peu, Ed.

— Allez, profitons du match. »

Quelques tours de batte plus tard, un joueur des Mets frappa une balle fausse qui fusa dans leur direction. Eileen la sentit venir sur eux. Tandis qu'elle approchait, le temps eut l'air de ralentir ; une terrible attente monta. La balle fut déviée par le vent, parut partir ailleurs, mais arriva en réalité droit sur eux. D'autres spectateurs tentèrent en vain de l'attraper : c'était sur Ed qu'elle fusait. Cependant, celui-ci brandit sa main maladroitement ; la balle rebondit et fut saisie par un homme derrière eux, dans la bousculade qui s'ensuivit.

L'espace d'un instant, Connell resta abasourdi. Il avait été effleuré par la main du destin. Son corps tout entier semblait frissonner sous le poids de l'énergie qu'il retenait, puis il se mit à sauter sur place comme une perle d'huile dans une poêle chaude.

« Waouh ! cria-t-il, à elle, à son père, à Farshid, à quiconque voudrait bien l'entendre. J'y crois pas ! »

Le fan victorieux regarda fixement l'horizon d'un air déterminé, tandis qu'il recevait dans le dos les tapes puissantes de ses amis. Son absence calculée d'effusion faisait perdurer son triomphe.

Ed, lui, restait penaud.

« Je suis désolé, fiston, déclara-t-il. J'ai essayé de l'attraper pour toi.

— Ne t'inquiète pas, papa.

— Je suis vraiment désolé. » Il avait l'air désespéré. « Je me sens vraiment nul.

— Peut-être que si tu avais eu un gant… », dit gentiment Connell, en lui tendant le sien.

Ed se retourna et demanda si son fils pouvait voir la balle, que l'homme tendit avec plus de méfiance que nécessaire. Connell la soupesa avec convoitise. Eileen craignit qu'il demande à la garder, mais quelques instants plus tard – pendant lesquelles Connell parut entrer en communication avec la balle –, il la rendit, et l'homme la rangea à l'abri dans la poche de sa veste. Quelque chose dans ces objets talismaniques, ersatz de trophées de guerre, réduisait les hommes à un état primaire. Dès lors, Connell martela son gant chaque fois qu'une balle fausse était frappée dans leur direction, même quand elle était frappée trop loin, mais Eileen ne trouva aucun argument pour lui dire d'arrêter.

20

ELLE ÉTAIT ASSISE AVEC CONNELL sur la première marche du perron, à se demander pourquoi les gens manifestaient autant d'intérêt pour les constellations. Les entrelacs de lumière décrivaient à peine les formes qu'elles étaient censées évoquer, et même si Eileen les connaissait, son scepticisme était tel qu'il lui était difficile de les voir se dessiner là-haut.

En temps normal, les étoiles brillaient faiblement - quand elles étaient visibles -, mais on les distinguait cette nuit-là comme rarement. Voilà qui constituait une autre raison de déménager ; en grande banlieue, les étoiles seraient sans doute visibles tout le temps.

« Qu'est-ce que tu vois ? lança-t-elle.

— Des tas d'étoiles, répondit-il. Et toi ?

— La Grande Ourse, là.

— Et la Petite Ourse.

— Oui.

— Et l'Étoile du Nord.

— Ouaip. »

Ils avaient atteint les limites de leurs connaissances. Eileen était soulagée d'avoir un fils qui ne débitait pas des statistiques sur le ciel dès qu'il levait les yeux. L'une de ses craintes, en épousant un scientifique, avait été que leurs enfants soient mal adaptés pour évoluer dans le monde des hommes ordinaires.

« J'aime bien imaginer que les gens qui vivaient il y a des milliers d'années regardaient les mêmes étoiles », dit-il.

Son ton philosophique la fit sourire.

« Et les gens du futur, quand nous serons tous morts, et bien après », ajouta-t-il.

Un frisson la parcourut. C'était elle qui était censée mettre ce genre de considérations sur la table, pas lui. Elle avait enduré la perte de ses deux parents, et se trouvait témoin de la mort presque chaque jour à son travail ; pourtant, elle fut effrayée de l'entendre évoquer cette inévitable finalité.

« Viens, on rentre, lança-t-elle. Il se fait tard.

— Je voudrais voir si les étoiles brillent de plus en plus dans la nuit.

— Il y a école demain. »

Elle sentait qu'elle allait perdre patience. Les mâles qui peuplaient sa vie coopéraient de plus en plus difficilement avec elle.

« Tu pourras voir ça cet été. »

Depuis le couloir, elle le regarda se traîner vers sa chambre. Puis, sans trop savoir pourquoi, elle retourna sur le perron, et observa de nouveau le ciel, essayant de deviner ce que les gens d'autrefois pouvaient y apercevoir – des animaux, des chasseurs, des rois peut-être. Rien de net ne se dessina, hormis un chien avec une longue laisse autour du cou. Mais lorsqu'elle voulut le regarder une fois de plus, il était parti.

Cette nuit-là, incapable de dormir, elle se concentra sur l'immobilité des étoiles, leur façon de transcender le chagrin et l'anarchie humaine, et sur le réconfort que procurait l'échelle insondable des temps géologiques.

21

C'ÉTAIT DIMANCHE, ET ILS S'ÉTAIENT RENDUS COMME D'HABITUDE À LA MESSE de treize heures.

Leur assiduité à l'église n'avait jamais été motivée par Ed : lorsque Connell était bébé, il adorait filer en douce par la porte de derrière à ses premiers signes d'assoupissement. Eileen, quant à elle, ne se sentait plus tout à fait aussi sûre de sa foi, même si son rôle était de veiller à ce que toute sa famille aille à la messe. Elle avait toujours considéré le monde comme le produit d'un plan divin, mais son travail d'infirmière avait peut-être eu raison de sa croyance, elle qui voyait chaque jour des gens expirer, bruyamment ou silencieusement, dans des accès théâtraux ou totalement immobiles. La mort n'était plus rien d'autre à ses yeux que la rupture d'un organisme : les dernières exhalations des poumons, les battements finaux du cœur, le cerveau privé de sang.

Toutefois, cela ne voulait pas dire qu'elle devait cesser d'aller à la messe. Elle aimait les leçons de morale qu'y recevait son fils, et les bonnes œuvres qu'accomplissait l'église restaient la raison la plus importante d'y aller – Dieu ou pas Dieu. Quand elle se retrouvait seule avec ses pensées, elle ne pouvait s'empêcher de détecter une fréquence à laquelle elle s'accordait, et c'était sur cette fréquence qu'elle priait après la communion, agenouillée près de ses voisins de banc, même si, la plupart du temps, elle avait l'impression de se parler à elle-même.

Le dimanche précédent, celui de Pentecôte, à la fin de la dernière messe qu'il célébrait dans la paroisse, le père Finnegan, qui avait officié pendant trente ans, avait présenté son remplaçant, le père Choudhary. Tout le monde avait noté la silhouette nouvelle, sombre, qui, au fond de l'église, préparait les présents, comme un présage du futur. Au cours de la dernière décennie, les prêtres jusque-là majoritairement irlandais étaient devenus majoritairement hispaniques ; apparemment, ils venaient aussi d'Inde, maintenant.

Tous les ans, il y avait davantage d'Indiens autour d'elle à l'église, songeait Eileen. Quelques mois auparavant, une famille indienne avait acheté la maison des Wohl en haut de la rue et, ayant présumé qu'ils étaient hindous, Eileen avait été surprise de les croiser à la messe la semaine suivante. Elle s'était légèrement attardée pour ne pas devoir faire le chemin du retour avec eux, chose dont elle n'avait pas été fière quand elle y avait repensé le soir dans son lit. Le dimanche suivant, elle avait fait en sorte de pouvoir les rattraper et effectuer le trajet avec eux. Comme il était bon de s'amender pour une offense dont personne ne savait qu'elle l'avait commise ; après cela, elle n'avait plus eu mauvaise conscience de les laisser rentrer chez eux tout seuls.

Ed était plus ouvert aux autres cultures. Quand ils se promenaient dans Greenwich Village, il s'émerveillait devant les crêtes stratosphériques des punks, alors qu'elle-même ne ressentait que du dégoût. Rien d'étonnant donc à ce qu'Ed se montre particulièrement attentif lors de cette première messe du père Choudhary. Aux yeux d'Eileen, le père Choudhary avait quelque chose d'effrayant, malgré sa robe immaculée et l'effigie de Jésus sur l'autel. Il roulait les r. Même les Latinos regardaient autour d'eux comme pour dire : « Ce type n'est pas des nôtres. » Ed, lui, était assis sur le banc, les bras croisés, l'air amusé, ou bien il tapait le bulletin de l'église contre ses cuisses.

La lecture était habituellement le moment de la liturgie qu'Ed aimait le moins – il était plus intéressé par le caractère littéraire de la Bible que par l'aspect sacré du texte –, mais une fois le père Choudhary monté à la chaire, il garda son livre ouvert. Au moins, Eileen comprenait le père Choudhary, contrairement au père Ortiz qui, lui, aurait mieux fait de capituler et de parler en espagnol, avec un interprète à son côté.

C'était une lecture tirée du *Livre des Proverbes*, sur la sagesse de Dieu, née avant que la Terre soit faite :

Lorsqu'il disposa les cieux, j'étais là ; Lorsqu'il traça un cercle à la surface de l'abîme,
Lorsqu'il fixa les nuages en haut, Et que les sources de l'abîme jaillirent avec force,
Lorsqu'il donna une limite à la mer, Pour que les eaux n'en franchissent pas les bords, Lorsqu'il posa les fondements de la Terre,
J'étais à l'œuvre auprès de lui, Et je faisais tous les jours ses délices, Jouant sans cesse en sa présence,
Jouant sur le globe de sa Terre, Et trouvant mon bonheur parmi les fils de l'homme.

Quand le père Choudhary referma le livre pour entamer son homélie, Ed semblait tout ouïe. Le père Choudhary se mit à prêcher sur des problèmes parfaitement étrangers à sa lecture : l'idée que nous étions tous faits de poussière, et que cette même poussière, la poussière cosmique comme il l'appelait, pouvait être retrouvée dans l'Univers ; que cette poussière avait pu être créée par le big bang ; que, d'une certaine manière, la part que nous y incarnions nous appelait à la responsabilité envers chacun. Ed paraissait complètement emballé. Le père Choudhary parla de la petitesse de l'homme face à l'immensité de l'Univers, et des enseignements que nous pouvions en tirer car elle nous rappelait qu'une partie de notre humanité était, en un sens, humilité. Il exhorta chacune des personnes présentes à se permettre d'éprouver du doute et de l'ébahissement devant toute création, grande ou petite. Puis il cita un jésuite français appelé Teilhard de Chardin : « Il vit, avec une évidence absolue, la vide fragilité des plus belles théories comparée à la plénitude définitive du moindre fait, pris dans sa réalité concrète et totale. » Eileen n'avait jamais vu Ed plus enthousiaste à l'église. Il fit claquer sa main sur le dos du banc devant lui et, l'espace d'un instant, alors qu'elle le regardait se tortiller sur son siège, pris par une fiévreuse indécision, elle eut peur de devoir l'empêcher de se lever pour applaudir.

Après la messe, un petit groupe se rassembla à l'extérieur de l'église. Eileen se fraya un chemin jusqu'au trottoir, mais, lorsqu'elle se retourna, seul Connell l'avait suivie. Ed était sur les marches, et faisait la queue pour recevoir le salut du prêtre comme un invité à un mariage. Cette fois, c'en était trop.

Elle l'attrapa juste au moment où il tendait sa main pour serrer celle du prêtre.

« Superbe discours, lâcha-t-il bêtement, comme s'il félicitait un homme politique. Vous êtes d'où ? »

Eileen était mortifiée, mais le père Choudhary semblait ravi en secouant la main d'Ed. Ils prirent leur temps pour discuter, la file d'attente derrière eux étant parfaitement immobile.

Ensuite, elle attendit d'être suffisamment loin pour demander à Ed :

« C'était quoi, tout ça ?

— Tout quoi ? »

Connell avait sorti de sa poche une balle de tennis et la faisait rebondir par terre.

« Depuis quand tu t'intéresses à la vie des prêtres ?

— Il a fait du bon boulot », répondit Ed.

Connell perdit sa balle. Ed alla la chercher et revint vers eux en la faisant rebondir dans la paume de sa main, ce qui mit Eileen en rage. De colère, elle enroula le bulletin de l'église et frappa sa paume ouverte avec, comme une matraque.

« Tu avais vraiment besoin de lui demander d'où il venait ? C'est un Indien.

— Il vient du Bangladesh.

— Et tu avais besoin de savoir ça ?

— J'aime bien apprendre de nouvelles choses. Si nous n'apprenons pas, nous mourons. » Ed lança la balle à Connell. « Pas vrai, fiston ? »

Une fois arrivés devant la maison, Ed demeura planté sur le trottoir. Eileen fit signe à Connell d'entrer et, après une hésitation, il s'exécuta. Mais Ed ne bougea pas d'un pouce. Elle commença à monter les marches, espérant qu'il suivrait.

Ed fit rebondir la balle de Connell par terre et l'attrapa.

« J'ai vu le journal, dit-il. Les maisons que tu as entourées. »

Alors elle rassembla sa jupe et s'assit sur la dernière marche, avec le même sentiment que si elle s'était fait prendre en train de flirter avec un garçon. La balle rebondit de nouveau avec un bruit sourd, et Ed la réceptionna délicatement dans sa main.

« Je ne veux pas partir, reprit-il. Notre maison est tout à fait agréable. On connaît le quartier. Ça ne compte pas, peut-être ? En plus, il y a un nouveau prêtre.

— Il est indien, lâcha-t-elle d'un ton incrédule, avant même d'avoir pu s'en empêcher. Regarde autour de toi. Regarde ce qui est en train d'arriver à ce quartier. Ce qui est déjà arrivé.

— C'est chez nous, répliqua-t-il.

— Et ça, alors ? demanda-t-elle en pointant du doigt un graffiti sur le bas d'un gros immeuble, de l'autre côté de la rue.

— Ça aussi.

— Et quand tu es rentré couvert d'œuf le jour de Halloween ?

— Il n'y a pas qu'ici que les gamins font de mauvaises blagues.

— Et quand Lena s'est fait agresser ?

— Tu ne peux pas vivre dans une bulle, répondit-il.

— Et ce qui est arrivé à Mme Cooney ? Tu as envie qu'il m'arrive la même chose ?

— Bien sûr que non. Mais c'était un accident.

— Je dirais plutôt que ça ressemblait à un meurtre. »

Elle s'interrompit, sentant que sa colère se transformait en entêtement. Elle n'avait pas besoin de se disputer avec lui. Elle y arriverait sans lui s'il le fallait.

« Je voudrais juste qu'on regarde, ajouta-t-elle. Juste qu'on sache ce qu'il y a ailleurs. »

Il secoua la tête. Un minuscule cercle de calvitie était en train de se former au sommet de son crâne, mais sous cet angle, elle ne voyait plus que ça. Ed cessa de faire rebondir la balle, s'assit sur une marche plus bas qu'Eileen, posa une main sur son pied et appuya. Ce contact l'électrifia, comme si toute son énergie avait été concentrée dans sa main.

« Je ne saurais pas t'expliquer pourquoi je ne veux pas que cette histoire aille plus loin, déclara-t-il. Je n'ai vraiment pas envie d'aller ailleurs, c'est tout. Tu as déjà eu l'impression que la vie s'éloignait de toi, que les gens te dépassaient et que tu n'arrivais pas à les rattraper ? Et que si tu parvenais à arrêter le monde et prendre le temps de regarder autour de toi, que si tout le monde s'arrêtait, juste un petit moment, tu aurais suffisamment de temps pour tout comprendre ? J'aimerais tellement pouvoir faire ça. J'ai envie que personne ni rien ne bouge d'un seul millimètre.

— Mais les gens bougent, observa-t-elle. C'est la vie.

— Eh bien, je ne suis pas d'accord avec ça. »

Sur ces mots, il rangea la balle dans sa poche et se leva pour rentrer, la laissant seule sur le perron.

22

LA PREMIÈRE MAISON QU'ELLE VIT COÛTAIT NEUF CENT MILLE DOLLARS, au moins le double de leur budget. Il fallait qu'elle la voie, cependant, pour avoir une base de comparaison.

Elle avait mis un joli tailleur gris, un chemisier à jabot et des talons. Au volant de sa voiture, elle traversa une longue allée qui se terminait par un petit rond-point devant la maison, où plusieurs voitures étaient déjà garées : une BMW, une Volkswagen et une Audi. Elle en fut gênée, avec sa Chevrolet Corsica, mais elle se réjouit que la torpeur d'Ed n'ait pas altéré sa manie de laver la voiture : au moins, elle avait pour elle de rouler dans un véhicule propre.

La porte était ouverte. Elle entra dans un vaste vestibule avec un sol en marbre, des peintures à l'huile sur les murs, et un énorme lustre qui pendait d'un plafond voûté. Elle contempla la majesté du lieu pendant quelques instants, avant qu'une agente immobilière en pleine effervescence descende l'escalier, suivie par un jeune couple. Ils avaient une tenue plus décontractée qu'Eileen, et semblaient plus à l'aise dans cet endroit. Elle avait commis une erreur. Elle retira sa veste – trop chaude, pour commencer –, en attendant que le trio arrive à la dernière marche de cet escalier qui paraissait interminable.

« Bienvenue », dit l'agente en ouvrant grand les bras, comme pour lui donner l'accolade.

Le couple devait avoir dix ou quinze ans de moins qu'elle. Eileen avait l'impression d'être une intruse et fut tentée de regagner sa voiture.

« La porte était ouverte…, lâcha-t-elle.

— Mais pas de souci ! Pas de souci ! Nous étions justement sur le point d'aller voir la terrasse de derrière. Venez donc avec nous, ou faites un tour en attendant si vous préférez.

— Merci, répondit-elle. Je crois que je vais faire un tour. »

Elle les laissa sortir et envisagea de nouveau de s'en aller, mais ne put supporter la perspective de leurs commentaires après qu'elle serait partie. Le traditionnel parfum chatoyant d'un pot-pourri lui parvenait depuis la cuisine. Elle ne voulait pas se laisser amadouer par si peu, mais cette odeur souleva en elle un sentiment auquel elle ne résista pas. Elle se dirigea vers l'étage. Une fois en haut, elle tomba dans une chambre sur un autre couple qui semblait plus proche de son âge, et était accompagné par deux petites filles dont la plus jeune s'amusait à rebondir sur le lit. Quand la mère aperçut Eileen, elle intima à la fillette d'arrêter. Le mari était en train d'admirer le travail de la fenêtre. Il considéra Eileen avec un air approbateur, de la tête aux pieds, comme si elle était un élément du décor, et sourit. La femme se dépêcha de quitter la pièce avec les filles, mais le mari s'attarda, commentant la structure de la maison comme si des visiteurs l'écoutaient.

Quand tous les quatre eurent disparu, Eileen s'approcha de la fenêtre que l'homme avait admirée. De là, sa voiture avait l'air d'un modèle réduit. Les oiseaux et les glands avaient laissé leurs empreintes sur le toit ; elle aurait eu besoin d'un coup de peinture.

Eileen regonfla les oreillers que la petite fille avait touchés. Elle tenta de résister à l'envie de s'asseoir, mais, saisie d'une fatigue soudaine, elle ne trouva rien d'autre à faire dans cette pièce où elle se sentait désormais prise au piège. Elle redoutait de se trouver à nouveau face au jeune couple et à l'agente, au rez-de-chaussée. Elle entendit des voix et s'efforça de respirer moins vite. Elle n'avait pas remarqué que son cœur battait la chamade. Elle essaya de se calmer en contemplant la belle lumière qui passait par la fenêtre, en touchant la dentelle du dessus-de-lit, mais ce fut finalement le calme de la maison qui l'apaisa. Aucun bruit de klaxon dehors. Elle inspira profondément et se dit que ces gens ignoraient qu'elle était un imposteur ; mais, étant donné le peu qu'elle connaissait d'eux, ils pouvaient également l'être. Peut-être qu'aucune des personnes présentes n'avait en réalité sa place ici – pas même l'agente, qui jouait les aristocrates pour se fondre dans le paysage, alors qu'après tout ce n'était qu'un travail comme un autre.

Elle avait presque réussi à recouvrer sa sérénité quand elle remarqua trois photos, joliment encadrées, posées comme des sentinelles autour de la lampe de chevet. Sans savoir pourquoi, son ventre se serra. Il y avait là une photo de famille, en vacances sûrement ; un portrait de mariage en noir et blanc ; le cliché d'un couple d'un certain âge sur un cheval, dont le mari affichait un sourire confiant, facile. Sans doute vendaient-ils la maison pour déménager dans un charmant endroit, au soleil, ou à la suite d'un héritage, après le décès de l'un d'entre eux. À en croire ces photos, ils avaient eu une belle vie. L'air jovial du mari semblait le rajeunir. Un brusque pic de tension la poussa au bord de la nausée.

Ce qu'Ed ne comprenait pas, c'était que dans une maison comme celle-ci elle serait enfin capable de respirer suffisamment pour mettre de l'ordre dans leur vie à tous les deux. Ici, elle pourrait devenir le genre d'épouse qui n'est pas obligée de se dépêcher pour préparer à manger avant que son mari n'émerge le matin. Même l'idée que cette maison, si elle l'achetait, serait sans doute l'endroit où elle mourrait ne parvenait pas à ternir son enthousiasme.

Elle prit son courage à deux mains et redescendit. L'agente et le jeune couple se trouvaient dehors, dans le patio ; le mari admirait le jardin, et la femme inspectait le barbecue. Eileen lissa son chemisier avant d'ouvrir la baie vitrée.

« Il faut que je file, annonça-t-elle. Je ne vais pas avoir le temps de rester bavarder.

— Pas de souci ! répondit l'agente. Vous avez pris une brochure ?

— La maison est magnifique, mais ce n'est peut-être pas tout à fait ce que nous cherchons.

— Chacun ses critères, n'est-ce pas ? Autrement, il n'y aurait qu'à inventer un modèle pour tout le monde !

— Mon mari et moi aimerions jeter un coup d'œil à d'autres propriétés dans le coin.

— Je vous en prie ! Prenez ma carte. Vous êtes où, en ce moment ?

— En ville », répondit-elle.

À proprement parler, le Queens se situait « en ville », mais elle savait que sa réponse sous-entendait autre chose.

« Je serais très heureuse de vous montrer d'autres propriétés.

— Merci. » Eileen se tourna vers le couple. « Bon courage pour vos recherches.

— Et vous pour les vôtres », repartit le jeune homme avec un air grandiloquent qu'elle trouva parfaitement déplacé.

Quand elle rentra chez elle, Ed était sur le canapé, les yeux fermés, son casque sur les oreilles. Elle se planta devant lui en agitant les bras pour tenter de lui faire sentir sa présence. Puis elle alla voir Connell dans sa chambre.

Il était allongé par terre, dans sa tenue de base-ball. Eileen fut émue de constater comme il était mignon dedans. Elle était trop petite pour lui ; Connell avait beaucoup grandi ces derniers temps et avait maintenant de longs bras fins. Son torse et ses épaules s'étaient musclés. Elle se demanda s'il y avait lieu de s'inquiéter du temps qu'il passait au sous-sol à soulever des poids. Elle avait entendu dire que cette habitude pouvait entraver la croissance, mais tant de choses la préoccupaient dernièrement qu'elle se réjouissait plutôt que son fils ne s'adonne pas à quelque chose de plus destructeur.

Il avait eu la bonne idée d'enlever ses crampons pleins de terre, mais ses vêtements étaient couverts d'une fine couche de saleté qui ne partait jamais au lavage.

« Comment ça s'est passé ?

— On a perdu. Je suis nul. On s'est pris neuf buts-sur-balle à cause de moi. »

Connell lança sa balle en l'air et la rattrapa, tout près de son visage. Il l'aurait prise en plein nez s'il n'avait pas tourné la tête à la dernière seconde.

« Tu vas t'améliorer.

— J'ai quand même lancé assez fort, répondit-il avec un sourire fier.

— Par contre, fais attention quand tu joues sur la porte du garage, dit-elle. Ce n'est pas le moment de me faire dépenser de l'argent pour la remplacer. »

Il acquiesça.

« Papa est venu voir le match, déclara-t-il.

— Ah oui ?

— Il a fait un truc bizarre. »

Elle sentit la panique l'envahir.

« Quoi donc ?

— Il a complètement pété les plombs à la fin du match. Il fallait que je reste pour aider à ramasser les balles, les bases et tout. Papa est parti chercher la voiture. Quand je suis monté dedans, il s'est mis à me crier dessus. C'était la première fois que je le voyais crier comme ça. Il n'arrêtait pas de répéter : "Tu m'as fait attendre ! Tu m'as fait attendre !"

— C'est vrai que ce n'est pas gentil de faire attendre les gens, remarqua-t-elle d'un ton à moitié convaincu, et en se demandant si sa voix trahissait à quel point la solidarité qui la liait à Ed était ténue en cet instant.

— Mais je n'allais pas tout laisser en plan ! Mon entraîneur m'avait demandé d'aider. Et je n'ai pas été long, je t'assure. Il m'a hurlé dessus pendant tout le retour.

— Ton père traverse une période difficile, déclara-t-elle. Ne prends pas ça pour toi.

— Je ne lui avais même pas demandé de m'attendre. Je ne lui avais même pas demandé de venir.

— Il adore te voir jouer.

— Je m'en fous.

— Ne dis pas ça.

— Maman, tu n'étais pas là. Il était dingue. »

Un lancer distrait envoya la balle par terre, et Connell se redressa, assis sur ses genoux, les mains posées sur ses cuisses ; il ressemblait à un petit homme, déjà accablé par la vie. C'était un gamin intelligent ; il savait que d'autres personnes de son âge avaient des pères violents, ou tout simplement absents. N'empêche, il était dur pour elle de le voir perdre ses illusions. D'ordinaire, Eileen était jalouse du lien qui existait entre Connell et Ed, mais à ce moment elle sentait le besoin de le préserver.

« Papa a horreur d'attendre dans la voiture, répliqua-t-elle. Tu ne peux pas le prendre pour toi. Je suis sûre qu'il est désolé.

— Oui, il m'a retenu pendant une demi-heure devant la maison pour s'excuser.

— Tu vois, conclut-elle. C'est bien ce que je te disais. »

Ce soir-là, cependant, elle demanda des explications à Ed.

« Connell dit que tu t'es énervé après lui.

— J'ai perdu mon sang-froid.

— Ce n'est qu'un enfant, Ed.

— Ça ne se reproduira plus.

— J'espère bien. Je me fiche de ce que tu as vécu avec ton père. Connell n'a rien à voir là-dedans. »

Eileen se gara quelques rues plus loin et se rendit à pied jusqu'à l'agence immobilière, en espérant que l'agente n'avait pas vu sa voiture, la première fois. Elle finirait forcément par être démasquée, mais mieux valait être prise au sérieux tant qu'elle le pouvait. Voilà qui lui rappelait l'époque où, plus jeune, elle demandait à ce qu'on lui mette de côté certains articles dans les magasins. Le caissier marquait son nom sur un papier, et lui disait de prendre son temps pour réfléchir. Mais la simple idée de posséder ces objets pendant ce laps de temps suffisait à étancher son désir, si bien qu'elle ne revenait presque jamais pour conclure son achat. Peut-être pouvait-il en être de même avec ces maisons hors de prix, et que quelques minutes passées à l'intérieur l'immuniseraient contre le besoin de vivre dedans ?

L'agence se situait dans le centre de Bronxville et, bien que prise en sandwich par deux boutiques à la mode, faisait la même impression qu'un vieux cabinet de dentiste. Il y avait des lambris aux murs, un mince tapis bleu, et plusieurs vieux bureaux de chaque côté d'un passage central. Les fauteuils n'avaient pas de roulettes. Dans ce décor, Eileen ne se sentit pas totalement incongrue. Un autre agent parlait à voix basse dans un coin.

L'agente qu'elle avait déjà rencontrée, Gloria, portait ses cheveux courts, comme une femme politique. De légers restes de blond s'entrevoyaient au milieu du châtain. Elle était vêtue d'un tailleur bleu marine, avec dessous un chemisier, en soie apparemment. Ses dents étaient d'un blanc immaculé, si droites et bien alignées qu'on les aurait crues fausses. Elle faisait à peu près la même taille qu'Eileen.

Cette fois encore, Gloria tendit les bras pour l'accueillir. Ce geste lui avait probablement été enseigné dans un manuel d'agent immobilier. Pourtant, Eileen y succomba, comme avec le pot-pourri. Elles s'installèrent au bureau.

« Alors, parlez-moi un peu de ce que vous aimeriez voir. Y a-t-il un style de maison qui vous intéresse en particulier ? »

Eileen n'avait pas une connaissance très exhaustive des termes techniques. Style colonial ? Edwardien ? Tudor ? Elle en avait déjà entendu parler. Mais en dépit de la force avec laquelle elle avait désiré une maison en grande banlieue, ce désir était resté abstrait. L'important était ce que représentait la maison : de l'élégance, de la grandeur, de la tranquillité, de la permanence.

« J'ai plutôt bien aimé la maison que j'ai visitée la semaine dernière », dit-elle.

Gloria eut l'air surprise.

« Je croyais qu'elle ne vous avait pas plu.

— Par certains aspects, oui. Mais elle avait quand même beaucoup d'atouts. »

Gloria sembla se demander s'il valait la peine de continuer ou pas. Puis elle sourit.

« Il faut qu'il n'y ait *que* des atouts, répliqua-t-elle. C'est ça qu'il vous faut.

— Merci.

— Si je peux me permettre, était-ce une question de prix ?

— Absolument pas, affirma Eileen. Le prix n'était pas le problème. »

Gloria leva les sourcils.

« Très bien, dit-elle en faisant cliquer son stylo. Eh bien, puisqu'il va falloir que je vous déniche votre future maison, je vais avoir besoin de vos critères.

— Bien sûr, répondit Eileen.

— Commençons par le commencement, Eileen. Votre nom, c'est bien Leary, n'est-ce pas ?

— Oui.

— Et vous vivez en ville, vous m'avez dit ?

— Effectivement.

— Dans quel coin ?

— Dans le Queens.

— Il y a vraiment des endroits charmants là-bas. J'ai moi-même un frère qui habite à Douglaston. »

Douglaston était un autre monde. Eileen laissa passer un silence.

« Nous sommes à Jackson Heights, avoua-t-elle.

— Dans l'une de ces résidences avec jardin ? demanda Gloria, les sourcils levés à nouveau, avec un air plein d'espoir. J'ai entendu dire que c'était joli.

— Nous avons acheté une maison, lâcha Eileen. Une maison partagée à deux étages.

— Je vois. » Gloria écrivit quelque chose. « Et vous cherchez à emménager à Bronxville spécifiquement ? Ou est-ce que vous êtes intéressée aussi par les environs ?

— Bronxville. »

Gloria leva les yeux de son bloc-notes, rayonnante.

« Bronxville, c'est charmant, hein ? Quand mon mari nous a fait déménager ici, j'ai cru que j'étais morte et tout droit arrivée au paradis.

— J'ai travaillé au Lawrence Hospital, expliqua Eileen. Il y a plusieurs années. J'avais adoré, à l'époque.

— Et dans la maison que vous avez vue, qu'est-ce qui vous a le plus plu ?

— Sa taille.

— Combien de chambres voulez-vous ? Trois ? Quatre ? Cinq ?

— Au moins quatre, répondit Eileen, et elle se fit l'effet d'une ivrogne ayant pris au hasard ce qu'il y avait au milieu.

— Très bien ! C'est un début. Maintenant, quelle est votre fourchette de prix ? »

Eileen réfléchit quelques instants.

« Cela dépend, déclara-t-elle, si vous le demandez à moi ou à mon mari. »

Gloria éclata de rire.

« C'est ce qui fait le charme des hommes, pas vrai ? Ils seraient capables de s'installer n'importe où. J'essaye toujours de convaincre mon mari d'emménager dans une maison plus grande, pour tout vous dire. Il n'y a rien de mal à vivre à la hauteur de ses moyens. Votre mari travaille à Wall Street ? C'est si facile d'accès par le train.

— Il est professeur à l'université. »

Un autre silence s'ensuivit, une autre approbation de Gloria.

« Donc, quatre chambres. Près de la gare ? Il donne ses cours en ville ? À NYU ? Columbia ?

— Nous prenons la voiture, dit Eileen platement. Il enseigne au Bronx Community College.

— Et vous préféreriez ne pas être trop loin ?

— Ce ne sera pas nécessaire. Mon fils, Connell, va bientôt entrer au lycée, en ville. » Elle s'interrompit pour marquer son effet, puis ajouta : « À Regis », s'attendant à ce que cette révélation l'enveloppe d'une bulle protectrice de prestige, et, en effet, Gloria leva une nouvelle fois les sourcils.

« Ça alors ! s'écria-t-elle. Il doit être brillant, ce jeune homme ! » Ensuite, elle creva la bulle : « Mon mari est allé à Regis. Il en parle tellement que c'en est parfois pénible ! Je n'ai que des filles, mais si j'avais eu un fils, je l'aurais envoyé là-bas moi aussi. »

Eileen dut prendre sur elle pour réprimer l'envie impérieuse de corriger cette femme. Une mère n'« envoyait » pas son fils à Regis : elle commençait par l'accompagner à l'examen d'entrée en novembre, et priait ensuite pour qu'il reçoive la lettre le convoquant à l'entretien ; puis, quand il l'avait reçue, elle priait à nouveau pour qu'il le réussisse haut la main – *priait* littéralement, même si ce n'était pas dans ses habitudes. Après, elle regardait derrière son épaule tandis que, installé à la table de la cuisine, il ouvrait la lettre l'informant qu'il avait été accepté ; lorsqu'il déclarait ne pas vouloir entrer dans une école de garçons pleine d'intellos, elle rétorquait qu'il irait quand même et lui dirait merci plus tard, et elle voyait un petit sourire passer en un éclair sur son visage alors qu'il essayait de faire croire qu'il n'était pas content. Et lorsqu'elle lui disait : « Tes grands-parents auraient été fiers de toi », elle sentait quelque chose en elle se soulever, car grâce à lui elle s'acquittait en partie de la dette qu'elle avait envers eux et qu'elle portait depuis des années. Et au fond, elle voyait qu'il comprenait ce que tout cela signifiait : sa réussite impliquait d'autres personnes que lui. Elle imaginait son père regarder par-dessus son épaule et hocher la tête en silence ; et elle voyait sa mère, cette énigme présente à son côté, sourire presque en pensant à ce qu'il adviendrait de son petit-fils, et d'eux tous, vivants et morts.

« Donc, votre fourchette ? lança Gloria. Au-dessus du million ? En dessous ? »

Eileen avait pensé pouvoir aller jusqu'à quatre cents mille. Une fois qu'ils auraient vendu la maison de Jackson Heights, payé la taxe et les commissions, il resterait assez pour constituer un bon apport, mais quatre cents mille était sa limite. Ce chiffre était très « en dessous du million », mais telle fut sa réponse.

« Autre chose qui pourrait m'aider ?

— Je voudrais que la maison fasse une belle impression, vue de la rue, répondit-elle. Une maison qui vous donne envie d'approcher. Une grande maison impressionnante. »

Après la messe du dimanche, au lieu de retourner sur le canapé, Ed prépara un pique-nique pour tout le monde et emmena Connell et Eileen sur la pelouse, près de LaGuardia. Elle étala la nappe, et tous trois mangèrent les sandwichs étrangement spartiates qu'il avait préparés : une tranche de dinde dans du pain, sans mayonnaise ni moutarde, sans laitue ni tomate ; ils n'étaient même pas coupés en deux.

C'était leur premier moment de détente depuis une éternité. Eileen voulait profiter de ce moment en famille, mais Connell sortit ses gants et se mit à bondir dans tous les sens comme un cabri ; Ed se leva pour lui faire plaisir.

Le soleil avait quitté sa cachette. Les avions scintillaient sous ses rayons, de plus en plus petits à mesure qu'ils s'éloignaient, laissant derrière eux un sillon sonore. Une brise légère rafraîchissait l'atmosphère. C'était un moment parfait, comme peuvent parfois l'être ces scènes banales. Eileen tâcha de l'immortaliser dans sa tête : la douceur acide de sa pomme, son croquant sous ses dents, l'odeur de l'herbe. Elle trichait, en un sens, puisqu'elle contrevenait au processus d'écrémage naturel de la mémoire, mais elle s'était aperçue qu'en procédant à ces arrêts sur images, en affirmant tout bas : « Je suis réveillée ! » au milieu du brouillard d'un rêve, elle se souvenait ensuite de ces moments avec une étonnante clarté.

Ed était campé sur ses jambes, d'un air décidé, un peu lourdement, comme s'il attendait que les balles fusent sur lui ; il fit pourtant preuve d'une détente impressionnante quand il s'élança sur le côté. Sa chemise entrouverte et son pantalon de ville n'étaient pas appropriés pour jouer, mais il les avait ajustés du mieux possible. La précision de Connell était ébranlée par l'enthousiasme qu'Ed mettait à retourner la balle sitôt qu'elle arrivait dans son gant. Ils avaient commencé à jouer sans trop s'éloigner l'un de l'autre. Connell semblait vouloir s'étaler, et dérivait régulièrement vers l'extérieur. Tandis qu'Ed envoyait la balle bien haut, formant de larges paraboles, lui tirait tout droit et, dans sa ferveur, pouvait parfois envoyer Ed courir comme un fou pour rattraper la balle avant qu'elle n'atterrisse dans la rue. Des files de voitures garées les entouraient de chaque côté. La dernière chose qu'Eileen voulait était de voir ce moment au charme pastoral brisé en même temps qu'une vitre. Ed demanda à Connell de se rapprocher. Ce dernier rechigna, mais finit par s'avancer à contrecœur quand Ed retint la balle dans son gant en lui envoyant un signe de la main. Ils se trouvaient de nouveau à la distance du début.

« Pas la peine de lancer aussi fort, dit Ed à Connell. On fait juste des balles pour s'amuser.

— Je ne lançais pas si fort, papa », répondit-il.

Mais Eileen voyait bien que si. Connell reculait et mettait toute sa puissance dans ses lancers. Ed les rattrapait, mais semblait presque effrayé par leur vitesse.

« Lance moins fort, insista-t-il, au bord de la colère.

— Pourquoi ? Tu n'arrives pas à les rattraper ? »

Connell lâcha un lancer qui arriva sur Ed comme un poing. Ed s'écarta, laissant la balle voler au loin. Il jeta un regard noir à son fils et alla chercher la balle.

« Ça suffit comme ça, dit Eileen à Connell quand Ed se retrouva hors de portée de voix. Ton père t'a demandé d'arrêter de lancer aussi fort.

— Mais je n'ai rien fait ! protesta Connell. Je ne mets même pas toute ma force.

— Écoute-le, c'est tout.

— D'accord. Relax, maman. »

Ed semblait plus contrit que furieux. Il se trouvait à la merci de la logique darwinienne d'un adolescent ; il resta planté debout pendant une minute, semblant considérer ses possibilités, puis jeta la balle vers Connell qui l'attrapa en l'air, en plein vol.

Avant même que la balle quitte à nouveau sa main, Eileen sentit la fureur qui tenaillait le corps tout entier de Connell. Il y avait quelque chose de majestueux dans les changements physiologiques qui transformaient un garçon en homme, un inexorable besoin d'avancer, de balayer les générations précédentes et faire de la place à l'actuelle. Il y avait aussi quelque chose de terrifiant dans la confrontation qui s'annonçait entre les mâles de sa vie. Ni l'un ni l'autre n'en sortirait indemne.

Peut-être Connell était-il en colère contre son père pour lui avoir crié dessus dans la voiture. Peut-être était-il agacé de voir que son père avait du mal à rattraper ses lancers. Peut-être était-ce à cause du train de retard qu'il avait toujours sur les autres : Ed était non seulement plus vieux que les autres pères, mais il possédait aussi des manières d'un autre temps. Cependant, lui et Connell avait toujours eu cette passion commune pour le base-ball. Peut-être que Connell ne pouvait se résoudre à devoir supporter, en plus du reste, que l'âge vienne entraver leur rituel. Quelle que fût la raison, il concentra toute sa puissance dans ce lancer, au point qu'Eileen ne put réprimer un petit cri quand la balle quitta sa main.

La balle arriva si vite qu'Ed se figea à son approche. Il n'essaya même pas de l'esquiver et, tout en l'observant, Eileen se fit la réflexion que, depuis leur mariage, ses fonctions motrices s'étaient altérées. Sa main n'était plus aussi vive que son esprit. Même à la distance où elle se trouvait, elle vit les yeux d'Ed s'écarquiller. La balle le frappa en pleine poitrine. Il tituba et tomba en arrière, d'abord sur les fesses, puis sur le dos.

Eileen poussa un cri, bondit sur ses pieds et accourut. Connell l'imita. Il était à genoux, parlant à son père, quand elle arriva auprès d'eux et le poussa pour qu'il s'écarte. Ed se tenait la poitrine comme s'il avait eu une crise cardiaque. Connell bégayait des excuses. Il essaya plusieurs fois de se rapprocher son père, mais Eileen le repoussa. Puis ce fut au tour d'Ed de la repousser tandis qu'il se redressait sur ses coudes et les regardait tous les deux.

« Je vais bien, bordel de merde, dit-il. Laissez-moi me redresser. »

Pendant qu'il se remettait debout, Eileen leva une main vers Connell et la tint ainsi, prête à le gifler. Tous les trois semblaient suspendus dans le temps, comme dans le relief d'une sculpture. La main d'Eileen brûlait de ressentir ce contact. Connell se mit presque à frémir, anticipant la gifle. Elle le frappa une fois, puissamment, sur la joue.

« Il ne se rend pas compte de sa force », affirma Ed en attrapant son bras qui se balançait à nouveau.

Il ramassa la balle par terre.

« Allez, on y retourne.

— Allons plutôt nous asseoir, marmonna-t-elle.

— Nous avons encore quelques lancers à faire.

— On n'est pas obligés de jouer », dit Connell à son père, sans la regarder.

« On n'a pas terminé, répondit-il.

— Ed, fit-elle d'un ton implorant, redoutant ce qu'il pourrait arriver.

— Va t'asseoir, lâcha-t-il, en tapant sur son gant. Allez, on y va. »

Connell se remit en place, la mort dans l'âme. Ed lui lança la balle, Connell la renvoya.

« Plus fort ! » cria Ed.

Connell lançait aussi doucement qu'il le pouvait.

« Plus fort ! criait Ed. Plus haut ! »

Ce soir-là, une fois couchés, Eileen distingua, sous l'échancrure de son maillot, la marque que la balle avait laissée sur la poitrine d'Ed. Elle passa sa main à cet endroit, mais Ed l'attrapa d'une étrange façon, à la verticale, comme s'il soulevait le couvercle d'un beurrier, et l'écarta d'un mouvement rapide.

Ils restèrent allongés en silence, tous les deux à plat sur le dos, sans se toucher du tout, les bras le long du corps, comme des momies. Des heures après la gifle, la main d'Eileen vibrait encore.

Peu importait la fréquence de leurs disputes, la chambre à coucher était toujours restée un espace de paix. À l'intérieur, elle pouvait exprimer ce qu'elle n'osait exprimer nulle part ailleurs. Elle pouvait se blottir contre Ed avec un abandon qui aurait surpris les infirmières qu'elle supervisait. Il y avait quelque chose d'un peu vieux jeu, elle le savait, dans la manière dont elle attendait toujours qu'Ed prenne les devants. Mais il n'avait jamais eu de problème à le faire. Le contact physique était pour eux comme un terrain salvateur lorsque la falaise glissante des mots devenait périlleuse.

« J'ai une confession à te faire, lâcha-t-elle. Hier, quand j'ai dit que j'étais chez Cindy, j'étais en réalité en train de visiter des maisons. »

Il lui lança un regard contrarié, puis ferma les yeux comme s'il dormait.

« Je ne sais pas pourquoi tu es obsédée par cette histoire de déménagement, répondit-il. Moi, je me plais ici.

— Comment peux-tu dire ça ? Tu n'es pas avec nous. Tu passes tout ton temps dans le canapé. Tu serais dans une cellule d'isolement, ce serait pareil. Toi, avec ton casque sur la tête, tu n'entends pas les voitures qui klaxonnent ou les sonos montées à fond. Ce n'est pas toi qui fais les courses, qui te fais bousculer dans les rayons de chez Key Food, ce n'est pas toi qui as affaire aux caissières incapables de piper mot dans notre langue. Ce n'est pas toi qui dois craindre pour ta sécurité après la tombée de la nuit.

— Le moment est mal choisi, répondit-il.

— Au contraire, il est plus que bien choisi. Connell va entrer au lycée. Ça fait assez longtemps qu'on croupit dans ce quartier.

— Mais enfin, s'écria-t-il en ouvrant finalement les yeux. Qu'est-ce qui t'arrive tout à coup ?

— J'arrivais encore à supporter tout ça il y a quelque temps, mais plus maintenant. J'ai l'impression que ma tête va exploser.

— Je me suis lancé dans un projet de récupération, de rajeunissement, déclara Ed comme s'il ne participait pas à la même conversation. J'ai beaucoup pensé à toutes les choses que je n'ai pas faites. Et tous ces disques. J'avais l'impression de sentir leur regard sur moi. C'est pour ça que j'ai décidé de prendre les choses en main, même si ça n'a pas l'air de vous plaire, à toi et à Connell, ou à tes amis qui aiment tant critiquer les gens. »

Elle se mit à bouillir de colère en l'entendant évoquer ses amis. Elle n'avait jamais parlé de son nouveau comportement avec eux, trop effrayée par ce qu'ils pourraient avoir à en dire.

« Il était temps que je fasse des choses pour moi », ajouta-t-il.

Elle aurait dû être outrée. *Faire des choses pour lui ?* Et les sacrifices qu'elle avait faits pour qu'il puisse terminer sa thèse, alors ? Mais tout se passait comme si Ed récitait un discours qu'il avait vaguement appris. Il y avait là quelque chose d'instable, pareil à une dent morte refusant de tomber. Ed ne croyait-il plus en lui ?

« Je ne pourrai pas vivre comme ça éternellement, dit-elle.

— L'été est bientôt là. Je vais avoir davantage de temps pour faire des travaux à la maison. J'ai des projets en tête. Je pourrais refaire le garage. Repeindre des pièces…

— Et faire revenir nos anciens voisins, aussi ? Faire taire tout ce boucan ? » Un rictus se dessina sur le visage d'Eileen. « Pour nous autres, je veux dire. Je sais que tu te débrouilles très bien quand il s'agit de faire des choses pour toi. Tu pourrais faire apparaître une pelouse devant la maison, également ?

— Tu as besoin de te détendre.

— Ne me dis pas ce dont j'ai besoin. Et arrête avec tes airs supérieurs. Pas quand tu te comportes toi-même à moitié comme un fou. Les choses ont commencé à dégénérer à ce moment-là, quand on y pense.

— Ça va aller mieux, maintenant. »

Il tendit la main pour lui caresser les cheveux, mais ce fut à son tour de se dérober à son contact.

« J'aimerais que tu viennes avec moi, lança-t-elle. Que tu m'accompagnes, simplement pour les regarder avec moi. Je déteste y aller toute seule.

— Quel est l'intérêt d'aller regarder des maisons si on reste ici ? Je te dis que je vais faire des travaux. »

C'était comme parler à un enfant. Elle sentit que quelque chose en elle s'était rompu.

« Peut-être que toi, tu peux rester ici, articula-t-elle lentement. Mais moi, non.

— Mais je ne peux pas partir. Je te l'ai dit.

— Tu ne pourras jamais retourner dans le ventre de ta mère, Ed.

— Tu peux te les garder, tes réponses de salope. »

Depuis toutes ces années, jamais il ne lui avait parlé de cette façon. Elle se tourna brusquement vers lui.

« Je suis désolé, reprit-il. Ce n'est pas ce que je voulais dire.

— Ne t'avise plus jamais de me parler comme ça, répliqua-t-elle, la mâchoire serrée, sifflant presque entre ses dents. Tu veux parler comme ça à une femme ? Alors va te trouver une maîtresse. Et si c'était ça, le problème ? Et si c'était pour ça que tu avais tout le temps la tête ailleurs, que tu inventais toutes ces histoires, tout ce bla-bla ? À cause d'une fille dans le quartier que tu ne pourrais pas supporter de quitter ? Une *chiquita* ? »

Il roula de l'autre côté.

« Bonne nuit », dit-il.

Elle ne briserait pas le silence en premier. Elle demeura allongée là, à faire tourner son alliance sur son doigt enflé, irritée de la sentir lui tirer la peau. Le corned-beef trop salé qu'elle avait servi pour le dîner avait fait gonfler ses doigts. Elle voulait enlever cette bague, non pas tant parce qu'elle la gênait, mais simplement pour ne plus la porter, simplement pour qu'Ed ne puisse plus avoir le droit de dire qu'elle lui appartenait à ce moment, même s'il ne se doutait de rien ; mais impossible de la faire glisser.

« Tu te trompes sur toute la ligne », déclara Ed après un moment. Elle sentit une main entre ses omoplates. « Il n'y a pas de fille. Tu es la seule. Tu sais que je t'adore. »

Eileen ne se retourna pas. Elle regardait fixement les poignées de la commode.

« Alors pourquoi tu ne veux pas faire ça pour moi ? »

Il donna un coup rageur sur le lit. Elle le sentit rebondir.

« Je ne peux pas maintenant, répliqua-t-il. Je veux rester ici, c'est tout.

— Mais c'est justement ça, l'intérêt de vivre en banlieue : s'installer et rester au même endroit. » Il garda le silence. « Écoute, chéri. Est-ce que tout va bien ? Sincèrement ? Tu n'es plus toi-même ces derniers temps.

— Ça va. L'année a été longue, c'est tout. »

Immobiles, ils observèrent un nouveau silence. Finalement, elle se tourna vers lui.

« De toute façon, ça ne serait pas pour demain, lança-t-elle. Cela prend des mois de déménager.

— Mais je ne peux pas ! s'écria-t-il en tapant dans un oreiller. Tu entends ce que je te dis, oui ou merde ? »

Elle tripota la petite fleur sur sa chemise de nuit pour digérer l'humiliation qu'elle ressentait à être traitée ainsi.

« Je n'ai pas l'intention de m'arrêter de chercher, et je ne vais pas non plus vendre cette maison dans ton dos, Ed. J'ai besoin de ton accord.

— Je vais faire des travaux cet été, répéta-t-il. Peut-être qu'après, tu voudras rester.

— Si ça te chante, vas-y. Mais ne crois pas que ça changera les choses. On n'éteint pas un feu avec un verre d'eau. »

23

ELLE AVAIT FAIT LA ROUTE DANS LA VOITURE DE GLORIA. L'une des maisons avait six chambres et plus d'espace que ce qu'elle avait jamais imaginé, même dans ses rêves les plus fous où elle se voyait donnant de grands dîners et d'interminables réceptions. Eileen aurait voulu que Gloria la laisse dormir ici, sur le plancher de la chambre parentale, pour se réveiller en pleine nuit et errer dans l'obscurité comme un gardien de nuit dans des bureaux vides. Elle avait mémorisé les commentaires élogieux de Gloria, bien qu'elle n'eût pas besoin de termes techniques pour comprendre cette beauté. Il était impossible de ne pas être touché par l'exquisité du bois qui courait partout, par la force tranquille du granite sur les plans de travail.

« Je voudrais visiter autant de maisons que possible, avait-elle dit, tout excitée, en partant. Je veux toutes les voir. »

Rassurée par l'évidente connivence de Gloria, Eileen s'était autorisée à se détendre. Elle avait craint de lui faire perdre son temps, mais Gloria affichait toujours un tel aplomb qu'Eileen avait fini par croire à la durabilité de sa patience. Sur le chemin, tandis que Gloria lui annonçait le prix, ainsi que la baisse qu'elle pensait pouvoir obtenir, Eileen voyait bien que celle-ci guettait sur elle une réaction qui fixerait un point de référence auquel elle pourrait se raccrocher. Mais Eileen ne montrait rien : elle s'émerveillait indifféremment devant ces beaux intérieurs, ces pelouses impeccables, ces patios parfaits, ces cuisines aux immenses baies vitrées qui pourraient donner, un jour, sur des petits-enfants en train de jouer. Chaque fois, Eileen s'exclamait : « Oh là là ! », « Mon Dieu ! » ou : « Magnifique ! » et d'autres flatteries encore, qui gardaient Gloria à l'écart du sentier sur lequel elle se trouvait réellement – celui de la terreur. Elle dispersait cette peur avec une exubérance frénétique en montrant sa détermination. Elle et Gloria allaient s'asseoir dans la voiture quelques minutes, pour parler, puis prenaient le chemin d'une nouvelle visite. L'après-midi était passé en un clin d'œil.

Après la cinquième maison, peut-être, Gloria s'immobilisa avant de tourner la clé de contact.

« C'est amusant, n'est-ce pas ?

— Follement amusant, répondit Eileen. Je pourrais faire ça toute la journée.

— Oui. Enfin, à un moment donné, nous allons devoir nous fixer sur certains critères.

— C'est tellement difficile à dire. Elles sont toutes si belles ! Comment peut-on avoir idée de quitter une maison pareille, sauf pour déménager dans une qui lui ressemble ?

— Je suis certaine que vous allez adorer la prochaine, affirma Gloria d'un air décidé. Je ne vais pas vous donner les caractéristiques. Je veux juste voir votre réaction. Voir ce qui va vous faire vibrer. »

Elles roulèrent jusqu'à la maison en question, qui s'avéra la plus impressionnante de toutes. C'était une demeure coloniale de briques grises – Eileen connaissait le terme à présent – qui se dressait au bout d'un chemin, précédée par une pelouse descendant en pente douce. Elle avait de longs volets noirs, une charmante véranda, ainsi qu'une dépendance attenante, avec de larges baies vitrées qui s'étendaient du sol au plafond. La surface au sol devait être trois fois plus grande que celle de leur maison. Après en avoir fait le tour, Eileen étudiant les moindres recoins, les yeux écarquillés, Gloria la conduisit dans la véranda.

« Ça ne vous dérange pas si on s'assoit une minute ?

— Pas du tout », répondit Eileen, qui s'installa sur une haute chaise à bascule blanche.

Gloria se posa sur la marche du haut, en face d'elle. Ce tableau lui procura une sensation de luxe, aussi forte que celle que l'on éprouvait en voyant la maison depuis la rue.

Gloria sortit un paquet de cigarettes.

« Cela vous embête si je fume ? » Eileen secoua la tête. « Normalement, je ne fume jamais devant les clients. Croyez-moi, ce n'est pas toujours facile.

— Allez-y, je vous en prie.

— Je me sens à l'aise avec vous », dit Gloria.

Eileen baissa les yeux. Gloria était une travailleuse, comme elle. Ses chaussures étaient légèrement usées, et Eileen voyait bien qu'elle posait son vernis toute seule. Elle se demanda ce que son père aurait pensé de son petit numéro. Sa lèvre se mit à trembler.

« Quand je vous ai dit en dessous du million, lâcha-t-elle, je crois que je n'ai pas été tout à fait réaliste.

— Qu'est-ce qui vous conviendrait mieux ?

— Vous n'allez pas aimer ma réponse...

— Je peux partir de n'importe quel chiffre. Du moment que je sais sur quelle base me fixer.

— J'ignore même si je vais réussir à convaincre mon mari de déménager.

— Mais regardez-vous : vous êtes magnifique. Il vous suivra n'importe où.

— Vous êtes gentille », répondit-elle.

De la tristesse lui emplissait petit à petit la poitrine, comme pour combler le vide laissé par le passage d'un aimant puissant.

« On parle de quoi ? lança Gloria. Huit cent mille ? Sept cent mille dollars ? »

Discuter aussi ouvertement d'argent la rendit nerveuse, comme si Gloria lui avait braqué une lampe en pleine figure et voyait à présent toutes ses imperfections.

« Plutôt quatre, avoua-t-elle. Cinq au maximum.

— Holà ! » Gloria souffla une grosse volute de fumée et écrasa son mégot sur la marche. « Vous avez une idée de combien coûte une maison comme celle-ci ? À votre avis.

— Huit cent mille ?

— Neuf cent cinquante », énonça-t-elle aussi naturellement que si elle annonçait un poids sur un stand de fête foraine. Puis elle se mit à rire et ajouta : « Nous allons devoir changer de stratégie.

— Je suis désolée de vous avoir fait perdre votre temps, dit Eileen, honteuse.

— Écoutez, je vais être franche avec vous : nous avons effectivement perdu du temps, mais ce n'est pas vraiment un problème. J'aime bien visiter des maisons. Et je vais vous en trouver une belle. Une qui fera craquer votre mari. »

Elles se mirent d'accord pour reprendre les visites la semaine suivante. Tandis que Gloria et elle se donnaient l'accolade avant de se quitter, Eileen réalisa à quel point elle était reconnaissante envers cette femme qui tenait son avenir entre ses mains, et s'était retenue de l'humilier.

Elle avait rendez-vous pour une électrolyse en centre-ville. Elle n'avait pas très envie d'y aller, mais il était quasi impossible d'obtenir un rendez-vous – en plus de quoi, elle commençait à être obsédée par les petits poils qui pointaient sur sa lèvre supérieure et constellaient sa mâchoire. Peut-être des signes avant-coureurs de plus grands bouleversements, se disait-elle. Depuis quelque temps, sa peau la picotait, la grattait un peu plus que d'habitude. Elle avait parfois chaud dans des moments incongrus, mais elle ne pouvait se résoudre à parler de « bouffées de chaleur ». Ses seins lui semblaient légèrement moins rebondis. Elle avait toujours eu des règles irrégulières, il n'y avait donc aucun présage à lire là-dedans, elle avait en revanche davantage de maux de tête dernièrement – même si, dans ces circonstances, c'était compréhensible. Eileen ne se voilait pas la face devant ces changements, mais elle n'était pas non plus prête à conclure qu'un processus s'était engagé avant d'en avoir eu la preuve ferme. En attendant, elle comptait se battre pour conserver sa beauté aussi longtemps qu'elle le pourrait.

Elle avait pris le train pour éviter les embouteillages. Sur le chemin du retour, elle trouva une foule compacte amassée sur le quai, et le trajet ne fut d'aucun soulagement. À chaque arrêt, le wagon se remplissait au lieu de se vider, jusqu'au niveau de la Soixante-Quatorzième Rue, où se déversèrent des flots de passagers pour prendre les correspondances. Le reste du chemin, qu'elle parcourut à pied, le long de la Quatre-Vingt-Deuxième Rue, lui cracha au visage les horreurs du changement. Cette rue avait autrefois été un bijou sur la couronne qu'était le quartier. Les devantures des maisons en stuc blanc étaient décorées de colombages qui leur donnaient le charme des maisons Tudor (un autre style qu'elle reconnaissait quand elle le voyait, à présent), et le métal des lampadaires était sculpté. Mais, désormais, des gangs coagulaient sur cette grande artère, et ses petits commerçants avaient été remplacés par des bodegas, des guichets de transfert d'argent et des bazars dont les enseignes de pacotille barraient les vieilles façades. Les globes qui ornaient autrefois les lampadaires de la Quatre-Vingt-Deuxième Rue avaient disparu. On pouvait encore en voir sur Pondfield Road, à Bronxville, ce qui était peut-être en partie la raison pour laquelle elle était tellement attirée par cette ville : Bronxville lui faisait l'effet d'une machine à remonter le temps, qui lui rappelait Jackson Heights avant son déclin.

Tandis qu'elle descendait la rue, un groupe de jeunes en sweat-shirts et casquettes de base-ball – des Latinos sans doute, mais elle avait toujours du mal à le dire précisément – se dirigeait vers elle, occupant toute la largeur du trottoir. L'un d'entre eux marchait à reculons devant les autres en faisant de grands gestes, tandis que ses acolytes frappaient dans leurs mains et s'esclaffaient. À moins de descendre sur la chaussée, une collision était inévitable, mais pour elle il n'était pas question de dévier : le trottoir était à tout le monde. Comme le garçon qui marchait à reculons ne se retournait pas, elle décida de s'arrêter, espérant que la bande l'éviterait, comme de l'eau autour d'une branche prise entre les rochers. Elle leva les mains pour se protéger, mais le jeune homme réagit trop lentement aux regards écarquillés de ses amis et lui rentra dedans.

« Pardon ! » s'exclama-t-elle avec un cri plus aigu qu'elle ne le voulait.

Le jeune homme fit volte-face, dans une posture défensive, comme s'il se préparait à une prise de karaté. Quand il la vit, il laissa tomber ses mains.

« Désolé, madame », dit-il.

Les autres se mirent à ricaner. La conduite à tenir était de passer son chemin, sans ajouter un mot, Eileen le savait. Elle avait une peur instinctive des bandes de jeunes comme celle-ci. Elle avait entendu des histoires moches. Mais une vague d'indignation la submergea.

« Le trottoir est à tout le monde, vous savez.

— Désolé, répéta le jeune homme. Je ne l'ai pas fait exprès. »

Elle lui avait extorqué une seconde excuse ; il était probablement temps d'en rester là. Ils pouvaient maintenant décamper, et rire un bon coup de cette vieille folle blanche. Peut-être entendrait-elle des insultes pendant qu'ils s'éloigneraient. Mais le détachement avec lequel il s'était excusé l'avait trop irritée. Elle allait lui apprendre à se comporter, puisque personne n'avait apparemment pris la peine de le faire.

« Vous pourriez regarder où vous mettez les pieds, dit-elle. C'est déjà assez difficile comme ça de rester sur ce trottoir, mais là on ne pouvait même pas passer.

— D'accord, d'accord. »

Une forme de retenue se dégageait de ce garçon, évoquant un tigre prêt à bondir sur sa proie.

« Ce quartier est aussi le mien, insista-t-elle. Ce n'est pas parce que vous l'envahissez que je vais partir. »

L'un des jeunes en retrait s'avança. Elle connaissait par cœur ce qui l'attendait : *Va te faire foutre, la Blanche !* Mais l'autre lui barra le passage.

« Ça va, déclara-t-il, je suis désolé de vous être rentré dedans. Je ne voulais pas encombrer le trottoir. Et personne n'envahit votre quartier : je suis né ici. Il y a de la place pour nous tous. »

Sa bonne élocution la choqua. Il sépara le groupe pour la laisser passer, en lui indiquant d'un geste pacifique qu'elle pouvait y aller. Tandis qu'elle se dépêchait de partir, elle rejoua l'incident dans sa tête, en essayant de trouver un sens au tour incompréhensible de ces événements. Comme elle s'était attendue à être la cible de leur haine, elle était presque déçue de ne pas l'avoir été. Ce gamin avait été bien élevé, sans aucun doute. Elle désirait effacer cette rencontre de sa mémoire, car celle-ci la déstabilisait davantage encore que de la violence ne l'aurait fait. Il y avait là comme un avant-goût du futur, une annonce de son obsolescence.

Ce soir-là, quand elle raconta l'histoire au dîner, elle remplaça les excuses étrangement délicates du jeune homme par une version édulcorée de ce à quoi elle s'était attendue – laquelle version se rapprochait bien plus de ce qu'elle vivait au quotidien que l'inexplicable politesse de ces jeunes garçons.

« Je n'oserais même pas répéter ce que j'ai entendu, dit-elle. Même si Connell n'était pas là. »

C'était un péché véniel, elle le savait, mais elle n'eut aucun mal à se donner bonne conscience : il était dans l'intérêt de tous qu'ils déménagent en grande banlieue. Ed, cependant, ne donnait qu'une interprétation muette de l'indignation chevaleresque qu'elle avait escomptée, ce qui attisa encore sa colère. Quelques jours plus tard, elle avait presque fini par se persuader que ces jeunes avaient réellement prononcé les mots qu'elle avait mis dans leur bouche ; il y avait de réelles chances pour qu'elle ne l'ait pas imaginé, quand on savait à quel point la mémoire pouvait être une chose glissante.

De retour à l'agence immobilière, elle se gara devant, cette fois, et Gloria l'accueillit d'une manière plus familière, moins affectée. Un pont avait été franchi, une confidence échangée, avec à la clé, peut-être, une plus grande implication de Gloria.

Elles commencèrent leur tournée. Sur le chemin de chaque maison, Gloria énumérait ses atouts, mais lui faisait aussi part de certaines réalités inéluctables, sur un ton un peu confidentiel, comme pour lui permettre de les appréhender dans une atmosphère de confiance mutuelle. Puis elles effectuaient la visite. Si le souvenir des précédentes maisons n'avait pas été aussi frais, Eileen aurait pu trouver celles-ci séduisantes ; elles se situaient, après tout, dans un quartier plus enviable que le sien. Mais quelle dégringolade ! Au lieu de cinq chambres, il y en avait maintenant trois ; au lieu de marbre, du lino ; au lieu du bois, de l'aggloméré, ou peut-être du bois massif, mais alors si mal entretenu qu'il aurait fallu le faire remplacer en entier. Les halls d'entrée majestueux s'étaient transformés en simples vestibules, pas plus grands que l'entrée monastique de leur propre maison. Et la lumière magistrale qui éclairait les demeures précédentes, née de hauts plafonds et de fenêtres immenses, avait laissé place à une obscurité par trop familière à ses yeux. Les ambitions d'Eileen fondirent en même temps que le prix des maisons.

Gloria vit son changement d'humeur et tenta de la rassurer en lui énumérant des atouts cachés, mais Eileen était inconsolable. Vivre à côté des maisons qu'elle convoitait, devenir amie avec leurs habitants, tout cela était à sa portée ; mais pas vivre à l'intérieur, pas avec l'existence qu'elle et Ed menaient. Elle avait aimé leurs années de bonne entente intellectuelle, et elle avait élevé un enfant heureux, vigoureux – toutes ces choses étaient bien plus que ce que beaucoup de femmes touchaient à peine du doigt. Elle trouvait ingrat de se demander quelle aurait été sa vie si elle en avait épousé un autre. Et pourtant, alors qu'elle se tenait devant la dernière maison, elle ne put s'empêcher de penser qu'elle avait atteint les limites de l'estime de soi, à rester plantée dans une voiture devant une demeure qu'elle ne pourrait jamais s'offrir, tout en faisant la fine bouche.

Une atmosphère sinistre planait dans la voiture. Eileen voulut rassurer Gloria, lui exprimer sa gratitude pour la gentillesse et la patience dont elle avait fait preuve.

« Mes attentes n'étaient pas réalistes, dit-elle. Je ne peux pas avoir ce que je veux avec mon budget.

— Certaines de ces maisons sont quand même plutôt sympathiques, répondit Gloria.

— Certaines de ces maisons me rappellent celle où je vis, répliqua Eileen. Et elles sont collées aux quartiers populaires, qui pourraient très bien s'étendre. Je cherche une maison pour m'y installer définitivement. Sans avoir à regarder derrière mon épaule. Autant que je reste à Jackson Heights, si c'est comme ça. »

Les maisons que Gloria lui avait montrées se situaient dans des coins comme Yonkers et Mount Vernon, où des populations pauvres et, en comparaison, riches – qui, se trouvait-il, étaient séparées par une ligne noir et blanc – se faisaient face. Eileen ne cherchait pas à éviter de voir des Noirs. Ce qu'elle voulait éviter, c'était la colère noire, le châtiment noir, l'implacable justice noire. Elle voulait un pare-chocs contre la propagation du crime. Elle ne pourrait supporter de voir son nouveau quartier tomber en décrépitude, et couver son souvenir comme un moine couvant les manuscrits d'un peuple en voie d'extinction.

« Ne baissez pas encore les bras, lui conseilla Gloria. Donnez-vous plus de temps.

— Bien sûr », répondit Eileen.

24

LES JOURS OÙ CONNELL N'AVAIT PAS DE MATCH ou d'entraînement à la Elmjack Little League, il se rendait au parc de la Soixante-Dix-Huitième Rue, même s'il avait peur parfois. Il jouait au base-ball là-bas – rien d'officiel, seulement pour s'amuser –, et se sentait, pendant les matchs, protégé. Une bande de jeunes Blancs plus âgés que lui traînaient toujours dans le parc, des types d'une vingtaine d'années qui portaient des bandanas et des collants de jogging, passaient du rock à fond sur de grosses stéréos et jouaient au hockey sur rollers quand ils ne jouaient pas avec leur batte. Ils buvaient de la bière cachée dans des sacs en papier. Ils n'étaient apparemment attendus nulle part en fin d'après-midi. Les filles de leur âge se pâmaient d'admiration devant eux.

Connell aimait bien lancer des balles avec les lycéens qui passaient parfois par là, car ils ne disaient jamais rien, même quand Connell lançait de toutes ses forces. Il était en train de jouer avec l'un d'entre eux quand Benny Erazo débarqua d'un pas lent, comme s'il transportait des briques dans ses poches. Benny s'était fait renvoyer de St. Joan l'année précédente. Il était à Joseph Pulitzer à présent. Connell avait aidé Benny en maths, en sixième, en le laissant copier ses devoirs et ses contrôles. Le petit frère de Benny, José, était toujours à St. Joan et se joignait parfois aux garçons qui attaquaient Connell après l'école.

« Fais gaffe à ta réput', lui dit Benny.

— Ma "réput'" ?

— Ta réput' dans la rue. Paraît que t'as pas de couilles. »

Benny portait un sweat-shirt des Chicago Bulls. Il avait du duvet et sentait l'eau de Cologne sous ses multiples couches de vêtements.

« Je ne savais même pas que j'avais une réput'.

— Je te le dis juste.

— Et c'est n'importe quoi de dire que j'ai pas de couilles, affirma Connell.

— Les gens racontent des conneries. Mais fais gaffe quand même.

— Merci de m'avoir prévenu. »

Connell frappa la balle dans son gant.

« Viens un peu taguer avec moi plus tard, proposa Benny. Faut que tu te fasses la main.

— Je sais déjà taguer. »

Il ignorait pourquoi il avait dit cela. Benny le regarda d'un air suspect.

« Ah ouais ? Vraiment ?

— Ouais.

— C'est quoi ton blaze ? »

Connell réfléchit rapidement.

« A.C.M., répondit-il, car ce furent les premières lettres qui lui vinrent à l'esprit.

— Ah ouais, je l'ai déjà vu, celui-là », répondit Benny.

Connell n'avait pas pensé tomber sur un véritable tag aussi facilement.

« Ne dis à personne que c'est moi, lança-t-il nerveusement.

— Et ça veut dire quoi ? »

Il réfléchit à nouveau.

« Arty Criminal Mafia. »

Benny considéra sa réponse pendant un instant.

« Profond.

— Merci.

— Tu sais ce qui arrive aux mecs qui piquent des noms de tag ?

— C'est le mien.

— Alors tu me montreras ça tout à l'heure, répliqua Benny. Quand je serai revenu de chez mes parents.

— Mais tout ça, c'est du passé pour moi, dit Connell, en essayant d'avoir l'air cool.

— Pourquoi ?

— J'ai failli me faire pincer une fois.

— Quand je disais que t'as pas de couilles…

— Je fais gaffe à ma réput', c'est tout. » Il s'arrêta. « À cause de mes parents. »

Il avait essayé de tourner cela en blague, mais Benny le poussa et il tituba en arrière. Le garçon qui jouait à la balle avec lui s'écarta.

« Je suis sérieux, mec, lança Benny. Tout le monde dit que t'es qu'une couille molle. Je voulais juste te prévenir. »

Connell savait que ce qu'il était sur le point de faire était fou, mais il se lança malgré tout. Il remonta les manches de son T-shirt.

« Et ça, c'est un truc de couille molle ? » demanda-t-il en lui montrant ses muscles.

Benny fourra sa main dans sa poche et en tira un couteau à cran d'arrêt.

« Répète-moi ça, souffla-t-il. Vas-y, répète. »

Connell resta muet.

« Dis-moi que tu tagues. » Il y avait de la menace dans sa voix. « Vas-y, dis-le, Connie. »

Benny fit sortir et rentrer la lame en un éclair, puis plaça le couteau dans le creux de sa main.

« Que je dise quoi ? questionna Connell, l'esprit embrouillé par la peur.

— Je veux que tu dises : "Je suis un gros fils de pute de couille molle."

— "Je suis un gros enculé de couille molle" », marmonna Connell.

Il n'avait pas pu prononcer tous les mots. Benny se mit à rire comme s'il avait lu ses pensées.

« "Fils de pute !" j'ai dit. "Je suis un gros fils de pute de couille molle."

— Couille molle. »

Benny montra à nouveau la lame de son couteau.

« *Dis-le !*

— Fils de pute, lâcha Connell, le ventre serré.

— En entier ! "Je suis un gros *fils de pute* de couille molle."

— Je suis un gros fils de pute de couille molle. »

Benny hurla de rire.

« Si tu veux faire gaffe à ta réput', commence déjà par parler un peu mieux devant les gens ! » Il rangea son couteau dans sa poche. « Mec... j'allais pas te planter, panique pas. »

Il s'avança pour le pousser, et Connell grimaça. Benny se remit à rire.

« Arrête de piquer des noms de tag si tu veux rester en vie. Tu te feras massacrer sinon. Allez, c'est tout pour aujourd'hui. »

Sur tout le chemin du retour, Connell se repassa en boucle ce qu'il avait dit : *Je suis une couille molle. Je suis une grosse couille molle.* Il trouva son père sur le canapé, ses écouteurs sur les oreilles. Connell se planta devant lui et le regarda. Il regarda ses mains aller d'avant en arrière, l'index levé. Son père fermait les yeux bien fort, comme pour essayer de distinguer quelque chose qu'on ne pouvait voir que dans une obscurité absolue. Quand le murmure étouffé des écouteurs s'éleva en crescendo, les mouvements saccadés de ses bras le firent décoller tout entier du canapé. Puis, quand la symphonie s'apaisa, il devint immobile, les yeux toujours fermés bien fort, et sa poitrine se souleva et retomba au rythme de sa respiration.

Connell jeta son sac sur la table de la salle à manger et descendit au sous-sol. De chaque côté de son haltère, il ajouta des poids de cinq kilos et s'allongea sur le banc. *Soulève, couille molle,* pensa-t-il, mais impossible de la faire bouger. Il enleva les poids, et entama plusieurs séries de dix.

Pendant qu'il s'entraînait, il réfléchit à une repartie qui aurait pu faire rigoler Benny. Quand Benny lui avait demandé : « Et ça veut dire quoi ? », il aurait pu répondre : « Anti Couille Molle. » Mais il pensait toujours à ces choses-là après coup. Il connaissait une expression française pour dire cela ; son père la lui avait apprise : l'*esprit d'escalier*. Les choses auxquelles on pense quand il n'est plus temps. Ceux qui avaient de la repartie n'avaient jamais à s'inquiéter d'être des gros, des intellos ou des couilles molles. Mais, quelque part, il fallait être un peu méchant pour avoir de la repartie. Il fallait vouloir humilier les autres. Tout au fond de lui – mais peut-être pas si au fond que ça, en fait –, Connell savait qu'il était une couille molle ; voilà qui expliquait sans doute pourquoi il avait été incapable de répondre à Benny.

Tout ça était peut-être la faute de son père. Son père était un gentil. Pourtant, il ne lui avait jamais dit de ne pas se défendre. La dernière fois qu'il était rentré avec un œil au beurre noir, son père lui avait dit : « Tu as le droit de te battre pour te défendre. Je ne te disputerai jamais pour ça. » Mais Connell ne voulait pas prendre ce risque. Il ne voulait pas finir au commissariat, renvoyé de l'école, ou pire ; il devait penser à son dossier scolaire. Il ne voulait pas ruiner ses chances d'intégrer un bon lycée, ou d'avoir une belle vie. Il devait avoir les professeurs de son côté, ainsi que le principal. Il avait souhaité sortir de son quartier. Eh bien, il allait maintenant entrer dans une école huppée de Manhattan, avec une bourse. Jamais son quartier ne lui aurait offert cela. Il était peut-être une grosse couille molle, mais au moins il n'était pas un raté comme Benny.

Il replaça ses poids. *Soulève, fils de pute,* se dit-il, puis il le dit tout haut, comme un mot de passe pour entrer dans un nouveau club. Il réussit à soulever la barre une fois ; elle s'écrasa avec un énorme bruit. Son père n'accourut pas pour voir s'il s'était fait mal, car son père ne pouvait pas l'entendre avec ses écouteurs sur les oreilles.

Grosse couille molle, pensa-t-il. *Fils de pute.*

25

ED TRAVAILLAIT DANS LE GARAGE depuis qu'elle était réveillée. Il avait presque vidé tout son contenu dans l'arrière-cour, qui présentait maintenant une vilaine ressemblance avec celle de leurs voisins. C'était un matin chaud de mai, et il ruisselait de sueur.

« J'emmène Connell, dit-elle.

— D'accord.

— Tu es sûr que tu ne veux pas venir ?

— Je suis légèrement occupé. »

Il fit un geste en direction du bazar. Eileen se sentait coupable d'emmener Connell : il aurait probablement été préférable qu'il reste avec son père pour l'aider, quel que fût ce que ce dernier prévoyait de faire, mais elle n'arrivait plus à affronter toute seule ces maisons.

Dans la voiture, Connell chercha la fréquence de Z100 et augmenta le volume.

« Comment ça se fait que tu ne me demandes pas de baisser ?

— Ce n'est pas si fort, répondit-elle.

— Papa ne me laisse pas augmenter le volume quand il conduit. Il dit qu'il a besoin de se concentrer.

— Moi, ça ne me dérange pas. »

Elle commença à pianoter de sa main libre sur la portière. Elle avait déjà entendu la chanson qui passait, en allant au travail. Connell lui sourit et, pour une fois, elle eut la sensation d'être la préférée. Connell avait toujours gravité autour de son père – une conséquence, soupçonnait-elle, de son retour au travail si tôt après l'accouchement, sans compter qu'à la maison aussi, elle était trop souvent absente et passait un temps fou au téléphone avec ses amies après le dîner, comme un second job. Mais tout cela était dû, en partie, à un besoin de s'échapper. Elle le voyait à présent. Le rythme normal des choses reviendrait quand ils auraient déménagé. Elle pourrait commencer à être la mère qu'elle voulait.

« Ton père a l'esprit très occupé, déclara-t-elle avec bonté.

— Je n'ai jamais vu quelqu'un d'aussi tendu. Il conduit les mains agrippées au volant. Tu ne peux pas lui dire un mot. »

À l'époque où ils s'étaient rencontrés, quand Ed venait la chercher, il avait toujours un coude qui dépassait de la vitre, comme dans les films.

« Tu ne sais pas ce que c'est que d'être un adulte, répliqua-t-elle. Il faut penser à plein de choses, tout le temps.

— Il me demande de préparer la monnaie pour le péage des kilomètres à l'avance. Il est super bizarre avec ça : il flippe complètement si je ne l'ai pas dans la main, avec le compte rond, et ensuite il la jette dans la corbeille comme un fou, comme s'il jetait une balle de base-ball. C'est trop bizarre. Qu'est-ce qui lui arrive ? C'est quoi, ces comportements ? »

Elle-même avait été en voiture avec Ed. Plutôt que d'être au volant, on aurait dit qu'il se livrait à une opération du cerveau.

« Les pères sont bizarres parfois, c'est tout, affirma-t-elle. Il n'y a pas à chercher midi à quatorze heures.

— C'est quand même sacrément gênant. »

Une chanson qu'il aimait se mit à passer et il remua la tête en rythme, battant la mesure avec sa main sur le tableau de bord.

« Je voulais avoir ton avis, lança Eileen. J'ai visité trop de maisons, je ne sais plus quoi penser.

— Et papa ? Qu'est-ce qu'il en dit ?

— Ton père et moi avons une opinion un peu divergente sur cette question, répondit-elle. Je vais devoir te demander de te comporter en adulte sur ce sujet : il faudra que tu gardes le silence pendant quelque temps, si nous trouvons un endroit qui nous plaît.

— Bien sûr. »

Elle écrasa la pédale d'accélérateur plus fort tandis qu'ils arrivaient sur Grand Central Parkway. Une humeur nouvelle avait gagné la voiture. Elle avait un complice, et cela faisait la différence. Elle se sentait plus libre qu'Ed. Elle était assez cool pour apprécier la musique de son fils ; pour rouler un peu plus vite sur la nationale ; pour laisser les pièces attendre jusqu'à ce qu'ils arrivent devant le péage. Elle avait l'énergie pour réaliser des changements importants dans sa vie, pour extirper son mari de son trou, pour arracher sa famille du gouffre qu'était ce quartier, et qui menaçait de les avaler tout entier.

Gloria gratifia Connell de sa traditionnelle accolade. Elle sembla extraordinairement heureuse de le rencontrer. Au départ, Eileen estima cette réaction exagérée, mais elle songea ensuite que la présence de Connell devait rassurer Gloria, car c'était la preuve qu'elle n'était pas une affabulatrice.

« J'ai trouvé un endroit parfait pour vous, annonça Gloria. C'est magnifique. Légèrement au-dessus de votre fourchette de prix, mais juste légèrement. J'aimerais que vous y réfléchissiez. C'est ce qu'il y a de mieux dans l'ordre de prix que vous demandez. »

Ils remontèrent Palmer Road jusqu'à Yonkers, passant devant les majestueux complexes d'immeubles et les jardins arborés, mais sortirent avant de trop s'enfoncer. Eileen avait suffisamment étudié la zone pour savoir qu'ils se trouvaient à cheval sur Bronxville – avec les boîtes aux lettres de Bronxville et les écoles de Yonkers. Mais les écoles n'étaient plus un problème puisque Connell irait en ville à l'automne.

Un panneau annonçait, d'une manière fière ou défensive, cela était dur à dire : « LAWRENCE PARK WEST ».

Le secteur promettait. C'était un mélange de constructions anciennes et nouvelles ; la route était sinueuse et bordée d'énormes chênes, et entre les terrains boisés elle aperçut furtivement des maisons Tudor en stuc avec des remises à l'extérieur, et même ce qui ressemblait à un terrain de tennis. Ils rejoignirent une rue plus large, et la route s'aplanit ; les bâtisses étaient maintenant bien visibles, mais majestueusement surélevées par rapport à la route. Ils s'arrêtèrent devant une maison coloniale grise entourée de haies trop grandes, avec des colonnes qui reliaient le porche à l'étage. Des piliers en pierre encadraient l'allée menant à la demeure, et à côté du perron il y avait une statue à l'effigie d'un jockey tenant une lanterne. Son blouson rouge éclatant avait viré au rose à cause du soleil. La maison semblait avoir été construite dans la première moitié du siècle, mais bien construite, et elle était deux fois plus large que les maisons qu'elle avait vues la semaine précédente. Eileen se prit à espérer.

Gloria les conduisit dans l'allée, jusqu'à un escalier à l'arrière de l'entrée. Un patio en briques couvertes de mousse, encadré par un mur de pierre et une impressionnante quantité de mauvaises herbes, faisait penser à un jardin anglais en friche. Il s'ouvrait sur une pente escarpée que refermait une énorme pierre couverte de lierre. Au sommet de la colline se trouvaient des demeures auxquelles on accédait par une autre rue.

La cuisine semblait avoir été habitée par des squatteurs. Les portes des placards ne fermaient pas convenablement, le papier peint cloquait, et les dalles au sol étaient couvertes d'une couche épaisse et crasseuse de polyuréthane. Tout, à l'arrière de la maison – la cuisine, le salon, la salle à manger –, était aussi obscur que des catacombes, mais Eileen voyait aussi que par une belle journée la lumière pénétrerait ses profondeurs, surtout si elle taillait les haies ; et, même si la salle à manger abritait un tapis usé et des lustres branlants, elle parvint à imaginer les grands repas qu'elle servirait là-bas, et le salon, presque aveuglant de lumière. Dans la pièce adjacente, l'entrée avec son sol en briques et le vestibule semblaient convenables ; un escalier avec une rampe menait à l'étage. Au pied de cet escalier, une petite alcôve pouvait être transformée en pièce de lecture, près de laquelle serait installé le bureau d'Ed, avec une baie vitrée et des étagères encastrées.

Gloria s'avança jusqu'aux grandes portes et les ouvrit d'un geste large. La lumière les inonda. En regardant sur la gauche du porche, bordé par une palissade de bois pourrissant, Eileen distingua l'endroit où la route tournait pour redescendre vers Palmer Road, l'artère principale qui menait en ville et conférait à cette maison sa respectable adresse postale.

Eileen resta campée sur le porche, à imaginer des gens ouvrant l'imposant portail de métal en contrebas, et cheminant sur l'allée légèrement sinueuse. Cette idée l'enthousiasma : ces moments précédant leur arrivée, les embrassades, les bouteilles de vin qu'on lui tendrait, les gâteaux, les cadeaux. Puis elle pivota et vit Connell qui regardait par la fenêtre du salon, une lumière irréelle se déversant sur lui, lui donnant l'air d'un enfant des portraits de la noblesse des siècles anciens. Les jours et les années qu'il passerait ici constitueraient le creuset dans lequel son destin serait distillé. La décision d'Eileen avait commencé à prendre un caractère définitif, presque imperceptiblement. Il lui fallait agir vite pour préserver l'image de la vie qu'elle avait imaginée, dans laquelle Ed travaillait dur, heureux, dans son bureau, retournant ses idées dans sa tête jusqu'à ce que fleurissent de nouvelles hypothèses, et dans laquelle elle était une grande hôtesse et la matriarche d'un clan respecté. Cette maison serait la toile de fond du second acte de leur vie commune. Le regard contemplatif de Connell lui en donna la certitude.

« Qu'en pensez-vous ? » demanda Gloria en se promenant dans la pièce.

Elle avait l'art de poser les questions au bon moment : il n'y avait pas besoin de répondre. Elle les mena dans l'escalier comme un jeune marié entraînant sa promise sous la tonnelle.

« Je vais d'abord vous montrer les chambres secondaires, déclara-t-elle, puis la chambre parentale. »

Elle les conduisit dans une pièce si immense qu'elle aurait pu contenir la chambre actuelle de Connell ainsi que la chambre d'amis, et même plus.

« Ça pourrait être ta chambre, dit Eileen.

— Génial ! » s'écria Connell.

Il se précipita à l'intérieur et en fit le tour comme un chat marquant son territoire. Il ouvrit et ferma les portes des placards, puis s'allongea au centre de la chambre et étendit ses bras et ses jambes aussi loin qu'il le put. Eileen rit tout haut devant son exubérance.

« Allez, lança-t-elle. Debout maintenant.

— Ce n'est pas grave, intervint Gloria. Il a le droit d'être enthousiaste.

— On pourrait faire atterrir un avion ici, dit Connell.

— Un hélicoptère, peut-être, admit Gloria.

— Cette maison devrait être assez grande », prononça Eileen avec précaution.

Restait à savoir de combien le budget serait « légèrement » dépassé. Voilà qui aurait pu faire l'objet d'une nouvelle plaisanterie, mais Eileen l'aurait alors bien cherché.

« Et vous n'avez même pas vu la chambre parentale.

— Je suis un peu inquiète pour le prix.

— Vous m'aviez parlé de quatre cent mille dollars, commença Gloria. Cinq cent mille maximum...

— Grand maximum », répondit Eileen.

Elles étaient dans le couloir, à présent, et parlaient à voix basse.

« Cette maison est à cinq cent soixante mille.

— C'est une sacrée différence. »

Eileen essaya de cacher sa panique et la déception qui l'avait déjà envahie.

« Pas quand vous pensez à la valeur qu'elle prendra une fois rénovée. Vous aurez une maison à sept cent cinquante mille. Minimum. *Minimum.* »

Gloria parlait froidement, avec une légère impatience, comme si elles discutaient d'une œuvre d'art qu'elle ne voulait pas souiller avec des histoires d'argent.

« Il pourrait y avoir un problème, cependant...

— Un "problème", répéta Eileen.

— Qui ne devrait pas vous dissuader d'acheter. Est-ce que votre mari est bricoleur ? »

Elle pensa à Ed, chez eux, dans leur garage, ses outils éparpillés en cercle autour de lui, essayant de rendre la maison suffisamment présentable pour la convaincre d'y rester. Tout ce qu'il savait en matière de bricolage, il l'avait appris dans un manuel. Chaque fois qu'il étudiait quelque chose, cependant, il atteignait plutôt bien ses objectifs.

« Si j'ai pu décrocher un doctorat, disait-il quand il n'y avait plus de lumière dans le couloir, je peux bien réussir à comprendre comment réparer un faux contact. »

Et il était parvenu. Mais ses capacités de bricoleur s'étaient développées au prix d'un grand effort. Prévoir des travaux importants dans la maison le laissait toujours exténué.

« Il est assez bricoleur, répondit-elle. Pourquoi ?

— Cette maison est restée sur le marché pendant près d'un an, puis elle en a été retirée, avant d'y être remise avec un prix considérablement abaissé.

— Quel est son problème ?

— Elle a souffert d'une inondation. Il y a en fait deux parties au problème. D'une part, la maison se trouve au pied d'une colline, si bien qu'il y a toujours des infiltrations. Et, de l'autre, elle est construite sur de la pierre et adossée à un rocher, ce qui fait que tout ce qui coule arrive sur elle. Et, en plus, les tuyaux ont explosé cet hiver. Il y a eu de gros dégâts au sous-sol. Une grande partie de la tuyauterie a besoin d'être complètement remplacée. Et il n'y a pas de garantie que l'eau ne sera pas de retour. Vous aurez aussi besoin de faire remplacer le toit dans quelques années. Il vous faudra un gros budget pour rénover cette maison, mais c'est une affaire à saisir si vous pouvez faire les travaux vous-mêmes.

— Mon mari peut le faire », affirma-t-elle.

Voilà qui lui ferait du bien : Ed pourrait évacuer la pression grâce à un travail manuel. Elle le voyait déjà, une bière dans une main, en jean et T-shirt, s'essuyant le front, une casquette de base-ball dans l'autre, un poing sur la hanche.

« Allons voir votre chambre », dit Gloria.

Elles laissèrent Connell et s'arrêtèrent brièvement devant l'une des deux petites chambres, puis devant la salle de bains avec deux lavabos similaires sous un miroir entouré d'ampoules, comme ceux que l'on trouvait dans les salons d'essayage. Des toilettes se cachaient modestement derrière des portes à battant.

La chambre parentale contenait un placard aussi large que leur chambre d'amis actuelle. Eileen imagina un fauteuil dans l'angle de la chambre. Il y avait la même lumière qu'à l'étage du dessous, mais sans l'arbre pour l'obstruer. Ressasser des pensées négatives serait impossible sous une telle lumière.

Ces dernières années, une sorte de timidité avait gagné leur chambre. Eileen et Ed tâtonnaient maladroitement lorsqu'ils se touchaient, comme si tous deux étaient entrés dans une nouvelle phase de la vie et devaient se réhabituer l'un à l'autre. Elle avait besoin de lumière pour jouer, pour découvrir. Quelque chose de plus s'immiscerait entre eux s'ils se voyaient nus sous la lumière vive du jour.

Le papier peint était rempli de veines et de cloques, et il y avait une auréole sur le plafond, dans l'angle de la pièce. Il faudrait traiter ces détails, qui coûteraient du temps et de l'argent, dans l'ordre.

Elle s'avança jusqu'à la fenêtre. Elle avait tout entendu à propos des grandes banlieues et de leur morosité, mais elle ne pouvait pas imaginer s'ennuyer dans une maison comme celle-ci. Si l'espace et la lumière ne parvenaient plus, à un moment donné, à lui confirmer combien elle était loin de ce qu'elle avait laissé derrière elle, et qu'une ombre d'incertitude planait au-dessus d'elle, il lui faudrait simplement ouvrir en grand les rideaux, regarder la rue vide, et attendre qu'une voiture passe, puis une deuxième. Et dans ce substantiel intervalle entre les deux véhicules, elle sentirait le calme s'installer : il n'y avait aucune raison de venir là si ce n'était pour rendre visite à quelqu'un ; il n'y avait pas lieu d'y rester longtemps si vous n'aviez pas une bonne raison d'y rester.

« Je crois que vous l'aimez bien, remarqua Gloria.

— Oui, je l'aime bien, dit-elle doucement. Je l'aime même beaucoup. Je suis en train de me demander comment je vais pouvoir la payer. »

Elle était prise dans une sorte de rêverie, de vision du futur. Le charme serait rompu dans un instant, mais elle s'y accrochait, tâchant de se souvenir de ses détails.

Il y avait peu de chances qu'ils obtiennent une forte baisse du prix. Les traites mensuelles seraient beaucoup plus élevées que prévu. Ils ne pourraient pas procéder immédiatement à toutes les rénovations qu'elle avait à l'esprit. Il leur faudrait travailler par étapes. Il leur faudrait vivre chichement, ne plus aller au restaurant ou au spectacle.

« Et toi ? demanda Gloria à Connell.

— On pourrait mettre un panier de basket dans l'allée ? »

Une chose tellement simple, pensa Eileen. *Ses préoccupations sont bien différentes des miennes.*

« Je ne vois pas ce qui l'en empêcherait.

— Ouais ! »

Il fit un geste de victoire, le poing serré.

« J'en connais un qui est tout excité, constata Gloria.

— Je le suis aussi, répondit Eileen, mais la personne que nous avons besoin de convaincre, c'est son père. Étant donné que la structure est saine, que les réparations sont possibles et que les finances sont en ordre, je pense que cet endroit pourrait être la maison parfaite pour nous. »

Gloria se mit à applaudir.

« C'est exactement l'idée, approuva-t-elle. Vous n'auriez pas pu obtenir cette maison à ce prix, sauf dans des circonstances très particulières. Cela étant dit, je vous propose d'aller jeter un coup d'œil à ces petits soucis. »

Ils redescendirent l'escalier, et Gloria pointa plusieurs auréoles d'humidité qu'Eileen n'avait pas vues auparavant, avant de les emmener dans les entrailles de la maison. Eileen passa en revue tout ce que Gloria lui désignait, mais elle fit de son mieux pour ne rien mémoriser. Connell se mit à taper dans une plinthe moisie. Quand il en arracha un morceau, elle réussit à peine à se sentir assez indignée pour le gronder. Elle entendit, comme un bruit sous-marin, la litanie des problèmes que la maison avait connus. Elle acquiesça quand il fallait acquiescer, et prit des mines inquiètes pour manifester sa préoccupation. Elle s'entendit même soupirer lorsque Gloria lui montra, dans le garage, un mur porteur gorgé d'eau, qui menaçait de s'effondrer. Elle était déterminée à laisser ces détails aussi de côté. Ils seraient pris en considération en temps voulu. Le problème immédiat était de préserver sa vision. La base de la maison était peut-être en train de pourrir, mais la partie visible était suffisamment imposante pour chasser tous les doutes.

« Ce ne sera pas rien comme travaux, souligna Gloria.

— Nous y arriverons. » Eileen se tourna vers Connell. « Tu pourras t'en charger avec papa, pas vrai ?

— Jamais de la vie.

— C'est toujours comme ça avec les corvées, lança-t-elle à Gloria. Mais ils pourront s'en occuper. Je suis confiante.

— Si tu le dis, maman.

— On te paiera comme ouvrier. Il est peut-être temps que tu gagnes un peu d'argent de poche.

— Il y a des choses qu'il ne pourra pas faire, intervint Gloria. Le toit, par exemple, comme je vous le disais – mais vous avez le temps pour ça. Le système électrique est vétuste aussi : il ne sera peut-être pas assez puissant ; plusieurs fusibles sauteront certainement, et des prises ne marcheront pas. Je vous fais peur ?

— Je vous écoute, c'est tout.

— Il y a également de l'amiante dans la plomberie et les canalisations. C'est le genre de chose qui rendra peut-être la maison difficile à revendre. De même que le fait d'avoir une chaudière à mazout enterrée.

— Je ne suis pas inquiète pour la revente. Je suis inquiète pour l'achat.

— Et il y a de l'eau dans la cheminée. Certains de ces travaux vont être coûteux. Heureusement, il n'y a pas eu de gros pourrissement après l'inondation – pas que nous sachions, en tout cas.

— J'ai comme l'impression que nous allons avoir besoin d'un plombier. Et d'un couvreur.

— Et d'un chef de chantier, renchérit Gloria. Et d'un électricien. Et d'un mari prêt à retrousser ses manches.

— J'arriverai à vivre pendant quelque temps dans une maison dont les prises ne marchent pas. En revanche, je ne sais pas si j'arriverais à vivre sans cette maison. »

Sur le chemin du retour, ils s'arrêtèrent pour prendre de l'essence. Quand elle entra dans la station pour payer, elle acheta quelques tickets de jeux à gratter, chose qu'elle n'aurait jamais pensé faire, ainsi que deux Twinkies qu'elle engloutit tout en grattant ses tickets. Comme elle ne gagna rien, elle en acheta cinq de plus. Puis elle en prit deux autres avec les tickets gratuits qu'elle avait gagnés, mais ceux-là aussi étaient perdants. Elle en racheta cinq à rapporter chez elle, ainsi qu'un autre paquet de Twinkies à partager avec Connell, et retourna dans la voiture, où son fils était assis ; son agitation ne lui avait pas échappé. Elle reprit le volant avec une boule au ventre, et en tripotant le bouton de la vitre électrique.

Quand ils se garèrent devant chez eux, Eileen découvrit l'un de ses draps tout neufs, jeté comme une bâche sur des outils qu'Ed avait laissés dans l'allée. Des parpaings le maintenaient aux quatre coins et la porte du garage était fermée. La blancheur pure du drap la fit frissonner.

Ed était assis à son bureau, séparé de l'entrée par une porte vitrée. Il avait la joyeuse habitude de faire rouler sa chaise vers elle chaque fois qu'il l'entendait arriver, mais il ne se retourna pas cette fois.

« On est là », lui cria-t-elle.

Voyant qu'il ne répondait pas, elle entra et se campa derrière lui. Il était en train de calculer les notes du semestre. Son bureau était rempli de copies d'examen et de rapports de laboratoire ; les petites piles abondaient. Il prenait des notes sur un bloc tout en effectuant ses calculs. Elle ne l'avait jamais vu noter ses copies avec une méthode aussi élaborée. Il avait écrit le nom de famille de chaque étudiant, avec à côté l'examen concerné, en chiffres romains, sur une seule et même longue ligne. Elle l'observa qui vérifiait méticuleusement chaque nombre et le comparait à celui écrit sur la copie. C'était un double travail – qu'il faisait d'ailleurs de tête, habituellement.

Quand elle plaça une main sur son épaule, il bondit presque de son fauteuil. Il ne se tourna pas vers elle.

« Enfin, qu'est-ce qu'il y a ? s'exclama-t-il.

— Je ne voulais pas t'effrayer.

— Ne viens pas me déranger quand je fais mon relevé de notes.

— Depuis quand ?

— Je veux faire les choses bien. C'est un cours important, et j'ai noté beaucoup de copies ces derniers jours. Je me sens un peu confus, comme tu peux l'imaginer. Je n'ai pas envie de commettre des erreurs dans mes calculs. Quand je regarde trop longtemps ces choses-là, j'ai l'impression de voir double.

— Qu'est-ce que tu as fabriqué avec le drap ? »

Il retira ses lunettes, comme il le faisait parfois pour prendre le temps de réfléchir à une question, mais ensuite il laissa simplement retomber ses épaules.

« Le drap ?

— Dehors, précisa-t-elle. Mon drap blanc.

— Je voulais laisser mes affaires là-bas.

— Et pourquoi tu as utilisé mon drap tout neuf ?

— Ton drap tout neuf ?

— Il y avait d'autres draps que tu aurais pu prendre. »

Il posa brutalement son crayon.

« Et qu'est-ce que ça peut faire ?

— Tu t'es servi d'un drap que je garde pour les lits. Il y a peut-être dix autres paires dans la lingerie que tu aurais pu prendre. »

Il fit pivoter son fauteuil. Elle recula instinctivement. Son visage était rouge et sa bouche tordue.

« J'ai pris le premier que j'ai trouvé ! » Il s'était levé à présent. « Je n'ai pas eu le temps de regarder qui était quoi. J'en ai pris un, c'est tout ! » Il s'était mis à crier. « J'ai pris le premier venu ! » Il avait sa main devant son visage, comme pour la gifler ou pour se la mordre. « Il y a des gens qui passent devant la maison à longueur de journée et qui regardent par ici. Il fallait bien que je couvre tout ça ! »

Elle avait prévu de ne pas insister, mais maintenant il fallait qu'elle lui pose la question.

« Et pourquoi tu as laissé tout ton matériel dehors, d'abord ?

— Je ne voulais pas avoir à tout ressortir. Ça te va ? Merde ! Merde alors ! »

Elle resta silencieuse. Elle redoutait que Connell les entende.

« Je suis désolé, reprit-il. J'ai beaucoup de pression à cause de ces notes. Je dois faire ça correctement. Je n'en peux plus de ces étudiants. Les jeunes n'ont plus de respect pour rien aujourd'hui.

— Qu'est-ce que tu veux dire ? Que s'est-il passé ?

— Ce qui s'est passé, répondit Ed, c'est que j'avais la tête ailleurs avec tout ce qui est arrivé dernièrement. »

Elle voulait savoir à quoi il faisait allusion exactement, car il semblait justement que *rien* n'était arrivé ces derniers temps – d'où les grosses piles de copies qui n'avaient pas été notées ; mais elle se retint.

« À force d'être distrait, j'ai fait plusieurs erreurs de calcul, ajouta Ed. Et ils ne m'ont pas loupé. C'est tout. Ces gamins croient que tout leur est dû tout de suite. Tu leur dis que tu vas regarder une deuxième fois leur copie, et ils te répondent qu'ils ne peuvent pas attendre jusqu'au prochain cours. Et ils s'énervent ! Moi, j'aime prendre mon temps, leur apporter un regard complet, honnête. Mais comment veux-tu, quand tu as une foule d'étudiants attroupés devant ton bureau ? Surtout quand ils te parlent d'une manière aussi relâchée et irrespectueuse ? »

Il y avait tant de choses étranges dans son discours. Il était l'un des professeurs les plus populaires de son département, chose d'autant plus remarquable qu'il n'était pas du genre à surnoter ses copies. Ses étudiants voulaient se dépasser pour lui, l'impressionner. La foi qu'Ed plaçait en eux les faisait croire en eux-mêmes. Elle lui en voulait d'ailleurs, parfois, de leur porter une telle estime, car elle ne pensait pas qu'ils la méritaient.

Elle alla récupérer un vieux drap dans la lingerie et sortit pour retirer les parpaings qui retenaient son beau drap. En dessous se trouvaient des planches de bois mal sciées. Ed avait tenté de fabriquer quelque chose, mais impossible de dire s'il s'agissait d'un élément de décoration ou de quelque chose de plus fondamental. Le résultat ressemblait plutôt à une pile de bois pour faire du feu. Il n'y avait aucun des lourds outils qu'elle avait imaginés là, seulement cet inerte, cet énigmatique tas. Elle plia le drap et le remplaça par le vieux, de telle sorte qu'Ed n'y verrait rien. Puis elle rentra en vitesse dans l'appartement, comme elle le faisait parfois quand quelque chose au sous-sol l'avait effrayée ou qu'elle sentait une présence se rapprocher d'elle.

Pendant qu'elle retournait à l'intérieur, elle envisagea de faire une remarque à Ed, mais elle se ravisa. Il était trop tard pour l'interroger à nouveau. S'il s'apercevait, le lendemain, que le drap avait bougé – ce qui n'était pas près d'arriver –, il n'aurait plus qu'à accepter qu'Eileen se soit mêlée de son organisation.

Lorsqu'elle se réveilla, elle était seule dans le lit. En arrivant d'un pas chancelant dans le salon, elle trouva la lumière du bureau d'Ed allumée. Il était complètement courbé, comme si tant d'heures passées là avaient absorbé la moindre force de son dos. Ses cheveux étaient tout ébouriffés. La lampe produisait une chaleur monstrueuse. Une odeur de sueur mêlée à l'odeur boisée des vieux livres donnait à la pièce des allures de serre.

« Viens te coucher, dit-elle.

— Je travaille.

— Mais il est trois heures du matin. Viens te coucher.

— Il faut que je finisse ça. »

Sa voix faible donnait l'impression qu'il s'était endormi dans son fauteuil, mais son visage était étrangement alerte. Il avait les yeux sombres et creusés, comme à la fin d'un long jeûne.

« Tu ne peux pas finir ça demain ?

— Je ne peux pas.

— Laisse-moi regarder. »

Elle se pencha par-dessus lui, mais il se décala pour lui bloquer la vue. Elle aperçut malgré tout les piles de chaque côté de son bureau, et sa calculatrice entre les deux. Elle ramassa les copies et les feuilleta. Toutes comportaient des notes sur la première page, ce qui l'étonna. Que faisait-il puisque ces copies étaient déjà notées ? Elle les posa et, sous ses protestations, ramassa les rapports de laboratoire. Il en allait de même pour ceux-là : des notes avaient été attribuées – des chiffres rouges entourés de cercles distendus étaient estampillés dans un coin, en haut à droite.

« Mais tous ces papiers sont notés, constata-t-elle, pourquoi ne viens-tu pas te coucher ?

— Je suis encore en train de travailler.

— Tu as encore des copies à noter ?

— Oui. »

Avec ses deux mains, il couvrit un bloc-notes qui se trouvait sur son bureau mais elle eut le temps de voir une série de noms et de chiffres : c'était celle sur laquelle il travaillait plus tôt. Un autre bloc-notes était posé à côté.

« Qu'est-ce que c'est que ça ? demanda-t-elle en le désignant.

— Tu peux me laisser, s'il te plaît ? Tu peux retourner dormir ? J'arrive dès que j'ai terminé. »

Repoussant les mains d'Ed, elle ramassa le second bloc-notes. Sur celui-ci étaient écrits exactement les mêmes noms et les mêmes chiffres que sur le premier. Tout était identique.

« C'est quoi, tout ça ? »

Elle trouva la réponse à sa question en regardant la première copie d'examen. Chaque chiffre listé sur le bloc-notes correspondait à la performance de l'étudiant qui avait rendu cette copie pour une section de l'examen. Le carnet dans lequel Ed reportait les notes était ouvert, et placé au bout de son bureau. Elle le saisit pour voir si son pressentiment était le bon : en effet, les notes n'y figuraient pas. Ed avait-il à ce point peur de faire une erreur ? Les étudiants étaient-ils devenus si mal élevés qu'un professeur de sa trempe pouvait se retrouver poussé à bout, et forcé de travailler jusqu'au beau milieu de la nuit, parce qu'il doutait de ses capacités à calculer de tête ? Ed aurait dû être en train de se reposer et d'étouffer les démons qui, dans son crâne, drainaient sa confiance en lui. Dans son esprit engourdi, toute cette histoire avait pris une importance complètement disproportionnée.

« Laisse-moi t'aider avec ça », dit-elle, attentive à ne pas mettre de mot sur ce que ce « ça » désignait.

Elle fut étonnée de le voir capituler aussi rapidement. Elle réunit ses affaires et l'emmena à la table de la cuisine.

« Toi, tu t'occupes du carnet de notes, décida-t-elle. Et je te donne les chiffres qu'il faut entrer. »

Il tenait son crayon posé en équilibre sur le carnet. Elle prit la première pile de copies. Edwin Alvarez avait obtenu un 84. Elle feuilleta rapidement sa copie d'examen pour s'assurer que le total des points correspondait à la note. C'était bien un 84. Cet étudiant était sans doute le genre de gosse qu'Ed était particulièrement fier de voir réussir, un gosse du quartier.

« Parfait, lâcha-t-elle. Edwin Alvarez.

— Attends ! s'écria Ed, soudain paniqué. Attends ! Attends ! »

Il se dressa et sortit en trombe de la pièce. Elle n'eut pas le temps de le suivre qu'il avait réapparu, une longue règle à la main. Il s'installa bien droit sur sa chaise et aligna la règle sous la rangée des cases « Edwin Alvarez ». Elle ne put s'empêcher de rire devant sa concentration. Mais Ed, lui, ne sourit même pas ; il ne leva pas les yeux un seul instant, comme s'il lui fallait fixer le nom devant lui sans cligner pour l'empêcher de disparaître.

« C'est bon, dit-il. Vas-y.

— Edwin Alvarez.

— Edwin Alvarez, répéta-t-il avec hésitation, comme s'il croisait le nom avec les autres de la liste, chose étrange puisque ce nom était le premier.

— 84 à l'examen. Nous ne nous occupons que de l'examen pour l'instant.

— Oui, répondit-il. L'examen uniquement.

— C'est bon ? On peut continuer ?

— 84 ?

— Exactement », dit-elle en se mordant la langue.

Si déstabilisant que fût cet exercice, ce n'était pas le moment de discuter. Il lui fallait faire en sorte qu'ils retournent au lit.

« D'accord, reprit-elle. Lucy Amato. Une seconde, s'il te plaît... »

Elle feuilleta la copie, additionnant les nombres dans sa tête. Il y avait effectivement de quoi s'embrouiller ; au beau milieu de la nuit, tous les chiffres se mélangeaient. Ed avait là aussi fait l'addition correctement, mais elle voyait bien que cet exercice devait être éreintant quand il était répété : c'était le genre de corvées qu'un couple s'engageait à surmonter ensemble lorsqu'il se mariait, des idiosyncrasies qui frisaient parfois l'obsession, des excentricités qui devenaient des handicaps si vous les laissiez proliférer. Enfin, cela aurait pu être pire : Ed aurait pu avoir des vues sur d'autres femmes, ou un penchant pour le jeu. Il avait repéré le nom de Mlle Amato ; sa règle était placée avec une précision aiguisée sur la ligne qui indiquait sa performance du semestre.

« 73, lâcha-t-elle.

— 73. »

La pointe de désespoir qu'elle avait cru déceler dans la voix d'Ed avait maintement disparu. Malgré sa fatigue, elle fut touchée par cette collaboration ; voilà qui effaçait leur antagonisme. Elle serait peut-être même capable de lui dire pour la maison.

Ils arrivèrent au bout de la pile, elle énonçant les noms, lui les repérant dans son carnet de notes : elle vérifiant ses additions, de plus en plus vite à mesure qu'elle voyait qu'il ne s'était pas trompé dans ses calculs, pour annoncer le résultat comme au bingo ; lui répétant le nombre avant de le reporter sur le papier, le confirmant avec entrain, et elle le reconfirmant sur un ton qui lui donnait la désagréable sensation d'être comme un professeur avec son étudiant. Ils terminèrent leur tâche sans incident. À aucun moment Ed ne flancha : il maniait comme un laser sa règle en métal même s'il transpirait ; et s'il s'arrêta pour s'essuyer le front pendant qu'elle vérifiait ses calculs, il ne leva jamais les yeux de la page.

Le dernier nom, Arash Zahedani, se trouva être associé à la note la plus élevée, 97, une coïncidence heureuse susceptible d'envoyer Ed au lit dans une meilleure humeur. Il était bientôt quatre heures du matin. Eileen devait se relever à peine quelques heures plus tard, et elle savait qu'elle allait être incapable de s'endormir dans l'intervalle : elle était à présent bien trop éveillée pour sombrer à nouveau. Néanmoins, elle pourrait toujours s'étendre et laisser ses muscles se reposer. Une journée importante l'attendait à l'hôpital, le lendemain : la commission sanitaire venait examiner le North Central Bronx, apportant son lot de migraines habituelles. Le personnel d'Eileen y était bien préparé, mais puiser dans ses propres ressources lui serait nécessaire pour se montrer à la hauteur, après une nuit aussi courte. Elle était déjà fatiguée de sa semaine précédente, qui l'avait obligée à rentrer tard pour préparer la venue de la Commission. Dix de ses infirmières s'étaient fait porter pâle le vendredi ; elle allait devoir en licencier certaines, qui auraient dû y réfléchir à deux fois avant de faire ce coup une veille de week-end. À court de personnel, elle avait de plus été forcée de gérer en catastrophe un gang tout entier qui avait débarqué après les heures de visite ; ils voulaient accéder au service des soins intensifs pour voir l'un des leurs qui s'était fait tirer dans le ventre. Ils avaient bousculé l'agent de sécurité pour franchir les doubles portes battantes et s'étaient introduits dans la salle. Ils devaient être une bonne vingtaine. Elle avait accouru pour leur bloquer le passage.

« Vous n'êtes pas autorisés à entrer, avait-elle dit. Il faudra revenir demain. »

L'un d'entre eux avait rétorqué :

« Alors, Blanche-Neige, on te fait pas flipper ? »

Elle n'avait pas l'énergie nécessaire pour avoir peur. Le renfort de la sécurité était arrivé, deux agents de plus ; tous étaient noirs. Si les membres du gang ne s'étaient pas calmés immédiatement, les agents auraient peut-être sorti leur arme à feu, et Dieu sait ce qui se serait ensuivi. Eileen était la seule Blanche dans la pièce. Les agents avaient demandé aux membres du gang de partir. Il y avait une jeune fille parmi eux ; sans doute la petite amie du blessé. Elle tenait un bébé dans ses bras. Elle avait lancé à Eileen un regard implorant.

« Je veux bien en laisser entrer quelques-uns, mais un par un, avait déclaré Eileen, et tout le monde sera poli. Et vous pourrez revenir demain. Je vous promets que votre ami sera entre de bonnes mains, et nous nous en tiendrons là. »

Les agents s'étaient détendus. Ils avaient fait s'aligner les membres du gang contre le mur. Eileen avait bien vu que le leader était en train de calmer tout le monde. Il lui avait lancé un regard qui disait : *Madame, vous êtes quelqu'un de bien*. Cela lui était resté, ce regard. Elle avait été touchée de constater que son attention n'était pas passée inaperçue, même parmi ces voyous. Elle aurait voulu que ce jeune homme lui lance à nouveau ce regard devant son mari, la prochaine fois qu'Ed deviendrait à moitié fou devant une infraction absurde. La vie ne se réduisait pas à ses récriminations insignifiantes.

À présent, Eileen désirait finir en beauté, mais une prudence excessive avait infiltré son propre esprit.

« Parcourons les notes une dernière fois, dit-elle, et le regard d'Ed lui donna le sentiment qu'il n'avait pas prévu de faire autrement. Nous allons échanger les rôles, ajouta-t-elle. Je te lis les noms, et toi, tu me donnes les notes. »

Ils passèrent à nouveau en revue les copies. Ed effectuait sa tâche avec un empressement nouveau. Lorsqu'ils arrivèrent à la quatrième copie avant la fin, celle de La Shonda Washington, elle lui demanda de répéter la note qu'il venait d'énoncer.

« 86 », déclara-t-il.

Mais le score qu'il avait inscrit dans le carnet de notes était 67, qui se trouvait être également celui de Melvin Torres, l'étudiant figurant sur la ligne du dessus.

« Une seconde. »

Elle se leva pour regarder les copies qu'Ed avait entre les mains. L'éclat du soleil qui filtrait à travers l'air ressemblait davantage aux restants du crépuscule qu'aux premiers rayons de l'aurore.

« Quoi ? Qu'est-ce qu'il y a ?

— Je veux juste vérifier quelque chose.

— Je te l'ai dit, lâcha-t-il. Je te l'ai dit : 86.

— C'est bien ce que j'ai entendu, chéri. » La gorge d'Eileen se serra. « Je veux juste revérifier.

— Pourquoi, il y a un problème ? Une erreur ?

— Je veux juste corriger une chose, répondit-elle. Donne-moi une seconde. »

Elle attrapa le crayon, mais il abattit sa main dessus.

« Qu'est-ce qu'il y a ? » Il fulminait. « Qu'est-ce qu'il y a ?

— Le résultat de l'étudiant juste au-dessus de La Shonda Washington a été écrit en double, annonça-t-elle d'un ton neutre. C'est tout. Il faut que j'efface la seconde note et que j'écrive la bonne.

— Ah, nom de Dieu ! » Il jeta ses mains en l'air. « Nom de Dieu ! Tout est faux ! Tout est faux !

— Je te demande juste un instant, pour que je fasse cette petite modification.

— Laisse tomber, répliqua-t-il. À quoi bon ?

— C'est une simple erreur. Tu as recopié la même note deux fois. Il est tard.

— Oui, oui, dit-il d'un ton dédaigneux. C'est ça. Maintenant, laisse-moi finir. Je te rejoins quand j'aurai terminé. »

Il se saisit du carnet et le referma, avant de se prendre la tête dans les mains et de se frotter les yeux.

« Il ne nous en reste plus que trois, dit-elle.

— *Ça va,* rétorqua-t-il. On a fini. »

Elle aurait dû faire la correction sans rien dire. Se taire et s'en charger quand il aurait été endormi. À présent, il lui fallait le convaincre d'aller au lit.

« Alors si nous avons fini, dit-elle, alors viens te coucher.

— Je te rejoins dans un moment.

— Viens maintenant.

— J'ai dit que je te rejoindrai. Je te rejoindrai.

— Tu as besoin de sommeil. »

Il tapa du poing sur la table.

« Je te rejoins quand je te rejoins ! Comment faut-il que je te le dise ? Tu vas finir par me foutre la paix, oui ou merde ? »

Elle lui arracha le carnet des mains.

« Je ne veux pas entendre un mot de plus, articula-t-elle lentement, en lui lançant un regard glacial. Pas un mot ! »

Elle ouvrit le carnet à la page des notes et regarda les trois dernières. Whitaker, 73. Williams, 58. Zahedani, 97. Elle vérifia avec les copies et referma brutalement le carnet.

« Voilà, c'est bon, dit-elle. Tout est correct. Moi, je vais au lit. Tu peux venir ou rester ici. Peu m'importe. »

Elle sentit ses poings se serrer tandis qu'elle traversait le couloir pour regagner leur chambre. Elle avait déjà perdu tant de temps avec lui. Sans doute allait-il passer toute la nuit là-bas, à revérifier les mêmes notes indéfiniment.

Elle resta étendue dans son lit, à compter les moutons pour la première fois depuis qu'elle était enfant. Elle mordit son oreiller de colère. Puis elle l'entendit traverser le couloir. Elle roula sur le côté et il s'installa dans le lit à côté d'elle. Elle se rapprocha du bord autant que possible. Même un contact accidentel aurait pu l'enflammer au point qu'il doive aller dormir sur le canapé. Il était vain d'essayer de dormir ; elle resterait étendue là jusqu'à ce qu'il soit temps de se lever et d'aller se doucher.

Elle sentit le lit bouger légèrement, mais ce ne fut que lorsque les secousses se firent plus fortes qu'elle comprit de quoi il s'agissait. Ed s'était bien débrouillé pour le dissimuler, mais les ressorts l'avaient trahi. Eileen eut d'abord du mal à identifier les bruits étouffés qu'elle perçut ensuite, car, dans son esprit, Ed était un homme qui ne pleurait jamais. Non parce qu'il était macho ; il n'avait tout simplement jamais lâché une larme, pas même à l'enterrement de son père.

Elle se tourna doucement dans le lit, très attentive à son corps ; elle ne pouvait pas prédire comment il réagirait si elle le touchait. Il n'était pas impossible qu'il devienne violent, tel un animal en cage. Ils étaient sur un nouveau territoire, avec de nouvelles règles.

Elle se rapprocha de lui. Comme il ne bougeait pas, elle tendit un bras pour lui toucher l'épaule, s'attendant à ce qu'il rejette brutalement sa main ; il la laissa posée là. Elle exerça une légère pression pour le consoler ; il sanglota un peu plus fort. Elle pressa son corps tout entier contre le sien et Ed se recroquevilla, en cuillère. Alors, elle l'enlaça et le serra dans ses bras comme un enfant. Elle avait toujours résisté à l'envie de le bercer ainsi, de crainte de compromettre son désir pour elle, mais le désir était la dernière chose qu'elle avait à l'esprit en cet instant. Il sanglota tandis qu'elle le tenait contre elle, et elle l'apaisa en lui soufflant des « chut », longs, lents, tout bas, jusqu'à ce qu'il se tourne vers elle et pleure dans sa chemise de nuit.

Elle savait ce qu'il y avait, même si lui semblait l'ignorer : ils vieillissaient, voilà tout. Elle le sentait, elle aussi, mais les hommes réagissaient différemment. Ils étaient effrayés quand ils perdaient leurs cheveux, quand leur dos les trahissait. Les femmes étaient mieux préparées à faire face à la mort et à l'âge – surtout les mères qui, ayant donné naissance, voyaient à quel point la ligne séparant la vie de la mort était ténue. En tant qu'infirmière, elle avait aussi vu beaucoup de personnes mourir, des personnes à qui elle s'était attachée. Ed avait enseigné l'anatomie et la physiologie : il avait plongé dans le musée de la mort, et non à ses confins. Il était irrationnel de sa part de réagir aussi fort à quelques données mal saisies, mais qu'y avait-il de rationnel dans une crise existentielle ? N'étaient-elles pas toutes un peu absurdes ?

Ils entamaient une phase supérieure de leur vie ensemble, mais Eileen n'en avait pas peur. *Laisse venir,* pensa-t-elle. *Il sera entre de bonnes mains.*

Quelques minutes plus tard, Ed dormait profondément, épuisé d'avoir pleuré. Elle resta éveillée jusqu'à ce que le réveil sonne. Ed continua à dormir pendant qu'elle s'habillait. Elle laissa sur la table une pile de feuilles bien nette.

La Commission avait envoyé huit personnes pour réaliser l'inspection. Eileen et les autres administrateurs entrèrent dans une salle de conférences pour faire leur présentation. Elle se réjouit d'avoir pris un peu plus de temps le matin pour se coiffer et se maquiller avec soin, et d'avoir mis son tailleur avec sa jupe grise qui la moulait suffisamment pour lui donner un certain sex-appeal tout en restant professionnelle, car l'équipe était en majorité composée d'hommes.

Eileen était exténuée, mais elle avait confiance en son équipe. Cela faisait un an qu'elle préparait ses infirmières à répondre à ces questions et tout le monde était à jour sur les bases : pharmacie, équipement, connaissance de l'équipe, soins des patients. C'était l'interview des patients qui l'inquiétait. D'habitude, ces derniers montraient une générosité certaine dans leurs commentaires. Cependant, un seul patient mal luné suffisait pour que la Commission se mette à fouiner. « Que pensez-vous du service ? – Horrible. – Comment trouvez-vous votre chambre ? – Sale. – Vous donne-t-on les médicaments dont vous avez besoin de manière régulière ? – Personne ne répond jamais quand j'appelle. »

Eileen présenta à la Commission la situation du corps infirmier et retourna s'asseoir. Elle lutta pour rester éveillée pendant les bilans faits par les autres administrateurs, puis l'équipe fut libérée.

Elle ne fut pas autorisée à suivre les membres de la Commission dans leur tour d'inspection et cela lui donna l'impression d'être une criminelle. La délivrance de leur accréditation hospitalière était en jeu ; plusieurs conditions devaient être réunies. Mais une telle inflexibilité était assez difficile à croire. Les inspecteurs se déployèrent dans les couloirs comme une section d'assaut. Ils envahirent les laboratoires pour s'assurer que tout était propre et correctement stocké. Ils étudièrent chaque dossier, scrutèrent toute la paperasse comme des avocats cherchant un vice de procédure. Ils passèrent au gril les membres de l'équipe. Personne ne savait exactement combien de temps ils allaient rester, une fois qu'ils étaient là. Cela pouvait durer trois jours comme une semaine.

Son équipe aurait pu donner une tournée de conférences, après toutes les répétitions qu'elle lui avait fait faire. Mais tout ne se déroulait pas toujours comme prévu. Alors qu'il posait des questions à un patient, un inspecteur trouva une solution intraveineuse dont la date avait expiré. Cette découverte poussa les autres à creuser. Ils repérèrent un autre médicament périmé dans l'un des chariots, et des médicaments périmés pouvaient tuer. Eileen avait beau avoir entraîné ses infirmières à répondre correctement, un seul flacon périmé de quelques semaines seulement, au milieu de cinquante autres valides, annulait des semaines de travail. Un chariot d'urgence manqua également à l'appel dans le placard verrouillé où il était censé se trouver. Les inspecteurs ne lui dirent pas où ils l'avaient récupéré, bien entendu, mais seulement qu'il n'était pas rangé au bon endroit. Cette remarque en particulier fut douloureuse. Eileen était fière de diriger un service d'urgence bien rodé. Personne dans son hôpital ne mourait jamais de crise cardiaque parce que son chariot n'avait pas comporté les bons médicaments. Mais apparemment, du moment que le chariot n'était pas à sa place, son contenu n'avait pas d'importance.

Au terme de cette première journée, les inspecteurs lui remirent une liste de recommandations. Trop de recommandations, et l'accréditation pouvait être compromise. Ils lui donnèrent une chance de se rattraper le lendemain. Ce n'était qu'une question de petites choses à ajuster – jeter les vieux médicaments, changer les intraveineuses, remettre les chariots à leur place, les inspecteurs lui signifiaient juste par là qu'ils la tenaient à l'œil. Elle allait y arriver ; le North Central Bronx conserverait son accréditation. Cependant, les choses ne s'annonçaient pas faciles. Cette équipe d'inspecteurs avait l'air d'être du genre à ne rien laisser passer, et la semaine promettait être longue car, dans le même temps, la vie continuerait à l'hôpital. Les gens n'allaient pas s'arrêter d'être malades ; les gens n'allaient pas s'arrêter d'avoir des crises cardiaques. Et un enfant n'était-il pas arrivé ce jour-là, la main explosée par un pétard ?

Sur le chemin du retour, Eileen s'assoupit à un feu rouge. Quand elle se gara dans leur allée, le drap était toujours posé sur la pile, dans l'arrière-cour. Dans le tumulte de sa journée, elle l'avait oublié. Elle marcha jusqu'à lui et souleva un coin. Tout était là, intouché. Elle n'eut pas l'énergie d'épargner l'ego d'Ed. Elle arracha le drap. Si c'était un feu de joie qu'il préparait, il lui faudrait trouver un autre moyen d'exorciser ses démons. Elle réunit les morceaux de bois et les jeta à la poubelle, les laissant dépasser, grands et irréguliers. Puis elle plaça la poubelle sur le trottoir pour le ramassage des ordures, le lendemain. Ed allait devenir fou ; mais c'était le but, en fait. La fatigue d'Eileen l'avait durcie. La vulnérabilité d'Ed, la nuit précédente, et sa tendresse à elle – tout cela lui semblait appartenir au passé. À peine s'en souvenait-elle ; il aurait pu s'agir d'un rêve. Toute cette histoire était tellement bête ; comment avait-elle pu être si indulgente avec lui ?

Elle entra dans la maison et le trouva penché sur une pile de rapports de laboratoire qu'ils n'avaient pas traités la veille. Elle eut l'impression de revivre la même scène encore et encore, comme un film qu'on rembobine.

« J'ai enlevé ton bois du trottoir, dit-elle. Et ce serait gentil à toi si tu pouvais éviter de transformer le jardin en dépotoir.

— D'accord, lâcha-t-il sans lever les yeux.

— Qu'est-ce qu'il y a ? "D'accord", c'est tout ? Pas de crise de nerfs ? Tu ne me dis pas de ne pas me mêler de tes affaires ? »

Il continua à travailler comme si de rien n'était. Une odeur musquée émanait de lui. Il ne s'était pas douché. Il avait changé de vêtements, Dieu merci, mais il ne s'était pas lavé avant de partir travailler. Ed détestait ne pas prendre sa douche. Il disait avoir l'impression qu'une couche de crasse lui collait alors à la peau toute la journée.

« Tu avais l'intention de faire quoi avec, au juste ? lança Eileen.

— Je ne sais pas de quoi tu parles », répondit-il, en faisant pivoter sa chaise.

Il lui lança un regard comme pour lui dire qu'il essayait juste de faire les choses correctement – un mari accablé devant gérer les crises d'une épouse pas toujours très sensible, qui croyait bien agir mais rendait les choses si difficiles, parfois.

« Je te parle de la pile que tu as laissée derrière la maison. Ton mini-Stonehenge.

— Il faut vraiment que je me concentre, répondit-il, mais quoi que j'aie fait, j'en suis désolé.

— Tu ne te souviens pas du drap que tu as laissé sur la pile de bois dans l'arrière-cour ?

— Si, dit-il. Si. »

Elle voyait bien qu'il venait seulement de s'en souvenir ; il était donc absorbé à ce point !

« D'accord, très bien, lâcha-t-elle. Alors, dis-moi juste quelque chose et je te laisserai travailler toute la nuit : qu'est-ce que tu comptais faire avec ça ?

— Comment ? »

Elle connaissait cette tactique : feindre de ne pas l'entendre, pour gagner du temps.

« Qu'est-ce que tu comptais faire avec ça ?

— Oh, tu sais…

— Non, je ne sais pas. C'est pour ça que je te le demande.

— Je comptais faire des choses… Je t'ai déjà dit ce que je comptais faire, tu le sais très bien.

— Quand je suis partie dimanche dernier, tu m'avais dit que tu avais des projets en tête. Des projets de travaux pour la maison.

— Oui ! Oui. Je faisais quelque chose pour la maison. »

Sa façon de répondre évoquait ces gens kidnappés qui parlent au téléphone, et dont les ravisseurs scrutent les moindres signes de trahison.

« Et de quoi s'agissait-il exactement ?

— Eh bien, c'était une surprise.

— Je n'ai pas besoin de nouvelles surprises. » Elle le considéra pendant quelques instants. « Comment s'est passée ta journée ?

— Bien.

— Pas de problème ?

— Non.

— Pas d'étudiants qui se sont plaints ?

— Non. »

Elle hésita, puis finit par poser la question qui la démangeait :

« Tu veux que je t'aide avec cette nouvelle pile ce soir ?

— Oui », répondit-il aussitôt.

Elle n'avait pas la force de cuisiner, alors ils commandèrent des pizzas. Une fois sortis de table, elle prit une longue douche bien chaude. Ensuite, elle voulut se reposer pendant une heure avant d'aller aider Ed avec ses rapports de laboratoire. Mais impossible de somnoler dans l'atmosphère étouffante de leur chambre ; elle se rabattit sur le canapé. C'était l'un des moments où elle aurait aimé qu'ils aient la télévision dans le salon, contrairement à leurs principes – aux principes d'Ed, surtout, même si elle l'avait approuvé. Au début de leur mariage, Ed n'était pas tout à fait hostile à la télévision ; simplement, il n'appréciait pas ses effets sur la vie américaine. Et s'il n'était pas toujours pratique de ne pas avoir de poste dans le salon, cela avait aussi ses atouts. Ils pouvaient ainsi avoir de vraies conversations avec ceux qui leur rendaient visite, à l'inverse d'autres foyers – chez la sœur d'Ed, Fiona, cet œil omniscient transformait n'importe quel échange en une série de monologues distraits. De plus, quand ils se serraient tous les trois dans le grand lit, les dimanches, pour regarder *Fawlty Towers*, cela représentait un événement. Depuis peu, cependant, Ed était devenu réfractaire à la télévision, insistant pour qu'elle éteigne quand elle essayait de regarder Johnny Carson le soir. Voilà qui s'inscrivait dans la tendance générale de sa manière de penser : Ed était de plus en plus réfléchi, de plus en plus réactionnaire. Quant à elle, c'était l'opposé. Lorsqu'ils déménageraient dans leur nouvelle maison, elle achèterait une grande télé pour le salon.

Elle alla dans la chambre et fit rouler le petit poste jusqu'au salon. Elle avait envie de mettre son cerveau en veilleuse. Et tant pis si le bruit le dérangeait. Il était impossible qu'Ed soit en train de se livrer à un travail important, et ce n'était qu'une question de temps avant qu'elle soit assise à son côté à la table de la cuisine, pour passer en revue ses copies.

Elle se réveilla devant Ed qui tapotait sur le téléviseur.

« Éteins-moi ça. J'essaye de travailler. »

Elle était trop endormie pour prendre ombrage de ce qu'il disait. Elle attendit, curieuse de voir ce qui suivrait.

« Rapporte-moi ça où tu l'as trouvé. Enlève-le d'ici.

— Au cas où tu n'aurais pas remarqué, je vis ici moi aussi, dit-elle, sentant la colère monter.

— Vire-moi ça de là ! Je n'arrive pas à me concentrer. »

Elle se leva et arrangea les coussins derrière elle.

« On ne se parle pas comme ça dans cette maison. Je n'ai jamais laissé mon père me parler comme ça, et je peux te dire que ce n'est pas toi qui vas le faire. Tu te comportes comme un vrai con depuis je ne sais combien de temps. J'en ai ma claque. Je ne vais pas supporter ça un jour de plus. Ou bien tu arrêtes sur-le-champ ou, je te le jure, Ed, je m'en vais. Je ne te ferai pas de grande scène. Je prendrai juste notre fils et partirai. Tu sais à quel point je suis fatiguée ? À quel point ma journée a été longue ? Tout ça parce que je suis restée debout pour t'aider. Tu veux tout faire toi-même, très bien : fais-le. C'est plus facile pour moi de ne rien avoir à faire avec toi. »

Il se laissa tomber dans le fauteuil et resta là, à la regarder. Et son regard, si déterminé, la déstabilisa. Contre son gré, elle se sentit se réchauffer. Il y avait quelque chose dans ce regard capable d'enflammer les braises qui couvaient encore en elle, bien qu'enfouies sous des couches de cendres.

« Je suis désolé, déclara-t-il.

— Tu m'as déjà dit ça hier.

— J'ai tellement de pression au travail.

— Moi aussi, répliqua-t-elle.

— Je sais.

— Mais que s'est-il passé ? Je pensais que l'un des avantages de ton boulot était justement de ne pas être stressant.

— Ces derniers temps, ce n'est pas le cas.

— Je crois que c'est dans ta tête que tu n'y es pas. Je crois que quelque chose ne va pas, là-dedans. Mais tu refuses de me parler. Tu refuses de me montrer.

— J'ai affaire à une nouvelle génération, dit-il. Il faut que je sois parfait.

— C'est la crise de la cinquantaine, dit-elle. Loin de moi l'idée d'atténuer les choses, mais c'est bien ça dont nous parlons.

— Il faut simplement que j'arrive au bout des prochaines semaines, insista-t-il. Ensuite, ça ira beaucoup mieux. J'ai besoin de l'été pour récupérer. J'avais mis plusieurs tâches de côté, et je dois m'en occuper maintenant. Je ne dors pas bien. J'ai juste besoin de recharger mes batteries. »

Il retira ses lunettes et se frotta les yeux.

« Je connais ça, répondit-elle en bâillant. Ces rapports de labo, tu dois les rendre quand ?

— Les cours se terminent demain.

— Va les chercher, on les regardera ensemble. Ensuite, on pourra tous les deux aller dormir. »

Elle mit de l'eau à chauffer pour le thé, en ayant l'impression de se mouvoir comme à travers un épais brouillard. Elle resta debout devant la cuisinière, à regarder la bouilloire chauffer, puis, le thé préparé, rejoignit à pas traînants Ed à table, avec sa tasse. Cette petite cérémonie était importante. Elle allait boire son thé à petites gorgées, au lieu de le descendre d'un trait. Mais il fallait qu'Ed retrouve d'abord son calme. Ses genoux tressautaient violemment, comme cela lui arrivait parfois.

« Laisse-moi terminer ma tasse avant de commencer.

— D'accord, d'accord. »

Le liquide chaud était censé la ranimer, mais elle avait mis trop de lait, et le thé n'était pas bon. Du thé pour demeurer éveillé : quelle idée idiote ! Toutes ces années à en boire avant d'aller au lit avaient transformé cette boisson en véritable somnifère.

« Bon, au travail », dit-elle.

Ed se concentra sur le carnet de notes avec la même attention qu'un coureur sur la ligne de départ. Eileen repensa au chaos de la veille au soir, à la façon dont l'esprit d'entraide avait viré au concours de cris. Elle espérait trouver un moyen d'éviter qu'une altercation n'éclate si Ed faisait – ou plutôt *quand* Ed ferait – une erreur. Elle le sentait venir, sans savoir pourquoi, comme une certitude, peut-être à cause de la frénésie, à peine dissimulée, que trahissait sa jambe frétillante. Ed se trouvait dans un état mental, une zone où elle ne pouvait pas le suivre, où la moindre erreur préfigurait une condamnation. Elle songea aux sautes d'humeur des femmes : même après son accouchement, accablée par les hormones, elle n'avait jamais complètement pété les plombs. Une idée lui vint alors et elle vit sur-le-champ qu'elle était la bonne, la seule. Cette idée aurait pu lui venir la nuit précédente, mais elle se trouvait sous le joug d'Ed, alors que ce soir, c'était l'inverse. Cependant, elle hésita. Toute déviation de sa ligne de conduite, si absurde qu'elle fût, risquait de déclencher une fureur disproportionnée. Une vision la saisit – Ed renversant la table comme un tricheur aux cartes avant une fusillade. Elle s'éclaircit la gorge.

« J'ai une idée », dit-elle avec hésitation, mais il ne répondit pas. Il balayait, un par un, les témoignages de courtoisie qui constituaient pourtant la base de toute conversation. « Je peux nous faire gagner du temps. Bien sûr, si tu préfères procéder autrement, c'est comme tu veux. »

Il acquiesça pour indiquer qu'il écoutait – une amélioration. Elle prit une petite gorgée de thé.

« Je n'ai qu'à entrer directement les notes dans le carnet, dit-elle. Tu n'auras plus qu'à vérifier une fois que j'aurai fini.

— Oui », lâcha-t-il aussitôt.

Au départ, elle pensa qu'il ne l'avait pas entendue. Mais Ed leva les yeux et répéta sa réponse. Tout son corps se détendit. Elle ne s'en était pas rendu compte, mais elle avait désespérément attendu un choc – une claque, même.

« Bien », dit-elle alors qu'elle lui prenait le carnet de notes, mais elle ne le pensait pas.

Vu la rapidité avec laquelle il avait renoncé aux rênes, on aurait pu croire qu'il avait espéré la voir prendre les choses en main depuis le début. Elle remplit les notes. Cela ne demanda que quelques minutes. Elle en aurait presque ri.

Elle s'était laissé convaincre qu'il s'agissait là d'une tâche requérant la plus grande concentration. En fait, il était difficile de commettre une erreur une fois les premières notes reportées. Tout était déjà classé par ordre alphabétique. Elle frémit en imaginant le temps qu'Ed avait dû passer à vérifier l'ordre.

« Fini », annonça-t-elle en refermant le carnet.

Elle espérait qu'il n'insisterait pas pour tout vérifier par lui-même.

« Merci, lui dit-il, à sa grande surprise.

— Allons nous coucher maintenant. »

Ce soir-là, ils firent l'amour dans un élan frénétique. Ed semblait évacuer son stress au travers de son corps, mais elle apprécia malgré tout ce moment. Ils n'avaient pas fait l'amour avec une telle vigueur depuis longtemps. La colère d'Ed avait quelque chose de particulièrement terrifiant : c'était la colère d'un homme enchaîné. Il jouit avec un grognement et Eileen le rejoignit presque aussitôt. Alors qu'ils restaient ensuite étendus en silence, remplis de sueur, Ed la regarda intensément, et elle sentit qu'une barrière invisible s'était brisée. Les choses seraient plus faciles à présent. Elle trouverait le courage de lui dire, pour la maison.

26

LE SAMEDI VENU, ELLE SE RENDIT EN VOITURE À BRONXVILLE afin de rejoindre Gloria. Aucune proposition n'avait encore été faite pour la maison qu'elle désirait, et cela ne l'intéressait plus d'en voir d'autres. Mais elle alla malgré tout à l'agence. À la vue du désordre sur le bureau de Gloria, un sentiment de malaise se diffusa en elle.

« Que diriez-vous d'aller faire un tour pour discuter ? demanda Gloria en désignant la rue. De partir en ville jeter un coup d'œil ? »

Une fois dehors, elle lui offrit une cigarette ; Eileen refusa.

« Ça ne vous dérange pas si j'en prends une, n'est-ce pas ?

— Bien sûr que non.

— Tant mieux. Parce que je l'aurais fait de toute façon ! »

Gloria partit d'un rire rocailleux avant de se mettre à tousser. Elle alluma sa cigarette et tira une longue bouffée.

« Vous avez pu toucher deux mots à monsieur ? C'est quoi, son petit nom ? »

Eileen ignorait quand le basculement s'était produit exactement, mais Gloria avait abandonné tout formalisme avec elle. Une note d'impertinence rayonnait dans sa voix. Au départ, cette familiarité l'avait encouragée. Mais maintenant qu'Eileen avait accompli un pas de plus vers sa nouvelle vie, cela la déstabilisait. Ces manières mettaient un léger bémol à son idéal. Elle pensa à tous les gens que Gloria connaissait probablement en ville. Un agent immobilier pouvait exercer une grande influence s'il le voulait ; Gloria pouvait contrôler la trame de son histoire. Elle connaissait des secrets que même des psychiatres ou des prêtres ne connaissaient pas.

« Ed. Il s'appelle Ed.

— Et vous avez son feu vert ?

— Nous n'en avons pas encore discuté. Il a été très occupé dernièrement. »

Gloria tira sur sa cigarette. Eileen sentit son regard sur elle.

« Vous avez peur d'aborder le sujet, peur d'entendre un non, peur de devoir négocier. J'ai bien compris. Je suis moi-même passée par là, croyez-moi. »

Eileen se hérissa. La situation était beaucoup plus compliquée, et même si elle n'avait pas le temps d'en expliquer les subtilités d'une manière qui leur rendrait justice, elle n'était pas sûre que Gloria fût le genre de personne capable d'apprécier de telles subtilités. Comment avait-elle pu baisser la garde face à une femme aussi grossière ?

« Je lui en parlerai bientôt, assura-t-elle, j'ai bon espoir pour que nous fassions une proposition.

— Vous avez encore un peu de temps, répondit Gloria avec philosophie. Mais je ne vais pas attendre indéfiniment. Cette maison est en dessous des prix du marché. Si vous entrez dans une guerre des enchères, c'est fini. »

Dans la tête d'Eileen, cette maison était comme protégée par la bulle invisible née de l'intérêt qu'elle lui portait ; une graine de panique commença à prendre racine. Elles firent le tour du pâté de maisons. Gloria saluait des connaissances, dont certaines s'approchèrent pour bavarder. Eileen était à cran, mal armée pour pouvoir s'imposer. Elle s'était sentie plus en sécurité dans la voiture de Gloria, et elle se serait sentie plus en sécurité toute seule.

Elle ne se rendit pas vraiment compte de l'endroit vers lequel elle se dirigeait avant de dépasser la bretelle de la Bronx River Parkway. Elle continua à rouler, jusqu'à débarquer dans la rue encadrée par les deux piliers en pierres au niveau desquels Gloria avait tourné quand elle l'avait emmenée là. Eileen tourna plusieurs fois au hasard avant de trouver la maison. Elle n'avait rien prémédité. Elle avait seulement éprouvé un besoin urgent d'y retourner, pour confirmer ou non son sentiment.

De crainte de se faire remarquer, elle se gara dans la rue plutôt que dans l'allée. Elle resta assise dans sa voiture pendant un moment, à regarder le mur en pierre qui bordait le jardin, avant d'avoir le courage d'aller faire un tour à pied. Techniquement parlant, elle s'apprêtait à « entrer sur une propriété privée ». Mais quelle que soit la personne qui vendait cette maison, elle n'aurait sans doute pas protesté, si cela pouvait conforter une décision de l'acheter. Eileen remonta l'allée jusqu'à l'escalier arrière. Sur le patio, il n'y avait ni tables ni chaises, mais elle les imaginait parfaitement. Quelqu'un avait été payé pour prendre soin des plantes et tailler les haies. Elle pourrait rajouter quelques fleurs. Dans une maison telle que celle-ci, elle saurait comment les garder en vie. Une volée de marches menait jusqu'au sommet de la colline, derrière. Elle les suivit et, à mi-chemin, elle déboucha sur une petite plate-forme qui n'avait pas été entretenue. Elle pourrait installer une autre table ici, pour en faire le promontoire depuis lequel elle veillerait sur son domaine.

La propriété s'étendait tout le long d'un mur qui bordait le jardin d'une villa de style italien, bien plus grande et bien plus belle que cette maison, mais quelle honte y avait-il à se faire éclipser par une demeure aussi majestueuse ?

Après un petit moment, elle aperçut un employé qui bêchait la terre dans l'arrière-cour de cette propriété. Lui ne l'avait pas vue, mais il lui suffisait de lever le nez pour la remarquer. Elle se cacha derrière un arbre et l'observa pendant qu'il disparaissait à l'intérieur ; puis elle dévala l'escalier. Les buissons du patio lui donnèrent le courage d'essayer la porte-écran qui menait au salon. Celle-ci s'ouvrit en coulissant, comme la seconde porte vitrée, derrière, et en un clin d'œil elle se retrouva à l'intérieur.

Elle n'alluma pas les lumières. Les bruits résonnaient dans ces grands espaces vides. Elle hésitait à s'enfoncer davantage dans la maison, mais le frémissement des feuilles dehors l'incita à se réfugier dans le salon.

Elle prit le chemin de l'étage. Il régnait une odeur différente de la dernière fois ; elle identifia un léger arôme de moisi, provenant peut-être du sous-sol. À moins que cela fût seulement une odeur de renfermé. Elle se rendit dans la chambre où Connell s'était allongé par terre. La pièce était impressionnante de vide, sans personne à côté d'elle, au point qu'elle fut incapable d'y demeurer plus longtemps. Elle alla dans la salle de bains principale et ouvrit les deux robinets, se regarda dans la glace, puis détourna les yeux, effrayée à l'idée de voir quelqu'un apparaître derrière elle. Dans le silence de la maison, chaque son était amplifié.

Elle se rendit ensuite dans la chambre parentale et s'assit contre le mur, près des fenêtres. Plus elle restait là, plus elle se sentait nerveuse, mais impossible de se lever. Elle attendait que des circonstances extérieures lui dictent son prochain mouvement. Elle avait l'impression d'être un alpiniste parvenu à un sommet auquel il rêvait depuis longtemps, et ne pouvant souffrir l'idée de retourner à une vie normale.

Elle ignorait depuis combien de temps elle était là quand elle entendit des voix. Elle sauta sur ses pieds et chercha un endroit où se cacher, sans même songer à descendre l'escalier et à accueillir ces gens comme si de rien n'était. Qui cela pouvait-il être ? Le propriétaire, d'autres acheteurs potentiels, des voisins, peut-être la police. Elle envisagea de se dissimuler derrière le rideau de douche, dans la salle de bains de la chambre parentale, mais il n'y avait pas de rideau – et même s'il y en avait eu un, de quoi aurait-elle eu l'air si quelqu'un l'avait surprise là ? Ils auraient appelé la police, c'était sûr. Elle pensa à l'escalier du grenier, masqué par une trappe dans un placard, mais elle ne savait pas si elle pourrait tirer celle-ci assez silencieusement, et où se serait-elle alors cachée, une fois là-haut ?

Elle resta donc dans l'entrée de la chambre. Des lumières avaient été allumées en bas. Elle en entendit suffisamment pour dire qu'il s'agissait d'un couple visitant la maison et d'un agent immobilier qui n'était pas Gloria. Elle décida de se tenir dans la salle de bains jusqu'à ce qu'ils gravissent les marches. Une fois qu'ils seraient en haut, si elle les entendait partir à gauche, elle se glisserait dehors et descendrait. S'ils tournaient à droite pour gagner la chambre parentale et tombaient sur elle, elle bredouillerait une excuse et filerait malgré tout. Elle pourrait toujours prétendre qu'elle était restée là après avoir visité la maison. Il était peu probable qu'ils la suivent et continuent à l'interroger.

Elle écouta cet agent inconnu énumérer les atouts de la propriété. L'entendre la présenter à un autre couple fit retomber la joie que tous ces détails lui avaient procurée. Ils mettaient un temps fou, en bas. L'anxiété et l'impatience se mélangèrent en elle pour y faire naître une intrépidité inattendue : elle tira la chasse d'eau pour faire diversion, puis se précipita au rez-de-chaussée.

« Oh ! s'exclama l'agent à sa vue. J'ignorais qu'il y avait quelqu'un.

— Excusez-moi. Je me suis attardée après la visite pour aller aux toilettes.

— Je vous en prie.

— Ne vous interrompez pas pour moi, dit-elle tandis que le couple apparaissait dans la cuisine. C'est une très belle maison.

— En effet, répondit le mari.

— Et au moins, nous savons à présent que les toilettes fonctionnent ! » lança-t-elle avant de se sentir aussitôt un peu bête.

L'agent sembla aussi mal à l'aise d'entendre cette remarque qu'Eileen l'avait été en la formulant.

« Oui, ha ! lâcha-t-il, un peu trop tard.

— Est-ce que cela vous embête si je sors par la porte avant ? lui demanda Eileen. Vous pourriez refermer derrière moi ? J'aimerais jeter un coup d'œil au porche.

— Pas du tout ! » L'agent parut soulagé par son départ. « Je vous en prie ! »

Dehors, l'agitation d'Eileen se dissipa. Elle reprit son souffle en s'appuyant contre la rambarde ; sous sa main, la peinture était lisse mais bosselée. Elle sentit le parfum de l'herbe fraîchement tondue, de la lavande et du lilas dans l'arbre, et écouta les oiseaux et les feuilles qui frémissaient dans les branches. Les buissons parfaitement taillés se balançaient un peu dans le vent. Ni sirènes de police ni sirènes d'ambulance ne lui faisaient battre les oreilles, et pas davantage le son d'un autoradio monté à plein volume. Une petite fille passa sur un vélo et la gratifia d'un coucou de la main. Eileen la salua en retour, complétant l'illusion qu'elle se trouvait dans sa propriété. Et tout à coup survint ce sentiment de paix, celui-là même qu'elle avait recherché en venant ici, cette chose ineffable qu'elle poursuivait depuis si longtemps. Puis elle entendit l'agent et le couple entrer dans le vestibule, et sentit cette paix se dérober à elle. Leurs voix étaient étouffées par la porte, mais elle savait qu'ils spéculaient sur la maison, la soupesaient, la considéraient. Or, dans son esprit, elle lui appartenait déjà, et elle ferait tout ce qu'il faudrait pour l'avoir.

27

CONNELL N'ÉTAIT PAS SÛR DE SAVOIR pourquoi il avait dit à sa mère qu'il voulait déménager. Peut-être était-ce parce qu'il avait vu combien elle avait envie qu'il en ait envie. Mais en vérité, il ne désirait aller nulle part.

Partir maintenant, lui semblait-il, serait comme un abandon, cela reviendrait à dire : *Je suis vraiment la couille molle que vous voyez en moi*. Et puis, il entrerait bientôt dans une nouvelle école. Il se ferait des amis, là-bas, mais en déménageant il perdrait ceux qu'il avait déjà ; il en était quasiment certain. Farshid, Hector et Elbert lui étaient restés fidèles malgré tout ce qu'il avait enduré.

Farshid allait à Brooklyn Tech, Hector à St. Francis Prep, et Elbert à Molloy. En déménageant, il laisserait donc derrière lui une partie de ce qu'il était. Même ses anciens amis qui lui avaient fait tant de mal appartenaient à sa vie. Peut-être qu'une fois adultes, ils regarderaient en arrière et en riraient ensemble ; tout en buvant du vin à la table de la cuisine des uns et des autres, et en rejetant leurs têtes en arrière, ils se souviendraient de ce qu'ils étaient, enfants. Il vous fallait rester dans la même ville pour tisser ce genre d'histoire avec les gens. Avoir des attaches ancrées suffisamment profond.

S'il s'en allait, il n'aurait plus de chez-lui, plus de la même manière en tout cas. Sa mère ne semblait pas s'en soucier. Mais elle avait vécu à Woodside jusqu'à ses vingt ans. Ses meilleurs amis dataient de la maternelle. Il voyait la façon dont ils s'appréciaient les uns les autres. D'après sa mère, les choses n'étaient plus les mêmes, les gens avaient évolué, ils n'étaient plus voisins comme autrefois ; mais Connell savait que c'était faux, que rien n'avait changé. Tout ce qu'il y avait à faire, c'était rester au même endroit.

Il jouait à *Mike Tyson's Punch Out !!* chez Farshid. Il avait essayé deux fois de battre Piston Honda, mais le cœur n'y était pas. Il tendit la manette à Farshid et le regarda gagner les niveaux contre Soda Popinski et Bald Bull. Lui ne parvenait même pas à atteindre le niveau auquel Farshid commençait. Les doigts de Farshid sur les boutons ressemblaient aux ailes battantes d'un oiseau-mouche.

Dans l'ensemble, les autres laissaient Farshid tranquille. Il était arrivé à St. Joan en classe de cinquième, moment auquel tout le monde avait déjà trouvé sa bande. Il était un électron libre, en quelque sorte.

« Ma mère va nous faire déménager, dit Connell.

— Ah ouais ? »

À sa voix, on aurait dit que Farshid l'avait entendu sans l'entendre. Il agitait la manette dans tous les sens en tapant furieusement sur les boutons.

« Elle veut qu'on s'en aille d'ici.

— Pour aller où ?

— À Westchester.

— C'est où, ça ?

— En grande banlieue.

— Cool. »

Connell jura et jeta sa manette, qui atterrit néanmoins doucement sur le tapis, puis il la tira par le cordon pour recommencer une partie.

« Je ne veux pas y aller.

— Pourquoi pas ?

— J'ai tous mes amis ici.

— Mais tu auras un jardin. Et peut-être même une piscine.

— Ouais.

— À ta place, je serais content.

— Et tes amis, alors ?

— Quoi, mes amis ?

— Ça ne te dérangerait pas de les quitter ?

— Je ne dis pas ça pour toi, répondit Farshid, mais, ouais… enfin, non.

— Moi, vous me manquerez, toi et Hector. Même Elbert.

— De toute façon, tu ne vas plus nous voir, même si tu restes. Tu iras en ville avec tous tes copains les intellos. Vous vous branlerez dans les vestiaires.

— À mon avis, tu me confonds avec toi-même, répliqua Connell.

— Moi, j'aurai des filles pour le faire, je te remercie.

— Tout va changer d'un coup. »

Farshid termina sa partie et mit le jeu sur pause.

« Il faut que tu te réinventes, déclara-t-il. C'est ce que ma mère me dit tout le temps : "Réinvente-toi." Enfin, en farsi, on dit : *"Khodeto az no dorostkon."* Moi, je n'avais aucune envie de venir ici, tu sais. Mais il y avait des histoires politiques avec mon père. Nous avons dû partir vite. Alors, tu parles que tout a changé d'un coup !

— Mais tu ne pourrais pas aller à Brooklyn Tech si tu déménageais.

— J'en ai rien à foutre de Brooklyn Tech, mec ! Ça ou autre chose, je m'en tape. Moi, c'est ce qu'il y a après qui m'intéresse. La fac ! Vivre par mes propres moyens. » Farshid fit claquer ses mains. « Des belles filles dans mon dortoir ! Ah ! »

Connell savait pourquoi les autres à l'école n'embêtaient pas Farshid : il n'était pas vulnérable ; il avait déjà une idée de ce que serait sa vie.

« Mais c'est chez moi ici, insista Connell.

— Chez toi ? répliqua Farshid. Mais qu'est-ce que ça veut dire, d'abord ? Moi, je vais travailler sur Wall Street. Je vais épouser une bombe à la Alyssa Milano et je la baiserai à mort dans mon lit *king size*. J'aurai une *big* maison avec une *big* piscine. C'est ça, "chez moi". »

Connell se sentait comme un enfant ; tout ce à quoi il aspirait, c'était à tenir la main d'une fille un jour, alors que Farshid, lui, imaginait déjà ce qu'il ferait avec sa femme.

« Pas mal, dit Connell.

— Réinvente-toi ! répéta Farshid en lui tendant le joystick. Commence par être un peu moins mauvais à *Punch Out* !

— Il faudrait déjà que je m'invente avant de pouvoir me réinventer.

— Arrête, répondit Farshid. Tu es déjà quelqu'un. Tu es le plus gros intello que j'aie rencontré de toute ma vie. »

28

TOUT COMMENÇA EN COURS DE MATHS. Gustavo Cruz lui tapait dans le dos. Connell avait résisté toute l'année, mais Gustavo n'avait pas lâché le morceau. C'était la période où chaque note comptait pour certains élèves. D'habitude, Connell cachait simplement un peu mieux sa copie en resserrant ses bras autour, penché par-dessus pour mieux faire obstruction. Il se fichait d'avoir l'air d'un intello désespéré ; il voulait faire savoir aux professeurs qu'il n'avait rien à voir avec des tricheries.

Gustavo lui donnait des tapes sur le cou à présent. Connell ne pouvait pas se retourner pour lui dire d'arrêter sans risquer de passer à son tour pour un conspirateur.

Il pensa à l'image qu'il renvoyait aux autres – un gars coincé, incapable de se comporter normalement, un ancien gros toujours mal à l'aise dans son corps, un intello sans style ni couilles, et qui jamais, jamais n'embrasserait une fille. Il s'était fait insulter et railler des milliers de fois ; sans compter l'épisode du panier de basket, son besoin désespéré de bouger une main pour couvrir ses parties intimes en même temps que sa peur de tomber. Pourtant, il n'avait pas alors pris cela comme la pire des humiliations, parce que ses parents lui répétaient toujours qu'il valait bien plus que ce que les autres pouvaient voir. Mais il n'était plus tout à fait sûr d'y croire, maintenant.

Il se redressa sur sa chaise, se pencha sur le côté et montra en grand sa copie à Gustavo – la partie du haut, du moins. C'était un questionnaire à choix multiples, avec plusieurs problèmes à résoudre à la fin. Le questionnaire à lui seul serait suffisant pour que Gustavo décroche la moyenne. Connell était nerveux ; un simple regard de Mlle Montero aurait décuplé son stress. Mais elle ne le surveillait pas.

À la cantine, Gustavo exulta.

« Mec, t'as déchiré. Cuh-*nell* !

— Chhhut... » Connell essaya de la jouer décontractée, mais il avait peur. « Pas si fort.

— C'est bon, mec. »

Quelques jours plus tard, pendant un contrôle surprise, Connell se pencha légèrement sur le côté, vers Gustavo, après avoir terminé. Cette fois, Mlle Montero lança un : « Les yeux sur votre feuille ! » mais Gustavo avait probablement eu le temps de voir.

« Cuh-*nell* ! » s'écria-t-il à nouveau, et Connell pensa : *Con-nul. Con-nul.*

Cet après-midi-là, au lieu de se dépêcher de rentrer chez lui, il se retrouva assis sur les marches du presbytère avec les autres. Par un tour de passe-passe cosmique, il était arrivé parmi eux. Il espérait que personne ne remarquerait comme il faisait tache ici.

Ils allèrent ensuite faire des blagues téléphoniques chez Shane. Ils commencèrent par appeler chez Gianni et firent livrer une tarte à l'adresse de l'un de leurs professeurs, relevée dans l'annuaire téléphonique. Ils appelèrent Antigone Psillos, une fille simplette, trop gentille avec tout le monde, qui s'était vu attribuer le surnom peu original d'Antigogole. Pete lui demanda si elle voulait sortir avec lui, et quand elle accepta d'une voix circonspecte il lui cria : « Sale tarée ! » et raccrocha.

« C'est qui déjà, le Chinois avec qui tu traînes ? demanda Shane à Connell.

— Qui ça ?

— Ton pote, dit Shane. Elbert. Elbert Lim.

— Ce n'est pas mon pote.

— Peu importe. C'est quoi son numéro ?

— Je ne sais pas, répondit Connell.

— Tiens, lui dit Shane en lui passant le téléphone. Fais-le. Et commande à bouffer chinois. »

Les garçons essayèrent d'étouffer leurs rires et se tapèrent sur les cuisses. Tout le monde était installé dans le salon. La mère de Shane travaillait tard, et son père était à l'étranger. C'était un Marine qui avait fait la guerre du Golfe ; il aurait dû rentrer au mois de mars, quand la guerre avait pris fin, mais il avait été envoyé au Bangladesh pour aider les victimes d'un cyclone. Il y avait une photo de lui en uniforme accrochée au mur, à droite du téléphone.

« Je ne connais pas le numéro, répéta Connell.

— C'est ça, répliqua Pete. Tu lui parles tous les jours.

— Attends, intervint Shane. Je l'ai appelé une fois, pour les devoirs. »

Shane alla chercher son répertoire et composa le numéro. Il grimaçait d'excitation en attendant qu'on décroche.

« Allô ? fit-il dans le combiné. Je suis bien chez Chow-Chow Kitchen ? J'aimerais commander un riz cantonais et des travers de porc. »

Derrière, les autres riaient comme des fous. Connell essaya de sourire. Shane posa une main sur l'écouteur.

« Son père, articula-t-il tout bas avant de parler de nouveau dans l'appareil. Non, je voudrais commander des travers de porc. Livrés à domicile. »

Sur quoi Shane éclata de rire et raccrocha.

« On rappelle ! » s'écria Pete. Il tendit le téléphone à Connell. « À ton tour. »

Connell fit semblant de regarder le répertoire, se trompa exprès et recommença. Puis il commit une véritable erreur, à cause de sa nervosité. Shane lui arracha le répertoire et composa le numéro. Connell avait toujours le combiné entre les mains. Après quelques sonneries, quelqu'un décrocha. Ce n'était plus le père d'Elbert, mais Elbert lui-même.

« Allô ? » fit la voix. Connell était trop nerveux pour parler. « Allô ? Qui est à l'appareil ? Vous voulez bien arrêter d'appeler, s'il vous plaît ? »

Elbert raccrocha.

« Il a raccroché, dit Connell, en espérant que cela suffirait.

— Rappelle !

— Vous ne préférez pas téléphoner à quelqu'un d'autre ?

— Rappelle ! »

Connell reprit le numéro et le composa. Le téléphone sonna pendant un moment. Connell était soulagé d'être épargné. Mais il entendit un clic à l'autre bout du fil. Elbert, à nouveau.

« Vous feriez mieux de nous foutre la paix, maintenant, bande de trous du cul. Votre pause chez McDo n'est pas terminée ? Oh, attendez, j'avais oublié : même McDo ne vous embaucherait pas. Par contre, je parie qu'ils voudraient bien de votre mère, pour la payer à l'heure. J'ai entendu dire qu'elle pratiquait des tarifs assez bas. »

Connell avait toujours apprécié la maturité d'Elbert, son intelligence tranchante comme une lame de rasoir.

À présent, il avait honte. Ses amis – ses nouveaux amis, et bientôt ses anciens – le regardaient intensément.

« Dis quelque chose, le pressa Shane.

— Je voudrais commander des travers de porc et du riz cantonais, dit Connell avec une voix contrefaite, plus grave que la sienne.

— Très drôle, rétorqua Elbert. Très original. On ne me l'avait jamais faite. Même pas une fois. »

Connell ne savait quoi répondre. Il sentit un sourire idiot se dessiner sur son visage. Il s'enfonçait. Mais il aperçut soudain les yeux des autres braqués sur lui avec un air – était-ce possible ? – de reconnaissance. Alors, la seule chose qu'il put faire fut de commander d'autres choses à manger.

« Et des nems aussi, déclara-t-il en prenant un mauvais accent chinois qui fit rire ses amis encore plus fort. Et une soupe de raviolis. »

Cela le rendait malade de faire une chose pareille, et son père serait devenu fou s'il avait su, mais c'était bon, en même temps, d'être l'un des leurs.

« Shane Dunn ? Est-ce que c'est toi ? Pete McCauley ? »

Connell priait pour qu'Elbert ne cite pas son nom.

« On n'est même pas chinois, ajouta Elbert. Mais ce n'est pas comme si vous connaissiez la différence, bande de crétins. On est coréens. Je n'aime même pas la bouffe chinoise. Pourquoi vous ne demandez pas plutôt un *kimchi* ? Peut-être que ma mère pourrait vous le faire connaître, bande d'ignorants. Si vous voulez, je vous le livre et je vous le fous sur la gueule. »

Elbert était ainsi : pugnace. D'ordinaire, Connell trouvait ce trait formidable ; à cet instant, il en avait peur. Le *kimchi* que préparait la mère d'Elbert était un régal. La première fois que Connell l'avait goûté, il avait eu la bouche en feu. Ils ne mangeaient jamais aussi épicé à la maison.

« Allez, Connell ! cria Pete. Dis quelque chose. »

Des « chut ! » fusèrent parmi les garçons, devant cette transgression du protocole. Ils firent semblant d'être choqués et se mirent à pouffer de rire.

« Connell ? Est-ce que c'est toi ? »

Connell raccrocha avant d'avoir pu répondre. Il savait qu'Elbert ne lui adresserait plus la parole, alors, quand les autres lui demandèrent d'appeler Farshid, il décrocha le téléphone et composa le numéro.

« Passe-moi ça, dit Shane. Je veux parler moi-même à ce bougnoule. »

Debout sous le portrait sévère de son père, Shane se mit à hurler un flot d'insultes dans le téléphone. Il ne prit même pas la peine de déguiser sa voix.

Quand Donny Orlando alla aux toilettes, Connell se posta près de la porte du couloir et guetta le son de la chasse d'eau ou de ses pas. Il prit une poignée de pièces dans la grande jarre de l'entrée, et remplit ses poches. Il avait de l'argent de poche, mais malgré tout, il prit ces pièces, le ventre serré. Avec, il acheta à manger, des BD, des cartes de base-ball. Dans une boutique de Roosevelt Avenue, il regarda des types acheter des nunchakus et des étoiles de ninja. Puis il se paya un couteau à lame courbe, qui rentrait avec un violent clic dans son manche protecteur. Il apporta le couteau à l'école et ouvrit la fermeture Éclair de son sac à dos pour le montrer à ses nouveaux amis.

« Merde, mais range ça ! lui dit Shane. Comment est-ce que tu peux être premier de la classe et aussi con à la fois ? »

Comme il n'avait pas de match au club, Connell se rendit au parc. Tous ses nouveaux amis y jouaient au hockey. Il n'avait aucun équipement de hockey, alors, pendant un moment, il fit des balles avec l'un des types plus âgés, puis il s'assit et attendit.

Ils remontèrent ensuite jusqu'à Northern Boulevard pour aller à Dance Dynamics regarder les filles à travers les stores. Toutes les filles qui plaisaient à Connell étaient inscrites à ce cours, et tous les garçons de la bande, sauf lui, sortaient avec l'une d'entre elles. À l'heure de la pause, certaines sortirent dehors. Connell était le seul à ne pas porter un équipement de hockey. Il tenta de cacher son gant derrière son dos. « Le base-ball, c'est un truc de tantouze », avait-il entendu de la bouche de Shane, et même s'il savait à quel point Shane était mauvais à ce sport, il se sentit comme un gosse, à avoir ce gant sur lui, alors que les autres portaient des jambières protectrices et le surplombaient d'une tête avec leurs rollers. Les filles ne lui jetaient que des coups d'œil interrogateurs, comme si elles attendaient que l'un des garçons leur explique pourquoi Connell les avait suivis ici.

Ils se dirigèrent vers la boutique Optimo pour aller piquer. L'après-midi touchait à sa fin ; Connell devait faire les courses pour sa mère avant le dîner. Il aurait dû partir voilà un moment déjà, mais il voulait préserver sa légitimité en faisant tout ce que les autres faisaient.

Leur plan consistait à voler pendant que deux personnes distrayaient Andy, le Coréen qui tenait la caisse à l'entrée, et sa mère, qui se trouvait dans l'arrière-boutique. Ils se déployèrent dans le magasin. Connell resta près de la vitrine où étaient exposées les cartes de base-ball. Il n'était pas difficile pour lui de faire semblant d'être intéressé, car il venait très souvent dans cette boutique pour acheter des BD et des cartes. Il détourna l'attention d'Andy en lui posant tout un tas de questions, mais ne vola rien. Il était sûr qu'il serait malgré tout félicité pour avoir aidé la cause, mais une fois à l'angle de la rue, quand tout le monde exhiba son butin – des bonbons, une canette, un thermos – et que Connell se retrouva les mains vides, il se fit traiter de couille molle.

Ils allèrent ensuite chez Pete, à quelques pâtés de maisons de là. Pete sortit des bouteilles d'alcool du placard de ses parents et les fit circuler. Connell n'en prit pas la moindre gorgée.

« Mais quel gros coincé, dit Pete. C'est dingue d'être aussi coincé. Pourquoi il traîne avec nous, déjà ? »

Pete se tourna vers Gustavo, qui haussa les épaules.

« Mon pote Connell me file un coup de main », répondit-il avant de lancer à Connell un regard qui signifiait : *Maintenant débrouille-toi.*

Ils ressortirent pour rejoindre les filles après leur cours de danse. Connell imaginait ce qui pourrait se passer s'il était capable de se détendre, de leur parler comme s'il en avait le droit. Une fois, en quatrième, il avait téléphoné à Christin Taddei, devant l'insistance de Farshid, et lui avait demandé de sortir avec lui. Le coup de fil s'était soldé par une humiliation. Et voilà que Christin se tenait à présent devant lui. Elle dit quelque chose qu'il ne comprit pas. Il avait l'impression de pouvoir à peine entendre, sans doute à cause du sang qui courait fougueusement à travers son organisme.

« Tu schlingues, répéta Christin.

— De quoi ?

— Faut mettre du déo. Ou de l'eau de Cologne. Ou prendre une douche. »

Une autre fille émit un petit bruit de bouche désapprobateur.

« J'y penserai », répondit-il.

Il sentit ses doigts de pied se recroqueviller de honte.

« *Wow,* merde alors ! fit Shane. Ma nana vient de te casser sévère. »

Shane se détacha du groupe avec Christin ; Pete retourna chez lui, et Connell reprit Northern Boulevard avec Gustavo et Kevin. Ils allaient passer de nouveau devant la boutique Optimo.

« Tu aurais dû prendre quelque chose, dit Gustavo. Tout le monde l'a fait. »

Le crépuscule était en train de tomber. Le magasin fermerait bientôt. Andy était appuyé contre la vitrine. Il était à l'université ; Connell l'avait vu porter un sweat-shirt NYU. Connell lui achetait des cartes pratiquement tous les jours, et des bandes dessinées au moins une fois par mois. Andy lui en préparait toujours un sac. Parfois, il lui glissait même un paquet gratuit de cartes de base-ball, juste parce qu'il était un client fidèle. Il aimait bien regarder Connell ouvrir le paquet et découvrir les cartes bleues.

Gustavo disait quelque chose, mais Connell avait cessé d'écouter. Il descendit sur la chaussée pour prendre du recul, puis il se retourna tout à coup, et jeta la balle qu'il tenait dans sa main aussi fort qu'il le put. La grande vitrine se brisa avec un fracas terrifiant. Des panneaux de verre tombèrent comme des glaçons.

Gustavo lâcha un « Putain de merde ! », et lui et Kevin détalèrent sur le boulevard. Connell se faufila dans la circulation et courut jusqu'à se retrouver devant sa maison, le cœur battant à tout rompre. La porte d'entrée n'était pas verrouillée. Il resta dans le vestibule, à guetter si quelqu'un l'avait suivi. Il voulait échanger sa peau avec celle de quelqu'un d'autre, échanger son corps.

Son père était sur le canapé, son casque sur la tête, et sa mère en train de cuisiner ce qui, à l'odeur, semblait être des pâtes aux brocolis – un plat qu'elle préparait en vitesse lorsqu'il ne restait plus rien dans le frigo. Connell annonça son retour et ne répondit pas quand elle lui demanda où il était allé. Il fila directement dans sa chambre. Une sirène de police retentit au-dehors et il commença à se ronger les ongles. Puis il se rendit dans la salle de bains, se déshabilla complètement et renifla ses aisselles.

Christin avait raison : il sentait. Peut-être était-il temps de cesser d'être un gamin. Il entra dans la douche et tourna à fond le robinet d'eau chaude, avec seulement un tout petit peu d'eau froide pour contrebalancer. L'eau l'ébouillanta, le rendant instantanément rouge. De la vapeur s'éleva dans toute la pièce.

Il ne pouvait s'arrêter de penser à la vitrine. Il revoyait en boucle l'incident – le verre qui s'effondrait, avec cette grosse partie qui avait vacillé avant de se décrocher dans un grand fracas. Ils trouveraient la balle. Ils chercheraient les empreintes. Ils n'auraient même pas besoin d'empreintes, car il allait là-bas tous les jours avec son gant et sa balle de base-ball. Une fois, il y avait même oublié son gant et avait appelé pour prévenir ; le magasin était resté ouvert plus tard pour qu'il puisse le récupérer. Il visualisait parfaitement Andy en train de secouer la tête, peinant à croire à ce qui était arrivé. Connell avait toujours apprécié les sarcasmes d'Andy, chaque fois que quelqu'un disait quelque chose d'évident ou agissait bêtement. Andy était étudiant, mais il passait la plupart de son temps avec des enfants. Connell le voyait très bien taper du poing sur le comptoir. Il le voyait verrouiller la porte et consoler sa mère, puis balayer les débris avec elle. Il le voyait vidant les cartes de la vitrine, ramassant les morceaux de verre sur les paquets, baissant son rideau de fer en jurant entre ses dents. Lui et sa mère méritaient mieux.

Il se frotta la peau avec une rapidité punitive, mais ne parvint pas à se calmer. Il songeait toujours à Christin Taddei en train de lui dire qu'il puait. Christin était sortie avec Gustavo avant de se mettre avec Shane, et certains disaient qu'elle et Gustavo avaient couché ensemble. Elle remontait sa jupe plus haut que les autres filles, et son chemisier était toujours un peu trop serré. Il eut une érection. Il attrapa son sexe dans ce nuage de vapeur, et se fit jouir après quelques caresses rapides, observant sa matière visqueuse qui s'engouffrait dans la bouche d'évacuation. Il s'essuya la main, se débarrassa comme il le pouvait des résidus collants. Il se sentait encore plus mal à présent, encore plus effrayé. Il était coupable, coupable. Tôt ou tard, il se ferait prendre. Ce n'était qu'une question de temps. Il voulait sortir, s'enfuir. Le lycée était encore trop loin, et même cela ne suffirait pas ; il voulait partir. Ne jamais revoir Andy ou la mère d'Andy, qui colporteraient la vérité sur lui partout où ils iraient.

Il entendit un coup donné sur la porte de la salle de bains.

« Dîner », fut le seul mot que prononça sa mère, mais il eut l'impression d'être convoqué devant le juge.

29

LE SOIR QUI PRÉCÉDA L'ENVOI DE SES NOTES FINALES, Ed ne broncha même pas lorsque Eileen lui demanda ce qu'il voulait pour le dîner ; il ne leva même pas la tête ; il se contenta de brandir une main pour la congédier. Elle se retira et se défoula en battant la viande pour ses hamburgers. Elle découpa les carottes avec une certaine sauvagerie, savourant le bruit du couteau qui frappait la planche à découper.

Après le dîner, tandis qu'elle débarrassait, il apporta tous ses papiers dans la cuisine.

« Reste avec moi le temps que je te prépare les notes à rentrer, dit-il.

— Je serai en train de lire dans le salon, répondit-elle. Viens me chercher quand tu seras prêt.

— Non, répliqua-t-il. Je veux que tu sois à côté de moi. Je veux que tu te tiennes prête. Je te donnerai le signal. »

Il agissait comme le chef de l'équipe des urgences attendant qu'une ambulance arrive. Il était absurde de devoir rester dans un tel état d'alerte, mais elle s'abstint d'en faire toute une histoire. Au lieu de ça, elle alla se préparer un thé, prit son livre et s'assit à la table avec lui.

« Non, dit-il en levant les yeux. Non.

— Qu'est-ce qu'il y a ?

— Pas de lecture. J'ai besoin que tu te tiennes prête.

— Tu plaisantes ? demanda-t-elle avant de retourner à son livre.

— Non ! »

Ed lui arracha le livre des mains.

Certains médecins urgentistes aimaient bien tester les infirmières en jouant avec leurs nerfs, mais ils venaient ensuite s'excuser, parfois ; avec ceux qui ne se donnaient pas cette peine, il fallait savoir ne pas le prendre personnellement. Sauf que ces hommes-là sauvaient des vies. Quelle vie Ed était-il en train d'essayer de sauver ?

« Chéri ! Est-ce que ça va vraiment gâcher quelque chose si je lis à côté de toi pendant que tu travailles ? Quel mal y a-t-il là-dedans ? »

Il plaqua brutalement son stylo sur sa pile de feuilles.

« Nous avons un système ! cria-t-il. Nous avons un système qui fonctionne ! Nous devons le suivre ! Suivre le système ! »

Elle avait bien compris qu'ils avaient un « système » : il consistait à ce qu'il fasse ce qu'il voulait pendant qu'elle le regardait travailler sans parler, sans moufter, sans ciller.

« Très bien. »

Elle ferma son livre et le considéra. Ses cheveux grisonnaient au niveau des tempes, mais autrement il avait gardé sa crinière d'un noir profond. Ses cils étaient toujours assez longs pour être enviés par n'importe quelle femme, et ses yeux d'un bleu de cristal adoucissaient l'impression pointue que donnait son nez et celle, puissante, que donnait sa mâchoire. Même encore maintenant, sa beauté arrivait à la surprendre.

Elle s'assit et attendit, buvant son thé lentement. Boire du thé semblait être toléré dans le système d'Ed. Elle s'empara d'une pile quand il eut terminé, dans l'idée de commencer à s'y mettre. Mais il la coupa dans son élan et lui dit d'attendre. Elle se leva, juste pour se lever, et alla jusqu'à l'évier. Il lui demanda de revenir s'asseoir. L'envie de le provoquer montait. Elle se mit à le bombarder de questions, à courts intervalles. Il l'ignora et garda la tête baissée. Finalement, il leva le nez, respirant entre ses dents, ses yeux brillants de haine.

« Silence ! gronda-t-il. Tu t'assois là, tu te tais, et tu attends que j'aie terminé. »

Elle voulait lui répliquer quelque chose d'acide, pour l'humilier de la même manière qu'il l'humiliait. La seule chose qui l'arrêta fut la vague sensation qu'il n'était pas l'homme qu'elle avait épousé, qu'un quelconque transfert, telle une métempsychose, s'était produit. Elle se rassit, une main sur la table et l'autre autour de sa tasse. Quand il eut fini, Ed cessa de taper avec son stylo et prit une grande respiration en se massant les yeux. Il se radossa contre sa chaise avec ostentation, en la dévisageant comme s'il la voyait pour la première fois. Surprise par ce regard intense et soudain, elle se mit à rougir. Elle avait envie de le toucher, de chasser sa colère. Prenant une pile de copies, elle entreprit de reporter les notes dans le carnet. Elle termina rapidement, mais Ed sortit une nouvelle feuille, avec des nombres et des blancs à côté.

« Ça, maintenant, dit-il.

— Qu'est-ce que c'est ?

— La feuille des notes finales.

— Et qu'est-ce que je dois faire ?

— Tu dois trouver le numéro d'étudiant qui correspond au nom sur cette autre feuille. »

Il avait tout préparé pour elle. Vu comme il était organisé avec ses papiers, comme il semblait avoir la situation en main, il était étonnant qu'il lui demande de faire une chose pareille.

Une fois débarassée de sa tâche, elle referma bruyamment le carnet. Les mains en l'air, Ed se mit à applaudir avec exultation. Ce geste la mit mal à l'aise – le voir célébrer la fin d'un acte aussi banal. Elle chercha des indices d'ironie, mais il n'y en avait aucun.

Ils passèrent une nouvelle nuit d'amour. Ed vint la trouver, déterminé, et lui donna de profonds baisers en la plaquant contre le matelas, par les poignets. Cela lui rappela la manière dont ils avaient fait l'amour durant leur brève tentative pour concevoir un second enfant : leurs deux corps bougeant comme un seul ; ses coups de hanches compacts, rythmés et volontaires. La seule chose qui empêchait ce moment d'être parfait était son inquiétude rampante que Connell entende le lit taper contre le mur.

Au milieu de la nuit – un coup d'œil groggy au réveil lui indiqua qu'il était presque quatre heures du matin –, Ed la secoua pour la réveiller. Il lui fallut faire un effort pour saisir ce qu'il était en train de lui dire, mais elle finit par comprendre : il voulait qu'elle le suive dans la cuisine.

La feuille à partir de laquelle elle avait travaillé plus tôt était posée sur la table, à côté d'une autre, apparemment similaire. Elle le regarda sans comprendre : les notes qu'elle avait inscrites sur la première feuille à côté des chiffres avaient été barrées, et de nouvelles écrites à côté.

« J'ai besoin que tu fasses ces modifications.

— Je ne comprends pas.

— J'ai fait des corrections. J'ai besoin que tu les reportes sur une feuille propre. Il faudra que je l'accroche au mur devant ma classe.

— Mais pourquoi est-ce que tu as fait des changements ? On avait terminé. »

Elle avait envie de poser sa tête sur la table, mais si elle faisait cela il resterait campé dans la même position en attendant qu'elle sorte de sa torpeur.

« Des changements ! aboya-t-il. J'ai fait des changements ! J'ai besoin que tu les reportes. »

Elle n'avait d'autre choix que de se soumettre à cette injonction, même si elle n'arrivait pas à trouver de sens là-dedans. Cependant, une raison d'effectuer les reports qu'il voulait se dégagea rapidement des notes : Ed avait pris chacune d'elles et l'avait augmentée d'un point, sans respecter les plus et les moins. Un C- devenait un B ; un C+ devenait un B ; et un B devenait un A. Ed tenait depuis longtemps le même discours contre le surnotage. Il ne donnait que très rarement des A ; obtenir un A avec lui signifiait vraiment quelque chose.

« C'est quoi, cette histoire ?

— Il y a d'autres éléments que j'ai dû prendre en compte : la participation, etc.

— Tu as été très généreux, remarqua-t-elle d'un ton sardonique.

— Il n'y a rien de mal à être généreux.

— Rien du tout. » Elle sourit. « Mais tu as été *très* généreux.

— J'ai reconsidéré quelques notes. Ça ne te regarde pas.

— Très bien, répondit-elle. Je suis fatiguée. Je ne sais pas pourquoi j'ai osé faire un commentaire. »

Elle reporta sur la nouvelle feuille les notes à côté des numéros correspondants puis posa son stylo.

« Voilà. Je retourne me coucher. »

Le matin venu, elle retrouva Ed sur le canapé. Sur son bureau, la feuille de notes avait encore été révisée à la hausse. À présent, il n'y avait plus que deux catégories : des A et des B. Sous cette feuille, il y en avait une autre encore vierge de notes. Il lui incombait encore de reporter les scores gonflés sur cette nouvelle feuille de notes finale. À moins qu'il en existe une autre en réserve, avec seulement des A ?

Cela lui rappela comment, durant les années après que son père eut pris sa retraite, quand elle vivait toujours chez ses parents, elle glissait quelques billets dans la poche de son pantalon pour qu'il les trouve lorsqu'il se rendait au bar, afin de lui épargner l'embarras de ne pas avoir de monnaie pour payer des coups aux autres. Si elle s'exécuta, ce fut par désir d'épargner à Ed semblable embarras. Il était recroquevillé sur le canapé, trop petit pour sa carrure. On aurait difficilement pu s'inquiéter pour lui, quand il dormait : il avait l'air d'un enfant, une version plus large de Connell. Ses mains étaient repliées sur son visage, comme s'il avait été figé en pleine prière. Tous les hommes étaient les mêmes durant les quelques instants vulnérables qui précédaient leur réveil, comme rappelés à une sorte d'état universel, pour mieux retourner ensuite aux particularités de leur vie. L'espace d'un moment, elle échappa au temps, et toute son existence prit son sens ; puis le moment passa, et Ed redevint son mari.

30

ELLE ÉTAIT ASSISE SUR LE PERRON, écoutant avec une sérénité nouvelle les bruits du voisinage. Elle entendit le ronflement d'un avion au loin et regarda son sillage à travers le ciel. Tandis qu'une voiture passait à toute vitesse sur Northern Boulevard, un bruit de musique étouffé lui parvint de l'intérieur. Les rires enregistrés d'une sitcom résonnaient dans le petit espace vide entre la maison voisine et la sienne. Il était plus facile de tolérer les défauts d'un endroit quand planait la promesse d'en être libéré. Quiconque achèterait leur maison saurait ce qu'il acquérait et l'accepterait de bon gré. Elle n'allait pas non plus être nostalgique de ce quartier, mais elle pouvait au moins imaginer qu'une fois les papiers de vente de la maison signés elle sentirait sa rage s'évacuer, et serait capable de recommencer à l'observer de loin, avec détachement. Elle pourrait toujours revenir dans les environs pour se faire couper les cheveux : personne ne domptait ses épis mieux que Curt et de plus ses tarifs étaient raisonnables. Et pourquoi pas chez Arturo aussi ? Mais, à la vérité, Arturo faisait un bon restaurant de quartier, le genre de lieux qui rendaient la vie supportable ici, et rien de plus. Il y aurait d'autres endroits, de meilleurs endroits.

Connell sortit de la voiture en pinçant avec le plus grand soin entre ses doigts levés une bande dessinée sous plastique, comme s'il brandissait une pièce à conviction. Dans son autre main se trouvait un sac de courses.

« Razzia chez le vendeur de bandes dessinées ? lança Eileen d'un air dubitatif à Ed.

— Il a fait du bon travail cette année. Il méritait une récompense.

— On dirait qu'il a fait du bon travail à la librairie aussi. Vous avez dû dépenser beaucoup.

— C'est un investissement, répondit Ed. Connell est un connaisseur. Il n'achète pas n'importe quoi. »

Elle alla voir Connell dans sa chambre. Il glissait ses nouvelles bandes dessinées dans de longues boîtes avec la gravité silencieuse d'un bibliothécaire spécialisé.

« Tu as profité de lui ?

— Non ! Pourquoi ?

— Il est content d'en avoir fini avec l'année universitaire. Tu as dû t'en rendre compte.

— Ce n'était même pas mon idée. En arrivant à la maison, c'est lui qui m'a sorti : "Viens, on va faire un tour chez le vendeur de bandes dessinées au coin de la rue." Je lui ai dit que je n'avais pas envie d'y aller, mais il n'a pas arrêté d'insister. Je lui ai répété plusieurs fois que je n'allais plus dans cette librairie. Je n'aime pas les gens qui travaillent là-bas.

— Pourquoi ? demanda-t-elle. Qu'est-ce qu'ils t'ont fait ?

— Rien. Ils ne sont pas sympa, c'est tout. De toute façon, je ne vais plus là-bas. Il m'a dit : "Alors, allons près de chez ton ancien orthodontiste." Et il m'a emmené en voiture jusqu'à la sortie de Bayside. Je ne voulais même pas acheter tous ces trucs. Je veux dire, je voulais, mais je me suis senti mal. Il répétait sans cesse : "Prends ce que tu veux."

— Vous avez dépensé combien ?

— Beaucoup. »

Elle se rapprocha de lui.

« Combien ?

— Deux cents. Un peu plus de deux cents dollars.

— C'est combien, "un peu plus" ?

— Deux cents. Et soixante-dix-huit centimes. »

Elle n'arrivait pas à y croire. Il lui paraissait impossible de dépenser une telle somme pour des bandes dessinées, à moins d'en acheter une brouette tout entière.

« Tu as profité de lui.

— Ce n'est pas vrai ! » répondit-il d'un air indigné.

Il glissait des supports en carton dans les couvertures plastifiées de ses bandes dessinées avant de les classer. S'il s'agissait vraiment d'un investissement, elle ne pouvait pas l'accuser de ne pas en prendre soin.

« Il me lançait sans arrêt : "Je veux que tu sentes que tu peux avoir tout ce que tu veux." Et il me disait de remplir mon panier. Je n'ai même pas pris d'exemplaires chers. »

Eileen secoua ses épaules comme si un vent frais avait soufflé dans la pièce. La générosité d'Ed renfermait de la tristesse. Connell semblait l'avoir senti lui aussi : elle avait altéré son plaisir de posséder un tel butin. Elle éprouva une puissante compassion envers son mari, un peu comme ces douleurs synchronisées que les gens éprouvent parfois alors qu'ils sont éloignés de plusieurs kilomètres, même si Ed était dans la pièce à côté.

Avec un naturel plein de dignité, le vieux maître d'hôtel les emmena à une table. Arturo n'avait pas changé depuis son ouverture, des années auparavant : des tabliers blancs sur une tenue noire ; une serviette drapée sur l'avant-bras ; des miroirs teintés, de la largeur du mur, avec des cadres évoquant du marbre ; de la musique douce ; des miches de pain tranché fumantes ; un vin rouge redoutablement robuste. Des restaurants de quartier italiens comme celui-ci, il y en avait dans toute la ville – efficaces pour les plats du jour, respectables pour le reste –, mais Eileen avait toujours eu l'impression que cet endroit symbolisait une forme de raffinement. Sandro, le fils d'Arturo, le dirigeait avec une discrétion bienséante. Cependant, elle avait hâte de mettre cette tradition derrière elle, pour fréquenter à la place des lieux vraiment distingués.

Ed sourit et regarda son menu avec bienveillance, comme si dans ses pages étaient écrites les réponses à des questions amusantes, mais triviales.

« Tu es content que l'année soit terminée ? lui demanda-t-elle.

— Très content », répondit-il.

Elle tripota des sachets de sucre.

« Bien, Ed », dit-elle après un silence qui lui sembla interminable. Elle essaya de sourire. « Nous avons vu une très belle maison. Une maison que nous aimons beaucoup.

— Vous avez trouvé une maison ? »

Il la regardait avec une expression étrangement vide.

« Eh bien, pas exactement, dit-elle. Nous en avons vu une. Elle n'est pas parfaite, mais nous aurions les moyens de l'acheter.

— Tu veux déménager ? On peut déménager.

— Comment ? »

Un peu étourdie, elle posa ses deux mains à plat sur la table pour se stabiliser. La capitulation d'Ed était si soudaine qu'elle se sentit obligée d'y trouver une justification : c'était parce que Connell était là, parce qu'ils étaient dans un endroit public. Une fois à la maison, Ed laisserait exploser son mécontentement. Mais cette impression fut aussitôt suivie par une autre : elle le croyait. Comme s'il n'avait jamais été réellement opposé à cette idée, depuis le départ.

Ed se tourna vers Connell.

« C'est ce que tu veux ? »

Eileen prit une profonde respiration. Son ventre était si noué qu'elle crut qu'elle allait vomir.

« Oui, j'aimerais beaucoup, répondit-il avec une étrange gravité. Je suis prêt à partir.

— Vraiment ? demanda Ed.

— Sans attendre, oui.

— Pourquoi ?

— Eh bien, répondit Connell, j'y ai beaucoup pensé ces derniers temps. » Elle n'aurait pas imaginé qu'il y avait repensé depuis le jour où ils avaient vu la maison. « Et j'en ai conclu que, comme je change d'école à la rentrée, et que le lycée sera un nouveau départ pour moi, ça pourrait être l'occasion pour nous tous de prendre un nouveau départ. »

Connell s'était porté à son secours. D'où lui venait cette assurance, elle n'en avait aucune idée. Peut-être que son rêve d'avoir un homme politique dans la famille allait se réaliser, après tout. Ed la regarda. Elle haussa les épaules.

« En plus de quoi, ajouta Connell, la maison que nous avons trouvée est géniale. L'allée est presque assez large pour y mettre un demi-terrain de basket. »

Elle n'avait pas besoin de vendre la maison à Ed quand Connell s'en chargeait aussi bien à sa place.

« Tu veux déménager ? » demanda à nouveau Ed, et il enfourna du pain dans sa bouche.

Connell acquiesça.

« Pourquoi pas ? dit Ed. Alors déménageons.

— Nous n'avons pas besoin de nous précipiter, répondit-elle, troublée par la soudaineté de sa volte-face.

— Vous avez trouvé une maison, non ?

— Oui, mais...

— Alors on peut déménager.

— Vraiment ? lança Connell.

— Oui.

— Eh bien, dit-elle, je suis contente de voir que tu es ouvert à cette idée. Nous en reparlerons plus tard.

— Cette idée me paraît très bonne. »

Il avait un sourire si large, tandis qu'il beurrait sa tranche de pain, que Connell se mit lui aussi à arborer un grand sourire idiot.

« J'en connais un qui est de bonne humeur, remarqua-t-elle, mais Ed ne l'entendit pas. J'ai dit : *J'en connais un qui est de bonne humeur.* »

Le père et le fils mâchaient vigoureusement leur pain. Ed fit signe pour demander une nouvelle corbeille. Quand le serveur l'apporta, Connell commanda un autre Coca.

« Garde de la place pour après », lui commanda-t-elle, sans bien savoir à qui elle s'adressait.

Elle avait ouvert un sachet de sucre sans même s'en rendre compte ; son contenu se déversa sur ses genoux. Elle frotta les cristaux jusqu'à former un film granuleux sur ses doigts, mais refusa de se lever pour se laver les mains.

« Très bien, reprit-elle. Connell veut déménager. Tu veux déménager. Je veux déménager. Est-ce que ça veut dire qu'on est tous d'accord ? » Ed hocha la tête et tartina du beurre sur un nouveau morceau. « Ça n'a pas l'air de te déranger que je prenne des initiatives ? Tu marches avec nous ?

— Évidemment », répondit-il.

Elle sentit l'agacement monter.

« Juste une seconde, s'il te plaît, répliqua-t-elle. Tu ne te souviens pas avoir dit que tu ne désirais pas déménager ? Tu ne te souviens pas avoir dit que ce n'était pas le bon moment ?

— Je sais que nous en avons parlé, admit-il.

— Et est-ce que tu te souviens, oui ou non, m'avoir dit dans des termes sans équivoque que tu ne voulais pas - ou plutôt que tu ne *pouvais* pas - déménager ? »

Il hocha la tête, mais à nouveau il n'était pas évident de savoir s'il écoutait ou pas.

« Et, d'un coup, tout est parfaitement naturel pour toi ? »

Sa voix avait monté malgré elle. Les gens aux tables d'à côté dressèrent la tête.

« Je suis désolé, dit-il. Je suis désolé. »

Il n'essayait pas seulement de la calmer ; il y avait dans sa voix une note de sincère contrition.

« Eh, papa ! lança Connell. Ce n'est pas grave. C'est une bonne chose ! »

Connell s'était rapproché pour entourer son père de son bras.

« Je suis désolé, répéta Ed. J'avais simplement envie de goûter ce pain. »

Ses excuses commençaient à la rendre mal à l'aise.

« Dis-moi juste une chose. Qu'est-ce qui t'a fait changer d'avis ? Qu'est-ce qui est si différent aujourd'hui ?

— Je me sens bien aujourd'hui, c'est tout. Je suis si heureux d'en avoir fini ! Je n'aurai plus à y retourner pendant des semaines, des mois ! »

Il était presque extatique. Peut-être qu'il ne s'agissait pas d'une dépression, après tout. Peut-être qu'il n'était pas dépressif, mais plutôt *maniaco*-dépressif.

À présent que l'année était terminée, à présent que se profilaient devant lui ces trois mois ininterrompus, il allait signer pour tout ce qu'elle demandait. Ce n'était pas qu'il n'avait pas voulu déménager : il avait été incapable de gérer le moindre problème extérieur. Il avait dû dépenser une énergie folle pour vivre avec sa dépression, sa crise de la cinquantaine, ses étudiants, sa recherche – au point que certaines tâches autrefois ordinaires, comme noter ses copies, étaient devenues pour lui d'insurmontables fardeaux. Toute cette pression avait provoqué en lui un court-circuit. Il avait perdu la tête devant quelques calculs, quelques données à reporter dans un carnet, quelques lettres à recopier sur une feuille volante qu'il accrocherait au mur. Il avait falsifié des notes pour cela, en avait perdu le sommeil, lui avait crié dessus, en avait pleuré dans ses bras. Il n'avait désiré qu'une chose : se retrouver seul pour lécher ses plaies, or son travail ne lui permettait jamais de se retrouver seul. Mais, aussi longtemps qu'il restait étendu sur le canapé, les yeux fermés, bloquant ses pensées avec de la musique, ses démons ne pouvaient l'atteindre.

Ed et Connell dévorèrent leurs repas. Eileen garda les yeux rivés sur son assiette pour éviter la conversation et prit son temps pour manger. Une fois les assiettes débarrassées, Sandro s'approcha avec majesté, le serveur derrière lui portant des assiettes à dessert.

« Je vous invite à choisir un dessert chacun, déclara-t-il. C'est offert par la maison. »

Sandro avait choisi ce moment parmi tous pour abandonner son air circonspect.

« Vous n'êtes pas obligés, répondit-elle.

— Nous fêtons quelque chose ce soir, expliqua-t-il. Croyez-le ou non, mais la maison a trente ans. Vous faites partie de nos plus vieux clients. »

Il dut la sentir se raidir.

« Je ne veux pas dire plus vieux, corrigea-t-il. Disons, plus fidèles.

— Nous n'avons pas besoin de trois desserts. »

Sandro se tourna vers Ed.

« C'est donc ça ? lui dit-il avec une pointe d'ironie dans la voix. C'est donc ça, son secret pour garder la ligne ? »

Ed sourit chaleureusement, sans s'apercevoir de la tension qui s'était installée, même si Connell, lui, se tortillait sur son siège. Sandro s'en alla.

« À la fin de l'année, lâcha Ed, en levant son verre pour boire en une grosse gorgée le fond de vin qu'il lui restait.

— À notre future maison », dit-elle.

Ed garda en l'air son verre vide. Connell leva son verre d'eau et tous les trois trinquèrent.

« À mon entrée au lycée », lança-t-il.

Puis ils trinquèrent à nouveau. Ed regarda Eileen.

« Bonne chance, lui dit-il.

— Bonne chance pour quoi ?

— Pour trouver la bonne maison.

— Mais je t'ai dit que j'avais trouvé la bonne. »

Il se tourna vers Connell.

« Bonne chance pour le lycée.

— Merci papa.

— Bonne chance à nous tous. »

31

SA MÈRE LUI CRIA DE VENIR DEHORS. Quand il arriva, il la vit appuyée sur une pelle dans son jardinet, où elle avait passé beaucoup de temps dernièrement. Chaque fois qu'il partait pour un match, le week-end, elle était penchée au-dessus d'une plante, laissant furtivement entrevoir une bêche dans sa main gantée, ou répandant de l'engrais depuis un sac coupé.

« Je voudrais que tu enterres ça pour moi. »

Elle lui tendit une statuette semblable à celles qui décoraient l'entrée de l'appartement de Lena. Elle représentait un homme dans une robe rouge portant un bébé, Jésus probablement, vêtu de rose. Elle lui désigna un espace vide entre deux rosiers.

« Fais le trou ici, précisa-t-elle.

— Très profond ?

— Commence à creuser. Je te dirai quand arrêter.

— Pourquoi tu veux enterrer ça ?

— Saint Joseph est censé aider les gens à vendre des maisons, expliqua-t-elle. Il faut que tu l'enterres à l'envers, face à la rue.

— Tu crois vraiment à ces trucs-là ?

— Ça ne peut pas faire de mal », dit-elle.

La pelle buta contre quelque chose de dur. Il retira de la terre et trouva une grosse pierre. Il creusa tout autour et l'extirpa. Elle sortit lentement, comme une racine récalcitrante. Il retira sa chemise, la posa sur la rambarde, et continua à creuser. Il était content de son nouveau physique. Cette année, il avait grandi de dix ou douze centimètres. Il regardait ses muscles se tendre et se relâcher pendant qu'il travaillait.

« C'est le deuxième que j'achète, lui confia sa mère tandis qu'il creusait. Le premier m'avait coûté quatre dollars. Mais ça n'allait pas : il était en plastique blanc, et il y avait seulement Joseph, pas Jésus. Je l'ai rapporté à la fille de la boutique religieuse. Je lui ai dit : "Il m'en faut un bien, pas un truc en toc." Elle m'a sorti ça. Apparemment, il n'est pas fait pour être enterré.

— Combien ça t'a coûté ?

— Quarante dollars. »

Voilà qui semblait beaucoup d'argent pour finir enterré. Une fois qu'il eut dégagé la terre, Connell plaça la statuette dans le trou, tête vers le bas, la recouvrit et piétina le tout pour aplatir à nouveau le sol.

« Et si ça ne marche pas ? demanda-t-il.

— Ça marchera », affirma sa mère.

32

ELLE CONFIA SON ANNONCE À LA SŒUR DE CINDY COAKLEY, Jen, qui travaillait pour l'agence Century 21 d'East Meadow. Prendre quelqu'un du coin aurait peut-être été plus simple, mais elle n'avait aucune intention de dépenser le moindre centime pour ce quartier si ce n'était pas obligé.

L'étape suivante était d'annoncer la nouvelle aux Orlando. Elle gravit l'escalier arrière jusqu'au palier du premier étage, mais resta un moment devant la porte sans frapper. Elle les entendait tous à l'intérieur, ainsi que Gary et Lena, au deuxième étage, qui regardaient La Roue de la fortune et riaient. Donny criait avec bonhomie sur la télévision, soufflant les réponses et insultant les candidats.

Vendre signifiait les jeter à la rue, ou tout du moins alourdir le fardeau de Donny, qui payait le loyer des deux appartements. Brenda ne gagnait pas énormément d'argent chez Pathmark ; les petits boulots de Gary ne duraient jamais très longtemps ; et Lena était bien loin d'être en mesure de travailler.

Eileen redescendit au rez-de-chaussée. Mais le lendemain, après s'être armée de courage, elle remonta. Comme les murmures d'une conversation lui parvenaient, elle frappa à la porte. Brenda ouvrit et Eileen vit Donny et Sharon, attablés dans la salle à manger.

« On dirait que je tombe mal, remarqua-t-elle.

— Pas du tout ! » Donny lui indiqua une chaise libre. « Tu veux te joindre à nous ? Il y a toute la place qu'il faut. »

Elle se sentit poussée par une force invisible à l'intérieur de l'appartement. Brenda disparut dans la cuisine.

« Tu as mangé ? questionna Donny.

— Je ne veux pas vous déranger.

— Assieds-toi, dit Donny. Je vais te chercher une assiette. »

La vérité, c'était qu'elle avait faim. Ed et Connell allaient s'arrêter au *diner* en revenant du match de Connell ; elle avait prévu de se faire réchauffer des restes. Un beau plat de pâtes était posé au milieu de la table, avec de grosses, d'appétissantes boulettes de viande sur un lit de sauce tomate d'un rouge profond.

Sharon regarda Eileen de ses yeux délicats, par-dessus un verre de soda. Brenda revint avec des tranches de pain à l'ail encore fumantes, enveloppées dans du papier d'alu.

« Tu manges avec nous ? » demanda Brenda.

Donny attrapa une grosse fourchette de spaghettis, ajouta quelques boulettes de viande et versa autour une petite mare de sauce. Eileen n'eut pas le temps de répondre qu'il lui avait déjà tendu l'assiette.

« On dirait que oui », dit-elle.

Sharon fut servie à son tour, et la fillette adressa un sourire silencieux à Eileen. Elle avait de magnifiques cheveux lisses et des traits superbes. Âgée de neuf ans, elle était timide et gentille, comme pour compenser toutes les impasses et les souffrances auxquelles sa famille avait dû faire face ; et elle ne jouait jamais les enfants gâtés, alors que tout le monde était complètement gâteux avec elle. Sa luminosité était comme un gène récessif, réapparu après avoir hiberné pendant des générations. Brenda dit le bénédicité, une habitude qu'Eileen avait abandonnée à sa propre table après avoir essayé de l'instaurer à la naissance de Connell. Sa conscience se mit en branle tandis que Brenda prononçait ces mots familiers et ajoutait une petite prière.

« Ça a l'air délicieux, dit nerveusement Eileen une fois que tout le monde se fut signé.

— Merci beaucoup, déclara Donny en lui adressant un gros clin d'œil. C'est moi qui l'ai fait.

— Bien sûr, répliqua Brenda. Tu ne sais même pas te faire un œuf dur. »

Donny aperçut le regard d'Eileen et fit un geste théâtral, sourcils levés, tout en répondant à sa sœur.

« Pourquoi est-ce que j'aurais besoin de me faire un œuf dur, lâcha-t-il, quand je t'ai pour le faire à ma place ?

— Continue comme ça, riposta Brenda, et tu vas trouver du poison dans ton café un matin. »

Donny lui tira la langue en souriant, avant de frissonner de triomphe, ravi de l'avoir provoquée. Sharon pouffa de rire pendant tout leur échange.

« Tu voulais nous parler de quelque chose, Eileen ? demanda Brenda. Comme j'étais en train de tout mettre sur la table, j'ai oublié pourquoi tu étais venue.

— Mais enfin, tu ne peux pas laisser cette pauvre dame manger ? intervint Donny. Tu vois bien qu'elle a la bouche pleine, et toi tu lui poses des questions. »

Tout en mastiquant, Eileen leva un doigt comme pour signifier qu'elle devait finir sa bouchée. Donny la regarda avec un intérêt placide. Il avait un gros visage gentil avec des traits exagérément relâchés, pareils à ceux d'un boxeur professionnel. Il avait aussi le dos large d'un boxeur et des mains épaisses. Il aurait pu devenir dépressif, comme son frère, ou dépendant au jeu, comme son père, mais il avait cherché à se construire une vraie vie à la place. Autrefois, il perdait son temps dans des cercles peu fréquentables – mais qui, rétrospectivement, passaient presque pour sains, comparés aux gangs de dealers qui arpentaient le quartier à présent. Eileen avait cependant cessé de le voir traîner autour de la maison après que le meilleur ami de Donny, Greg, qui vivait au bout de la rue, avait foncé dans un lampadaire avec sa moto. Donny s'était alors trouvé une place d'éboueur grâce à son père. Il bricolait toujours ses voitures, mais seulement les jours où il ne travaillait pas, désormais, et davantage comme un hobby que comme une source de revenus.

Les Palumbo le laissaient entreposer n'importe quelle épave au fond de leur allée.

« Ce que j'aimerais vraiment savoir, dit Eileen, c'est comment tu fais cette sauce. La mienne n'est jamais aussi bonne.

— Le secret, c'est de mettre de la chair à saucisse fraîche, expliqua Brenda. Piquante ou nature, c'est comme tu préfères. De la chair à saucisse de qualité, pas des trucs premier prix. Il faut la faire un peu brûler dans le fond de la casserole.

— La faire brûler exprès ?

— Quand elle est bien colorée, tu ajoutes les tomates et leur acidité permet de décoller les sucs. Ils se retrouvent alors dans ta sauce. Je te montrerai un jour.

— Ne l'écoute pas, intervint Donny. Celle que fait notre mère est meilleure.

— Pour une fois, cette andouille a raison, déclara Brenda. Personne ne la fait mieux que notre mère. Je suis d'accord avec ça. Mais j'ai le temps de me perfectionner.

— Elle a plutôt intérêt, répliqua Donny. Il lui faut bien au moins une qualité.

— Toi, ça suffit comme ça, hein. »

Brenda lui donna une tape sur la tête. Il était impossible de ne pas se laisser prendre par la bonne humeur ambiante. Pas étonnant que Connell ne descende pas sur-le-champ quand elle rentrait du travail, pas étonnant qu'elle doive monter le chercher.

« J'ai entendu ta voiture faire des bruits qui ne m'ont pas plu, dit Donny en tirant sur son menton. Tu vois de quoi je parle ?

— Pas tout à fait.

— Laisse-moi jeter un coup d'œil. Peut-être que je peux arranger ça avant que ça se transforme en vrai problème.

— Tu n'es pas obligé, répondit-elle. Je peux l'emmener chez le garagiste.

— Ça va te coûter les yeux de la tête. Moi, je te le ferai à l'œil, et ce sera du meilleur boulot. Tu verras, après, elle sera repartie pour des années, ta voiture.

— Merci », lâcha-t-elle, se sentant coupable.

Dans sa nervosité, elle avait passé un doigt à travers la dentelle de la vieille nappe et avait cassé une maille.

Cela s'annonçait plus difficile que ce qu'elle pensait. Comment lui dire qu'à la première occasion elle comptait s'acheter une voiture beaucoup plus belle ? Elle plaça sa serviette sur ses genoux puis écarta légèrement sa chaise de la table.

« Tout va bien ?

— J'ai mangé un peu vite, répondit-elle.

— C'est toujours comme ça avec ce que prépare Brenda », affirma Donny.

Sharon se mit à glousser. Eileen avait envie d'abandonner son plan, de retourner en bas et de revenir quand elle serait plus calme, mais il lui faudrait bientôt mettre les panneaux, et pour cela elle allait avoir besoin d'accéder à tous les appartements.

« Tu prendras du dessert, un café ? proposa Brenda quand les bruits des fourchettes eurent cessé.

— Je ne veux pas vous embêter plus longtemps…

— N'importe quoi ! Allez, passez à côté. Je vais préparer du café. »

Donny la conduisit dans le salon. Elle s'assit sur le canapé jaune à fleurs – un motif qu'elle avait toujours trouvé criard – dont les bords et les accoudoirs étaient élimés. Elle avait pris comme un détail particulièrement révélateur le fait qu'ils aient choisi d'acheter un nouveau téléviseur énorme plutôt que de remplacer le canapé. Mais tandis qu'elle s'y enfonçait, elle fut saisie par son moelleux. La pièce, qu'elle avait toujours considérée comme un exemple de ce qu'il ne fallait pas faire en matière de décoration, rayonnait d'une chaleur typique des lieux de vie partagés. Dans un angle se trouvait un petit piano tout vieux, qui semblait avoir survécu au saccage d'un saloon. De temps en temps, elle entendait quelqu'un en jouer, mais jusqu'à ce moment elle n'avait jamais réalisé que cela lui procurait du plaisir. Donny s'assit sur l'autre canapé, en face d'elle. Sharon vint s'installer à côté d'Eileen. La télévision était allumée, le son coupé ; Donny la regarda furtivement du coin de l'œil.

« C'est toi qui as fait ça ? » demanda-t-elle à Sharon en désignant des cadres accrochés au mur.

La fillette acquiesça.

« Je me demande bien d'où elle tient ce talent, remarqua Donny. Personne dans notre famille n'est doué pour la peinture. Tu verrais comme elle se débrouille à l'école. Dis à Mme Leary comme tu as rapporté un bon carnet de notes, Sharon. »

La fillette rechigna.

« Allez. Dis.

— Que des A, lâcha-t-elle d'un seul coup.

— Moi, je n'ai même pas terminé le lycée, commenta Donny. Il y a de quoi être fier de cette gamine. » Il avait un regard lointain. « J'essaye de l'aider pour apprendre ses tables de multiplication, mais elle n'en a pas besoin. Ma fille est pareille : une vraie flèche. Même pas deux ans, et elle sait compter jusqu'à dix. Elle ne tient pas ça de moi, c'est sûr. Je dis à Sharon de vous observer, toi et M. Leary. Vous autres, vous êtes dans un autre bateau. Je lui dis de faire comme vous. Je n'ai jamais su ce que c'est, moi, de recevoir une éducation. Je lui dis de me regarder et de faire tout le contraire.

— Ne dis pas ça, protesta Eileen. Je parie qu'elle est fière d'avoir un oncle comme toi. » Tandis qu'elle parlait, elle se rendit compte, à sa grande surprise, qu'elle croyait à ce qu'elle était en train de dire. « Et toi, tu vas faire un père formidable pour ta petite fille. »

Il sourit d'un air désabusé, acceptant le jugement sans objection. Brenda entra dans la pièce avec une assiette de biscuits Duplex et de grandes tasses de café. Eileen se mit à chercher un sous-verre.

« Ne t'inquiète pas pour ça, lança Brenda. Cette table est plus vieille que moi. Elle ne craint rien. »

Des empreintes circulaires maculaient sa surface, comme des trophées témoignant de conversations qui s'étaient prolongées jusqu'au beau milieu de la nuit. Tout semblait soudain si sympathique à Eileen qu'elle se demanda un instant pourquoi elle s'était préoccupée de préserver à tout prix le dessus de sa propre table – il avait l'air presque aussi neuf que le jour où elle l'avait achetée, sans aucune histoire gravée sur son plateau.

« J'ai quelque chose à vous dire, commença-t-elle, tandis que Brenda s'installait dans le canapé près de Donny. Ce n'est pas quelque chose de facile. »

Comme si elle était équipée d'un radar détectant le danger, Brenda se tortilla.

« Ed et moi avons décidé de déménager. Nous allons devoir vendre la maison. »

Les sourcils de Donny se levèrent. Brenda prit une petite gorgée de café, entourant sa tasse à deux mains.

« C'est formidable, Eileen, affirma Donny. Où est-ce que vous allez ?

— À Westchester, répondit-elle. Bronxville.

— Ce n'est pas loin de Yonkers, c'est ça ? C'est très joli par là-bas. »

Cela contraria un petit peu Eileen de voir Donny situer aussi rapidement cet endroit, même si elle n'aurait pas été étonnée d'apprendre qu'il connaissait chaque route dans un rayon de cent kilomètres.

Brenda secoua la manche de sa robe de chambre avant de s'asseoir plus confortablement et de sortir une cigarette, et ce geste mit Eileen immensément mal à l'aise. Puis l'odeur de la fumée, qui se répandait inéluctablement dans l'appartement, lui parvint tout d'un coup. Elle était partout, en fait ; Connell revenait de là imprégné de cette odeur. Le simple fait d'imaginer son fils assis dans la pièce, ou la petite Sharon dormant dans un nuage de vapeurs stagnantes, suffit à la mettre en colère. Sans compter que ce genre de chose pourrait constituer un élément négatif, dans l'esprit des acheteurs potentiels.

« Et c'est pour quand ? » demanda Brenda en laissant échapper une petite volute de fumée.

Sa cigarette pendait au bout de ses lèvres, comme Eileen en avait vu tant de fois une entre celles de sa mère. Elle sentit son cœur se durcir vis-à-vis de Brenda et, par extension, vis-à-vis de Donny et Sharon. Sans le vouloir, Brenda lui facilitait les choses.

« Bientôt, je ne sais pas trop.

— "Bientôt", c'est-à-dire ?

— J'ai trouvé une maison. Nous sommes prêts à faire une offre.

— Et que se passera-t-il pour nous ?

— Je ne sais pas vraiment. Le nouveau propriétaire peut choisir de vous laisser rester. Ou il peut vous demander de partir. Ça sera selon.

— Donc, tu as un acheteur ?

— Ce n'était qu'une supposition.

— Moi, je me fiche qu'ils augmentent le loyer, dit Brenda. Je me débrouillerai. Du moment qu'on reste.

— Vous avez été très gentils avec nous, déclara Donny à Eileen tout en étendant un bras comme pour calmer sa sœur. Nous vous en sommes reconnaissants. »

Ils restèrent assis en silence, Brenda prenant de profondes bouffées.

« Ça va nous faire drôle de ne plus vous avoir ici, constata Donny.

— Ça va nous faire drôle de ne plus habiter ici, renchérit Brenda.

— Vous avez besoin qu'on fasse quelque chose ? demanda Donny. En quoi pouvons-nous vous aider ? »

Il avait de larges épaules et était courageux ; la rondeur chaleureuse de son visage ne laissait aucune place au désespoir.

« Je vais avoir besoin de faire visiter votre appartement, et celui du dessus également, répondit Eileen. Il y aura une journée portes ouvertes. Plusieurs, en fait. Je vous préviendrai.

— Très bien, dit-il.

— Vous ne pourrez pas être présents pendant ces journées. C'est l'agent immobilier qui le demande. Cela vaut aussi pour votre mère et Gary.

— Entendu.

— L'agent voudra peut-être aussi accessoiriser un peu la pièce. Avec des bougies, des coussins, ce genre de choses. »

Elle s'interrompit, puis ajouta :

« Elle va faire pareil chez moi.

— Pas de problème, assura-t-il.

— Et ce sera quand, déjà ? lança Brenda en écrasant son mégot avec force.

— Bientôt. On peut commencer la semaine prochaine. »

Brenda demanda à Sharon d'approcher. Tandis que la fillette s'installait entre sa mère et son oncle sur le canapé, l'équilibre moral de la pièce sembla se modifier.

« Je suis désolée que tout cela arrive aussi vite, affirma Eileen. Nous venons juste de nous décider. Je suis passée vous voir dès que j'ai pu.

— Ne t'y trompe pas, dit Brenda, je suis contente pour vous. Je ne vous reproche rien. Moi aussi, je partirais d'ici si je le pouvais. »

Eileen baissa les yeux sur ses doigts entrelacés.

« Combien de temps aurons-nous après la vente ? reprit Brenda

— Ça dépend, répondit-elle. Trente jours. Soixante. Quatre-vingt-dix. Je ne sais pas.

— Nous n'avons pas de droits, en tant que locataires ?

— Je n'en suis pas sûre, puisque nous n'avons jamais signé de bail. Je pourrais poser la question à l'agent.

— C'est ridicule, répliqua Brenda. Faites-nous un bail. Ça nous permettra de gagner du temps. »

Donny se leva.

« Il fait chaud ici, dit-il. Je vais me chercher une bière, est-ce que quelqu'un en veut ? »

Il quitta la pièce. Eileen s'éclaircit la gorge.

« Cela pourrait rendre la maison plus difficile à vendre. Surtout du fait que votre loyer est très en dessous des prix du marché.

— Eh bien, augmente-le. Je m'en fiche. Double-le. Peu importe.

— Ne nous inquiétons pas de ça pour le moment, répondit Eileen. On tombera peut-être sur un acheteur qui préférera louer les étages. Je verrai ce que je peux faire dès que j'en saurai plus.

— Et si c'était nous qui rachetions ? » suggéra Donny quand il revint avec un verre d'eau glacée. Son désir affirmé d'une bière avait donc eu pour seul but de détendre l'atmosphère. « Ce serait chouette d'avoir une chambre pour ma fille quand elle me rendra visite. »

Il jeta un coup d'œil en direction de sa sœur pour voir ce qu'elle pensait de son idée. L'expression de Brenda se durcit, comme pour dire : *Et tu vas nous le sortir d'où, cet argent ?* Donny soupira.

« Ne vous en faites pas pour nous, reprit-il. Je suis sûr que vous avez déjà beaucoup à penser. Je verrai ce que nous pouvons faire de notre côté. Tenez-nous au courant, si jamais on peut vous aider. »

Eileen pensa à Lena. Lena aurait dû apprendre la nouvelle de sa bouche, mais elle doutait d'avoir le courage de remonter dans les étages et de revivre à nouveau tout cela. Lena était droite dans tout ce qu'elle faisait ; la décence et la moralité étaient ses normes. Elle faisait partie de ces vieilles dames héroïques qui pouvaient rester assises à l'église toute la journée, prenant sur elles de sauver les pêcheurs qui l'entouraient.

« Encore une chose, lança Eileen.

— Quoi donc ? fit Donny. Demande.

— Vous pourrez le dire à votre mère pour moi ? »

Une semaine plus tard, Jen organisa une journée portes ouvertes. L'idée de tous ces gens contemplant leurs meubles, leurs bibelots, leur salle de bains, agaça Eileen, mais elle pensa ensuite : *Laisse-les venir. Laisse-les venir et voir l'oasis que nous avons érigée.* Jen arriva une heure en avance pour poser des boutis sur les lits dans les étages – où ils avaient fait place nette, comme demandé, en dépit des doutes d'Eileen qui n'avait pu s'empêcher d'imaginer les visiteurs plantés sur son perron, l'air perplexe ou furieux –, ainsi que des objets décoratifs sur les tables et la console de l'entrée. Sans oublier les pots-pourris. Déjà, c'était la maison de quelqu'un d'autre.

Elle se demanda qui viendrait. Il était pourtant temps de quitter le quartier, pas de le découvrir – mais peut-être existait-il une race de gens capable de se croire suffisamment hardie et patiente pour s'établir ici. Il n'était pas de sa responsabilité de leur dire que l'âge d'or de ce quartier appartenait au passé.

Eileen s'en alla chez le coiffeur. À son retour, une demi-heure après la fin de la journée portes ouvertes, elle trouva sur son perron un grand monsieur indien qui bavardait avec Jen. Elle s'arrêta devant la maison des Palumbo et guetta sur lui des signes d'intérêt. Il gesticulait et acquiesçait à tout ce que Jen lui disait. Une femme, qui devait être son épouse, attendait sur le trottoir, accompagnée de leur fils et de leur fille, tous deux appuyés contre elle. Eileen résista à la tentation d'aller se présenter pour les jauger. Quand ils s'éloignèrent, Jen lui annonça qu'à son avis ils feraient sans doute une offre. L'homme aurait besoin de la maison tout entière afin de pouvoir installer sa famille étendue – ses frères et ses sœurs, ses nièces et ses neveux, ses grands-parents. *C'est donc comme ça qu'ils vivent,* pensa Eileen.

Quelques jours plus tard, le monsieur indien accepta le prix auquel la maison avait été fixée – trois cent soixante-cinq mille dollars, prix que Jen avait au départ trouvé légèrement trop élevé. Eileen appela Gloria pour savoir si la propriété de Bronxville avait été vendue. Ensuite, elle appela Donny pour le prévenir qu'une offre avait été faite concernant la maison.

« Combien ? »

Elle lui annonça le prix. Donny siffla dans le combiné, puis un long silence s'installa. Connaissait-il le prix auquel elle avait acheté la maison à son père ? se demanda Eileen.

« Ça fait beaucoup, constata-t-il. C'est bien, c'est très bien pour vous.

— Merci. »

Il l'interrompit à nouveau.

« Nous avons combien de temps ? »

Elle expliqua que les choses allaient se passer rapidement, en une semaine ou deux tout au plus. Elle voulait vendre aussi vite que possible.

« Vous ne pouvez pas attendre un peu plus ? demanda-t-il. Je vais peut-être trouver une solution, mais j'aurais besoin d'un peu plus de temps. »

Elle ignorait à qui Donny comptait demander de l'argent, ou dans quel genre de pétrin il se mettrait afin de l'obtenir, mais c'était son problème.

« Je vais voir ce que je peux faire », déclara-t-elle, puis, en raccrochant, elle comprit qu'elle n'avait rien envie de faire du tout.

Il fallait qu'elle s'en aille d'ici tant qu'elle le pouvait.

Elle téléphona à Gloria et lui dit de faire une offre pour Bronxville. Le lendemain – elle s'était pardonnée par avance pour ce mensonge –, elle annonça à Donny qu'il y avait eu plusieurs offres pour la maison de Bronxville et que la première proposition avait été supérieure au prix de départ, mais que cet enchérisseur ne monterait pas plus haut et qu'il avait besoin d'une réponse immédiate. Il était sur le point de verser son acompte.

« Je suis désolée. Mais je vais devoir la prendre. »

En réalité, Eileen avait fait une proposition en dessous du prix de vente, mais comme son offre était la seule, elle avait été acceptée sans discussion. L'acheteur indien insista pour conclure la vente sous trente jours, mais Eileen réussit à repousser le délai à soixante quand elle plaida le cas de ses locataires. C'était le maximum qu'elle pouvait faire pour eux.

Malgré tout, Donny répara sa voiture.

33

CONNELL SE RÉVEILLA face à son père qui lui criait dessus et agitait son doigt devant son visage.

« C'est pas vrai ! Tu sais ce que tu as fait ? Tu sais un peu ? » L'esprit de Connell se mit à tourner à toute vitesse, mais impossible de trouver ce qu'il aurait pu faire de mal. « Tu as laissé la confiture dehors toute la nuit ! ajouta son père. Sans le couvercle ! »

Connell bredouilla des excuses, mais son père l'ignora.

« Comment as-tu pu faire une chose pareille ? »

Il martelait le sol de ses pieds, l'un après l'autre, comme s'il foulait du raisin. Connell ne l'avait jamais vu faire un geste aussi enfantin, et cela le déconcerta encore plus que les cris.

Dix minutes plus tard, son père était de retour dans sa chambre, assis sur le lit.

« Je ne sais pas ce qui m'a pris », lui dit-il.

Mais, pendant tout l'été, il partit en croisade contre le gaspillage. D'après lui, ils n'avaient pas besoin de se doucher tous les jours, un jour par-ci par-là suffisait. Si quelqu'un s'éloignait de la chaîne stéréo pendant une seconde, il appuyait sur le bouton pour l'éteindre. Si quelqu'un faisait couler l'eau chaude trop longtemps pour faire la vaisselle, il écartait le coupable et fermait le robinet. Si quelqu'un allumait la climatisation dans la voiture, il ordonnait de baisser la vitre à la place. Quand il coupa l'air conditionné dans la maison, la mère de Connell le menaça de s'en aller et le remit en marche aussitôt. Son père accepta ceci, mais rien d'autre. S'il laissa tourner l'air conditionné, il débrancha la machine à café, le grille-pain, la chaîne stéréo, le téléviseur et l'Apple II. Un soir, alors qu'ils dînaient à la table de la cuisine, son père poussa un long cri de colère après avoir cassé la mine de son crayon en appuyant trop fort.

« Truc de merde ! hurla-t-il en brisant son crayon en deux. De la camelote ! »

Quand sa mère les emmenait faire des tours en voiture pour admirer le quartier dans lequel ils emménageraient, une fois sur place, son père se contentait de rester près du véhicule, les bras croisés.

Ils allèrent un jour dans un verger pour cueillir des pêches, à Yorktown. Son père se fourra les mains dans les poches, appuyé contre l'énorme roue d'un tracteur à l'arrêt, pendant que sa mère remplissait un panier des plus beaux fruits qu'elle pouvait trouver. Lorsqu'ils retournèrent dans le hangar pour payer, son père se mit à piocher dans le panier que sa mère tenait à la main, et il commença à jeter des pêches par terre.

« Nous n'avons pas besoin de tout ça ! s'écria-t-il.

— Mais enfin, ça ne va pas ? » Il en avait déjà jeté la moitié quand elle réussit à le stopper. Elle regarda tout autour d'elle pour voir qui avait remarqué son emportement. « Tu es devenu fou ?

— Nous n'avons pas besoin de tout ça ! répéta-t-il en écrasant les pêches sous son pied tandis qu'il suivait sa mère. Nous ne pouvons pas en manger autant !

— Je comptais faire des tartes avec », dit-elle à Connell, le prenant pour arbitre.

Hausser les épaules fut la seule réponse qui lui sembla sans risques.

« Pas pour moi ! rétorqua son père. Plutôt crever que de remanger une seule de tes tartes. »

Là-dessus, ce fut au tour de sa mère de retourner le panier, jetant par terre toutes les pêches qu'il restait. Elle jeta ensuite le panier lui-même et ils regagnèrent la voiture en silence. Ils roulèrent ainsi pendant une demi-heure au moins. Connell avait mis ses écouteurs, mais il n'avait pas allumé son Walkman. Il attendit et attendit que le silence soit brisé, en vain, et un sentiment de malaise se mit à grandir dans son ventre. La seule chose qu'il entendit fut les petits reniflements de sa mère, sur le siège du passager, tandis qu'ils approchaient de la maison. Il pressa alors la touche Play de son Walkman.

34

ILS DÉMÉNAGÈRENT À LA FIN DU MOIS D'AOÛT, un jour d'une chaleur comme elle en avait rarement connu, le genre de chaleur qui rendait les gens heureux de s'échapper de la ville. Cela faisait des semaines qu'elle remplissait les cartons. Les murs étaient plus clairs aux endroits où les cadres avaient été décrochés, où des meubles avaient été enlevés, comme une photo surexposée de leur vie. Les contours fantomatiques de leurs biens, à côté du vide austère de ces grands espaces, de la saleté et de la poussière accumulées dans les coins et incrustées dans les moulures, n'avaient fait qu'amplifier sa hâte de partir. Les déménageurs arrivèrent et chargèrent le camion.

« Tu veux faire un dernier tour à l'intérieur avec moi ? demanda-t-elle à Ed, qui était assis sur le perron avec Connell.

— J'ai déjà dit au revoir à la maison », répondit-il.

Elle comprenait le besoin d'intimité que ces mots sous-entendaient. Elle s'était imaginée en train d'ouvrir une bonne bouteille de vin avec lui quand ils avaient commencé à faire les cartons, ou alors une bouteille de champagne pour célébrer leur dernière nuit, mais ils n'avaient bu ni l'un ni l'autre.

« Tu ne veux pas jeter un dernier coup d'œil à l'intérieur ? »

Il ne répondit pas. Connell aussi avait l'air de préférer rester là. Plutôt que de se faufiler entre eux, elle fit le tour pour monter au premier par l'escalier de derrière. En jetant un coup d'œil dans l'appartement, elle fut submergée par le vide qui y régnait. Un spasme d'anxiété la cloua sur place ; elle ne pouvait pas entrer dans ces pièces. Elle s'était à moitié attendue à y trouver Donny, Brenda et Sharon, mais, la semaine précédente, Donny avait emménagé, au coin de la rue, dans un quatre-pièces – Brenda et Sharon dans une chambre, lui et Gary dans une autre, Lena dans la dernière. Cet appartement se trouvait dans un bâtiment monolithique qui ne possédait rien du charme des résidences, avec sa terrasse commune exiguë, en béton brut, à la place de l'herbe généreuse d'un jardin. « Ohé », fit-elle dans la salle à manger, et quand son appel résonna sans écho, elle s'avança à l'intérieur. Elle resta debout à l'endroit où elle s'était assise et avait annoncé ses intentions aux Orlando – c'était aussi à cet endroit qu'elle et Ed avaient pris leurs repas à l'époque où ils n'étaient que tous les deux, et pendant les premières années après la naissance de Connell –, jusqu'à sentir une peur qui la fit déguerpir.

Elle se dépêcha de redescendre l'escalier jusqu'à son propre appartement. Elle était arrivée à le voir ainsi à présent, comme un *appartement*. Pendant tout le temps qu'elle avait vécu ici, elle avait préféré penser qu'elle vivait dans une maison avec des étages qu'elle n'utilisait pas.

Quand Angelo Orlando lui avait vendu la maison en 1982, tout s'était fait dans une telle précipitation. À peine plus d'une décennie plus tard, ses descendants avaient eu l'opportunité de racheter la maison de leur enfance, mais ils avaient échoué. L'histoire de leur lignée dans cette maison était arrivée à sa fin. Les Orlando dérivaient à présent, de refuge en refuge : l'appartement de quelqu'un d'autre, l'immeuble de quelqu'un d'autre. Ce grand bouillon ne s'arrêterait jamais. De l'enduit avait été posé pour reboucher les trous des clous, là où des portraits de famille avaient été accrochés ; de la peinture recouvrait les traces de semelles laissées près de la porte, une couche de vernis avait redonné son brillant à l'entrée usée. Tout était prêt pour accueillir une nouvelle famille.

La famille qui avait acheté sa maison allait effacer cet anonymat. Leurs clous allaient bientôt percer la couche de peinture fraîche ; leurs odeurs de cuisine imprégneraient leurs tissus d'ameublement ; leurs cris de rire, de douleur et de joie rebondiraient contre le plâtre des murs. En peu de temps, ils auraient oublié que ces fondations avaient un jour appartenu à d'autres. Mais cette idée marchait dans les deux sens : pour elle, bientôt, tout se passerait comme si elle n'avait jamais vécu ailleurs qu'à Bronxville.

Quand elle avait vendu la maison, Eileen avait été surprise d'apprendre que l'acheteur se prénommait également Thomas – même si son deuxième prénom inscrit sur le contrat ressemblait davantage à ce à quoi elle s'était attendue ; un long enchevêtrement de consonnes et de voyelles. Elle n'avait pu cacher sa surprise devant un nom aussi étrange que « Thomas Thomas », et le mari, qui était particulièrement grand et portait des lunettes aux verres fumés, lui avait expliqué qu'il n'était de plus pas le seul Thomas Thomas dans sa ville natale : ce nom était extrêmement populaire là-bas, car saint Thomas était passé par là au milieu du Ier siècle, répandant la foi parmi la diaspora juive. Elle avait écarté cette idée ridicule ; saint Thomas était peut-être passé en Inde, mais il était tout bonnement inconcevable que lui ou un autre apôtre soit arrivé là-bas avant de mettre le pied sur le continent européen ou en Irlande. Thomas Thomas avait l'air d'un homme plutôt intelligent, mais la date qu'il avait donnée était à coup sûr fausse.

Le fait que des Indiens aient acheté sa maison et s'apprêtent à la remplir du sol au plafond avec leur famille nombreuse était un autre élément lui rappelant que Jackson Heights était désormais un gros chaudron qui allait l'expulser, elle, dans une bulle poussée par la chaleur. Dans un mètre carré de Jackson Heights, on trouvait la diversité ethnique la plus importante au monde. Une personne plus encline à la poésie aurait pu puiser de l'inspiration dans la polyphonie qui résonnait là, mais Eileen n'en avait que faire. Elle demandait seulement à être entourée de gens qui ressemblaient à sa famille.

Il ne lui restait plus qu'un dernier tour à faire pour voir si elle n'avait rien oublié. Dans la chambre d'amis, elle repéra par terre un dé solitaire, et elle s'apprêtait à le ramasser quand elle suspendit son geste avant même de l'avoir touché.

Dans le placard de la cuisine, elle trouva un balai posé contre le mur, tel un soupirant délaissé au bal. Ed et Connell l'attendaient toujours dehors, mais elle ne put résister à l'envie de supprimer les moutons et les petits débris qui restaient par terre. Cela lui rappela quand elle était enfant, à Woodside, et passait le balai sur le sol de la cuisine, soigneusement, couvrant chaque parcelle du lino au motif fleur de lys, déployant une méthode géométrique invisible. À cette époque, elle avait rêvé d'une maison comme celle qu'elle quittait aujourd'hui. Quelque part en cours de route, ses attentes avaient changé. Sa nouvelle demeure était spacieuse, pleine de lumière, et en imposait, vue de la rue, avec ses piliers en pierre pour marquer son allée. C'était tout ce qu'elle voulait, et elle essaya de ne pas se demander si, un jour, sa nouvelle maison lui semblerait aussi vieille et pesante que celle qu'elle quittait.

Elle fixa du regard la petite pile par terre. Il n'y avait pas de balayette, ni même un morceau de carton pour la ramasser. La saleté allait se disperser sous les pas des déménageurs ou de la famille Thomas elle-même. Mais ce n'était plus son problème. Cette cuisine appartenait maintenant à une autre, mais pour elle qui avait nettoyé et rangé toute sa vie, quitter la pièce en laissant le petit tas là, en s'autorisant ce léger accroc, avait comme le goût d'une petite victoire. Elle avait entendu Ed dire un jour à Connell que la poussière était majoritairement constituée de résidus de peau. Si cela était vrai, il y avait donc des morceaux microscopiques d'elle dans cette pile. Alors, elle se mit malgré tout à quatre pattes, en faisant bien attention car elle portait des collants, puis elle prit la pile de poussière dans une main et la couvrit avec l'autre pour aller la jeter dans l'évier. Quand elle aperçut une ligne de résidus que son petit doigt avait laissés sur le sol, elle se mouilla les mains pour essuyer les derniers vestiges de sa vie dans cette maison.

Elle ressortit. Ed et Connell étaient déjà dans la Caprice. Elle avait conduit la Corsica dans leur nouvelle propriété la veille au soir, en rentrant du travail, et l'avait garée dans leur allée. La maison était alors sombre, et elle s'était hâtée d'attraper son train, ne voulant pas traîner là plus longtemps toute seule.

Ed n'avait pas l'air furieux d'avoir attendu. Son visage n'exprimait rien, tout simplement. Ce qui n'était pas plus mal, au fond : sur du vide, elle pouvait bien projeter ce qu'elle voulait. Il y avait en revanche une complexité perturbante dans l'air de Connell, un manque d'ordre auquel elle ne tenait pas à être confrontée à ce moment précis. Elle s'installa sur la banquette arrière. La caravane que formait leur Caprice suivie par le camion de déménagement prit la route de Triborough Bridge.

C'était un jour clair, et tandis qu'ils se dirigeaient vers Northern Boulevard, le soleil projeta son œil chaud sur les maisons du quartier. Connell fit coucou à un vieux monsieur qu'elle ne reconnut pas. Le quartier lui-même ne lui semblait presque plus familier ; tout se passait comme si elle sortait doucement d'un rêve. Les visages qu'elle apercevait derrière la vitre de la voiture paraissaient inoffensifs sous cette chaleur. Des gens par deux, par trois, et même tout seuls étaient emportés par une invisible poussée. Elle n'était plus effrayée par ces gens ; elle avait nettoyé ce virus de son sang. La veille, quand elle avait pris conscience qu'elle ne reverrait plus le père Choudhary et ne marcherait plus sur le boulevard, elle en avait ri de soulagement.

Après avoir regardé un vendeur qui empilait des boîtes de conserve dans une épicerie portoricaine, elle s'adossa contre l'appui-tête pour contempler la mousse du plafond. Quand elle jeta un nouveau coup d'œil dehors, ils se trouvaient à quelques pâtés de maisons du virage qu'il fallait prendre pour arriver sur la Brooklyn-Queens Expressway. Elle connaissait par cœur le chemin pour Bronxville : une bretelle du périphérique qui débouchait sur une autre, puis une autre, jusqu'à ce que la voiture atteigne les rues légèrement surélevées et la maison où tous trois allaient commencer le second acte de leur vie commune. Il restait à franchir ce petit tronçon, cependant. Elle ne sentit aucun tiraillement de nostalgie quand elle traversa le boulevard, peut-être pour la dernière fois. Elle ferma les yeux et laissa tout cela derrière elle, le plus vite possible. Derrière ses paupières se dessinait un vide béni ; cette obscurité aurait pu s'apparenter à la paix de la mort. Elle avait passé toute sa vie à avancer vers ce moment, et elle était épuisée. Elle avait la sensation qu'elle aurait pu dormir pendant des années sans se réveiller.

Les bruits de la rue, étouffés par la climatisation, étaient de moins en moins distincts, et soudain elle se rendit compte que la voiture était en train de se garer dans l'allée. Sa première pensée quand elle découvrit la maison par la vitre fut qu'elle ne ressemblait pas à l'image qu'elle en avait gardée. Elle était plus petite, quelque part, plus ordinaire. Un instant, elle songea à dire à Ed de faire marche arrière, que ce n'était pas leur maison mais qu'ils finiraient par en trouver une s'ils continuaient à chercher. Puis le camion qui contenait leurs affaires apparut au coin du virage.

Elle sortit de la voiture et étira ses longs membres engourdis. Ed et Connell étaient plantés là, l'air de ne pas savoir quoi faire. Elle se rappela alors qu'elle avait le seul jeu de clés dans son sac à main.

L'allée, qui avait cuit sous la chaleur d'un été sec, était pleine de craquelures, et celles-ci ne feraient que s'étendre à mesure que le temps fraîchirait. Les prévisions météo annonçaient un ciel dégagé pour les jours suivants. Si Ed et Connell se mettaient aux travaux à la première heure, le lendemain, la nouvelle couche de goudron aurait le temps de sécher.

Elle comptait envoyer Ed au magasin de bricolage pour acheter des balais et des pots de goudron.

Quand elle les eut fait entrer, ils se dispersèrent dans différents coins de la cuisine avant de s'immobiliser et de se regarder en silence, paralysés par l'inconnu qui les attendait dans le reste de la maison. Eileen ouvrit la porte d'un placard qui, ne tenant plus que par la charnière du haut, se balança comme un pendule dans sa main. Elle avait vu la peinture écaillée, le papier peint décollé, les vieux meubles de cuisine, la laque affreuse, les plans de travail en formica abîmés et dont les rebords manquaient, mais quelque part, elle avait oublié l'étendue des dégâts. C'était clair, maintenant : cette cuisine était pire que celle qu'elle avait laissée. Elle commençait à saisir l'ampleur du travail qui les attendait, et à quel point cela allait être coûteux.

Tout à coup, elle eut envie de prononcer quelques mots pour baptiser la maison, mais cette idée était sans doute déplacée. Elle se contenta donc d'envoyer Ed et Connell décharger la voiture. Il y aurait du temps, plus tard, pour savourer la réalité de leur nouvelle vie, apprécier d'être arrivés là où ils étaient.

Elle ouvrit les portes principales et s'avança sur le porche pour se pencher avec précaution par-dessus la rambarde branlante. Elle regarda le canapé se balancer de gauche à droite et, derrière, la lourde armoire en noyer blanc onduler tandis que les déménageurs traversaient la pelouse d'un pas hésitant. L'espace d'un moment, les meubles semblèrent portés par des vagues invisibles, comme l'épave d'un navire, et elle imagina qu'elle avait échappé au naufrage de son ancienne vie et se retrouvait sur le pont d'un bateau affrété pour une destination inconnue.

Elle revint à l'intérieur et dégagea le passage avant l'arrivée du canapé. Puis elle examina les briques au sol, et songea que la couche de vernis épaisse comme un doigt devrait être retirée sur-le-champ.

Les déménageurs maintenaient en l'air le canapé en la regardant. Ils attendaient ses instructions, mais la simple question de savoir où le poser la dérouta complètement. Elle leur demanda de le laisser par terre le temps qu'elle y réfléchisse.

Elle envoya ceux qui portaient l'armoire à l'étage. Elle aurait souhaité que cette nouvelle phase de sa vie reste éternellement à l'état de possible, que ses autres affaires demeurent dans le camion. Une fois le travail des déménageurs terminé, en effet, ils s'en iraient, la laissant, elle et sa famille, dans ces espaces vides pour lesquels elle s'était tant battue.

Elle leur demanda de placer le canapé tout contre le mur, sous les fenêtres. Cette décision ne lui procura pas la décharge de plaisir à laquelle elle s'était attendue, car en dehors du fait que rien ne prendrait forme avant un certain temps, et qu'elle n'était pas au bout de ses peines, elle était taraudée par le sentiment qu'une multitude d'autres décisions étaient à venir, et qu'à présent elle était le capitaine du navire.

Les déménageurs s'apprêtaient à retourner à leur camion chercher la suite, mais elle leur dit de patienter une seconde. Ils restèrent plantés sur les marches, les yeux rivés sur elle. Tous, même elle, attendaient qu'elle s'exprime. Elle essaya de figer cet instant dans son esprit. Il s'agissait du genre de moment sur lequel elle voudrait revenir plus tard. L'avenir s'étendait devant elle comme un brouillard tourbillonnant, dans lequel il était impossible de rien distinguer. Elle ne pouvait s'appuyer que sur la représentation qu'elle se faisait de la maison et de leur existence dedans. La maison en elle-même, telle quelle, n'était pas ce qu'elle désirait. Elle le deviendrait peut-être, mais cela prendrait du temps et de l'argent, et elle avait peur de manquer rapidement de l'un comme de l'autre. La réalité de leur vie nouvelle se trouvait au pied de cette colline, dans l'obscurité du camion. Pour ces hommes, les choses étaient bien plus claires : ils accomplissaient leur tâche, en professionnels. Appuyés sur la rambarde, ils tiraient sur leurs T-shirts trempés. Il fallait qu'elle dise quelque chose ; il devait y avoir quelque chose à dire.

Si seulement elle avait eu une minute de plus, elle aurait pu prononcer la phrase parfaite. Elle les voyait s'impatienter. Eux ne désiraient rien d'autre que de pouvoir continuer à déplacer ses affaires d'un endroit à un autre, sans se douter que tout ce qu'ils poseraient serait pour elle un pas de plus vers la déception.

QUATRIÈME PARTIE

Égal, constant, carré, vrai

1991-1995

35

AU BOUT D'UN LONG TUNNEL NOIR, Connell émergea dans une cour clôturée et se joignit, conformément aux instructions qu'il avait reçues, aux garçons surexcités qui attendaient déjà là que quelqu'un les fasse entrer dans l'auditorium. Aucun adulte n'était encore arrivé, ce qui les laissait exposés les uns aux autres, sans rien pour les séparer – tous fondus dans cet anonymat, même les plus populaires. Une tête dépassait des autres ; et autour de lui Connell entendait les premières spéculations sur les prouesses au basket de ce géant, sur les championnats municipaux auquel il pourrait mener l'équipe en marquant face à des adversaires impuissants. Il était excitant de penser aux ravages qu'il causerait en leur nom à tous, à la revanche qu'il prendrait sur les années d'offenses et d'humiliations que tous avaient subies au collège, en étant classés parmi les « intellos ». Sa taille était une métaphore de la grandeur des promesses à venir dans ce nouveau lycée. En comparaison, le passé ne serait plus qu'une période préliminaire, une chrysalide de maladresse.

Dans un soudain accès de courage, Connell se fraya un chemin vers ce grand garçon qui, vu de près, avait un visage d'enfant. Quand Connell se présenta, une voix étonnamment grave, bien que douce, lui répondit. Il s'appelait Rod Henni et venait également de Westchester, en fait d'une ville appelée Dobs Ferry. Ils furent alors priés d'entrer dans l'auditorium, où ils écoutèrent des discours, remplirent des formulaires et récupérèrent leurs manuels avant de se diriger vers la cafétéria pour y créer une grande effervescence. À la fin de la journée, Connell et Rod prirent ensemble la ligne n° 6 jusqu'à Grand Central, baignant encore dans la nouveauté de tout ce qu'ils avaient entendu. Ils se mirent d'accord pour se retrouver le lendemain matin sous la grande horloge.

Le lendemain, tandis que Connell approchait de l'horloge, Rod lui lança un signe de la main et se courba, prenant la même forme qu'un crâne, afin de ramasser son sac à dos. Connell sentit les tiraillements nerveux d'une amitié nouvelle, la complicité que cela pouvait receler, et la déception, aussi. Il ne voulait pas partir du mauvais pied, au risque d'être ensuite dans l'impossibilité de se rattraper.

« Comment ça va, mec ? dit Connell, en détournant les yeux tandis qu'ils se tapaient dans la main, essayant de se donner un ton neutre.

— J'ai trop hâte d'arriver au lycée ! s'écria Rod. Je n'aurais jamais pensé dire un truc pareil ! »

Alors que Rod guettait chez lui une marque d'approbation, les yeux brillants, Connell eut soudain l'intuition que ce garçon ne serait pas sa planche de salut. Et il eut envie de redresser ce grand corps voûté comme un point d'interrogation.

Quand ils se réunirent dans le gymnase ce jour-là, pour une heure de basket, Rod confirma ses soupçons : il était incapable d'attraper une passe ou de dribbler. Et certainement pas en mesure de marquer un dunk. À peine arrivait-il à tenir la balle et à sauter en même temps. Les seuls ravages qu'il pouvait faire sur le terrain de basket étaient pour lui-même.

Pendant cette première semaine d'école, Connell ne parvint pas à se débarrasser de Rod, qui se rendit avec lui à la séance de cross-country. L'entraînement était ouvert à tous. Il n'y avait pas de sélection : qui venait s'entraîner régulièrement devenait membre de l'équipe.

Le cross-country n'était pas un sport de tout repos. Devoir se lever tôt le week-end pour aller courir plusieurs kilomètres, faire de même chaque soir après l'école et endurer les taquineries des « véritables » athlètes dissuadait en général les gens. Connell se targuait d'être un « véritable » athlète, un joueur de base-ball, mais personne ne le découvrirait avant l'arrivée du printemps. Il avait intégré l'équipe de cross-country dans le but de renforcer ses jambes pour le base-ball, afin d'augmenter sa rapidité et son endurance. Il faisait désormais attention à ses performances et cherchait toujours à se dépasser. Il avait de longs muscles élancés, était mince et musclé, et suffisamment bon, aussi, pour savoir ce que cela lui apporterait de s'entraîner avec des coureurs de très haut niveau sur de longues distances. Quand ils démarraient la course, il sentait dans son corps l'effet bénéfique qu'il tirerait de leur fréquentation.

À l'entraînement, Rod affichait un sérieux remarquable, si bien que leur entraîneur, M. Amedure, le prenait toujours en exemple. Il disait souvent qu'il allait faire de lui un coureur de haies d'ici à ce que l'hiver arrive. Il était pourtant évident que Rod n'avait pas la coordination nécessaire pour sauter par-dessus une haie, et encore moins plusieurs d'affilée.

Ses temps à l'entraînement ne variaient jamais, quel que fût l'acharnement qu'il y mettait. Il arrivait toujours une minute derrière le groupe le plus lent. Il pestait chaque fois contre sa propre lenteur. La raison de cette autocritique impitoyable devint claire, alors que la saison commençait tout juste, quand le père de Rod vint assister à une course : au moment où Rod franchit la ligne d'arrivée, M. Henni lui hurla dessus devant tout le monde. Connell et ses coéquipiers se rassemblèrent autour de Rod et lui donnèrent des tapes dans le dos, mais quelques jours plus tard, pendant l'entraînement, ils se chargèrent à leur tour de l'humilier, ayant flairé sa faiblesse. Ils se moquèrent de sa démarche, de sa respiration de taureau, de sa transpiration trop abondante et même de son short. Connell s'était joint aux autres même s'il savait que c'était mal, comme

Rod le savait aussi. Et quand il s'était moqué de lui, Rod avait cherché son regard. Une toute petite dose de talent, voilà ce qui les séparait ; ça, et peut-être la folie qu'affichait le père de Rod par rapport au sien. Avoir un père comme celui-ci ne devait pas être chose facile, pensa Connell, mais Rod n'arrangeait pas son cas en se baladant tout le temps avec un air innocent et vulnérable. Le genre d'air qui mettait les gens mal à l'aise, qui leur donnait envie de le tenir à bonne distance.

Quand Connell rentra après son entraînement, son père était à quatre pattes dans la cuisine et récurait le sol en briques avec une brosse en métal pour enlever l'affreux vernis. Il progressait de la cuisine vers le salon et jusqu'à l'entrée, en traitant une brique à la fois. Connell passa un vieux jean et le rejoignit. Penchés en silence, tous les deux travaillèrent côte à côte et, tandis que Connell poussait sur les poils métalliques, il sentit la douleur créée par ses huit kilomètres de course descendre dans ses muscles.

« À ce rythme, on aura terminé en l'an 2000, dit-il.

— Continue à travailler.

— Les vapeurs me flinguent. »

Toutes les fenêtres étaient ouvertes et plusieurs ventilateurs étaient posés sur les plans de travail de la cuisine, mais c'était un jour chaud de septembre, et l'air chargé de solvants bougeait à peine.

« J'ai mal à la tête. »

Connell se redressa et se frotta les mains, puis les inspecta à la recherche d'égratignures.

« Si tu ne veux pas aider, alors n'aide pas.

— Si, je veux donner un coup de main.

— Dans ce cas, cesse tes commentaires. »

Le solvant rongeait le vernis, mais il fallait travailler dur pour ravoir chaque brique. Il devait exister une machine, se dit Connell, cependant son père était déterminé à le faire ainsi, à sa manière. Et il refusait toute pause, comme s'il essayait d'atteindre Dieu sait quel but.

Connell gratta le vernis sur une nouvelle moitié de brique.

« J'ai un contrôle de latin demain », lâcha-t-il.

Son père le chassa d'un geste de la main sans lever les yeux.

« Va faire tes devoirs.

— Mais je peux quand même te donner un coup de main, répondit Connell, culpabilisé.

— Va faire tes devoirs, bordel ! »

Ce week-end-là, son père l'emmena à Van Cortlandt Park pour sa course de cross-country. Le matin ensoleillé, le grand ciel sans nuages et les petits coups de brise remplirent Connell d'un sentiment de bravoure, mais que tempéra la peur de ce qu'il allait affronter, quand le départ fut donné : deux kilomètres et demi à courir à travers l'enfer ; une respiration acide, une agonie de fatigue.

Non loin de là, sur la pelouse, des jeunes du coin se disputaient un ballon de foot, indifférents à cette torture imminente.

Les parents et les frères et sœurs s'étaient attroupés en un groupe indistinct. Un peu à l'écart, Rod était penché en avant pour toucher le sol avec ses mains larges comme des battoirs. L'un des coéquipiers de Connell, Stefan, le roi du sarcasme, ricana en se tournant vers lui, devant le spectacle qu'offrait ce grand corps gauche et dégingandé qui s'étirait maladroitement, laborieusement. Le seul coéquipier de Connell à ne pas rire fut Todd Coughlin ; sa prédisposition pour la course l'autorisait à se montrer généreux.

Le père de Connell prit des photos de l'équipe pendant qu'ils s'étiraient. Dernièrement, son père prenait des photos de tout. En signe de protestation, Connell détourna la tête, et il s'absorba dans ses exercices, se concentrant sur la sensation de brûlure dans ses tendons et l'hostilité qu'il ressentait face à l'autre équipe, qui avait commencé à s'échauffer à côté. Ils sautaient sur place et se donnaient des claques sur les cuisses avec une aisance aristocratique.

Une fois le départ donné, il y eut une bousculade brutale pour prendre la tête du peloton – coups de coude, poussées furtives –, tandis que les supporters convergeaient à mi-parcours. Le peloton se démêla rapidement pour former une ligne droite ; un ordre naturel émergea. Une longue étendue plate menait à une colline éreintante où, à l'exception des encadrants stationnés au niveau des ponts et des ponts autoroutiers, Connell se trouva parfaitement seul, nargué par les graffitis nonchalamment gribouillés sur les rochers, esquivant des crottes de cheval, essayant de ne pas se tordre la cheville dans les nids-de-poule. Parvenu au sommet de la colline, il se jeta dans une pente raide à une allure dangereuse pour éviter de perdre trop d'avance. En bas, près des voitures qui passaient en sifflant sur la Henry Hudson Parkway, un virage serré débouchait sur un grand espace : quatre cents mètres de ligne droite, de part et d'autre de laquelle les spectateurs et des entraîneurs hurlaient, et où il peina pour se lancer dans son sprint final, son cœur et ses poumons prêts à lâcher.

Il vit au loin, comme dans une longue-vue à l'envers, le peloton de tête au niveau de la ligne d'arrivée. Il eut envie de se rabattre sur le côté et de vomir. Un gros groupe de coureurs le dépassa, puisant dans de mystérieuses réserves. Lui pouvait à peine garder la tête droite.

Il entendit la voix de son père avant de le voir.

« Allez, Connell ! criait-il dans ses mains en porte-voix, mais sans trop se faire remarquer. Allez, fiston. »

Connell inspira profondément plusieurs fois puis propulsa ses jambes comme si ce n'étaient pas les siennes et que son véritable propriétaire attendait de les récupérer. Il rattrapa légèrement le groupe. Les cris d'encouragement se multiplièrent tandis que la ligne d'arrivée approchait. Il voulait la passer avec les autres, et il ne restait plus beaucoup de temps pour les rejoindre. Certes, ce n'était pas le peloton de tête : ceux-là étaient déjà en train de se reposer et d'admirer leurs médailles en or, peintes à la bombe. Ce n'était qu'un petit groupe de compétiteurs. Mais peut-être restait-il des médailles à se disputer. Ils en donnaient toujours tellement : trente, cinquante, Dieu savait combien. Le quatuor de tête, le trio de tête. En or, en argent, en bronze. Et les autres, rien. M. Amedure s'était énervé chaque fois que quelqu'un lui demandait combien de médailles seraient distribuées ce jour-là. « Qu'est-ce que ça peut vous faire ? Pourquoi vous préoccuper de ce qu'il y a de moins important ? »

Connell rattrapa le groupe – enfin, presque. Mais il restait beaucoup de médailles. Penché en avant, il essayait de reprendre son souffle tout en regardant les officiels les leur tendre, agglutinés derrière le ruban d'arrivée. Chaque médaille remise à un concurrent arrivé avant faisait perdre un peu plus de valeur à la sienne. Quand il n'y en eut plus, les coureurs se montrèrent moins fanfarons. Dans le vacarme, quelques voix se distinguaient néanmoins.

La foule autour de la ligne d'arrivée commença à se disperser, et les traînards arrivèrent au compte-gouttes. Parmi eux se trouvait Rod, droit comme un i, tel un totem revenu à la vie. Son père lui hurla dessus, et les autres voix s'éteignirent presque aussitôt. Il continua de l'enguirlander après que Rod eut franchi la ligne d'arrivée. Les gens détournaient les yeux, gênés pour lui, et M. Amedure tapa son stylo contre son écritoire, dans un mouvement de censure impuissant.

« Comment s'appelle ce garçon ? demanda le père de Connell.

— Qui, lui ? Rod.

— Reste ici. »

Connell regarda nerveusement son père se diriger vers l'endroit où Rod et son propre père se tenaient.

« Rod, c'est bien ça ? »

Rod acquiesça.

« Qu'est-ce que vous voulez ? lança sèchement M. Henni. Je parle à mon fils.

— Je me demandais, Rod, déclara le père de Connell en ignorant l'interruption, si cela t'embêterait que l'on prenne une photo de moi avec toi. »

Rod sembla surpris mais répondit : « Pas du tout ! » tandis que M. Henni restait sans voix, cloué sur place. Le père de Connell tendit son appareil à Stefan, qui regarda autour de lui, gêné, avant de se mettre en position pour prendre la photo.

Connell n'arrivait pas à croire à ce qu'il se passait. Avait-on jamais vu moment plus embarrassant ? Il accourut, arracha l'appareil à Stefan et prit la photo aussi vite qu'il le put. Son père et Rod souriaient ; à les voir, personne n'aurait pu deviner ce qui était arrivé juste avant. Puis Connell alla voir M. Amedure pour savoir à quelle place il avait terminé. L'entraîneur détourna les yeux avec mépris en lui montrant sa feuille de résultats.

Un garçon du même âge que Connell, Declan Coyne, voyageait dans le même train que lui depuis Bronxville. Il commença à traîner avec Connell durant les week-ends.

« Tu ressembles à un kéké, lui dit Declan. Faudrait que tu fasses un peu plus sérieux.

— D'accord.

— Ton T-shirt ras du cou, pour commencer : tu dois changer ça. Mettre un truc avec un vrai col. Des maillots de rugby. Des polos. Des chemises. »

Declan avait grandi en ville et était allé à St. Joseph. Il connaissait tous les élèves de Fordham Prep et de Bronxville High du coin, et se mêlait à eux facilement. Cela ne leur faisait rien qu'il soit un joueur de piano distingué ; ce qui leur importait était qu'il avait été goal dans l'équipe de football de l'Empire State Games, en classe de quatrième. Ils avaient aussi probablement remarqué la MG de son père, garée dans leur allée, les jours de beau temps.

« Et cette coiffure en pics, c'est pas possible, ajouta Declan. Ce gel, là. Laisse-toi pousser les cheveux. Fais-toi une raie sur le côté. »

Les boucles sauvages de Declan débordaient de sa casquette, sur laquelle était écrit « *US Open* ». Même la casquette des Mets de Connell n'était pas à la hauteur ; porter une casquette de base-ball à l'effigie d'une équipe qui existait vraiment était le comble de la ringardise.

« Et ton fute. On dirait un truc de parachutiste. Est-ce que tu as déjà vu quelqu'un d'autre s'habiller chez Z Cavaricci ou Bugle Boy ? T'as pas besoin de tous ces passants et ces poches. On pourrait te prendre pour un ouvrier, dans cette tenue. Achète juste des jeans, des jeans normaux, pas ces trucs atroces délavés à l'acide. »

Ces jeans, c'était sa mère qui les lui avait achetés. Connell ne put s'empêcher de noter comme la mère de Declan semblait saisir le moindre détail avec une parfaite acuité : elle repassait nettement ses pantalons d'école ; elle enveloppait bien serré ses sandwichs dans du papier sulfurisé, comme des cadeaux de Noël, avec, alignés à côté, un petit sachet de minicarottes orange vif qui suintaient la bonne santé, et des cookies à l'avoine et aux pépites de chocolat parfaitement ronds, tout frais. Elle pliait même en triangle les serviettes en papier de Declan. Et il n'y avait pas seulement à l'école que rien ne dépassait : tout chez Declan était net et parfait. La maison de Connell n'avait jamais ressemblé à celle des Coyne. Et la mère de Declan avait toujours travaillé à plein temps.

« Et arrête de rouler le bas de tes pantalons. Ça fait complètement kéké. »

Aux yeux de Declan, il devait passer pour un membre d'une tribu indigène venant juste d'entrer en contact avec la civilisation.

« Fous-moi également ces Reebook Pump à la poubelle. Va t'acheter une paire de chaussures bateau. Les mocassins, ça marche aussi. Et plus personne ne porte de slip kangourou. Des boxer-shorts, *seulement* des boxer-shorts !

— Des boxer-shorts.

— Aucune exception possible. Sous aucun prétexte.

— J'irai m'en acheter.

— Et des chaussures de foot. Des Adidas Sambas.

— Je ne joue pas au foot.

— Tout le monde joue au foot. Va t'acheter des chaussures de foot.

— J'aurai pas l'air d'en faire trop ?

— Tu préférerais avoir l'air de rien ? »

Le parc longeait la Bronx River, avec sur sa rive ouest la Bronx River Parkway. Palmer Road s'étendait au sud, et Pondfield Road au nord. Des arbres bordaient l'allée principale, qui débouchait sur de grandes pelouses. Le soir, des jeunes se réunissaient là-bas pour boire.

Il n'y avait pas beaucoup de délinquance en ville. La police arrivait toujours en voiture depuis la Bronx River Parkway pour prendre les jeunes par surprise ; s'ensuivait alors un exode de mineurs vers Palmer Road. Connell les avait déjà vus quitter le parc à la hâte, et il s'était demandé si un jour il ferait partie de leur bande.

Declan le mena jusqu'à un grand groupe attroupé un peu à l'écart de l'allée. D'après Declan, la plupart des garçons allaient à Fordham Prep, quelques-uns à Iona, d'autres à Bronxville High. Les filles allaient à Ursuline, Holy Child ou Bronxville High. Il y avait également des types plus âgés : des étudiants, des décrocheurs, et d'autres qui n'avaient jamais été à l'université et travaillaient déjà.

L'un d'entre eux se braqua une lampe torche en pleine figure tandis que Declan le présentait ; ses traits devinrent effrayants. Son visage joufflu s'échappait de sa chemise à rayures roses et blanches. Il avait l'air d'avoir les yeux rouges. D'après Declan, il était en terminale à Fordham.

« Tenez, dit le type. Prenez une bière. »

Il sortit une bouteille d'un pack de six et la tendit à Connell, qui ne se sentit pas de refuser. Il essaya de faire sauter la capsule.

« Laisse, je m'en occupe. »

Le type ouvrit la bouteille avec le décapsuleur de son trousseau de clés. Declan fit signe d'approcher à un garçon qui semblait avoir l'âge de Connell.

« Brewster, Connell, dit Declan.

— Vous n'êtes pas dans le même lycée ? demanda Brewster en pointant Declan du doigt.

— Si, fit Connell, mais je vais sûrement me faire jeter. Et atterrir à Fordham. Pas moyen que je passe tout mon temps à bosser. »

Ces types n'avaient pas besoin de savoir qu'il avait de bonnes notes. Il ne voulait pas, à peine arrivé dans cette ville, passer aux yeux de tout le monde pour un intello.

« T'en veux une autre ? » proposa le type plus âgé, en prenant la bouteille vide des mains de Connell.

Connell l'avait vidée par terre discrètement pendant que personne ne regardait. Mais cette fois, avec le regard approbateur de Declan posé sur lui, il n'allait pas pouvoir y couper. Il prit une gorgée ; cela avait un goût amer.

« Tu vois cette fille, là-bas ? lança Declan, en parlant plus fort à présent. La blonde. Elle s'appelle Rebecca. Elle peut te sucer si tu veux. Tu t'es déjà fait sucer ? »

Connell n'avait même pas embrassé une fille de sa vie.

« Nan, répondit-il. Pas encore.

— Elle ferait des trucs avec n'importe qui. »

Connell ne comprenait pas pourquoi une fille aussi jolie ferait des trucs avec n'importe qui.

« Et toi, tu as déjà fait des trucs avec elle ? » s'enquit-il.

Un grand sourire se dessina sur le visage de Declan.

« C'était génial, affirma-t-il. Un truc de dingue. » Il termina sa bière. « Pourquoi tu n'irais pas lui parler ? »

Declan le poussa dans sa direction. Elle se tenait debout près du type plus âgé qui lui avait donné les bières, alors Connell siffla sa bouteille et alla lui en demander une autre.

« Eh, mec, lâcha le type d'un air approbateur, t'inquiète, on a ce qu'il faut. »

Connell sentit un rot remonter et le laissa s'échapper pendant que l'autre lui ouvrait une nouvelle bouteille. Rebecca avait un visage angélique et un joli sourire. Il était dur d'imaginer qu'elle était aussi facile. Quelqu'un fit une blague, et elle se mit à rire en gloussant légèrement. Une vague de chaleur traversa le corps de Connell. Declan s'approcha et le présenta à une petite bande de garçons tous habillés pareil ; Connell échangea avec eux une poignée de main désinvolte. L'alcool commençait à faire son effet. Une étrange audace s'immisçait en lui.

« C'est toujours aussi mort par ici ? demanda-t-il, et il sentit que Rebecca le regardait avec intérêt.

— Plus ou moins, répondit l'un des garçons.

— Si jamais j'y amenais un de mes potes de la ville, lança Connell, ces flics se chieraient dans leur froc.

— T'es un dur, toi », répliqua un autre avec dérision.

Connell le vit regarder un de ses camarades et lui adresser un sourire en coin.

« J'étais dans un gang avant », déclara Connell. Il vit Declan secouer la tête. « Je me demande ce que ces flics feraient s'il se passait vraiment quelque chose ici. »

Quelqu'un fit une remarque que Connell ne comprit pas, et les autres se mirent à rigoler. Il voulait répondre quelque chose de malin, mais rien ne lui vint à l'esprit. Rebecca s'éloigna vers les arbres, près de la rivière. Declan lui tourna le dos et se mit à parler avec ses amis. Connell ne pouvait pas les entendre. Quand les autres s'éloignèrent, Declan resta un instant avec lui.

« Dis-moi que c'était du second degré, lâcha Declan. Dis-moi que tu n'es pas un si gros bouffon. »

Connell se contenta de boire sa bière. Après avoir terminé, il retourna voir le type à la lampe torche pour en avoir encore une autre.

Les gens autour de lui se dispersèrent avant qu'il ait compris quoi que ce soit. Il se trouvait à la périphérie du groupe, à l'endroit le plus proche de la voiture de police, mais il avait le temps de courir pour rejoindre les autres qui déjà quittaient le parc. Pourtant, sans savoir pourquoi, il resta planté là. Il était ivre, c'était certain. Il n'avait jamais été ivre auparavant. Une seconde plus tard, un officier lui retirait sa bouteille des mains.

« Et une preuve, une », dit l'officier.

Un autre policier lui demanda de se tourner vers la voiture, les mains derrière le dos.

Il avait joué avec des menottes quand il était petit, mais celles-ci ne leur ressemblaient en rien et elles s'enfoncèrent dans les os de ses poignets. Il sentit qu'on le poussait à l'intérieur de la voiture. Il s'adossa à la banquette en grimaçant, car le métal lui cisaillait la peau. Les deux policiers montèrent à leur tour dans le véhicule et ils se mirent en route. À travers le grillage, Connell étudia l'arrière impressionnant de leurs têtes tout en se sentant étrangement calme. Les lumières du gyrophare illuminaient la pelouse boueuse. Il aurait probablement dû être davantage bouleversé, mais il y avait dans le tour qu'avaient pris les événements quelque chose d'inéluctable. Ses parents allaient le tuer.

Ils arrivèrent au poste de police. L'un des officiers le conduisit dans une petite pièce.

« Je vais t'apporter un verre d'eau, dit-il. Assieds-toi là. »

Les tempes battantes, Connell s'assit sur la chaise que l'officier lui avait désignée. Au-dessus de lui était accrochée une affiche avec un paysage marin. Le policier revint avec le verre d'eau, et Connell le descendit d'un trait.

« Ce que j'aimerais bien savoir, c'est où tu t'es procuré l'alcool. Est-ce que tu l'as acheté toi-même ? »

Connell secoua la tête.

« Je vais avoir besoin de réponses verbales de ta part.

— Je ne connais pas celui qui me l'a donné, dit-il. C'était un gars plus âgé.

— Ça va apparaître sur le rapport, tu sais, intervint l'autre policier. Ton école va être au courant de tout ça, et tes parents ne vont pas tarder à arriver.

— C'est vrai ?

— C'était quoi, le nom de ce type ?

— Je viens d'emménager ici, monsieur, répondit-il. Je ne connais le nom de personne.

— Est-ce que tu te souviens de quelque chose de lui ? insista l'autre policier.

— Il était plus âgé. Un type sympa. Il avait une chemise avec un col boutonné.

— Ce gosse nous fait perdre notre temps.

— Tu vas passer devant le tribunal pour mineurs, dit le premier à Connell. On prend ces choses au sérieux par ici. Tu devrais le savoir maintenant. Peu importe d'où tu viens.

— De Jackson Heights.

— Peu importe. »

Ses parents arrivèrent un peu plus tard. Sa mère lui décocha une gifle en entrant dans la pièce. Son père avait l'air plus inquiet que furieux.

Connell fut puni de tout sauf de cross-country. Devant le tribunal pour mineurs d'Eastchester, le procureur lui proposa un arrangement : trente jours de travaux d'intérêt général. Connell dut se lever devant le juge.

« Et si je vous revois une seule fois dans un tribunal, lui dit le juge, mieux vaudra pour vous que vous ayez votre brosse à dents sur vous. »

En sortant du commissariat, sa mère ajouta sa propre menace.

« Si jamais tu me fais encore honte comme ça dans cette ville, déclara-t-elle, ne reviens plus à la maison. Et ne songe même pas à boire une nouvelle goutte d'alcool avant tes vingt et un ans. Ce sont les hommes qui font ça, pas les gamins comme toi.

— Désolé, maman.

— Pas les gamins comme toi », répéta-t-elle.

36

COMME ED AVAIT ENVAHI TOUTE LA CUISINE avec son décapage, à l'exception d'un petit chemin étroit qui passait entre le réfrigérateur, l'évier et la cuisinière, ils prenaient leurs repas dans la salle à manger. Eileen savait que celle-ci serait à son tour condamnée quand Ed s'en occuperait, mais en attendant elle comptait bien en profiter. Elle avait cloué un drap pour la séparer du salon, lequel était non seulement envahi par les meubles qui allaient le décorer, mais aussi par ceux de la cuisine et de l'entrée, en attendant qu'Ed en ait fini avec ses briques. La salle à manger était son sanctuaire ; Eileen l'avait hissée à un tel niveau de sophistication qu'elle ressemblait à un petit théâtre dans lequel se jouait chaque soir une nouvelle pièce. La porcelaine était posée sur le buffet, les bougeoirs brillants trônaient comme des sentinelles, le cristal du lustre scintillait depuis son bain de nettoyant, et la nappe faisait penser à un autel avec sa dentelle d'une blancheur immaculée.

Ed s'installa à table, le front encore ruisselant de sueur. Il posa ses avant-bras trempés et s'essuya avec la serviette qu'Eileen avait soigneusement pliée.

Une fois le sol de la cuisine terminé, les nouveaux placards et plans de travail pourraient être installés.

« Je ne sais pas pourquoi tu ne me laisses pas engager un ouvrier pour terminer les autres pièces, dit-elle à Ed. Nous avons de quoi payer.

— J'y arrive très bien tout seul.

— Je n'ai pas envie de vivre comme ça. Nous n'avons pas acheté cette maison pour vivre au milieu des cartons. Je veux une vraie cuisine. »

Ils avaient effectivement de l'argent à dépenser. Après avoir payé l'impôt sur la moins-value immobilière (Eileen avait regretté les faibles loyers qu'elle avait demandés aux Orlando pendant toutes ces années : la maison n'avait presque pas généré de « revenus » à proprement parler) et avoir versé un acompte de cinquante pour cent pour la nouvelle maison, ils avaient réussi à mettre de côté plus de quarante mille dollars grâce à la vente de la maison de Jackson Heights, en vue de leurs travaux de rénovation.

« Tu vas l'avoir, ta cuisine, répliqua Ed. Et les autres pièces seront bientôt terminées.

— Dans deux semaines, nous serons au mois de novembre, Ed. Nous pourrions faire appel à des ouvriers et boucler cette affaire en une journée. Ils ont sûrement des appareils qui pourraient faire ça en quelques heures. »

Il l'attrapa par le poignet et l'attira contre lui.

« Si un seul de ces types, qui que ce soit en dehors de moi et Connell, pose la main sur ce sol, je me barre d'ici ! C'est clair ? »

Elle se dégagea.

« Comme tu voudras, répondit-elle amèrement, en se frottant le poignet. Si tu veux être le grand chef des opérations, eh bien, débrouille-toi. Mais ne t'attends pas à ce que Connell te donne un coup de main. Il est hors de question qu'il participe à ça. Il a trop de travail au lycée.

— Je n'ai pas besoin de son aide. »

Elle avait dans la bouche le goût de sa rancune, une aigreur sarcastique.

« Très bien, lâcha-t-elle. C'est parfait. Exactement tout ce dont j'avais rêvé. »

37

QUAND SON PÈRE ENTRA DANS LA STATION-SERVICE pour payer, sa mère se tourna vers Connell, assis sur la banquette arrière.

« Je veux juste que tu saches ce que cette sortie représente pour ton père, lui dit-elle. J'aurais préféré aller dans un joli petit hôtel avec vue sur la forêt, mais ton père voulait venir ici pour toi. Garde bien ça en tête. Tu m'entends ?

— Oui, fit Connell.

— Et il y a une chose dont j'aimerais parler avec toi. Qu'est-ce que tu lui as dit ce matin pour le mettre dans cet état ? Il m'a dit que c'était entre vous, mais j'ai bien vu que ça le tracassait.

— Rien, répondit Connell.

— Je suis sûre que ça n'était pas rien.

— Il a raison : c'est entre nous.

— Ne commence pas à faire l'insolent avec moi. Tu vis encore sous notre toit. Ne l'oublie pas. »

Il ne voulait pas répéter à sa mère ce qu'il avait dit. Cela n'aurait fait que la conforter dans son opinion : il n'était qu'un sale gosse. Il ne savait pas pourquoi il avait prononcé ces mots ; ils lui avaient échappé, tout simplement.

L'incident s'était produit devant l'évier. Connell rinçait son assiette pour la mettre dans le lave-vaisselle, et quand son père avait passé un bras devant lui pour attraper un torchon, Connell lui avait lancé : « Tu as mauvaise haleine. » Son père l'avait regardé d'un air interrogateur, et Connell avait lâché, cette fois : « Tu pues de la bouche. » Son père avait posé une main devant ses lèvres et soufflé dedans pour sentir son haleine, puis il l'avait regardé avec une expression qui aurait pu être tout à la fois blessée, confuse ou reconnaissante – Connell n'aurait su le préciser.

« Merci », lui avait-il déclaré, d'un air toujours aussi inexpressif, puis il était sorti de la pièce et s'était dirigé vers la salle de bains.

Il était resté enfermé là-bas pendant près d'une heure. Connell l'avait entendu se brosser les dents, inlassablement. Robinet ouvert, silence puis l'eau qui coulait à nouveau.

L'humeur de sa mère s'éclaira quand ils arrivèrent à Cooperstown, une petite ville pleine de jolies boutiques. Ils se garèrent et marchèrent jusqu'au Hall of Fame, le panthéon des grands Américains, un bâtiment de briques rouges qui ressemblait à une université ou à un immense bureau de poste. Dehors, à la demande de son père, sa mère les prit tous les deux en photo devant l'une des arches, avant de les laisser pour aller faire les magasins. Ils se donnèrent rendez-vous devant les portes deux heures plus tard. À l'intérieur, Connell et son père passèrent devant un étalage de plaques. Son père pointait du doigt les joueurs qu'il avait aimés quand il était jeune – Jackie Robinson, Duke Snider, Roy Campanella, Pee Wee Reese. Il se plaignit que Gil Hodges, son joueur préféré, n'ait pas été élu avec les autres. Il s'arrêta devant les plaques de ceux qu'il admirait pour leurs performances personnelles, mais qui n'avaient pas fait partie des Dodgers : Lou Gehrig, Stan Musial, Roberto Clemente. Lire les plaques, voir comment ceux qui avaient rédigé les petites biographies des joueurs condensaient leur carrière en une poignée de statistiques et quelques phrases clés, tout cela était bien sympathique, mais Connell n'avait plus douze ans, – à cette époque, sa soif de connaissances en matière de base-ball avait été insatiable. Aussi, après un bref moment, il devint évident qu'ils en avaient vu assez et Connell se concentra sur le déjeuner à venir. Sa mère avait peut-être raison au sujet de son petit hôtel avec vue sur la forêt. Si ennuyeux qu'un tel projet puisse paraître, il lui aurait au moins épargné de devoir écouter les envolées de son père et faire semblant d'être intéressé.

Ils se trouvaient dans une grande salle tapissée de vitrines et traversée par une foule de gens quand son père s'arrêta net.

« La prochaine fois que nous viendrons, lui dit-il, ton nom sera inscrit ici. »

Connell attendit un gloussement ironique, mais rien ne suivit.

« Bien sûr, papa, répondit-il en levant les yeux au ciel. Si tu le dis. »

Il était assez doué pour pouvoir intégrer l'équipe de son lycée, mais il ne serait jamais repéré par un sélectionneur ; son père le savait aussi bien que lui.

« J'aimerais que tu m'écoutes, insista son père. Je voudrais te parler sérieusement un instant. »

Une jolie fille se trouvait à côté, avec ses parents et son petit frère ; elle regardait des gants usés derrière une vitrine.

« Ici ? demanda Connell. On est obligés de faire ça ici ?

— J'ai remarqué quelque chose qui m'inquiète chez toi, déclara son père. C'est peut-être parce que ça me rappelle comment j'étais à ton âge : je me rendais la vie plus dure que nécessaire. Tu te durcis. Ça ne te ressemble pas. Ton esprit se ferme. Tu es quelqu'un d'ouvert et de beau.

— Très bien, papa, lança-t-il, en levant les mains pour l'arrêter.

— Tu comprends ce que j'essaie de te dire ?

— Je ne sais pas. Je veux dire, tout va bien, papa. Je vais très bien. Tu n'as pas à t'inquiéter.

— Tu vas bien ? répliqua son père. Tu vas plus que bien : tu es quelqu'un de fantastique. Je le sais, crois-moi. Mais il y a quelque chose en toi qui est en train de se fermer.

— Papa, c'est parce que je t'ai dit que tu avais mauvaise haleine ? »

Son père éclata de rire.

« Écoute. Je vais te demander quelque chose que tu vas sûrement trouver un peu étrange, mais est-ce que tu voudras bien le faire quand même, pour moi ?

— Qu'est-ce que c'est ?

— Il faut que tu me fasses confiance.

— Est-ce que c'est quelque chose de gênant ?

— Personne ne le saura à part nous.

— Très bien. » Connell tapa sur ses cuisses en signe de reddition. « Très bien. Bien sûr.

— La vie va te confronter à des choses contre lesquelles tu seras sûrement en colère. Je ne veux pas que tu sois consumé par cette colère ou que tu oublies tout ce dont tu es capable. Alors, j'aimerais que nous fassions un petit exercice maintenant.

— Ça va, papa ? Tu es sûr que tout va bien ?

— Très bien. Tu es prêt ?

— Oui. »

La curiosité de Connell avait été piquée.

« Ce que je veux que tu fasses à présent, c'est ressentir au plus profond de toi ceci : la prochaine fois que nous mettrons les pieds dans cet endroit, ton nom y sera inscrit. »

C'en était trop.

« Mais où est-ce que tu veux en venir ? lui lança Connell tandis que la jolie fille passait devant lui, en croisant son regard.

— Chhhut, fit son père. Ferme les yeux. »

Alors Connell les ferma.

« Je suis en train de te dire que quand nous serons de retour ici, tu auras ta plaque à ton nom. Je voudrais que tu ressentes cela pendant un moment.

— D'accord », répondit-il en s'adoucissant un peu.

D'une certaine manière, la façon dont son père avait prononcé ces mots était assez excitante. Il semblait si sûr de lui. Il avait envie de croire que son père était capable de lire l'avenir, ou quelque chose dans ce goût-là.

« Ressens-le. Laisse-toi aller. Tu as été lanceur chez les Mets pendant toute ta carrière. Tu as entendu ton nom dans des haut-parleurs, des milliers de fois. Tu as entendu les cris de joie de la foule. Tu as entendu les sifflements. Tu as joué sur de la pelouse. Tu as joué sur du synthétique. Tu t'es démis l'épaule, tu t'es blessé au coude, tu t'es fracassé les doigts, mais ça en valait la peine. Tu as réservé des places pour chaque match à domicile. Tes enfants étaient assis là. Ta femme. Et maintenant, tu regardes ta plaque avec ton visage dessus. Tu te dis que ce portrait ne te ressemble pas, mais c'est bien toi – c'est bien ton numéro, sous ton nom. »

Quelque chose dans l'intonation de son père donnait l'impression qu'il parlait de quelque chose de plus important que le base-ball, quelque chose de plus important que le Hall of Fame. Il voulait donner à cette histoire le sens que Connell souhaiterait lui donner ; il voulait que, grâce à elle, Connell croie en lui.

Sans savoir pourquoi ni comment, Connell se mit alors à éprouver ce sentiment : ce que cela faisait d'avoir apporté de la joie à des gens, d'avoir accompli un truc extraordinaire. Jamais il ne s'autorisait à imaginer ces choses-là. Il n'avait pas envie de rouvrir les yeux.

« Je veux que tu le ressentes vraiment, reprit son père. Et que tu te souviennes de cette sensation, car elle est aussi réelle que n'importe quelle expérience à venir au cours de ta vie. Est-ce que tu t'en souviendras ? »

Connell hocha la tête, les yeux fermés.

« Il faut que tu te serves de ton imagination », ajouta son père.

L'esprit de Connell s'ouvrait comme une fleur qui éclot. S'il n'avait pas peur d'imaginer l'impossible – qu'il serait un joueur de base-ball de la Major League dont les gens parleraient pendant des années –, alors il n'aurait plus besoin d'essayer de l'atteindre : il pourrait tout obtenir, tout ce qu'il avait jamais désiré.

« D'accord », dit Connell.

Il entendait des gens passer à côté de lui. Il avait les yeux toujours fermés mais il les voyait quand même, il voyait les vêtements qu'ils portaient et l'expression de leur visage.

« Est-ce que tu te sens puissant ?

— Oui », dit-il.

Et c'était vrai ; il avait fait un pas hors du temps.

« Est-ce que tu es en colère en ce moment ?

— Non.

— Est-ce que tu sais que je t'aime ?

— Oui.

— Ouvre les yeux et allons retrouver ta mère », conclut son père, mais Connell attendit encore un peu, car quelque chose lui disait qu'il ne pourrait jamais revivre ce moment.

38

LES NOUVEAUX PLACARDS DE LA CUISINE FURENT INSTALLÉS un vendredi. Quand Eileen rentra du travail après une semaine interminable et découvrit les surfaces d'un blanc immaculé, elle resta clouée sur place, appuyée contre l'îlot central dont elle avait toujours rêvé, regardant autour d'elle avec un réel ébahissement. Puis elle commença à ouvrir les portes, à promener sa main sur les intérieurs sablés. Elle avait envie de courir chez Food Emporium. Depuis qu'elle avait vidé les anciens placards pour préparer leur enlèvement, elle avait anticipé avec un grand plaisir cette sortie revigorante.

Le lendemain matin, elle attendit que l'ouvrier chargé des plans de travail soit arrivé avec ses énormes planches. Après s'être décidée pour du Corian – le granit était trop cher et elle voulait à tout prix éviter de se retrouver une nouvelle fois avec du formica –, elle avait à la dernière minute rappelé pour demander du granit, finalement.

Elle s'était fait une joie à l'idée de regarder les ouvriers poser les plans de travail, mais tandis que le cuisiniste et ses assistants montaient leur matériel par l'escalier de derrière, elle se rendit compte qu'elle préférait le sentiment magique de la découverte, une fois le travail terminé, sentiment qu'elle avait éprouvé, quand elle était enfant, chaque fois qu'à son retour de l'école elle trouvait les marques que sa mère avait laissées sur le tapis en passant l'aspirateur.

Elle parcourut de long en large les rayons du supermarché, remplissant son Caddie de tout ce dont elle pensait avoir jamais besoin. Elle n'avait pas encore pris les produits secs qu'il était déjà plein à ras bord, alors elle passa à la caisse, remplit la voiture et refit un aller-retour. Après sa seconde tournée, non seulement le coffre était plein, mais la banquette arrière aussi, ainsi que le siège avant du passager et le sol du véhicule. Elle n'avait plus aucune visibilité pour conduire, à part devant elle et dans son rétroviseur gauche, et le moteur peina pour la ramener chez elle.

Elle se gara dans l'allée et klaxonna afin que Connell vienne l'aider à décharger les courses, puis elle se dirigea vers la cuisine. Pendant un instant, elle admira les plans de travail brillants, passant sa main sur leur surface fraîche, ravie de voir comme ils se prolongeaient, indéfiniment.

Connell arriva avec les premiers sacs et les posa sur l'îlot.

« Qu'est-ce qu'il se passe ? demanda-t-il.

— Comment ça ?

— On a annoncé une catastrophe naturelle imminente ?

— J'ai juste acheté quelques petites choses », dit-elle, sur la défensive.

Elle commença à ranger ses courses. Connell n'en finissait pas de faire des allers-retours. Il avait presque rapporté tous les sacs, posés en arc de cercle autour de l'îlot, quand Ed arriva dans la cuisine et piqua une crise. Il commença à attraper des produits dans le réfrigérateur et à les jeter à la poubelle.

« On mange trop ! hurla-t-il. Ça fait trop de nourriture !

— Est-ce que tu pourrais te calmer, s'il te plaît ? lui lança Eileen.

— Nous avons besoin d'un nouveau régime ici. On grossit à vue d'œil ! Il va y avoir du changement. Un seul repas par jour ! Pas plus d'un !

— On devrait alors en avoir pour dix ans, avec tout ça, remarqua Connell.

— Balance-moi tous ces trucs ! vociféra encore Ed avant de quitter la pièce. Tout ! »

Eileen le suivit.

« Tu n'as qu'à tout foutre à la poubelle si ça te chante, cria-t-elle en direction de l'escalier, à son dos qui s'éloignait. Je m'en moque. » Elle essayait de rester calme, de ne pas rentrer dans son jeu. « Tout ce que ça fera, ce sera de me faire dépenser à nouveau de l'argent pour le remplacer. Je veux que chaque centimètre carré de ce garde-manger soit plein. » Ed disparut dans l'une des chambres sans répondre. « Je m'en fous que tu crèves de faim ! Nous autres, dans cette maison, nous allons manger comme des rois ! Comme des rois ! » conclut-elle.

39

CES DERNIÈRES SEMAINES, ED AVAIT ATTAQUÉ les endroits qui avaient pourri sur les murs en placo du sous-sol. Le résultat ressemblait à une cible dans un stand de tir. Dans le champ de mine qu'était devenu le salon, il avait fait de plus gros dégâts encore, arrachant les planches du parquet sans les trier ou presque. Les tuyaux étaient bouchés. La porte du garage ne fonctionnait plus. Ils avaient souffert d'une nouvelle inondation au sous-sol après un gros orage. Et à présent que les nouveaux placards et les nouveaux plans de travail étaient installés, Ed refusait d'embaucher un seul ouvrier pour l'aider.

Il s'installa au volant à côté d'elle, bouillant de rage dans les habits dépareillés qu'il avait finalement enfilés après qu'Eileen lui eut aboyé dessus pendant une demi-heure afin qu'il daigne se changer. Ils se rendaient chez les McGuire. Ed commit plusieurs étourderies pendant qu'il conduisait, dérivant entre les voies et écrasant la pédale de frein pour s'arrêter pile à temps au bout d'une file de véhicules.

« Tu peux faire un peu attention ? s'exclama, Eileen. Tu conduis n'importe comment.

— Je sais ce que je fais, rétorqua-t-il. Je conduis depuis que j'ai… » Il s'arrêta pour calculer. « Seize ans. »

Ils avaient traîné pour partir et se retrouvèrent coincés dans un embouteillage. Sans surprise, ils arrivèrent en retard, mais après avoir coupé le moteur Ed resta assis au volant. Debout près de la voiture, elle lui fit signe de la rejoindre.

« Alors, tu viens ? » lui lança-t-elle en ouvrant la portière.

La lumière de l'entrée s'alluma ; l'un des McGuire allait bientôt arriver. Peut-être fallait-il essayer une autre approche. Elle remonta à l'arrière de la voiture et s'efforça de masquer l'impatience dans sa voix :

« Qu'est-ce qui ne va pas ?

— Donne-moi juste une minute, répondit-il. Je n'arrive pas à penser quand tu parles.

— Chéri, dit-elle aussi gentiment qu'elle put, nous n'avons vraiment pas une minute.

— Il y aura qui, déjà, là-bas ?

— Seulement nous. Nous, Frank et Ruth.

— C'est bien. On voit trop de monde. »

Ils n'avaient vu personne depuis qu'ils avaient déménagé, mais ce n'était pas le moment de le contredire.

« Tu as raison, déclara-t-elle. Je vais réduire nos sorties. Nous allons nous concentrer sur la maison pour l'instant.

— Oui, oui.

— Est-ce qu'on peut y aller maintenant ? » demanda-t-elle en lui tendant la bouteille de vin.

Ruth ouvrit la porte et leur fit la bise à tous les deux. La main d'Ed trembla tandis qu'il lui donnait la bouteille, et Eileen vit que ce détail n'avait pas échappé à Ruth.

Le dîner étant prêt, ils passèrent tout de suite à table. Eileen proposa à Ruth de l'aider, mais celle-ci lui dit de rester assise. Frank ouvrit une bouteille pour la laisser s'aérer. Eileen commença à se détendre.

« Et ce gouffre financier, alors ? demanda Frank. Ça y est, vous êtes complètement noyés ? »

En général, Ed répondait du tac au tac, sifflant le début d'une de ces joyeuses joutes dont lui et Frank avaient le secret.

« Ça va, se contenta de dire Ed, d'un ton neutre. Ça avance.

— Ed a beaucoup travaillé, expliqua Eileen. Nous avons eu pas mal de moisissures à cause de l'inondation.

— Tiens, c'est drôle, j'ai justement eu droit à un cours sur l'histoire de l'eau, remarqua Frank. L'irrigation, le transport des eaux. Nous n'avons pas encore abordé les inondations. Je vous le dirai quand ça sera fait. Peut-être que je pourrai vous donner des astuces. »

Ed ne répondit pas.

« Ça doit être sympa de retourner sur les bancs de l'école, dit Eileen.

— Ça ne nous rajeunit pas, constata Frank. Il ne faut pas laisser le cerveau se ramollir. Pas vrai ? »

À nouveau, Ed ne dit rien. Ruth arriva juste à temps avec le rosbif.

« Je t'en prie, dit-elle en faisant un geste en direction d'Ed. Sers-toi. »

Le premier réflexe d'Eileen fut de le faire à sa place, mais Ed lui barrait le passage. Il planta brutalement la fourchette de service dans la viande, et lorsqu'il souleva son morceau, celui-ci retomba en projetant de la graisse partout sur la nappe. Il recommença, donnant à nouveau un puissant coup de fourchette, et réussit finalement à mettre un morceau dans son assiette, puis un autre. Le troisième atterrit sur ses cuisses. Ruth et Frank échangèrent un regard. Ed ramassa la viande et la posa dans son assiette, sans même essuyer la sauce sur son pantalon. Les trois tranches étaient collées les unes contre les autres dans son assiette. Il tendit à Eileen la fourchette de service, alors que le protocole voulait qu'il la serve ou qu'il lui passe le plat. Elle fut donc obligée de se lever pour atteindre la viande. Une fois son assiette remplie, elle lui mit deux morceaux supplémentaires dans celle d'Ed. Quand elle releva enfin les yeux, elle se rendit compte que ses hôtes n'avaient pas perdu une miette de cette petite transaction.

« Tu veux que je te serve ? demanda-t-elle à Frank.

— Ça va aller, je vais le faire moi-même.

— Ça a l'air délicieux », dit-elle en lui tendant les couverts de service. Après quoi, au lieu de se rasseoir, elle proposa à Ruth : « Donne-moi ton assiette. Je vais servir les pommes de terre. »

Elle en mit quelques-unes dans l'assiette de Ruth ; puis dans sa propre assiette, et enfin, comme s'il y avait là une question d'ordre, dans celle d'Ed. Elle servit de même les légumes.

Ed lança un regard sceptique en direction de son assiette. Il avait du mal à faire tenir la nourriture sur sa fourchette, si bien qu'il se mit à pousser ses pommes de terre avec son doigt. Il transporta avec succès quelques morceaux jusqu'à sa bouche avant d'en faire tomber un sur sa chemise.

C'était le moment idéal pour que Frank glisse une de ses blagues, accusant Ed d'être saoul par exemple. Ed ne se vexait jamais avec Frank. Ils passaient leur temps à se taquiner, rien n'était tabou entre eux ; il n'était pas rare qu'ils partent dans un fou rire, laissant Ruth et Eileen complètement perplexes. Ce soir-là, cependant, Frank se contentait de fixer Ed. Puis, quand il s'aperçut qu'Eileen le regardait, il détourna les yeux.

Ils arrivèrent péniblement au bout du repas.

« Va avec eux, dit Ruth à Eileen lorsqu'elle tenta de la suivre dans la cuisine pour l'aider à débarrasser. Va dans le salon avec eux et prends un verre. Assure-toi qu'ils ne commencent pas à faire des bêtises. »

Eileen leur apporta à boire au salon, et l'atmosphère se détendit un peu. Frank y mit du sien, parlant en abondance de son retour sur les bancs de l'école. Eileen ne lui avait jamais été aussi reconnaissante d'être bavard. Ed intervenait brièvement ici et là, si bien qu'ils avaient l'air de tenir une véritable conversation. Ruth vint les rejoindre et, leur verre à la main, tous quatre se blottirent dans le confort qui suit un dîner entre vieux amis, le moteur d'un sujet de conversation s'épuisant tandis qu'un autre démarrait.

« Et comment va Connell ? demanda Frank.

— Il a de bonnes notes, mais il a du mal en biologie, répondit Ed. Tu arrives à le croire ?

— Moi, j'étais très mauvais au lycée, avoua Frank. Si ça avait eu à l'époque autant d'importance qu'aujourd'hui, je n'aurais jamais pu m'en sortir.

— Pareil pour moi, déclara Ed.

— C'est un monde différent, approuva Ruth.

— Connell est déjà en première, dit Ed. Il va bientôt voler de ses propres ailes. »

Eileen tiqua.

« Je croyais qu'il était en seconde », observa Ruth.

Tel était le danger, avec des amis comme Ruth et Frank : ils ne faisaient pas semblant de vous écouter quand vous leur parliez de votre enfant.

« Oui, en seconde, répliqua Ed. C'est ce que je viens de dire.

— Il aime bien la littérature, s'empressa de lancer Eileen.

— C'est formidable, dit Frank. Moi aussi j'adore la littérature. Je vais prendre un cours sur Shakespeare au prochain semestre.

— Ed est déçu, affirma Eileen. Il voudrait que Connell aime les sciences. Il voudrait qu'il fasse médecine.

— Parle pour toi, rétorqua Ed. Ce que je veux, c'est qu'il fasse ce qui lui plaît.

— Peut-être qu'il pourrait passer à la maison, proposa Frank. Justement, nous pensions l'inviter à venir un week-end ici. Vous pensez que ça lui plairait ? Parce que si c'est une corvée pour lui…

— Il serait très content, assura Eileen.

— Vous pourriez peut-être en profiter pour lui toucher deux mots, dit Ed. Il a du mal en biologie, tu arrives à le croire ? Il ne s'applique pas, c'est tout.

— Je ne sais pas si je pourrais être d'une grande aide, répondit Frank. J'ai moi-même raté mes examens en biologie, la première fois que j'ai choisi ce cours.

— Connell prend le même chemin, j'en ai bien peur, déclara alors Ed. Ses notes en biologie ne sont pas terribles. Il se concentre sur la littérature.

— Dis donc, il y a de l'écho ici ? demanda Frank en riant. Il va falloir que j'appuie sur le bouton stop, Ed !

— Ne t'en prive pas, intervint Eileen en essayant d'afficher un air soulagé. Tu rendras service à tout le monde.

— Ou c'est peut-être qu'on n'en a pas eu assez ? » suggéra Frank en se levant.

Il prit le verre d'Eileen, puis celui d'Ed, mais il était toujours plein.

« Laisse-moi te reservir », ajouta-t-il après l'avoir considéré un instant.

Cette nouvelle tournée de boisson les occupèrent pendant une ou deux minutes.

« Alors, dites à Connell de réfléchir à quand il voudra venir, dit Frank en se rasseyant.

— Vous avez envie que Connell vienne ici ? demanda Ed.

— Si ça lui fait plaisir, oui.

— Rends-moi service : essaie de le convaincre de passer plus de temps sur les sciences, dit Ed.

— Avant que j'oublie, intervint brusquement Ruth, il faut que je vous raconte quelque chose de trop drôle. »

Elle s'embarqua dans un récit sur sa voiture qu'elle s'était fait enlever la dernière fois qu'elle était allée en ville. Son histoire n'avait absolument rien de drôle, en plus de quoi elle s'avéra beaucoup plus courte que ce qu'Eileen espérait ; néanmoins, ses yeux s'embuèrent de reconnaissance.

Ruth apporta ensuite un moelleux à la citrouille et du café. Les rituels du repas n'avaient jamais été aussi commodes. Ed mangea son gâteau sans faire de problème, puis ils restèrent, ainsi réunis, dans le plaisant bien-être de la digestion, Eileen se réjouissant pour sa part de voir la distance qui les séparait de leur départ se réduire. Elle pouvait maintenant espérer qu'ils parviendraient à s'échapper sans nouvel incident. Bientôt, Ruth alla chercher leurs manteaux, et ils se dirent au revoir dans l'entrée.

« N'oublie pas, rappela Frank. Demande à Connell quand il souhaite venir.

— Je n'y manquerai pas, répondit Eileen.

— Peut-être que tu pourrais lui faire entendre raison, dit Ed. Il a du mal en sciences. »

Les yeux de Frank s'écarquillèrent. Un sourire maladroit, qui ressemblait plus à une grimace, apparut sur son visage.

« Ne le laisse pas conduire, Eileen », recommanda-t-il.

Même si elle avait plus bu qu'Ed, elle prit le volant. Elle se sentait épuisée, et plus d'une fois, elle fut obligée de cligner des yeux pour chasser le sommeil. Ed ronfla pendant tout le trajet, comme un enfant, inconscient du danger dans lequel il se trouvait à chaque fois qu'elle laissait son esprit dériver.

40

LE SOL DU SALON ET DE LA SALLE À MANGER ÉTAIT ENCORE EN CHANTIER. Non seulement Ed n'avait pas commencé à poser les nouvelles planches, mais il ne les avait même pas achetées, et la deuxième semaine de décembre arrivait. Il avait mis ces travaux entre parenthèses pour se concentrer sur le sous-sol. Le fait que les pièces les plus importantes de la maison soient condamnées mettait Eileen en rage. Elle avait tiré un trait sur le rêve de recevoir tout le monde pour son premier Noël dans la nouvelle maison (quand les Coakley avaient accepté d'être les hôtes de cette soirée, elle avait craint d'avoir perdu à jamais ses droits sur le réveillon), mais elle voulait pouvoir enfin s'asseoir dans son salon. Ed se voilait la face en pensant qu'il allait y arriver seul.

Les bruits de destruction et de gros travaux qui s'élevaient du sous-sol donnaient l'impression qu'il surveillait une chambre de torture. Elle ne l'approchait jamais quand il était là-bas, et quand il remontait, couvert de poussière et de mortier séché, il s'asseyait et mangeait dans un silence délibéré. Une fois endormi, elle descendait vérifier l'état des travaux. Cela prenait forme, d'une certaine manière. Un manuel de bricolage était tout le temps ouvert par terre, les pages cornées attestant la concentration qu'Ed avait déployée pour faire les choses de manière droite et carrée.

Elle trouva un rasoir jetable sur la table basse du salon, posé au milieu de plusieurs traces de mousse à raser. Ed avait dû descendre pour répondre au téléphone pendant qu'il se rasait et il s'était laissé distraire. Quand elle ramassa le rasoir, cependant, et qu'elle découvrit que le livre posé dessous était la cinquième édition de *L'Origine des espèces*, son exemplaire adoré, elle laissa échapper un cri. Personne sauf Ed n'avait le droit de toucher à ce volume précieux, qui ne quittait jamais son bureau. Le simple fait qu'il se trouvât sur la table basse était déjà étonnant en soi, mais que sa couverture fût tachée par des noisettes savonneuses de Barbasol était tout bonnement incroyable. La première pensée, la seule pensée d'Eileen fut de laisser le rasoir où il se trouvait pour qu'Ed puisse constater tout seul qu'il avait abîmé son livre.

Elle lui avait écrit des pense-bêtes dernièrement – des gentils rappels qu'elle posait sur sa table de nuit avant d'aller se coucher, comme une secrétaire étalant le programme du lendemain pour le directeur avec lequel elle couchait secrètement : *Nous sortons avec les Cudahy ce soir*, ou : *N'oublie pas la rencontre parents-professeurs ce soir à dix-huit heures.* Écrire ces notes avait quelque chose de plaisant ; quelle que fût la tension qui régnait toujours après un quelconque malentendu, celle-ci s'évaporait comme de l'eau dans un verre par un chaud après-midi.

L'un de ses petits mots lui parut cependant étrange lorsqu'elle le relut, et de plus en plus opaque à mesure qu'elle le fixait du regard, comme l'un de ces incompréhensibles *koan*. Elle n'arrivait pas à se débarrasser de la sensation qu'elle avait écrit ce pense-bête pour dire quelque chose à elle-même autant qu'à Ed. *C'est Noël dans six jours, Edmund,* pouvait-on lire. *N'oublie pas d'acheter un nouveau gant de base-ball à Connell stp. Ça fait trois fois que je te le demande. Je m'en chargerais bien moi-même, mais je n'y connais absolument rien. C'est le genre de choses dont un père devrait s'occuper. Tu es toujours un père, n'est-ce pas ?*

Comment en étaient-ils arrivés là ? Pourquoi se retrouvait-elle à lui écrire de tels petits mots ? Elle pensa aux heures qu'il passait à noter ses copies chaque soir, à sa manie de ne plus jamais vouloir se coucher avant vingt-trois heures, à la nuit entière qu'elle avait récemment perdue en l'aidant à mettre en colonnes ses notes pour un rapport de laboratoire, comme elle l'avait fait durant leur crise à la fin de l'année universitaire. Elle repensa aussi, comme souvent ces derniers temps, à cette mystérieuse pile de bois recouverte d'un drap dans l'arrière-cour de Jackson Heights. Elle se rappela la scène avec une étrange clarté, comme s'il s'était agi d'une installation dans un musée, dédiée à des détails sans importance de son ancienne vie. Elle l'examina dans sa tête, l'étudiant sous tous les angles, tentant de comprendre pourquoi cette irritante image ne s'était pas dissoute dans l'éther du passé.

La vérité la frappa d'un seul coup – même s'il semblait qu'elle s'était dirigée dans ce sens depuis un certain temps –, comme un train qu'elle aurait entendu siffler à des kilomètres et qui, à présent, lui passait devant à toute vitesse, en soulevant une terrible bourrasque.

Cependant, elle n'arriva pas à formuler cette phrase dans son esprit : *Ed a...*, car cela était impossible. Ed avait un travail difficile intellectuellement, et qui le stimulait en permanence. Jusqu'à récemment, il avait toujours lu, fait des mots croisés presque chaque jour, et de l'exercice quatre fois par semaine. Il était toujours l'homme le plus en forme, dans leur petit cercle.

Peut-être s'agissait-il d'une tumeur. Ou d'un problème glandulaire, d'une déficience alimentaire, d'un organe affaibli.

Quelle que fût la raison, elle devait le faire examiner.

Le sujet n'allait pas être facile à aborder. Il lui dirait qu'elle ne savait pas de quoi elle parlait, que si quelque chose ne fonctionnait pas bien dans son cerveau, il aurait été le premier à s'en apercevoir, étant lui-même un *expert* en la matière. Et, d'une certaine manière, elle avait envie qu'il balaye ses craintes d'un geste impérieux de la main et lui dise qu'elle était folle. Mais elle ne pouvait se permettre de le laisser prendre le dessus. Elle avait besoin de savoir ce qui ne tournait pas rond.

Elle attendit l'occasion propice. Elle voulait qu'il oublie quelque chose ou dise quelque chose d'incongru, mais il se contentait d'aller à l'université, de rentrer à la maison et de se mettre au travail dans le sous-sol, comme un domestique s'acquittant de sa tâche. Il courait au magasin de bricolage et en revenait avec des paquets de papier de verre, des parpaings, des sacs de ciment qu'il traînait les uns après les autres depuis la voiture. Elle avait peur que son corps finisse par lâcher.

Quand elle téléphona au docteur d'Ed pour lui faire part de ses craintes, il lui répondit qu'elle divaguait, qu'Ed était fort comme un bœuf.

« Je l'ai examiné il y a, quoi ? six mois, lui dit-il. Il a les poumons d'un nageur. Pas un seul sifflement quand je pose le stéthoscope. La seule chose, c'est une tension un peu élevée. Laissez-le mettre les pieds sous la table le week-end. Donnez-lui un bon petit thé glacé et mettez-le devant un match. Son cholestérol pourrait être plus bas, aussi. Peut-être qu'il faudrait éviter les cheeseburgers pendant un moment. Et plus de crevettes. »

Ces mots résonnèrent dans la tête d'Eileen comme un acte d'accusation.

« Nous ne mangeons jamais de crustacés, répliqua-t-elle. Je suis allergique. » Elle essaya de réfréner son énervement. « Il ne vous a pas du tout semblé confus ?

— Confus ?

— Dans sa manière de penser. Plus long à la détente.

— Peut-être que vous êtes trop exigeante avec lui. Les hommes ne sont pas des créatures parfaites. Nous avons un compteur. Nous avons besoin de réparations. La garantie finit par expirer. Ed a un bon moteur, affirma le docteur. Il a encore beaucoup de kilomètres devant lui. »

Eileen n'en continua pas moins d'observer Ed, attendant un accroc, un cafouillage de sa part. Et lui continua de refuser toute aide extérieure. Mais tandis qu'il se faisait violence pour terminer le chantier, elle sentit peu à peu la balance pencher en sa faveur, et la résilience d'Ed s'affaiblir. Même si elle ne supportait plus que les travaux s'éternisent, de devoir attendre pour appeler une équipe d'ouvriers et leur faire poser le plancher du salon et de la salle à manger, même si elle se réjouissait tout bas de voir qu'il allait bientôt lui céder le terrain, elle ne put s'empêcher d'encourager Ed et d'éprouver de la compassion envers cet homme qui passait toutes ses nuits à s'éreinter. Elle le voyait dans la manière dont il se penchait, le dos aussi rond qu'une pierre, pour river ses yeux à son manuel après avoir posé à plat son marteau ; et elle lui apportait tout son soutien, alors qu'elle lui demandait l'impossible.

À chaque dîner, Ed devenait de plus en plus taiseux, de plus en plus débraillé, et il repoussait son assiette après quelques bouchées.

Un soir, il refusa de passer à table. Après l'avoir appelé en vain, Eileen avait envoyé Connell le chercher.

« Il dit qu'il ne vient pas, annonça-t-il à son retour.

— Va lui dire que c'est moi qui le lui demande.

— Peut-être que tu devrais y aller toi-même, maman.

— Qu'est-ce qu'il y a ?

— Il est juste assis là. »

Eileen se rendit dans la salle à manger et trouva Ed encerclé par le bois, une demi-planche entre les mains. Des clous en sortaient, et son extrémité était remplie d'échardes. L'autre moitié était clouée au sol. Il avait dû essayer de l'arracher à mains nues.

« Debout, Ed.

— J'arrive dès que j'ai fini. »

Il était penché en avant et respirait bruyamment. On aurait dit qu'il venait de se faire fouetter. Il se redressa sur un genou, dans une pose vaguement suppliante, et cette vision rappela à Eileen une image du chemin de croix. Il n'était pas question qu'elle le laisse se livrer à un quelconque autosacrifice poétique, si c'était ce qu'il cherchait, il ne ferait pitié à personne d'autre que lui-même. Il avait eu toutes les chances du monde d'obtenir une aide, et ils avaient suffisamment d'argent pour faire refaire au moins les sols, en plus de la cuisine. Ed était réellement trop borné !

« Tu as fini pour aujourd'hui.

— Il faut que je termine cette partie.

— Tu as fini, répéta-t-elle. Viens manger. »

Mais il ne la suivit pas. Alors, une fois Connell et elle sortis de table, elle lui apporta une assiette froide de saucisses et de haricots. Elle put à peine supporter de le regarder tandis qu'elle la déposait par terre, à ses pieds. Il n'avait pas bougé en une demi-heure : il se tenait toujours au milieu de la pièce, surveillant le bazar qu'il tenait tant à mettre.

Elle passa les coups de fil nécessaires et trouva une agence de rénovation qui pouvait terminer la cuisine et les sols, installer des spots, enduire et peindre tous les murs de l'étage.

La veille du jour où les ouvriers devaient commencer, elle annonça leur arrivée à Ed, et celui-ci n'émit aucune protestation. Sans doute aurait-elle dû lui forcer la main plus tôt, mais personne ne lui avait fourni de mode d'emploi le jour de son mariage, un kit de survie, ou une lampe torche pour le jour où l'électricité viendrait à lâcher. Il lui fallait trouver son chemin à tâtons, dans le noir, pour mettre la main sur une boîte d'allumettes.

41

L'ENTREPRISE COMMENÇA LES TRAVAUX quelques semaines après le début de l'année 1992. Une agitation stimulante régnait dans la cuisine comme à l'extérieur. Eileen offrait à boire aux ouvriers et leur préparait des assiettes froides qu'elle laissait sur l'îlot de la cuisine, des petits pains, des bols de salade de pommes de terre, des paquets de chips.

Un jour, elle rentra avec plusieurs packs de bière.

Ed en attrapa un et le jeta par terre. L'une des canettes atterrit avec un grand bruit et explosa, propulsant de la bière partout sur les placards. Un ouvrier qui était aux toilettes à ce moment-là s'arrêta dans la cuisine en retournant travailler.

« Est-ce que tout va bien ? s'enquit-il.

— Occupez-vous de vos affaires, putain de merde ! » répondit Ed.

Elle n'avait pas entendu Ed prononcer de tels mots depuis des années. Peut-être même jamais.

« Ça va ? lui demanda l'ouvrier, ignorant Ed.

— Dégage de là, putain ! lui lança Ed.

— Comme vous voulez, répondit l'ouvrier. Comme vous voulez. »

Il sortit de la pièce à reculons, les mains brandies devant lui en signe de reddition. Eileen le suivit, portant les bières restantes par le plastique d'emballage.

« Mon mari est très stressé, dit-elle. Je suis désolée qu'il vous ait parlé de cette manière.

— Ne vous inquiétez pas, déclara l'ouvrier. On croise toutes sortes de gens dans ce métier.

— Il n'est pas comme ça, croyez-moi. »

Il hocha la tête d'un air docte.

« Il y a des hommes qui ne supportent pas que d'autres se chargent de faire le travail à leur place dans la maison. »

Elle sentit le besoin de protéger Ed.

« C'est seulement qu'il est en train de perdre son travail, affirma-t-elle, se surprenant elle-même avec ce mensonge. Un plan de licenciement.

— Je suis désolé de l'apprendre.

— Il va s'en sortir. Nous allons nous en sortir. »

Lui et l'autre ouvrier la regardèrent comme s'ils s'attendaient à une autre révélation.

« Tenez, buvez, c'est pour vous, ajouta-t-elle en leur tendant les bières.

— Vous n'aurez pas à nous le dire deux fois. Mais on va devoir attendre d'avoir terminé notre journée. »

Cet ouvrier qui refusait un verre sur un ton aussi responsable lui fit penser à son père. Ils retournèrent aux planches qu'ils étaient en train de poser dans le salon, et elle se rendit dans l'entrée pour y chercher la boîte au rebord de velours contenant le service de verres en cristal Schaefer que son père avait reçu pour sa retraite. Elle les sortit et les nettoya avec un chiffon.

À la fin de la journée, quand elle posa le pack de bière sur la table de la salle à manger, elle plaça également deux verres sur un plateau de bar Schaefer qu'elle avait gardé à l'abri pendant des années.

« Servez-vous là-dedans, dit-elle.

— Oh, pas besoin de verre, madame, répondit poliment l'ouvrier.

— Ça me ferait plaisir. Ils étaient à mon père. J'aimerais bien les voir remplis, pour une fois. »

Le toit pouvait attendre encore quelques années. La moisissure au sous-sol restait supportable pour le moment ; le sol en tommettes dont elle rêvait ferait donc l'objet d'un autre programme de rénovation. Il en était de même pour le cabinet de toilette entre la cuisine et le salon. Et aussi pour la buanderie, qu'elle voulait déménager au sous-sol. Sans compter le vieux papier peint de l'étage qui ne pouvait pas s'enlever, les murs qui avaient besoin d'être peints. Elle aurait voulu de la peinture fraîche et des carreaux immaculés partout où son regard se poserait. Elle avait feuilleté des magazines de décoration pour trouver des idées sophistiquées, mais au bout du compte, le blanc lui avait semblé le plus approprié, l'option la plus propre, la seule qu'elle pouvait envisager pour l'heure. Il lui faudrait cependant attendre pour que tout soit blanc, et supporter encore du gris, du jaune, du marron et un mauve écœurant. Une grande partie de la maison ressemblait à une salle d'attente. Néanmoins, le passage entre la cuisine, la salle à manger et le salon – ce passage que les invités emprunteraient – était prêt. Elle pourrait toujours les empêcher de se rendre à l'étage et au sous-sol. Et sitôt qu'elle disposerait de quelques milliers de dollars d'économies, elle ferait installer un cabinet de toilette plus joli, pour eux, et rafraîchirait le salon.

Restait tout de même la question du mobilier. Elle serait purement et simplement incapable de vivre avec les choses qu'elle avait apportées de son ancienne maison, si elle ne pouvait pas accommoder celles-ci à sa guise. Ses vieux meubles étaient flanqués là, piteusement, et remplissaient à peine la salle à manger. La table était pleine de griffures, les accoudoirs des fauteuils étaient élimés, les tables de chevet, bancales, les coussins du canapé, constamment affaissés, comme si ces meubles n'étaient là que pour attendre la relève de ceux qui n'allaient pas tarder à arriver. Il lui faudrait remplacer presque tout. Elle paierait avec sa carte à débit différé. À l'étage, elle créerait un petit boudoir, achèterait le bureau dont elle avait toujours manqué, équiperait chaque chambre d'amis d'une stéréo, d'un fauteuil, d'une jolie lampe de chevet. Et sitôt ces factures payées, elle remplacerait les meubles d'enfance de Connell.

Il lui manquait le bon goût nécessaire pour donner à cette maison l'atmosphère qu'elle méritait, elle en avait conscience. Elle ferait venir un décorateur d'intérieur. Il y aurait des œuvres d'art partout, des petites touches de décoration, çà et là, qui feraient immédiatement savoir aux invités que leur hôte avait l'œil. Elle paierait en débit différé, là aussi. Ed opposerait son veto à ses dépenses si elle lui en laissait l'occasion, mais il était bien loin de posséder un tel pouvoir. Il allait devoir placer son destin entre ses mains. Ils paieraient tout. Ed prendrait un nouveau prêt, leurs salaires augmenteraient. Une fois que tout serait en place, ils vivraient frugalement, en faisant attention, comme les brahmanes de Boston. Ils trouveraient peut-être même un moyen pour faire des économies. Pour amasser un peu plus chaque année.

42

« S'IL N'A AUCUN PROBLÈME DE SANTÉ, dit Eileen à son médecin quand elle alla le consulter pour un manque de souffle qu'elle ressentait depuis peu, je vais demander le divorce. Je ne peux plus supporter ça. »

Le Dr Aitken lui demanda de revenir avec son mari. Elle présenta l'idée à Ed en lui disant qu'il s'agissait d'un check-up annuel et qu'elle aimerait qu'il essaye son médecin ; et son absence de réponse, alors qu'il avait fait un check-up six mois plus tôt, lui prouva qu'elle agissait comme il fallait.

Ils s'assirent dans la placidité discordante de la salle d'attente, puis elle accompagna Ed jusqu'à la salle d'examen, mais le laissa seul avec le médecin. Elle avait parlé de divorce, et pourtant, elle aurait à présent donné n'importe quoi pour entendre que son mari était tout simplement devenu un sale type.

Après avoir passé une demi-heure avec Ed, le Dr Aitken sortit pour la rejoindre.

« Attendez avant de divorcer », lui conseilla-t-il en lui tendant les coordonnées d'une équipe de neurologues qu'il connaissait.

Elle s'était préparée à la crise qu'Ed piquerait à coup sûr en arrivant au Montefiore Medical Center, mais à nouveau il resta assis docilement en attendant l'arrivée du médecin.

Sur la table rembourrée et recouverte de papier, son gros dos charnu ressemblait à de la pâte crue.

Ils commencèrent par des prises de sang, continuèrent avec un examen physique. Le Dr Khalifa, le médecin en chef, voulait éliminer tout ce qui pouvait avoir causé une perte de mémoire. Étant donné les antécédents médicaux d'Ed, il examina sa thyroïde. Puis il lui fit passer un scanner. Sa thyroïde allait très bien. Le scanner ne révéla aucun signe de tumeur.

Eileen assista à l'entretien pour le diagnostic. Le Dr Khalifa fit asseoir Ed à une table et prit la chaise en face de lui. Eileen s'installa sur une autre chaise, nerveuse pour son mari, comme si elle se trouvait sur le point de le voir faire ses débuts dans une pièce de théâtre, au soir de la première.

Le Dr Khalifa demanda à Ed de compter à rebours à partir de cent. Ed arriva à quatre-vingt-dix-sept avant de s'arrêter.

« Quatre-vingt-six », dit-il enfin, puis il énonça correctement une poignée d'autres nombres, jusqu'à ce qu'il saute une dizaine ; le Dr Khalifa lui dit alors d'arrêter.

La révolte à laquelle elle s'était attendue ne s'était pas produite. Ed avait l'air vulnérable et petit. Il souriait, essayant de s'attirer les bonnes grâces de son examinateur, peut-être dans une quête inconsciente d'un diagnostic indulgent.

Le Dr Khalifa lui demanda de dessiner trois cercles concentriques, et Ed en exécuta un correctement sur une feuille, puis un autre ovale rattaché au premier comme le maillon d'une chaîne. Le troisième, une ligne tremblante, tenait plus du quadrilatère que du cercle, et se trouvait à l'écart des deux premiers.

« Bien, c'est bien », fit le Dr Khalifa d'une voix neutre, quand Ed eut terminé.

Le docteur était l'image même de l'imperméabilité. Eileen observa ses yeux : ils ne trahissaient aucune surprise, ne livraient aucun indice permettant de savoir si ce résultat était normal ou non, simple produit de l'âge ou présage plus sinistre. Elle ignorait si elle-même aurait été capable de dessiner des cercles concentriques. Voilà qui devait certainement être difficile sous l'œil d'un médecin. Elle avait la sensation de regarder un enfant travaillant sur un contrôle, et elle éprouva une compassion envers Ed qui lui fit regretter de l'avoir exposé à tout cela. Quel droit avait-elle de le soumettre, dans les quiddités de son âge, à un homme qui allait chercher en lui des signes de détérioration, calculés sur une norme par essence arbitraire ? Elle avait envie d'attraper Ed, de le ramener chez eux et de lui laisser faire les choses à sa manière. Une catégorie existait pour décrire les hommes comme lui, éprouvés par le temps, et vénérés avec ça : le professeur étourdi.

« Je ne suis pas un artiste, dit Ed en s'esclaffant. Vous devriez voir mes schémas du système digestif. »

Le médecin étouffa un rire.

« On dirait de l'art abstrait », ajouta Ed.

Le Dr Khalifa regarda la feuille et secoua la tête. Eileen n'aimait pas son attitude. Trop désinvolte, trop détachée. Ses cheveux étaient trop parfaits, ses dents brillaient d'un éclat suspect. Elle avait longtemps voulu qu'Ed fasse des études de médecine, mais à présent, elle avait l'impression d'avoir été trop dure avec lui. Des médecins tels que celui-ci, elle en rencontrait à son travail ; tous persuadés de pouvoir marcher sur l'eau. Le métier d'Ed n'était peut-être pas aussi lucratif ou impressionnant, mais il préparait le terrain à des types de ce genre. Si Ed disait que rien ne clochait chez lui, il avait très probablement raison. Elle l'avait insulté en le traînant ici, devant ce fantoche qui ne méritait même pas de lui porter sa sacoche, et encore moins de formuler un jugement sur lui.

« Nous avons presque terminé cette partie, annonça le Dr Khalifa. Encore une question, et nous passerons à des tests physiques.

— D'accord.

— Dites-moi, savez-vous qui est le Président actuel ? »

S'il cherchait à insulter son mari, il avait réussi. Il méritait qu'Ed réponde de façon sarcastique ou délibérément incorrecte, mais elle n'avait pas envie que le médecin ait la satisfaction de l'écrire dans son petit bloc-notes. Ed se mit à réfléchir ; peut-être allait-il sortir une réplique maligne.

« Je sais que c'est un républicain, dit-il. Ça, je le sais.

— Pouvez-vous me donner son nom ? »

Ed tira sur son menton.

« Reagan ? demanda-t-il. Est-ce que c'est Reagan ? Je vois très bien sa tête. Ce n'est pas Reagan, si ? C'est gênant...

— Tu connais la réponse, Ed », dit-elle.

Le médecin lui lança un regard de reproche ; elle eut envie de lui décocher une gifle.

« Je vois très bien sa tête, répéta Ed. Simplement, je n'arrive pas à me souvenir de son nom. »

Le Dr Khalifa écrivit quelque chose. La réponse brûlait les lèvres d'Eileen. Tout cela était tellement idiot ! Comment le médecin pouvait-il le laisser se dépêtrer ainsi ? Ed avait l'air brisé, comme s'il avait raté un examen portant non seulement sur sa mémoire, mais sur sa personne tout entière.

« Prenez le temps de réfléchir, lui conseilla le Dr Khalifa. Parfois, il est difficile de trouver une réponse quand on vous la demande. Pensez à quelque chose d'autre. Cela va peut-être venir.

— Des éléphants blancs, répondit Ed.

— Par exemple, oui. »

Ed se frotta le sommet du crâne comme pour en faire jaillir la réponse. Il laissa échapper un lourd soupir.

« Je n'arrive pas à m'en souvenir, avoua-t-il. Qui est-ce ?

— Bush, lâcha le médecin. George Bush.

— Oui ! C'est ça ! Je le savais. Mon Dieu, je le savais ! Je voyais très bien sa tête. Bien sûr ! Et son candidat à la vice-présidence, aussi. C'est facile de les confondre. »

Le médecin ne répondit rien, continua seulement à écrire sur son bloc-notes.

Eileen se rappela la fois où elle avait dû apprendre par cœur le nom des Présidents et les dates de leur mandat. Sœur Alberta les avait appelées une par une devant toute la classe pour répondre chacune à une question ; sœur Alberta lui avait demandé quel Président avait succédé à Teddy

Roosevelt. Il y avait une foule de noms en W qui entouraient Roosevelt – encore aujourd'hui, elle se les remémorait : William McKinley, William Howard Taft, Woodrow Wilson, Warren G. Harding. Mais quoiqu'elle les ait consciencieusement mémorisés, sur le moment tout s'était mélangé dans son esprit. Elle était terrifiée à l'idée de passer pour une idiote devant sa classe. Son cœur avait commencé à battre la chamade, puis un trou noir avait envahi son esprit. Elle ne distinguait plus que les contours flous de ces noms.

« Alors, mademoiselle Tumulty ? » avait insisté sœur Alberta ; sur quoi Eileen avait lâché : « William Wilson », et toute la classe avait explosé de rire.

« Tu as raison, dit-elle. C'est facile de les confondre. »

Ed se tourna vers elle avec un regard coupable, comme si elle était du côté du Dr Khalifa et non du sien. Elle rapprocha sa chaise de lui. Le médecin n'en finissait plus d'écrire.

« Encore une dernière chose que je dois noter, déclara-t-il, un doigt levé, tout en continuant. Parfait. À présent, je vais vous demander d'enfiler votre short. Je vais vous faire faire un peu d'exercice. »

Ils passèrent dans la salle voisine, où elle aida Ed à se changer. Elle avait l'impression de le préparer pour un cours de sport, et s'interrogeait sur les humiliations qui l'attendaient. Le Dr Khalifa lui fit toucher ses orteils en position debout, puis le fit s'accroupir et se relever. Il le fit courir sur place. Il prit des notes pendant tout ce temps. Ed regardait Eileen entre chaque exercice, tandis qu'elle essayait de lui transmettre des encouragements. Quand le Dr Khalifa lui demanda de toucher le bout de son nez avec son doigt, Ed eut du mal à y parvenir.

« Je n'ai pas bu, je vous le promets, déclara-t-il. Cela dit, je risque d'avoir envie de prendre une bonne cuite, après tout ça. »

43

ILS ATTENDAIENT QUE SON PÈRE AILLE CHERCHER LA VOITURE, après la messe. Il avait neigé ; sa mère ne voulait pas marcher jusque-là. Elle tenait un parapluie au-dessus de leurs têtes pendant qu'ils patientaient, car il tombait à présent de légers flocons.

« Ça ne te mènera nulle part, le base-ball. Tu le sais. »

Connell n'aurait pas été aussi irrité par ce commentaire s'il n'avait pas su qu'il ne s'agissait pas seulement de base-ball. Depuis peu, sa mère ne cessait pas de le tanner pour qu'il intègre le club de débats.

« J'aime bien le base-ball, répondit-il.

— Bien aimer, c'est une chose. Passer son temps à en faire, c'en est une autre. Tu n'as pas besoin de bien aimer tout ce que tu fais. En plus, débattre, ça te plaît. Tu as l'esprit de compétition. Tu tiens ça de moi.

— Pourquoi tu veux tellement que j'intègre le club de débats ?

— Je veux que tu tires avantage de toutes tes qualités. Je veux que tu te serves intelligemment de tes talents.

— Tu veux que je devienne sénateur, dit-il.

— Je veux que tu sois heureux.

— Président des États-Unis.

— N'essaye pas de me faire passer pour une méchante. Je veux juste te pousser un petit peu, quel mal y a-t-il là-dedans ? »

Il resta là en silence, à réfléchir à tout cela. En effet, quel mal y avait-il là-dedans ? De l'autre côté de la rue, l'allée qui avait été dégagée se couvrait à nouveau d'une couche de neige brillante. Posséder un jour une telle maison lui aurait plu, comme être en mesure d'engager quelqu'un pour déblayer son allée. Mais intégrer le club de débats ne l'intéressait pas. Ceux qui y participaient avaient toujours l'air à deux doigts de vous trancher la gorge.

« Il en dit quoi, papa ?

— Ton père et moi voulons le meilleur pour toi.

— Qu'est-ce qu'il en dit ?

— Ce qu'il en dit ? répliqua-t-elle en riant. "Fiche-lui la paix, à ce petit." "Laisse-le faire ce qu'il veut. Laisse-le être heureux. Laisse-le garder son innocence pendant qu'il en est encore temps." »

Elle était en train de s'énerver. Des passants tournèrent la tête dans leur direction.

« "Tout ce qui est important, c'est que cet enfant vive dans la joie." Si tu tiens à le savoir, c'est ça qu'il dit. Et tu sais ce que je dis, moi ? » Une expression d'acharnement apparut sur le visage de sa mère. « Moi, je dis : "Donne une chance à cet enfant de laisser quelque chose derrière lui. Ces jeunes qui participent aux débats, ce sont ceux-là qui obtiennent les meilleures notes à l'école. Il faut faire en sorte qu'il arrive parmi eux", voilà ce que je dis. "Ces gamins-là, ce sont eux qui iront dans les universités de l'Ivy League. Fais en sorte qu'il aille dans une université au top, avec eux ; qu'il devienne avocat, politicien. Ce sont ces gamins-là qui décrochent des prix et des bourses. Qu'est-ce qu'il y a de mal à être l'un d'entre eux ? Qu'est-ce qu'il y a de mal à mettre toutes les chances de son côté pour vivre bien ? Pour vivre confortablement ?"

— C'est juste un club, maman.

— Ce sont les meilleurs. Et tu seras parmi eux. Autrement, tu perds ton temps.

— Moi, j'aime le base-ball, affirma-t-il.

— Mais tu ne vas pas devenir un joueur professionnel.

— Sans doute que non.
— C'est sûr que non.
— D'accord. C'est sûr que non.
— Écoute, lança-t-elle, voilà ton père. Ne lui dis pas que nous avons parlé de ça. Il a envie que tu joues au base-ball, que tu ne te compliques pas la vie pour le moment. Ou peut-être même jamais. Que tu sois comme un cheval qui gambade dans les champs ou je ne sais trop quoi. Complètement libre. » Elle avait formulé ces mots avec un petit rire coupant. « Moi, je ne pense pas que ce soit ça, la vraie vie. D'accord, je veux peut-être te dompter. Te rendre utile. Je suis comme ça. Mais je sais au moins une chose : si tu m'écoutes, tu ne connaîtras jamais aucune frustration – pas avec les capacités que tu as. Je suis en mesure de te guider pour que tu aies une belle vie. Si j'avais été un homme, j'en serais là moi-même. »

44

ILS SE RENDIRENT À PLUSIEURS AUTRES RENDEZ-VOUS. Le Dr Khalifa recommença certains examens et en fit de nouveaux. Six semaines après le premier, qui avait eu lieu le jour de la Saint-Patrick, ils allèrent chercher les résultats.

Elle était plus nerveuse que le jour de son mariage. Ed semblait au-delà de cet état. Il émanait de lui un calme étrange, comme celui d'un homme sur le point de recevoir une injection létale.

Ils attendirent dans le cabinet que le médecin les rejoigne. Eileen tenait la main d'Ed, mais c'était lui qui caressait la sienne comme si elle s'apprêtait à recevoir le verdict.

Le Dr Khalifa apparut avec un dossier, répandant derrière lui une odeur vaguement ferrugineuse, et Ed se hérissa. Le médecin marchait d'un pas rapide, sans la gravité de circonstance. Eileen pensa : *Un navet dégage plus d'émotion que ce gars-là.*

« Eh bien, j'ai une bonne et une mauvaise nouvelle, déclara le Dr Khalifa. La bonne nouvelle, c'est que sur le plan physique, vous avez une santé de fer. Un formidable spécimen. »

Elle sentit une décharge d'excitation, puis une autre de peur.

« Et la mauvaise nouvelle ? » lança-t-elle.

Il se tourna vers elle.

« La mauvaise nouvelle, c'est que votre mari a probablement la maladie d'Alzheimer. »

Elle étouffa un cri ; dans sa main, le poing d'Ed se serra.

« Je n'ai aucun plaisir à vous dire ça, mais à partir de maintenant il serait mieux de considérer chaque jour comme le meilleur du reste de votre vie. À votre place, j'essaierais d'en profiter le plus possible, tant que vous le pouvez. »

Ed serra sa main si fort qu'elle grimaça.

« Je ne comprends pas, dit-elle.

— S'il n'avait pas la maladie d'Alzheimer, il vivrait probablement jusqu'à quatre-vingt-quinze ans, affirma le médecin. Son cœur, ses poumons, ses reins, sa circulation sanguine, tout est parfait. Mais il est atteint.

— Vous en êtes sûr ?

— Il y a peu de doutes possibles, répondit-il, avec la même irrévocabilité détachée que ces énormes ordinateurs dans les vieux films, qui crachaient des réponses sur des cartes perforées.

— Je le savais », lâcha Ed d'un ton amer.

Et, à la seconde même, elle réalisa qu'il le savait probablement depuis des années.

« Comment est-ce possible ? s'écria-t-elle. Il n'a même pas cinquante et un ans !

— C'est précoce, mais ça peut arriver, répondit le Dr Khalifa. Je suis désolé. »

Il avait effectivement l'air désolé, pas particulièrement pour Ed mais plutôt pour lui-même, d'avoir dû être le porteur de cette mauvaise nouvelle.

« J'aurais aimé pouvoir vous dire quelque chose de plus », ajouta-t-il, mais elle comptait sur Ed pour qu'il lui explique la situation mieux que le médecin ne l'avait fait. « Je vais vous laisser seuls, poursuivit le Dr Khalifa en faisant claquer son dossier sur ses cuisses tandis qu'il se levait. Je reviens dans dix minutes pour répondre à toutes vos questions et discuter du plan que nous allons mettre en place. »

Après son départ, ils restèrent assis, à retourner la nouvelle dans tous les sens. C'était un paradoxe, quelque part : rien n'avait de sens à moins que cela soit vrai, et pourtant, que cela soit vrai semblait impossible. Mais il était si évident, à présent, qu'Ed avait la maladie d'Alzheimer ! La nouvelle paraissait déjà datée, d'une certaine manière.

« Qu'est-ce qu'on va faire ? questionna Ed.

— Nous allons demander un deuxième avis.

— Nous n'avons pas besoin d'un deuxième avis. C'est lui, le deuxième avis.

— Il peut se tromper, protesta-t-elle.

— Il ne se trompe pas », affirma Ed, avec une autorité qui fit battre plus fort le cœur d'Eileen.

En cet instant, l'amour qu'elle éprouvait pour lui était si fort qu'elle dut détourner les yeux.

Ils gardèrent le silence. La main d'Ed n'avait pas lâché la sienne depuis qu'il avait entendu le verdict, mais à présent ses doigts commençaient à se relâcher.

« Ça alors, disait-il. Ça alors. »

Ces mots ressemblaient à la fois à une lamentation et à une promesse, une promesse de tirer le meilleur de ce qui allait suivre.

« Qu'est-ce qu'on va faire ? demanda-t-il à nouveau.

— Faire face avec grâce et dignité, répondit-elle. Voilà ce qu'on va faire. »

Le col d'Ed était retourné à une de ses extrémités, et elle le remit dans le bon sens, poussant le bouton dans la boutonnière pour lui.

Ils roulaient en direction de chez Nathan's, sur Central Avenue. Lorsqu'il était enfant, Ed se rendait souvent à Coney Island en train, et Eileen voulait lui apporter un peu de réconfort. Planté au milieu d'une étendue qui ressemblait à un terrain vague, Nathan's était une pâle copie de l'institution originale de Surf Avenue, mais ses jeunes patrons semblaient projeter sur lui une aura prometteuse.

Un groupe d'Albanais fortement parfumés à l'eau de Cologne, les cheveux raides de gel, chemise à col pointu et baskets hors de prix, précédèrent Eileen dans la file d'attente, flirtant avec les caissières. Ils sifflaient, frappaient dans leurs mains, et parlaient avec entrain de leur programme pour la soirée. À travers la vitre, elle aperçut une Chevrolet Camaro tunée arriver à toute vitesse sur le parking, suivie par une Pontiac Trans Am.

Elle emmena Ed jusqu'à une banquette. D'une main assurée, il attrapa son hot dog, le porta à sa bouche et mordit dans un amoncellement de chou, d'oignons, de cornichons, de moutarde et de ketchup. Un jet de sauce jaillit et atterrit sur sa chemise. Il l'essuya sans un mot. Autrefois, avoir ne serait-ce qu'une moucheture de ketchup sur l'une de ses chemises de soirée le mettait dans tous ses états, mais à présent tout se passait comme s'il voyait le monde d'un autre œil, acceptant les petits aléas de la vie.

Ils rentrèrent la voiture dans le garage. Au sous-sol, Eileen demanda à Ed d'enlever sa chemise, puis son maillot de corps, avant d'emporter le tout dans la buanderie. Ce fut en passant devant les étagères, dans l'escalier, qu'elle se rendit compte que quelqu'un avait volé les outils électriques d'Ed.

À chaque fois que les ouvriers avaient été présents, Ed était resté dans son bureau – à travailler ou à fulminer, au choix. Ils avaient dû voir en lui une cible facile. À Jackson Heights, chaque fois qu'ils avaient eu des employés chez eux, il avait surveillé ses outils avec une diligence qu'elle avait toujours trouvée exagérée.

Deux équipes étaient venues ici, celle pour le sol et la cuisine, et celle pour la peinture, si bien qu'il était impossible de dire avec exactitude qui avait commis cet acte. Voler les outils d'un homme était la chose la plus basse qui fût, surtout – et cette pensée l'anéantit – quand il ne pouvait plus les utiliser.

Elle n'avoua pas à Ed que ses outils avaient été volés. À la place, elle quitta son travail plus tôt le jour suivant et alla en acheter de nouveaux. Elle se débarrassa des emballages et rangea les outils à leur place sur les étagères. Avec leurs lames toutes neuves et leurs coins aiguisés, Ed aurait sûrement vu qu'ils étaient neufs, autrefois, mais à présent cela semblait très improbable. Pour la première fois depuis leur mariage, elle éprouva l'envie profonde de se faire surprendre en train d'effectuer l'un de ses actes de charité.

Ed était intraitable au sujet de Connell : celui-ci ne devait rien savoir. Il ne comptait pas non plus dire quoi que ce fût à son travail, car il voulait tenir jusqu'à l'âge de la retraite. En prenant en compte le poste qu'il avait occupé aux jardins municipaux quand il était étudiant, Ed avait travaillé pour la Ville de New York, sous une forme ou sous une autre, pendant vingt-huit ans et demi. S'il pouvait arriver jusqu'à trente, cela signifierait mille deux cents dollars par mois de retraite en plus du montant auquel il pouvait prétendre maintenant. Eileen allait devoir optimiser le système, car un jour, les coûts pour s'occuper d'Ed augmenteraient substantiellement.

Les premiers temps après le diagnostic, Ed redevint calme et silencieux. La nuit, son teint mat d'Irlandais aux cheveux noirs – qui trahissait de très lointaines origines méditerranéennes – faisait place à une pâleur grise et maladive. Son odeur changeait ; Eileen pouvait presque sentir la peur émaner de ses pores. Lui qui se douchait déjà moins souvent qu'avant avait maintenant complètement arrêté, et ne se brossait plus les dents que lorsqu'elle le forçait à le faire à son côté, pendant qu'elle-même brossait les siennes. Tous deux se rendaient ensuite au travail comme si de rien n'était. Cette ambiance funèbre allait-elle perdurer encore longtemps ?

Une nuit, au lit, il lui demanda s'il était en train de mourir.

« Pas encore, affirma-t-elle. Il reste beaucoup de vie devant toi.

— J'ai peur, dit-il. Je suis en train de mourir.

— Nous le sommes tous, d'une certaine manière.

— J'entends le compte à rebours.

— Tout le monde entend le compte à rebours.

— Pas Connell, protesta-t-il. Pas encore. »

Elle eut envie de répliquer : *Connell aussi*, car c'était la vérité, mais elle vit combien Ed avait l'air bouleversé.

« Non, dit-elle. Pas encore.

— Je ne veux pas qu'il ait la même chose, déclara-t-il. Je veux qu'il vive une vie paisible. »

Elle ne put s'empêcher de remarquer :

« Il pourrait très bien ne pas être malade et ne pas avoir une vie paisible pour autant. Il n'y a pas de garantie.

— Il ne l'aura pas. Dis-le-moi.

— Il ne l'aura pas. »

Sa réponse le rassura suffisamment pour lui permettre de s'endormir. Elle resta étendue là, éveillée, à penser à cette horloge qui tournait, menant vers le moment final.

Peut-être que Connell aurait cette maladie. Peut-être qu'elle-même aussi. On ne savait jamais.

Telle était la vérité.

Même l'hôpital n'était pas un endroit suffisamment sécurisé pour certains patients atteints de la maladie d'Alzheimer. Au fil des années, elle en avait vu se perdre dans les couloirs, ou déambuler tout nus devant leur chambre. Un homme était tombé dans l'escalier et s'était cassé le dos. Les conséquences pouvaient être tragiques. Les malades se faisaient des entailles, des brûlures ; l'un d'eux s'était coupé un doigt, une fois. Elle voulait retarder l'apparition des symptômes sérieux aussi longtemps qu'elle le pouvait. Et les médicaments étaient la solution. Il n'y avait aucun médicament autorisé sur le marché, mais il existait des essais cliniques. Il fallait pousser Ed à y participer. Il apporterait ainsi sa contribution à l'industrie pour laquelle il avait toujours refusé de travailler, et sans recevoir le moindre sou en échange. Autrefois elle l'avait imaginé leur payant une voiture de luxe, des voyages à l'étranger et des antiquités grâce à l'industrie pharmaceutique ; à présent, elle ne souhaitait rien d'autre que voir les capacités cérébrales d'Ed diminuer moins vite. Il lui fallait espérer qu'un homme pragmatique et clairvoyant non réfractaire à l'idée de se voir récompenser en espèces sonnantes et trébuchantes s'était chargé de mener de façon experte les recherches qu'Ed avait pour sa part refusé de conduire.

Eileen passa des coups de fil aux gens qu'elle connaissait. Une étude était en cours à l'institut Nathan Kline pour la recherche en psychiatrie d'Orangeburg, à quarante minutes de route après le Tappan Zee Bridge. L'étude consistait à évaluer les dangers à long terme, la tolérance et l'efficacité du SDZ ENA 713 en traitant des patients volontaires, probablement atteints de la maladie d'Alzheimer – ce qui pouvait garantir à Ed d'être fourni en médicaments aussi longtemps qu'il le souhaiterait, jusqu'à la commercialisation de ceux-ci aux États-Unis ou à l'abandon de l'étude.

Après une évaluation, on lui envoya une pile de formulaires, dont l'un s'intitulait « *Déclaration de capacité pour la participation à une étude de recherche* ». Il y était écrit que, selon le médecin responsable, Ed ne possédait plus la capacité de comprendre le but, les risques et les bénéfices de ces recherches, et de prendre une décision indépendante quant à sa participation. Il ne s'agissait que d'une formalité administrative, Eileen le savait ; ils devaient lui faire signer ce papier avec l'accord de son avocat, ce dont elle s'était assurée, mais tout cela lui crevait le cœur. À l'évidence, Ed comprenait parfaitement ce que ces gens lui disaient, et probablement mieux qu'eux.

Son cœur se serra encore quand elle signa le formulaire de « *Déclaration de capacité à choisir un représentant pour les prises de décision* », car, durant l'évaluation, le médecin avait demandé à Ed qui elle était.

« Ma femme, avait-il répondu, comme s'il n'y avait rien de plus naturel.

— Voulez-vous que votre femme ait le pouvoir de prendre des décisions à votre place ? » lui avait proposé le médecin avec une insistance exagérée, comme pour souligner la gravité de ce qu'Ed s'apprêtait à signer.

Ed avait éclaté de rire en lui demandant s'il était lui-même marié. Le médecin avait hoché la tête.

« Dans ce cas, vous ne serez pas surpris d'entendre que ma femme a pris toutes nos décisions depuis que nous sommes mariés », avait dit Ed, et l'autre avait étouffé un rire complice avant de cocher la case : « *Le patient est en possession de ses capacités au moment présent.* »

Eileen n'en revenait pas de voir à quel point Ed s'était montré positif, même dans un moment comme celui-là.

Elle avait signé ce formulaire avec un certain stoïcisme, mais celui intitulé « *Consignation du choix d'un représentant pour les prises de décision* » faillit lui faire perdre ses moyens. Il s'agissait du seul formulaire qu'Ed devait signer lui-même, et il avait commencé sa signature à quelques centimètres de l'endroit prévu, la traçant d'une écriture penchée, débordant de la ligne, comme s'il s'était effondré pile à ce moment.

45

EILEEN REGRETTAIT SINCÈREMENT SON COIFFEUR, Curt, et pas seulement parce qu'il savait dompter ses épis. Elle regrettait sa conversation divertissante, l'indulgence avec laquelle il considérait ses opinions politiques et sa manière de lui faire garder un pied dans l'océan de la culture populaire qui, telle une marée, se retirait sitôt qu'elle posait le pied hors du salon. Chaque fois qu'elle jetait un coup d'œil au rayon presse, chez Food Emporium, il lui semblait être de moins en moins familière avec les visages en couverture des magazines.

Mais elle n'était pas prête à retourner à Jackson Heights pour autant, si bien qu'elle avait dû se trouver un nouveau coiffeur à Bronxville, même si le fait d'entrer dans ses salons l'intimidait. Son nouveau salon était plus chic que celui de Curt, avec une fontaine japonaise miniature et des sièges en cuir dans la salle d'attente. Elle redoutait d'être mêlée à des conversations politiques, là-bas. Elle ne savait jamais qui pensait quoi, ou qui écoutait, et elle ne lisait aucun des magazines proposés sur la table basse – *People, Us, Premiere, Entertainment Weekly* –, de crainte qu'on ne la regarde de haut, alors que tout le monde feuilletait ces magazines devant elle sans la moindre gêne. Il lui était difficile de se départir de la désagréable impression que, pour elle, les règles du jeu étaient différentes, et qu'elle ne les avait jamais examinées comme il se devait.

Le salon de Bronxville était pratiquement un spa complet ; il proposait des manucures, des massages et des soins du visage. En tant que coiffeurs-stylistes, les employés étaient de véritables techniciens ; ils répondaient toujours à ses demandes, mais le résultat la laissait chaque fois un peu perplexe. Une fois qu'elle était passée entre leurs mains, ses cheveux paraissaient très bien pendant quelques jours, empreints d'une perfection légèrement glaçante, et la coupe restait tellement égale qu'elle ressemblait presque à une perruque. Puis, un matin, ses cheveux refusaient de se mettre en place quand elle les brossait, et elle devait attendre suffisamment longtemps pour justifier un nouveau rendez-vous. Curt lui avait donné ce qu'elle ne savait même pas vouloir. Ses coupes avaient une élégance discrète ; à se demander parfois s'il lui coupait vraiment les cheveux ou s'il restait juste là, à bavarder et à gesticuler avec ses ciseaux. Il balayait toujours les mèches tombées par terre avant de lui enlever sa blouse, si bien qu'elle n'avait eu jamais l'occasion d'examiner la moindre preuve. Des semaines après son rendez-vous, cependant, les gens lui demandaient encore si elle sortait juste de chez le coiffeur.

Un jour, durant la dernière semaine de mars, tandis qu'elle attendait de se faire couper les cheveux, Eileen entendit la femme passée avant elle (qui, bien qu'un peu plus âgée, portait toujours des talons aiguilles et avait des mêches chocolat, caramel et miel dans les cheveux) raconter au coiffeur le miracle que le Fourreur de Bronxville avait réussi à accomplir en parvenant à nettoyer son manteau de vison après qu'elle se fût appuyée contre de la peinture fraîche. Eileen se représentait parfaitement la fourrure pendue sur le portemanteau, brillante et pleine, comme si elle venait juste de recevoir une coupe, un shampooing et un séchage. La manière dont la femme parlait de sa fourrure donnait en réalité l'impression qu'elle parlait de toute autre chose, dans un langage secret qu'Eileen ne pouvait déchiffrer qu'à la condition en connaître la clé. Il lui avait déjà traversé l'esprit, auparavant, qu'un manteau de fourrure serait exactement ce qu'il lui faudrait pour sentir qu'elle appartenait réellement à cette ville.

Une semaine plus tard, quand elle passa devant le Fourreur de Bronxville et vit qu'ils faisaient des soldes de printemps, elle entra dans la boutique et s'acheta un vison. Il était si doux et gonflant, et l'enveloppait si bien qu'elle eut l'impression de rétrécir à la taille d'une adolescente rien qu'en l'enfilant. Dans certains quartiers, il n'était plus très à la mode de porter de la fourrure, à cause de tout le remue-ménage de ces activistes de PETA qui stigmatisaient quiconque le faisait, mais à Bronxville, la fourrure semblait avoir toujours le vent en poupe. Et Eileen possédait les deux conditions sine qua non pour l'acquérir : de l'argent, ou tout du moins un prêt bancaire encore suffisamment fourni, et quelqu'un avec qui sortir quand elle la porterait. Qui savait jusqu'à quand ces deux choses allaient durer ?

« Et comment va-t-on faire sans économies, lorsque la situation va empirer ? demanda Ed en voyant le vison.

— Si ça empire plus que ça, répondit-elle, il n'y aura rien à sauver, de toute façon. »

Le temps était trop chaud pour qu'elle porte son nouveau manteau, mais le samedi qui suivit son achat, la température redescendit. C'était une chance, et il fallait la saisir – elle n'aurait peut-être pas d'autre occasion de le porter avant les six prochains mois. Elle réserva donc une table pour sept heures chez Le Bistro, sur Pondfield Road, un endroit chic en face du bureau de poste où elle souhaitait aller depuis des mois. Ed et elle se garèrent à quelques rues de là, à l'angle de Kraft Avenue et de Pondfield, car elle voulait faire quelques pas avant d'arriver et d'être vue. Mais, à la seconde où elle se mit en route, elle sentit qu'elle était trop habillée. Personne d'autre autour d'elle n'avait mis de manteau de fourrure, et la vérité était qu'elle n'avait pas vu tant de femmes de son âge que cela en porter depuis qu'elle avait emménagé.

Au moment où ils atteignirent le restaurant, elle transpirait tellement qu'elle fut obligée d'enlever son manteau avant d'entrer. Elle s'était pourtant fait une joie à l'idée qu'un maître d'hôtel le lui retirerait doucement, un bras après l'autre. Il était suffisamment lourd pour que son poids lui rappelle celui d'un enfant endormi. Elle le donna au vestiaire, en espérant que personne ne la remarquerait. Il lui faudrait retenter l'expérience au prochain hiver.

D'aussi loin qu'elle s'en souvenait, elle avait voulu un manteau de vison, parce que les femmes en vison avaient toujours l'air de n'avoir aucun problème. Elle avait dépensé une somme non négligeable, tirée sur son propre pécule, pour l'avoir. Elle le rembourserait sitôt que les factures seraient payées. Elle se sentait presque fière d'avoir fait un achat aussi coûteux, même après réduction.

46

L'ONCLE DE CONNELL, PHIL, ÉTAIT VENU DE TORONTO. Après le dîner, son père se mit à raconter une histoire que tous avaient déjà entendue à propos de l'été qu'il avait passé, quand il était étudiant, à œuvrer dans une église au Pérou. Le clou de l'histoire reposait sur la différence de taille significative qui existait entre lui et le prêtre.

« Et j'étais là, avec mon mètre quatre-vingt-deux, expliquait-il, et…

— Tu ne fais pas un mètre quatre-vingt-deux, l'interrompit Connell. Tu dis toujours que tu fais un mètre quatre-vingt-deux. Tu fais juste un mètre quatre-vingt.

— Je fais un mètre quatre-vingt-deux, répliqua son père avec dignité.

— Ça, c'est ce que tu aimerais. »

Connell venait juste de se mesurer. Il savait qu'il atteignait un mètre soixante-dix-sept et que son père n'était pas beaucoup plus grand. Il s'approcha de lui, lui fit enlever ses chaussures, ôta ses Dr Martens, et se plaça dos à dos avec lui.

« Mon fils, je fais un mètre quatre-vingt-deux.

— Dans ta jeunesse, rétorqua-t-il. Peut-être que tu te tasses.

— Je ne suis pas assez vieux pour me tasser.

— Peut-être que si. Peut-être que tu vieillis prématurément, papa. Ça expliquerait beaucoup de choses. »

Son père lui lança un regard foudroyant, assassin.

« Ça suffit, lâcha-t-il, et il se détourna. Tu veux un verre ? demanda-t-il à Phil.

— Je t'accompagne chercher à boire », répondit Phil.

Connell les suivit dans la cuisine.

« Si tu fais un mètre quatre-vingt-deux, insista-t-il, alors prouve-le.

— Laisse tomber, Connell, lui dit son oncle.

— Tiens, insista Connell, la porte est juste là. On fera une marque dessus. Comme dans notre ancienne maison. »

Son père avait l'air agacé, mais il se plaça quand même contre la porte. À nouveau, Connell lui fit retirer ses chaussures.

« Un mètre quatre-vingt et quatre millimètres », articula-t-il tandis qu'il traçait une marque bien appuyée sur la porte avec un crayon.

Connell était en train de vider le lave-vaisselle, et de retirer par le manche un couteau dont la lame s'était cassée. Il n'en restait presque plus rien.

« Il est arrivé en fin de course, constata-t-il en le tenant à la lumière. Je te le mets à la poubelle. »

Il le jeta, mais son père s'approcha et le récupéra calmement.

« Ce couteau est garanti à vie, lui dit sa mère d'un ton péremptoire. C'est un couteau de très grande qualité.

— Je vois ça », répondit Connell avec un sourire.

Son père se mit à pétrir la poignée du couteau comme une balle antistress.

« Ça faisait un moment que je songeais à appeler la boutique », déclara sa mère.

Connell ne cacha pas son incrédulité.

« Mais pourquoi on ne le jette pas, tout simplement ? Tu ne vas pas appeler la boutique ! Qu'est-ce que tu vas en faire, de ce couteau, papa ? Franchement ? »

Il avait pris le ton qu'il employait quand il se préparait à une joute verbale, un ton volontairement blessant.

« Crois-le ou non, répliqua son père, mais j'utilise ce couteau pour touiller mes sauces.

— Je vais appeler la boutique, renchérit sa mère. Ils honoreront la garantie.

— Nous avons plein d'autres couteaux, insista Connell. Pourquoi vous avez besoin de celui-ci ?

— Ton père a acheté ce couteau quand nous nous sommes mariés, expliqua sa mère. Il lui avait coûté très cher à l'époque. Est-ce que ça te suffit comme réponse ? »

Elle semblait au bord des larmes. La conversation était close, mais Connell ne put s'empêcher d'en rajouter.

« Ça ne veut pas dire qu'il faut le garder pour toujours », lança-t-il.

47

EILEEN AVAIT AIDÉ ED À NOTER SES COPIES de temps à autre pendant l'année, mais alors que la fin du second semestre approchait, elle dut corriger de plus en plus de rapports de laboratoire et de copies d'examen. Il regardait par-dessus son épaule, lui expliquait certaines choses. Ils prenaient une pile et la parcouraient ensemble, puis elle vérifiait son travail à la fin.

Durant une année, grâce à des financements de l'État, Ed avait travaillé sur un article dont il allait présenter les résultats lors d'une conférence. Après le diagnostic, il avait redoublé d'efforts, restant tard au laboratoire de nombreuses nuits. Elle aurait dû être fière de le voir continuer à suivre le chemin vaporeux d'une ambition qui se dérobait à lui, et elle l'était, parfois, mais elle savait que cela ne mènerait à rien – ni à de nouveaux financements, ni à des rendez-vous, ni à un gain de prestige, ni même à écrire un article de plus –, alors elle espérait plutôt qu'Ed resterait avec elle à la maison. Les nuits étaient solitaires, et l'imaginer partageant à distance sa solitude avec elle était une bien maigre compensation. Elle le voyait dans son laboratoire mal éclairé, se grattant le crâne tandis qu'il fixait du regard des données faussées par ses observations erronées.

Ed prenait les médicaments de l'essai deux fois par jour. Pour rien au monde Eileen n'aurait couru le risque de manquer une dose, alors elle le regardait les avaler chaque matin et chaque soir. Après treize semaines, elle l'emmena pour sa première évaluation.

« J'ai l'impression d'être l'un de mes rats », lui dit-il alors qu'il s'asseyait sur une des chaises orange de la salle d'attente.

Elle lui lança un regard interrogateur.

« De laboratoire, compléta-t-il.

— Ça n'a rien à voir.

— Si, dit-il, mais ce n'est pas grave. Ça peut bien être à mon tour de faire le rat, après toutes ces années.

— Arrête ça, Edmund.

— Peut-être que ça aidera quelqu'un, insista-t-il.

— Peut-être que ça t'aidera toi.

— Ce n'est pas pour moi que nous faisons ça. C'est un essai. Qui est destiné aux autres.

— Ce n'est pas vrai, protesta-t-elle.

— Mais ce n'est pas grave. C'est la science. Je suis ici pour la science. »

Elle resta silencieuse pendant un moment.

« C'est moi qui joue le rat, dit-il, avec plus de détermination cette fois.

— Très bien, déclara-t-elle. C'est toi qui joues le rat.

— Ils finissaient tous par mourir, raconta-t-il. Je n'ai jamais aimé les retrouver tout raides. Ça n'est jamais devenu facile. »

Elle imagina la puanteur des cages, les yeux morts, les corps miniatures ressemblant à des jouets pour chats.

« Ça devait être désagréable, en effet, remarqua-t-elle.

— C'était triste. C'était un travail ingrat qu'ils avaient, ces pauvres rats. »

Ils le pesèrent et l'auscultèrent, prirent des échantillons de sang et d'urine, lui firent passer un électrocardiogramme et des tests de mémoire. Ils jaugèrent sa capacité à effectuer certaines tâches. Ils le firent jouer avec des blocs. Couper de la viande. Écrire. Écrire fut la chose la plus difficile pour lui. Il détestait sa propre écriture, car elle était la plus grande preuve de toutes.

À la fin, ils lui remirent suffisamment de médicaments pour tenir pendant les treize semaines qui les séparaient de leur prochain rendez-vous. Ce sac de médicaments arriva comme une promesse. Pendant un instant, Eileen se demanda si, en lui donnant tout d'un coup, Ed redeviendrait l'espace de quelques jours l'homme qu'il était avant, ou même un après-midi, ou quelques heures seulement. Cela aurait valu la peine. Mais les choses ne fonctionnaient pas ainsi. L'homme qu'il était vraiment n'était pas caché là, derrière, à attendre de surgir le temps d'un jour de liberté. L'homme qu'il était vraiment était celui qu'elle avait devant elle, à présent.

48

C'ÉTAIT UN JEUDI DU DÉBUT DE JUILLET. Ils étaient tous les deux allongés au lit avec les fenêtres ouvertes. Elle essayait de lire un roman, mais comme elle était agitée et distraite, elle l'abandonna pour attraper l'un de ses livres sur la maladie d'Alzheimer dans la pile qu'elle avait cachée sous le lit. Ed était censé lire également, mais il avait les mains croisées sur la poitrine et fixait le plafond. Quatre mois avaient passé depuis le diagnostic. Elle s'était fait aspirer dans sa nouvelle logique – *ne le dire à personne* –, mais il était clair qu'elle ne pourrait se fier à Ed pour savoir quand tout cela devrait cesser.

Il lui était impossible de l'annoncer elle-même, car Ed ne lui pardonnerait pas d'avoir trahi sa confiance. Elle referma son livre et se redressa sur les coudes pour lui faire face.

« Et si on organisait un dîner ? Tu pourrais inviter tous tes meilleurs amis à la maison, et on leur dirait à tous, en une fois.

— J'aimerais mieux pas.

— Ce serait plus facile que de le leur apprendre individuellement.

— Qui dit que nous avons besoin de les informer ?

— On organiserait un bon dîner, insista-t-elle. Comme un effort de groupe, pour combattre la maladie. Je vais voir si je peux prévoir ça pour samedi. »

Il serra les dents.

« Tu as l'air d'avoir déjà pris ta décision.

— Il va falloir le dire à Connell.

— Là, c'est non, répondit-il, en grondant presque. Je n'ai pas l'intention de le lui dire maintenant. Je ne veux pas qu'il me voie de cet œil-là, diminué. Je veux être encore son père.

— Tu seras toujours son père, affirma-t-elle, mais au lieu de le rassurer, elle ne fit que se perturber toute seule en songeant à ce que le mot "toujours" impliquait – le moment où la maladie aurait emmêlé ses synapses, l'aurait amoindri, le moment où il ne serait plus avec eux.

— De toute façon, répliqua Ed, je veux attendre. »

Connell allait souvent jouer au base-ball, sortait en ville ou chez un ami. Quand il était à la maison, il restait dans sa chambre. En faisant bien attention, elle pourrait arriver à le lui cacher un peu plus longtemps.

« D'accord, répondit-elle. Nous allons attendre encore un peu. Mais mieux vaut que tu t'y prépares. Nous ne pouvons pas lui cacher ça éternellement.

— Moi, je le pourrais.

— Chéri, sans vouloir te vexer : non, tu ne le pourrais pas.

— Si je ne suis plus en vie, lâcha Ed d'un air sombre, alors il n'aura pas à me voir comme ça. Il pourra se souvenir de moi tel que j'étais.

— Superbe ! Magnifique ! Tu t'enlèves sur-le-champ cette fichue idée de la tête. Ça ne mène *nulle part.*

— Si seulement les choses pouvaient rester comme ça, dit-il sur un ton différent, je continuerais à supporter de vivre ainsi. »

Il tira le drap jusqu'à son menton.

« Peut-être que les médicaments vont commencer à faire de l'effet, déclara-t-elle. Ou bien, si ces médicaments-là ne marchent pas, peut-être que d'autres fonctionneront mieux. La science va rattraper la maladie. Et, entre-temps, nous allons faire tout ce que nous pourrons. Nous allons être très occupés. Tu resteras stimulé. Tu liras beaucoup. » Elle regarda son livre posé sur la table de nuit, qu'il n'avait pas ouvert depuis des jours. « Nous ferons des mots croisés tous les deux, nous sortirons au théâtre et à l'opéra. Nous voyagerons. Nous allons tenir cette saleté à l'écart ! »

Elle prit sa main raide, un peu froide. Elle posa son autre main sur la poitrine d'Ed et sentit son cœur battre.

Croyait-elle vraiment à ses propres paroles ? Elle l'ignorait, mais cela faisait du bien de les avoir prononcées. Elle retourna à son livre. Le chapitre qu'elle lisait expliquait que des changements dans l'environnement du patient étaient susceptibles d'accélérer son déclin. Les choses et les gens qui lui étaient familiers pouvaient avoir des effets prophylactiques sur la perte de mémoire.

Elle repensa à l'acharnement avec lequel Ed s'était battu pour ne pas quitter Jackson Heights. Lui avait-elle fait du mal en l'obligeant à déménager à Bronxville ? Un sentiment de culpabilité s'enracina dans ses pensées et s'épanouit jusqu'à se transformer en panique.

« On ne peut pas se permettre d'attendre pour le dire à Connell, lança-t-elle. Et s'il finissait par comprendre de lui-même ? S'il m'entendait au téléphone ?

— Ne parle pas de ça au téléphone.

— Il faut lui dire demain.

— Laisse-nous encore une semaine.

— D'accord. Notre dîner aura lieu samedi. Le samedi suivant, on le dit à Connell.

— Il a un match ce jour-là.

— Tu connais son emploi du temps ?

— Il joue tous les samedis.

— Après son match, alors. Fais-moi confiance. C'est la meilleure solution.

— Très bien, conclut-il. Je te fais confiance. »

Elle fut étrangement déçue de le voir capituler aussi facilement. Leur nouveau mode de relation sifflait le début de la fin de leur ancienne vie. Il lui faudrait désormais considérer Ed comme un enfant.

L'après-midi qui précéda le dîner, tandis qu'elle courait dans tous les sens pour terminer ses préparatifs, Ed entra dans la pièce et lui demanda de tout annuler.

« Ce n'est pas vrai, ajouta-t-il. C'est un mensonge que nous allons leur dire.

— Chéri..., commença-t-elle.

— C'est un mensonge. »

Mais il était trop tard ; les Cudahy, et très certainement les McGuire, étaient déjà en route. Les plats mijotaient sur le feu.

« Ce sont nos amis.

— C'est un mensonge.

— Est-ce que ce serait plus facile pour toi si je leur annonçais la nouvelle moi-même ?

— Fais ce que tu veux, lâcha-t-il, en lui lançant un geste de la main qui rappelait un vieil homme en colère.

— Ils ne vont pas tarder à arriver. Dis-moi ce que je dois faire.

— C'est ton problème », rétorqua-t-il.

Il fit couler l'eau et plaça un verre sous le robinet, qui se remplit et déborda. Il le laissa ainsi pendant un moment, comme une petite fontaine.

« Je pense qu'on devrait s'en tenir à ce qu'on a dit.

— Non ! s'exclama-t-il sèchement. Ils n'ont pas besoin de savoir quoi que ce soit. Tout ça est un mensonge.

— Tu crois vraiment que tu peux ne rien dire ? » Elle se retrouva en train de crier. « Tu crois qu'ils ne vont pas finir par comprendre ? Tu crois qu'ils sont aveugles, qu'ils sont sourds ? » Elle s'interrompit. « Qu'ils sont bêtes ? »

Elle regretta aussitôt.

« Ils ne verront rien, affirma-t-il en exultant. Il n'y a rien à voir. »

Sur quoi il sortit.

Elle le retrouva dans tous ses états, sur les marches de l'escalier, et s'assit à côté de lui.

« Il va bien falloir leur dire à un moment. »

Elle tendit une main pour le toucher, mais il recula. Les voisins de l'autre côté de la rue s'occupaient de leurs fleurs. Elle n'avait pas encore fait leur connaissance. Elle avait voulu attendre, pour se présenter, de se sentir évoluer vers une position de force, mais cet instant n'était jamais arrivé, et elle était à présent trop gênée pour aller les voir, après toutes les fois où ils s'étaient regardés par-dessus leur haie sans se saluer.

« Il n'y a rien à dire.

— Tu préférerais que personne ne sache ? »

Il ne répondit pas.

« Parce que si tu veux continuer à vivre comme ça, à garder ça pour nous, je ne le pourrai pas. Je ne suis peut-être pas aussi forte que toi. Je pensais que je l'étais, mais j'ai besoin de tout le soutien que je peux trouver. Maintenant plus que jamais. »

Il se tourna et la regarda.

« Je ne vais rien dire ce soir, assura-t-elle. Nous ferons ça quand tu seras prêt. À une condition. »

Il cligna grossièrement des yeux.

« Jusqu'à ce que ce moment arrive, je ne veux plus être toute seule dans cette histoire. Connell doit savoir. Nous devons faire face à cette réalité. Les autres, d'accord. Mais j'ai besoin de savoir que nous, qui vivons dans cette maison, sommes bel et bien dans la réalité.

— Très bien, répondit-il.

— Tu as la maladie d'Alzheimer.

— Ne dis pas ça.

— C'est bien ce dont nous parlons, répliqua-t-elle. Et nous devons nous serrer les coudes.

— D'accord, admit-il. Bien.

— Je sais que tu le sais, insista-t-elle. Mais j'ai besoin de te l'entendre dire.

— Je le sais.

— Alors, dis-le. Dis que tu as la maladie d'Alzheimer.

— Tu es folle, lança-t-il. Je ne dirai jamais une chose pareille. »

Elle se fichait presque qu'il ne se joigne pas à eux. Elle leur dirait qu'il était malade, et s'il choisissait de se montrer malgré tout, elle ferait une blague sur son miraculeux rétablissement. Peut-être cela leur paraîtrait-il étrange ; peut-être pas. Peut-être remarqueraient-ils quelque chose ; peut-être se voileraient-ils la face. Elle ne pouvait plus se préoccuper de sauver les apparences à présent. Elle se souciait déjà à peine qu'ils puissent monter à l'étage et découvrir l'état de décrépitude dans lequel se trouvait la maison, en dehors des espaces soigneusement organisés qui leur étaient dédiés.

Frank et Ruth, Cindy et Jack, Tom et Marie, Evan et Kelly : tous arrivèrent en même temps, comme s'ils avaient loué un car pour l'occasion. Elle tenta de les distraire avec des boissons, en les débarrassant, en allant chercher les plats. Elle essayait de réfléchir à un alibi, quand Ed apparut à la porte, provoquant une nouvelle tournée de salutations.

Elle invita tout le monde à passer dans la salle à manger. Elle avait décidé de dire qu'il n'y avait aucune occasion à celébrer, qu'elle avait simplement eu envie de voir ses amis et n'avait pas voulu attendre le prochain Noël. Ce n'était pas tout à fait un mensonge : elle était très heureuse de les avoir chez elle. Depuis des mois maintenant, elle avait inventé des excuses pour éviter de les recevoir.

Elle prétexta la proximité de l'anniversaire de Frank pour le mettre en bout de table, à la place habituelle d'Ed. Elle plaça Ed à son côté. Si Frank s'en aperçut, elle put compter sur son silence. Quand la conversation atteignit son niveau sonore maximal, elle remplit l'assiette d'Ed.

Elle était en colère contre lui de l'avoir dissuadée d'annoncer la nouvelle à ses amis. Elle se fichait qu'il renverse de la nourriture sur lui, ou son verre sur ses genoux. C'était son problème. Elle s'efforça de s'absorber dans les conversations, mais pour la première fois de sa vie, elle n'y trouva que peu de réconfort. Elle mangea si distraitement que même Jack lui demanda si quelque chose ne tournait pas rond.

Au beau milieu du plat principal, Ed fit tinter son verre à vin. Elle lui pressa le genou, instinctivement. Il se leva avec difficulté.

« Il y a quelque chose que j'aimerais vous dire », commença-t-il tandis que les voix baissaient. Elle se dressa à son tour, pour être à côté de lui. « Je voulais vous avoir tous ici. Mes chers amis. C'est bon de vous voir. »

Il fit une pause suffisamment longue pour faire croire qu'il avait terminé. Elle lui caressa le dos pour lui donner du courage. Personne n'avait l'air de savoir comment réagir. Ce qu'il avait dit était assez drôle, quelque part ; décevant. Elle s'attendait presque à ce que Frank ou Jack lâchent un : « C'est bon de te voir aussi. À présent, on peut peut-être continuer à manger, non ? » Ils ne le purent pas, cependant, car Ed sembla tout à coup extrêmement sérieux.

« Je voulais vous dire que nous avons une nouvelle à vous annoncer, ajouta-t-il. Et ce n'est pas une bonne nouvelle. »

Personne ne bougea ; personne ne dit mot.

« Nous avons passé des examens. Et nous avons parlé à de bons médecins. »

Cela l'étonna de l'entendre parler du Dr Khalifa avec une telle équanimité. Quelque chose de profond était en train de refaire surface en lui, une fibre essentielle de son caractère. Puis il s'arrêta à nouveau. Sa jambe tremblait. Il se retenait à la table. Il y mettait tous ses efforts. Il avait essayé d'épargner à Eileen d'avoir à leur dire, mais il lui faudrait le faire malgré tout. Elle posa une main sur son épaule pour l'inciter à se rasseoir.

« On dirait bien que j'ai la maladie d'Alzheimer », lâcha-t-il.

Une seconde de silence abasourdi, suivi d'une série de cris étouffés, de mains portées à la bouche, de regards inquiets. Frank martela la table du poing et bombarda Ed de questions pour avoir des détails. Jack contesta le diagnostic. Evan et Kelly rapprochèrent leurs chaises et témoignèrent leur soutien en se donnant la main. Cindy fondit en larmes. Marie resta assise d'un air morose. Ruth tenta quelques blagues.

Tom siffla d'un trait plusieurs verres de vin et tripota sa serviette de table à travers le cercle formé par son pouce et son index. Personne ne toucha à son assiette. Eileen n'était pas sûre de pouvoir servir le dessert. Elle leur proposa de passer dans l'autre pièce pour réfléchir à la nouvelle. Ils se levèrent et prirent Ed dans leurs bras, un par un. Il paraissait davantage confiant, physiquement parlant, plus prompt à réagir, comme s'il avait percé un abcès qui le vidait de son essence. Elle frissonna en imaginant la quantité d'énergie qu'il avait perdue à garder tout le monde dans le noir. En un sens, cela avait été un véritable tour de force.

Jack la rejoignit dans la cuisine, cherchant ses mots comme s'ils étaient une coquille qu'il tentait de ne pas avaler.

« Comment as-tu pu faire ça ? Comment as-tu pu faire honte à cet homme à ce point ? »

Elle dut accomplir un gros effort pour ne pas le gifler.

« C'était le choix d'Ed, déclara-t-elle fermement.

— Aucun homme ne choisirait ça. »

Il fit volte-face et repartit dans l'autre pièce, le dos raide, comme un ancien militaire.

Les hommes prenaient les nouvelles de ce genre différemment des femmes, voilà tout. Elle le savait, après des années passées à travailler à l'hôpital. Plus les nouvelles étaient importantes, plus leur réaction était brutale face à la révélation d'un désastre.

« C'est une question de dépôts au niveau des plaques », disait Ed quand elle retourna dans le salon.

Parler du diagnostic lui avait redonné de la force ; il y avait dans sa voix quelque chose de professoral.

« Des "dépôts au niveau des plaques", répéta Frank, un vide dans la voix. Je vais faire attention à mes dépôts, maintenant.

— Les synapses se retrouvent mal aiguillées, expliqua Ed. La masse cérébrale diminue. Son fonctionnement est touché. »

Quoi qu'il se passât dans sa mémoire à court terme, sa mémoire à long terme, du moins pour l'instant, restait une forteresse imprenable. Le détachement clinique avec lequel il discutait de ce qui se passait sur le plan neurophysiologique aurait pu vous faire oublier qu'il était en train de parler de lui-même. C'était une chance que de pouvoir s'exprimer sur sa maladie de manière aussi abstraite, et il semblait la saisir volontiers. Les visages de leurs amis autour de lui montraient qu'ils appréciaient son aplomb ; mais, dans le même temps, une sombre prise de conscience collective s'opérait chez tout le monde, car il était terrible qu'un esprit aussi fertile ait fait l'objet d'un cruel accident biologique.

« Les cas précoces sont les plus virulents, dit Eileen à Marie dans la cuisine. Non seulement la maladie détruit les fonctions motrices et la capacité de parole, mais elle efface la mémoire. » Elle s'arrêta. « C'est la vraie maladie d'Alzheimer », ajouta-t-elle avec une sorte de fierté, en pensant que, si son mari allait être détruit par une maladie neurodégénérative, ce serait la plus grande, l'aristocrate des maladies du cerveau.

Tout le monde resta plus tard que d'ordinaire. Personne n'avait l'air de savoir s'il pouvait partir. Peut-être ne voulaient-ils pas encore faire face à la route, à leurs sombres pensées, à la seule compagnie de leurs conjoints. Finalement, Ed se renfrogna.

« On va réussir à s'arrêter un jour, ou quoi ? » lâcha-t-il, puis il alla se coucher en soufflant, sans même dire bonne nuit.

Ruth leva les sourcils, Eileen les leva en retour ; ensuite, Ruth donna le signal du départ aux autres.

Frank et elle furent les seuls à s'attarder. Frank remplit un thermos avec du café pour le retour.

« Je savais que quelque chose ne tournait pas rond, dit-il.

— Ça devait crever les yeux, répondit Eileen.

— Je ne sais pas comment prendre tout ça. C'est comme si ça n'était pas réel.

— Je ressens exactement la même chose.

— Ça m'effraie, avoua-t-il. J'y pense pour moi-même, aussi – quand je perds mes clés, quand j'oublie où j'ai garé ma voiture. »

Frank avait réellement l'air effrayé. La pâleur de ses joues lui donnait un air vaguement cadavérique.

« Tu peux lui parler, tu sais, lui déclara Eileen. Il est toujours ton ami. Il est toujours là.

— Je ne sais pas comment parler de ces choses-là.

— Ouvre simplement la bouche et vois ce qui en sort. »

Frank se dirigea jusqu'à la porte en traînant des pieds, sa Thermos à la main, comme une lanterne, et Ruth serra Eileen dans ses bras, longtemps ; puis celle-ci se retrouva toute seule dans la cuisine. Des plats et des verres étaient éparpillés partout, et il fallait encore couvrir la nourriture de film alimentaire et jeter les restes à la poubelle. Jamais elle n'avait été aussi soulagée de voir sa maison dans un tel désordre. Elle n'aurait pas à éteindre la lumière et à monter à l'étage avant une heure au moins.

Le samedi suivant, ils mangèrent dans le silence languissant qui suivait les matchs pendant lesquels Connell avait été lanceur. Sa fatigue les contaminait tous les deux, comme à travers une membrane invisible.

« Comment ça s'est passé ? » demanda-t-elle.

Le lustre de la cuisine n'avait pas encore terni ; la pièce lui donnait toujours l'impression qu'elle appartenait à quelqu'un d'autre.

« Bien, répondit Connell.

— "Bien", répéta Ed d'un air amusé. Il a fait plus que bien ! Il a dû sortir des batteurs sur *strike out*, quoi... ? »

Il consulta du regard Connell.

« Treize fois.

— Et pas un seul batteur n'a réussi à faire une vraie frappe, précisa Ed.

— J'ai aussi provoqué huit buts-sur-balles.

— Sa capacité de contrôle est redoutable, on ne peut pas le nier. Il a frappé comme un fou pendant tout le match. Il a sorti une tonne de balles. »

Comme pour le confirmer, Connell se mit à se masser l'épaule.

« Le ciel est sa seule limite. Un gaucher avec une rapidité pareille ? S'il continue comme ça, mon fils va être un vrai champion. »

Elle attendit qu'Ed fasse une transition vers la maladie. Elle croisa son regard ; il secoua la tête pour lui signifier que leur plan était tombé à l'eau. Elle essaya de lui indiquer son mécontentement, mais il baissa les yeux sur sa soupe pour éviter son regard.

« Ed », dit-elle en toussant.

Il leva le nez.

Les yeux de Connell étaient lourds de fatigue. Ed se redressa et posa une main sur la tête de Connell pendant une seconde, avant de lui ébouriffer les cheveux avec tendresse. Il fit quelques pas vers l'évier et regarda par la fenêtre.

« Qu'est-ce qu'il se passe ? questionna Connell. Vous vous êtes encore disputés ?

— Non, répondit Ed, en regardant toujours par la fenêtre. Écoute ta mère, simplement.

— Tu deviens grand maintenant, déclara-t-elle. Tu arrives à un âge où tu peux entendre des choses d'adultes. » Connell s'agita sur sa chaise. « Des choses dont parlent les adultes. Des choses dont ton père et moi parlons.

— Pitié, ne me dites pas que vous allez m'expliquer comment on fait les bébés. Je suis bien trop grand pour ça. »

Elle ne put réprimer un mince, un triste sourire. Elle sentit une boule se former dans sa gorge.

« Nous avons une mauvaise nouvelle », annonça-t-elle.

L'expression enjouée de Connell s'évanouit.

« Qu'est-ce qu'il y a ?

— C'est en rapport avec la santé de ton père », lâcha-t-elle après un moment.

Ed revint s'asseoir à la table.

« Ce que ta mère essaie de te dire, c'est que l'on m'a diagnostiqué la maladie d'Alzheimer.

— Est-ce que tu sais ce que c'est ? demanda-t-elle.

— Oui. » Connell les regarda tour à tour. « C'est quand on oublie des choses.

— Oui.

— Mais ce n'est pas les personnes âgées qui ont ça, normalement ?

— Parfois, dit-elle. La plupart du temps. Mais ça arrive aussi à des gens plus jeunes.

— Est-ce que ça va aller ?

— Il n'y a pas énormément de traitements, répondit Ed. Je prends des médicaments expérimentaux. Nous allons voir. Mais ça ne pourra aller qu'en empirant.

— Est-ce que tu as peur ? »

C'était la première fois qu'elle entendait quelqu'un demander à Ed comment la maladie l'affectait personnellement. Les questions avaient toujours porté sur la maladie elle-même. Elle non plus ne le lui avait pas demandé.

Ed se remit debout. Ses yeux se plissèrent, empreints de philosophie.

« Parfois, j'ai peur, bien sûr, avoua-t-il. Ça fait partie du jeu, il n'y a pas à en douter. »

Il regarda le sucrier, dont il fit claquer le couvercle comme une cymbale.

« J'aime ma vie. J'adore ma vie. Je ne veux pas la perdre.

— Est-ce que tu n'es pas trop jeune pour ça ?

— Si tu me le demandes à moi, je répondrai que si, répliqua-t-il. Si tu demandes à la maladie, ce sera un non.

— À quelle vitesse est-ce que ça va empirer ?

— Chéri, le coupa Eileen, ne bombarde pas ton père de questions. »

Ed leva une main pour la faire taire.

« Ça peut être rapide, dit-il. Comme ça peut prendre des années. Chaque cas est différent. »

Pendant un moment, Connell sembla retourner dans sa tête tout ce qu'il venait d'apprendre.

« Est-ce qu'il y aura un moment où tu ne sauras plus qui je suis ? »

Une expression farouche se dessina sur le visage d'Ed, comme si la question l'avait mis en colère. Eileen hésita à intervenir, mais il se leva alors de sa chaise et se pencha en avant pour enlacer son fils.

« Je saurai toujours qui tu es, affirma-t-il, en embrassant le sommet de sa tête. Je te le promets. Même si tu penses que je ne le sais pas, même si je n'ai pas l'air de le savoir. Je saurai toujours qui tu es. Tu es mon fils. N'oublie jamais ça.

— Toi non plus », répondit Connell en se dressant à son tour pour prendre son père dans ses bras.

Elle commença à débarrasser la table.

« Maman », l'appela Connell.

Il lui tendit l'un de ses si longs bras.

Elle s'approcha. Connell avait l'air de lui demander de les rejoindre dans leur étreinte. Elle avait souhaité qu'il entende la vérité, et maintenant qu'il l'avait entendue, elle voulait qu'il l'accepte et encaisse la nouvelle stoïquement, mais il était différent d'elle. Elle et Ed avaient travaillé pour lui offrir une vie plus facile que la leur. Parfois, elle se demandait si elle n'avait pas fait une erreur en ne la lui rendant pas plus dure.

Cette étreinte familiale l'embarrassait ; elle ne parvint pas à s'y joindre. Il allait y avoir plus de noirceur que n'en pourraient dissiper les embrassades. Cette étreinte lui apparaissait comme l'attrape-nigaud d'un bonimenteur fourguant des remèdes miracles. Elle donna à Connell trois tapes sèches et rapides dans le dos, comme pour ponctuer une conclusion inexprimée, et monta à l'étage.

49

MAINTENANT QU'ILS AVAIENT ANNONCÉ LA NOUVELLE À CONNELL, Eileen put parler librement à ses amis de la condition d'Ed. Elle les appelait tous les soirs – Ruth, Cindy, Marie, Kelly, Kathy, sa tante Margie –, suivant un ordre défini, composant un nouveau numéro à l'instant même où elle terminait un coup de fil. Afin de ne pas être interrompue une fois qu'elle avait commencé, elle attendait qu'ils aient dîné pour passer ses appels, quand Ed était dans son bureau à noter ses rapports de laboratoire ou à rédiger ses conférences. Ses amis répondaient toutes affaires cessantes quand elle téléphonait. Elle ne savait pas toujours de quoi elle allait parler lorsqu'elle décrochait le combiné, mais les conversations suivaient leur propre rythme, et avaient forcément quelque chose à voir avec Ed. Elle n'essayait même pas de parler d'autre chose. Elle pensait qu'en parlant suffisamment de sa maladie, elle arriverait à la rendre plus familière, moins envahissante, moins effrayante.

Chaque fois qu'elle appelait chez les McGuire et que Frank répondait, il passait aussitôt le téléphone à Ruth. Une fois, environ un mois après le dîner pendant lequel ils avaient annoncé la nouvelle à Ruth, Frank et les autres, elle fut agacée par la manière dont Frank se dépêcha de lâcher le téléphone, et elle dit à Ruth qu'elle désirait reparler à son mari.

« Mais qu'est-ce que tu fiches, enfin ? lui lança-t-elle. Pourquoi est-ce que tu n'appelles pas Ed ? Pourquoi est-ce qu'il ne te voit jamais ? Pourquoi tu ne l'emmènes pas prendre une bière ? Mince alors, les gars, sortez-le, bon sang ! Il passe toutes ses soirées dans son bureau.

— J'ai du mal avec cette histoire.

— Il le sait très bien. Je te demande simplement de lui téléphoner pour dire bonjour.

— D'accord », dit Frank.

Mais Frank ne téléphona pas, alors, une semaine plus tard, Eileen demanda à Ruth de lui repasser son mari, puis elle annonça à Ed que Frank avait appelé et lui tendit l'appareil. Elle eut peur qu'Ed se soit aperçu que le téléphone n'avait pas sonné, mais il se contenta de prendre le combiné et de parler à Frank comme un adolescent, avec une excitation palpable. Elle écouta la fin de leur conversation, qui dura une heure. Pas une seule fois la maladie ne fut évoquée. Là était la différence entre les hommes et les femmes : les hommes arrivaient parfaitement à ne rien dire. Elle les admirait presque pour cela. Mais le revers de la médaille était qu'ils s'enfermaient dans leur bulle.

Quand elle reprit le téléphone, elle fit promettre à Frank de le rappeler bientôt ; cependant, il ne le fit pas, et quand ils retournèrent chez les McGuire, Frank n'ouvrit quasiment pas la bouche de tout le dîner ; ils partirent juste après le dessert.

Eileen avait parlé à Ruth des rêves qu'elle faisait, où elle voyait ses dents tomber et sa peau partir en lambeaux, et Ruth lui suggéra d'aller consulter un psychologue. Elle fut surprise d'entendre Ruth lui parler de sa propre thérapie et de ses effets positifs. Elle ignorait même que Ruth avait fait une thérapie et il était presque impossible de se l'imaginer : Ruth était un roc. Elle faisait certes preuve d'une infatigable empathie quand elle écoutait les problèmes et les souffrances des autres, et elle dégageait toujours du temps pour ses amis, simplement, elle-même ne disait jamais rien. Vous n'auriez pas pu la surprendre en train de pleurer, même en l'attachant et en étranglant ses chats un par un sous ses yeux.

Pendant des années, Eileen avait jugé Ruth d'après ce que celle-ci lui avait confié un jour, à savoir qu'elle avait plus ou moins élevé ses plus jeunes frères et sœurs, et avait décrété qu'elle avait eu sa dose avec les enfants. Puis, un soir, tard, alors que les hommes étaient endormis, Ruth avait admis qu'elle était terrifiée à l'idée de ruiner la vie d'un enfant en buvant comme sa mère avait bu. Depuis ce jour-là, quand Eileen surprenait Ruth en train de regarder Connell tendrement, elle savait qu'il y avait plus dans son cœur qu'elle ne l'avouerait jamais à personne, pas même à Frank.

Eileen avait écarté l'idée d'une thérapie. À ses yeux, ces choses-là étaient faites pour les gens qui avaient trop de temps et d'argent, et trop peu d'amis. Par ailleurs, les catholiques n'allaient pas chez le psy, mais au confessionnal. Que faire, cependant, quand vous ne vous étiez pas confessé depuis vos vingt ans ? Elle ne se voyait pas énumérer ses péchés pendant une heure et demie, pour se voir remettre une interminable liste de prières à réciter. Elle sortirait probablement de là sans y voir plus clair que quand elle y était entrée.

Le thérapeute de Ruth s'appelait Jeremy Brill, et son cabinet se trouvait non loin du bureau de Ruth, à quelques rues du Flatiron. Il accueillit Eileen à la porte et l'invita à prendre place dans un fauteuil. Eileen regarda autour d'elle, à la recherche du fameux divan, mais il n'y avait qu'un bureau en bois sombre, deux fauteuils, et un trio de diplômes rassurants – Harvard, Cornell, Yale – accrochés au mur, au-dessus d'une petite bibliothèque. La pièce était sombre, à l'exception d'un lampadaire et d'un peu de lumière qui filtrait par les lamelles des stores.

Le Dr Brill s'assit dans un fauteuil et lui demanda de parler. Eileen trouva l'expérience plus facile qu'elle ne l'avait imaginé. Elle parla de sa mère et de son père, de sa jeunesse à Woodside, de sa vie à Jackson Heights, de sa carrière, et même de M. Kehoe, et après un moment, elle sentit les premiers bourgeons de la libération éclore dans sa poitrine. Après être retombée dans le silence, elle se sentit reconnaissante d'entendre le Dr Brill – qui insista pour qu'elle l'appelle Jeremy, mais cela n'était pas près d'arriver, même s'il avait au moins vingt ans de moins qu'elle – lui dire qu'Ed devait posséder une intelligence supérieure, pour avoir préservé une apparence de normalité aussi longtemps.

« Un homme moins intelligent se serait trahi tout seul depuis des lustres, ajouta-t-il. Qui sait depuis combien de temps il vous l'avait caché ? »

Il l'encouragea à exprimer ce qu'elle éprouvait face à la maladie, et même si elle avait décidé, avant de venir, d'éluder de telles questions, elle se mit à parler avec une emphase et une clarté qui la surprirent, jusqu'à ce que, plusieurs minutes après – cela l'étonnait de voir à quel point le Dr Brill demeurait silencieux, et semblait tirer des mots d'elle comme s'il l'avait hypnotisée avec ses yeux, qui se plissaient et s'ouvraient tout grand, à un rythme mystérieux –, le moteur de ses pensées faiblisse, au beau milieu d'une phrase. Il lui annonça alors que leur séance était terminée.

La fois suivante, elle ne se sentit pas à l'aise pour parler. Après quelques mots d'accueil, le Dr Brill ne dit plus rien non plus. Un long silence s'installa donc, planant sur le tapis oriental. Ce n'était pas sans rappeler à Eileen les longs silences qu'Ed lui infligeait parfois, ou les impasses dans lesquelles Connell les entraînait quand il était enfant et refusait obstinément d'ouvrir la bouche.

« Quelle est votre plus grande peur ? lui demanda enfin le Dr Brill.

— Je n'en suis pas tout à fait sûre, répondit-elle. Être seule, probablement. »

Nouveau silence.

« Et pourquoi cela ?

— Qui voudrait être seul ?

— Il y a sûrement certaines personnes qui le voudraient.

— Pas moi.

— Est-ce que vous avez le sentiment que votre mari est en train de vous laisser seule ?

— Parfois, oui, j'imagine. Oui. J'imagine que oui.

— Je comprends, dit-il. C'est une maladie où vous ne gagnez jamais. Elle n'emporte pas seulement celui qui en souffre : elle emporte aussi l'épouse, les enfants, les amis. Elle peut entraîner un terrible isolement. »

C'était le festin ou la famine, avec lui : soit il ne disait rien, soit il disait plus que ce qu'elle voulait entendre.

Qu'elle n'en sortirait pas victorieuse, qu'elle ne pourrait pas vaincre la maladie d'Ed, Eileen savait tout cela, mais ce n'était pas une raison pour rester là les bras croisés, à laisser quelqu'un lui dire qu'elle allait perdre. À ce moment précis, elle décida qu'elle ne remettrait plus les pieds ici. Sur le coup, cette résolution l'aida à parler, et elle passa la demi-heure suivante à déblatérer sur toutes sortes de choses qu'elle n'avait même pas conscience de penser. À la fin, elle se sentit soulagée d'avoir eu une chance de les faire sortir. Il était presque dommage de devoir couper court à cette expérience, car elle commençait à entrevoir combien celle-ci pouvait être précieuse, à petites doses bien sûr, et pour quelqu'un de très différent d'elle.

Le jour où Ed devrait s'arrêter de travailler allait finir par arriver, et elle voulait se montrer plus maligne. Elle se rendit à l'Association Alzheimer pour se renseigner sur les ressources disponibles. L'assistante sociale lui dit d'attendre jusqu'à ce qu'ils soient dans le besoin ; à ce moment-là, ils pourraient leur venir en aide.

« Dans le *besoin* ?

— Le Medicaid ne s'applique qu'une fois que vous vous retrouvez en dessous du seuil. Vous pouvez garder votre salaire, jusqu'à un certain montant. Pas votre mari : ça ira droit au Medicaid. Il vous faudra liquider vos investissements. Vous pourrez placer votre argent dans des travaux pour votre maison ; ou acheter des vêtements, des médicaments d'avance, ou des produits de base pour votre maison. Mettre de côté pour vos frais d'enterrement à tous les deux. Des choses nécessaires – pas de bijoux, par exemple. Pas de bijoux, ça c'est sûr. À part votre alliance, votre bague de fiançailles et son alliance – ça, vous pouvez les garder. Si vous dépensez trop rapidement, le gouvernement pourra vous demander où l'argent est passé, et vous serez alors susceptible de ne pas obtenir le Medicaid. Vous pouvez garder votre maison quoi qu'il arrive. Et votre voiture. L'avantage, quand vous serez quasiment ruinés, c'est que vous aurez droit à des aides.

— Vous êtes en train de me dire qu'à moins de… de me retrouver quasiment ruinée, je n'ai aucun moyen d'obtenir des aides pour payer une infirmière – ou une chambre dans une maison médicalisée, quand nous en serons arrivés là ?

— À ce stade, non.

— Tout ce que j'ai sur mon compte doit être vidé ?

— Oui.

— Toute mon épargne ?

— C'est ça.

— Tout mon compte de retraite ?

— Celui-là aussi.

— Laissez-moi vous dire une chose, lança-t-elle d'un ton bourru, sentant la fierté monter en elle comme une fièvre. J'ai travaillé dur toute ma vie.

— Je suis désolée. »

Les coûts allaient être colossaux ; leurs économies fondraient comme neige au soleil. Faire venir une infirmière à domicile (Eileen refusait d'envisager cette option jusqu'à ce que cela devienne une nécessité absolue) équivaudrait à prendre un second emprunt. Or, si celui de la maison pouvait être remboursé avec deux salaires, quand Ed toucherait sa pension, qui représenterait seulement quarante pour cent de son salaire, il serait quasiment impossible pour elle de payer sans avoir à piocher dans l'argent de la retraite, lequel diminuerait rapidement.

« J'aurais dû installer des placards en cerisier, ajouta-t-elle.

— Pardon ?

— J'ai été trop prudente. J'aurais dû faire enlever toutes ces briques et faire poser des dalles en marbre à la place. J'aurais dû m'acheter trois manteaux en vison. J'aurais dû partir en voyage en Europe chaque année. J'aurais dû dépenser mon argent comme un matelot ivre quand j'avais vingt ans et trente ans, quand tout le monde autour de moi le faisait. Tout ceci aurait été beaucoup plus facile à avaler si j'avais été pauvre ! »

Elle alla voir Bruce Epstein, un avocat fiscaliste, le mari de sa collègue Sunny.

Elle s'assit en face de lui dans son bureau de l'Upper West Side. Des livres de droit étaient alignés sur les étagères, ainsi que des classiques de la littérature.

« La meilleure chose que vous puissiez faire, c'est divorcer, affirma-t-il en lui tendant une coupelle remplie de chocolats. Pour des raisons financières uniquement, bien entendu. Séparez vos finances. Mettez tout à votre nom. Prenez tout l'argent. »

Eileen tripotait un fil décousu sur le rebord de son tailleur.

« Je sais que ce n'est pas agréable à entendre, continua-t-il, mais c'est la meilleure chose à faire. Si vous divorcez, votre mari recevra automatiquement le Medicaid. Mieux vaut laisser vos sentiments de côté. Il ne s'agit pas de divorcer dans votre cœur : vous prendrez quand même soin de lui. Il s'agit juste de voir les choses autrement.

— Que dirai-je à mon fils ?

— Votre fils n'a pas besoin d'être au courant, pas maintenant.

— Et que dirai-je à Ed ?

— Que vous essayez de faire les choses intelligemment. Que vous faites cela pour vous tous. Que rien ne va changer fondamentalement, à ceci près que vous obtiendrez l'aide de l'État.

— Je suis censée quitter mon mari parce qu'il a la maladie d'Alzheimer ?

— Présenté comme ça, ça semble terrible, j'en suis conscient, répondit-il, mais vous vouliez un avis. D'un point de vue financier, le divorce est la meilleure solution. Je ne ferais pas mon travail si je ne vous proposais pas toutes les alternatives possibles.

— Et comment ça va se passer, exactement ? Comment je dois m'y prendre, pour divorcer et avoir tout l'argent ?

— Vous avez un enfant mineur, cela aidera. Inventez quelque chose, une infidélité. Il y a bien des manières de vous y prendre. Vous garderez la maison, et ce sera fait.

— Je ne crois pas que je vais y arriver.

— Ça ne me surprend pas, dit-il avec chaleur. Mais je pense que vous devriez y réfléchir sérieusement. Ce qui m'importe ici, afin que vous ne regrettiez rien par la suite, est de vous faire prendre une décision réfléchie, de faire en sorte que vos émotions ne décident pas à votre place. Ou bien, si vous comptez choisir sous le coup de l'émotion, alors faites-le d'une manière rationnelle. Si vous voulez que vos émotions pèsent autant dans la balance que les détails financiers, il faut que ce soit un vrai choix. Le plus sensé serait que vous soyez capable de surmonter vos scrupules et suiviez mon avis. Cela étant, je sais que nous ne sommes pas toujours guidés par la rationnalité pure. Je peux au moins vous dire une chose : c'est ce que je voudrais que Sunny fasse si elle était dans votre situation. Vous vous rendrez service, à vous et à votre mari. Et souvenez-vous : au regard de Dieu, vous êtes mariés à jamais. »

Il plaidait tout bonnement en faveur de l'exercice radical d'un contrôle sur la vie d'autrui, même si cela impliquait de faire fi de vos idéaux les plus chers.

Elle avait longtemps caressé l'idée qu'elle aurait fait une bonne avocate si elle en avait eu l'opportunité, mais tandis qu'elle écoutait l'argumentation impartiale de Bruce, elle se rendit compte qu'il lui manquait la capacité de voir les choses avec la même logique implacable que lui. Elle n'était pas sûre d'être capable de divorcer d'Ed simplement pour préserver leurs intérêts. Elle préférait dépenser tout son argent. De toute manière, il lui faudrait travailler jusqu'à la fin de sa vie.

50

CONNELL ÉTAIT DANS LE SOUS-SOL de la maison de sa petite amie Regina. Il avait envie de la coucher par terre, sur le tapis moelleux, et de grimper sur elle, mais il n'avait réussi qu'à se serrer contre elle dans le canapé, flanqué le long d'un mur lambrissé. Il se concentrait sur un interstice entre deux panneaux de bois, se préparant à entrer en action et à passer son bras autour d'elle. Il l'avait déjà fait deux fois ce jour-là, mais cela le rendait toujours nerveux. La première fois, après avoir flirté pendant un moment, la porte en haut de l'escalier s'était ouverte et la mère de Regina leur avait lancé : « Tout va bien là-dedans ? » Ils étaient alors restés chacun à une extrémité du canapé jusqu'à ce qu'il parvienne de nouveau à se glisser à côté d'elle, centimètre par centimètre. Juste à l'instant où il y arrivait, la mère de Regina – comme pourvue d'un sixième sens – l'avait appelée pour qu'elle l'aide à attraper un plat rangé tout en haut d'un placard. Regina lui avait confié que sa mère la laissait rester toute seule en bas parce qu'elle avait entendu dire que les garçons du lycée de Connell étaient gentils.

La famille de Regina était libanaise. Son père était si intimidant que Connell osait à peine lui parler. Connell n'aimait pas être seul avec Regina quand son père était à la maison ; le jeu n'en valait pas la chandelle.

Il n'arrivait pas à se rappeler le titre du film qu'ils étaient en train de regarder. Il n'arrivait pas à se concentrer sur autre chose que la manière dont ses cheveux le frôlaient chaque fois qu'elle les rejetait en arrière, ou la manière dont son corps se pressait légèrement contre le sien chaque fois qu'elle respirait. Elle l'avait embrassé avec application pendant plusieurs minutes, et à présent elle insistait pour regarder ce film, avec un air blasé suggérant qu'elle essayait de passer pour quelqu'un de discipliné et de mature, au-delà des basses préoccupations, alors qu'en réalité elle était aussi nerveuse que lui.

Il plaça son bras autour d'elle et laissa sa main se poser sur son épaule arrondie, puis il la fit descendre un peu plus bas, pour qu'elle atteigne le creux de sa clavicule. Elle piochait régulièrement dans un saladier de pop-corn posé sur ses genoux. Il déplaça sa main jusqu'au triangle de peau que le col de son polo exposait et la laissa là. C'était une bonne chose qu'il ait de longs bras, car la position n'était pas commode. Après quelques secondes, Regina se rapprocha de lui pour s'appuyer contre sa chemise de flanelle, mais ce geste n'avait d'autre but que de lui faire enlever sa main.

Il n'avait jamais glissé sa main sous son haut. Il l'avait déjà touchée par-dessus, mais elle l'avait toujours arrêté après quelques secondes. Une fois, il avait posé sa main sur le haut de sa cuisse, et elle l'avait repoussée.

Connell lui avait parlé de son père, un jour qu'il n'avait rien d'autre à lui dire. Aussitôt, un regard de compassion était apparu sur son visage, et il avait su qu'il tenait là un sujet à ressortir en cas de besoin. Voilà qui pouvait être utile, et pas seulement pour combler les silences.

Regina regardait le film avec une telle intensité qu'il n'aurait pas été surpris d'apprendre qu'elle devait en faire le compte-rendu à sa mère par la suite. Pour sa part, tout ce à quoi il arrivait à penser, c'était qu'elle sentait drôlement bon le printemps et si, oui ou non, elle avait pu s'apercevoir qu'il avait une érection.

« Hé, lança-t-il.

— Hé. »

Elle jeta un coup d'œil dans sa direction, puis fixa à nouveau l'écran.

« Je me sens triste.

— Qu'est-ce qu'il y a ?

— Je ne sais pas, répondit-il. Rien. »

Elle était complètement tournée vers lui à présent.

« Qu'est-ce qu'il y a ?

— Rien. Continuons à regarder le film.

— Dis-moi ce qu'il y a tout de suite. »

Elle lui jeta un regard on ne peut plus grave, et il ne parvint pas à déterminer si elle plaisantait ou pas. Il se sentit mal quand il réalisa qu'elle était sérieuse. Il lui semblait presque voir la présence fantomatique du père de Regina derrière eux, qui le considérait silencieusement, d'un air désapprobateur.

Il posa un doigt sur sa bouche pour lui signifier de se taire, ce qui l'agaça.

« Soit tu me dis ce qu'il y a, soit je ne t'embrasse plus de la soirée, déclara-t-elle.

— Pas la peine de te moquer de moi, répondit-il. C'est simplement que je ne sais pas comment en parler. »

Elle posa le saladier de pop-corn sur la table basse et se réinstalla sur le canapé en ramenant ses pieds sous ses fesses.

« Bon, tu es obligé de me dire, maintenant. Qu'est-ce qu'il y a ? Qu'est-ce qu'il y a ?

— J'étais juste en train de penser à mon père. Ça me rend triste de penser à lui. »

Une expression inquiète envahit le visage de Regina.

« Dis-moi. »

Sa main était sur le genou de Connell.

« Il n'est plus avec nous, c'est tout. Il est en train de s'éloigner. Il est en train de m'oublier. »

Elle se mit à secouer la tête. Elle avait l'air d'avoir quarante ans.

« Il ne va pas t'oublier », affirma-t-elle d'une manière qui, à la fois, niait ses craintes et le rassurait, comme si Regina pouvait voir ce qui se passerait réellement.

— Mais si. Tout le monde va finir par s'en aller au bout d'un moment.

— Pas moi. Je serai là.

— Toi aussi tu finiras par t'en aller.

— C'est faux », répliqua-t-elle.

Elle s'approcha pour le prendre dans ses bras. Il lui embrassa le cou et remonta jusqu'à ses lèvres.

Le film continuait à passer en fond, mais à présent, elle non plus ne le regardait plus. Elle embrassa longuement Connell, avec une fougue nouvelle. Son sexe en érection appuyait douloureusement contre son pantalon. Il promenait ses mains partout sur le corps de Regina. Il en glissa une sous sa jupe et s'empressa de gagner du terrain quand il s'aperçut qu'elle ne la chassait pas. Il fit courir son autre main sur son soutien-gorge et la glissa en dessous. Il sentit son souffle s'accélérer. Il la caressa ensuite sous son polo, de manière à tenir ses seins dans chaque main. Il avait l'impression d'être parvenu de l'autre côté d'un grand fossé. Il commença à lui embrasser le cou et les oreilles, puis, sans trop savoir comment il en était arrivé là, ses seins nus. Il n'avait pas l'intention de tenter d'aller plus loin. Il y aurait d'autres occasions. Mieux valait ne pas griller toutes ses cartouches. Son père l'avait aidé, et il s'agissait là d'une chose puissante, qu'il devait utiliser avec parcimonie ; il ne voulait pas en devenir dépendant. Même s'il n'y avait rien de mal à en tirer profit.

La pièce semblait de plus en plus sombre. Il suça un téton de Regina comme s'il essayait d'en extraire quelque chose, parfaitement conscient de s'y prendre comme un manche. Regina grimaça plusieurs fois. Puis la porte de l'escalier s'ouvrit, et elle se précipita pour abaisser son polo, ce qui était aussi bien, car ses baisers commençaient à s'éterniser, et Connell se sentait déjà coupable. Il perdait son innocence. Aucun retour en arrière n'était possible désormais.

51

VIRGINIA FIGURAIT BEL ET BIEN DANS L'ANNUAIRE, comme elle l'avait dit de nombreuses années plus tôt ; ou du moins son mari y figurait : Leland Callow. Eileen avait l'intention de contacter Virginia depuis le jour où elle avait acheté la maison. À plusieurs reprises, elle avait décroché le téléphone, mais l'idée de bafouiller au début de leur conversation lui avait noué le ventre, si bien qu'elle avait toujours raccroché avant même de composer le numéro. Elle ne voulait pas se rabaisser davantage qu'elle ne le faisait déjà. Elle décida de se rendre directement chez Virginia, à la place.

Elle choisit un samedi. S'ils n'étaient pas là, elle laisserait un mot et réessaierait le jour suivant. Elle enfila un joli chemisier et une jupe, et se coiffa. L'adresse de Virginia se situait dans les beaux quartiers de la ville, au sommet de la colline, dans l'une de ces rues venteuses avec des maisons en retrait sur d'immenses terrains.

Quelques minutes après son départ, Eileen se sentit si nerveuse qu'elle dut s'arrêter un instant pour se calmer. Cela faisait des années qu'elle anticipait cette rencontre, même si elle ne s'en rendait compte que maintenant. Le passage de Virginia dans le salon d'essayage avait planté une graine dans son esprit, une graine qui avait percé et survécu de longs hivers. Et elle voulait que Virginia voie l'arbre en pleine floraison. Allait-elle la reconnaître ? Elle espérait que Virginia considérerait comme la chose la plus naturelle au monde qu'elle se présente à sa porte – une voisine en quelque sorte, même si elle vivait de l'autre côté de la ville, une vieille amie qui passait à l'improviste, tel un visiteur surprise.

Une multitude d'arbres cachait les maisons. Ils semblaient plus vieux que l'Amérique elle-même. C'était le début du mois d'octobre ; les feuilles avaient commencé à changer de couleur, et quelque chose dans la vision de cette rue, dans l'air légèrement froid l'obligea à s'arrêter un instant sur le côté avant de poursuivre son chemin.

Enfin, elle se gara devant la propriété de Virginia. Il y avait une voiture dans l'allée. Elle tira le frein à main et coupa le moteur ; son vieux véhicule s'éteignit lourdement. Elle regretta de ne pas s'être arrêtée chez Topps pour acheter des gâteaux, ou chez Tryforos pour des fleurs, mais d'un autre côté, il aurait été étrange d'arriver avec un cadeau après trente années. Elle se vit en train de tendre la boîte à l'intérieur de laquelle les gâteaux s'entrechoqueraient bruyamment et Virginia la recevoir avec un regard sceptique, comme s'il s'agissait d'un souvenir conservé à l'abri et exhumé d'un passé délibérément oublié.

Elle resta plantée dans la rue, fixant la maison du regard. La bâtisse était d'une beauté presque parfaite. Il n'y avait rien qu'elle aurait changé, rien qu'elle ou quiconque – même ces gens dépourvus de goût qui saccageaient de vieilles maisons en voulant les remettre au goût du jour – aurait jamais rêvé de changer. L'agencement du jardin lui-même était à vue de nez assez coûteux pour vider un compte en banque. La maison portait son faste avec aisance, cependant. Elle inspirait quelque chose de calme, seulement brisé par le bourdonnement lointain d'une tondeuse à gazon. Eileen imagina un vieux monsieur avec une paire de gants, sillonnant la pelouse en traînant derrière lui un lourd sac qu'il remplissait d'herbe coupée.

Elle n'arrivait pas à se convaincre d'approcher de la porte d'entrée. La pensée de se retrouver assise à boire le thé avec Virginia avait occupé son esprit pendant des après-midi solitaires, après que tous ses cartons avaient été déballés. Elle avait attendu le moment où sa maison aurait l'air suffisamment éclatante pour pouvoir être montrée, mais ce moment n'était jamais venu. Elle avait gardé vivante dans son esprit l'image de Virginia comme d'une amie loyale, capable de montrer pour elle un grand enthousiasme, même après des années de silence. Revoir Virginia pouvait lui procurer une consolation plus importante que ce qu'elle voulait bien admettre.

Elle commença à remonter l'allée en pierre qui traversait la pelouse, mais à peine avait-elle fait quelques pas qu'un chien arriva vers elle en courant et en aboyant, la paralysant sur place. Il n'avait pas l'air très dangereux, c'était un Jack Russell ; cependant, il aboyait avec une insistance et une intelligence si désarçonnantes qu'elle vit un message derrière ce simple avertissement l'incitant à se tenir éloignée. Le chien décrivit un arc de cercle autour d'elle, puis cessa son boucan et demeura planté là, le museau levé, les yeux plissés, la jaugeant d'une façon qui la mit mal à l'aise. Elle essaya de cacher sa peur – non pas du chien, mais de ce qu'il pensait, de ce qu'il voyait et comprenait –, car il était absurde d'éprouver de l'appréhension devant une créature aussi insignifiante. Personne n'émergea de la maison pour rappeler le chien. Cette chose compacte était empreinte d'une prestance presque inimaginable ; son pelage vigoureux semblait demander une attention permanente.

Quand la silhouette d'une femme apparut derrière une haie, sur l'un des côtés de la maison, Eileen sentit son cœur s'arrêter de battre ; elle en oublia le chien. Elle songea à tourner les talons et à partir, mais n'ayant pas immédiatement fait les premiers pas pour se retirer, il était désormais impossible de le faire sans passer pour une fuyarde. La femme, Virginia sans doute, arriva d'un pas vif pour rappeler l'animal, qui se précipita à sa rencontre avec une sage loyauté, avant de lui tourner autour. Eileen eut du mal à reconnaître la jeune fille qu'elle avait vue, pour la dernière fois, choisissant ses robes de demoiselle d'honneur. Elle était élégamment habillée, avec un pantalon marron et une tunique jaune moutarde dont l'éclat miroitait sous le soleil.

« Je peux vous aider ? » demanda Virginia quand elle se retrouva à quelques mètres d'elle.

Ses cheveux, qui avaient pris une teinte gris cendré, semblaient éclaircis par le soleil et pleins de santé. Elle les portait relevés en un chignon bien net, séduisant. Elle s'était amincie avec l'âge, au point de paraître presque martiale dans cette tenue. Elle regarda Eileen avec un air interrogateur qui, l'espace d'un instant, lui fit penser qu'elle l'avait reconnue, avant de se rendre compte que Virginia se demandait sans doute tout simplement ce qu'une inconnue faisait sur sa pelouse.

« Sûrement, répondit Eileen. Je crois que je me suis légèrement perdue. J'ai pris plusieurs virages, et je suis sortie de la route principale sans trop savoir comment. Il faut que je retrouve le périphérique.

— Où est-ce que vous alliez ?

— Comment ?

— Où cherchiez-vous à vous rendre ?

— Je reviens de chez une amie. Je veux seulement rentrer chez moi.

— Et c'est où, chez vous ?

— En ville, lâcha-t-elle tout en craignant que Virginia entende l'angoisse qui lui nouait la gorge. Dans le Queens. Je crois que je dois prendre la Bronx River Parkway jusqu'à Hutchinson.

— Dans le Queens ? Quel côté du Queens ? »

Son cœur battait à tout rompre.

« Douglaston », dit-elle d'une voix étouffée par la sécheresse de sa bouche.

Virginia lui donna des indications précises : continuer tout droit tant de mètres après le feu, jusqu'à l'intersection avec la Bronx River. Rien de l'énergie fantasque et frénétique dont Eileen se souvenait ne se dégageait d'elle, et elle ressentit soudain une écrasante solitude à la pensée qu'elle ne connaissait en réalité pas du tout Virginia.

Elle l'écouta décrire cet itinéraire familier. Elle était parvenue à reprendre son souffle. Jamais elle ne pourrait revenir ici, à présent, car jamais elle ne serait capable de révéler à Virginia son identité ni de s'asseoir avec elle dans son salon sans devoir passer par des explications gênantes. Elle chercha sur le visage de Virginia des indices de l'histoire qu'elle n'aurait jamais l'occasion d'entendre – si elle avait eu des enfants, si son mari était toujours dans les parages, si elle avait eu une vie heureuse.

« Merci, dit Eileen quand elle eut terminé.

— Mais je vous en prie.

— Vous avez une belle maison, déclara Eileen. Une très belle maison. Vraiment, je ne peux pas m'empêcher de l'admirer. »

52

UNE FOIS PARTIS DE CHEZ SA GRAND-MÈRE, ils roulèrent à travers le quartier, remontant Smith Place puis poursuivant le long de la Gowanus Expressway, avant de prendre l'échangeur pour atterrir sur Court Street. Quand ils arrivèrent sur Lorraine Street, ils tournèrent à droite et continuèrent tout droit.

Connell connaissait les noms des rues par cœur, à présent. C'était le troisième week-end d'affilée que son père l'emmenait découvrir son ancien quartier. Il essayait de tout embrasser, avant d'avoir tout oublié.

Ils atteignirent la piscine de Red Hook.

« C'est ici que je nageais quand j'étais petit, lui dit son père. C'est difficile de croire que ça fait aussi longtemps. Tout le monde était nu, et on s'en fichait ! C'était formidable. On passait toute la journée ici, et on en ressortait fripés comme des pruneaux. Elle est toujours ouverte aujourd'hui, tu sais. »

Connell acquiesça poliment ; il était en train de rater une fête d'Halloween.

« Enfin, pas aujourd'hui, précisa son père. Ça, je le sais : il fait trop froid aujourd'hui. Je veux dire aujourd'hui en général. »

Son père arrêta la voiture. Il avait un regard honnête, ouvert. De cruelles pensées traversèrent l'esprit de Connell.

Ah oui, vraiment, tu le sais ? Qu'est-ce que tu sais encore, au juste ? De toute façon, tu n'as jamais été un père normal, hein ? Tu as toujours fait un peu plus pitié que les autres. Toi et tes cassettes classées comme un maniaque ; toi et tes T-shirts à manches longues en plein été, jamais en short ; et tes vieux films, tes blagues lourdingues. Toi et tes blouses de laboratoire, tes crayons bien taillés. Toi et ton obsession de la grammaire et de la diction parfaite. Toi et tes baskets ringardes, tes casquettes de base-ball pleines d'auréoles de sueur, tes poils d'oreilles. Toi et tes limitations de vitesse. Toi et tes béchers, tes blocs-notes, ton porte-documents. Toi et tes histoires chiantes à mourir sur ton ancien quartier. Je pourrais te réduire le cœur en miettes maintenant si je le voulais, espèce de gros naze, sale intello, ringard, mongol, abruti, raté.

Puis son père regarda à nouveau la route et ils tournèrent sur Columbia Street. Ils arrivèrent devant un bâtiment décrépit avec un long panneau à la couleur passée, sur lequel était écrit « KOHNSTAMM » en lettres d'imprimerie.

« Voilà ce qu'il reste de l'usine où j'ai travaillé », lui dit son père.

Des graffitis maculaient la façade du bâtiment, et les caprices du temps avaient abîmé une grande partie de la peinture, de sorte que les contours fantomatiques des mots « USINE DE PRODUITS CHIMIQUES » pouvaient à peine être distingués en dessous.

« Il y avait un nombre ahurissant d'usines dans cette ville autrefois. Maintenant, tous ces métiers n'existent plus. Le travail à l'usine, c'était… comment dire ? C'était comme un incubateur pour la classe moyenne. »

Son père était dans un de ces moments prolongés de lucidité pendant lesquels il pouvait tenir sur un sujet et donnait l'impression que son esprit était intact. Connell avait toujours une petite montée d'espoir dans ces moments-là, l'intuition que quelque part son père serait capable de retraverser ce fragile pont de singe.

« Je n'en serais jamais arrivé là où je suis arrivé si je n'étais pas passé par ce travail d'ouvrier. On ne fabrique plus rien dans ce pays, de nos jours.

— On fabrique des missiles, répliqua Connell. Des films. Des hamburgers. »

Son père eut l'air de ne pas l'avoir entendu.

« J'ai travaillé ici quand j'avais ton âge », dit-il. Puis il le regarda d'un air inquisiteur. « Non, j'étais un peu plus âgé que toi. J'avais un peu plus de vingt ans. Je n'arrête pas de croire que tu es plus vieux que ton âge. Tu ressembles tellement à mon frère Phil. »

Connell alluma l'autoradio, trouva WDRE. Les premières notes de « Smells Like Teen Spirit » étaient en train de passer, et il augmenta le volume. Il ne se souciait même pas que son père lui demande de le baisser, car dans sa tête il n'était pas vraiment là. Peut-être était-ce d'ailleurs la même chose pour son père.

53

« J'AURAIS BESOIN QUE TU M'AIDES À ME PRÉPARER pour le débat de demain.

— D'accord.

— C'est un débat sur l'euthanasie, qui vise à savoir si elle est moralement justifiée ou pas. Je dois développer des arguments pour et des arguments contre. Est-ce que tu sais comment ça marche ?

— Je crois que oui.

— Je te donne un argument pour et tu avances un argument contre. Ensuite, on échange les rôles. Je vais te donner mon premier argument, et on contre-argumentera. On part déjà de là. Je te guiderai… C'est bon ? Tu es prêt ? Mon premier argument est que l'euthanasie est justifiée, car chaque être humain a le droit inaliénable de disposer de lui-même. Je m'appuie ici sur le droit d'un individu à choisir l'endroit où il vit, l'endroit où il travaille. Si nous considérons que ces droits sont sacrés, alors il n'y a pas de droit plus fondamental pour une personne que de choisir comment elle mourra. Les patients devraient avoir le droit de garder le contrôle de leur propre situation. En autorisant les gens à prendre leurs propres décisions, nous préservons la liberté des choix et la dignité humaine… Papa, tu es censé prendre des notes !

— Je t'écoute.

— Tu es censé prendre des notes, pour pouvoir ensuite reprendre mon argument et le démonter. Tiens, écris ce que je dis. Tu es censé écrire vite. Trouver un contre-argument. Tenter de repérer des failles dans mon argumentation. De mettre à l'épreuve les sous-entendus qu'elle implique. Tu peux par exemple répondre que beaucoup de gens qui souhaitaient être euthanasiés et qui survivent à des maladies qu'ils croyaient en phase terminale doivent être particulièrement contents de ne pas l'avoir été. N'hésite pas à y aller fort, papa. J'ai besoin de m'entraîner à esquiver les coups sans en avoir l'air. Ça doit sembler à la fois facile et élaboré. Il faut que je reste calme et confiant. Essaie de me déstabiliser, de me pousser à répondre quelque chose de bête et méchant. La semaine dernière, j'ai vraiment été dégueulasse, du coup, même si j'ai réussi à pulvériser mon adversaire, j'ai seulement décroché un 24-23 du juge. Résultat, ça a totalement chamboulé ma position pour les huitièmes de finale. Les filles, elles, elles peuvent être aussi agressives qu'elles le veulent ; c'est vraiment pas juste. Mon adversaire, une fille de Stuyvesant, tu aurais vu la peste ! Elle a eu un 30-23. Encore une fois, si j'étais un meilleur débatteur, je pourrais me permettre d'être super gentil et de récolter des points grâce à ça. Mais il faut de l'entraînement pour y arriver, de l'entraînement. C'est pour ça que je t'ai demandé de m'aider, papa. De toute façon, je sais que tu vas dire : "C'est irréaliste. On ne peut pas s'entraîner pour ces choses-là."

— C'est irréaliste. On ne peut pas… Quoi ?

— Laisse tomber. Écoute, on arrête les discussions sur l'optimisation des performances. Bref, tu sais ce que j'ai répondu à la nana ? "Mon adversaire se sert d'arguments massue qui n'ont rien à faire dans un débat de ce genre." Et *bam* !

— Quoi ? Que s'est-il passé ?

— Il faut que je trouve mieux que des hypothèses. Des références à Platon, à Jefferson. Ces connasses d'oratrices de Stuy ne vont pas me rafler la place sur une putain de métaphore.

— Quoi ?

— Rien. Les nanas de Stuy vont fonder leurs affirmations sur Locke. Je veux me retrouver face à elles sur ce coup. Je donnerais n'importe quoi pour me retrouver face à elles. Laissons-les jouer leur va-tout. Je vais me la faire, celle-là, cette semaine. Je le sens... Mon deuxième argument : celui du "contrat social". L'individu sacrifie certains de ses droits et de ses libertés pour vivre sous la protection de la société. Si un individu sacrifie le droit de faire du mal à autrui en échange de la protection qui lui permet de vivre dans la société, alors l'euthanasie est justifiée, car il s'agit d'un acte qui n'a aucune conséquence néfaste sur les autres.

— Je ne crois pas en l'euthanasie, fiston.

— Justement, c'est pour ça que tu devrais me répondre en argumentant que l'euthanasie est juste sur le plan moral.

— Ce n'est pas juste, fiston. Ce n'est pas juste, ni rien du tout d'ailleurs.

— Papa ! Je suis en train de m'adresser aux juges ! Je ne peux pas te regarder. C'est crucial de regarder les juges dans les yeux. Il faut que tu me contres. Il faut que tu crées un "glissement" dans le débat. Si nous autorisons l'euthanasie, ça crée un glissement pour justifier le suicide. On pourrait parler d'un eugénisme rampant. D'euthanasie sous contrainte. Ça aurait un impact racial et économique disproportionné. Les gens pourraient subir des pressions pour en euthanasier d'autres afin d'en tirer profit, ou bien pour éviter des difficultés économiques.

— Personne ne met de pression à quiconque pour se livrer à l'euthanasie. Pas dans ce pays.

— Disons que ça ne fait pas partie des droits du secteur médical, d'aider les patients à mourir. Disons qu'il en va de sa responsabilité de les aider à améliorer ou tout du moins à prolonger leur fin de vie, quelle qu'en soit la qualité. Parce que si tu dis ça, alors je peux te répondre que beaucoup de patients en phase terminale souffrent énormément et ne souhaitent plus voir leur vie prolongée artificiellement.

— J'ai perdu le fil.

— Mon troisième argument est que, si le patient endure une souffrance extrême, l'euthanasie est l'alternative la plus humaine.

— Les gens parviennent à surmonter la douleur.

— Tu peux argumenter que des antidouleurs nouveaux et plus performants sont découverts tout le temps. Que le temps de prise de décision doit être étendu pour refléter la vitesse des avancées technologiques.

— Tout ce que je sais, c'est que je ne crois pas en l'euthanasie.

— Mon adversaire n'a jamais répondu à mon troisième argument, tu devrais donc continuer et m'opposer un contre-argument.

— Quel contre-argument ? Fiston, est-ce qu'on pourrait arrêter ça ? On ne pourrait pas tout simplement discuter ?

— Tu veux savoir quel est le meilleur contre-argument qu'on pourrait donner ? *Toi.* Toi et ta maladie d'Alzheimer. Réfléchis. Si on euthanasiait des gens à volonté, peut-être que tu ne serais déjà plus de ce monde. Pour le bien de la masse.

— Ou peut-être que ce serait toi, fiston.

— Cette fille de Stuy va regretter que je sois encore dans la course, quand je l'affronterai pour les finales cette semaine. »

54

PLUS TÔT DANS LE SEMESTRE, le directeur d'Ed, Stan Kovey, avait appelé Eileen à son travail pour l'informer qu'ils avaient reçu plusieurs plaintes des étudiants d'Ed – parmi lesquelles, même s'il lui assura que ce n'était pas à prendre au sérieux, une menace de mort anonyme.

« Une "menace de mort" ?

— Pas vraiment de mort, rectifia faiblement Stan. Je n'aurais pas dû dire "de mort". Juste des menaces.

— Eh bien, quel soulagement.

— En fait, je ne vous appelle pas tant pour ça. Des choses de ce genre nous sont déjà arrivées avec des étudiants mécontents. Certains ont appris à ne pas respecter les institutions, les procédures, et le souci d'équité. Ce dont j'aimerais parler avec vous…

— Ils vont lui casser la gueule, Stan.

— Ils vont plus probablement engager quelqu'un pour le faire, répondit-il, avec une voix étrangement raisonnable.

— Un homme de main ?

— Plutôt un voyou. Et Ed recevra un avertissement avant.

— Quelle bande d'ingrats ! lâcha-t-elle. Quelle bande de sales petits fils de pute dégénérés ! Ed a sacrifié les plus belles années de sa vie pour ces animaux. Ils ne le méritent pas.

— Il y aura des conseils de discipline, lui assura Stan.

— Ils devraient être renvoyés, dit-elle, et elle eut envie de poursuivre ainsi : *On devrait les enduire de goudron et leur verser un sac de plumes sur la tête. On devrait les transpercer avec des épées. On devrait les attacher à un poteau d'exécution.*

— Ce sera probablement le cas, assura Stan. Écoutez, ce n'est pas de ces menaces que je voulais vous parler, mais d'Ed. » Il s'arrêta. « Et de son travail. »

Le cœur d'Eileen battait à tout rompre. C'était l'appel qu'elle redoutait depuis si longtemps, et ils avaient encore besoin d'une année et demie pour qu'Ed touche sa retraite à taux plein.

« Vous m'avez appelée pour quoi ? demanda-t-elle, pensant qu'il valait mieux faire passer son anxiété pour de l'incrédulité. Ce ne serait pas mieux de lui en parler directement ?

— Ça fait un moment que j'essaie de parler à Ed, mais il n'adresse la parole à personne. Il surgit dans le bureau de notre département pour regarder son courrier et en repart immédiatement. Il passe dans les couloirs en traînant des pieds et la tête baissée. J'ai laissé une note dans son casier, mais il ne m'a pas répondu. J'ai tenté de l'intercepter dans notre bureau pour lui demander de s'asseoir un instant, mais il a filé en m'ignorant. Je voulais lui parler en tant qu'ami avant d'avoir à lui parler en tant que directeur. C'est pour cette raison que j'ai pensé à vous appeler.

— C'est gentil à vous, répondit-elle, même si elle se consumait de ressentiment à l'idée que cet homme plus que moyen, qu'elle avait accueilli à plusieurs reprises à dîner à Jackson Heights à l'époque où il n'était qu'un jeune membre de l'équipe, prétendait vouloir parler en tant que directeur d'Ed, alors que la seule et unique raison pour laquelle il avait obtenu ce poste était qu'Ed l'avait lui-même refusé.

— Il semble, dit Stan, d'après les éléments que je suis parvenu à réunir, qu'Ed ait attribué des notes erronées aux étudiants. J'ai vu les copies. Il y avait effectivement quelque chose qui ne tournait pas rond. Ces notes du premier semestre n'allaient pas du tout. »

Comment les notes du semestre auraient-elles pu ne pas aller, puisqu'elle avait tout supervisé ? Mais peut-être qu'Ed avait perdu la feuille et en avait rempli une nouvelle à la dernière minute.

« Je vous téléphone, reprit Stan, car… Eh bien, étiez-vous au courant des problèmes qu'il rencontrait ? Est-ce qu'Ed vous a dit quelque chose ? »

Elle se sentit coincée.

« Non, déclara-t-elle. Je n'en avais pas idée.

— J'ai besoin de savoir, Eileen. Nous sommes collègues, Ed et moi, depuis plus de dix ans. Vous savez qu'Ed est comme un membre de la famille pour moi. Que se passe-t-il ? »

Il se croyait peut-être son ami, mais il appelait en tant que directeur du département.

« Il a eu des maux de tête récemment, lança-t-elle instinctivement. Des migraines. Il va passer un scanner la semaine prochaine. Les médecins veulent vérifier s'il n'y a pas de trace de tumeur.

— De "tumeur" ? Mon Dieu, Eileen. Je suis sincèrement désolé !

— Merci, répondit-elle. Nous espérons que ça se passera bien. »

Après avoir raccroché, elle appela Jasper Tate. Jasper était le protégé d'Ed et son partenaire dans les recherches qu'il menait grâce à son financement. Sa fille de quatre ans était la filleule d'Ed. Elle parla à Jasper de sa conversation avec Stan, mais occulta la partie sur la tumeur au cerveau.

« Tu dois être secouée, lui dit-il.

— Est-ce que je peux te faire confiance à propos de quelque chose, Jasper ? Je veux dire, est-ce que je peux compter sur toi pour n'en parler à personne ?

— Bien sûr.

— Ed t'aime comme un fils.

— Et je l'aime comme s'il était mon père. »

Elle laissa un long silence passer.

« Il a la maladie d'Alzheimer.

— C'est pas vrai !

— Nous voulons que personne à la fac ne soit au courant.

— Très bien.

— Nous voulons qu'il continue à travailler encore un peu. Il désire poursuivre son enseignement.

— Bien sûr.

— J'ai menti à Stan.

— À quel propos ?

— Je lui ai dit qu'Ed allait passer des tests pour voir s'il n'avait pas de tumeur au cerveau. »

Jasper gloussa gentiment. Elle sentit le poids qui comprimait sa poitrine se relâcher.

« Désolé, je ne voulais pas rire, dit-il en essayant de reprendre un ton grave. C'est simplement que… Stan… Il est si fidèle à lui-même !

— Ce n'est rien, affirma-t-elle. J'avais besoin de ça. Toute cette histoire est tellement irréelle, tellement folle.

— Je peux le couvrir. Je l'aiderai à préparer ses cours. Je noterai ses copies à sa place. Ses étudiants pourront venir me voir s'ils ont besoin d'aide. »

Elle savait déjà ce qu'Ed allait répondre quand Jasper lui offrirait son aide : *Je ne peux pas t'imposer ça, Tatey. Tu as des choses importantes à accomplir*. Elle avait parfois l'impression d'être au milieu d'une longue marche et d'avoir perdu sa boussole. Cela n'était probablement pas une bonne chose d'impliquer cet homme charmant dans cette mascarade.

« Peut-être que tu pourras l'aider un petit moment, répondit-elle.

— Oui. Parfait.

— Accorde-moi une faveur.

— Tout ce que tu voudras.

— Fais l'imbécile : ne dis pas à Ed que nous avons parlé. Aide-le, c'est tout. Il ne remarquera pas la différence. Sauf pour les notes, peut-être ; il faudra que tu inventes quelque chose. Que tu fasses comme si tu lui demandais un service. Comme s'il fallait que tu compares la qualité des copies entre des sections différentes, je ne sais pas… Ce n'est pas à toi que je vais expliquer comment fonctionne Ed. En tout cas, dans la mesure du possible, il faut que cette conversation n'ait jamais eu lieu. »

Une semaine plus tard, Eileen appela Stan et lui expliqua qu'ils avaient écarté la possibilité d'une tumeur, mais n'avaient pas encore de piste quant à ce qui pouvait causer son état léthargique. Elle ajouta qu'elle rappellerait dès qu'elle en saurait plus.

Le lendemain matin, elle attrapa Ed alors qu'il s'apprêtait à partir travailler.

« Tu rentres dès que tu as terminé ton cours, lui dit-elle. Tu m'entends ? »

Il hocha la tête.

« Et ne parle à personne. Ni à tes étudiants ni à personne. Sauf Jasper Tate. »

Il hocha de nouveau la tête.

« Si jamais tu te retrouves au milieu d'une conversation, sous aucun prétexte tu ne dis qu'on t'a diagnostiqué la maladie d'Alzheimer.

— La "maladie d'Alzheimer" ? répéta-t-il, et elle sentit son esprit chavirer, jusqu'à ce qu'elle le regarde et voie sur ses lèvres une esquisse de sourire malicieux.

— Ne commence pas à jouer à ça avec moi », gronda-t-elle, mais en réalité elle pensait : *Mon Dieu, ne laissez pas mourir cette partie de sa personnalité, pas maintenant ! S'il vous faut des idées pour choisir les choses à lui prendre en premier, je peux vous faire une liste.*

55

ED DORMAIT DÉJÀ QUAND LE TÉLÉPHONE SE MIT À SONNER. Elle craignait cet appel depuis un mois.

« Les choses ont empiré, lui dit Stan. Il faut qu'il arrête ses cours. Pour lui-même, pour ses étudiants. »

Elle mit de l'eau à bouillir pour se calmer. Le vent rugissait et frappait contre les carreaux.

« Si vous pensez que c'est la meilleure solution, répondit-elle. Quel est le protocole administratif ? Est-ce que vous avez une chambre capitonnée où l'enfermer ?

— Je pensais qu'il pourrait prendre sa retraite.

— Il n'a aucun intérêt à prendre sa retraite, répliqua-t-elle. Il lui reste encore quinze années avant de commencer à y songer.

— Il n'est plus capable de travailler, Eileen.

— Il a des droits en tant que professeur titulaire. Il est censé disposer d'un délai pour prendre ce genre de décisions, non ?

— Qu'il prenne sa retraite serait préférable pour le département. »

Elle commençait à trembler, plus de peur que de colère. Elle aurait tellement aimé pouvoir se tourner vers Ed pour avoir son avis ; il avait toujours été si clairvoyant dans des moments comme celui-ci. La vie d'Ed serait un enfer si elle le forçait à continuer d'aller travailler. Il se retrouverait dans une position d'adversité face aux gens de son département ; ils guetteraient sur lui des signes d'incompétence.

« Je n'en ai rien à cirer, moi, de votre département, rétorqua-t-elle. Ed s'est suffisamment sacrifié pour lui. Ce qui m'intéresse, c'est mon mari. »

Elle réfléchissait avec fébrilité. Chaque seconde qui passait érodait sa position. Elle tenta de penser comme Ed. Ed échaffauderait une sorte d'algorithmes dans son subconscient profond qui lui permettrait de trouver la bonne réponse. Il prendrait du recul par rapport à la situation.

« Il pourrait sûrement tenir encore deux ans, répondit-elle. C'est le sursis auquel il a droit – surtout quelqu'un comme lui, avec un dossier aussi exceptionnel.

— Mais personne parmi nous ne lui veut du mal », assura Stan.

Puis une pensée la frappa, comme si Ed la lui avait soufflée à l'oreille : une solution acceptable pour les deux parties, qui empêcherait un combat prolongé. Son obsession de partir travailler chaque jour, quelle que soit la forme dans laquelle il se trouvait – chose qu'elle avait toujours jugée énervante et même un peu folle –, allait finir par lui profiter, et lui permettre de décrocher sa retraite à taux plein.

« Je ne suis pas en train de vous demander un sursis, lança-t-elle. Ed doit avoir au moins un an de congé maladie à rattraper. Laissez-le finir cette année, puis donnez-lui ces jours de congé maladie. »

Stan rappela le lendemain et lui annonça que des collègues d'Ed s'étaient portés volontaires pour le remplacer pendant ses cours jusqu'à la fin du semestre. La faculté continuerait à le payer durant l'été. Les jours de congé maladie ne commenceraient à être décomptés qu'à partir de l'automne.

« Je voulais faire ça pour lui, dit Stan. Qu'il n'ait plus à enseigner. Qu'il n'ait plus à venir du tout.

— Vous dites ça comme s'il s'agissait d'une bonne chose, rétorqua-t-elle. Comme si vous ne saviez pas à quel point il est attaché à son travail.

— Tout le monde ici sait combien il aime enseigner. »

Mais elle avait envie de croire que, tout au fond de lui, Ed n'avait jamais vraiment aimé enseigner. Cela les aurait rapprochés, quelque part. Elle avait envie de croire qu'il avait fait semblant d'aimer cela – semblant d'être patient lorsqu'il passait inlassablement en revue le programme avec ces imbéciles, afin d'obtenir de ses étudiants qu'ils répondent positivement et, en fin de compte, que cela lui facilite ce travail si ingrat. Mais la vérité, elle le savait, était que rien de tout cela n'avait été un sacrifice : sa carrière l'avait rendu plus heureux que n'importe quelle autre personne de sa connaissance. C'était elle qui avait fait des sacrifices pour son bonheur à lui.

« Aucun de ces gosses ne saura jamais tout ce à quoi il va renoncer », souffla-t-elle.

Le 13 février 1993, Ed se rendit à son travail pour la dernière fois. Une semaine plus tard, elle l'accompagna pour signer les papiers des ressources humaines, et apprit à cette occasion qu'elle avait commis une erreur dans ses calculs. Elle ne s'était pas trompée sur le total des jours de congé maladie qu'il n'avait pas utilisés, mais elle n'avait pas compris que cela ne serait pas pris en compte pour sa pension. Il était alors trop tard pour faire machine arrière. Elle essaya d'appeler Stan afin de lui en parler, de voir avec lui s'il serait éventuellement possible de donner à Ed du temps supplémentaire, en vain. Elle conclut la conversation en le traitant de con, avant de lui raccrocher au nez.

Au mois de juin suivant, le travail d'Ed au service de la Ville se terminerait, mais comme Ed prendrait sa retraite avant l'âge minimum, et que son travail aurait en plus duré vingt-neuf ans au lieu de trente, il lui serait reversé un pourcentage plus faible de son salaire. Les mille quatre cents dollars par mois environ qu'il recevrait de la Sécurité sociale comme pension d'invalidité combleraient en partie la différence, mais il leur faudrait se tenir à flot par de nouveaux moyens. Ed n'avait pas eu d'augmentation depuis quatre ans, à cause d'un gel des salaires. La rumeur avait couru qu'une hausse était prévue pour l'année suivante ou celle d'après, ce qui aurait pu lui permettre d'accéder à la totalité de sa pension. Mais il ne verrait jamais la couleur de cette augmentation qu'il avait déjà gagnée. Le problème n'était pas seulement l'augmentation, cependant : il avait été sur le point d'entrer dans la période de sa carrière où il aurait réellement gagné de l'argent. S'il avait continué à enseigner jusqu'à ses soixante-dix ans ou plus, son salaire aurait augmenté chaque année.

Il perdit également ses financements du gouvernement, qui s'élevaient à trente mille dollars par an et auraient pu être renouvelés pendant quatre ans encore.

Tant qu'Ed continuait à toucher son salaire, Eileen serait couverte par son assurance maladie, mais une fois arrivé à la fin de ses indemnités maladie, quand il commencerait à percevoir sa pension, cela cesserait.

À l'époque où il avait choisi son plan de retraite, quelques années après leur mariage, Ed avait jeté son dévolu sur un plan qui lui fournirait – à lui, mais aussi à elle – le montant le plus élevé chaque mois. L'inconvénient était que ce plan-ci ne comportait pas de couverture maladie pour elle en cas de prise de retraite anticipée ou de décès. Ils avaient arrêté cette décision avec conviction, pensant que le travail d'Eileen lui permettrait de bénéficier d'une couverture maladie à sa retraite. Ils ne savaient pas à l'époque que tout un tas de circonstances la pousseraient régulièrement à changer de poste au bout de quelques années : la promesse de plus hautes responsabilités ; un meilleur salaire ; un supérieur hiérarchique qui ne supportait plus de voir une femme à fort caractère ; son incapacité à garder la bouche fermée quand elle trouvait une chose discutable sur le plan éthique.

Pour continuer à bénéficier d'une assurance maladie, il faudrait qu'Eileen garde un travail à temps plein, n'importe quel travail à temps plein. En pensant sur le plus long terme, il lui faudrait survivre au North Central Bronx Hospital, ou dans un autre hôpital public, pendant dix ans si elle voulait pouvoir prétendre à la pension de retraite de base de la Ville de New York, et avoir une assurance maladie à sa retraite. Cela n'allait pas être la chose la plus facile à son âge et avec une grille de salaire comme la sienne.

Si seulement ils avaient anticipé ces problèmes de couverture maladie ! Mais qui aurait pu prévoir l'avenir avec autant de précision ? Ils avaient pensé que tout cela ne se produirait que dans des dizaines d'années. Ils avaient voulu parier gros et avaient perdu. Résultat, elle devrait continuer à travailler au moment où Ed aurait le plus besoin d'elle, le plus besoin qu'elle s'occupe de lui. Si elle perdait son travail avant d'y être restée au minimum dix ans, il lui faudrait souscrire une assurance, et alors elle n'aurait plus suffisamment d'argent pour le reste. Et à présent, il y avait de plus diverses factures dont celles des assurances à payer et le prêt à rembourser, ainsi que les dépenses alimentaires et les frais d'inscription de Connell qui allait bientôt entrer à l'université (Ed avait fait promettre à Eileen peu de temps après son diagnostic que sa maladie n'empêcherait pas Connell d'aller à l'université si celui-ci le voulait). Sans parler de ce que cela coûterait de faire admettre Ed dans une maison spécialisée (quatre mille dollars par mois au bas mot) – une idée qu'Eileen n'était pas près d'accepter, mais qu'il lui fallait bien envisager. Et tout cela à condition qu'elle réussisse à obtenir un plan de retraite acceptable. Un problème de rétention d'eau ayant fait doubler de volume l'un de ses mollets, quelques mois plus tôt, elle ne serait peut-être pas en mesure de souscrire une assurance privée sans y laisser toutes ses économies – si tant est qu'elle fût éligible à cette assurance. Et si jamais elle tombait malade et ne recevait aucune allocation, il lui faudrait se préparer au pire. Elle avait travaillé toute sa vie et mis de côté avec diligence, depuis l'âge de quinze ans, dix pour cent de chaque paye qu'elle avait jamais touchée, et malgré tout, sa famille pouvait se retrouver ruinée en une nuit. Cela parce que le système de santé américain – auquel elle avait voué sa carrière tout entière en naviguant avec humanité au bénéfice de ses patients, et qui était organisé de manière à mettre un maximum de pression précisément sur ceux qui avaient le moins d'énergie –, ce système avait surgi sur son chemin, tel un éboulis dévastateur.

56

PENDANT DES ANNÉES, Connell avait entendu son père lui dire combien il avait hâte de lui apprendre à conduire, mais quand il fêta ses seize ans et qu'il obtint son permis provisoire, il fut obligé de le supplier pour qu'il l'autorise à prendre le volant. Ils roulèrent à travers un vent violent de mars jusqu'au parking de Macy's, au Cross County Shopping Center. Son père sortit de la voiture, la contourna pour arriver de son côté, et lui fit signe de changer de place.

Connell s'entraîna sur le parking à accélérer, freiner, tourner, se glisser dans une place et reculer. Une fois qu'il eut réuni le courage nécessaire pour s'aventurer dans la rue, cependant, son père parut terrifié. Tandis qu'ils approchaient de la première intersection, il mima le geste d'appuyer sur le frein.

« Ralentis ! cria-t-il.

— Mais c'est vert ! » cria Connell en retour, même s'il avait quand même posé le pied sur le frein.

Au feu suivant, il mit son clignotant, ralentit et tourna à gauche.

« Attention à l'immeuble ! » hurla son père en martelant le plancher.

Connell accéléra, et son père se renversa sur son siège ; puis il freina, et son père étouffa un cri ; il dépassa une voiture, et son père s'agrippa à la poignée au-dessus de la vitre.

Lors de leur sortie suivante, son père lui cria dessus pratiquement depuis le moment où ils sortirent du garage jusqu'à leur retour. Puis il resta assis là, penaud, en s'excusant, disant qu'il n'avait pas pu s'en empêcher.

Ils firent quelques autres tentatives. Le résultat fut le même, et finalement Connell cessa de lui demander de conduire. Il décida d'attendre d'être entré à l'université, il pourrait alors prendre des cours là-bas.

Mais un soir vers vingt-deux heures, son père apparut à la porte de la chambre de Connell, affublé de son gilet « MEMBERS ONLY ».

« Viens avec moi, lui dit-il.

— Où ça ?

— Viens, c'est tout. »

Sa mère buvait du thé dans la cuisine. Son père passa devant elle pour aller au sous-sol.

« Où est-ce qu'il va ? demanda-t-elle à Connell.

— Je ne sais pas », répondit-il en passant à son tour devant elle.

Elle les appela d'en haut. Son père ne répondit pas, et Connell non plus. Il le suivit jusqu'au garage, grimpa sur le siège du passager. Ils étaient en train de reculer lorsque sa mère apparut à la porte du garage. Son père ne baissa pas sa vitre, et Connell haussa simplement les épaules. Elle suivit la voiture dans l'allée, avec un regard légèrement inquiet. Elle avait dans une main sa tasse de thé et tenait de l'autre sa robe de chambre serrée pour éloigner la fraîcheur de cette nuit de printemps.

Alors que son père faisait lentement marche arrière, sa mère rentra à la maison. L'allée comportait des virages, et était bordée de part et d'autre de haies adossées à un mur de pierre qui se terminait par des piliers. Il était déjà difficile de le négocier en marche avant – son père avait d'ailleurs éraflé la voiture à tellement de reprises que sa mère ne se préoccupait même plus de la faire réparer. Son père arriva cependant dans la rue sans avoir touché ni haie, ni mur de pierre, ni piliers.

Ils ne descendirent pas la colline pour se rendre en ville, mais partirent dans l'autre sens, empruntant des petites routes jusqu'à arriver à l'entrée de la Cross County Parkway. Ils la dépassèrent, tournèrent sous la passerelle d'autoroute et prirent la bretelle qui menait au centre commercial. Les magasins étaient tous fermés. Son père se gara sur une place à l'écart de Macy's et coupa le moteur.

« Tu vas conduire. »

Tous les deux sortirent du véhicule et échangèrent leurs places. Le parking était presque entièrement plongé dans l'obscurité, la lumière des enseignes se mélangeant à celle, lointaine, du périphérique, et au faible halo des lampadaires pour créer un brouillard lumineux. Quelques voitures étaient garées çà et là, mais autrement, le parking était vide. Connell n'avait jamais conduit de nuit auparavant. Il connaissait cet endroit grâce à ses quelques expériences au volant, mais il n'y avait jamais eu autant d'espace, et aussi peu d'éléments à partir desquels établir une perspective. Ce fut avec une respiration légèrement haletante qu'il tourna la clé de contact et fit avancer la voiture.

« Je veux que tu sortes du parking, que tu tournes à gauche puis à droite au feu. »

Ils remontèrent Midland Avenue, qui était parallèle à la voie express.

« Passe le premier feu. Après le feu suivant, tu vas tourner à gauche pour te retrouver sur Cross County East.

— Je n'ai pas le droit de prendre la voie express.

— Fais ce que je te dis », lui ordonna calmement son père.

Il n'avait pas de soubresauts spasmodiques ni n'appuyait sur une pédale de frein imaginaire. Ces derniers temps, son père était redevenu lui-même par intermittence, comme un spectre capable de traverser les dimensions.

Le feu qui précédait l'entrée de la voie express passa au rouge tandis qu'il approchait, et Connell jeta un coup d'œil pour vérifier que sa ceinture était bien attachée. Quand le feu se mit au vert et qu'il avança, se préparant à s'insérer dans la circulation, il eut l'impression que le contrôle de la voiture lui échappait.

« Je veux que tu prennes de la vitesse pendant que tu t'insères. Nous allons nous diriger vers la Hutchinson River Parkway.

— Quoi ? Et si je me fais arrêter ?

— La partie nord, lui dit son père. Reste sur la voie de gauche. Ne t'inquiète pas. Détends-toi. Il n'y a plus beaucoup de voitures à cette heure-ci. Si tu te détends, tu y arriveras très bien. Il faut simplement que tu roules entre quatre-vingts et quatre-vingt-dix. »

Connell appuya sur l'accélérateur. La vitesse était grisante, alors il appuya plus fort, regardant l'aiguille grimper à quatre-vingts, puis à cent. Il se détendait. Son père avait fermé les yeux.

« Nous devons nous habituer aux conditions du monde réel, lui déclara son père. Reste à gauche. On va prendre la bretelle nord. Je veux que tu repères les panneaux pour Mamaroneck Avenue, Vingt-Troisième Nord. »

On aurait dit que toutes les voies express du pays pouvaient être atteintes à partir de celle-ci, qu'il pouvait aller partout à partir d'elle. Connell avait envie de conduire toute la nuit.

« On y arrive, reprit son père. Vingt-Troisième Nord. Quand tu sortiras, tu vas te retrouver sur une rampe. S'il n'y a toujours personne derrière toi, une fois que tu seras arrivé au feu, au bout, je veux que tu donnes un gros coup de frein. Il peut arriver n'importe quoi à n'importe quel moment. Il faut que tu restes sur tes gardes. »

57

AVANT DE POUVOIR PARTIR TRAVAILLER, elle devait s'occuper de sa douche et de celle d'Ed, de s'habiller et de l'habiller, de préparer le petit déjeuner et de lui mettre quelque chose de côté pour le déjeuner et le dîner.

À l'aide d'un marqueur rose, elle avait mis en évidence le bouton de départ du micro-ondes. Sur sa vitre, elle avait scotché un petit papier avec une flèche en direction du bouton « DÉPART », avec un mot qui disait : « *Appuyer ici* ». La dernière chose qu'elle faisait avant de s'en aller était de placer une assiette dans le micro-ondes pour le déjeuner d'Ed et de programmer le temps de chauffe. Elle attendait jusqu'à la dernière minute, dépitée en pensant à ces aliments qui restaient dehors pendant des heures et s'abîmaient.

Elle passait toutes ses matinées à s'inquiéter qu'Ed fasse les choses de travers. Il fallait une précision parfaite pour retirer l'assiette. Si jamais il appuyait sur n'importe quel autre bouton que celui du démarrage, il serait obligé de mâchonner des cannellonis encore congelés ou d'avaler avec difficulté du ragoût de bœuf froid. Parfois, quand elle rentrait à la maison, elle trouvait le minuteur du micro-ondes intact, mais la moitié du plat par terre, une assiette cassée sous la table, et le *Times* dans son emballage. Ed avait cessé de lire.

Le rituel du micro-ondes ne pouvait avoir lieu qu'une fois par jour. Alors, pour son dîner, elle laissait dans le frigo un sandwich sur une assiette, recouvert de film alimentaire. Il mangeait tôt, avant qu'elle ne soit rentrée, à cause du coucher du soleil. Il aurait été plus facile de ne lui préparer que des sandwichs, mais il y avait quelque chose de dégradant dans l'idée qu'il ne mange plus que des repas froids. Connell revenait toujours à la maison trop tard pour lui faire réchauffer quoi que ce soit.

Il lui était impossible de compter sur Ed pour constater que son ventre gargouillait, ou remarquer l'heure sur le boîtier du câble, alors elle téléphonait afin de lui rappeler qu'il était temps de manger et le guidait pas à pas à travers chaque étape.

Le matin, elle allumait la télévision sur une chaîne de rediffusion de séries de plus ou moins bonne qualité. Il était plus facile de choisir une chaîne médiocre et de le poster devant que de le laisser toucher à leur abonnement aux chaînes câblées. Quand il avait le dos tourné, elle glissait la télécommande de la télévision et celle du décodeur dans le tiroir de la table de chevet.

Il créait un désastre chaque fois qu'il touchait quelque chose, mais elle continuait à le laisser gérer les factures ; cela faisait partie de son identité masculine. Certaines factures étaient payées deux fois, d'autres partaient à la poubelle sans même avoir été ouvertes. La compagnie de téléphone appela pour dire qu'ils avaient reçu cinq cents dollars en trop et qu'il n'était plus nécessaire de les payer pendant un bon moment. Quand la facture suivante arriva, elle la fit disparaître en vitesse, mais le mois suivant, Ed fut plus rapide qu'elle pour relever le courrier et il remplit un chèque d'un montant exorbitant, prélevé sur leur prêt. Presque mille dollars se promenaient dans la nature.

Elle ne pouvait pas laisser des listes partout pour lui expliquer comment faire chaque chose dans les moindres détails, car il n'était plus certain qu'il pouvait encore lire parfaitement. Et puis, où finissait l'entraide et où commençait l'absurdité ? Allait-elle lui écrire comment s'essuyer les fesses, comment faire pipi dans la cuvette ? Il était plus facile de nettoyer ce qui avait coulé à côté quand elle rentrait du travail.

Lorsqu'ils se promenaient en ville tous les deux, Ed évitait de passer devant la banque avec une volonté qui tenait plus de la phobie. Il ne voulait même plus l'accompagner quand elle allait retirer des billets au distributeur. Peut-être était-ce parce qu'il l'entendait trop souvent s'inquiéter pour l'argent ? Peut-être avait-il compris à quel point le sujet était devenu sensible dans leur ménage ? Il était difficile pour lui de se sentir aussi exclu. Il ne se rendait pas compte qu'elle aurait mille fois préféré continuer à lui céder ses responsabilités, qu'elle n'aurait rien désiré de plus au monde, mais c'était devenu impossible.

Elle décida de résilier leur abonnement au journal et demanda à Ed d'aller l'acheter au kiosque en ville. Avoir une tâche à accomplir lui conférait une sorte de dignité. Il en profitait également pour acheter du lait. Elle n'avait pas toujours besoin de lait, mais la routine rendait les journées plus faciles ; les choses finissaient par se graver dans sa mémoire à long terme. La plupart du temps, le lait arrivait jusqu'au réfrigérateur. Parfois, il restait sur le plan de travail et tournait. Mais Connell mangeait des céréales à toute heure – à croire qu'il ne se maintenait en vie que grâce à cela –, si bien qu'elle n'avait que rarement à le jeter.

Ed rentrait également chaque jour à la maison avec une boîte de donuts. Elle ne savait pas d'où venait cette fixation. Elle en jetait beaucoup à la poubelle, mais elle mangeait aussi sa part. Depuis un certain temps, elle mangeait plus, de manière générale. À cause du stress. En moins d'une année, elle avait pris plusieurs tailles de vêtements. Ed mangeait une demi-douzaine de donuts par jour, mais il ne semblait faire rien d'autre que mincir.

Quand l'été arriva, ils allèrent se promener ensemble en ville pendant les week-ends. C'était à peine croyable, le nombre de personnes qu'il connaissait. Il s'avéra que depuis quelque temps, Ed avait pris ses quartiers sur un banc près du pâté de maisons, non loin de Food Emporium. Cela conforta Eileen dans l'idée qu'au fond elle avait eu raison, pour le déménagement : il n'aurait pas été possible de vivre aussi librement à Jackson Heights.

Elle glissait de l'argent dans son portefeuille quand il dormait, comme elle l'avait fait pour son père après sa retraite, afin qu'il reste à flot pendant ses sorties nocturnes au bar. La plupart des commerçants connaissaient Ed, ce qui l'aidait quand il passait à la caisse : il tendait son portefeuille, et ils piochaient les bons billets et glissaient la monnaie à l'intérieur. Elle espérait qu'ils se montraient patients avec lui. Le type de chez Gillard était assez gentil pour lui accorder une ardoise. Une fois par semaine, elle s'arrêtait chez lui sur le chemin du retour, après son travail, pour payer ses dettes.

Ed aimait aller chez Topps Bakery prendre un café avec une brioche, car il y avait là-bas de quoi s'asseoir. Diana, la propriétaire, lui apportait tout spécialement sa commande. « Même si vous ne veniez pas pour payer, disait-elle à Eileen, je le servirais. »

Une fois, il rentra de chez Food Emporium avec un air affolé.

« Je crois qu'ils ne m'ont pas bien rendu la monnaie », annonça-t-il.

Elle vérifia dans son portefeuille. Le montant ne correspondait pas à la somme rendue, écrite sur le ticket.

« Est-ce que tu t'es arrêté ailleurs sur la route ? »

Il secoua la tête avec véhémence. Il devait bel et bien s'agir d'un vol, si même lui l'avait remarqué. Mais pouvait-elle faire confiance à sa perception ? Comment être sûre que ce qu'il disait était conforme à la réalité ?

« Retournons-y », dit-il.

Elle songea au scandale susceptible d'en résulter, tout le magasin tournant la tête comme un seul homme, cette attention mortifiante, le manque de preuves. Elle prendrait sa voix haut perchée ; il lui faudrait trouver un nouvel endroit où faire ses courses.

« Ça ne vaut pas le coup, répondit-elle. Laissons tomber pour cette fois. Ne t'inquiète pas, la vie se chargera de punir ce caissier pour t'avoir volé. »

Puis elle imagina le caissier en question, un gamin, en train de l'arnaquer, son expression de triomphe, et cela la mit dans un tel état de fureur qu'elle traîna Ed dans la voiture et le ramena au magasin. Ed regarda entre les panneaux, les mains et le nez pressés contre la vitre, comme un enfant.

« C'est lui », déclara-t-il, en pointant le caissier du doigt.

Eileen resta campée là, à regarder fixement ce gamin. Il était noir, et sa chemise était mal rentrée dans son pantalon. Il bougeait avec grâce, économie, tandis que ses mains passaient les articles devant le scanner au bout du tapis roulant. Il avait l'air du genre à bouger plus vite que les autres, à s'échapper sans se faire voir. Il avait probablement eu plusieurs fois Ed à sa caisse. Peut-être Ed lui avait-il tendu son portefeuille et demandé de prendre lui-même la monnaie. Peut-être ce gamin avait-il jugé que c'était le bon moment pour profiter de lui. Le sang d'Eileen battait fort ; un goût métallique avait envahi sa bouche.

« Attends-moi sur ce banc », dit-elle à Ed.

Elle entra dans le magasin.

L'air piquant de la climatisation tranchait avec la lourdeur moite de cette soirée d'août, et le frisson qui la parcourut attisa encore sa colère. Elle pensa à aller directement à la caisse, mais elle ne voulait pas passer pour une hystérique ; mieux valait faire les choses correctement. En prenant un air aussi naturel qu'elle put, elle se dirigea vers le rayon épicerie, où elle prit une boîte d'œufs. Puis elle se rendit à la caisse ; l'homme devant elle était en train de payer. Elle tira un paquet de chewing-gums de la petite étagère à côté, et le posa sur sa boîte d'œufs. Elle tendit au caissier un billet tout neuf de vingt dollars.

« Je veux toute la monnaie, énonça-t-elle aussi doucement qu'elle put, tout en exprimant l'étendue de son mécontentement. Toute. Et c'est ton boulot que tu perdras si jamais tu refais une seule fois le coup à mon mari. Et si tu crois que tu peux venir dans cette ville depuis Dieu sait où et voler les honnêtes gens, tu te fourres le doigt dans l'œil. Je vais te coller la police dans les pattes, moi ! »

Le gamin se mit à mâcher son chewing-gum lentement, en donnant quelques coups de mâchoire agressifs, tandis qu'il glissait les billets dans sa main, réunissait les pièces, et tirait le ticket de caisse de la machine.

« Je ne sais pas de quoi vous parlez », affirma-t-il en lui tendant le tout et en regardant derrière elle, en direction du client suivant, dont il commença à scanner les articles.

Elle mit un point d'honneur à compter sa monnaie devant lui. Elle croisa le regard du client derrière elle, et fut contrariée de voir qu'il semblait penser qu'elle était en tort.

Elle ne bougea pas, cependant. Elle n'avait pas terminé.

« J'espère que tu vivras suffisamment vieux pour éprouver toi aussi la honte que tu lui as fait ressentir. J'espère que tu seras un jour un vieil homme seul et perdu. J'espère que tu vivras toutes tes journées enfermé dans une maison de retraite à te demander où tout le monde est passé. »

Ed lui raconta qu'il allait à l'église entre les messes, quand les portes restaient ouvertes, et qu'il s'asseyait dans le fond.

« C'est tranquille, lui dit-il. C'est calme. »

Elle songea à tous les bruits qui se mélangeaient dans son cerveau. Quel bruit cela faisait-il là, à l'intérieur ? Le même que la friture d'une radio, probablement.

« Et à quoi tu penses là-bas ?

— À toi. À Connell. Je ne veux pas que ce soit trop dur pour vous quand je serai parti, et je ne veux pas qu'il ait cette maladie. Je ferais n'importe quoi pour éviter ça. »

La pensée d'Ed, seul dans cette grande église, l'oppressa.

« Si j'écris une prière pour toi, est-ce que tu la diras ?

— Bien sûr », répondit-il.

Il avait peut-être dit la vérité.

« Mon Dieu, écrivit-elle, *je Vous demande ceci sans me lamenter, mais protégez les miens et ceux que j'aime. »*

Elle la recopia nettement sur une petite carte qu'elle plia et glissa dans le portefeuille d'Ed.

Elle ne l'entendait jamais demander : « Pourquoi moi ? » mais elle ne pouvait s'empêcher de se poser la question pour lui. Pourquoi Ed ? Et aussi : pourquoi maintenant ? Pourquoi si jeune ? Il y avait une réponse évidente – un terrain, qui tenait au hasard, à la génétique, et agissait aveuglément –, mais cette réponse, Eileen ne l'aimait pas. D'un autre côté, elle refusait d'adhérer à un système selon lequel tout se produisait pour une bonne raison. Alors elle choisit une troisième voie, celle du pragmatisme. Cela n'était pas arrivé pour une raison précise, mais ils allaient trouver une chose à laquelle se raccrocher malgré tout. Parler de plan divin était peut être exagéré, mais cette épreuve avait un sens. *La vie des gens sera améliorée grâce à sa maladie,* se dit-elle. *Ils apprécieront encore plus la vie. Ed leur rappellera que leur existence a été plus belle que ce qu'ils pensaient.* Cette histoire était aussi valable qu'une autre, et elle avait l'avantage de paraître plausible dans bien des situations, même si Eileen avait du mal à voir les choses ainsi quand elle restait éveillée la nuit, quand la vie publique s'effaçait, que les autres disparaissaient, et qu'elle était seule à fixer le dos de sa main et à penser : *Tout ça n'est qu'une illusion, même ces consolations.* Cela la renvoyait à l'époque où, petite fille, elle restait éveillée dans son lit, à écouter ses parents dans le salon, après que son père était rentré du bar, rejouant inlassablement les rôles qu'ils s'étaient attribués. Et elle se disait : *En fait, le temps n'a pas passé depuis cette époque. J'en suis au même point en ce moment.* À l'époque aussi, elle avait examiné le dos de sa main, et la seule chose qui différenciait ce moment des cent autres de son passé – la seule chose qui la rassurait sur le fait que la boucle de sa vie n'était pas en train de se répéter –, c'était le paysage crénelé de ridules aux jointures de sa main, sur lequel elle promenait ses doigts, sentant son relief comme celui d'une planche à laver.

58

ILS PASSÈRENT LA SAINT-SYLVESTRE CHEZ EUX pour la première fois depuis leur rencontre, vingt-huit ans plus tôt. L'année précédente, ils s'étaient simplement rendus en voiture chez les McGuire pour regarder la retransmission des festivités de Times Square, mais au moins ils étaient sortis. Cette année-là, Eileen ne pouvait pas faire face à tout le travail que le réveillon aurait impliqué. Elle aurait passé toute la soirée à se faire du souci pour Ed et ne se serait pas amusée du tout.

Comme le soir du nouvel an était aussi l'anniversaire de leur rencontre, cela signifiait quelque chose de plus pour eux. À l'époque où ils vivaient à Jackson Heights, ils se rendaient à des bals, Ed en smoking, elle en robe à paillettes et collier de perles. Elle courait à travers la maison en combinaison, se séchant les cheveux et se maquillant, et s'interrompait net lorsqu'elle voyait Ed, drapé dans une serviette, se regardant dans le miroir tandis qu'il se rasait. Ils laissaient Connell avec Brenda Orlando et revenaient à l'aube. Eileen ressentait une fatigue heureuse le lendemain matin, tandis que tous trois sortaient pour aller à la messe.

Elle était assise à la table de la cuisine dans son peignoir et ses chaussons, ses cheveux retenus en arrière par une pince en plastique. Connell, installé en face d'elle, lisait les pages sports du journal.

« Qu'est-ce que tu as prévu pour le Nouvel An ?

— Je vais à une fête avec Cecilia.

— Ça se passe où ?

— Quelque part à White Plains. Je ne sais pas exactement.

— Tu comptes aller là-bas comment ?

— Je me disais que je pourrais emprunter la voiture de papa.

— Tu lui as déjà demandé ?

— Je me suis dit que je n'avais pas besoin de le faire. Je croyais que vous alliez rester à la maison. »

Quelque chose dans son ton l'irrita.

« On *allait*, oui, dit-elle. Mais j'ai changé d'avis. J'aimerais qu'on sorte tous ensemble finalement, en famille.

— J'ai déjà quelque chose de prévu.

— On va sortir dîner tous les trois. Tu pourras aller à ta fête après.

— Mais je suis censé dîner avec Cecilia et ses parents avant !

— Eh bien, tu lui téléphones et tu lui dis que tu la verras plus tard.

— C'est bon, d'accord. »

Connell quitta la pièce précipitamment. Eileen appela Ed dans le salon et lui dit d'aller prendre une douche, puis elle monta à l'étage et étala sur le lit une veste sport, une belle chemise, une cravate et un pantalon bien repassé. Elle enfila ensuite une robe du soir et sortit son vison de sa housse en plastique.

Il neigeait dehors. La Caprice était dans l'allée, bloquant sa propre voiture qui, elle, était rangée dans le garage. Ed se dirigea vers la portière du conducteur. Elle le retint par le bras.

« Tu as les clés de la voiture ? demanda-t-elle à Connell.

— Oui.

— Alors c'est toi qui conduis. Ton père et moi sommes fatigués. »

Il était hors de question qu'elle laisse Ed conduire par ce temps. Dernièrement, même quand il faisait un soleil radieux, il manquait lui faire avoir une crise cardiaque chaque fois qu'il était au volant. Un jour, en faisant une marche arrière dans l'allée, il avait percuté le mur de pierre, arraché l'un des rétroviseurs, et laissé une affreuse rayure sur toute la longueur du véhicule. Et, alors qu'ils passaient devant l'église, il aurait écrasé une vieille dame qui traversait sur les clous si Eileen n'avait pas bondi sur le volant en criant. Elle avait essayé de réfléchir à un moyen de l'éloigner de cette voiture sans que cela ne se retourne contre elle : elle ne voulait pas être celle qui lui dirait que cette partie de sa vie était terminée. Mais si elle ne pouvait pas simplement lui prendre ses clés de voiture ou vendre celle-ci, elle ne pouvait pas non plus le laisser avoir un accident. Ed allait finir par tuer quelqu'un. Ou se tuer. Il fallait donc trouver quelque chose, et vite.

Connell s'installa au volant. Ed monta à côté de lui, et elle à l'arrière. Elle regarda Ed se battre avec sa ceinture de sécurité jusqu'à ce que Connell passe un bras devant lui et l'attache.

Connell se tourna vers elle.

« On va où ?

— Surprends-nous. Emmène-nous en ville. Dans un endroit où tu aimes aller.

— Ça ne vous plairait pas, dit-il. Des *diners*. La pizzeria Uno. Je suis allé au Hard Rock Café, une fois. Et chez Ed Debevic. Vous détesteriez cet endroit.

— Roule. Je te dirai où on s'arrêtera. »

La neige tombait plus dru que ce qu'elle pensait. Les routes étaient couvertes de verglas. Connell conduisait avec précaution, agrippant le volant à deux mains. Mais, à un moment, il glissa sur quelques mètres et s'arrêta juste avant de rentrer dans un mur de pierre caché par une haie.

« On ferait mieux de ne pas tenter le diable, dit-il. On peut aller dans le quartier. Chez The Tap. Ou à la Town Tavern.

— Continue à conduire. Tout va très bien se passer.

— Chez Tumbledown Dick.

— On va en ville, dit-elle avec fermeté.

— Attache ta ceinture, s'il te plaît », répondit-il.

Elle le vit jeter un coup d'œil dans le rétroviseur.

« Contente-toi de t'occuper de la route », rétorqua-t-elle.

Quand il eut détourné les yeux, elle boucla sa ceinture.

Il arrivait tant bien que mal jusqu'à un autre pâté de maisons lorsqu'il perdit à nouveau le contrôle de la voiture. Ils glissèrent sur plusieurs mètres avant de percuter violemment une BMW garée dans la rue. Sa ceinture de sécurité s'enfonçait dans ses côtes ; elle la détacha. L'adrénaline lui donnait l'impression d'avoir mis les doigts dans une prise électrique.

« Est-ce que tout le monde va bien ? »

Ed avait l'air en état de choc, mais il n'était pas blessé. Connell n'avait rien. Elle non plus.

En sortant du véhicule, elle découvrit que l'arrière de l'autre voiture avait été embouti, ainsi que la majorité de l'avant de la Caprice.

« Merde, merde, merde, dit Connell.

— Surveille ton langage, le gronda-t-elle avant de se reprendre. C'est vrai. Merde, tu as raison. »

Elle fit le tour de la voiture avec précaution, en se retenant à lui tandis qu'elle examinait le capot, plié en accordéon. Le cadre du châssis rentrait dans la portière. Ed était resté à l'intérieur, tout tremblant, ses mains cherchant à tâtons la poignée de la portière.

« Je savais que je n'aurais pas dû prendre le volant, lança Connell.

— Tu ne réussiras pas à ouvrir, Ed ! » cria-t-elle à son mari, et elle secoua la tête en le regardant. Puis elle se tourna vers Connell. « Tu penses qu'on peut encore avancer ?

— Ça m'a l'air assez grave », répondit-il. La roue avant droite était pliée et semblait vouloir toucher le sol enneigé. Connell se gratta l'oreille. « Je me demande bien comment la roue a pu se plier comme ça. Je n'allais pas vite.

— Ce qui est fait est fait, dit-elle. De toute façon, elle était vieille, cette voiture.

— Tu as sûrement raison.

— Va sonner là-bas, dis-leur ce qui est arrivé. Demande-leur d'appeler la police. »

Elle pointait son doigt vers une maison qui avait l'air d'un manoir, plantée au sommet d'une petite colline, en retrait de la rue. Ensuite, elle se glissa sur le siège du passager avant et passa par-dessus Ed – qui se donnait des tapes sur la tête avec la détermination sinistre d'un autoflagellateur – pour atteindre la boîte à gants. Elle en sortit l'enveloppe rangée là depuis des années. Dessus était écrit « *Assurance et carte grise* », de l'ancienne écriture d'Ed. Il était difficile d'imaginer que l'homme qui, à présent, communiquait par le biais d'une écriture grossière et échevelée avait possédé un jour cette graphie fluide.

Elle regarda Connell disparaître avec les papiers et démarra la voiture. La lumière du phare qui fonctionnait encore se diffusa sur la neige et éclaira la BMW détruite. Elle poussa le chauffage à fond. Quand Ed tendit la main pour l'éteindre – un geste inconscient, la force de l'habitude, car personne, même pas lui, ne pouvait faire preuve d'une telle absurdité –, elle lui donna une tape sur la main et le ralluma.

Elle et Connell attendaient sous la neige l'arrivée du camion de dépannage. Ed était resté dans la voiture.

« Quel désastre ! dit Connell. Ça va coûter cher. »

Eileen s'était souvent disputée avec Ed pour savoir s'ils devaient garder ou non l'assurance tous risques. Elle n'avait eu de cesse de lui rabâcher que c'était jeter de l'argent par les fenêtres pour une voiture vieille de dix ans, mais Ed avait insisté.

« Peut-être pas autant que ça en a l'air, répondit-elle. De toute façon, l'assurance est faite pour ça.

— Je suis désolé, maman.

— Personne n'a été blessé, répliqua-t-elle. Personne n'est mort. Une voiture, ça peut se remplacer. » *Ou pas*, pensa-t-elle, et elle sentit un sourire se dessiner sur ses lèvres, mais le réprima. « Eh bien, souffla-t-elle tout bas. En voilà, une manière de se débarrasser d'une voiture.

— Qu'est-ce que tu as dit ?

— J'ai dit : "En voilà une manière de fêter la nouvelle année."

— Bonne année, lança Connell d'un air lugubre.

— Bonne année. »

Le dépanneur proposa de les déposer chez eux avant d'emporter la voiture. Elle s'assit sur les genoux d'Ed, Connell entre eux et le chauffeur.

Lorsqu'ils arrivèrent dans l'allée, Connell demanda au chauffeur s'il voulait bien le déposer à la gare. Eileen fut sidérée.

« Parce que tu comptes toujours sortir ce soir ? »

Il avait dû se douter qu'une fois rentré, il serait dans l'incapacité de ressortir. Connell et le chauffeur la regardèrent, attendant son approbation.

« Vas-y », lâcha-t-elle, contrariée, en chassant Connell d'un geste de la main.

Elle descendit du camion et aida Ed à faire de même. Plusieurs centimètres de neige étaient maintenant tombés ; elle lui tint la main tandis qu'ils naviguaient sur le terrain cotonneux, puis elle tapa brutalement le code pour ouvrir la porte du garage et regarda la dépanneuse s'en aller.

Une fois dans sa chambre, elle retira son collier de perles et échangea sa robe du soir contre un sweat-shirt. Elle prépara Ed pour aller au lit, au cas où il choisirait de monter se coucher tôt.

Elle prit un pot de crème glacée dans le congélateur et deux cuillères dans le tiroir, même si la seconde ne servirait qu'à couvrir sa culpabilité : Ed allait piocher deux fois dans la glace avant de s'arrêter.

Ils s'assirent devant l'émission de divertissement du 31 décembre, attendant le décompte. Ed s'endormit avec la tête rejetée en arrière et la bouche ouverte, plusieurs heures avant le nouvel an. Elle ne le réveilla pas. Alors que minuit approchait, elle pensa au soir où ils s'étaient rencontrés, à la manière dont il s'était penché sur elle pour l'embrasser quand minuit avait sonné. Elle avait attendu ce moment toute la soirée. Ils étaient au milieu de la piste de danse, entourés par des centaines de couples. Lorsqu'il l'avait embrassée, elle avait éprouvé cette sensation dont elle avait entendu la description mille fois, mais qu'elle n'avait jamais prise au sérieux : le monde autour de vous disparaissait et il ne restait plus que vous et votre cavalier. Sur le moment, tout cela avait été vrai : le monde avait plus ou moins disparu.

La boule lumineuse, sur le mât de Times Square, entama sa descente langoureuse ; *« 1994 »* s'illumina sur l'écran. Eileen essayait de se rappeler précisément ce qu'elle avait ressenti quand Ed l'avait embrassée pour la première fois. La seule chose dont elle put se souvenir était qu'il avait commencé doucement, presque poliment, puis qu'il avait pris son visage entre ses deux mains et l'avait embrassée avec une intensité soudaine, comme s'il avait attendu cela depuis bien plus longtemps que les quelques dernières heures où ils avaient fait connaissance. Elle avait su tout de suite qu'elle allait l'épouser. Tant d'années avaient passé depuis cette nuit-là ; on pouvait presque dire que c'était un autre homme qu'elle avait maintenant sous les yeux. Des poils sortaient du col de son maillot de corps. Sa poitrine se soulevait et retombait faiblement, comme s'il n'était pas vraiment en train de respirer. Elle se pencha sur lui, frôla ses lèvres. Ses paupières étaient fermées, comme cette nuit-là. Elle craignit qu'il se réveille en sursaut et se mette à crier ou à la repousser violemment, mais il lui rendit son baiser, dans son sommeil.

La Caprice fut déclarée hors service. Eileen encaissa l'argent de l'assurance et l'ajouta sur leur compte.

Peut-être utiliserait-elle cet argent afin d'acheter une nouvelle voiture pour elle. Elle en avait assez des voitures américaines. Peut-être qu'elle opterait pour une voiture de sport, un coupé BMW comme celui dans lequel Connell était déjà monté, ou l'une de ces Mercedes classe E qui avaient l'air si parfaitement émaillées et invincibles. Ainsi, elle ne se crisperait plus en voyant la peinture s'écailler sur le toit, ou le revêtement en tissu se relâcher autour du plafonnier, ou encore en entendant le grincement rouillé et le bruit fracassant de la portière. Elle pourrait avoir une voiture dont elle n'aurait pas honte quand elle se garerait sur le parking de l'église.

Connell leur coûtait peut-être cher, mais il y avait des moments où il savait leur rendre leurs investissements.

59

LES GENS VINRENT DE PARTOUT pour assister aux funérailles de la mère d'Ed. Ce fut la première fois depuis l'anniversaire surprise d'Ed qu'Eileen vit Fiona sortir de Staten Island. Phil et Linda arrivèrent en avion de Toronto. La présence de Phil sembla exacerber la tristesse d'Ed, au lieu du contraire, comme si celui-ci avait soudain réalisé que toutes ces années où ils avaient vécu dans des pays différents ne pourraient plus être rattrapées. La veille au soir de l'enterrement, ils restèrent assis à la table de la cuisine pendant des heures ; Phil parlait, et Ed écoutait. Chaque fois qu'Eileen rentrait dans la cuisine, Ed était en train de pleurer à chaudes larmes, inconsolable.

Cora avait été une figure majeure de la paroisse St Mary's Star of the Sea, à Carroll Gardens, et l'église était remplie de tout un tas de gens qu'Eileen ne connaissait pas. Ed n'avait plus l'air de se sentir chez lui dans l'église de son enfance ; son visage était si rouge qu'elle fut obligée de lui rappeler de respirer. Cora avait été longtemps malade ; elle avait eu une bonne, une longue vie, mais de toute évidence l'idée qu'elle partirait un jour n'avait jamais effleuré son fils.

Eileen avait toujours considéré les visites consciencieuses d'Ed dans l'appartement de sa mère, la bonne volonté qu'il mettait à se rendre là-bas pour lui changer une ampoule ou lui faire ses courses, comme l'expression de la fidélité d'un fils dévoué, mais la manière dont il réagissait à sa mort révélait une profondeur de sentiments qu'elle n'avait pas soupçonnée. Cela avait peut-être un rapport avec son état : Ed était un cran plus proche de la mort que les gens normaux.

Une fois la cérémonie terminée, tandis que chacun se pressait vers sa voiture – c'était un jour glacial de février –, sa tante Margie demanda à Ed l'itinéraire pour se rendre au cimetière.

« Eh bien, dit-il, debout devant l'église, où es-tu garée ?

— Juste au coin de la rue.

— D'accord. D'accord. » Il se pétrissait les mains comme si une réponse allait en sortir. « Il faut que tu prennes la nationale.

— Laquelle ?

— Celle qui est par là... C'est pas vrai, comment s'appelle-t-elle ?

— Tu veux dire la Brooklyn-Queens Expressway ?

— Oui ! C'est ça. »

Ils se trouvaient à quelques rues de l'immeuble dans lequel Ed avait grandi. Il avait dû emprunter des milliers de fois cette route depuis l'endroit où ils se trouvaient.

« Ce n'est pas loin, ajouta-t-il. À quelques rues d'ici. »

Eileen lui coupa la parole et donna les instructions à Margie. Puis elle attendit que cette dernière se soit suffisamment éloignée pour demander à Ed :

« Tu ne te rappelles plus où se trouve l'entrée de la nationale ?

— Bien sûr que si, répondit-il. C'est juste là. »

Elle regarda Connell, collé contre la voiture, attendant de partir. Quand elle se tourna à nouveau vers Ed, elle fut frappée par la différence d'âge entre le père et le fils : Ed avait davantage l'air d'un contemporain de sa mère que d'un mari. Ses épaules étaient voûtées et son visage, creusé par de nouvelles rides, comme si le traumatisme de la mort de sa mère l'avait fait vieillir. Elle finirait par jouer l'infirmière avec lui, mais elle voulait retarder ce moment le plus longtemps possible.

Ce soir-là, même s'ils étaient en deuil, et que Phil et Linda se trouvaient dans la chambre d'amis, Eileen grimpa sur Ed et rapprocha son visage du sien tandis qu'elle allait et venait au-dessus de lui. Elle resta ensuite étendue, à se demander combien de temps il serait encore capable de faire l'amour. L'idée que bientôt leur vie conjugale se réduirait à rien la garda éveillée presque toute la nuit, mais à l'approche du petit matin elle réalisa que ce n'était pas la pensée de la solitude physique qui l'avait taraudée, mais bien plutôt la conscience naissante qu'elle-même mourrait un jour.

Elle consigna dans un journal les premières fois où Ed s'était montré incapable de faire des choses – comme le journal du développement d'un enfant, mais inversé. Certaines de ces failles présageaient effectivement de grands changements dans ses capacités mentales ; d'autres étaient de fausses alertes, des hoquets momentanés.

19/02/94 : n'est pas arrivé à trouver la Brooklyn-Queens Expressway après l'enterrement de Cora. Perd son sens de l'orientation.

Au mariage de Karen Coakley, Eileen tourna le dos à Ed pendant quelques secondes pour aller chercher une assiette de hors-d'œuvre, et quand elle le repéra à nouveau il avait rejoint un groupe aligné le long d'un mur pour une photo officielle avec un photographe. C'était la famille du marié, et elle ne reconnut personne ; pourtant, Ed souriait à pleines dents, comme s'il avait vu tous ces gens grandir. Il ruinait la photo par sa présence. Une fois la pose terminée, elle le sortit du groupe d'un mouvement rapide, inflexible, en espérant que personne ne l'avait remarqué. Mais qu'aurait-elle pu faire pour empêcher que Karen et son mari ne découvrent Ed sur le cliché, quand ils examineraient les négatifs ?

Une jeune femme à la beauté provocante émergea soudain du groupe, visiblement dans tous ses états.

« Je viens de me faire tripoter ! s'exclama-t-elle, et Eileen put entendre l'indignation dans sa voix. Cet homme m'a mis la main aux fesses.

— Qui ça ? lui demanda son petit ami. Montre-le-moi. »

La jeune fille fit un geste dans la direction d'Ed. Le petit ami, boudiné dans son costume, commença à frapper son poing dans sa paume, d'une façon tellement peu originale qu'elle en était absurde, mais aussi réellement effrayante. D'instinct, Eileen s'interposa en se plaçant devant Ed et en avançant une main comme un agent qui protège un enfant sur le passage piéton.

« Ce n'est pas ce que vous croyez, dit-elle aussi calmement qu'elle put. Ce n'est pas du tout ce que vous croyez. »

16/04/94 : main aux fesses au mariage de Karen. Rester quand il rencontre des gens. Rester près de lui pendant les fêtes. Sein de Susan attrapé pendant qu'il disait au revoir : pas un accident.

Ils furent invités à une fête à Chelsea, chez l'un des chefs du personnel d'Eileen. Ils se garèrent à plusieurs rues de la maison et terminèrent le chemin à pied, s'imprégnant de l'énergie nocturne de Manhattan. Ed avait revêtu un beau costume, et elle une robe chère qu'elle avait achetée un an plus tôt et n'avait jamais eu l'occasion de porter. Elle avait plaisir à se promener ainsi vêtue. La robe était légèrement trop ajustée, à cause de tout le stress qu'elle avait subi ces derniers temps, mais elle mettait bien ses courbes en valeur.

Il fallut qu'elle se retrouve plusieurs mètres devant Ed pour remarquer qu'il traînait la patte comme un chien rechignant pendant sa promenade.

« Quoi ? lui demanda-t-elle en essayant de le tirer. Qu'est-ce qu'il y a ?

— Vas-y sans moi.

— Ça n'a pas de sens, dit-elle. Il nous reste cinquante mètres à faire.

— Je n'ai jamais vu ces gens.

— Et alors ? Ils sont très gentils. » Il secoua la tête. « Tu vas y aller, Ed ! J'ai répondu que tu venais. Je ne peux pas faire d'histoires là-bas. Ce type, le chef du personnel, ce n'est pas lui qui m'a recrutée. Il est plus jeune que moi. Il faut que je fasse bonne impression ce soir, et que tu te montres à la hauteur. D'accord ? Il faut que j'arrive à faire mes dix ans !

— Ils ne sauront jamais quel homme je suis vraiment », répondit-il.

Qu'Ed puisse se faire ce genre de réflexion ne lui était jamais venu à l'esprit, mais il était assez rare, à vrai dire, qu'ils rencontrent des gens nouveaux.

« Tu vaux mille fois mieux que quatre-vingt-dix pour cent des gens qui ont toutes leurs capacités, affirma-t-elle, et elle constata, à sa grande suprise, qu'elle le pensait vraiment. Même en ce moment, tu es plus drôle et plus intelligent que la plupart des gens qui seront là. N'oublie pas qui tu es. Reste avec moi, et ils n'y verront que du feu. »

Ed demeura pendu à son bras toute la soirée et personne ne se rendit compte de rien. Le bon côté, avec les fêtes, était que les conversations n'avaient pas besoin d'être très poussées. Si Ed ne répondait pas immédiatement à une question, la faute retombait sur celui qui l'avait posée. Et plus il prenait du temps pour répondre, plus il paraissait intéressant. Ce fut elle qui tint son assiette, ne lui donnant que des bouchées. La lumière tamisée, le bruit ambiant et la foule jouèrent en leur faveur. Dans son costume, Ed était renversant et il fut pour Eileen un atout : son chef discuta longuement avec lui des recherches qu'il avait effectuées.

Mais quand ils se retrouvèrent enfin dans la rue, Ed tremblait tellement que l'on aurait pu le croire en train de faire une attaque. Eileen se rendit compte qu'il avait dû déployer une volonté surhumaine pour faire bonne figure.

Pendant plusieurs jours, il sembla vidé, et peu de temps après, sa maîtrise du langage commença à se détériorer.

20/05/94 : diction atteinte après fiesta à Chelsea.

Quelques mois après que Frank eut fait une attaque, ils allèrent le rejoindre, ainsi que Ruth, au Metropolitan Museum. Frank était dans un fauteuil roulant.

Ils n'étaient arrivés que depuis quelques minutes quand Ruth insista pour s'éloigner un instant, en compagnie d'Eileen. Cette dernière comprenait parfaitement : Ruth se retrouvait avec Frank vingt-quatre heures sur vingt-quatre à présent. Après avoir recommandé à Ed de les attendre sur un banc, elles se rendirent à l'exposition de costumes. Même si Ruth était profondément pragmatique dans sa manière de s'habiller – un cardigan bleu poudré était pour elle une extravagance –, elle afficha un étonnement réjoui devant la beauté des robes élaborées. Le regard d'Eileen resta quant à lui rivé aux plis cascadant de tissus aussi épais qu'un doigt, qui semblaient presque assez grands pour qu'une personne disparaisse dessous.

Lorsqu'elles retournèrent au banc, cependant, leurs maris avaient disparu. Après un moment de panique, Eileen entraîna Ruth vers la galerie principale, où son hypothèse se vérifia : Ed se tenait debout, les mains sur les poignées du fauteuil roulant, devant son tableau préféré, *La Mort de Socrate*, de David. Entre lui et Frank, à peine avaient-ils à eux deux un corps entier qui fonctionnait normalement.

Eileen et Ruth s'approchèrent d'eux en silence.

« Le personnage au milieu, c'est Socrate », était en train de dire Ed. Eileen et Ruth échangèrent un regard. « Et cet homme, avec sa main sur le genou, j'ai oublié son nom. »

« Criton », eut envie de dire Eileen, car elle l'avait entendu le mentionner auparavant, mais elle resta silencieuse.

« Et l'homme, là au bout… Lui aussi, j'ai oublié son nom. »

Platon, pensa-t-elle.

« Tu connais l'histoire ? » Frank dodelinait constamment de la tête. « Ils vont lui donner la coupe. Ils avaient peur de l'influence qu'il avait sur les gens. »

C'était incroyable de voir le nombre de choses dont il se souvenait. Ed poussa Frank plus près du tableau, et Eileen remarqua les yeux du gardien sur eux.

« Regarde ce doigt pointé vers le haut, continua Ed. Il dit : "Je sais qu'il y aura d'autres choses après cela." La coupe est remplie de… de… »

Il cherchait le mot. Frank tenta de le prononcer, en vain. Il bégayait.

« De ciguë », lâcha Ruth d'un ton laconique, tandis qu'elle prenait les poignées du fauteuil roulant à Ed pour sortir de la salle.

11/06/94 : Met. Oubli de Criton, Platon, et de la ciguë.

Ed la suivait dans la cuisine. Il voulait se rendre utile, c'était évident, alors elle lui demanda de couper un navet. Elle surveillait la cuisson d'un plat quand soudain, un grand bruit la fit se retourner. Ed avait planté le couteau au milieu du navet et cognait le tout sur la planche à découper. Connell, qui était assis à la table, plongé dans ses livres de philo afin de préparer ses prochains débats, sauta de sa chaise et lui arracha le couteau des mains.

« Donne-moi ça ! s'écria-t-il. C'est pas vrai ! Qu'est-ce que tu fabriques ? »

Elle entraîna Connell dans la salle à manger.

« Ce sera ma main sur la figure, lui dit-elle, si je t'entends encore une fois parler à ton père sur ce ton. Je me fiche de l'âge que tu as ! »

Ed bouda devant la télévision jusqu'au moment d'aller au lit – à trois heures et demie de l'après-midi.

03/08/94 : A battu aujourd'hui le record de quatre heures en se couchant à trois heures trente.

60

SON PÈRE ÉTAIT PLANTÉ, JAMBES FLÉCHIES, devant la machine à café. Il évoquait tout à la fois un bébé à la couche pleine et un vieux bandit qui aurait été frappé par la foudre alors qu'il traversait le désert. Il portait une cravate, mais à l'envers, la partie plus fine étant placée devant la plus large.

Il secoua le filtre un certain nombre de fois, puis le plaça dans le porte-filtre, pour le positionner et le repositionner avec une vigueur animale alors que celui-ci était pourtant bien à sa place. Connell le regardait, mal à l'aise. Son père s'appliquait, comme si sa vie en dépendait, avec le même air qu'il avait autrefois quand il ponçait ou sciait des planches. Il avait froissé le filtre, de sorte que celui-ci ne pouvait plus rentrer correctement. Connell en prit un nouveau dans la boîte et le positionna. Puis il enleva la cravate de son père pour la lui renouer correctement pendant qu'il souriait docilement, les yeux rivés sur le sol.

Quand sa mère rentra à la maison, Connell alla jusqu'à la voiture pour l'aider à porter les courses. Son père le suivit. Connell nota que sa mère ne donnait pas n'importe quel sac à son père : elle s'assurait qu'ils contiennent seulement des conserves, de la charcuterie sous vide et des boîtes, donc rien qui puisse rouler trop loin par terre ou se casser.

Sa mère prit une boîte de crackers Ritz et l'ouvrit avant d'avoir fini de ranger les courses. Connell ouvrit quant à lui un paquet de chips.

« Je n'arrive pas à m'arrêter de manger, ces derniers temps », dit-il à sa mère.

Tous deux avaient la bouche pleine.

« N'attrape pas la même manie que moi, lui recommanda sa mère. Je mange pour combler le vide. »

Connell se fit alors la réflexion que le vide était la maison elle-même. Cette maison était trop grande, trop vide ; le genre de maison qui vous donnait envie de manger jusqu'à devenir obèse.

Il ressentait le besoin de partir très loin pour l'université. Plus il irait loin, plus il lui serait difficile de revenir. Le prix des billets d'avion serait trop élevé pour qu'il rentre régulièrement chez lui.

Il passa en revue la liste des universités que lui et sa mère avaient élaborée ensemble : Harvard, Yale, Princeton, Columbia, Penn, Williams, Amherst, Johns Hopkins et Georgetown, ainsi que deux solutions de repli, Drew et Fordham. Chaque école de cette liste était à moins de cinq heures de trajet. Il décida de ne postuler à aucune d'entre elles, à l'exception des deux qui figuraient sur la liste de secours, puis il établit une nouvelle liste : Chicago, Northwestern, Notre Dame, Stanford, Rice. Rien de trop petit, dont sa mère n'ait jamais entendu parler ou dont il lui faudrait expliquer les atouts. Rien, en somme, qui puisse la dissuader de payer. Il avait l'intention de lui forcer la main. Il savait que sa mère préférerait le voir intégrer une université préstigieuse, fût-elle à des milliers de kilomètres, plutôt que d'accepter qu'il aille à Drew ou Fordham, et ce même si celles-ci lui proposaient une bourse. Chose qui, d'ailleurs, était loin d'être impossible : il avait les notes, le niveau requis aux examens d'entrée, et il avait fini troisième au club de débats. Mais sa mère préférerait encore prendre à sa charge tous les frais de scolarité et coller sur sa voiture un autocollant « NOTRE DAME ». Elle lui avait d'ailleurs expliqué comment elle comptait payer ses droits d'inscription : avec une sorte de nouvel emprunt – en échange du capital qu'ils détenaient grâce à la maison – et des prêts privés. Et elle avait ajouté qu'elle se débrouillerait pour qu'il n'ait pas à s'inquiéter de devoir rembourser de crédit. Si jamais son plan ne fonctionnait pas, il collerait lui-même l'autocollant « DREW » sur la voiture – car de quel droit pouvait-elle être déçue qu'il fasse ses études là-bas, alors qu'elle-même n'était allée qu'à St. John ?

Il avait la sensation de pouvoir embrasser du regard le monde dans son entièreté. Il allait tout laisser derrière lui. Il était sur le point de renaître, mais complet, cette fois, avec toute la force dont il aurait jamais besoin. Chemin faisant, il inventerait le monde, et il traverserait des milliers d'années en un éclair.

61

CONNELL COURUT POUR ATTRAPER LE DERNIER TRAIN en partance de Grand Central, celui d'une heure trente du matin, mais il venait de s'en aller lorsqu'il arriva sur le quai. Il soupira et donna un coup de pied dans la grande poubelle métallique à journaux.

Quand vous viviez en grande banlieue, rater le dernier train, c'était pénétrer dans un monde de ténèbres, celui d'une ville la nuit. Le temps allait être long d'ici le premier train de cinq heures et demie.

Il préféra ne pas appeler chez lui pour prévenir qu'il ne rentrait pas, même si sa mère lui avait demandé de le faire quelle que soit l'heure. Il se sentait coupable rien qu'à l'idée d'entendre sa voix : il l'avait laissée le matin et n'avait pas pris de ses nouvelles de toute la journée. Mais sa mère avait trop de choses en tête pour devoir en plus gérer des histoires de couvre-feu et de restrictions. Elle comptait simplement sur lui pour ne pas s'attirer d'ennuis. Et il respectait ce marché, tout en sachant qu'elle aurait souhaité qu'il soit davantage présent. Si elle avait fini par s'habituer à le voir revenir tard à la maison, cette habitude la blessait toujours autant. Quand il rentrait à deux heures du matin, il l'entendait parfois l'appeler doucement tandis qu'il passait devant la chambre de ses parents, en haut des marches. Ces derniers temps, cependant, elle avait appris à ne plus lutter contre le sommeil. Il tentait donc sa chance ce soir-là, espérant être de retour avant qu'elle ne se réveille, au matin. Il était plus facile d'éviter le conflit, quel qu'il soit.

Il marcha sur la Quarante-Deuxième Rue pour aller chercher la ligne B, afin de descendre sur West-Fourth Street. Une fille avec laquelle il était brièvement sorti lui avait parlé d'un endroit sur West-Tenth Street appelé Smalls, où elle s'était éternisée une nuit tout entière, une fois. Ils laissaient entrer les mineurs du moment que ceux-ci n'essayaient pas de commander de l'alcool. C'était un club de jazz. Connell ne connaissait absolument rien au jazz, mais c'était mieux que de rester assis dans un *diner* et de devoir batailler pour pouvoir y squatter à une table.

Il paya l'entrée. La salle n'était pas pleine. Il s'assit à une table libre près de la scène, sous les spots, et commanda un Coca. La formation sur scène était composée d'une trompette au son feutré, d'un batteur, d'un piano et d'un sax.

Des visages dans le public lui souriaient chaleureusement. La serveuse ne sembla pas dérangée que son addition ne soit pas plus élevée. Quand le trompettiste acheva un solo, le public fit tomber sur lui une bruine d'applaudissements – un clapotis réconfortant, comme celui d'une pluie d'été sur un climatiseur.

Le public pouvait être constitué de n'importe qui, mais peut-être y avait-il là des gens importants, des décideurs. Et probablement contents de voir un jeune parmi eux – lui attribuant une certaine grâce et une certaine maturité. Connell essaya de se donner un air aussi impliqué que possible, même s'il ne comprenait rien à cette musique, et il joua le numéro du véritable amateur, grimaçant pour montrer toute son appréciation devant une note tenue longtemps.

À mesure que le concert se poursuivait, le public s'éclaircit. Les musiciens semblèrent se détendre. Ils lancèrent un signe de tête à des spectateurs assis près d'eux, parlèrent à quelques-uns. Ils prenaient plus de temps entre chaque morceau. On aurait dit qu'ils jouaient maintenant un jazz différent, un jazz qui aurait eu besoin de macérer plus longtemps.

Alors que les quatre heures du matin approchaient, des gens s'étalèrent sur les banquettes derrière Connell. Les musiciens sur scène changèrent. Son verre de Coca était constamment rempli. La nuit paraissait pleine de possibilités. Le temps était de son côté ; il pouvait faire tout ce qu'il voulait.

Sa famille, endormie à la maison, lui paraissait appartenir à un autre monde. Il était prêt à s'engager auprès de ceux qui luttaient, ceux qui aimaient la vie – ces gens-là seraient ses nouveaux guides.

À cinq heures, la serveuse commença à apporter des plateaux de nourriture. Elle les déposa sur une longue table près de l'entrée. Connell regarda quelques personnes se diriger vers elle.

« C'est pour nous ? demanda-t-il à la serveuse.

— C'est pour qui veut. »

Il n'avait jamais rien vu de tel. D'abord, ils le laissaient rester toute la nuit, et voilà qu'à présent ils lui offraient le petit déjeuner. Il n'y avait rien de très original, mais cela fut à ses yeux si étrange et si inattendu qu'il eut l'impression de se retrouver devant un festin.

Il empila dans une assiette plusieurs petits pains et du beurre, se servit des œufs brouillés, et remplit son gobelet de jus d'orange, impatient de vivre le petit rituel qui consistait à céder sa place dans la file d'attente, ce bref échange d'enthousiasme partagé ; mais l'homme derrière lui se contenta d'attraper un petit pain et d'aller se rasseoir, et personne ne suivait derrière. Connell s'attarda maladroitement, faisant mine de contempler le buffet, jusqu'à ce que la gêne le submerge et qu'il retourne à sa table, la tête baissée, pour prendre un petit déjeuner solitaire.

Quand il rentra chez lui, à sept heures du matin, sa mère était endormie à la table de la cuisine. Des boîtes en fer étaient entassées sur l'îlot central, et il y avait du sucre glace partout par terre. Lui et sa mère avaient prévu de faire ensemble des gâteaux de Noël ce soir-là. C'était une petite tradition à eux. Mais il était sorti avec ses amis dans l'après-midi, n'était jamais reparu et avait complètement oublié tout cela.

Il compta les boîtes : elle avait fait autant de gâteaux que d'habitude. Il souleva le papier cuisson qui recouvrait l'une d'entre elles, et découvrit des gâteaux sur lesquels manquaient les vermicelles en sucre, et d'autres malformés.

Sa mère était voûtée sur la table, la tête entre ses bras croisés, dans une position qui laissait présager un mal au dos à son réveil.

Il la secoua légèrement.

« Maman, dit-il. Monte. Monte te coucher. »

Il lui fallut un moment pour qu'elle se lève avec son aide. Elle y parvint lentement, et elle se dirigeait vers l'escalier quand elle s'arrêta sur le pas de la porte puis se retourna.

« C'est la dernière fois que je t'attends, lui dit-elle calmement, et l'espace d'un instant il sentit son cœur s'arrêter. C'est la dernière fois que je m'inquiète quand tu n'appelles pas. C'est la dernière fois que je m'inquiète pour toi, je te le promets. Tu es libre. »

C'était le soir du réveillon. Dans la chambre de ses parents, la radio était programmée sur la même station de Noël que celle d'en bas, comme si sa mère ne pouvait pas s'éloigner de « Rockin' Around the Christmas Tree » le temps nécessaire pour se changer.

Connell pénétra dans leur salle de bains, et l'odeur des boulettes de viande suédoise laissa la place à celle du savon à la lavande.

Son père avait appliqué sur sa peau une énorme quantité de crème à raser. Il ramassa un rasoir en plastique bleu, l'un de ces rasoirs vendus par paquets, à une seule lame, avec lesquels même un homme plein de dextérité se serait blessé, mais que lui tenait absolument à utiliser. Connell le regarda porter l'instrument de torture à son visage et commencer à se donner des coups de rasoir hasardeux sur la joue. Il préféra partir avant que le carnage commence.

Au rez-de-chaussée, sa mère était en train de vérifier la dinde dans le four.

« Ton père m'a informée qu'il n'aimait pas Noël, qu'il n'avait jamais aimé ça, que j'en fais trop, et que nous sommes dépassés. »

Elle arrosa la volaille avec une poire, et le jus qui tomba à travers la grille atterrit dans le four avec de grands crachotements.

« Toi, tu penses qu'on est dépassés ? »

Tout autour se trouvaient plusieurs plateaux de nourriture, des serviettes pliées, de l'argenterie astiquée, des verres en cristal étincelants, des décorations en abondance, les gâteaux qu'elle avait préparés toute seule, et des montagnes de cadeaux qu'elle avait emballés elle-même.

« Pas toi, non, répondit-il.

— J'essaie de préserver toutes les bonnes choses de Noël. Ça va être dur, quoi qu'il en soit. Il faut savoir tromper son esprit, parfois. »

Connell avait du mal à imaginer comment sa mère supportait le déluge d'inanités qui se déversait de son père. Pour sa part, il n'arrivait même plus à rester dans la même pièce que lui. Son père brutalisait sa mère, et quand vous le mettiez devant ses erreurs, il niait comme un petit garçon. Il exigeait que sa mère se tienne toujours prête à l'assister, et ne lui montrait aucun signe de gratitude en retour.

Quand son père les rejoignit, de petits morceaux de mouchoir ensanglantés étaient collés sur ses joues comme une nuée de moustiques explosés.

« Tu devrais utiliser un autre rasoir, lui dit Connell. Ceux dont tu te sers te coupent le visage.

— Il n'y a aucun problème avec mon rasoir, affirma son père.

— Tu devrais essayer le Mach III.

— Mon rasoir fait très bien l'affaire, répliqua son père entre ses dents, les poings serrés de colère.

— Ou bien un rasoir électrique.

— Pourquoi est-ce que tout le monde me cherche ?

— Personne ne te cherche, intervint sa mère. Il essaye simplement de t'aider.

— Je n'ai pas besoin d'aide. Je m'en sors très bien tout seul.

— Tu utilises trop de crème, insista Connell.

— Espèce de petit ingrat !

— Edmund ! »

Sa mère suivit Connell dans sa chambre.

« Contente-toi de l'aimer, lui dit-elle.

— C'est ce que je fais, assura Connell. Je le sais.

— Toutes ces disputes… elles ne signifieront plus rien dans vingt ans… »

Connell lui coupa la parole.

« Et tout ce que j'endure n'est rien à côté de ce que tu endures, je sais. »

Sa mère sembla réfléchir à ce qu'il venait de dire. Il n'arrivait pas à se souvenir de la dernière fois où elle avait marqué une pause avant de réagir, et il se sentit presque plus mal que quand elle se contentait de se mettre en colère sur-le-champ.

« Il faut que tu réfléchisses bien au genre de personne que tu veux devenir. C'est tout ce que j'ai à dire. Est-ce que tu as pensé à faire un cadeau de Noël à ton père ? »

Connell détourna les yeux.

« Tiens », reprit-elle après être allée chercher son sac à main. Elle lui tendit plusieurs billets de vingt dollars.

« Pour quoi faire ?

— Va au centre commercial. Prends-lui un rasoir électrique, si tu t'inquiètes tellement pour lui. »

Le matin de Noël, après lui avoir offert son rasoir, Connell entendit son père l'utiliser. Mais lorsque ce dernier sortit de la salle de bains, il tenait un Bic à la main.

« Cette fois, on dirait bien que je ne me suis pas coupé.

— Tant mieux, répondit Connell. Alors, ça t'a plu, le rasoir électrique ?

— Je ne m'en suis pas servi.

— Je t'ai entendu le faire marcher.

— Tu n'as rien entendu du tout. »

Son père affichait un air indigné.

« Si, je l'ai entendu, insista Connell.

— Tu ne sais pas de quoi tu parles. » Son père brandit le Bic dans sa direction. « C'est ça que j'ai utilisé.

— Impossible. Je l'ai entendu. »

Sa mère soupira, puis le coupa sèchement.

« Est-ce que tu peux laisser ton père tranquille ?

— D'accord, d'accord. » Connell alla se chercher de la glace dans le congélateur. « En fait, non. Tu sais quoi ? Tu dis n'importe quoi !

— Attention ! l'avertit sa mère.

— Je l'ai entendu, ce rasoir. Pourquoi est-ce qu'il ne veut pas le reconnaître ? Pourquoi est-ce que tu ne veux pas le reconnaître, papa ? C'est débile.

— Je me suis servi du Bic.

— C'est faux !

— Je m'en suis servi comme ça. » Son père approcha le rasoir de son visage et commença à racler ses joues sèches avec. Il grimaça, mais continua. « Comme ça.

— Arrête ! cria sa mère. Arrête, arrête ! »

Connell s'approcha pour lui retirer le rasoir des mains. Mais son père recula et essaya de lui donner un coup avec le rasoir, tandis qu'une goutte de sang restait accrochée à son menton. Connell l'esquiva de justesse.

« Ed ! hurla sa mère.

— C'est bon ! lâcha Connell. Tu as utilisé le Bic ! »

Il tenta d'arracher le rasoir à son père, mais celui-ci le fit tomber par terre, lui attrapa ensuite le poignet et le tordit jusqu'à lui faire mal.

« C'est bien ce que je disais, fit son père.

— Est-ce que tu voudras bien utiliser l'autre pour moi, papa ? Parce que c'est Noël. Je te l'ai offert pour Noël.

— Bien sûr. » Son père desserra sa prise. « L'autre quoi ?

— Le rasoir que je t'ai offert.

— Je l'ai déjà utilisé, lui répondit son père en souriant. Il marche à merveille. »

Connell regarda le rasoir par terre. Il ressemblait à une pièce à conviction sanguinolente. Son poignet lui faisait toujours mal. L'idée le traversa de ramasser le rasoir et de le brandir à son tour sous le nez de son père.

« Content qu'il te plaise, dit-il tout bas.

— C'était un super cadeau, affirma son père en se frottant le menton puis en regardant avec curiosité le sang sur sa main. Un super cadeau. Tu es un bon garçon. »

Connell vit le visage de sa mère se tordre tandis qu'elle se tournait pour faire la vaisselle. Elle semblait retenir ses larmes.

« Est-ce que, s'il vous plaît, nous pourrions maintenant passer Noël dans la joie et la bonne humeur ? demanda-t-elle. Est-ce que nous pourrions oublier tout ça et passer un bon Noël ? »

62

AU BEAU MILIEU D'UNE PUBLICITÉ POUR LA SAINT-VALENTIN, son père se leva et sortit de la maison sans son manteau. Il était déjà arrivé au milieu de l'allée quand Connell le rattrapa.

« Où est-ce que tu vas ?

— C'est la Saint, la Saint-Va, la Saint-Valentin. Je vais aller chercher une carte de la Saint-Valentin pour maman.

— On pourra y aller en voiture quand elle sera rentrée. Il gèle dehors. »

Son père continua son chemin vers la rue. Connell l'appela en vain, puis courut chercher leurs manteaux à l'intérieur avant de le rattraper de nouveau. Son père marchait d'un pas décidé tout en frissonnant. Connell réussit à peine à l'arrêter pour lui enfiler son manteau.

« Je viens avec toi, lui dit-il. Ralentis. »

Ils marchèrent jusqu'en ville, fouettés par le vent. Connell saisit son père par le coude et le conduisit à la papeterie, au rayon des cartes de Saint-Valentin. Son père se mit à les prendre toutes une par une et les empila dans sa main.

« Attends, papa. »

Connell posa une main sur son épaule pour le calmer.

« J'en ai besoin, dit son père, essoufflé.

— Laisse-moi t'aider. »

Connell lui prit la pile de cartes, puis l'emmena devant celles destinées aux épouses.

« Tu peux choisir de là à là », indiqua-t-il en dessinant un rectangle avec son doigt.

Son père se retrouva rapidement avec une nouvelle pile. À nouveau, Connell s'empara des cartes.

« Tu veux que j'en choisisse une bien pour toi ?

— Oui ! » cria son père avec enthousiasme.

Connell en remarqua une où il était inscrit en relief : *« Pour mon épouse bien-aimée »*, en écriture cursive, au-dessus d'un bouquet de fleurs. À l'intérieur se trouvait l'une de ces phrases génériques qui lui faisaient se demander comment les gens pouvaient acheter des choses pareilles. Mais c'était probablement le genre de cartes que ses parents s'étaient échangées par le passé et, par ailleurs, il n'avait pas envie de pinailler. Il la lui tendit.

« C'est très joli, déclara doucement son père. Très joli. »

Tant qu'à être là, Connell se dit qu'il ferait aussi bien d'en prendre une pour Kaitlin. Il choisit un modèle qui, étrangement, traduisait plus ou moins ce qu'il ressentait pour elle, mais il lui faudrait atténuer la sincérité de ce message par une pointe d'humour, pour rendre moins embarrassant le moment de lui offrir la carte ; alors il en acheta une autre également, humoristique.

63

ELLE AIMAIT ALLER AU STARBUCKS PRÈS DE LA GARE. Il y avait eu des protestations quand il avait ouvert ; Häagen-Dazs avait jusque-là été la seule exception à l'embargo décrété par la Ville contre les chaînes de magasins. Elle ne voyait aucune raison de snober le Starbucks, cependant. Elle aimait le style à l'italienne du bâtiment, le toit en tuiles, le bois véritable. Le patio avec ses tables lui rappelait l'une des places qu'elle avait vues lors d'un voyage en Italie avec Ed. Parfois, elle prenait son café là, sur cette terrasse, et regardait les travailleurs se diriger vers la gare et les chiens de race tirer leurs maîtres au bout de la laisse, mais la plupart du temps elle s'installait à l'intérieur.

Elle y allait les samedis, pour s'éloigner d'Ed pendant une demi-heure. Elle ne gravitait pas là-bas en quête d'une de ces discussions caféinées, elle s'y rendait parce qu'il était acceptable de s'asseoir au milieu d'inconnus dans un tel endroit, et parce que l'ordre y prévalait : la file d'attente avançait rapidement, les pâtisseries étaient alignées nettement derrière la vitrine, et les odeurs plaisantes de mousse de lait et de grains de café moulu imprégnaient l'air. La musique ne cassait jamais les oreilles, et les conversations que l'on pouvait y surprendre ne méritaient jamais que l'on tape du poing sur la table. Là-bas, on ne retrouvait pas l'ambiance des cafés plus petits, avec leurs conspirations intimes, et c'était justement ce qu'elle aimait. Là-bas, elle n'avait pas ce sentiment de passer à côté de quelque chose. Les gens étaient comme des îles, même quand ils s'asseyaient ensemble. Elle aimait que, quelle que fût la fréquence à laquelle elle y allait, les employés ne semblaient jamais la reconnaître. Elle ne voulait pas tant être seule, mais plutôt qu'on la laisse seule. Et puis elle pouvait y rester aussi longtemps qu'elle le souhaitait.

Elle s'était assise à l'intérieur, avec le *Times* qu'elle avait apporté de chez elle. Son regard ayant dérivé des pages ouvertes jusqu'à la table voisine, elle se rendit compte que la femme assise là était en train de pleurer. Elle était plus jeune, trente-cinq ans peut-être, et elle n'était pas vilaine, avec ses cheveux tirés en une queue-de-cheval bien propre et son tailleur près du corps. Pourtant, elle avait les mains glissées sous les cuisses et tout son torse était secoué par de lourds sanglots. Eileen essaya de lire, mais elle ne put se retenir de la regarder avec un étonnement embarrassé. Les sanglots redoublaient. Les gens assis aux tables voisines s'échangeaient des regards. Un homme leva les sourcils en regardant Eileen, comme pour dire : *Vous arrivez à le croire ?* Tout se passait comme si des eaux calmes avaient été dérangées par l'arrivée d'un animal sauvage.

L'idée la traversa de se lever et de partir, mais elle resta assise, paralysée. Elle avait encore cinq bonnes minutes avant de devoir rejoindre Ed à la maison. Cette femme attendait-elle qu'ils réagissent ? Était-elle censée lui dire : « Quoi qu'il vous arrive, tout va bien se passer » ? Était-elle, elle, une totale étrangère, censée la presser contre sa poitrine et lui assurer : « Là, ça va aller, laissez votre chagrin sortir » ? Peut-être était-ce la chose à faire – la seule chose à faire. Mais comment savoir si tout allait bien se passer ? Pouvait-elle lui faire de telles promesses ?

Elle décida de se replonger dans son journal. Du coin de l'œil, elle vit la femme se lever et sortir pour se diriger vers Pondfield. Elle eut l'envie soudaine de partir après elle, mais elle ne voulait pas donner à penser qu'elle la connaissait.

Elle attendit une minute, puis elle se leva à son tour, jeta la moitié de son gobelet et quitta le café.

Dehors, dans l'air frais, Eileen sentit sa détermination flancher. Elle se dirigea vers sa voiture, sur le parking de la gare. Mais elle avait à peine atteint la première rangée de véhicules qu'elle fit volte-face et se mit à courir vers Pondfield. Elle ne se souvenait pas de la dernière fois où elle avait couru ainsi. Elle doutait de retrouver la femme, mais au moins, elle l'aurait cherchée. Alors qu'elle courait, elle aperçut son reflet dans la vitrine d'une boutique : elle avait l'air gauche et ridicule avec son corps fatigué, lancée à la poursuite d'une personne aussi sans-gêne, d'autant qu'elle n'avait pas la moindre idée de ce qu'elle lui dirait si elle réussissait à la rejoindre.

Une fois à l'angle de Park Avenue et de Pondfield, elle regarda partout autour d'elle. Un peu après le drugstore, elle repéra la femme qui marchait vers la gare. Elle savait ce qu'elle lui dirait : une fois parvenue à sa hauteur, elle lui demanderait si elle pouvait l'aider de quelque manière que ce soit. Et elle ajouterait : « Vous n'êtes pas la seule à ressentir ça. »

Elle se précipita à sa suite, le cœur battant à toute allure. Cependant, quand elle arriva à quelques mètres de la femme, qui avait maintenant dépassé le restaurant Cravens, elle ralentit afin de ne pas avoir l'air d'une folle lorsqu'elle commencerait à lui parler. Elle n'était plus qu'à un ou deux mètres d'elle, à présent. Elle prit une grande respiration.

Et elle dépassa la femme en pressant le pas, et tourna à l'angle du pâté de maisons pour faire une boucle jusqu'à sa voiture. Puis, elle marcha sans se retourner. Une fois arrivée cependant, elle se ravisa et décida de faire le tour du pâté de maisons en voiture pour voir si elle réussissait à la retrouver. Elle pourrait toujours se garer sur une place, sortir, marcher jusqu'à la femme et rester plantée là en silence s'il le fallait, si elle ne se résolvait vraiment pas à lui parler. Elle resterait tout simplement à côté d'elle ; cela l'aiderait peut-être un peu.

Elle aperçut la femme non loin de l'endroit où elle l'avait dépassée. Elle hésita une seconde, mais poursuivit finalement sa route. Dans sa honte et son embarras, elle n'emprunta pas son chemin habituel pour rentrer chez elle. Quoi qu'il fût arrivé à cette femme, il lui faudrait y faire face seule. La vie était comme ça, parfois : elle vous obligeait à affronter seul votre douleur. Prétendre le contraire n'avait aucun sens.

64

CONNELL ALLAIT BIENTÔT PARTIR POUR L'UNIVERSITÉ. Sa mère lui avait demandé de sortir avec son père pour la journée. Les cages de batteur et les practices de golf, ces endroits qu'ils avaient fréquentés pendant des années, appartenaient désormais au passé, et il n'y avait pas de match au Shea Stadium. Il emmena son père au Metropolitan Museum, faute de trouver autre chose à faire avec lui.

Le hall du musée était envahi de gens venus s'abriter de la pluie.

« On dirait la salle d'attente d'une gare », lança son père, et la pertinence de sa remarque prit Connell par surprise.

Il fut soudain renvoyé à une autre époque, des années plus tôt, quand tous les deux s'étaient retrouvés tout en haut de l'escalier du Met, prêts à y pénétrer.

« C'est ce qui est bien dans ce pays, lui avait dit son père en tripotant des pièces dans sa main. Ce que j'ai là est plus que suffisant pour nous faire entrer. » Il avait tendu les pièces à Connell. « Les philanthropes de jadis, ces hommes visionnaires et déterminés, ont laissé quelque chose aux gens. Dire que l'on peut voir toutes ces œuvres sans prix et payer selon notre bon vouloir ! »

Son père avait quand même payé le prix suggéré.

Connell le conduisit tout en haut de l'interminable escalier. Ils restèrent debout devant un tableau intitulé *Le Gulf Stream*, qui montrait un homme seul sur le pont d'un petit bateau au mât cassé, comme un plateau entre deux énormes vagues au milieu de l'océan, encerclé par des requins. L'homme était allongé, en appui sur un coude, et affichait un calme olympien, ou résigné.

« Homère, lâcha son père.

— Tu connais ?

— C'est l'un de mes préférés. Quand j'étais gamin, j'avais découvert un livre sur lui à la bibliothèque d'Union Street. Je ne savais pas qui il était. J'aimais seulement l'image sur la couverture. J'ai gardé ce livre pendant des mois.

— Je ne savais pas. »

Connell fut abasourdi que son père se souvienne de ses préférences esthétiques. Il songea avec un pincement au cœur à tous les après-midi qu'ils avaient passés à des étages différents de la maison. Il voulait, un jour, être une personne capable de quitter son propre chemin pour trouver ce qui rendait les autres heureux.

« Il vivait dans le plus grand dénuement, expliqua son père. Je me demande bien comment il s'est dépêtré.

— Qui ? demanda Connell. Homère ? Ou le type sur le bateau ? »

Son père se contenta de hocher la tête.

« Heureusement que les artistes sont là, déclara-t-il. Sinon, nous n'aurions rien. »

Connell éclata de rire.

« Peut-être pas, quand même », dit-il.

La pluie faisait comme un rideau quand ils sortirent. Les mains de son père tremblaient. Connell l'attrapa sous l'aisselle et l'escorta jusqu'en bas de l'escalier trempé, tandis que l'averse les fouettait de toutes parts.

En bas des marches, son père s'arrêta net, ce qui le contraria. Connell n'aspirait qu'à une chose : échapper à ces gouttes piquantes. Dans le gris épais de l'avenue, il pouvait à peine distinguer le visage de son père derrière sa capuche dégoulinante et ses lunettes trempées.

« Ça va ? lui demanda-t-il, et il aperçut un sourire furtif sur ses lèvres.

— C'est beau, dit son père.

— Quoi donc ?

— Ça, répondit-il, avec un geste de la main. Tout. »

Connell était allé dans le bureau de son père pour chercher du ruban adhésif, quand il le trouva assis là, le nez levé vers ses diplômes. Certains livres au bout des étagères étaient tombés, et Connell les redressa. Une fine couche de poussière recouvrait tout.

Quelques heures plus tard, lorsqu'il rapporta le ruban adhésif, il découvrit son père dans la même position. Il pensa d'abord qu'il s'était endormi, à tort ; il était réveillé et fixait toujours le mur du regard. Connell lui demanda à quoi il pensait.

« Quel travail ça a dû être d'obtenir tout ça ! » lui dit son père.

Sa mère était au travail lorsqu'il fut temps pour Connell de partir en train à l'aéroport : il devait s'envoler pour Chicago. Il avait espéré qu'elle prendrait sa journée. Il glissa un sac en toile militaire sur ses épaules, attrapa son sac à dos et se mit en route. Son père se rendait justement à l'église, alors ils firent le chemin jusqu'à la gare ensemble.

En traversant la passerelle d'autoroute qui surplombait la Sprain Brook Parkway, Connell regarda le flot de voitures qui s'y engouffraient dans les deux sens et pensa à quel point une carte des routes et des autoroutes, quand elle incluait les petites voies comme celle-ci, ressemblait à une carte des rivières ou à une illustration du système circulatoire. Il s'arrêta et les contempla un moment. Il était à nouveau saisi par l'une de ces idées vagues qu'il ne parvenait pas à formuler complètement. Ces notions nébuleuses deviendraient plus précises lorsqu'il serait à l'université, où il se dépouillerait de ses oppressantes habitudes, des fausses conclusions de sa biographie, et projetterait la lumière de la raison pure sur l'expérience.

Ils atteignirent le pont qui surplombait la Bronx River, à quelques rues de la gare, et cette fois ce fut son père qui s'arrêta. Il se pencha par-dessus le muret. Connell pensa d'abord que l'esprit de son père se mettait simplement à dériver, mais il se demanda ensuite s'il n'était pas en train de reproduire ce que lui-même avait fait quelques minutes plus tôt ; alors il posa par terre l'un de ses sacs et tira sur la manche de son père tandis que les voitures passaient à côté d'eux à toute vitesse.

« Papa ! » cria-t-il d'une voix plus exaspérée que ce qu'il voulait. Son père secoua la tête et pointa l'eau du doigt, en contrebas. « Qu'est-ce qu'il y a ? Qu'est-ce qu'il se passe ? » hurla encore Connell, puis il vit, sur un rocher, une grenouille qui se prélassait au soleil.

Peut-être était-ce son coin habituel. Peut-être que son père l'avait déjà vue là et avait pensé à regarder par là de nouveau. Il semblait content que Connell ait été avec lui pour la voir. Il frappa dans ses mains, et la grenouille sauta dans la rivière, laissant des ondulations à la surface de l'eau.

Connell n'était plus qu'à quelques mètres de la gare quand il vit le train de douze heures vingt-trois arriver sur le quai. En courant, il pouvait l'avoir. Mais, à cause de la chaleur, son père était pâle et voûté et il semblait vaciller sur ses jambes. Connell décida de prendre le train d'après, celui de douze heures cinquante-cinq, ou même le suivant ; il lui restait encore du temps pour attraper son vol.

Il conduisit son père sous les voies, jusque chez Slave to the Grind, le café qu'il avait fréquenté tout l'été.

« Deux jus frappés », demanda-t-il quand ils arrivèrent au comptoir.

Il se sentit bête après avoir prononcé ces mots, mais si son père le remarqua, il ne sembla pas s'en soucier. Connell acheta un muffin à partager, puis il emmena son père jusqu'à une table du fond, où ils burent et mangèrent en prenant leur temps.

« Je suis désolé de partir aussi loin, dit Connell.
— Amuse-toi, répondit son père. Étudie ce que tu veux.
— Tu vas me manquer.
— Oublie ça. Vis ta vie. »

Dehors, de la chaleur s'élevait des voitures, et le soleil tapait dans le ciel sans nuages. La ville vibrait, emplie de l'énergie de fin d'été. Il restait vingt minutes avant le train de treize heures vingt-trois.

« Ça ira, pour rentrer tout seul ? »

Son père hocha la tête. Ils ressortirent du café.

« Tu n'es pas allé à l'église, finalement.
— C'était tout aussi bien », affirma son père en pointant du doigt le café.

Connell le regarda s'éloigner pour aller acheter le journal ; puis il s'assit à l'ombre, sur un banc en béton frais, et tira un livre de son sac à dos. La pensée de son père marchant seul pour regagner la maison vide ne cessait de le distraire. Il n'avait lu qu'une seule page quand la sonnerie annonça l'approche du train ; mais, dans son empressement à ranger le livre et attraper ses bagages avant son arrivée, il parvint alors à oublier complètement son père.

65

UN MATIN D'OCTOBRE, alors qu'Eileen allumait la télévision, l'écran resta sombre. Le réparateur ne pouvait pas venir immédiatement, et elle était obligée de partir travailler. Elle laissa Ed sur le canapé, sachant qu'il n'aurait rien d'autre à faire que rester là, à ruminer. Comment allait-il passer sa journée, sans la télévision pour le distraire de ses pensées ?

Elle fut quasiment incapable de travailler. Elle dut l'appeler au moins une demi-douzaine de fois. Chaque fois, il lui répondait précipitamment mais ne disait presque rien, comme s'il devait retourner à on ne savait quelle tâche.

Quand elle rentra, elle le trouva installé exactement à la même place, sur le canapé. Était-il possible qu'il soit resté assis là pendant neuf heures d'affilée ? Elle alla vérifier le micro-ondes et le réfrigérateur. Il s'était levé au moins pour manger. Des traces d'urine sur le sol des toilettes lui donnèrent un étrange élan d'espoir. Elle était contente d'avoir téléphoné et de l'avoir fait se lever.

Une autre journée s'écoula de la même façon, puis le réparateur arriva enfin, au matin du troisième jour, avant qu'elle parte travailler.

Il suffisait juste de reprogrammer quelque chose sur le téléviseur et le boîtier du câble. En payant le réparateur, elle lui donna un pourboire de quarante dollars.

« Si jamais j'ai à nouveau besoin de vos services, faites-moi passer en priorité s'il vous plaît. » Elle essaya de se donner un air enjoué pour cacher son désespoir. « Nous ne pouvons pas vivre sans télé, dans cette maison ! »

66

CONNELL RESTA ÉVEILLÉ TOUTE LA NUIT afin d'essayer de finir *Crime et châtiment* à temps pour son cours. Au petit matin, tandis qu'il luttait contre la fatigue et que sa conscience disloquée lui donnait l'impression d'être atteint, comme le disait si bien le livre, d'une « fièvre cérébrale », l'histoire se chargea d'une atmosphère diabolique, qui le ramena à son expérience personnelle. Cette histoire, cet effondrement psychique, pouvait être celui de n'importe quel étudiant confronté à une trop grande pression, ou tout au moins de n'importe quel jeune éloigné de chez lui et plongé dans le froid sibérien.

À neuf heures du matin, il s'allongea pour se reposer les yeux cinq minutes. Une seconde plus tard, lui sembla-t-il, le réveil affichait dix heures cinquante et il courait à toutes jambes pour ne pas arriver en retard à son cours de onze heures. À nouveau, il se réjouit d'avoir choisi une chambre individuelle, car si le bâtiment qui abritait la plupart de ces chambres était étonnamment laid, il se trouvait être le plus proche du campus.

Après s'être habillé à la hâte, il dévala l'escalier, sautant cinq ou six marches à la fois pour atterrir brutalement sur le palier. Il traversa à toute vitesse la cour du bâtiment – conçu par l'architecte d'une prison, et qui paraissait avoir été réalisé entièrement en béton – et s'émerveilla, comme il le faisait chaque jour, du violent contraste que celui-ci provoquait face à l'élégance néogothique du reste du campus. Il avait encore manqué le petit déjeuner, et avec deux cours à la suite, il allait également rater le déjeuner. Il avait sauté tellement de repas qu'il ne pouvait presque plus faire la différence entre ses crampes d'estomac dues à la faim et celles relevant de la culpabilité. Quand il mangeait, c'était souvent au Medici, au Florian ou au Salonique, car les étudiants de son cours de théâtre avec lesquels il traînait fréquentaient ces endroits avant et après les répétitions. Ils investissaient une table et s'y asseyaient à tour de rôle tout au long de la nuit.

Connell passa en courant devant Rockefeller Chapel et arriva dans la cour. Cette course folle à travers le campus lui avait coupé le souffle ; il atteignit Cobb Gate complètement haletant. Il y avait eu un temps où cette course aurait été pour lui un jeu d'enfant, mais en décidant de se concentrer sur la vie de son esprit, il avait cessé de prêter attention à son corps. Un choix noble selon lui, sauf quand il examinait les preuves de sa dégradation physique : sa masse musculaire avait considérablement fondu. Il était long et dégingandé, trop mince à présent. Au lieu de gagner les six kilos que tout le monde prenait à son âge, il avait dû en perdre dix. Il avait l'air d'un drogué, même si, en réalité, il avait toujours eu trop peur d'essayer la moindre substance illicite : non seulement son père avait été chercheur dans ce domaine, mais en plus, à travers sa maladie, il avait eu sous les yeux un exemple criant des effets destructeurs de la chimie sur le cerveau. Cela suffisait pour qu'il ne veuille rien faire qui puisse endommager le sien ; mais bien sûr, le manque de sommeil était aussi nocif que toutes les drogues du monde. La drogue la plus forte qu'il avait jamais prise était la caféine ; il buvait du café à longueur de journée, ce qui le rendait nerveux la plupart du temps.

Il avait une coupe de cheveux plus fournie sur le dessus, tout droit sortie des années 1950, et ses lunettes étaient grosses, en plastique, épaisses, semblables à un accessoire de scène. En fait, avec l'arrivée de l'hiver, de nombreux étudiants paraissaient avoir copié la météo pour s'inventer un personnage : vif, astringent, éclairant, avec des passages intermittents de chaleur frénétique.

Connell s'arrêta devant Cobb Gate pour reprendre son souffle et regarda les infatigables fumeurs, assis par tous les temps sur le grand banc de pierre circulaire en forme de bouche, tirant sur leurs Gauloise et leurs Lucky Strike, toujours sans filtre, afin d'aspirer toujours plus vite la nicotine dans leurs poumons. Mais, avec les nuages de condensation qui s'échappaient des lèvres à cette saison, tout le monde sur le campus avait l'air de fumer.

Arrivé dans la salle, Connell prit place à la table ronde et fut réveillé quelques instants plus tard par la classe qui le fixait. Le professeur l'avait interpellé pour qu'il commente le motif du meurtre de Raskolnikov, au-delà de la simple explication philosophique. Connell déclara qu'il se demandait si Raskolnikov n'était pas confronté à des problèmes de type œdipien. Son père était mort ; une incommensurable pression pesait sur lui pour qu'il réussisse, et qu'il fasse vivre sa sœur et sa mère. Il avait sa propriétaire sur le dos, sorte de figure maternelle de substitution. Et peut-être que la prêteuse sur gages elle-même incarnait une forme de métaphore de tous ses sentiments inexprimés.

Son professeur, un Russe américain avec une barbichette méphistophélique, eut un sourire amusé. Cela s'était déjà produit auparavant – les élucubrations de Connell ponctuées par de soudains éclats de perspicacité. Soit son professeur possédait une qualité insaisissable, le prétendu esprit russe, soit il avait été, comme lui, privé de sommeil à un moment de sa carrière. Quoi qu'il en soit, quelque chose lui permettait de prendre l'étrange désinvolture de Connell comme l'expression d'une implication véritable. Il aurait sans doute été plus dur avec lui si Connell n'avait pas lu le livre. Mais s'endormir ainsi en classe, au vu et au su de son professeur, et se réveiller en sursaut pour avancer une piste que les autres étudiants peinaient à entrevoir, même si dans leurs regards se lisait le mépris ou la pitié, cela semblait constituer aux yeux du professeur la manière naturelle d'étudier Dostoïevski.

Connell n'avait pas pu s'empêcher de sombrer, car il ne dormait jamais assez. Il piquait du nez debout, parfois même au beau milieu d'une conversation. S'il s'appuyait trop longtemps contre un mur, ses jambes se dérobaient. Il y avait trop de choses à lire, et les discussions dans lesquelles il se trouvait plongé duraient souvent très tard le soir. Les oiseaux de nuit allaient peu à peu se coucher, mais lui continuait inlassablement.

Il profita de l'interclasse pour sortir prendre l'air. Debout devant le bâtiment, il repéra un professeur qu'il voyait tout le temps avec son fils, un petit garçon roux qui devait avoir dans les quatre ou cinq ans. Il les regarda marcher à travers le campus, main dans la main, le professeur gesticulant pour montrer quelque chose à l'enfant, et tous les deux s'arrêtant pour observer un écureuil dévaler le couvercle doucement incliné d'une poubelle et atterrir avec fracas sur des conteneurs à plastique.

Connell aurait voulu que son père soit à ses côtés. Ils auraient pu partager un appartement en dehors du campus. Son père se serait promené dans les environs pendant la journée, puis ils se seraient retrouvés pour dîner. Son père aurait pu aussi le suivre jusqu'à ses cours. Et même s'il avait toujours affirmé que les campus, dans leur esprit en tout cas, étaient globalement les mêmes, et que la différence entre les institutions se mesurait davantage en degrés qu'en types, il aurait adoré ces laboratoires à la pointe de la technologie, ces étudiants brillants et leur persévérance, car il n'avait jamais eu l'opportunité d'arpenter un campus tel que celui-ci.

Après son second cours, Connell retourna dans sa chambre afin de travailler un peu, puis il alla dîner et se rendit à sa répétition. Il avait décroché le rôle d'Orlando dans *Comme il vous plaira* – son expérience au club de débats lui avait conféré un certain brio rhétorique. Le problème était qu'il ne savait être personne d'autre que lui-même, et il n'était déjà pas sûr de cela, alors il scrutait les autres étudiants pour en saisir les traits et se construire à partir de là une personnalité. Il se plaisait à penser que tout le monde procédait ainsi, mais quand il lui arrivait de rencontrer l'un de ces jeunes hommes vigoureux, détendus, dont le personnage, au sens héraclitéen du terme, semblait sculpté dès la naissance, il se sentait bête et coupable. Le fait que le personnage qu'il jouait dans *Comme il vous plaira* soit un peu naïf était une bonne chose, car il pouvait se permettre d'avoir le souffle court et de se montrer légèrement submergé sur scène sans attirer les soupçons.

Ils avaient passé une semaine à chorégraphier les scènes de combat, seule partie de la pièce qu'il maîtrisait parfaitement. Connell n'avait pas fait de sport depuis des mois – ou était-ce une année tout entière, à présent ? –, mais il possédait toujours une énergie nerveuse, et exécutait les cabrioles avec une facilité qui contrastait avec le reste de sa performance. Son père aurait aimé le voir répéter ses scènes de combat. Il aimait les films de pirates, et ceux sur la Seconde Guerre mondiale, avec des gars côte à côte au combat, unis face au danger.

La troupe se rendit ensuite au Medici. Connell se retrouva plongé dans une conversation animée sur la nature du libre arbitre. Plusieurs personnes s'étaient entassées sur une banquette, le plaquant contre le mur. Les filles, dont Jenna – avec qui il était sorti quelquefois et qui était en passe de devenir sa petite amie exclusive –, faisaient l'éloge d'un technicien auquel ses talents de menuisier conféraient une réalité positive concrète dans l'arène abstraite de la vie du campus.

Remonté par une interminable série de cafés, Connell était en train de manger une assiette de raviolis et de jouer négligemment avec l'un des sachets de sucre quand il eut soudain une perception du temps et de l'espace si aiguë qu'elle lui fissura l'esprit. Tout d'un coup, il vit devant ses yeux la chaîne de mains à travers laquelle ce sachet était passé pour atterrir entre les siennes. Il vit la canne à sucre pousser, être récoltée, raffinée. Il vit sa transformation. Il était sur le point d'en arriver au produit fini. Mais il vit le futur, également : le sachet se dirigeant vers la décharge, se décomposant dans la terre, se désintégrant. D'abord ce sachet n'avait pas existé, puis il s'était retrouvé entre ses mains et il finirait dans un sac-poubelle, prêt à être ramassé.

Les autres acteurs étaient à présent plongés dans une sorte de débat sur Williams, O'Neill et Miller ; Connell était à la fois là et pas là. Il pensait : *Le Sucre Domino. Papa a fabriqué le sucre qui se retrouvait dans des sachets comme celui-ci. Papa a eu entre les mains des sachets comme celui-ci, il y a longtemps.* Il voyait son père regarder vers l'avenir et distinguer les contours flous d'une vie, d'une épouse, d'un enfant. Son père qui serait mort et enterré. Comme lui-même. Tandis que le sucre continuerait d'être fabriqué.

Il voulait appeler son père pour partager avec lui ses pensées enfiévrées ; mais, même en de meilleures circonstances, ses pensées n'auraient eu de sens pour personne – son père moins que tout autre, vu son état de santé à présent. Malgré tout, Connell avait l'envie dévorante de faire partager sa pensée, une pensée qu'il sentait déjà glisser de son esprit. À ce rythme-là, il n'aurait même pas le temps de se tourner vers son voisin de table pour essayer de la lui expliquer. Alors, tandis qu'il serrait le sachet de sucre dans sa main, il tenta de se forger une image de son père jeune homme, debout au milieu de la fumée blanche, un bloc-notes à la main, et il transmit sa pensée à ce jeune homme, où que celui-ci se situe dans l'espace et dans le temps. Puis il déchira le sachet, versa son contenu dans sa tasse et le regarda se dissoudre.

La metteuse en scène de la pièce s'était fiée à son apparence et s'était trompée. Mais comment aurait-elle pu savoir que cette façade était justement tout ce qu'il possédait ? Il était capable d'affronter les gens, de faire des déclamations d'une voix de stentor ; cependant, la seule raison qui expliquait cette capacité à avoir l'air jeune et insouciant était qu'il se trouvait bloqué à l'intérieur de lui-même, et conscient de l'être – c'etait la seule chose qu'il pouvait dire avec une réelle conviction à propos de lui-même – ; ceci n'était pas un rôle.

Le lendemain matin, Connell se réveilla de nouveau en retard et dévala les marches, mais cette fois, en atterrissant sur le palier, il sentit quelque chose claquer. Il boita jusqu'à sa classe et ensuite, jusqu'à l'hôpital. Ce soir-là, quand il arriva à sa répétition avec des béquilles et un pied cassé, il eut l'impression que la metteuse en scène avait attendu ce moment depuis longtemps. Il n'y avait pas de doublure, bien entendu, alors Connell assuma son rôle malgré tout. Ils durent chorégraphier de nouveau les scènes de combat – son compagnon de scène et lui les avaient élevées à un tel niveau que quelqu'un suggéra qu'une fois Connell remis sur pied une représentation spéciale devait être organisée, laquelle consisterait exclusivement à montrer ces scènes de lutte – et ils optèrent pour des combats à mains nues.

D'une certaine manière, Connell se sentait plus en sécurité avec ses béquilles. Il dut s'entraîner à marcher sur scène avec. Cette nouvelle sollicitation lui permit d'oublier qu'il lui fallait se souvenir de ses répliques, et il parvint à se passer de son livre juste avant la première représentation. Qu'il se soit cassé le pied relevait du hasard pur, mais il était plutôt bon d'imaginer qu'il ne s'agissait peut-être pas d'un hasard après tout – qu'un ordre régissait sa vie, que les éclairs mystiques de sa vision, née de ce sachet de sucre qu'il avait regardé fixement dans un restaurant bruyant, l'avaient connecté à une vérité de l'Univers. Il était agréable de considérer la possibilité qu'il s'était réellement échappé dans le temps et l'espace avec son père, simplement parce qu'il avait été capable de le concevoir en regardant des cristaux se dissoudre dans son gobelet de café.

Il fallait qu'il se souvienne de passer un coup de fil à son père.

67

APRÈS LA MESSE DE ONZE HEURES, ils allèrent se balader dans le quartier, puis se rendirent chez Food Emporium. Ils recevaient les Coakley à dîner, et Eileen avait besoin de faire quelques courses. Mais alors qu'ils franchissaient la première porte automatique pour sortir du magasin, Ed s'arrêta au beau milieu de l'entrée et se mit à crier : « Non ! Non !

— Pas maintenant, lui répondit-elle. Nous devons retourner à la maison.

— Pas avec elle ! hurla-t-il. Police ! »

Elle le tira par la main d'un coup sec, mais il s'accrocha à un panneau de la porte pour se retenir. Dieu sait comment, il parvint à ne pas lâcher les sacs en même temps.

« On doit y aller, dit-elle. S'il te plaît !

— Pas avec toi ! Police ! Police ! »

Elle tira plus fort. Ed trébucha et se jeta par terre. Le melon qu'il portait tomba de son sac et roula dans la rue. Impossible de le faire bouger. Au début, les gens lui lancèrent des regards curieux tout en passant, mais quelques-uns finirent par s'arrêter, bouche bée, puis un petit groupe se forma tandis qu'Ed continuait à appeler la police. Eileen répondait par des sourires gênés aux badauds qui se massaient autour d'elle. Des employés du supermarché sortirent. Quelqu'un avait dû appeler la police, car, un instant plus tard, deux officiers écartaient la foule.

« Police ! répétait frénétiquement Ed quand ils arrivèrent.

— La police est là, lança-t-elle, désespérée. Tu peux arrêter de hurler. »

Sa montée de colère ne plaida pas en sa faveur. Elle leur expliqua qu'elle était son épouse, mais les cris incessants d'Ed les poussèrent à lui poser des questions. Une femme qu'Eileen n'avait jamais vue auparavant, à l'allure soignée et portant un gros manteau en daim, s'avança dans la foule et déclara qu'elle savait qui elle était.

« Je la vois de temps en temps, dit la femme à voix basse, comme pour minimiser leurs liens. À l'église. Elle s'occupe de lui. Il ne s'agit pas d'un abus. »

Eileen fut soulagée, mais elle sentit un grand poids l'écraser, en songeant à la vision que les gens avaient d'elle désormais. Les policiers se radoucirent. L'un d'eux ordonna aux derniers badauds de se disperser, pendant que l'autre demandait à Eileen quel était le problème d'Ed, et si elle avait besoin d'appeler quelqu'un pour l'aider. Dans sa confusion, aucun nom ne lui vint à l'esprit, pas un seul voisin, pas un seul ami.

« Vous n'avez personne à appeler ?

— Je ne connais personne qui habite par ici. » Voilà tout ce qu'elle trouva à dire, à son plus grand étonnement.

Les policiers échangèrent un regard, comme si on attendait d'eux qu'ils déplacent les livres de toute une bibliothèque. Puis ils attrapèrent Ed et l'escortèrent jusqu'à la voiture.

Une fois rentrée à la maison, Eileen appela les Coakley pour annuler. Ed délirait. Il disait qu'il ne mangerait plus jamais ce qu'elle préparerait. Finalement, elle réussit à le convaincre d'aller dans leur chambre, où il s'endormit.

« C'était chouette, hein ? demanda-t-il quelques heures plus tard, quand elle le réveilla pour lui donner son médicament. On a passé une sacrée bonne journée !

— De quoi tu parles ?

— C'était chouette, non, cette journée ? »

Après le dîner, il se remit aussitôt au lit. Eileen retourna dans la cuisine et ouvrit le vin qu'elle avait acheté pour le dîner avec les Coakley. Elle avait demandé conseil au caviste, car au cours des dernières années Jack Coakley avait appris à déguster le vin et était devenu – il lui avait appris le mot – un « œnophile ». Le caviste avait tendu à Eileen ce bordeaux dont elle ne connaissait pas l'étiquette, en lui disant qu'il était rond en bouche, avec des tannins puissants mais crémeux, un éventail d'arômes fruités, et une note finale fumée. Elle avait acquiescé, tâchant de ne pas paraître trop perdue. Ce vin coûtait plus cher que ce qu'elle avait prévu de dépenser ; elle avait d'abord envisagé d'en prendre un autre, moins coûteux et qu'elle connaîtrait, mais le caviste l'avait regardée avec un tel air – comme s'il la jugeait – qu'elle avait malgré tout emporté la bouteille jusqu'à la caisse.

Une fois qu'elle l'eut presque vidée, elle appela Cindy.

« J'ai failli aller en prison, raconta-t-elle. Et lui, tu sais ce qu'il me dit ? "C'était chouette, non, cette journée ?" » Elle vida son verre et conclut : « C'est la meilleure bouteille que j'aie jamais bue. »

Elle raccrocha et entreprit de manger tout ce que son réfrigérateur contenait de nourriture – les entrées qu'elle avait préparées pour le dîner, les restes de la semaine, le gâteau confectionné le matin même.

Elle sentait les frissons annonciateurs d'un mal de crâne imminent. Les migraines étaient la raison pour laquelle elle se tenait à l'écart de l'alcool. Elle voyait ce qui en faisait l'attrait, cependant : la faculté d'évacuer les préoccupations du moment, de perdre le contrôle de soi et de ne plus penser qu'à se servir le verre suivant. La possibilité d'oublier. L'oubli était une chose merveilleuse.

68

SE RETROUVER FACE À LA FOULE ET AU FROID n'était peut-être pas une bonne idée – Ed était plus sensible au froid que jamais, et l'excès de stimulation pouvait lui faire piquer des colères –, mais Eileen ne put s'en empêcher : même s'ils y étaient allés chaque année lorsqu'ils vivaient à Jackson Heights, elle n'était pas retournée voir les vitrines de Noël sur la Cinquième Avenue depuis qu'ils avaient emménagé à Bronxville. Elle ne voulait pas les rater encore une fois.

Elle se gara dans un parking près des magasins. Elle s'attendait à devoir traîner Ed à travers la foule, ce mur d'humanité, mais il ne se plaignit pas et la suivit de bonne grâce tandis qu'elle le faisait avancer.

Ils commencèrent par Lord & Taylor. « Jingle Bells » se déversait par une enceinte, cachée là-haut, et dans la première vitrine des personnages tournaient sur eux-mêmes et s'agitaient mécaniquement, dans un tableau muet et infatigable d'un matin de Noël. Un garçon bougeait de haut en bas, ses bras tendus comme dans une danse cosaque, pendant qu'il contemplait le miracle de sa nouvelle bicyclette ; une fille balançait son nouveau baigneur d'avant en arrière comme un avion miniature ; et leur père tirait encore et encore sur une chaussette accrochée à la cheminée. Ed donna une grosse tape sur l'épaule d'Eileen.

« C'est formidable, non ? lui lança-t-il dans un élan d'enthousiasme, le plus improbable qu'elle ait jamais vu depuis le début de leur mariage. Regarde ! Regarde ! »

Il en fut de même à la vitrine suivante, puis à toutes les vitrines, de Fortunoff jusqu'à Macy's. Son émerveillement enfantin ne faiblit jamais, et son expression n'était chargée d'aucune appréhension alors qu'elle le menait jusqu'à la file d'attente enguirlandée suivante.

Plus tard, au lit, elle fut déçue de ne pas être capable de se souvenir de la moindre scène. À la place, elle se rappelait seulement l'immense sourire d'Ed et les reflets des vitrines illuminées dans ses lunettes.

Connell téléphona le jour suivant pour dire qu'il ne rentrerait pas pour Noël. Il avait décidé de passer ses vacances chez sa nouvelle petite amie. Il lui avait déjà donné la même excuse à Thanksgiving.

« Qui est cette fille ? Thanksgiving, et maintenant Noël ? Il va falloir que tu nous la présentes.

— Tu la verras, dit-il, à sa grande surprise.

— Eh bien, répondit-elle, ton père sera certainement déçu d'apprendre que tu ne viens pas. »

Elle décida d'annuler la petite fête du réveillon qu'elle avait prévue. Ed ne verrait pas la différence ; ils pourraient manger des surgelés et regarder la télévision. Elle aurait mis son plan à exécution si son cousin Pat n'avait pas appelé peu après qu'elle eut raccroché avec Connell pour dire que lui, Tess et leurs filles pourraient finalement se joindre à eux. Pat était toujours comme un frère pour elle. Il venait autrefois chez ses parents chaque année pour décorer le sapin de Noël avec son père, et il lui rappelait tellement celui-ci ! Quand elle lui confia combien elle était bouleversée que Connell ne rentre pas à la maison, il lui déclara qu'ils arriveraient le samedi 23 et resteraient pendant tout le week-end.

« Les filles t'aideront aux préparatifs, ajouta-t-il. Elles pourront faire la cuisine, le ménage. Tout ce que tu voudras. »

Elle aurait dû être touchée, mais ce n'était pas ce qu'elle avait prévu ; et tout ce qu'elle voulait, c'était qu'une chose, juste une, se passe exactement de la façon dont elle l'avait prévu.

Ed fut présent pour accueillir Pat, Tess et les filles, mais quelques minutes plus tard, au moment de passer à table pour le déjeuner qu'elle avait préparé, il disparut à l'étage. Elle le trouva assis sur la banquette, près du lit, l'air perdu.

« Tu comptes descendre un jour ?

— Cette femme en bas, répondit-il. Je sais que je suis censé la connaître. Qui est-elle ?

— Tu veux dire Tess ?

— C'est comme ça qu'elle s'appelle ?

— Tess. Oui.

— D'accord », fit-il en se levant.

Tandis qu'ils se dirigeaient vers la porte, prêt à descendre, il l'arrêta.

« Ne lui dis pas que je ne la connais pas.

— Mais tu la connais.

— Ne lui dis pas.

— Je ne le ferai pas. Je t'assure.

— Bien.

— Tu te souviens de son nom ?

— Ne me teste pas.

— Ce n'est pas un test, dit-elle. J'essaye de t'aider. »

Il resta planté là, à réfléchir.

« C'est quoi ? demanda-t-il après un moment.

— Tess.

— J'ai dit : "Ne me *teste* pas."

— Non, répliqua-t-elle en riant. Ce n'est pas un test ! Tess. Tess, c'est son prénom. »

Il le répéta plusieurs fois.

« Et je la connais d'où, déjà ?

— C'est la femme de Pat. »

Il avait l'air embêté.

« Pat, ton cousin Pat ?

— Oui, répondit-elle, de nouveau incapable de s'empêcher de rire.

— Pourquoi est-ce que tu ne l'as pas dit plus tôt ?

— Tu sais qui est Pat ?

— Ton cousin Pat ? lança-t-il, comme si c'était elle qui ne comprenait rien. Bien sûr que je le sais.

— Bien sûr que tu le sais », dit-elle en réprimant cette fois son rire.

Elle remonta ses lunettes sur son nez et le conduisit en bas.

Le matin venu, Ed alla chercher le journal, et Eileen fut soulagée de ne pas l'avoir à la maison pendant un moment. Elle avait beaucoup à faire pour la fête, même si ses nièces étaient là pour l'aider. Il faisait inhabituellement chaud ; Ed pourrait peut-être aller s'asseoir sur le banc devant le supermarché.

Elyse coupa les pommes de terre et Cecily astiqua l'argenterie. Eileen leur montra à toutes deux comment préparer une quiche. La musique de Noël donnait un rythme à leurs mouvements, une ponctuation joyeuse, et tandis qu'elle dirigeait les filles, elle se souvint de la joie avec laquelle Ed, à l'époque où il ne mettait pas encore ses écouteurs, se campait dans le salon, dirigeant un orchestre symphonique de sa baguette imaginaire. Elle aimait le voir s'exciter tout seul. Elle aimait le voir rire de son comportement ridicule.

Elle était suffisamment contente pour réussir, ou presque, à oublier que Connell n'était pas à la maison. En regardant Elyse et Cecily travailler avec une telle ardeur, elle se demanda ce que cela aurait pu être d'avoir une fille à la place d'un garçon. Les filles ne s'en allaient pas comme le faisaient les fils. Les filles de ses amis ne semblaient jamais déménager à plus de dix kilomètres de leur mère.

Ed était parti depuis une heure trente, mais étant donné son allure, il n'était pas déraisonnable de penser qu'il était encore en train de vaquer, et de toute manière elle s'amusait bien. Un peu plus tard, cependant, lorsque Tess demanda :

« Où est passé Ed ? », Eileen commença à craindre, non pas qu'il lui soit arrivé quelque chose, mais plutôt qu'il se soit perdu. Voilà ce qui arrivait quand elle s'autorisait à se faire plaisir.

« Il a dû s'arrêter chez Topps, la pâtisserie du quartier, après avoir acheté le journal, dit-elle. Ils le gâtent, là-bas, mais je ferais mieux d'aller à la rescousse de la pauvre vendeuse. Ed resterait là-bas toute la journée si on le laissait faire. »

Elle descendit lentement Palmer Road en voiture, s'arrêtant devant les vitrines pour regarder à l'intérieur des boutiques, se sentant comme une criminelle à épier ainsi. Elle fit le tour de la ville. Ed n'était sur aucun des bancs. Le froid s'était intensifié depuis qu'il était parti ; le vent s'était levé. Elle regrettait à présent d'avoir cédé à la vanité, aussi bien celle d'Ed que la sienne, et de ne pas lui avoir fait mettre le bracelet Medicalert : il errait dans les rues sans rien pour expliquer sa situation.

Elle roula ensuite le long de Kimball Avenue pour refaire le tour par les petites rues, dans lesquelles il aurait pu se perdre. Lorsqu'elle arriva à Midland, elle vit un homme approcher d'une voiture au feu rouge, sous le pont autoroutier de Cross County, en agitant les mains ; elle mit une seconde à réaliser qu'il s'agissait de son mari. Elle enclencha ses feux de détresse, puis descendit du véhicule et marcha vers lui. Quand il l'aperçut, Ed se mit à applaudir. Elle le tira par la manche. Une Mercedes bleu clair klaxonna et ralentit en passant devant eux. Au départ, Eileen eut peur qu'il s'agisse d'un voisin, et elle fut soulagée de constater que cet homme à la chevelure grise lui était inconnu. Cependant, peut-être que lui savait qui elle était ? Allait-il raconter cette scène au dîner, en rentrant chez lui ?

Elle était trop en colère pour parler. Elle essaya d'imaginer la perturbation qu'Ed avait dû causer depuis son arrivée à l'intersection. Combien de temps cela avait-il duré ? C'était une chance que la police ne soit pas intervenue.

Quand il fut installé sur le siège du passager, elle lui boucla sa ceinture puis retourna au volant avant de dire quoi que ce soit.

« Qu'est-ce que tu fabriquais aussi loin de la maison ? demanda-t-elle finalement.

— Tu m'as trouvé. Pas la peine d'en faire un plat. Allons-y.

— Tu t'es perdu ? Est-ce que tu étais désorienté ? »

Ed regarda ses pieds. Elle remarqua que ses semelles se décollaient. Il avait besoin d'une nouvelle paire de chaussures, ou au moins qu'elle porte celles-ci chez le cordonnier. C'était aussi le genre de détail qu'elle négligeait. Son secret, cependant, cette pensée honteuse qu'elle cultivait de plus en plus fréquemment ces derniers temps, était qu'Ed ne le remarquait pas, de toute manière.

« J'essayais d'aller au centre commercial.

— Non, mais enfin ! cria-t-elle. Dis-moi la vérité. Est-ce que tu t'es perdu en essayant de rentrer à la maison ?

— Non. »

Il secoua la tête.

« J'ai besoin de savoir, Ed.

— Je voulais aller t'acheter quelque chose.

— Nous avons déjà parlé de ça. Tu t'en souviens ? Toi et moi, nous ne nous faisons pas de cadeaux cette année. C'est plus simple comme ça.

— Pas pour Noël, répondit-il.

— Pour quoi, alors ?

— Pour notre anniversaire. »

Il étendit la main et regarda son alliance.

« Le soir de la Saint-Sylvestre, dit-il.

— Nous nous sommes mariés le 22 janvier, Edmund.

— Mais nous nous sommes rencontrés le soir de la Saint-Sylvestre. »

Elle resta silencieuse. Elle voyait déjà le regard préoccupé de Tess quand ils rentreraient à la maison. Ce regard dirait, de la manière la plus significative qui soit : *Pourquoi l'as-tu laissé sortir, d'abord ?*

Ed était recroquevillé sur le siège du passager.

« Il faut qu'on rentre, dit-elle. Tout le monde est très inquiet. »

Ils étaient presque arrivés quand elle tourna la tête et le vit, agrippé à son portefeuille.

« Je n'avais pas d'argent, de toute manière », dit-il.

Elle n'avait rien glissé dans son porte-monnaie depuis un moment. Elle avait aussi pris ses cartes, pour empêcher quiconque de profiter de lui.

Elle fit demi-tour, retourna au centre commercial, et se gara devant Macy's. Elle sortit son propre porte-monnaie de son sac à main. Un billet de cent dollars apparut tout à coup, ainsi que quelques billets de un.

Donner du liquide à un homme, c'était prendre le risque de remuer chez lui des émotions. Mais elle avait appris à désamorcer cette bombe à retardement, pendant les années de retraite de son père, quand elle vivait encore au domicile de ses parents. Lorsque Ed lui tendit son portefeuille, elle plia le billet de cent d'un geste brusque et sommaire, comme si elle lui administrait une piqûre contre la grippe.

Ils entrèrent dans le centre commercial. Après lui avoir dit qu'elle l'attendrait au rayon des sacs à main, elle le regarda s'éloigner d'un pas tranquille. Il s'arrêta pour parler à une vendeuse, qui lui indiqua la direction de l'escalator. Alors qu'il commençait à monter, cramponné des deux mains à la rampe de caoutchouc, regardant par-dessus comme s'il s'agissait de la rambarde d'un bateau, elle décida de le suivre à distance. Elle le pista jusqu'au rayon femmes. Elle s'était imaginé qu'il jeterait sur son épaule une robe après l'autre dans un élan de frénésie, mais il parcourut le rayon avec résolution, comme un gros chat traquant sa proie, et examina les robes sans les toucher. Il passait de portant en portant, prenant, à l'évidence, des décisions rapides, et s'arrêta enfin devant une rangée de robes alignées sur le mur du fond. Pendant qu'il les examinait, elle fit semblant de regarder des vêtements de l'autre côté du rayon. Une vendeuse s'approcha de lui mais il la congédia. Eileen trouvait les robes qu'il regardait complètement démodées et, comme s'il avait lu dans ses pensées, il se dirigea vers le portant voisin. Après avoir balayé du regard ce qui lui était proposé, il attrapa une robe. Le vêtement brillait sous la lumière ; le motif était de bon goût, la coupe élégante. Il fit signe à la vendeuse de revenir, en brandissant la robe devant lui comme une bannière dans une parade.

Eileen observa de loin l'étrange échange entre Ed et la vendeuse. Lorsqu'il lui tendit son portefeuille, la jeune femme parut gênée mais resta patiente. Elle le tint d'un air perplexe pendant qu'il fouillait désespérément dans le compartiment où ses cartes de crédit auraient dû se trouver. Furieux, il lui reprit des mains le portefeuille et en retira un morceau de papier qu'il donna à la fille.

La vendeuse hocha la tête et revint avec une robe apparemment identique. Ed avait dû écrire sa taille sur le morceau de papier ; Eileen pouvait imaginer l'effort qu'il avait dû fournir pour se souvenir de ce détail. Néanmoins, il y avait peu de chances pour que le chiffre soit exact : elle avait besoin d'un 42 à présent.

Tandis qu'Ed s'approchait de la caisse, elle prit soudain conscience que la robe devait coûter bien plus que cent dollars. Elle accourut. Ed allait être furieux, mais pour l'heure c'était le cadet de ses soucis. Elle lui tapa sur l'épaule. Il se retourna d'un bond, surpris, et laissa échapper un petit cri. Quand il se rendit compte qu'il s'agissait d'elle, il cria plusieurs fois son nom, tout excité. Il irradiait littéralement.

« Tiens, c'est drôle de te voir ici, lança-t-elle.

— Tu aimes ? » demanda-t-il.

La fille, qui s'était composé un sourire béat, lui tendit la robe pour qu'elle l'examine.

« C'est très joli », répondit-elle.

Elle jeta un coup d'œil à la taille de la robe : 40. Il était plus proche de la réalité que ce qu'elle avait pensé.

« Je t'aime bien en bleu », dit-il.

La simplicité de cette déclaration lui serra le cœur. Il n'était pas furieux qu'elle ait interrompu sa transaction. Seul un désir brut de faire plaisir semblait l'animer. Il se faisait dépouiller de sa fierté, de son ego ; se voyait ruiné, détruit. Mais il s'adoucissait, également.

« Nous allons payer avec ça. »

Elle tendit sa carte de crédit à la vendeuse avant qu'Ed ait pu rouvrir son portefeuille, posé sur le comptoir. En échange, la vendeuse lui rendit le petit papier cartonné sur lequel Ed avait inscrit : « *Taille d'Eileen* », puis un gros « *38* » barré, et remplacé par un « *40* ». Quand Ed lui tourna le dos, Eileen prit un stylo et barra le « *40* » pour écrire un « *42* » à la place, en imitant son écriture du mieux que possible. Elle reviendrait et échangerait la robe pour la taille au-dessus. Elle glissa à nouveau le papier dans le portefeuille d'Ed et rangea le billet de cent dollars dans le sien. Il n'y avait aucune raison pour qu'il se promène avec un aussi gros billet.

Les McGuire et les Coakley ne purent pas venir pour ce Noël-là. Ils avaient de bonnes excuses – les Coakley parlaient depuis des années de partir en Arizona afin de rendre visite au frère de Cindy, et la nièce de Frank, qui vivait dans le Maine, venait d'avoir un bébé –, mais le fait qu'ils ne fassent pas plus d'efforts pour rester en ville contraria un peu Eileen. Ils s'étaient comportés d'une manière si étrange avec Ed ces derniers temps, les femmes se montrant hésitantes, les hommes volubiles et impersonnels, qu'ils étaient probablement soulagés d'avoir une bonne raison de partir. Eileen avait l'impression d'être sortie de la catégorie des épouses ordinaires pour entrer dans une autre, plus rare : celle des veuves dont les maris étaient toujours vivants.

À une heure du matin, elle et Tess étaient encore en train de tout ranger. Juste au moment où il lui semblait qu'elle avait échappé à une soirée sans incident majeur, Ed se réveilla et sortit de la chambre. Il se mit à faire les cent pas dans le couloir de l'étage, à hurler et à balancer violemment les bras. Impossible de lui imposer le silence. Un par un, leurs invités cessèrent de faire semblant de dormir et émergèrent de leurs chambres – Pat, Tess, les filles, et la tante Margie qui avait décidé de rester. Pat tenta d'intervenir, galvanisé par une gravité toute masculine, mais Eileen l'en empêcha et, à la place, autorisa Tess à l'aider.

Le lendemain matin, il n'y eut aucun déballage frénétique de cadeaux ; les filles offrirent les leurs avec une langueur détachée. À mesure que Connell grandissait, Eileen avait fait tout son possible pour entretenir le rituel du matin de Noël ; elle essaya d'insuffler de l'enthousiasme aux filles, mais leur épuisement prit le dessus. Elles conservèrent cette attitude morne durant le petit déjeuner, couvant de leurs mains leur tasse de café et ne touchant pas aux montagnes de nourriture. Elle pensa : *Connell a bien fait de ne pas rentrer.*

Tandis qu'elle grattait la poêle pour jeter à la poubelle les œufs brouillés, elle résolut de passer malgré tout encore au moins un dernier vrai Noël, avec tous les attributs et les cérémonies qui y étaient attachés. Et, la prochaine fois, il y aurait la grosse étoile verte au sommet du sapin. Cette année, elle ne s'était pas sentie en sécurité lorsqu'elle était arrivée sur la dernière marche de l'escabeau et s'était penchée par-dessus les branches, et elle n'allait certainement pas demander son assistance à Ed pour monter là-haut et accrocher cette étoile à sa place ; le temps que Pat arrive, elle avait eu autre chose à lui demander et avait oublié de lui en parler. Lorsqu'elle s'était assise pour le dîner, cependant, la seule chose à laquelle elle avait été capable de penser, en dehors de sa crainte qu'Ed ne l'embarrasse, avait été le sommet de ce sapin qui lui apparaissait comme une tumeur, même s'il se trouvait hors de vue, dans le salon. Elle le voyait parfaitement dans son esprit. Elle n'avait pas réalisé à quel point il était important pour elle que cette étoile couronne la scène qu'elle avait agencée avec tant d'attention. Quand les lampes s'éteignaient, l'étoile lui lançait des clins d'œil, de son vert émeraude au charme désinvolte qui semblait vous aimanter. L'année prochaine, elle aurait besoin de Connell pour l'installer là-haut. Après cela, il ne serait plus obligé de venir s'il ne le souhaitait pas. Elle ferait en sorte que ce prochain Noël soit suffisamment parfait pour que son effet perdure jusqu'à la fin de sa vie sur Terre.

CINQUIÈME PARTIE

Le désir est plein de distances infinies

1996

69

PAULA COOGAN, QUI AVAIT EMBAUCHÉ EILEEN au North Central Bronx, s'en alla pour un autre hôpital et Eileen découvrit, surprise et atterrée, que sa remplaçante n'était autre qu'Adelaide Henry, une femme qu'elle avait supervisée bien des années plus tôt à l'Einstein Hospital. Adelaide ne tarda pas à affecter Eileen au service de nuit, au prétexte qu'elle avait besoin d'une personne de sa trempe pour prendre en charge ces horaires-là, mais c'était sans doute plutôt pour essayer de la faire partir, à cause d'un sentiment d'insécurité peut-être, ou d'un désir de revanche. Eileen se rappelait avoir été dure avec Adelaide, mais seulement parce qu'elle avait remarqué son potentiel et n'avait pas voulu le gâcher, d'autant que les cadres qui décidaient des promotions étaient plus exigeants avec elle étant donné qu'elle était noire.

Si Adelaide voulait se débarrasser d'elle en la mettant au service de nuit, cependant, elle n'y parviendrait pas : Eileen était décidée à s'accrocher envers et contre tout pour arriver au bout des deux années qui lui permettraient de conserver sa couverture maladie. Et le service de nuit était en réalité une bénédiction, car lorsque le soleil déclinait, Ed allait au lit et n'en bougeait plus ; et comme l'obscurité commençait à lui faire peur, même s'il se relevait, ce n'était jamais pour sortir de la maison. En dehors de la possibilité qu'il laisse le gaz ouvert, Eileen avait donc très peu de raisons de s'inquiéter pendant la nuit, et elle pouvait aussi se glisser sous la couette avec lui en fin d'après-midi, se réveiller à vingt-deux heures et être au travail une heure plus tard. Ce système fonctionnait mieux que ce qu'elle aurait jamais espéré : elle n'avait à payer personne pour rester avec lui ; elle pouvait s'en occuper quand elle rentrait à la maison le matin, et dormir selon ses besoins.

Mais peut-être avait-elle confié à la mauvaise personne que le travail de nuit lui convenait bien, ou peut-être n'avait-elle pas fait assez semblant d'être dépassée, car au bout d'un mois elle fut réaffectée au service de jour. Elle parvint à se débrouiller en laissant Ed seul à la maison pendant un bon moment, mais l'idée qu'il pouvait se perdre l'inquiétait, d'autant qu'il était maintenant connu des services de police. Elle voulait le garder à la maison avec elle aussi longtemps qu'elle le pouvait.

Elle demanda autour d'elle, à l'hôpital, si quelqu'un connaissait une bonne infirmière à domicile qui accepterait de travailler sans être déclarée. On lui indiqua une fille, une Jamaïcaine robuste et sociable dotée d'une impressionnante chevelure. Elle semblait parfaite pour cette tâche jusqu'au jour où elle mit Eileen en retard en arrivant elle-même en retard, à cause de son bus. Le trajet de la fille comprenait deux changements et une longue marche ; Eileen ne balaya donc pas son excuse immédiatement. Par ailleurs, elle n'était pas en position d'agir sur un coup de tête, pas sans un plan de secours. Mais elle lui donna un avertissement ; puis un autre, quand cela se reproduisit, soit un de plus que ce qu'elle aurait donné à n'importe quelle infirmière de son équipe. La troisième fois, elle la renvoya, mais à ce moment-là elle avait déjà trouvé quelqu'un pour la remplacer.

La deuxième fille arrivait à l'heure, mais un jour, Eileen rentra plus tôt chez elle et trouva Ed dans le fauteuil du salon, où il ne s'asseyait jamais, en train de se triturer les mains comme un chimpanzé pendant que la fille était étendue sur le canapé, à regarder une série Z et à bavarder dans leur téléphone sans fil. Eileen lui fit remarquer que tenir compagnie à Ed faisait partie de son travail, lui donnait l'impression d'être un être humain. La semaine suivante, elle rentra à nouveau de bonne heure. La fille était encore pendue au téléphone, dans le patio cette fois. Elle lui paya sa semaine entière, même s'il restait encore quatre jours, et lui dit de ne pas revenir.

Les choses auraient été plus simples si elle avait pu rester à la maison et surveiller Ed elle-même. Même après trente ans de carrière – et vingt-cinq en tant que chef d'équipe –, elle était plus compétente que toutes ces jeunettes. À l'époque où elle gravissait les échelons, l'attention apportée aux patients avait été la préoccupation numéro un. À présent, les infirmières avaient d'autres choses à l'esprit.

Elle recruta une troisième infirmière, mais dès sa première heure d'essai elle eut un mauvais pressentiment. La jeune femme ne parvenait pas à calmer suffisamment Ed pour lui donner à manger, et elle arrivait à peine à le soulever des toilettes. Mais il était dur de trouver une aide de qualité, sachant qu'elle ne pouvait y mettre des sommes faramineuses, alors elle l'embaucha malgré tout – jusqu'à ce qu'elle l'appelle à son travail pour lui dire qu'Ed était tombé et qu'elle n'arrivait pas à le remettre debout.

Une infirmière était censée pouvoir soulever des poids plus lourds qu'elle, comme un sauveteur ou une fourmi. La fille semblait vigoureuse, mais chez certaines personnes la faiblesse n'était pas toujours détectable : elle était tapie quelque part et donc invisible.

Trois infirmières en quatre mois. Eileen n'avait plus la patience d'en essayer une autre. Alors, au lieu de remplacer la troisième fille, elle donna à Ed la stricte consigne de ne pas ouvrir à des inconnus et de ne plus quitter la maison. Puis elle pria pour qu'il obéisse, au moins jusqu'à ce qu'elle ait trouvé une solution.

Elle finit par céder, et alla chercher le bracelet MedicAlert. Si les gens voulaient regarder Ed comme un invalide, elle n'avait plus la force de les en empêcher.

70

ELLE NE SUT COMMENT, mais sa vieille amie Bethany avait entendu parler de ce qu'il arrivait à Ed et avait retrouvé son numéro de téléphone. Elle l'avait appelée pour lui offrir son aide.

Bethany avait été sa collègue lors de ses débuts à Einstein. Peu après qu'Eileen avait fait sa connaissance, Bethany s'était mariée au directeur d'une société et avait cessé de travailler, mais elles étaient restées en contact pendant quelque temps, aidées par le fait que la fille de Bethany, Teresa, avait l'âge de Connell. Chaque été, Eileen, Ed et Connell se rendaient dans la maison de Bethany au bord de la mer, à Quogue, pour y passer quelques jours. Au milieu des années 1980, cependant, quand Walt, le mari de Bethany, avait pris un poste chez Pepsi, ils avaient déménagé à Purchase, vendu leur maison de vacances et disparu de la circulation.

À présent, Bethany vivait non loin, à Pelham ; elle et Walt avaient divorcé. Teresa avait abandonné le lycée en classe de première et était partie à Los Angeles avec son petit ami, acteur.

« Walt en a le cœur brisé, lui confia Bethany. Moi, je ne veux que le bonheur de Teresa. J'ai essayé de la convaincre de me laisser lui rendre visite. J'hésite à débarquer là-bas à l'improviste. »

Bethany appela Eileen chaque jour, cette semaine-là, pour prendre des nouvelles, et Eileen accueillit cette attention avec gratitude, étant donné que la plupart de ses amis l'avaient abandonnée. Elle s'était toujours bien entendue avec Bethany, qui avait un sens de l'humour franc, tout jamaïcain, et pouvait mettre à l'aise n'importe qui. Eileen avait besoin d'un peu plus de franchise dans sa vie. Les amis qui étaient restés proches d'elle marchaient sur des œufs chaque fois qu'il s'agissait d'aborder le sujet d'Ed.

Elle invita Bethany à prendre le thé. Cette dernière lui raconta qu'elle était devenue gourou durant les années qui avaient suivi son divorce.

« J'avais sans doute ça en moi bien avant, remarqua-t-elle en riant. Ça a d'ailleurs peut-être joué dans le divorce. Walt ne faisait pas exactement des pieds et des mains pour que je l'éclaire. »

Elle sortit une photo de Walt, geste qu'Eileen trouva étrange. Elle n'arrivait pas à comprendre pourquoi Bethany la portait encore sur elle. Walt n'avait pas pris une ride, comme si la nourriture jamaïcaine de Bethany avait préservé sa jeunesse. Bethany lui montra également une photo de Teresa, prise avant son départ. Elle n'était alors qu'une gamine, elle portait encore un appareil dentaire.

Puis Bethany expliqua à Eileen qu'elle s'était prise d'intérêt pour la guérison par la foi et que son guérisseur invoquait un esprit appelé Vywamus.

« Tu devrais venir avec moi un jour, ajouta-t-elle. Ça te plaira peut-être.

— Je ne suis pas intéressée par les religions vaudou, lui répondit Eileen.

— Ce n'est pas du vaudou, répliqua Bethany. Et ce n'est pas une religion. » Elle éclata de rire. « Je vais te laisser tranquille pour cette fois. Mais je peux être très insistante quand je le veux. » Elle rit à nouveau. « Je serais capable de te harceler jusqu'au bout du monde. »

Eileen rit également, même si elle ne put s'empêcher de se sentir légèrement contrariée. Elle versa une nouvelle tasse de thé pour dissiper la tension.

Bethany facilita leur amitié en lui rendant souvent visite. Un mardi soir, alors qu'Eileen s'apprêtait à préparer un dîner sur le pouce, elle apparut ainsi à la porte de derrière et lui annonça qu'elle voulait l'emmener quelque part.

« Il faut que je m'occupe d'Ed, lui répondit Eileen. Je ne peux pas sortir.

— Il ne lui arrivera rien. Allez, viens. »

Eileen annonça à Ed, qui était couché avec le poste de télévision allumé, qu'elle s'absentait puis elle suivit Bethany dans l'escalier de derrière.

« Où est-ce qu'on va ?

— Surprise. »

Eileen était en fait contente de sortir, et touchée par l'attention de son amie qui savait qu'elle avait besoin de faire une pause. Elle imaginait un restaurant bondé, ou un café bourdonnant de conversations.

Bethany avait l'air heureux. Elle portait une tunique coquelicot et avait mis un coup de blush rouge sur ses joues foncées, ainsi que du rouge à lèvres. Une main sur l'appui-tête d'Eileen, elle fit marche arrière dans l'allée.

« On va dans quel coin, alors ? lui demanda Eileen aussi innocemment qu'elle le put. Tu m'as intriguée, là.

— Je veux que tu gardes l'esprit ouvert », lui dit Bethany.

Alors qu'elles arrivaient sur Midland Avenue, Eileen comprit que Bethany ne l'emmenait pas à une bonne table, ni faire une virée shopping : elles se rendaient sur son lieu de culte.

« Oh non, protesta Eileen. Non, non ! »

Bethany sourit de toutes ses dents.

« Je sais, déclara-t-elle, puis elle partit d'un rire franc. Mais ce n'est pas comme tu penses. C'est relaxant et amusant. Tu vas adorer ces femmes, j'en suis certaine.

— Je t'ai dit que je n'étais pas intéressée par ces choses-là, rétorqua Eileen, mais Bethany continua à rouler, et elles se retrouvèrent bientôt à Pelham.

— Il n'y a pas à avoir peur, assura Bethany en posant une main sur celle d'Eileen. Tu ne sais pas encore ce que tu penses de ça. »

Eileen regarda longuement le visage étroit de Bethany et ses yeux marron trop rapprochés, sa peau qui n'avait pas vieilli en dix ans. Elle eut de la peine pour elle, d'avoir besoin de toute cette esbroufe. Elle irait, juste cette fois. Ce serait comme une faveur qu'elle rendait à son amie, et un exercice d'ouverture d'esprit, comme lorsqu'elle avait assisté à un petit déjeuner à Disney World, entourée de personnages, pour le plaisir de Connell qui avait quatre ans : il s'agissait alors de la meilleure chose à faire.

À l'intérieur de l'appartement, des femmes installées en cercle les accueillirent. Eileen s'assit et se joignit à elles, puis une autre femme surgit d'une pièce voisine – la médium, à l'évidence. Elle était petite, pas plus d'un mètre cinquante-cinq, et ses cheveux semblaient délibérément mal coiffés, comme pour faire la preuve de l'authenticité de son ascétisme. Elle s'assit sans cérémonie et ses yeux balayèrent le groupe avec sérénité, jusqu'à tomber sur Eileen. Elle soutint son regard pendant un moment, souriant d'une façon qui força Eileen à lui sourire en retour, gênée.

La femme commença par leur faire faire un exercice de respiration. Eileen y participa, étouffant un rire.

« Je voudrais accueillir Eileen Leary dans notre cercle aujourd'hui, dit ensuite la femme. Bethany l'a amenée à nous. Merci, Bethany. Eileen a traversé des difficultés avec son mari. »

Eileen ne s'était pas attendue à ce que l'attention du groupe se tourne vers elle aussi tôt ou aussi complètement.

« Je vous en prie, ne vous souciez pas de moi, répondit-elle. Je suis juste là pour regarder.

— Le mari d'Eileen a la maladie d'Alzheimer, continua la femme comme si Eileen n'avait pas dit un mot, sur quoi il y eut des bruits de bouche et des regards compatissants. Mais comme nous l'avons si souvent vu, les choses ne sont pas toujours ce qu'elles paraissent. Nous allons découvrir aujourd'hui ce qu'il se passe dans l'âme de son mari. Bethany m'a dit qu'il se prénommait Edmund, c'est exact ? Edmund Leary ? »

Eileen ressentit la brusque envie de protéger son nom, comme si, en l'invoquant, cette femme allait jeter sur lui l'un de ces sorts exotiques, agissant à distance, qui pouvaient faire tomber un homme raide mort au beau milieu de la rue.

« C'est exact, lâcha-t-elle.

— Mon nom est Rachelle. Dans quelques secondes, je vais invoquer Vywamus. Il vous parlera de votre mari. Je serai en connexion avec lui. Il vous semblera peut-être que je suis en train de parler, mais je ne serai qu'un intermédiaire. Il n'y a aucune raison d'avoir peur. Nous nous tiendrons par la main, de sorte que vous n'aurez qu'à presser celle de l'une ou l'autre de vos voisines pour être rassurée. Mon esprit ne sera pas dans cette pièce durant ce temps. Je ne serai capable de répondre à aucune question quand Vywamus sera entré dans mon corps. Vous devrez adresser vos questions à Vywamus. Mais il est préférable de le laisser simplement parler. Vous pourrez remarquer un léger changement dans ma voix. Cela est dû au fait que Vywamus utilise mon corps comme vaisseau. »

Rachelle commença à respirer en rythme et à agiter ses mains en cercle. Elle entama un chant guttural composé de syllabes prises au hasard, de même qu'un flûtiste fait des gammes pour s'entraîner. Puis elle se mit à parler et sa voix prit une tonalité basse presque comique.

« Je suis Vywamus, déclara-t-elle. Je suis ici pour te parler, Eileen Leary. Je suis ici pour te dire que ton mari est l'une des âmes les plus opprimées de l'Univers. Dans de nombreuses vies, il a livré combat avec son esprit. Il a fait preuve d'une force titanesque pendant des siècles. »

Pour autant qu'Eileen s'en souvînt, Ed et Bethany n'avaient jamais vraiment accroché. Bethany avait toujours possédé ce petit côté mystique et Ed avait peu de patience pour ce genre de choses. Qu'est-ce que Bethany avait bien pu dire à cette femme ?

« Cette fois-ci, continua Rachelle sur ce ton rauque désagréable de baryton, il se bat pour sa propre âme. Cette bataille dans son corps reflète celle qui se joue dans son âme. Ce n'est pas la maladie qui provoque en lui le désir de tout contrôler ; c'est l'inverse. Son obsession de contrôle a culminé dans cette maladie. Il doit apprendre à s'ouvrir dans cette vie pour sauver son âme de la bataille qu'il mène depuis des siècles. »

Il fallait bien le lui concéder : une fois que Rachelle avait établi contact avec Vywamus, elle restait dans son personnage. Cependant, Eileen avait beaucoup de mal à la prendre au sérieux. Elle dut se mordre l'intérieur des joues pour se retenir d'intervenir. Tout cela était fait pour quelqu'un d'autre, quelqu'un de plus faible qu'elle ou de moins éduqué. Et quel que fût le genre de culte que Rachelle professait, elle se fourvoyait si elle croyait pouvoir la convertir. Elle avait peut-être traversé des périodes difficiles, mais cela ne voulait pas dire pour autant qu'elle était devenue idiote.

71

SOUVENT, EILEEN AVAIT EU ENVIE DE TUER ED, mais maintenant qu'il déclinait si rapidement, sa seule envie était de le garder à la maison jusqu'à Noël. Elle fut stupéfaite de constater que ses projets se réduisaient à cela, mais elle ne pouvait penser à autre chose, même à huit mois des vacances. Une fois qu'Ed serait parti, elle le savait, il ne reviendrait jamais.

Des projets, pourtant, comme ils en avaient eu ! Tellement, même, qu'ils en avaient dressé la liste : apprendre ensemble le gallois, aller visiter des vignobles dans la Napa Valley. Elle n'arrivait pas à se souvenir des autres. Ils n'en avaient accompli aucun.

Ils n'avaient pas terminé la maison. Le rez-de-chaussée était en grande partie neuf et attrayant, mais l'étage restait pour l'essentiel délabré.

Elle n'avait pas repris ses études pour obtenir un doctorat. Elle n'avait pas appris à jouer au tennis. Ils n'étaient jamais retournés en Europe. Ils ne voyageraient d'ailleurs sans doute jamais plus nulle part.

Ils n'avaient pas besoin d'aller où que ce soit, cependant. Si elle réussissait à lui faire passer Noël, elle encaisserait sans se plaindre tout ce qui suivrait. Un adieu dans les règles, voilà ce qu'elle demandait, avec autour d'elle leurs amis et leur famille, et sa cuisine, le cœur de la maison, qui exploserait de vie. À minuit, personne ne serait encore parti. Ed, souriant, dans son smoking, sur le canapé, n'aurait créé aucun incident. Puis il y aurait la messe au matin ; ensuite, un court trajet en voiture pour rendre visite à une connaissance, une part de bûche au café et une seconde tournée de petits cadeaux. Après, elle le laisserait flancher. Elle n'avait pas besoin de toute la journée : elle le laisserait piquer sa crise à quatre heures. Être en colère, dangereux, inconsolable. Et elle le conduirait elle-même à la maison de santé. Elle avait toujours détesté la nuit de Noël, de toute façon. C'était la nuit la plus solitaire de l'année.

72

EILEEN LAISSA BETHANY L'EMMENER à nouveau chez son amie la guérisseuse, la médium, peu importait la manière dont elle se désignait. Elle vivrait cette expérience comme un phénomène culturel, comme les *be-in* et les happenings qu'elle avait manqués du temps où elle était étudiante. À quoi bon se montrer suspicieuse, puisqu'elle savait que ces gens faisaient quelque chose de complètement farfelu et qu'elle y allait pour les étudier, telle une anthropologue ?

Elle se joignit aux autres dans le cercle et attendit que « Vywamus » fasse son entrée. Rachelle arriva sans chaussures, marchant sur la pointe des pieds, comme un chat, puis elle retroussa sa tunique et s'assit en tailleur. Eileen n'aurait jamais pu se mettre dans cette position, même sous l'emprise d'une drogue, et même sous la menace.

Rachelle/Vywamus s'adressa d'abord à un membre du cercle, celle qui allait faire l'objet de la séance. Quand Eileen songea au véritable message que Vywamus délivrait, plutôt qu'à la manière effrayante dont il le délivrait, elle fut presque intriguée de voir combien ces idées lui étaient finalement familières et ne portaient en elles aucune menace. Tout cela était une plaisanterie, mais il y avait quelque chose de charmant et de désuet dans l'idée de vouloir diffuser cette sagesse ancestrale à travers le média qu'était la performance artistique. Bon nombre de ces épouses de banlieue devait être plutôt impressionnées par ce côté avant-gardiste pour écouter si volontiers ce message qu'elles auraient balayé d'un revers de la main s'il leur avait été transmis par un prêtre, un rabbin ou un psychiatre.

Après un moment, Rachelle/Vywamus tourna son attention vers Eileen. Rachelle avait immédiatement compris quelque chose d'essentiel sur Ed. Eileen ne l'aurait pas formulé de la même manière que Vywamus, et Rachelle avait peut-être reçu l'aide de Bethany, mais il n'en restait pas moins qu'elle semblait très douée pour la psychologie.

Abstraction faite de son personnage absurde, ce qu'elle disait était assez sensé. Un peu limite, mais sensé.

À la fin de la séance, après que Vywamus se fut adressé à quelques autres femmes et que Rachelle leur eut offert le spectacle de son épuisement physique, tout le monde resta debout en cercle à papoter et grignoter. Rachelle disparut et revint dans une tenue différente, ayant rangé sa tunique pour se mêler aux autres.

Quand Bethany raccompagna Eileen chez elle, elle lui annonça qu'elle avait réglé pour elle les premières séances, mais que la prochaine fois cela lui coûterait cent dollars, et que pour des séances privées le prix était de cent cinquante.

Pendant des jours, Eileen chercha le meilleur moyen de dire à Bethany qu'elle n'avait pas l'intention de retourner voir Rachelle, mais quand arriva le mardi, tandis qu'elle s'habillait pour aller travailler, elle se rendit compte qu'elle avait en réalité hâte que Bethany vienne la chercher, le soir. Bethany était la seule de ses vieilles amies qui s'était réellement impliquée dans sa vie depuis la maladie d'Ed. Eileen explora son placard et trouva un pantalon dans lequel elle pourrait bouger facilement, ainsi qu'un haut assez large pour dissimuler le bourrelet autour de sa taille. Elle ne s'était pas fait endoctriner par Bethany, et cela n'arriverait jamais, mais alors qu'elle repassait ses vêtements et se demandait quel rouge à lèvres irait le mieux avec sa veste verte, elle se rendit compte qu'elle avait besoin d'être dehors, dans le monde.

Ed était déjà au lit quand Bethany sonna à la porte, à dix-huit heures quarante. Eileen pulvérisa une dernière fois de la laque dans ses cheveux, éteignit la lumière des toilettes et cria : « Entre ! » Bethany arriva, toujours joliment habillée, dans une tunique turquoise et une veste blanche. Alors qu'elles montaient dans la voiture, Eileen ouvrit le pare-soleil et se regarda dans la glace afin d'appliquer du rouge, avant de presser ses lèvres l'une contre l'autre pour l'étaler. Bethany lui tendit un mouchoir pour retirer l'excédent.

Elle se plaisait en compagnie de ces femmes fortes, en préretraite pour la plupart. Elle-même était très probablement le genre de personne vulnérable que ciblait Rachelle, mais ces femmes-là n'entraient pas dans cette catégorie. Et de toute façon, si c'était le cas, Eileen s'en moquait. Elle n'avait pas l'intention de les connaître davantage. Et elle ne se ferait pas embobiner par le charisme de Rachelle. Néanmoins, il y avait en elle un vide spirituel qu'elle avait besoin de combler. Pourquoi sinon se retrouverait-elle dans le salon d'un gourou à écouter, impassible, les tarifs des prochaines séances ?

Elle se demandait ce que les autres venaient chercher ici. Le monde, tel que Vywamus le présentait, ne semblait pas avoir beaucoup d'importance ; notre existence véritable se déroulait ailleurs. Elle ne cherchait pas à adhérer à quelque nouveau programme, pas à cinquante ans : elle venait ici pour l'heure de liberté que cela représentait.

À la fin de la séance, elle ne se sentit même pas embarrassée en remplissant son chèque. Bethany le prit avec un sourire et le donna à Rachelle. Tout cela n'était qu'une farce, elle le savait, mais elle se laissait faire bien volontiers. Il était bon d'avoir quelqu'un qui pensait à elle, et elle appréciait que Vywamus se charge de parler à sa place. C'était mieux qu'une thérapie. Elle n'avait pas pu supporter le silence, dans le cabinet du Dr Brill. Celui-ci attendait qu'elle ouvre la bouche pour permettre à tous les mots qu'elle y retenait de se déverser et cela avait, semblait-il, eu l'effet inverse.

73

SI ON LUI AVAIT DIT À SON MARIAGE qu'un jour, des années plus tard, elle irait récupérer son époux au poste de police par une douce soirée de mai, Eileen aurait ri en disant : « Vous ne connaissez pas Ed », mais elle avait reçu un appel, et se faufilait maintenant entre deux voitures de patrouille sur un parking silencieux, à la tombée du jour.

Elle coupa le moteur et demeura immobile un instant. Finalement, le destin l'avait rattrapée.

Elle se dirigea vers le comptoir d'accueil et trouva Ed assis dans la salle d'attente avec un policier, la chemise sortie du pantalon, les cheveux en bataille. Il n'y avait aucune trace de colère sur son visage, seulement un air de résignation. Dans sa posture rigide, il paraissait étonnamment majestueux, comme la statue d'un pharaon.

Elle se présenta. Le policier était le sergent Garger.

« Je suis vraiment désolée pour tout », dit-elle.

En la voyant, Ed poussa un long cri plaintif, comme s'il s'était fait prendre avec une prostituée ou avait commis une faute inavouable.

« L'agent Cerullo va rester avec votre mari, déclara le sergent Garger à Eileen. Il faudrait que vous veniez dans mon bureau pour signer quelques papiers. »

Elle voulait sortir de là aussi vite que possible, avant qu'ils concluent que la situation était complètement hors de contrôle, car elle ignorait ce qu'ils feraient en pareil cas.

Elle pouvait supporter l'humiliation, du moment qu'ils ne l'éloignaient pas d'elle.

« Votre mari était sur la route, en plein milieu de la circulation, devant l'église, lui expliqua doucement le sergent. Il arrêtait des voitures en leur faisant signe. Ça a créé un embouteillage jusqu'à la gare. Quand nous nous sommes approchés de lui, il s'est déchaîné.

— Je suis désolée.

— Si l'agent n'avait pas vu le bracelet à son poignet, nous l'aurions coffré pour trouble à l'ordre public et refus d'obtempérer. Nous avons compris qu'il essayait de retrouver son chemin pour rentrer chez lui. » Il prit une pastille à la menthe, lui en proposa une. « C'est Alzheimer ? C'est bien ça ?

— Oui.

— Il semble jeune, pourtant.

— Cinquante-quatre ans.

— J'ai cru comprendre qu'il ne s'agissait pas du premier incident. » Elle acquiesça en silence. « Il vient souvent en centre-ville ?

— Pas du tout, affirma-t-elle. C'était une exception.

— Personne n'a envie que cela se finisse dans un tribunal. Mais si votre mari devient une menace pour lui-même ou pour les autres, ou si votre situation personnelle crée un obstacle à sa sécurité…

— Je suis infirmière. Je connais la loi.

— Est-ce que vous le laissez tout seul ?

— Nous avons une infirmière qui s'occupe de lui d'habitude, mais j'ai dû la laisser partir et je n'ai pas encore trouvé quelqu'un pour la remplacer. Je lui ai fait mettre le bracelet au cas où quelque chose arriverait. Moi, je dois aller travailler ; je ne peux pas rester avec lui.

— Avez-vous envisagé de le placer dans un établissement spécialisé ?

— Pas tant que je suis encore capable de m'en occuper.

— Vous avez de la famille qui peut vous aider ?

— Non, dit-elle.

— Personne ? »

Elle pensa à Connell, à l'université. Elle avait espéré qu'il mûrirait un peu en allant là-bas, mais il n'était même pas capable de passer un coup de fil à la maison pour l'anniversaire de son père sans qu'elle le lui rappelle.

« Eh bien, il y a mon fils. Mais il est à l'université. Il joue dans une pièce cet été. Je ne peux pas lui demander de rentrer à la maison.

— Vous savez ce que je pense, madame Leary ? Ça ne vous embête pas que je vous le dise ?

— Quoi donc ?

— Vous pouvez lui demander de rentrer, bien sûr que vous pouvez. »

Ce soir-là, allongée dans son lit, elle pensa à la manière dont l'agent Garger l'avait regardée. Elle avait déjà vu ce regard, dernièrement, chez les hommes – réparateurs, livreurs – qui passaient chez elle et découvraient l'état de son mari. Elle avait quelques rides de plus à présent, et une légère patte-d'oie ; quelques jours plus tôt, elle avait repéré un début de bajoues. Cependant, elle restait belle, et une situation de détresse comme celle-ci pouvait déclencher une forme de galanterie, même chez les hommes les moins éclairés. Sitôt qu'elle leur ouvrait la porte, elle s'empressait de raconter son histoire, comme s'il était de son devoir d'expliquer qu'Ed était invalide. Ed avait été fier de ses compétences durement acquises en matière de bricolage, et il aurait détesté que les artisans, qu'il respectait tant, le considèrent comme une sorte d'eunuque.

Ils la regardaient avec pitié, voire plus pour certains. Ils ne regardaient pas Ed, en revanche, ni ne lui adressaient la parole. Cela donnait aux conversations un air de conspiration qui n'aurait pas eu lieu d'être autrement.

Eileen avait rendu son regard à l'agent Garger. Elle était bien obligée de l'admettre. Et elle ne lui avait rien montré d'autre qu'une vague insatisfaction, mais la culpabilité l'envahit néanmoins. Quand la main d'Ed vint explorer son épaule, elle roula sur le côté et s'endormit.

74

C'ÉTAIT LE JOUR DE LA PREMIÈRE RÉPÉTITION. Connell et Jenna s'étaient mis d'accord pour se retrouver avant, au Medici. Il traversa la place et fit le tour du bâtiment, puis s'arma de courage pour entrer. Elle était assise sur une banquette, dans le fond.

« Je suis en retard, désolé », dit-il.

Lors de leur première lecture, Jenna s'était révélée parfaite dans le rôle de Puck, à la fois sexy et sauvage. Connell avait lu ses propres répliques avec un sérieux qui, par coïncidence, seyait au personnage de Flûte, le réparateur de soufflets qui devait prendre le rôle de Thisbé pour la scène de la mise en abyme. Il aimait penser qu'il aurait fait un bon Obéron, mais le metteur en scène en avait décidé autrement. Le rôle d'Obéron avait été attribué à un étudiant plus âgé dont le magnétisme attirait l'attention de tous, Jenna incluse. Quand le metteur en scène avait annoncé que Thisbé porterait une robe de bal rose, le rire le plus sonore était venu d'Obéron.

« Ce n'est pas grave. » Jenna se pencha en avant pour prendre quelque chose dans son sac à dos, et ses longs cheveux roux tombèrent devant ses yeux.

« Tiens, il faut que je te donne ça. On ferait mieux d'y aller.

— Attends une seconde, répliqua-t-il en commençant à paniquer. Laisse-moi m'asseoir un instant. »

Ses articulations craquèrent quand il s'assit. Une fois bien installé en face d'elle, il sentit l'énergie nerveuse qui pesait sur sa poitrine se loger dans son ventre et lui donner la nausée. Jenna n'allait pas lui accorder une seconde chance. Si elle l'avait quitté à cause d'une trahison de sa part ou d'un manque d'attention, peut-être aurait-il pu se rattraper. Elle faisait preuve d'une singulière tolérance, une tendresse, même, pour les jeunes garçons dynamiques et autocentrés. Il ne lui semblait pas avoir commis de faute avec elle ; au contraire, il avait plutôt été trop prompt à lui offrir sa dévotion, au point que tout s'était passé comme si de petits dépôts s'étaient accumulés à ses pieds jusqu'à former une sorte de mur qui l'avait caché à la vue de Jenna.

« On devrait avoir le temps de prendre un café, dit-il. J'aimerais discuter un peu.

— Très bien, comme tu voudras. »

Elle fit signe au serveur en plissant le nez, charmante, ainsi qu'elle le faisait chaque fois qu'elle prenait les choses en main. Mais il y avait eu quelque chose de dérangeant dans sa manière de répondre ; à croire que, pour elle, leur relation appartenait déjà au passé.

« De quoi veux-tu parler ?

— Rien de précis. J'avais envie de te parler, c'est tout. »

Il ne pouvait pas lui dire la vérité brute, à savoir qu'il avait besoin d'elle, besoin qu'elle ne le quitte pas. Ils restèrent assis en silence. Il enfonça son couteau dans la cire qui avait coulé au fond d'un des nombreux sillons creusés dans la table par des générations successives d'étudiants. Il n'arrivait pas à la regarder.

« Et ton père, ça va ? Tu vas rentrer chez toi ? »

Il pianota sur la table.

« Je ne suis pas obligé, si ça peut faire une différence entre toi et moi.

— Tu devrais y aller. Ils ont besoin de toi là-bas.

— Tu me manques tellement ! avoua-t-il, craquant finalement. Je ne sais pas ce que je vais faire sans toi.

— Ne t'inquiète pas pour ça ; tu sauras toujours quoi faire.

— Je suis désolé », dit-il.

Ses lèvres formèrent une sorte de petit nœud.

« De quoi ?

— De n'avoir rien organisé pour ton anniversaire, répondit-il. Pour toutes les erreurs que j'ai faites. »

Elle rit.

« La seule erreur que tu aies faite est de m'avoir demandée en mariage. La seule erreur que *j'aie* faite a été de ne pas te dire non tout de suite. » Elle regarda sa montre et sortit une enveloppe cachetée. « Est-ce que je peux te donner ça maintenant ? »

La bague formait une bosse au centre. Il sentit sa poitrine se serrer.

« On est trop jeunes pour ça, continua-t-elle. On n'a que dix-neuf ans ! Je n'aurais jamais dû accepter ce truc-là. J'étais sous le choc, je crois. »

Sans un mot, il se mit à approfondir le sillon, mais le couteau était trop émoussé.

« Il faut arrêter d'être sérieux tout le temps ! Il faut s'amuser.

— On aurait pu faire en sorte que ça marche, observa-t-il.

— Allez, viens, on demande l'addition. On est en retard. »

Elle lui caressa la main, puis chercha le serveur du regard.

« Super, comme discussion », ajouta-t-elle.

Il restait assis, désespérant en silence.

« Pour une fois, je ne peux pas te reprocher d'être muet comme une carpe, mystérieux comme un sphinx. Ou je ne sais quel animal. »

Il ne put s'empêcher de sourire.

« Est-ce que tu pourrais, juste une seconde, ne pas être aussi adorable ?

— Je ne suis pas adorable répliqua-t-elle. C'est toi qui me vois comme ça. C'est tout le problème. À l'intérieur, je suis en vrac, comme toi. »

Ils arrivèrent pendant que le reste de la troupe s'étirait. Cette pièce allait être éprouvante sur le plan physique ; c'est pourquoi Dale, leur metteur en scène et professeur de théâtre, voulait qu'ils s'échauffent. Et puisque le spectacle serait joué en plein air, sous les étoiles, devant le Reynolds Club, ils allaient répéter dehors pour s'habituer à projeter leur voix.

Tandis qu'il s'étirait, Connell se répéta ce qu'il comptait dire à Dale. Il connaissait à peine ce type, en dehors d'un de ses cours qu'il avait suivis, mais il avait été amené à le voir comme une sorte de figure paternelle, et redoutait de le décevoir. Il s'était rendu aux consultations qu'il donnait dans son bureau et l'avait écouté parler des pièces. Comme il n'avait ni lu ni vu sur scène la plupart des spectacles que Dale avait montés, il s'efforçait de hocher la tête au bon moment, et quand il sortait du bureau il filait à la bibliothèque pour se renseigner. Il faisait en sorte d'avoir tout lu avant la séance suivante, mais il avait toujours un train de retard.

« C'est ici que nous allons jouer pendant les deux prochains mois, dit Dale en les invitant à se regrouper. Il n'y a aucune intimité. C'est vaste, sans écho. L'acoustique est affreuse. » Il fit un geste en direction du ciel. « Le fait que nous soyons dehors avale tout, sauf les sons les plus forts. Il n'y aura pas de micro. Vous devrez remplir l'espace avec vos voix. »

Connell regardait par-dessus l'épaule de Jenna tandis que Dale parlait. Elle était étrangement agitée. Il la vit échanger plusieurs regards avec Obéron.

« Maintenant, poursuivit Dale, je vais vous demander de vous disperser. » Connell essaya de rester près de Jenna. « Formez deux rangées. Chacun prend un partenaire dans la rangée opposée. » Quand le ballet des corps prit fin, Connell découvrit que Jenna était sa partenaire. « Mettez-vous tout près, indiqua Dale. Encore plus près. Placez votre visage près de celui de votre partenaire. »

Connell n'était pas un acteur ; il en avait maintenant la certitude. Sur scène, il se demandait toujours quoi faire, où regarder. Pour cette pièce, il avait essayé de laisser les mots de Shakespeare courir dans sa tête, de profiter des quelques répliques qu'il donnait à Jenna, laquelle le regardait à présent droit dans les yeux. Il ignorait quoi faire de ses bras, qui se balançaient mollement le long de son corps.

« Nous allons effectuer un petit exercice. Je veux que les deux rangées fassent un pas en arrière. Très bien. Est-ce que vous remarquez une différence ? Regardez votre partenaire dans les yeux. Est-ce qu'il regarde dans les vôtres ? »

C'était le cas. Jenna riait semblait-il, avec un amusement sincère devant l'ironie de leur binôme.

« Maintenant, continua Dale, je vais vous demander de faire quelque chose d'un peu inhabituel. Je veux que vous disiez à votre partenaire que vous l'aimez. Ne soyez pas timides. Dites-lui que vous l'aimez maintenant.

— Je t'aime », dit Connell, séparé d'elle par un mètre à peine.

Elle lui rendit sa déclaration, les sourcils levés, un grand sourire aux lèvres comme si elle essayait de le faire rire avec elle. Connell s'aperçut qu'elle ne lui avait jamais dit ces mots auparavant.

« À présent, je veux que vous fassiez un autre pas en arrière, poursuivit Dale. Un grand pas. Pour bien vous voir, vous allez être obligés de faire un effort supplémentaire. Mais pas non plus trop gros. Que se passe-t-il quand vous vous éloignez ? Vous compensez quoi ? Là, dehors, vous allez essayer d'atteindre des spectateurs qui seront loin de vous. Maintenant, dites à votre partenaire que vous l'aimez. »

Connell le prononça un peu plus fort cette fois. Et quand ce fut au tour de Jenna, elle sembla croire à chaque mot. Son talent ne faisait aucun doute.

« Encore un pas en arrière. Oubliez la distance. Dites-le comme si votre partenaire était juste à côté de vous, mais simplement plus fort.

— Je t'aime », déclara-t-il faiblement, à travers l'espace vide.

Il ne savait pas utiliser son diaphragme, et il se retrouva bientôt à court de souffle.

« Deux pas, cette fois, et criez-le ! C'est l'amour qui importe. »

Il s'exécuta et cria de toutes ses forces. Jenna n'était plus qu'une silhouette indéfinie, à présent.

« Encore deux pas. Allez-y ! »

Cette fois, Connell se contenta d'écouter. Il ne put distinguer aucune voix en particulier, seulement un appel urgent et collectif.

« Un dernier pas ! Sortez-moi le plus beau cri que vous pouvez ! »

Jenna n'était plus qu'une forme lointaine. La gorge de Connell lui faisait mal. Il jeta ses bras en arrière et hurla le plus fort qu'il le pouvait.

Sa mère avait appelé pour lui demander de revenir à la maison. Il avait répondu qu'il avait un engagement à tenir vis-à-vis du metteur en scène et de ses partenaires de jeu. Il sut à son silence qu'elle était choquée de l'entendre parler d'engagement, lui qui refusait de rentrer pour aider, et, honnêtement, lui-même avait été choqué d'avoir prononcé ce mot.

Jusqu'à cet appel, il n'avait pas réalisé à quel point il avait peur de voir son père. Non pas qu'il ait eu l'intention de ne jamais remettre les pieds là-bas ; il ne comptait simplement pas le faire immédiatement. Jenna lui avait fourni la meilleure excuse possible, mais elle n'était plus valable désormais. Il pouvait toujours déclarer qu'il restait à Chicago pour régler des choses avec elle – *ma future femme*, dirait-il dire ensuite, plus tard, pour se justifier, *ou du moins je pensais qu'elle l'était à l'époque* –, mais la réalité de leur relation lui apparaissait trop clairement pour qu'il continue à se voiler la face.

Avait-il voulu grandir trop vite pour étouffer ce sentiment d'être toujours un enfant ? Avait-il demandé à Jenna de l'épouser pour avoir un alibi en vue de justifier son absence ? En réalité, lui-même avait été effrayé à l'idée de l'épouser. Il ne le voulait pas réellement, pas plus qu'elle. Il était davantage soulagé que brisé par son refus à présent, mais il lui fallait se confronter à toutes ces obligations auxquelles il manquait. Il se retrouvait à court d'excuses pour ne pas rentrer chez lui.

Il abandonna la pièce, remplit de vêtements sales son sac en toile militaire et sauta dans un avion. Comme sa mère ne pouvait pas venir le chercher, il prit la navette et le train, et marcha depuis la gare.

En entrant par la porte de derrière, il fut frappé par le volume sonore de la télévision allumée dans le petit salon. Puis il se rappela ce que sa mère lui avait récemment confié : des examens avaient révélé que son père avait perdu une partie de son audition. Il se dirigea vers le salon, mais trouva son père dans l'entrée, perché sur un escabeau, en train de regarder à travers la petite lucarne de la porte d'entrée. Connell coupa le son du téléviseur et appela son père, mais celui-ci ne fit que bredouiller une réponse. Il s'approcha donc et lui tapa sur l'épaule.

« Papa ! dit-il, avec insistance. Je suis de retour. »

La nouvelle ne sembla lui faire aucune impression, alors même qu'il n'était pas revenu depuis presque un an.

« Il est là, dehors ! lança son père sur un ton grave et confidentiel.

— Qui ça ?

— L'homme, dit-il d'un air sombre. Cet homme. Il vient tout le temps.

— Où ça ? »

Connell se mit sur la pointe des pieds et regarda dehors. Il n'y avait personne, hormis le jardinier qui finissait de tailler les haies avant de s'occuper de la maison voisine.

« Tu parles de lui ? demanda-t-il en le pointant du doigt. De Sal ?

— Non, non, non. »

Un éclair passa dans les yeux de son père ; sa main tressauta ; sa voix étouffée et son regard terrifié sous-entendaient que tout était possible. Connell voulut croire que son père était toujours capable de percevoir correctement le danger. Était-il arrivé juste à temps ?

Connell se tourna à nouveau vers la lucarne ; puis, se sentant idiot, il recula d'un pas.

« Allez, descends de là, dit-il, en tenant le coude de son père, mais celui-ci resta cloué sur place. Il n'y a qu'une marche. Pose ton pied là. »

Son père bougea un pied hésitant, se ravisa et essaya l'autre.

« Prends appui sur moi », ajouta Connell, et son père lui obéit.

Une fois sur la terre ferme, il frappa dans ses mains plusieurs fois avant de paraître enfin se souvenir de la présence de son fils et sembla gêné. Il s'approcha à nouveau de la lucarne. Il était agité, à présent, et tapait du doigt sur la vitre.

« Il est là ! Il est là ! »

Connell se précipita. Son père avait raison : l'*homme* était là, et personne ne l'arrêterait. Il pouvait apporter la mort et la destruction ; il pouvait aussi apporter des prospectus de chez Food Emporium.

« Papa ! s'écria-t-il. Tu ne sais pas que c'est le facteur ? »

Le facteur disparut derrière les haies.

« Je ne lui fais pas confiance », lui dit son père, puis il fila dans la cuisine, d'un pas étonnamment rapide.

Il leva les stores au-dessus de l'évier, si haut que son visage tout entier devait être visible de l'autre côté de la vitre.

Lorsque son père se poussa sur le côté, Connell s'aperçut que plusieurs lamelles étaient tordues. Sa mère avait dû se résoudre à vivre avec ces imperfections plutôt que de tout remplacer chaque fois. Ce renoncement témoignait d'une véritable révolution dans sa manière de penser.

Son père ouvrit la porte, puis la moustiquaire, qui valsa si fort qu'elle le percuta alors qu'il sortait. Quand il revint, il serrait une pile de courrier contre sa poitrine, des deux bras.

Plusieurs lettres tombèrent par terre et il laissa le reste lui échapper, formant un petit îlot, comme un tas de pommes.

« Qu'est-ce que tu fais ? demanda Connell, abasourdi.

— Je suis allé chercher le courrier.

— Comme ça ?

— J'y vais tous les jours.

— Mais il y a une minute, tu disais que tu ne lui faisais pas confiance. Tu étais complètement effrayé !

— Il vient tous les jours, déclara son père. Je ne sais pas qui est cet homme.

— C'est le facteur, répliqua Connell, désespéré.

— Il ne m'inspire pas confiance.

— Papa, c'est le facteur !

— Il ne m'inspire pas confiance, c'est tout.

— Mais tu sais qu'il s'agit du facteur ?

— Oui, répondit-il, se montrant enfin raisonnable. Il vient tous les jours.

— Alors, pourquoi tu le soupçonnes ?

— Je ne sais pas qui est cet homme. Je vais chercher le courrier tous les jours. C'est ma corvée. Une de mes corvées. »

Son père se dirigea alors vers le petit salon en traînant des pieds et alla s'asseoir. Connell le suivit et remit le son de la télévision. Le volume explosa comme un coup de canon. Il se retira dans la cuisine et ramassa les lettres, en se demandant quand pour la dernière fois son père en avait ouvert une et s'il en ouvrirait jamais une nouvelle. Il était en train de se préparer un sandwich au beurre de cacahuète et à la confiture, quand un puissant bruit de friture retentit dans le petit salon. Il se précipita et trouva son père en train de regarder de la neige sur l'écran comme s'il s'était agi d'un programme ; il ne bronchait pas devant ce vacarme, et serrait la télécommande comme un talisman. Connell essaya de la lui prendre, mais il avait une poigne de fer, si bien que Connell dut aller jusqu'à la télévision, baisser le volume et changer de chaîne afin que l'image revienne.

« Cette chose, lâcha son père d'un air dégoûté. Elle ne fonctionne pas. »

Puis il resta là, la bouche ouverte, un petit filet de bave coulant sur son menton. Connell utilisa la manche de son père pour l'essuyer et, en voyant son regard entendu, il se demanda quel degré de conscience était encore tapi en lui.

Son père fredonnait doucement. Connell l'enlaça.

« C'est bon de te voir », lui dit-il.

Sans lâcher la télévision des yeux, son père donna des petites tapes sur son propre genou.

« Bien, fit-il. Bien. »

Ils regardèrent *Columbo*. Peter Falk, le détective beckettien, portait son légendaire imperméable et grimaçait avec cet air désabusé, légèrement déconcerté qui le caractérisait – mélange d'expérience et d'innocence. Connell pensa : *Dieu merci, il y a les rediffusions de* Columbo. *Dieu merci, il y a* New York, Police judiciaire. Sans la télévision, qu'aurait-il bien pu faire de tout ce temps avec son père ?

Durant la coupure publicitaire, il ne trouva rien à lui dire. Sa mère se serait mise à déblatérer des histoires sur des amis de la famille ou simplement ce qu'il s'était passé pendant sa journée. Mais Connell trouvait irrespectueux de raconter à son père des événements de la vie quotidienne dont sa maladie l'excluait. Tout allait un peu mieux quand il parlait de choses que son père connaissait déjà ou qu'ils avaient faites tous les deux, mais il ne voyait pas comment les introduire dans la conversation. Cependant, il le sentait monter, ce besoin d'en revenir à quelque chose de familier.

« Je dois dire que j'aime bien Paul O'Neill », lâcha Connell, formellement. Son père continua de fixer l'écran. « Je ne suis pas comme ces fans des Mets qui détestent un gars seulement pour le détester. C'est lui, l'âme de l'équipe, lui qui fait le gros du boulot. » Le silence du côté de son père s'épaissit au point de devenir désespérant. « Au fait, c'était chouette d'avoir à nouveau une équipe de New York dans les matchs décisifs, même si elle ne venait pas tout à fait de chez nous. »

Cette dernière remarque semblait avoir attiré l'attention de son père, car son visage s'illumina, comme s'il venait d'apprendre la nouvelle ; et alors même qu'il se faisait cette remarque Connell se rendit compte que c'était réellement le cas, même si son père avait regardé tous les matchs décisifs à la télévision en octobre dernier et que Connell avait appelé à la fin de chacun d'entre eux.

« Oui ! répondit-il. C'est une bonne chose ! »

Connell se sentit bête, à vouloir essayer de s'adapter à son père. Il était temps de faire face à la réalité : sa mémoire à court terme était morte. Il ne se souvenait probablement de rien d'autre à part ce qui s'était passé dans les minutes précédentes. Dès que Connell quitterait la pièce, son père ne saurait même pas qu'il avait été là. Et puis, il n'aurait pas apprécié que son fils reste avec lui un vendredi soir ; ça l'aurait mis mal à l'aise. Embarrasser son père était la dernière chose que Connell souhaitait, alors il monta à l'étage pour se préparer. Il y avait des gens qu'il n'avait pas vus depuis longtemps.

Il possédait toujours son premier flacon d'eau de Cologne, qu'il avait réussi à préserver plusieurs années en l'utilisant avec parcimonie, une petite touche derrière chaque oreille et une autre dans le cou. Cette odeur, il l'avait exsudée sur les pistes de danse et sur divers canapés au cours d'intenses corps-à-corps. Lorsqu'il était parti pour l'université, Connell avait laissé le flacon sur l'étagère de la salle de bains, petite offrande à l'autel de son adolescence.

Il trouva ce flacon dans la salle de bains de ses parents, en dessous des médicaments. Un vague sentiment d'horreur s'immisça en lui, qui se transforma en fureur. Son père avait dû se servir de la bouteille lors de ses errances à travers la maison. Il le voyait parfaitement lutter pour l'ouvrir, disperser partout son contenu, regarder le parfum couler entre ses doigts dans le lavabo. Il l'imaginait s'en mettre sur le cou et le torse à coups de grosses tapes mal coordonnées, le creux de ses mains rempli d'eau de Cologne, comme pour voler un peu du futur qui s'étalait devant son fils. Arrivait-il encore à sentir, de toute manière ? Et quel usage aurait-il bien pu faire de cette eau de Cologne ? Cette partie de sa vie était révolue.

Connell descendit avec le flacon.

« C'est toi qui as fait ça ? demanda-t-il à son père en le lui brandissant sous le nez. Tu t'en es servi ? Il restait plus de la moitié, avant !

— Je ne sais pas, répondit son père avec un air épouvanté. Je ne sais pas. »

Cette fois, Connell ne se laissa pas attendrir.

« J'ai compris, oui, répliqua-t-il. Tu ne sais pas. Eh bien, tu t'en es servi. Je sais que c'est juste une bouteille d'eau de Cologne, mais ça représentait quelque chose pour moi. »

Les yeux de son père s'écarquillèrent, son front se plissa, sa bouche s'affaissa. Il se rencogna dans le canapé.

« Je suis désolé, dit-il. Je ne sais pas. Je ne sais pas. Je suis désolé. »

Au fond, Connell avait envie de lui répondre que ce n'était pas grave, mais, sans savoir pourquoi, il en fut incapable.

« Écoute, déclara-t-il. Fais juste attention avec mes affaires. D'accord ? Tout ce que j'ai laissé dans ma chambre. Si tu pouvais ne plus y toucher…

— Je suis désolé », répéta son père.

Connell sentait sa détermination mollir. Il fallait qu'il résiste au besoin de le consoler. Son père était constamment maladroit, et tout le monde était censé passer derrière lui pour réparer. Personne ne pouvait s'énerver contre lui ; il fallait en permanence compatir. Eh bien, il était temps que cela cesse. Lui, Connell, était le fils, pas le père. Ramasser les morceaux, ce n'était pas son boulot.

Il se rendit chez un ami en ville. Ils écumèrent quelques bars, firent la fermeture du dernier. Connell prit le premier train pour s'écrouler sur le canapé, chez lui, à cinq heures et demie du matin.

Il fut réveillé par sa mère qui le secouait.

« Ton père a ses habitudes maintenant, lui lança-t-elle. Tu le perturbes. Il a besoin du canapé pour regarder la télé. Monte te coucher dans ton lit. »

Il faisait sombre dans la pièce, mais un rai de lumière filtrait par la porte entrouverte. Connell sentit une odeur de café et celle, légèrement sucrée, d'une pâte à pancakes en train de cuire.

« Allez, file, ajouta sa mère tandis que ses sourcils se fronçaient furtivement. Tu n'avais pas besoin de rentrer à la maison.

— Qu'est-ce que tu racontes ? Je me lève, c'est bon !

— Il faut que je sache ce que je peux attendre de toi pendant que tu es là.

— Je suis là, répondit-il. De quoi as-tu besoin ?

— Est-ce que tu peux rester avec ton père ? Je ne veux pas le laisser tout seul aujourd'hui.

— Oui », dit-il.

Elle demeura un instant campée devant lui, à le regarder.

« Est-ce que je peux compter sur toi ?

— Bien sûr.

— Il faut simplement que tu restes à la maison. Assure-toi qu'il mange, assure-toi qu'il ne se blesse pas. Reste assis avec lui. Ne dors pas trop tard.

— D'accord, dit-il.

— Il était si content de t'avoir à la maison. »

Elle avait essayé de mettre une note d'espoir dans cette dernière phrase, mais un brin de tristesse s'était insinué à la place.

« Il ne parle que de toi. "Où est Connell ? Où est Connell ?" »

Sa mère avait habillé son père avec une chemise à manches longues et un pantalon de ville. Il avait l'air apprêté pour partir au travail. Mais un détail persistait, cependant : sa chemise était mal rentrée dans son pantalon. Elle lui défit sa ceinture, remonta son pantalon bien haut et referma sa braguette.

Connell passa dans la cuisine. Le saladier avec la pâte à pancakes était vide. Elle n'en avait pas fait assez pour lui.

« Bon, eh bien je vous laisse, alors », dit-il, pas aussi gentiment qu'il aurait voulu.

Sa mère l'arrêta dans l'escalier.

« Est-ce que je peux compter sur toi ? répéta-t-elle. Dis-le-moi tout de suite. Il faut que je trouve une solution, sinon. Je ne peux pas me permettre de te voir faire l'irresponsable.

— Du calme, maman. Je vais m'occuper de lui. Va travailler. »

En haut des marches, il entendit sa mère dire à son père qu'elle lui allumait la télévision, et son père lâcher un borborygme en guise de réponse. Puis il entendit le volume augmenter à mesure qu'elle appuyait sur la télécommande.

« Si tu as besoin de quoi que ce soit, cria sa mère par-dessus le son de la télévision, Connell est en haut. »

Si son père répondit, Connell ne l'entendit pas.

« Je t'aime », ajouta sa mère. Il y eut un silence. « Est-ce que tu pourrais me le dire toi aussi, chéri ? »

Connell ne parvint pas à savoir si son père n'avait pas répondu ou si sa réponse avait été avalée par le volume du téléviseur, mais un instant plus tard, il entendit la porte du garage s'ouvrir.

Il trouvait important de laisser son père boire tout seul son soda. Celui-ci attrapa son verre par le haut et le porta à sa bouche, mais trop vite : il lui échappa des mains, tomba sur le sol en briques et se cassa. Connell ramassa les plus gros morceaux à la main et alla chercher la balayette pour le reste. Il forma une petite pile par terre, avant de jeter le tout à la poubelle. Son père en était donc arrivé là : il ne pouvait plus boire tout seul. Il fallait pratiquement recourir à un biberon ; lui donner une tasse en plastique, peut-être même avec un bec verseur, en la lui tenant près de la bouche. Et il restait assis là, sans défense, tandis qu'on nettoyait avec une éponge ce qu'il avait renversé sur ses cuisses. Il n'essayait même pas de repousser votre main et de dire qu'il allait s'en occuper lui-même. Il se contentait de soupirer et de se laisser faire. Et il avait ce regard fragile, désarmé ; et sa façon de ne même pas essayer de renvoyer ses erreurs sur les autres lui donnait l'air d'un chien battu, mais avec des yeux expressifs, désireux de faire plaisir.

« Ne bouge pas d'un centimètre, lui lança Connell. Pas un centimètre. »

Mais il ne sut pas pourquoi il avait dit cela, puisque de toute façon, il avait déjà nettoyé les morceaux de verre jusqu'au dernier.

Son père était en train de tripoter sa ceinture. Il essayait de l'ouvrir, tout en tirant frénétiquement sur le haut de son pantalon comme s'il cherchait à éteindre un feu à l'intérieur. Ce fut alors que Connell sentit l'odeur. Il s'approcha pour défaire la ceinture, mais son père l'en empêcha.

« Non, cria-t-il. Non ! Non !

— Papa ! Calme-toi. Il faut qu'on te nettoie. »

Son père gémissait, une main sur ses fesses, comme s'il tentait de tenir la chose en place. Tandis qu'il se débattait, des excréments s'échappèrent de son pantalon. Tant bien que mal, Connell parvint à faire monter son père à l'étage pour le mettre dans la douche, tout habillé, mais quand il voulut lui défaire sa ceinture, son père se mit à hurler et à gémir à nouveau. Connell ouvrit le bouton de son pantalon, puis s'arrêta. Il ne servait à rien de faire les choses précipitamment. Il fallait d'abord lui enlever ses chaussures ; le reste suivrait.

« Est-ce que tu peux t'asseoir ? Si tu t'assois, ça sera beaucoup plus facile.

— Va-t'en ! cria son père. Va-t'en ! »

Connell passa derrière lui et le força à s'asseoir en le faisant basculer vers lui. Son père lui donna un coup dans la poitrine et se débattit comme un homme en proie aux flammes. Il lui aurait décoché un coup de poing dans la figure s'il avait pu se retourner, mais Connell le tenait fermement.

« Ça va aller », répétait-il en boucle.

Il fallait apaiser la situation.

Il enjamba son père, tout en lui tenant la tête. Il lui retira ses chaussures, lui ouvrit sa braguette et commença à tirer sur son pantalon. Son père s'y agrippait et donnait des coups de pied, mais Connell parvint à le lui baisser jusqu'en bas des fesses et enfin des pieds. Des excréments s'accrochaient aux jambes de son père et tombaient dans la douche par morceaux. En entendant le bruit des éclaboussures sur l'émail, Connell comprit qu'il ne pourrait jamais faire le travail de sa mère. Son père respirait fort et le fixait avec une intensité inquiétante, comme pour empêcher son regard de dériver vers sa nudité.

Connell laissa tomber le pantalon par terre. Il n'eut pas le courage de s'attaquer tout de suite au caleçon, alors il se concentra sur la chemise. Son père glissait à cause des excréments ; il était difficile de l'attraper, mais Connell parvint tout de même à la lui enlever ; il ne restait plus maintenant que ses chaussettes et ses dessous souillés.

« Tu peux arrêter, papa ? Tu peux arrêter, juste une minute ?

— Va-t'en ! criait son père. Stop !

— Il va falloir que tu écoutes, répliqua-t-il sèchement.

— Laisse-moi tranquille ! Laisse-moi ! »

Tandis qu'il baissait son caleçon, Connell détourna les yeux, en partie pour ne pas l'humilier, mais aussi parce qu'il n'avait pas vu le pénis de son père depuis qu'il était petit garçon et qu'ils prenaient leur douche ensemble. Dans la pièce surchauffée, l'odeur le submergea, et il faillit vomir. Des morceaux d'excréments tombaient du caleçon qu'il tenait comme une couche et qu'il jeta dans le sac en plastique de la petite poubelle. Son père resta assis là, tout nu. Il fallait qu'il l'aide à se relever afin de pouvoir le laver, et il faudrait aussi qu'il nettoie la douche, sans quoi tous deux allaient traîner l'odeur dans le reste de la maison. Pour éviter de mouiller ses vêtements, Connell se déshabilla en vitesse, ne gardant que ses sous-vêtements. Il avait besoin de toute sa force pour soulever son père. Celui-ci ne résistait plus, mais il était inerte. Une fois que Connell eut réussi à le remettre sur ses pieds, il tira le rideau de la douche et ouvrit l'eau. Les excréments collés à la paroi se mirent à migrer vers le trou d'évacuation. Il attrapa une serviette et commença à essuyer les jambes de son père et son derrière. Il lui semblait qu'il aurait pu l'essuyer autant qu'il le voulait, il n'aurait jamais été propre. La tête de son père retombait en avant, ses épaules voûtées, sa poitrine secouée par de profonds et déchirants sanglots. Quand la serviette fut trop sale pour continuer, Connell la roula en boule et la jeta par terre. Il attrapa le pain de savon et une autre serviette dont il fit un gant de toilette géant, et lava les parties génitales de son père avant de frotter vigoureusement ses jambes et ses fesses. Il ne l'avait jamais autant touché de sa vie. Puis il se savonna les mains et lui lava les pieds, avant de faire pareil avec les siens. Il se lava aussi les bras, les jambes, les mains, et referma l'eau.

« On a presque terminé », dit-il en ouvrant le rideau et en prenant la main de son père pour l'aider à sortir de la pièce remplie de vapeur.

Il courut jusqu'au placard et attrapa de nouvelles serviettes. Sa première pensée fut d'en mettre une autour de sa taille et d'enlever son caleçon détrempé en dessous, mais il eut le sentiment qu'il y aurait quelque chose de totalement indigne pour son père à se retrouver nu quand lui-même avait quelque chose sur le dos, alors il enleva son propre caleçon et se retrouva nu lui aussi. Il enveloppa son père dans une serviette avant de faire de même pour lui. Dans l'armoire à pharmacie, il récupéra son eau de Cologne, en versa un peu dans ses mains et tapota le cou de son père avec. Le parfum l'assaillit et lui rappela l'époque où son père lui avait appris à se raser.

« Dans le sens du poil, lui avait-il dit. Pour éviter les coupures. Il faut y aller doucement, prendre son temps. Ne repasse pas deux fois au même endroit si tu peux. »

Ensuite, il s'était penché pour lui faire toucher ses joues, et Connell avait senti la fraîcheur et la douceur de sa peau.

Il mit des sous-vêtements propres à son père, puis un T-shirt, et le conduisit dans la chambre pour le coucher. Une fois qu'il fut endormi, Connell sortit de la maison pour aller acheter un paquet de couches pour adultes. Pourquoi sa mère n'y avait-elle pas pensé plus tôt ? Cette solution simple allait les sauver. Il n'y avait aucune raison de ne pas y recourir.

« Il voudrait te laisser son bureau quand il sera parti », lui dit sa mère au petit déjeuner, le lendemain matin, avant d'aller travailler. Son père était à l'étage. « Pour le reste, il faudra que tu attendes que j'y passe.

— Non, mais, vraiment…

— Tu veux rester un petit garçon pour toujours ? Il faudra bien que tu entendes ces choses-là à un moment ou à un autre. »

Connell savait ce que ce bureau avait représenté pour son père : un des rares moments heureux qu'il avait partagés avec son propre père. Il ne lui servait plus, cependant : à présent, c'était là que sa mère s'occupait des factures. Elle pourrait se servir de la petite table qu'il avait dans sa chambre pour cela ; ils n'avaient qu'à faire l'échange.

Le bureau de son père, en bois massif, faisait un mètre cinquante de large et quatre-vingt-dix centimètres de profondeur. Ce n'était pas un meuble de famille à proprement parler. Le bois était rayé et entaillé aux endroits où la chaise avait buté. Une colonne de tiroirs, de chaque côté du plateau, formait la base sur laquelle il reposait.

Des petits bristols étaient scotchés sur tout l'avant du bureau. Sur l'un d'entre eux figurait la liste de leurs anniversaires à tous les trois. Sur une autre était dessiné un petit arbre généalogique, avec ses grands-parents, ses tantes, ses oncles et ses cousins. En dessous de « *EILEEN TUMULTY LEARY (ÉPOUSE)* » et « *ED LEARY (MOI)* » se trouvait « *CONNELL LEARY (FILS)* ». On pouvait lire sur un autre carton : « *NUMÉRO DE SÉCURIRITÉ SOCIALE* », comme si son père avait dû répéter une syllabe au hasard pour garder le fil. À l'intérieur du meuble se trouvait un petit carton avec une aiguille de gonflage posée dessus et la légende : « *AIGUIL POUR GONFLER LE BALON DE BAKET* ».

Pendant que son père regardait la télévision dans le petit salon, Connell traîna le lourd meuble, pièce après pièce, jusqu'à sa chambre. Une fois sa tâche achevée, il se sentit revigoré par l'impression que de nouveaux possibles s'ouvraient à lui. Il remplirait les tiroirs et se mettrait au travail sur ce bureau, un travail qui se révélerait de lui-même pour peu qu'il s'asseye à cette place suffisamment longtemps.

Son propre bureau était si léger qu'il put le descendre sans enlever les tiroirs. Il le plaça au même endroit que celui de son père. On aurait dit une miniature, sous les nombreux diplômes de son père. Il scotcha à nouveau les petites fiches cartonnées sur le plateau.

Tout ce qu'il restait à faire était de monter la chaise de son père. Non seulement celle-ci pouvait tourner et rouler, mais elle pouvait également s'incliner en arrière, pour permettre aux vrais penseurs de se recueillir quand leur venaient des idées importantes.

La chaise, plus lourde que ce dont elle avait l'air, était fixée à un socle métallique. Une fois à l'étage, elle conféra à sa chambre une intéressante solennité. Connell s'assit dessus et gratta les morceaux de scotch qui restaient sur le bureau. Puis il s'adossa, penché en arrière, laissant son esprit dériver là où bon lui semblait.

Il avait dû s'endormir, car il fut réveillé par les cris de son père. Il descendit et le trouva dans son bureau.

« Mon bureau », disait-il d'une voix plaintive.

Connell tira sur le bas de sa chemise.

« Maman a dit que tu voulais me le donner.

— Oui », répondit-il. Les larmes coulaient à flots sur son visage. « Pour toi. » Il désigna Connell, enfonçant son doigt dans son sternum. « Toi.

— Je l'ai monté à l'étage.

— Quand je serai mort, dit-il. Quand je serai mort. »

Le poids de toute une vie de gentillesse s'abattit sur Connell d'un seul coup.

Cette nuit-là, lorsque sa mère lui demanda de redescendre le bureau, il se sentit presque soulagé.

L'espace d'un moment, il espéra que son père pourrait oublier cet épisode, mais sa maladie ne fonctionnait pas comme cela. Il oubliait les choses que l'on voulait qu'il se rappelle, et se rappelait celles que l'on voulait lui faire oublier.

Le lendemain, Connell s'installa de nouveau à sa petite table de travail et entreprit d'écrire une lettre à Jenna, mais rien ne lui vint à l'esprit. Alors il recouvrit les deux faces d'une feuille avec sa signature, essayant différents styles.

Il faisait beau. Il décida de tenter d'emmener son père frapper quelques balles.

Il trouva les gants dans un grand cabas sur lequel son père avait écrit leur nom de famille plusieurs fois, au marqueur, pendant sa période où il étiquetait tout et n'importe quoi. Plus Connell regardait ces lettres capitales insistantes, plus elles résonnaient en lui comme les pleurs d'un homme en train de se noyer.

Son père leur avait acheté à tous les deux de nouveaux gants, l'année où ils avaient emménagé. Connell avait honte de voir à quel point celui de son père avait l'air neuf, sans aucune marque d'usure, sans aucune patine auburn. Ils n'avaient presque jamais joué ensemble depuis. Son gant à lui était plus qu'usé, le cuir craquelé à certains endroits. À l'époque où il avait abandonné le base-ball pour se consacrer au club de débats, ce basculement du corps vers l'esprit lui avait semblé définitif. Il n'avait même pas pensé à prendre son gant lorsqu'il était parti pour l'université.

Il fourra une balle de tennis dans le gant et emmena son père dehors. Arrivé en bas des marches, il lui tendit son gant.

« Viens, on va faire des balles. »

Voyant que son père réussissait à peine à tenir le gant dans sa main, Connell décida qu'ils s'en passeraient. Il le positionna dos au mur et recula de quelques pas, puis lui lança la balle, essayant du mieux qu'il le pouvait de viser ses mains. En vain, car son père ne la rattrapa pas. Connell alla ramasser la balle et la plaça directement dans ses mains. Son père ne pourrait pas la lancer, mais il pourrait quand même la jeter devant lui, sommairement. Il finirait bien par se passer quelque chose de toute façon, ne serait-ce que parce qu'à force d'être tenue, la balle lui échapperait des mains.

Connell avait l'impression de perdre la tête, ou du moins de perdre son intelligence à rester assis là à regarder la télévision toute la journée avec son père. Il se mit à passer la plupart de son temps dans sa chambre, à lire des romans, tâchant de faire abstraction du bruit de la télévision en bas, et à écrire et réécrire à Jenna une lettre torturée qui s'allongeait à mesure qu'il réalisait qu'il ne l'enverrait jamais. Il écrivait pour lui-même à présent, pour essayer de comprendre ce qui avait cloché chez lui, et la raison pour laquelle il l'avait demandée en mariage. Elle n'avait pas tort : il n'avait que dix-neuf ans. Il était gêné rien qu'en pensant à la manière dont il s'était comporté pendant une grande partie du dernier semestre – comme un enfant et comme un vieux en même temps.

Lorsqu'il entendit son père crier, il se précipita en bas et le trouva étalé par terre, la tête sur les pavés de la cuisine. Le tapis était plié en accordéon ; il s'était pris les pieds dedans, à coup sûr. Connell le fit rouler sur le côté, et s'aperçut que du sang coulait de sa bouche. Il s'était cassé une dent de devant. Après l'avoir assis, il lui fit mordre un torchon passé sous l'eau. Il aperçut alors le morceau de dent par terre et le posa sur l'îlot de la cuisine. Une telle quantité de sang s'était répandue que Connell craignit qu'il ait aussi perdu un bout de langue, mais en forçant son père à ouvrir la bouche, il découvrit qu'il saignait simplement des gencives et s'était fendu la lèvre. Du sang s'accumulait sous sa langue. Connell le fit se pencher au-dessus de l'évier pour cracher, avant de l'asseoir à table. Une assiette cassée était restée par terre, retournée. Son père avait dû la lâcher en tombant. Connell ramassa les deux morceaux, ainsi que le sandwich emballé dans de la Cellophane ; puis il empaqueta le tout et le déposa dans la poubelle.

Les tapis, longs et étroits, étaient placés les uns à la suite des autres. Connell lui-même avait glissé plusieurs fois dessus. Il se souvenait à présent – comment avait-il pu oublier ? – que sa mère lui avait demandé d'acheter du scotch double-face pour bien les fixer au sol.

Il regarda la pomme d'Adam de son père monter et descendre tandis qu'il avalait du sang. Il lui donna de la glace à sucer, enveloppée dans un torchon humide. Puis il le fit monter à l'étage pour le changer avant de le ramener en bas. Il passa la serpillière dans la cuisine et rangea le morceau de dent dans la petite poche de son jean ; il n'aurait pas pu le jeter, mais en même temps il avait trop honte pour le laisser dans la cuisine. Quand tout fut en ordre, il rejoignit son père dans le canapé et attendit le retour de sa mère.

Il entendit la porte du garage. Sa mère arriva par l'escalier, avec plusieurs sacs de courses à la main. Elle posa son sac à main sur le comptoir et lui tendit les courses en lui demandant de les ranger.

« Laisse le poulet dehors, précisa-t-elle. Je vais le préparer. »

Elle lança un « Coucou ! » à son père et se servit un verre d'eau. Connell accomplit sa tâche, concentré, en essayant de ne pas la regarder. Lorsqu'il ne lui resta plus rien d'autre pour s'occuper, il se tourna enfin vers elle. Elle était en train de vider d'un trait un second verre d'eau, d'un air déterminé, comme s'il s'agissait d'un médicament. Elle le regarda par-dessus son verre.

« Je t'enverrai peut-être acheter de l'ail, dit-elle. J'ai oublié d'en prendre.

— D'accord.

— Il faut que je baisse le volume. Je n'arrive pas à m'entendre penser. Edmund ! appela-t-elle à nouveau. Je suis rentrée. »

Elle posa son verre dans l'évier et s'en éloigna. Une étrange énergie imprégnait ses pas.

« Maman, attends.

— Qu'est-ce qu'il y a ?

— Il s'est passé quelque chose tout à l'heure. Papa s'est fait mal. »

Elle se précipita vers son père.

« Qu'est-ce qu'il y a ? lui lança-t-elle avec une voix remplie de panique. Qu'est-ce qu'il s'est passé ? »

Elle prit la télécommande et baissa le volume du téléviseur.

« Qu'est-ce qu'il s'est passé ? insista-t-elle, d'une voix plus alarmée que ce que Connell avait jamais entendu, peut-être de toute sa vie. Tu vas me le dire, oui ? »

Son père restait assis là, comme une statue, les yeux rivés sur les images muettes de l'écran, derrière elle.

« Je suis tombé, finit-il par dire. J'étais sorti de la chambre. Je me suis cogné fort sur les pavés.

— Laisse-moi regarder, Edmund. Ou est-ce qu'il s'est fait mal ? lança-t-elle à Connell.

— Il est tombé tête la première. Il s'est ouvert le menton et s'est cassé une dent.

— Laisse-moi regarder ta bouche, Edmund. »

Son père demeura immobile.

« Ouvre ! » ordonna-t-elle, d'un ton profondément désespéré.

Elle se tourna vers Connell.

« C'était grave comment ?

— Il y avait beaucoup de sang.

— Ouvre ! » répéta-t-elle.

Elle s'assit sur le canapé et le força à écarter les lèvres. Il avait la mâchoire serrée, mais Connell put distinguer le trou laissé par la dent cassée. Sa mère ne se tourna pas vers lui, ne lui cria pas dessus. Elle caressa les cheveux de son père et posa un baiser sur sa joue.

« Oh, Edmund, dit-elle tout bas. Qu'est-ce qu'on va faire de toi ?

— Rien, lâcha finalement son père. Rien. Laissez-moi tranquille. »

Il n'avait pas détaché les yeux de l'écran, mais tout à coup il jeta à Connell un regard en coin, un regard chargé d'embarras mais également de défi, semblait-il. Connell fit signe à sa mère de le suivre dans la cuisine. Il ne voulait pas que son père le voie. Il avait honte. Le volume de la télévision monta à nouveau, puis sa mère vint le rejoindre.

« Qu'est-ce qu'il y a ?

— Je ne crois pas que je vais pouvoir y arriver, déclara Connell, ses mains posées contre le bord du plan de travail.

— Arriver à quoi ?

— À gérer papa. Je ne sais pas le faire.

— Que s'est-il passé ? »

Il regarda par terre.

« Il est tombé. C'est tout.

— Eh bien, tu n'as qu'à mieux le surveiller.

— C'est ce que je dis. Je ne pense pas que je puisse y arriver. Je croyais que oui, mais je ne peux pas. C'est trop dur pour moi. C'est trop.

— Je l'ai fait moi, et j'avais à peine dix ans.

— Mais je ne suis pas comme toi. C'est justement le problème.

— Eh bien, c'est parfait. »

Elle fit un pas vers lui pour qu'il se pousse, et sortit du placard sous l'évier une planche à découper.

« Ça me rend dingue, dit-il.

— Et tu crois que ça me fait quoi, à moi ?

— Toi, tu vas travailler.

— Je ne vais jamais nulle part, répondit-elle. Toute la journée, je suis ici, dans ma tête.

— Je suis désolé. Je ne veux pas te décevoir. »

Elle déchira le plastique qui recouvrait le poulet.

« Ne t'inquiète pas pour ça. Inquiète-toi plutôt de me laisser dans la mouise. J'ai besoin d'aide, bon sang !

— Je pourrais trouver du travail. Rapporter de l'argent. Comme ça, tu serais en mesure de payer quelqu'un.

— Garde-le, ton argent, répliqua-t-elle. Tu vas en avoir besoin plus tard pour te payer une bonne thérapie.

— C'était méchant, ça.

— Je pensais que ce serait bien pour lui, pour toi..., expliqua-t-elle en le pointant avec son couteau, ... que tu sois là. J'ai eu tort, c'est comme ça.

— J'aurais aimé être à la hauteur.

— Mais tu peux l'être. C'est simplement que tu ne le sais pas. » Elle avait commencé à découper le poulet, mais elle posa son couteau. « Tiens, ajouta-t-elle. Occupe-toi de ça. Tu crois que tu peux y arriver ? Ou est-ce que tu veux que je trouve quelqu'un pour ça aussi ? »

Il se sentit blêmir. Sa mère ne sembla pas le remarquer.

« Des tranches fines, dans le blanc », dit-elle un peu plus doucement. Puis elle alla jusqu'au réfrigérateur et rapporta des brocolis. « Et découpe-moi ça quand tu auras terminé. En petits morceaux. J'ai mal aux pieds. »

Sur ces mots, elle repartit dans le salon. Il coupa le poulet, passa les brocolis sous l'eau, mais avant de les découper il alla se poster dans l'embrasure de la porte et observa sa mère. Elle avait les pieds surélevés sur le canapé du salon, retenait d'une main le rideau en voilage et se massait le pied de l'autre. Elle regardait dehors, dans la rue, et ne remarqua pas sa présence. Il avait envie de proposer de lui masser les pieds. Lorsqu'il était petit garçon, elle le lui demandait souvent, et il s'exécutait en ronchonnant à l'idée de se retrouver face à ces pieds moites et malodorants après toute une journée de travail. Au fil des années, les pieds de sa mère étaient devenus de plus en plus repoussants, ses talons plus épais, ses crevasses plus profondes, mais cette fois Connell les aurait massés volontiers et sans se plaindre. Incapable de trouver les mots pour lui dire ce qu'il ressentait, il se contenta de la regarder pendant un moment. Sa mère paraissait contempler quelque chose. Il ne se rappelait pas la dernière fois qu'il l'avait vue assise ainsi. Pourtant, lorsqu'ils avaient emménagé dans cette maison, elle s'asseyait là tout le temps.

Il revint à ses brocolis, qu'il découpa à grands coups de couteau, car il se souvenait avoir entendu sa mère dire qu'elle trouvait ce bruit – le fracas du couteau sur la planche à découper – agréable. Une fois sa tâche accomplie, il continua à marteler la planche nue pendant un moment, à un rythme régulier, pour produire un son réaliste. Puis il retourna dans le salon. Sa mère avait cessé de se masser les pieds. Elle ne regardait plus par la fenêtre à présent. Elle lui lança un coup d'œil inquiet tandis qu'il approchait.

« Qu'est-ce qu'il y a ?

— Est-ce que je peux aider ?

— Tu as découpé les brocolis ? »

Il acquiesça. Elle lâcha un léger soupir.

« J'arrive. Tu n'as qu'à tout laisser là.

— Est-ce que je peux t'aider avec tes pieds ?

— Mes pieds ?

— Tu veux que je te masse ? »

Une expression ironique se dessina sur son visage, comme si elle pesait l'idée de lui lancer une pique. Puis elle sembla reconsidérer la question.

« Tu me proposes de me masser les pieds », articula-t-elle d'un air dubitatif.

Il pensa au trou dans la bouche de son père, à la mare de sang sous sa langue. Cela faisait des années qu'il n'avait pas touché les pieds de sa mère. Et, à la vérité, jamais il n'aurait pensé les retoucher un jour.

« Oui, lâcha-t-elle avant de lever les sourcils. Ce serait gentil. »

Il s'installa sur le canapé et prit un pied sur ses cuisses, comme il le faisait autrefois. La gêne que lui procurait une telle proximité était presque douloureuse. Il tâta le talon d'une main hésitante. Tout était là, la moiteur familière, les petites touffes de poils sur les orteils, les ampoules éclatées, les ongles sales.

« Est-ce que ton père va bien ? demanda-t-elle.

— Il va bien. Il regarde la télé. »

Elle sembla se détendre, la tête renversée contre le coussin. Il s'appliqua, utilisant ses deux mains afin d'appuyer comme il le fallait. Il avait toujours été doué pour ça. Il avait souvent eu l'occasion de s'entraîner, ces soirs où son père était occupé dans son bureau et où sa mère posait son journal et lui demandait de lui masser les pieds. Il y avait quelque chose d'enjôleur dans sa manière de dire qu'elle n'avait jamais le temps de s'asseoir au travail ; c'était le seul moment où elle se comportait de cette manière avec lui. À présent, et même plus encore qu'avant, il voyait la preuve de tout ce qu'elle lui avait raconté : toute sa carrière était inscrite dans ses veines qui battaient, ses muscles raidis, ses cors et ses oignons, ses callosités et ses crevasses. Elle portait des chaussures en bon état, mais elles ne faisaient que camoufler les stigmates d'une vie surchargée, et il n'existait aucun moyen de cacher la vérité lorsqu'elle les enlevait.

Il chercha la douleur, essaya de l'en libérer. Elle étouffa un cri de soulagement. Dans un instant, sa mère reviendrait de sa béatitude, quand elle se souviendrait combien il l'avait déçue, mais pour l'heure, sans doute pensait-elle simplement au plaisir qu'elle ressentait. Il avait plus de force dans les mains qu'auparavant. Autrefois, il lui demandait quand il pouvait arrêter, et elle lui disait : « Encore une minute » d'une voix attendrissante, jusqu'à ce qu'il lui réponde qu'il était fatigué et qu'elle cède ; mais à présent, il ne se fatiguait plus aussi facilement. Ce serait à elle de lui dire quand elle en aurait assez. Dans le petit salon, la télévision grondait toujours. Connell prit l'autre pied de sa mère sur ses cuisses pour pouvoir passer de l'un à l'autre. Il pensa à la dent au fond de sa poche. Ce serait sans doute la dernière fois de sa vie qu'il lui masserait les pieds, car il était peu probable que les circonstances les réunissent à nouveau ainsi. Le lien qu'il avait avec sa mère et sa capacité à se rapprocher d'elle avaient des limites. Ce genre de choses était plus facile avec ses petites amies. Il leur proposait toujours de leur masser les pieds, en y mettant toute son affection et en espérant qu'une partie du bien-être procuré leur collerait à la peau ; peut-être souhaitait-il que cette affection lui soit rendue, mais si ce n'était pas le cas, il en faisait don malgré tout, et même davantage, car tout le monde devait avoir à offrir quelque chose de soi.

75

ELLE NE POUVAIT PAS COMPTER SUR SON FILS, et ne voulait pas faire appel à une nouvelle infirmière. Le moment était donc venu d'approcher les choses différemment, même si le vrai problème demeurait : elle était pieds et poings liés à Ed.

Tout ce qu'elle faisait lorsqu'elle n'était pas au travail, elle devait le faire avec lui. Ce dont elle avait besoin, c'était de quelqu'un qui serait présent la plupart du temps, sans organisation trop précise, qui pourrait la libérer et lui permettre d'avoir un minimum de vie à elle ; quelqu'un qui pourrait relever Ed sans effort lorsqu'il tomberait. Cette personne pourrait peut-être même l'aider à réaliser des petits travaux dans la maison, si nécessaire. Peut-être que depuis le début, elle avait besoin d'un homme.

S'il s'agissait de prendre quelqu'un à plein temps, elle devait trouver l'argent pour le payer. Elle décida de profiter de la baisse significative des intérêts de son emprunt immobilier. Elle revit son plan pour faire tomber son taux de dix virgule trois pour cent à environ huit pour cent, ce qui lui donna une petite marge supplémentaire chaque mois.

Elle fit d'abord passer le message à son travail, posa des petites annonces dans la rue, mais rien. Puis l'une de ses infirmières, Nadya Karpov, lui parla de son frère aîné, Sergei, un homme fiable et qui avait assez de force – même trop, au dire de Nadya, pour être chauffeur de taxi de nuit. Il n'avait pas d'expérience en tant que garde-malade, et allait sur ses cinquante ans ; cependant, il ferait parfaitement l'affaire car il était calme et patient. De plus, s'il n'avait pas de voiture et vivait à Brighton Beach, il était prêt à effectuer le long trajet par la ligne A puis par le métro Nord.

Eileen était bien consciente que les neuf cents dollars hebdomadaire qu'elle proposait représenteraient une dépense significative : c'était presque tout ce que rapportaient la pension d'Ed et les remboursements de la Sécurité sociale, une fois les taxes payées. Selon Nadya, Sergei sauterait probablement sur cette occasion de passer une partie de sa semaine à Westchester, loin de sa femme.

« Elle est russe », souligna-t-elle d'un air entendu, les sourcils levés, et Eileen acquiesça en retour, bien qu'elle ne sût rien de la terreur que pouvaient inspirer les épouses russes.

« Nous avons de la visite aujourd'hui, déclara-t-elle à Ed un peu avant l'arrivée prévue de Sergei et Nadya pour l'entretien d'embauche. C'est une amie du travail et son frère. Il s'appelle Sergei. Je crois que tu vas bien l'aimer. Il est très content de faire ta connaissance. Il n'a pas beaucoup d'amis dans le coin. Ils viennent de Russie. Je compte sur toi pour qu'il passe un bon moment. »

Après cette annonce, Ed s'assit à la table de la cuisine sans bouger. Eileen aurait voulu qu'il reste dans le petit salon, qu'il dégage le passage afin de donner à Sergei quelques minutes pour faire le tour de la maison et s'habituer aux environs. Elle avait l'intention de le présenter à Ed après lui avoir montré comme leur maison était charmante, et quel genre de personnes elle et Ed étaient. Mais Ed refusa de bouger. Eileen voyait d'ici la scène – dans moins d'une minute, quand Sergei arriverait, Ed se triturerait les mains en hurlant, et elle lirait sur le visage de Sergei : *Cette situation est trop compliquée, trop bizarre, trop gênante, ils trouveront une autre solution.* Puis il dirait : *J'ai été ravi de vous rencontrer, vous et votre mari* ; il la quitterait après un au revoir poli, et elle resterait de nouveau avec Ed, et avec Connell qui déambulerait dans la maison comme un fantôme, attendant de retourner à ses études.

Eileen tenta d'amadouer Ed avec une assiette de fromage et de crackers, mais il se contenta de marmonner dans sa barbe, à la table de la cuisine. Elle lui lança un signe de la main, tapota le coussin à côté d'elle, mais il ne cilla pas. Il avait dû deviner qu'elle était en train de préparer un coup.

Alors elle éteignit le téléviseur et le rejoignit dans la cuisine pour remplir une coupelle de pot-pourri, comme si elle essayait de vendre la maison – et, d'une certaine manière, c'était le cas. Elle savait que les Russes étaient de grands lecteurs ; peut-être que Sergei aurait le coup de foudre pour les livres d'Ed ; peut-être que ces livres éveilleraient en lui l'envie de perfectionner sa grammaire, de gravir les échelons.

Elle se versa un verre de vin et voulut parcourir le journal, mais elle restait bloquée sur la même phrase, qu'elle lisait en boucle. Quand la sonnette retentit, elle bondit de son siège et se dépêcha d'aller ajuster le col d'Ed qui rebiquait. À travers la petite lucarne, elle vit Nadya qui souriait à pleines dents et son frère, véritable mastodonte, derrière elle.

Sergei enleva sa casquette en franchissant le seuil ; il lui serra la main, puis il entra plus avant dans la maison et salua Ed. Il semblait remplir toute la pièce. Il était plus petit qu'Ed, mais plus large d'épaules. Une calvitie naissante était visible au sommet de son crâne, ses cheveux étaient gris et clairsemés sur les côtés, mais autrement il était l'image même de la virilité : rougeaud, des poils sortants de son col de chemise. Il dégageait aussi un formalisme discret, en dépit de son jean et de sa veste en cuir.

« C'est magnifique, chez toi ! s'extasia Nadya. Et ton quartier, c'est magnifique ! Hein, Sergei, c'est magnifique, pas vrai ? »

Il hocha la tête. Eileen les invita à s'asseoir et les débarrassa. Quand elle revint, Nadya était installée à côté d'Ed, Sergei en face de lui. Nadya regardait Ed avec des yeux émus.

Eileen lui avait pourtant demandé de ne pas se comporter ainsi, de faire comme s'ils n'étaient là que pour une petite visite anodine. Elle fut néanmoins soulagée de voir comment Sergei gérait la situation. Lui aussi affichait un air compatissant, mais il était adossé au canapé et laissait de l'espace à Ed. Sa posture disait qu'il comprenait quelque chose de ce qu'Ed traversait. Ses mains rappelaient à Eileen celles de son père. Elle les imaginait parfaitement attraper les tonneaux de bière, les fixer sur le camion à l'aide d'un gros crochet en métal, avant de les déposer dans les caves. Elle imaginait parfaitement Sergei frapper les tonneaux avec une barre pour les ouvrir, sans se faire éclabousser par la pression qu'ils relâchaient.

Elle laissa Ed avec Nadya et fit faire le tour du propriétaire à Sergei. Dans la chambre d'amis, elle entendit le plancher craquer sous ses pas et, l'espace d'un instant, elle craignit qu'il passe à travers, que cette maison ne puisse pas supporter son poids.

Ed se réveilla à trois heures du matin, dans un état de rage folle. Elle essaya de lui masser le crâne, mais il rejeta sa main et se mit à pester entre ses dents. Ce fut alors qu'elle sentit l'humidité des draps. Il avait sans doute vidé toute sa vessie dans le lit. Elle veillait pourtant à le conduire aux toilettes avant de le coucher, mais elle avait peut-être oublié ce soir-là. Ce n'était pas la première fois qu'il urinait dans le lit, et elle parvenait en général à dormir en dépit des draps humides. Mais cette fois-ci, il s'agissait d'une véritable inondation.

Pendant quelques jours, Eileen avait expérimenté sur lui les couches pour adultes, mais Ed s'était plaint qu'elles étaient trop serrées et faisaient du bruit chaque fois qu'il bougeait. Le vrai problème, elle l'avait compris, était l'humiliation qu'il ressentait à les porter. Une nuit, il avait enlevé sa couche et fait pipi au lit malgré tout. Elle avait abandonné après cela.

Gémissant, tout rouge à force de s'être agité, Ed sauta du lit et commença à errer dans la maison, concentré sur quelque chose d'invisible. Eileen effectuait des va-et-vient entre le drap qu'elle était en train de remplacer et l'escalier dont elle devait éloigner Ed pour éviter qu'il ne dégringole. Une fois sa tâche accomplie, elle lui enleva son T-shirt, mais il refusa qu'elle lui change ses sous-vêtements. Elle était trop fatiguée pour se battre avec lui, alors elle le laissa retourner au lit trempé, dans les draps tout propres. Elle ne ferma pas l'œil de tout le reste de la nuit ; ses mains ne cessaient de dériver vers le caleçon d'Ed pour voir s'il avait séché.

Elle fit le ménage de fond en comble avant l'arrivée de Sergei. Prendre un étranger chez elle la rendait nerveuse. C'était un dimanche, le début de sa semaine de travail. Elle n'avait jamais aimé les dimanches soir, qui la remplissaient d'une angoisse rampante datant de l'école primaire.

Pendant les jours qui avaient précédé l'arrivée de Sergei, elle avait souvent parlé de lui à Ed, l'air de rien, dans l'espoir que les informations qu'elle lui donnait rendraient sa présence dans leur vie naturelle. Elle avait l'impression de se comporter comme Ed avec ses rats de laboratoire, à l'époque où il leur administrait de petites doses, non létales, de cocaïne.

« Sergei va nous aider à la maison », disait-elle ici. « Sergei s'occupera de certaines choses pour nous », disait-elle là. « Sergei sera là dimanche. » « Sergei restera peut-être la semaine. »

Ce matin-là, ils s'arrêtèrent à la messe quelques minutes, puis elle promena Ed en ville pendant deux heures. Il se conduisait mieux quand il était fatigué. Cependant, lorsqu'elle alla ouvrir la porte et invita Sergei à entrer, Ed répéta : « Non ! » inlassablement, jusqu'à ce que ce mot ne soit plus parlé, mais devienne un hurlement émis par une voix haut perchée qui évoquait celle d'un bébé.

« Cet homme est ici pour nous aider, déclara Eileen à Ed, dont le visage devenait violet. Est-ce que je peux te dire quelque chose ? Cet homme n'est pas là pour toi. Est-ce que tu comprends ? Il est là pour que *je* n'aie pas à m'inquiéter à ton sujet quand je ne suis pas là. Il est là pour *moi.* »

Ed commença à se calmer ; la couleur violette disparut petit à petit de son visage, puis il sembla pouvoir respirer à nouveau.

Eileen se réveilla au beau milieu de la nuit pour trouver Ed à moitié sur elle, en train de s'agiter gauchement. Elle ignorait si cet acte était conscient, ou même si Ed était réveillé. Elle l'aida à se réallonger, laissa le cœur d'Ed retrouver son rythme normal, puis grimpa sur lui. Ils firent l'amour avec maladresse, et un peu tristement aussi, mais le sang courait toujours dans les veines d'Eileen, et il s'agissait là d'une vraie marque d'attention entre époux. Nombre de ses amies n'auraient pu en dire autant.

Sergei resta jusqu'à son retour du travail, le vendredi. Elle aurait pu lui donner moins que neuf cents dollars par semaine, mais elle voulait conférer à ce travail une certaine solennité en le rémunérant ainsi ; de plus, elle enlevait un homme à son foyer, à sa femme, même si Nadya affirmait que Sergei se réjouissait d'être ailleurs.

La mission principale de Sergei consistait à préparer les repas et à tenir compagnie à Ed. Les vendredis soir étaient assez gênants, car l'aspect financier de leur relation ressortait alors. Eileen comptait une pile de billets de cinquante, la pliait en deux et la lui tendait en évitant de croiser son regard. Certains vendredis, il terminait de regarder une émission avec Ed avant de partir. À d'autres occasions, il attendait déjà près de la porte quand elle arrivait. Même lorsqu'il semblait content d'échanger quelques mots avec elle, il ne parlait pas beaucoup, à cause de son anglais approximatif. Grâce à cela, Ed et lui faisaient bon ménage. Eileen les imaginait, en son absence, marmonner tous les deux tels des hommes de Cro-Magnon. Il y avait pire comme image. Sans doute aurait-elle réagi avec dégoût si elle avait eu ce spectacle sous le nez, mais cela ne voulait pas dire qu'elle ne pouvait pas s'en réjouir secrètement.

76

SA MÈRE SE DEMANDAIT CE QU'IL FAISAIT ENCORE ICI, pourquoi il n'était pas retourné à l'université. La vérité était que s'il acceptait de se voir comme un raté, il n'arrivait pas à se considérer comme un sociopathe. Partir simplement, comme ça, leur tourner littéralement le dos – cela aurait été trop dur à encaisser pour lui. Il voulait penser qu'il était capable de se confronter à la réalité, alors il avait d'abord dit à sa mère qu'il serait là pour aider quand il le pourrait, mais qu'il refusait d'avoir son père complètement à sa charge ; elle lui avait répondu qu'il ne devait pas s'en inquiéter. Pour finir, il lui avait simplement annoncé qu'il resterait dans le coin, car il ne souhaitait pas retourner à Chicago de tout l'été.

Un matin, pendant le petit déjeuner, il annonça à sa mère qu'il allait rendre visite à son ancien professeur, M. Corso.

« C'est bien, lui dit-elle de cette voix monotone qu'elle lui réservait, maintenant qu'il avait pris sa décision.

— J'ai pensé qu'il pourrait peut-être me donner des conseils, m'aider à y voir plus clair.

— Ce n'est pas le genre de choses qu'on demande à un professeur, remarqua-t-elle, d'un ton un peu moins indifférent. C'est quelque chose dont tu devrais parler avec ton père. Il est toujours ton père.

— Je ne sais pas ce que je pourrais lui dire. Je ne saurais pas comment lui expliquer.

— Qu'est-ce que tu comptes demander à ton professeur, alors ?

— M. Corso comprend les choses rapidement.

— Je ne connais personne qui comprenne les choses plus rapidement que ton père.

— Maman, arrête un peu. Papa n'est plus lui-même.

— Ton père est toujours la personne avec qui tu devrais parler de ça. Je me fiche que ton M. Corso soit génial. C'est le roi Salomon, peut-être ? C'est Marc-Aurèle ? Non ? Alors, tu vas aller parler à ton père. Il est encore là. »

Connell et M. Corso s'installèrent dans le bureau rempli de trophées du professeur, entourés par des photos où il posait avec d'anciens élèves qui avaient réussi - avocats éminents, hommes d'affaires à Hollywood. Connell n'était pas sûr de la raison qui l'avait poussé à venir : la quête d'un soutien, de conseils, ou simplement le devoir d'être au contact de cet homme, pendant un moment. Connell se souvenait d'avoir vu d'anciens élèves dans le bureau de M. Corso quand il était lui-même au lycée. Il n'était pas difficile de comprendre pourquoi ils étaient revenus, même plusieurs dizaines d'années après leur scolarité : M. Corso était le genre d'homme qui savait comment faire cuire un steak à la perfection dans sa maison de vacances à Breezy Point, et expliquer pourquoi Dostoïevski avait damé le pion à Tolstoï. Pour M. Corso, la vie était une compétition et, d'une manière ou d'une autre, il parvenait toujours à vous persuader de faire équipe avec lui.

« Je n'arrive vraiment pas à croire que vous ayez arrêté le base-ball, lui dit-il en s'adossant contre son fauteuil en cuir rouge, les mains derrière la tête. Avec un bras comme le vôtre ! »

M. Corso n'avait pas cessé de l'asticoter depuis la première, quand, juste après le début de la saison de baseball, Connell avait décidé de changer d'option et choisi le club de débats. M. Corso aimait discuter et argumenter presque autant que M. Kotowski, qui s'occupait d'encadrer les débats ; mais, après les cours, c'était avec l'entraîneur sportif des étudiants de première année que M. Corso traînait, élaborant avec lui des stratégies sur le banc de touche tout en mâchonnant des graines de tournesol. Il entretenait une rivalité amicale avec M. Kotowski, dont la diction irréprochable, nette et précise s'était imprimée sur des générations d'élèves comme une marque de fabrique et dont le discours de début d'année avait, ainsi que le grommelait souvent souvent M. Corso, l'art de déprimer tous les élèves de seconde. À eux deux, ils semblaient diviser le monde.

« Je me suis inscrit en lettres, annonça Connell. Je voulais vous en remercier. Vous n'y êtes pas pour rien. »

M. Corso se mit à rire et se balança dans son fauteuil, les ressorts grinçant sous son poids.

« Ne viens pas pleurer dans vingt ans quand tu regarderas ton compte en banque. »

Il se pencha en avant et croisa les doigts, les coudes posés sur son bureau. Connell aperçut des taches roses sous son bronzage. Il y avait de l'enthousiasme et de la conviction dans les yeux du professeur, sous ses doux sourcils. Son visage buriné, tavelé, lui conférait une note supplémentaire de gravité et de rudesse. Connell avait passé son année de première à avoir peur de M. Corso, après avoir laissé tomber le base-ball, mais au moment de choisir son option, en terminale, il avait opté pour son cours de littérature moderne. Après un semestre de Joyce et de Faulkner, Connell avait surtout retenu les petits échantillons de sagesse paternelle que M. Corso glissait dans ses cours. Une fois, il leur avait expliqué l'impact que l'offre et la demande avaient sur les prix en leur demandant d'imaginer un vendeur de hot dogs à qui il ne resterait qu'un seul pauvre sandwich à vendre sur son chariot, alors que la pluie commençait à tomber.

« Vous croyez qu'il vous le vendrait combien, ce hot dog ? avait ajouté M. Corso. Vous pensez que le prix des choses a été gravé sur des tablettes tombées du ciel ? »

« Où est-ce que vous allez travailler cet été ? demanda M. Corso.

— Je suis rentré chez moi pour aider mon père, répondit Connell nerveusement. Mais je ne crois pas être très doué pour jouer les infirmières. Vous voyez ce que je veux dire… »

M. Corso le regarda en silence pendant quelques instants.

« Qu'est-ce qui vous fait penser que vous avez le droit de vous défiler ainsi ?

— Ma mère a pris quelqu'un. C'est mieux pour tout le monde.

— Vos parents sont des gens bien, déclara M. Corso avec un léger grondement dans la voix. Mais vous n'avez pas encore la moindre idée de ce que cela signifie dans la vie, n'est-ce pas ? »

Connell détourna les yeux. Un nouveau silence s'ensuivit.

« Les gars de votre club de débats, est-ce qu'ils ont des jobs d'été ?

— Plutôt des stages rémunérés, dit Connell. Dans de grandes entreprises.

— Et vous avez envie de travailler ? »

Connell savait maintenant que c'était la raison pour laquelle il était assis là, même si cela n'avait pas été clair jusqu'à présent.

« Oui, fit-il en hochant la tête. J'ai besoin d'un travail.

— Vous êtes capable d'assumer un vrai travail ? »

M. Corso pianota sur son bureau. Il avait des phalanges épaisses, des ongles parfaitement coupés. Un autre silence passa, pendant lequel Connell sentit les poils de ses bras et de ses jambes se hérisser sous l'effet de l'air conditionné.

« Oui.

— Le responsable d'un immeuble pas très loin d'ici, sur Park Avenue, cherche parmi nos élèves de terminale des gens pour l'aider pendant l'été. Pour assurer l'accueil, faire le portier… »

Il compulsa une pile de documents posés sur son bureau et en sortit une feuille comme s'il avait su qu'elle était là depuis le début.

« Il n'a pas un fils pour l'aider ? » demanda Connell.

M. Corso étouffa un rire.

« Il n'a que dix ans, le pauvre. Le recrutement commence dans quelques jours. »

Connell essaya de cacher son embarras à se voir proposer ce travail, en faisant une petite plaisanterie :

« Vous voulez que je lui dise que je suis votre taupe ?

— Non, mieux vaut que cela reste entre nous, répliqua M. Corso en pliant le papier en trois avant de le tendre à Connell dans un geste solennel. Si vous faites du bon boulot, il devrait pouvoir vous reprendre pendant, quoi ? au moins les cinq prochains étés. Tout dépend de ce que deviendra son fils. Et on appellera ça "La Bourse Connell Leary", en l'honneur de votre carrière d'athlète loupée. »

77

CONNELL ÉTAIT PRÉPOSÉ AU SOUS-SOL. À côté de l'un des quatre ascenseurs, il attendait que l'interphone sonne et que le voyant lumineux s'allume pour lui dévoiler sa prochaine mission. Il montait au bon étage, où l'attendaient les gens qu'il devait escorter – des gouvernantes jusqu'à la buanderie, des propriétaires jusqu'à la cave où ils stockaient leurs trésors.

Au sous-sol travaillaient aussi des Albanais, des jeunes comme lui, mais pas des étudiants, ou alors un peu plus âgés. Connell voyait, à la manière sèche dont ils répondaient à M. Marku, qu'ils ambitionnaient d'arriver jusqu'au rez-de-chaussée. Certains jouaient les durs ; d'autres, des immigrés plus récents, ne parlaient pas bien anglais. Il avait de meilleures chances qu'eux d'être promu, si seulement il prenait la peine de se couper les cheveux et de raser son bouc mal taillé, mais il s'en moquait. Il ne faisait que passer, et nul doute que M. Marku l'avait compris en un regard.

Il fut appelé par une jolie fille au pair. Pendant qu'elle enfournait les draps de son employeur dans le sèche-linge, il fantasma, imaginant la séduire et stopper l'ascenseur entre deux étages pour faire l'amour avec elle à l'intérieur. Après l'avoir raccompagnée jusqu'aux étages, il resta sur le palier et essaya de se représenter les chambres de l'autre côté de la porte. Il redescendit au sous-sol et s'assit sur une chaise en pensant toujours à elle, puis il finit par se lever pour aller s'enfermer dans les petites toilettes des vestiaires. Mais Sadik l'interrompit en frappant à la porte, et il ne put terminer son affaire.

Il poussa la benne à ordures dans le monte-charge et monta jusqu'au dernier étage pour faire sa tournée, déversant le contenu des poubelles dans la benne. Mme Braverman, une ancienne de l'immeuble, au douzième étage, lui ouvrit la porte avec à la main un Coca-Cola tout droit sorti d'un petit réfrigérateur qui en était rempli. Elle semblait rester en vie dans le seul dessein de distribuer de menus cadeaux à l'équipe de service. L'état de décrépitude dans lequel se trouvait son appartement déconcertait Connell : ce vieux mobilier, ce papier peint qui se décollait. Il n'y avait là rien des splendeurs qu'il apercevait dans les autres logements, avec les plaques de marbre qui recouvraient les plans de travail des cuisines, aussi immenses que le ponton d'un lac. Cette femme avait des enfants, mais ils ne lui rendaient jamais visite. Avoir de l'argent ne garantissait donc pas de vieillir dans la dignité.

La présence de Connell surprit M. Caldecott, de l'appartement 10 B, quand ce dernier ouvrit la porte pour jeter son sac-poubelle. Il se dépêcha de la refermer. Connell se sentait comme un voyeur sur qui un projecteur aurait été braqué. Ce sentiment n'était pas infondé : même les hommes de service les plus fiers faisaient de temps en temps la même chose que lui, la veille : fouiller dans les poubelles et le conteneur à papier, à la recherche moins d'objets à récupérer que de preuves de la puissance des propriétaires – des relevés bancaires, des notes de travail, des tickets de caisse révélateurs, tous ces merveilleux détails de leur vie.

L'après-midi, le bâtiment plongeait dans la torpeur postprandiale et Connell s'adossait contre le mur de briques près de l'ascenseur de service, pour lire *L'Homme invisible*. Au lieu de livrer bataille contre la Monopolated Light and Power, il était coincé au milieu d'un labyrinthe de couloirs austères, illuminés çà et là par de faibles néons. La seule source de lumière normale se trouvait dans le monte-charge

– une ampoule nue. Une fois, il avait bien essayé de placer sa chaise directement à l'intérieur, mais des bruits de pas dans le couloir l'en avaient aussitôt délogé.

Officiellement, il n'était pas censé lire du tout, mais cette activité était tolérée du moment qu'elle ne s'accomplissait pas dans le confort. Aussi restait-il debout pendant des heures devant le monte-charge et planquait son livre quand quelqu'un approchait. Chaque fois que M. Marku passait – les jours où il était de bonne humeur, il annonçait sa présence par un sifflotement mélodieux –, Connell braquait les yeux sur le panneau lumineux tel un singe de laboratoire attendant le stimulus de l'expérimentateur. Une fois, cependant, il fut trop lent à dissimuler son livre. M. Markus ne lui lança aucune réprimande, ne lui posa aucune question ; il se contenta d'énoncer une série de tâches à exécuter, comme s'il possédait des pouvoirs de divination.

« Tu vas sortir et passer le balai dans tout le périmètre, lui dit-il. Puis tu iras chez l'épicier et me rapporteras un paquet de Marlboro Light et un pack de Heineken. » (La première fois que M. Marku l'avait envoyé acheter de la bière, Connell avait répondu qu'il n'était pas assez âgé, à quoi M. Marku avait rétorqué, très justement : « Lorsqu'ils te voient dans cette tenue, ils ne posent jamais de questions. »)

« Quand tu reviendras, tu commenceras par les escaliers de secours. »

Personne n'utilisait jamais les escaliers de secours, mais Connell y avait déjà passé la serpillière trois fois cette semaine-là. Il y avait quatre volées de marches, avec seize marches chaque fois. La poussière n'avait jamais le temps de se redéposer.

78

IL FAISAIT UNE CHALEUR INHABITUELLE CE SOIR-LÀ. Le parfum musqué des fleurs qu'Eileen avait plantées s'éleva sur son passage tandis qu'elle sortait de la voiture. Sergei se trouvait à l'arrière de la maison, fumant une cigarette sous le ciel étoilé. Elle le salua avec maladresse, ne sachant pas si elle devait l'inviter à entrer, étant donné qu'il n'avait pas besoin de sa permission. Il semblait presque l'attendre.

Elle monta à l'étage. Un moment plus tard, la toux rapide et fracassante de Sergei annonça sa présence à l'intérieur. Il était étrange d'entendre un homme dans la maison quand son mari était au lit à côté d'elle, mais depuis que Sergei était arrivé, elle avait retrouvé le sommeil. Elle n'était même plus dérangée par les crises de colère nocturnes d'Ed ; elle se contentait de rester au lit, à moitié endormie, et de le laisser faire les cent pas dans la chambre.

Après que Sergei eut monté l'escalier, elle resta éveillée, dans son lit, à écouter les voix et les rires étouffés de l'émission qu'il regardait à la télévision dans sa chambre et, de temps en temps, son rire étouffé.

Ce qui se passait dans cette chambre une fois qu'il en avait refermé la porte était un mystère. Elle y était déjà entrée en son absence, mais n'avait trouvé que très peu d'indices. Il y avait le téléviseur, un poste de radio, un fauteuil et une table de nuit. Une petite pile de livres russes traduits en anglais, un dictionnaire russe-anglais, un flacon d'after-shave, et la valise que Sergei transportait toujours. Et il y avait le lit, bien sûr.

Au plus profond d'elle, un frisson de désir malvenu s'éleva. Elle resta là, essayant de l'ignorer, mais il l'avait si fortement imprégnée qu'elle sentit un courant électrique dans le bout de ses doigts. Il faisait une chaleur étouffante dans la chambre, et les draps lui grattaient la peau. Même si elle savait qu'elle ne devait pas le faire, que ce geste serait une trahison, même si Ed était en train de dormir à côté d'elle, elle commença à se caresser, chose qu'elle n'avait pas faite depuis des années, jusqu'à jouir en laissant échapper un petit cri. Ce cri avait eu quelque chose de triste, et après avoir repris quelques respirations, rapides et sèches, elle éprouva une dérangeante insatisfaction. Une seconde tentative ne produisit aucun résultat.

79

CONNELL N'AVAIT PAS ENTENDU M. MARKU ARRIVER. Lorsqu'il leva les yeux de son livre, il le trouva debout devant lui et poussa sans le vouloir un petit cri étranglé.

« Suis-moi », lui dit M. Marku. Connell se leva, mais il l'arrêta en ajoutant : « D'abord, attache-moi ces journaux. »

Quand Connell entra dans son bureau, M. Marku regardait fixement son grand aquarium.

« Tu lis beaucoup », remarqua-t-il.

Connell acquiesça nerveusement.

« Tu as entendu parler de *La Chute* de Camus ? »

Il soupçonna un piège. M. Marku lâchait toujours ces bombes à la fin du service, pour vous prendre de court. Connell était dans son collimateur depuis son retard au service de sept à trois heures, un samedi. À croire que M. Marku ne dormait jamais, qu'il avait placé des caméras à chaque entrée et chaque sortie. Mais depuis, Connell avait appris que Sadik l'avait dénoncé. Les gars capitalisaient sur ce qu'ils pouvaient.

« Oui, répondit-il, mais je ne l'ai jamais lu. »

M. Marku était fier de l'année qu'il avait passée au Iona College avant que ses obligations familiales ne le forcent à quitter l'université. Plus d'une fois, il avait mentionné qu'il avait failli obtenir un diplôme de littérature.

« C'est une parabole de l'enfer, lui dit M. Marku. Le diable est symbolisé par un tenancier de bar. » Il fit un simple geste de la main. « C'est trop compliqué à expliquer. » Il sortit d'un petit coup sec une cigarette de son paquet et l'alluma dans ce bureau sans fenêtre. « Tu vas revenir mercredi à six heures quarante-cinq du matin. » Il lui tendit un paquet de linge plié. « Tu porteras cet uniforme de portier. Tu te raseras. »

80

TANDIS QUE BETHANY FAISAIT MARCHE ARRIÈRE DANS L'ALLÉE, Eileen aperçut Connell qui arrivait. La plupart des soirs, il rentrait à la maison après minuit ; et parfois, quand il ne travaillait pas le lendemain, au lever du soleil. Eileen baissa sa vitre.

« Il y a du poulet dans le frigo. »

Elle s'attendait à un simple petit geste de la main en guise de réponse, mais il s'arrêta.

« Où est-ce que tu vas ? »

Elle se tourna vers Bethany, qui lui prit la main et la pressa légèrement.

« Je sors un moment, répondit-elle. Il y a des pommes de terre, aussi. Tu n'as qu'à les faire réchauffer dans le micro-ondes. »

Lorsqu'elle rentra à la maison, Sergei attendait dans la cuisine, buvant à petites gorgées ce qui ressemblait à du café, même si sa tasse aurait tout aussi bien pu contenir de la vodka.

« Dure journée aujourd'hui, lâcha-t-il.

— Ça ne s'est pas bien passé ?

— Même en Russie, je n'aurais pas travaillé aussi dur.

— Comment ça ? Qu'est-il arrivé ?

— Ça sert à rien d'en parler.

— Est-ce qu'Ed va bien ?

— Il dort.

— Tant mieux, dit-elle.

— Ce n'est pas grave pour moi de travailler dur. Mais votre mari, c'est un travail très dur. » Il avait prononcé ces mots avec un sifflement qui indiquait une certaine estime professionnelle. Elle acquiesça par solidarité. « Il a étalé de la merde sur les murs de la salle de bains, poursuivit-il. J'ai nettoyé. Entre les carreaux. Tout est propre.

— Merci, répondit-elle. Je suis désolée.

— Ça vous dérange si je… ? »

Il avait sorti son paquet de cigarettes et en avait déjà une à la bouche. Il alluma son briquet d'un air distrait.

« Allons dehors », proposa-t-elle.

Ils restèrent dans le patio pendant que Sergei fumait sa cigarette. Eileen ne savait pas quoi dire, alors elle se tut. Il tirait sur sa cigarette en la couvant du regard.

« Vous voulez ? proposa-t-il en lui tendant son paquet.

— Non merci, je ne fume pas.

— Essayez, insista-t-il. Juste une fois. C'est très relaxant. »

Elle n'avait jamais fumé de sa vie. En dehors du fait qu'elle trouvait idiot de s'exposer volontairement à un cancérogène, elle avait toujours considéré les cigarettes comme abominables, nocives et malodorantes – à part pendant une brève période, au lycée, où elle était tombée amoureuse d'un garçon qui fumait et s'était laissé intoxiquer par l'arôme mélangé de son eau de Cologne et de sa sueur, par le goût de sa bouche, et le sentiment puissant qu'elle ressentait quand elle l'embrassait juste après une cigarette. Mais le souvenir de sa mère fumant en permanence l'avait rendue amère. Son ventre se vrillait chaque fois qu'elle voyait un cendrier plein ; comme si quelqu'un allait la forcer à manger tous ces mégots, un par un. Imaginer le goût de la cendre lui donnait la nausée.

« Très bien », dit-elle, et elle lui prit une cigarette.

Il en allait ainsi de la vie, parfois ; pendant des années, les choses se passaient d'une certaine manière, et puis, en un clin d'œil, presque sans que personne en ait conscience, ce n'était plus le cas, comme si une valve s'ouvrait, relâchant toute la pression qui soudait les apparences. Elle tendit la main pour attraper le briquet, mais il saisit sa propre cigarette et alluma celle d'Eileen avec son bout incandescent.

Elle aspira quelques bouffées sans difficulté. Lorsque Sergei lui dit d'en prendre une plus grande, elle s'exécuta, les yeux fixés sur lui, cherchant son approbation. Il souriait avec un air amusé. Alors ses poumons se remplirent de chaleur et elle se mit à tousser bruyamment.

« Ne vous moquez pas de moi, dit-elle.

— Ça arrive tout le temps.

— Plutôt aux adolescents, d'habitude. Pas aux femmes de cinquante-quatre ans.

— Ça m'est arrivé à moi, répondit-il d'une voix douce. Et vous n'avez pas cinquante-quatre ans.

— Mais si.

— Sur le papier peut-être… (Il bougeait d'une manière presque imperceptible, qui seyait bien à un Russe.)… mais pas dans la réalité. »

Elle rougit.

« Je crois que j'en ai terminé avec ça », déclara-t-elle en faisant tomber la cigarette par terre avant de l'écraser.

Elle avait presque tout fumé ; gênée, elle donna un coup de pied dans le mégot pour l'envoyer derrière elle, vers la maison.

« Vous travaillez très dur, constata Sergei en fumant toujours. Ma femme n'a pas travaillé depuis trente ans.

— Merci », répondit-elle – réponse absurde.

Parler à Sergei la mettait mal à l'aise. Elle avait mis cela sur le compte de la langue, au départ, mais à présent, elle commençait à croire qu'il s'agissait d'autre chose, d'une tension enracinée dans l'étrangeté que représentait la présence d'un homme sous son toit.

« Je ne voulais pas continuer à travailler après soixante ans », ajouta-t-il en terminant sa cigarette.

Ils rentrèrent. Sergei s'assit à la table en jetant un coup d'œil au journal pendant qu'elle débarrassait le couvert.

Elle ne l'avait pas entendu approcher, et elle lui tournait le dos mais il n'y avait pas d'erreur possible : Ed les avait rejoints. Elle le savait car son ventre se serra. Et Ed produisait le bruit de bouche sec qui lui était devenu habituel lorsqu'il tentait de faire sortir des mots, comme le cri de détresse d'un oiseau.

Sergei posa le journal et lança à Ed un long regard plein de compassion.

« Assieds-toi. Je vais préparer du thé, dit Eileen à Ed.

— Non, bégaya-t-il, et le bruit sec devint encore plus désespéré.

— Ed, chéri. S'il te plaît. »

Sergei leva une main pour l'interrompre. Il fit un geste en direction d'Ed pour l'inviter à s'asseoir, pendant que lui-même se levait et passait dans la pièce voisine. Elle entendit ses pas lourds dans l'escalier et versa inconsciemment l'eau de la bouilloire dans l'évier. De la vapeur s'éleva. Lorsqu'elle se ressaisit, il n'en restait plus assez pour remplir une tasse.

« Regarde ce que tu m'as fait faire », lança-t-elle à Ed.

Il retrouva son calme, une fois Sergei sorti. Assis à la place que celui-ci avait occupée, il secouait la tête en émettant toujours son bruit sec, mais d'une façon plus douce, comme un oiseau qui roucoule.

« Non, bégaya-t-il, tout bas.

— Ça va aller, assura Eileen en se plaçant derrière lui et en lui massant le dos. Ça va aller.

— À moi », dit-il.

81

L'UNIFORME D'ÉTÉ AVAIT DES MANCHES COURTES et ne comportait pas de veste, mais le pantalon était taillé dans un mélange épais de laine et de polyester ; de plus, Connell n'était pas autorisé à retirer son chapeau. Il n'y avait pas d'air conditionné dans le hall d'entrée, si bien qu'ils étaient contraints d'ouvrir toutes les portes qui entouraient la cour, en espérant un courant d'air.

Le seul avantage de cette chaleur était qu'elle tenait à distance bon nombre des résidents. Connell chargeait le plus vite possible leurs montagnes de sacs et de vêtements suspendus à des cintres dans des Range Rover et des Jeep, il recevait en retour des billets de dix dollars et les regardait prendre la route des Hamptons ou de Long Beach Island. Même M. Marku avait quitté la ville le temps du week-end. Il avait débarqué dans le hall avec ses clubs de golf et ses polos, un vendredi après-midi, en nage mais sentant encore l'after-shave, et avait demandé qu'on lui amène sa voiture. Connell appréciait particulièrement les périodes où M. Marku n'était pas là, car il n'y avait pas de danger à lire au grand jour.

Les copropriétaires qui restaient ne présentaient pas de gros problèmes. Il y avait le grand armateur, spécialiste de l'import-export, qui étalait ses derniers cheveux sur le sommet de son crâne luisant. Il passait furtivement à travers le hall, tête baissée, poli et préoccupé, comme pour s'excuser de traverser cet espace qui n'était pas le sien. Il y avait aussi les jeunes requins qui n'avaient pas encore investi dans les Hamptons ; ils parlaient sport avec Connell, reluquaient les filles avec lui, et du moment que Connell n'agissait pas comme s'ils étaient égaux, ils ne lui faisaient pas sentir leur supériorité. Ils hélaient eux-mêmes leur taxi, lui disaient de rester assis quand il se levait en les entendant approcher ; mais si d'aventure Connell montrait qu'il considérait comme acquis le fait qu'ils se débrouillent tout seuls, alors ils lui lançaient un regard glacial qui le faisait sauter sur ses pieds, toute camaraderie oubliée.

M. Shanahan, de l'appartement 12 C, était probablement le résident qui avait le mieux réussi. Il n'était pas le plus riche – ce statut était détenu par le grand armateur –, mais le plus puissant. Il dirigeait une banque d'investissement. Il avait le genre de boîte crânienne, large et rassurante, propre aux stars de cinéma, et des dents parfaites, très peu de gras sur le corps, et de tous les gens de l'immeuble c'était lui qui se comportait le plus normalement avec les portiers. Cela ne fut donc pas une surprise pour Connell d'apprendre qu'il avait lui-même été portier, quand il était étudiant.

M. Shanahan passait beaucoup de temps avec son fils, Chase, qui était rentré de son internat pour l'été. Il se faisait déposer en voiture, en ville, et le retrouvait pour déjeuner. Parfois, il revenait chez lui de bonne heure et réapparaissait dans le hall avec son fils, tous les deux en jogging. Ils s'étiraient dans la cour avant de partir pour leur footing à Central Park, et faisaient des pompes à leur retour. Normalement, M. Shanahan n'était pas censé utiliser la cour pour ce genre d'activité, mais tout le monde détournait les yeux, car c'était vraiment un type bien et qu'il n'avait jamais l'occasion de voir son fils pendant l'année.

Parfois, M. Shanahan et Chase s'asseyaient sur le banc du hall tandis que l'un ou l'autre refaisait un lacet avant de sortir ou reprenait son souffle en rentrant. Ils se taquinaient avec bonhomie, comme deux camarades de classe ; et il était évident que M. Shanahan était fier de son fils, qui était presque aussi grand que lui – près d'un mètre quatre-vingt-cinq – alors qu'il avait à peine quinze ans. Chaque fois qu'ils quittaient l'immeuble pour aller courir, Connell sentait un pincement de jalousie.

Tout bien considéré, Connell était content de sa promotion. En début d'après-midi, cependant, lorsque le soleil baignait le hall d'une lumière éclatante et que l'air humide et épais étouffait les klaxons des voitures, les regrets l'assaillaient. Il avait non seulement abandonné son père aux mains d'un étranger, mais avait aussi obligé sa mère à faire des dépenses inutiles. Elle payait Sergei deux fois ce qu'il gagnait, pour effectuer des tâches que lui-même aurait pu réaliser gratuitement. Il devait pourtant y avoir une manière de voir la situation sous un angle moins sombre. Il devait y avoir une explication à son égoïsme. Peut-être que quelque chose le dépassait, quelque chose qu'il ne pouvait pas voir. M. Grossman, son professeur de littérature, en première année, avait un jour donné un cours sur les complexes œdipiens dans *Hamlet*. Hamlet ne comprenait pas toutes les forces à l'œuvre dans son esprit, les désirs conflictuels et les obligations. Le fait d'avoir perdu son père jeune, le fait d'avoir reçu toutes ces responsabilités, avait dit M. Grossman, avait empêché Hamlet d'agir. Peut-être que quelque chose de ce genre était également à l'œuvre dans son propre esprit, quelque chose de grand, de caché. Il avait peur de ne jamais parvenir à le distinguer clairement.

82

ELLE AVAIT PRIS RENDEZ-VOUS pour une séance privée. Cette fois aussi, Bethany était venue la chercher.

Pour insister sur le caractère officiel de cet échange, Eileen avait essayé de présenter à Rachelle un chèque dès son arrivée, mais celle-ci l'avait balayé avec malice, d'un revers de la main. Elle lui avait dit qu'elles pourraient s'occuper de cela plus tard, et l'avait invitée à s'asseoir au milieu du salon. La personnalité de Rachelle ne transparaissait nulle part – elle ne figurait pas sur les photos accrochées aux murs, par exemple ; cette maison aurait pu avoir été louée pour l'occasion.

Elles se mirent rapidement au travail. Bethany s'installa près d'Eileen et lui tint la main tandis qu'elles écoutaient Vywamus parler. Eileen ressentait presque physiquement la toile de rhétorique qui se tissait autour d'elle, mais elle se détendit malgré tout au contact de son amie.

« La véritable histoire de votre mari est plus complexe que ce qu'il paraît », dit Vywamus avec effort, sa voix se transformant en une longue toux, comme si Rachelle n'était pas encore entrée dans son personnage. Eileen aimait penser qu'elle était au-dessus des superstitions, mais au fond d'elle elle espérait que Vywamus n'annoncerait rien de mauvais. « Vous ne le connaissez que dans cette vie, mais votre fils et lui se sont battus dans des vies antérieures. Cette fois-ci, votre fils possède l'intellect et les émotions. Votre mari possède seulement l'intellect. Il se bat pour son âme.

— Vraiment ? » lâcha Eileen d'un air dubitatif.

Cette affirmation ne correspondait pas à Ed, et Eileen voulait tester Rachelle. Quiconque connaissait Ed savait qu'il ressentait les choses profondément, mais comment était-elle censée s'y prendre pour débattre avec Vywamus ?

« Mais il accomplit de bonnes choses pour lui-même, continua Vywamus. Il fait passer les autres avant lui. »

Elle pensa à la façon dont Ed priait pour Connell et pour elle-même, pas pour son propre salut. Peut-être était-ce à cela que Vywamus faisait référence – ou peut-être Rachelle savait-elle que laisser Eileen avec des sentiments négatifs n'était pas bon pour ses affaires.

« Votre fils est parti parce qu'il était en colère contre son père.

— C'est drôle, répliqua-t-elle, je pensais qu'il était parti pour aller à l'université. »

Elle essaya de sourire, mais Vywamus resta imperturbable.

« Il se bat contre votre mari depuis des millénaires. »

Tout son numéro semblait trop absurde, trop transparent, et pourtant Eileen décida de faire taire les critiques qui fusaient dans sa tête. Elle choisit de laisser son esprit s'imprégner du flot de paroles narcotiques de Rachelle. C'était celle-ci, en réalité, qui tissait cette toile, elle le savait. Mais, contre quelques centaines de dollars par semaine, on lui apportait ce dont elle avait le plus besoin : pouvoir s'extraire de sa propre vie.

« C'est vrai, on dirait que les choses se passent comme ça, parfois, déclara-t-elle.

— Vous êtes sur vos gardes, répondit Vywamus. Cela est dû à des expériences que vous avez vécues durant votre enfance. Nous savons tous les deux de laquelle il s'agit. Inutile de mettre des mots dessus pour le moment. Vous devez ouvrir une fenêtre dans votre cœur. Il y a un besoin d'air frais dans votre âme. Vous devez tendre la main à ceux que vous aimez et les embrasser avec tout votre amour.

Souvenez-vous que le contact physique joue un rôle crucial dans la manière dont nous communiquons notre amour.

— D'accord. »

Elle avait l'impression d'écouter un monologue prononcé sur un lit de mort, et se sentait étrangement encline à accepter tout ce que Vywamus lui disait.

« Votre enfant est quelqu'un de bien. Votre mari est quelqu'un de bien. Cette bataille n'a rien à voir avec ce qu'il éprouve pour vous. Dans cette vie, vous avez aidé son âme.

— Merci, répondit-elle. Merci infiniment. »

83

PAR UN APRÈS-MIDI LANGUISSANT DE DÉBUT AOÛT, M. Marku claqua des doigts en passant devant Connell et lui fit signe de le suivre au sous-sol. Une fois dans son bureau, Connell s'assit sur le vieux canapé en cuir tandis que M. Marku hurlait sur un prestataire au téléphone. Connell regarda son poisson-clown et son pterophyllum se poursuivre à travers le corail, dans l'eau salée de l'aquarium, tout en s'absorbant dans l'une de ses visions cristallisantes sur la nature des choses, lesquelles visions lui semblaient toujours moins profondes après coup. Le type à l'autre bout du fil demandait à avoir accès au bâtiment pendant le week-end afin que ses ouvriers puissent terminer leur travail plus tôt, mais M. Marku ne voulait rien entendre. Les gardiens et les portiers tenaient pour acquis que M. Marku se faisait parfois graisser la patte pour des choses comme celle-là. Mais tout en l'écoutant rembarrer cet homme, Connell opéra un changement de point de vue radical : pourquoi toujours chercher du cynisme partout ? M. Marku était probablement juste un homme honnête.

Il pensa à sa mère et aux conversations téléphoniques qu'il avait surprises. Il s'était d'abord senti coupable d'avoir écouté, mais il n'avait pas pu s'en empêcher, car lorsqu'il était dans les parages sa mère veillait tout particulièrement à ne jamais évoquer cette femme, quel que soit son nom, cette amie de Bethany. Et sa culpabilité s'était transformée en colère lorsqu'il avait pris conscience que sa mère se faisait mener par le bout du nez.

Puisque M. Marku connaissait tout le monde, il connaissait aussi sans doute quelques types capables d'effrayer un peu cette dame, pour qu'elle laisse sa mère tranquille. Il suffirait que quelques hommes se montrent à sa porte ; ils n'auraient même pas grand-chose à dire.

M. Marku raccrocha et s'adossa à son fauteuil. Il alluma une cigarette en lançant à Connell un regard qui ne trahissait aucune malice, ce qui le rendait encore plus intimidant. Il n'introduisait jamais ses discours par des plaisanteries ; il se contentait de parler, voilà tout.

« Tu ne te rases pas, je te donne un rasoir et je te dis de te raser, lança-t-il. Tu prends de longues pauses déjeuner, je me dis que tu es en pleine croissance. Tu parles trop aux résidents, je me dis que je suis content que tu parles aussi bien. Mais tu ne portes jamais ton chapeau ; quand tu ne portes pas ton chapeau et que tu es devant moi…

— Vous me virez, c'est ça ?

— Pas tout de suite, non, répondit M. Marku. J'ai dit à ton professeur que je garderai un œil sur toi, que je te remettrai sur le droit chemin. Tu vas revenir travailler ici, au sous-sol. »

84

EILEEN AJOUTA UN COUP DE TÉLÉPHONE HEBDOMADAIRE à ses séances de groupe du jeudi soir et à son rendez-vous privé du mardi. Le tarif était moins élevé : cent vingt-cinq dollars de l'heure.

Un jour, Connell resta assis à table en lui lançant des regards noirs pendant qu'elle téléphonait à Rachelle. Elle essaya de le chasser d'un geste de la main, car elle se sentait épiée, mais il refusa de partir, et elle dut dire à Rachelle qu'elle la rappellerait.

« Qu'est-ce qu'il y a ? demanda-t-il quand elle raccrocha.

— Quoi ?

— C'est quoi cette histoire avec Bethany ?

— Rien, pourquoi ?

— J'ai vu une émission à la télé là-dessus l'autre jour. Ils te prennent tout ce que tu as. Il y a des gens qui finissent à la rue à cause de ça.

— Regarde cette cuisine, répliqua-t-elle. Regarde ces plans de travail. Ça te donne l'impression que je vais finir à la rue ? »

La fois suivante où Bethany passa la chercher pour aller chez Rachelle, une atmosphère étrange flottait dans l'air. Connell débarqua dans la cuisine, suivi par Sergei, et tous les deux descendirent au sous-sol. Quand Eileen leur annonça qu'elle partait, elle ne reçut aucune réponse. Tandis que Bethany faisait marche arrière dans l'allée, Eileen vit la porte du garage s'ouvrir et Connell sortir avec sa voiture, Sergei sur le siège du passager. C'était une chose qu'elle n'avait encore jamais vue, tous les deux dans la voiture ; elle se demanda pendant tout le trajet où ils pouvaient bien aller. D'habitude, elle appréciait ces virées jusque chez Rachelle, lorsqu'elle chantait en chœur avec Bethany la chanson qui passait à la radio, mais elle fut distraite par la pensée qu'Ed était resté tout seul à la maison, même s'il dormait déjà.

La sonnette retentit alors qu'elle s'installait par terre chez Rachelle. Quand Bethany alla ouvrir, Eileen aperçut Connell et Sergei à la porte. Connell tenta d'entrer.

« Excuse-moi, jeune homme », dit Bethany en lui barrant le passage. Mais Sergei se faufila à côté d'elle et la poussa sans le moindre effort avant de s'engouffrer à l'intérieur, suivi par Connell.

« Qu'est-ce que vous faites ici ? demanda Eileen à Connell.

— Je voulais voir où tu allais.

— Vous m'avez suivie ?

— Je ne sais pas ce que tu trafiques, répondit-il, mais je n'aime pas ça. »

Bizarrement, elle fut rassurée par sa présence. Elle sentit, l'espace d'un instant, qu'elle n'était plus toute seule.

« Où est ton père ?

— À la maison. Au lit.

— Il faut que tu y retournes.

— *Toi*, il faut que tu y retournes », répliqua-t-il.

Une note inattendue d'autorité s'était glissée dans sa voix ; il semblait avoir mûri de dix ans en un clin d'œil. Eileen était sur le point de se lever pour lui obéir, mais Rachelle pénétra alors dans la pièce avec un air confiant, décontracté, et plaça une main sur son épaule.

« Ce doit être votre fils, dit-elle avant de lancer à Connell, d'une voix emplie d'une chaleur désarmante : Je suis si contente de faire votre connaissance. J'espérais en avoir l'occasion. »

Elle lui tendit sa main. Connell la serra machinalement.

« Vous m'avez l'air aussi intelligent que ce à quoi je m'attendais.

— Merci, bredouilla-t-il. Viens, maman. On s'en va.

— Et qui est votre ami ? demanda Rachelle.

— C'est l'auxiliaire de vie de mon mari, Sergei », répondit Eileen.

Sergei demeurait planté là, les bras croisés, impassible. Connell avait dû le briefer ; cette pensée la toucha.

« Allez, viens maman, répéta Connell.

— Je comprends que vous ressentiez des choses très différentes, lui déclara Rachelle. De la colère. De la confusion. Une perte de contrôle. Et je sais que votre cœur est au bon endroit. J'en connais probablement plus sur ce que vous traversez que ce que vous croyez. Vous devriez venir me parler, un jour.

— Ça ne risque pas, répliqua-t-il. Vous pouvez garder votre baratin pour vous.

— Dis donc ! » protesta Bethany en faisant un pas vers lui.

Sergei se glissa devant Connell ; Bethany et lui ressemblaient à deux chiens, un petit et un gros, prêts à se battre. La tension était à son comble.

« Je propose que nous prenions tous une profonde respiration, dit Rachelle. S'il vous plaît, asseyez-vous.

— Pas question, repartit Connell. Je suis venu tirer ma mère d'ici.

— C'est pour cette raison que vous avez amené votre ami ? »

Connell hocha la tête.

« Le corps est une chose, répondit Rachelle. Le corps peut être retenu prisonnier. Mais l'esprit est complètement différent. L'esprit recherche son état naturel, qui est la liberté ; on ne peut pas emprisonner un esprit à jamais. Si votre mère recherche la liberté, elle reviendra. Il n'y a rien que vous ou moi, ou n'importe qui, puissiez faire contre ce désir. Vous pouvez essayer de l'enchaîner, mais son esprit brisera ses chaînes. Ce que nous faisons ici, c'est lui apprendre à briser ses chaînes. »

Connell semblait attendre qu'Eileen lui vienne en aide, mais elle restait pétrifiée, en partie par curiosité. Comment son fils allait-il réagir à ce défi, après un an passé à l'université ?

« Je ne sais pas quoi vous dire, lâcha-t-il. Je suis sûr que vous êtes quelqu'un de très bien. Je suis juste venu chercher ma mère.

— Ce n'est pas à toi de dire à ta mère comment elle doit vivre, lui rétorqua sèchement Bethany. Si elle a découvert quelque chose que tu ne peux pas comprendre, ce n'est pas à toi de te mettre en travers de sa route. »

Eileen se hérissa.

« Ça va, du calme, Bethany. »

Rachelle leva une main en signe d'apaisement.

« Vous êtes un jeune homme intelligent, affirma-t-elle calmement. Seriez-vous prêt à considérer qu'il peut y avoir une réalité au-delà de la compréhension de vos sens ? Que tout n'est peut-être pas comme il paraît ?

— Maman ! s'exclama-t-il, exaspéré.

— Pourquoi tu ne lui demandes pas plutôt ce qu'*elle* veut ? » dit Bethany en se positionnant derrière Eileen.

Cette dernière sentait le bout des doigts de Bethany dans son dos, qui la pressaient de s'asseoir dans le fauteuil. Elle s'exécuta docilement.

« Toute sa vie, des hommes lui ont dit comment se comporter, commenta Bethany. Alors, ce n'est pas son propre fils qui va commencer à lui donner des ordres. »

Connell recula contre le mur, visiblement à bout. Sergei n'avait pas bougé d'un pouce. Eileen était consciente de paraître sous l'emprise de Rachelle aux yeux de Connell. Cependant, elle espérait qu'il discernait aussi la veine de scepticisme qui, comme sur du granite, courait en elle, une veine que Rachelle ne pourrait jamais complètement supprimer, quelle que soit la profondeur à laquelle elle creuserait.

« J'aimerais que vous sachiez quelque chose, déclara Rachelle à Connell. Votre mère est entre de bonnes mains ici.

— Est-ce qu'on peut sortir, maman ?

— Tout va bien, répondit Eileen. Je ne veux pas que tu penses qu'il se passe quelque chose de bizarre.

— Combien est-ce que tu leur as déjà donné ?

— Il ne pense qu'à son héritage, affirma Bethany. Pas étonnant.

— C'est injuste de dire ça », protesta Eileen.

Rachelle fit un pas vers Connell.

« Je suis attristée de vous entendre parler dans des termes aussi simplistes de la relation que votre mère a établie avec la vérité de l'Univers. Je réclame peut-être une petite somme pour faciliter son illumination, mais il s'agit seulement de couvrir des frais administratifs de base, rien de plus.

— Vous profitez de sa faiblesse. Vous devriez avoir honte.

— Attention à ce que tu dis ! l'avertit Bethany.

— Laissez ma mère tranquille.

— Tu n'es qu'un sale petit vaurien, renchérit Bethany.

— Et vous, vous n'êtes qu'une vieille folle. » Connell pointa Rachelle du doigt. « Et vous aussi. »

Eileen aurait dû intervenir, mais les mots ne parvenaient pas à se former dans sa bouche.

« Je vous ai toléré ici par respect pour votre mère, déclara Rachelle. Vous n'êtes plus le bienvenu. Je vous demande de partir, maintenant. »

Bethany s'avança d'un pas ; Sergei fit de même.

« Maman, dit Connell simplement, en l'implorant.

— Vous m'avez offensée, insista Rachelle. Je vous demande de partir. Si vous ne le faites pas, je n'aurai pas d'autre choix que d'appeler la police.

— Je ne partirai pas sans ma mère.

— Je suis à peu près sûre que cette décision ne vous revient pas, répondit Rachelle. Pourquoi ne partez-vous pas dans la paix ? Laissez-nous donc retourner à nos affaires, pour le bien de votre mère, au lieu de lui causer une anxiété inutile. »

Connell ne bougea pas.

« *Maintenant,* ordonna Rachelle.

— Maman !

— Ça va aller, je t'assure, affirma Eileen.

— Vous avez entendu votre mère. »

Bethany fit un nouveau pas vers Connell.

« Maintenant, tu t'en vas. Si Rachelle n'appelle pas la police, c'est moi qui vais le faire. »

Sergei suppliait Eileen de ses yeux sombres. Il y avait une fureur contrôlée en lui ; si quelqu'un effleurait Connell ne fût-ce que d'un doigt, il exploserait.

« Alors tu vas rester là avec elle ? C'est ça ? »

Elle voulait lui dire : *Je rentrerai à la maison plus tard,* mais les mots ne sortaient toujours pas.

« Tu n'es qu'un ignorant, lança Bethany à Connell. Tu n'es qu'un gamin ignorant, tu ne sais pas de quoi tu parles. Tu me fais de la peine.

— Ne parle pas comme ça à mon fils », s'entendit alors dire Eileen et, tout d'un coup, la pièce retrouva son calme et son silence. Elle se leva. « Connell n'est pas un ignorant. Il croit bien faire. Et je suis désolée s'il vous a offensée. Je suis sûr qu'il l'est aussi. N'est-ce pas ?

— Oui, répondit Connell, essayant de saisir sa chance. Je suis désolé.

— Je vais rentrer chez moi. » Avant même de s'en rendre compte, Eileen marchait en direction de la porte. « Je suis fatiguée. Je veux vous remercier pour tout.

— Vous n'êtes pas obligée de laisser la culpabilité diriger votre vie comme ça, lui dit Rachelle. Vous êtes sur le point de faire une grosse erreur.

— J'ai beaucoup apprécié votre aide, répondit Eileen. Ça a changé bien des choses pour moi.

— Mais il vous reste encore beaucoup de chemin à parcourir, répliqua Rachelle. Ne vous méprenez pas.

— Tout à fait.

— Je vous appellerai plus tard.

— Je crois que ce ne sera pas nécessaire.

— Ne le laisse pas t'influencer, conseilla Bethany à Eileen. Il ne vaut pas mieux que ton mari. »

À cet instant, Eileen retrouva tout son sang-froid.

« Tu ne sais absolument rien de lui ! »

Elle fourra sa main dans son sac pour en sortir son chèque et le tendit à Rachelle.

« Ne soyez pas bête », dit Rachelle en essayant de lui attraper le poignet, mais Eileen se dégagea et laissa le chèque sur la table. « Vous serez toujours la bienvenue ici. Prenez le temps d'y réfléchir. »

Eileen dut rester plantée là trop longtemps, car Connell l'appela, et elle se dirigea enfin vers la porte. Bethany fit mine de la suivre, mais Sergei s'interposa comme une pierre tombale qui se referme, bloquant le passage de son corps massif tandis qu'Eileen atteignait le palier.

« Tout va bien se passer ! » lui cria Bethany dans son dos, mais Eileen ne se retourna pas.

Connell se précipita devant tandis que Sergei aidait Eileen à descendre l'escalier et à parcourir les quelques mètres qui les séparaient de la voiture. Il lui ouvrit la portière arrière. Connell s'engouffra dans les rues avec la sombre détermination d'un chauffeur en fuite.

Dans le silence qui envahit l'habitacle, Eileen se demanda comment son fils avait fomenté tout cela, ce qu'il avait expliqué à Sergei, et combien de personnes étaient au courant.

Une fois de retour, Sergei se dirigea vers sa chambre. Eileen et Connell restèrent dans la cuisine, à se regarder en chiens de faïence.

« Tu n'avais pas à faire ça, dit-elle.

— Si, justement.

— Je regrette de ne pas avoir eu l'occasion de t'expliquer. Je sais que j'ai l'air de m'excuser en disant ça, mais je n'ai jamais couru aucun danger. Je n'ai jamais perdu le contrôle de la situation. »

Il se contenta de regarder ses pieds. Quand exactement Connell était-il devenu si imposant ? Cela faisait des années qu'elle n'avait pas éprouvé cette sensation : il lui semblait voir son fils grandir sous ses yeux.

Connell l'avait peut-être vue comme il voyait son père : incapable de rien contrôler. Peut-être avait-il pensé qu'elle aussi perdait la tête.

« Malgré tout, je tiens à te remercier de t'être fait du souci pour moi. J'allais bien, mais quand même.

— Pas de problème, répondit-il.

— C'est vrai. Tu es un bon garçon.

— Ça va. Tu es tout de même ma mère. »

Elle avait envie de le prendre dans ses bras, mais il se contenta de rester là, visiblement perplexe face à son regard insistant.

« Viens par ici. »

Elle l'enlaça. Elle le sentit respirer contre sa poitrine – comme quand il était bébé, dans son pyjama tout propre, tout doux, tout frais, son petit corps tout entier entre ses deux mains, son petit derrière posé contre sa paume. Il la contemplait à l'époque comme une source d'amour. Elle n'avait alors rien à lui cacher, n'avait besoin de rien d'autre que de sa présence. Et tout était pareil à présent – en ce jour du moins, en cet instant. Sa présence chez Rachelle disait tout, et sa présence dans ses bras aussi.

Une fois leur étreinte terminée, il la considéra d'un drôle d'air.

« Quoi ?

— Peut-être que ces folles t'ont aidée, après tout.

— Comment ça ?

— C'est la première fois que tu fais ça.

— Que je fais quoi ?

— Que tu me prends dans tes bras. »

Elle secoua la tête.

« Impossible, dit-elle.

— Pas dans mes souvenirs, en tout cas. »

Elle secoua de nouveau la tête.

« Tes souvenirs ne sont pas à la hauteur de la réalité. »

En haut des marches, elle tomba sur Sergei qui sortait de la salle de bains. Il lui adressa un geste timide de la main, comme un écolier croisant une camarade entre deux cours. Elle resta un moment sur le seuil de sa chambre, à écouter la respiration laborieuse d'Ed sous les draps.

En s'approchant du lit, elle s'aperçut qu'il était réveillé, les yeux braqués sur elle.

« Où ? demanda-t-il, avec la même voix que s'il rêvait. Où étiez-vous ?

— Avec Bethany.

— Qui ?

— Quelqu'un avec qui je travaillais avant. Ça n'a pas d'importance. »

Ed avait toujours de bonnes intuitions sur les gens. Elle se glissa dans le lit et s'étendit près de lui. Il sombra dans le sommeil, mais elle demeura éveillée, à écouter les bruits simultanés de la télévision, d'Ed, de Sergei, du salon. Elle imagina Sergei faisant le guet en solitaire, comme elle.

85

ED NE CROYAIT PLUS AUX LOIS PHYSIQUES qui régissaient le monde. En montant l'escalier, cette nuit-là, il s'arrêta à chaque marche. Eileen fut obligée de le suivre de près et de lui donner une petite tape sur chaque jambe pour indiquer celle qu'il devait lever, avant de la lever pour lui. Il ne supportait pas d'avoir un pied en l'air. Ils progressaient à un rythme très lent, mais soudain, il s'arrêta et refusa tout net de bouger. Elle avait beau pousser sur sa jambe de toutes ses forces, il avait encore beaucoup de puissance dans les muscles, en dépit de son atrophie, et elle ne parvenait pas à l'empêcher de s'agripper à la rampe. C'était l'un de ces moments – de plus en plus fréquents, dernièrement – pendant lesquels elle regrettait que Sergei rentre chez lui le week-end.

Lorsqu'ils arrivèrent enfin en haut, ils étaient tous les deux exténués. Elle le guida jusqu'à la salle de bains, où elle le déshabilla avec une grande difficulté. Faire passer sa jambe par-dessus la paroi de la baignoire fut une véritable gageure ; faire passer la seconde, presque impossible. Ed s'agrippait à la paroi comme un cavalier de rodéo à son cheval, mais elle réussit à le déséquilibrer suffisamment pour mettre sa seconde jambe à l'intérieur. Ce fut alors que les problèmes commencèrent. Le faire asseoir dans la baignoire était exclu : elle ne réussirait jamais à le relever. Mais le laver debout présentait des risques, puisqu'il pouvait glisser et s'ouvrir la tête, et qu'une visite à l'hôpital pour une chose aussi grave l'enverrait à coup sûr directement en maison de santé. Tant que la baignoire était encore sèche, Eileen avait pu contenir son anxiété ; mais quand l'eau se mit à couler, elle commença vraiment à paniquer. La prise qu'avait Ed sur le tapis de baignoire était ténue, et il n'avait rien à quoi se raccrocher, sinon elle, s'il tombait. Elle ouvrit l'eau et le lava, mais quand vint le moment de la sortir de la baignoire, son angoisse atteignit des sommets. Il refusait purement et simplement de lever la jambe. Elle tenta de l'amadouer en lui parlant gentiment, de le forcer à dresser un pied, de le piéger, en vain. Les jambes d'Ed tremblaient à force d'être restées debout aussi longtemps, dans cette ferme opposition, et son corps frissonnait sous une rosée de gouttelettes froides. Eileen décida de refaire couler l'eau pour le réchauffer. Il demeura planté là sans mot dire, devant ce rinçage superflu, jusqu'à ce qu'elle ferme le robinet. Ils ne pouvaient continuer ainsi. Elle songea à aller chercher le téléphone sans fil pour appeler du secours, mais elle refusait de le laisser seul, même pour quelques secondes, et par ailleurs elle n'aurait su qui appeler, et ne voulait pas qu'une ambulance vienne lui enlever Ed à jamais. Quant à crier au secours, personne ne l'entendrait.

Elle fit quelques nouvelles tentatives pour lui faire soulever la jambe, l'exhortant à coopérer et à se conduire en homme. Elle essaya de lui parler gentiment pour le mettre à l'aise, puis de lui faire bouger le pied au moment où il ne s'y attendait pas, mais il se raidit dès que sa main lui toucha le mollet. Comme elle regrettait de ne pas avoir acheté cette fichue chaise de douche ! Ed se trouvait à présent dans une sorte d'agonie, épuisé. Il voulait s'asseoir, mais ne pouvait pas ; il voulait partir, mais ne pouvait pas. Et si, on ne savait comment, il trouvait la force de rester debout, elle savait que cela ne durerait pas très longtemps : il finirait forcément par tomber comme un arbre. Elle s'assit par terre, sur le carrelage, et le contempla dans toute sa nudité.

« Mon Dieu, s'il vous plaît, dites-moi ce que je dois faire ! » fit-elle tout haut.

Quelque chose dans sa manière d'accepter la défaite avait dû déclencher chez lui une sorte de pulsion atavique, car Ed se mit aussitôt en mouvement pour quitter la baignoire. Eileen bondit sur ses pieds pour lui offrir une main à laquelle se raccrocher. Il leva sa jambe d'un geste vigoureux, comme s'il parvenait enfin à tirer son pied d'une mare de boue. Elle le raccompagna jusqu'à leur chambre et s'aperçut alors que deux heures étaient passées depuis qu'ils étaient arrivés en haut des marches. Cette scène lui apparut comme un présage : le cerveau d'Ed était en train de s'enrayer. Le temps qu'il leur restait à vivre ensemble dans cette maison semblait de plus en plus menacé.

Elle l'habilla avec beaucoup de soin et de résolution. Il s'assit sur le lit, dans le blanc immaculé de son caleçon et de son T-shirt, et elle sentit pour lui une tendresse et un désir presque insupportable. Elle l'allongea sous le drap et le borda, bien serré. Puis elle se pelotonna contre lui, s'accrochant à son flanc, essayant de mémoriser la sensation procurée par sa présence dans le lit, avec elle. Elle ne dormit pas. Elle resta là, à écouter sa respiration, à regarder sa poitrine se soulever et s'abaisser, à fixer du regard son visage sous le clair de lune qui passait à travers la fenêtre. À un moment donné, au beau milieu de la nuit, elle sentit son sexe en érection et lui baissa son caleçon. Il ne se réveilla pas en sursaut, mais émergea doucement, avec de tendres murmures lorsqu'elle monta sur lui et l'accueillit en elle. Elle le regarda dans les yeux comme quand ils étaient jeunes mariés, et il ne détourna pas le regard. Malgré son incapacité dans tout ce qui touchait à sa vie physique ou presque, il était toujours capable de jouir, et elle fut surprise au point d'en glousser de joie quand elle vit dans ses yeux écarquillés l'étonnement qui le submergea. Elle resta dans ses bras pendant un moment ensuite et, alors que ses pensées dérivaient, elle fut ramenée à ses parents. Cet accouplement improbable avec Ed ce soir-là était la preuve que ce qui était visible pour les autres n'était qu'une infime partie du spectre de la vie intime d'un couple. La faim de contacts physiques venait à bout des obstacles insurmontables. Elle commença à reconsidérer la vie de ses parents, à imaginer qu'une passion insidieuse les avait dévorés quand ils s'y attendaient peut-être le moins.

Il lui fallait prendre une certaine distance si elle voulait avoir un quelconque espoir de s'endormir, mais elle voulait être près d'Ed, si bien que pour la première fois depuis des années, elle tenta de s'endormir en lui faisant face. Elle ne pensait pas pouvoir réellement sombrer, et pourtant elle le fit sans même s'en rendre compte, pour se réveiller dans une pièce baignée de lumière.

Ce matin-là, un samedi matin, elle avait l'intention de rendre visite à Cindy, qui avait subi une ablation de la vésicule biliaire, mais elle ne voulait pas y aller avec Ed. Aussi le laissa-t-elle avec Connell, et elle partit en voiture jusqu'au Nassau University Medical Center.

Quand elle rentra à la tombée de la nuit, elle trouva toutes les lumières éteintes, sauf celle d'un placard dans la cuisine, et Ed gisant sur les briques glacées de l'entrée. Elle se maudit autant qu'elle maudit Connell, car elle avait eu l'étrange pressentiment qu'un désastre allait arriver en son absence. Elle savait qu'elle ne pouvait pas lui faire confiance, mais elle l'avait tout de même laissé avec son père. Elle l'appela, sans succès.

Elle ne parvint pas à soulever Ed, ne parvint même pas à l'asseoir, comme si une rigidité cadavérique s'était installée en lui alors qu'il était encore vivant. Elle courut jusqu'au téléphone sans fil et découvrit le petit mot que Connell avait laissé, disant qu'il était parti en ville pour retrouver des amis. Une rage noire l'envahit. Elle rapporta le téléphone dans la cuisine et le posa à côté d'elle. Elle préférait n'appeler personne avant d'être convaincue que c'était absolument nécessaire. Elle essaya de prendre Ed par en dessous pour le faire basculer sur ses cuisses, mais impossible de l'agripper correctement. Elle essaya de le faire rouler sur le tapis, mais il hurlait de colère, alors elle abandonna et se contenta de le consoler, en vain. Il émettait de nouveau ses bruits secs. Son corps se figeait. Il n'avait jamais semblé plus lourd. Pourrait-elle gérer cette situation jusqu'au retour de Connell ? Il était fort probable qu'il rentre par le premier train du matin.

L'ambulance arriva en quelques minutes. Deux hommes sanglèrent Ed à un brancard, et Eileen fit le chemin avec eux jusqu'au Lawrence Hospital, où il fut admis. Le trajet dans l'ambulance avait dû le ranimer, car il parvint ensuite à marcher sans assistance ; mais une fois aux urgences, il devint fou, hurlant, jetant ses bras en l'air, et frappa au passage un aide-soignant. Ils furent obligés de l'attacher.

« Pourquoi ? répétait-il en boucle. Pourquoi ? Pourquoi ? »

Il avait l'air en moins bonne santé que quelques jours auparavant. C'était vraiment incroyable de voir la vitesse à laquelle les processus métaboliques se dégradaient quand le compte à rebours avait commencé. Elle n'avait pas remarqué comme il était devenu maigre, comme ses dents étaient gâtées, comme il avait besoin de se faire couper les cheveux.

Elle resta aussi tard qu'elle le put, et, une fois rentrée, elle ne parvint pas à se résoudre à monter dans leur chambre. Elle resta donc assise à la table de la cuisine. Elle n'avait pas eu l'intention d'attendre le retour de Connell, pas consciemment du moins ; il lui fallut un moment pour se rendre compte que c'était tout de même le cas. Elle tenta de regarder la télévision dans le salon, mais ne put se concentrer sur aucune des émissions. La seule chose qui lui paraissait avoir du sens était de demeurer assise dans le silence de la cuisine. Elle serrait la mâchoire de rage, faisant grincer ses dents.

Connell rentra à deux heures quinze du matin. Elle resta assise en silence, les yeux rivés sur lui.

« Qu'est-ce que tu fais debout ? demanda-t-il, en jetant son sac en toile sur l'îlot de la cuisine.

— Je t'avais demandé de rester avec ton père. Pourquoi est-ce que tu l'as laissé tout seul ?

— C'était seulement pour quelques heures.

— Et qu'est-ce qui t'a fait croire que tu pouvais le laisser, même pour quelques heures ? »

Elle avait crié. Elle vit Connell grimacer, et ses yeux s'écarquiller de peur. Il ramassa son sac sur l'îlot et le serra contre sa poitrine comme s'il s'apprêtait à s'enfuir avec.

« Il dormait dans le lit quand je suis parti. Il n'allait aller nulle part, et tu rentrais une heure plus tard.

— Eh bien si, justement, rétorqua-t-elle. Il est allé quelque part. »

Elle monta à l'étage pour se reposer un moment. Elle se réveilla dans la lumière du jour, au son du bonjour rocailleux que Sergei lui lançait depuis le bas de l'escalier. Il était une heure de l'après-midi. Elle ne put se rappeler la dernière fois qu'elle avait dormi aussi tard. Puis elle se souvint qu'Ed était à l'hôpital.

Elle alla jusqu'à la rampe et regarda dans l'entrée.

« J'aurais dû vous appeler, dit-elle. Avec tout ce qui s'est passé, j'ai oublié. Ce n'était pas la peine de venir. »

Il resta sur place, tenant son chapeau contre sa poitrine.

« Vous n'allez pas à l'église aujourd'hui ? »

Dernièrement, il avait pris l'habitude d'arriver plus tôt les dimanches, pour être là lorsqu'ils rentraient de la messe de midi.

« Il s'est passé quelque chose, répondit-elle. Ed a eu une sorte d'accident. Il est à l'hôpital.

— Je vais rester ici avec vous, déclara-t-il.

— Je dois partir bientôt.

— Je resterai quand même.

— Ce ne sera pas nécessaire.

— Je reste avec vous. »

Cette fois, il avait parlé d'un ton décidé et sans appel.

Connell n'était pas dans sa chambre. Elle l'appela en bas, mais pas de réponse non plus. Elle s'habilla sans avoir pris sa douche, non pas à cause de l'heure tardive, mais parce qu'en l'absence d'Ed elle avait l'impression que Sergei était un invité dans la maison, et même si celui-ci avait passé de nombreuses heures chez elle, à rester assis et à ne rien faire, elle avait l'étrange sentiment de devoir être présente pour le recevoir.

Lorsqu'elle descendit, elle le trouva assis à la table de la cuisine, dans un état d'agitation contenue. Elle vit ses respirations profondes, la raideur dans ses poings, dont l'un était refermé sur son chapeau. Il lui demanda ce qui s'était passé. Quand elle le lui raconta, sa main se serra un peu plus fort.

« Je reste ici », affirma-t-il à nouveau.

L'infirmière essayait de faire manger Ed quand Eileen entra, mais il résistait vigoureusement. Il la repoussa des deux bras alors qu'elle approchait avec la fourchette, puis ferma bien fort les lèvres. Quand elle parvint enfin à introduire de la nourriture dans sa bouche, il se calma et mastiqua d'un air pensif pendant quelques secondes, avant de tout recracher sur le plateau.

« Il a fait pareil avec le petit déjeuner.

— Je vais m'en occuper », lui répondit Eileen.

Elle s'adressa à Ed sur un ton sec, le sommant de coopérer, sinon – sinon quoi ? Quelle menace pouvait-elle proférer ?

« Si tu ne manges pas, lui dit-elle, tu n'auras pas le droit de revenir à la maison. »

Il leva les sourcils avec un air théâtral et termina le reste de son plateau sans trop protester. Le médecin passa discuter de l'admission d'Ed ; le motif officiel était que son état de santé s'était dégradé brutalement. L'objectif était de le remettre sur pied. Ils se mirent d'accord sur les critères de rémission : s'il pouvait tenir debout tout seul et marcher jusqu'à la salle de bains, ils le laisseraient repartir. À en juger par l'état d'Ed, cela lui laisserait suffisamment de temps pour qu'elle s'adapte à ces nouvelles circonstances. Elle avait besoin qu'il se rétablisse assez lentement pour lui permettre de trouver comment faire face à ce qui l'attendait.

Le lendemain, elle resta tard au chevet d'Ed. Elle était affamée lorsqu'elle partit et, sur le chemin du retour, tandis qu'elle passait mentalement en revue les étagères vides du frigo, elle se rendit compte qu'il lui faudrait commander un plat, même si elle avait à peine l'énergie de décrocher le téléphone, et encore moins de choisir ce qu'elle désirait. Jamais plus elle n'aurait l'occasion de se retourner vers Ed et de lui demander : « Qu'est-ce que tu veux manger ? » Elle ne voulait pas non plus se faire réchauffer un plat surgelé. L'idée de ces carcasses congelées la dégoûtait. Cette nourriture lui semblait appartenir à un autre temps, et c'était en effet le cas : elle datait de sa vie avec Ed.

Lorsqu'elle entra dans la cuisine, elle découvrit un nuage de vapeur autour de l'îlot et un faitout sur la cuisinière ; le soulagement qui l'envahit fut tel qu'elle en cria presque de joie.

Sergei se leva du canapé et insista pour qu'elle s'asseye. Il fit réchauffer le faitout, et lui apporta un verre d'eau avant de lui servir une bonne portion du plat et de lui présenter une assiette. Puis il resta devant elle pour observer sa réaction. Un délice, une sorte de ragoût de bœuf.

« Donnez-moi le ticket de caisse, lui dit-elle. Que je vous rembourse. »

Il lui répondit par son traditionnel geste de la main. Il en était toujours ainsi avec lui : têtu comme une mule. Il avait nettoyé toute trace de sa préparation, pour ne laisser que le faitout sur la cuisinière toute propre. L'évier était vide ; rien dans le trou d'évacuation. Peut-être avait-il préparé ce plat pour lui ; peut-être s'était-il lassé des sandwichs froids. C'était sans doute ainsi qu'Ed vivait ses repas, à présent : ils apparaissaient devant lui, comme par magie.

Elle se sentit soudain mal à l'aise à force de voir Sergei debout, à la fixer de la sorte.

« Asseyez-vous, je vous en prie », lança-t-elle, et il s'exécuta.

Il pianota sur la table, puis sa main dériva vers un catalogue de vente par correspondance, qu'il roula et utilisa pour taper doucement contre le bord de la table pendant qu'il la regardait manger.

Le lendemain matin, elle se leva tôt pour emmener Connell à l'aéroport. Alors qu'ils étaient bloqués dans les embouteillages, elle regarda sa silhouette endormie sur le siège du passager. Tout le monde disait qu'il ressemblait à Ed, mais elle ne voyait pas en quoi.

Il se réveilla juste avant d'arriver au terminal. Sortir ses sacs du coffre écourterait les au revoir, heureusement. Elle descendit de la voiture et resta à côté de lui durant la brève minute de grâce que leur procura le déchargement.

« Si tu as besoin que je revienne..., commença-t-il, en regardant derrière elle.

— Pas avant Thanksgiving. Je peux m'en occuper.

— Je suis désolé de ne pas être présent pour t'aider dans l'intervalle.

— J'ai Sergei, dit-elle. Tout se passera très bien. »

Il acquiesça lentement. Il semblait sur le point de parler, mais il baissa les yeux et les détourna avant de se résoudre à croiser son regard.

« Tu vas rater ton avion », ajouta-t-elle.

Il la prit dans ses bras puis ramassa ses bagages.

« Appelle-moi si tu as besoin que je revienne. »

Elle voyait bien qu'il cherchait à prendre un air solennel, mais la manière dont il plissait les yeux sous le soleil lui rappela l'époque où, petit garçon, il essayait, assis sur ses genoux, d'atteindre les rideaux derrière sa tête. Comment les années avaient-elles pu les amener ici tous les deux ?

« Vas-y », lança-t-elle, alors il pivota et passa les portes automatiques.

Elle le regarda disparaître. Un policier se gara à côté d'elle et lui demanda de partir. Elle contempla les avions par la vitre et dans son rétroviseur jusqu'à ne plus pouvoir les distinguer.

Elle n'était pas arrivée au travail depuis très longtemps quand elle reçut un coup de fil de l'hôpital l'informant qu'ils allaient laisser sortir Ed. La femme au bout du fil lui annonça qu'ils le renverraient chez lui aux alentours de deux heures.

« C'est inacceptable ! protesta Eileen. Je ne serai pas rentrée pour l'accueillir. Tout ça est bien trop soudain.

— Votre dossier dit que vous avez quelqu'un pour l'aider à la maison.

— Oui.

— Dans ce cas, nous le laisserons avec la personne qui vous aide à domicile. Il ne peut pas rester plus longtemps. Son état est stable, sa tension est redescendue, il peut manger. Nous sommes obligés de le renvoyer chez lui.

— Il peut se tenir debout ?

— Il peut se tenir debout avec l'aide de quelqu'un.

— Dites-moi, est-ce qu'il se tenait debout avec l'aide de quelqu'un quand il est arrivé chez vous ?

— Je n'étais pas là quand il a été admis.

— Eh bien je vais vous le dire, alors : il marchait tout seul. Il a marché tout seul depuis l'ambulance. Il n'est donc pas stable, si vous voulez mon avis.

— Je suis en train de vous dire qu'il est prêt à sortir.

— Nous sommes d'accord sur le fait qu'il soit capable de marcher. Mais il doit aussi être capable de monter et de descendre un escalier.

— Il peut marcher avec l'aide de quelqu'un.

— Je vais faire appel. Je ne suis pas d'accord pour qu'il sorte. Medicare me donne deux jours, non ?

— C'est exact.

— Alors, gardez-le jusque-là. »

Elle raccrocha brutalement. Une fois qu'Ed serait de retour à la maison, elle n'aurait d'autre choix que de le garder jusqu'à la fin. À moins qu'un événement comme celui qui s'était produit ce fameux soir ne survienne à nouveau, l'exonérant ainsi de toute culpabilité, elle n'aurait jamais le courage de prendre la décision de le faire hospitaliser dans une maison de santé. Et alors, il ne lui resterait plus qu'à attendre, et peut-être même à espérer, dans un sombre recoin de son inconscient, que quelque chose arrive à Ed. Elle refusait de vivre ainsi. La vérité la plus dure à avaler était encore que – malgré ses compétences d'infirmière ; malgré tout ce qu'elle avait prouvé en tant que professionnelle, dans les moments de crise, durant les grèves ou les nombreuses absences auxquelles elle avait dû faire face dernièrement et où elle avait effectué à elle seule le travail de trois infirmières ; et même si elle continuait de se persuader qu'elle était capable de prendre soin de lui mieux que quiconque – elle n'était plus si sûre qu'une maison de santé ne soit pas une bonne solution pour lui. S'offrait maintenant à elle la possibilité de rassembler ses forces et de ramener Ed à la maison, mais elle n'arrivait pas à s'y résoudre. Elle avait atteint sa limite. Si telle était sa seule chance de le placer entre d'autres mains que les siennes, et elle voyait bien que c'était le cas, alors elle devait la saisir. Il ne lui resterait plus ensuite qu'à vivre avec sa culpabilité, peut-être jusqu'à la fin de ses jours.

Elle passa la matinée à appeler les maisons de santé les plus proches. Elle ne pouvait se permettre d'attendre la fin de la journée, car les bureaux auraient été fermés. Cela ne fut pas chose facile ; Adelaide semblait scruter le moindre de ses mouvements.

Ses coups de fil ne menant nulle part, elle quitta son travail plus tôt, le ventre noué, pour se rendre en voiture jusqu'à la maison de santé Maple Grove, à Port Chester, à une demi-heure de route au nord de chez elle. Ils avaient une place pour Ed et acceptèrent sa candidature, mais en demandant trois ans de paiement d'avance. À l'évidence, ils ne souhaitaient pas qu'Ed entre dans le circuit du Medicaid, qui remboursait moins bien, en se fondant sur des taux plus bas. Trois ans d'avance, en comptant les hausses possibles tous les six mois, représentaient environ deux cent vingt-cinq mille dollars. Toutes ses économies y passeraient, et encore celles-ci ne représentaient-elles même pas un dixième du total. Il lui faudrait vider son épargne-retraite, car ils avaient déjà tiré sur leur prêt immobilier pour payer les frais d'inscription de Connell. Et même ainsi, elle ne pourrait pas atteindre la somme réclamée.

Mais Eileen n'avait pas passé une carrière tout entière dans le domaine de la santé sans avoir gagné quelques contacts au passage. Son amie Emily, qu'elle avait embauchée au St. John's Episcopal, connaissait le procureur général de l'État. L'un de ses employés appela Maple Grove et obtint une baisse du montant à payer en avance. Eileen devrait régler les frais du premier mois, soit cinq mille huit cents dollars, pendant que la paperasse du Medicare serait traitée. Le Medicare prendrait en charge les vingt premiers jours à cent pour cent, puis les quatre-vingts jours suivants à quatre-vingts pour cent après le paiement du ticket modérateur. Elle se retrouverait ensuite toute seule pour payer.

Elle téléphona au Lawrence Hospital et leur demanda de faxer là-bas le dossier de candidature.

« Ils vont l'emmener demain, déclara-t-elle à Sergei. Vous pourriez peut-être rester, au cas où j'aurais besoin de quelque chose. Il est possible qu'Ed revienne, mais je n'en suis pas sûre. »

Sergei hocha la tête comme pour dire qu'il n'avait pas envisagé de faire autrement.

« Je vous paierai, bien sûr », ajouta-t-elle, mais quant à savoir où elle trouverait l'argent, elle n'en avait aucune idée.

Il lui faudrait songer plus tard à ces détails. Ce qui importait pour le moment était de se tirer de ce mauvais pas.

Ils mangèrent en silence le dîner que Sergei avait préparé. Quelque chose dans son visage, sa rondeur peut-être, apaisa l'anxiété d'Eileen. Il semblait préférer s'exprimer par le silence plutôt que par le langage, et par deux expressions en particulier : un demi-regard noir qui lui faisait penser à son père, et une sorte de sourire, presque innocent, avec les yeux écarquillés.

Une fois sorti de table, il voulut faire la vaisselle, mais elle l'en empêcha. Il protesta et n'accepta de quitter la pièce que lorsqu'elle eut insisté en disant qu'elle avait besoin d'utiliser la cuisine pour téléphoner, afin de prévenir leurs amis de la situation. Elle appela autant de personnes que possible, jusqu'à ce que l'heure devienne trop tardive, même en comptant les décalages horaires. Elle laissa le bunker qu'était la cuisine, puis éteignit toutes les lumières et monta l'escalier jusqu'à sa chambre vide afin de préparer un sac pour Ed.

L'exercice était absurde : elle ne pouvait pas réduire sa garde-robe à quelques éléments essentiels au moment où *tout* semblait essentiel. Sans compter le fait que ce qui était essentiel aux yeux d'Ed ne l'était pas forcément pour elle. Certaines de ses chemises préférées étaient devenues des chiffons à poussière depuis bien longtemps. Elle sortit la valise qu'ils utilisaient pour leurs courts séjours et se mit à la remplir avec trois ou quatre vêtements de chaque sorte ; puis elle en prit une plus grosse. Elle aurait du temps, plus tard, pour trouver tout ce dont il aurait besoin précisément, mais elle voulait qu'il ne manque de rien pendant ces premiers jours.

Soudain, son regard se posa sur le caban d'Ed. Il y manquait des boutons et il était élimé au niveau des coudes, des poignées et du col. Ed avait l'air d'un clochard dedans, mais il avait insisté, de manière un peu perverse, pour le garder, comme s'il n'avait jamais quitté l'appartement sans eau chaude dans lequel il avait grandi. Son entêtement la rendait folle. Et pourtant, cette absence d'intérêt pour les choses matérielles lui avait permis d'économiser beaucoup d'argent. Elle resta si longtemps debout, le caban à la main, qu'elle manqua presque de tomber à la renverse ; puis elle le rangea sur un cintre et alla chercher dans le placard un manteau en meilleur état.

Elle laissa la journée s'écouler, plongée dans un état brumeux dû à son manque de sommeil ; elle sentait les yeux de sa chef sur elle, comme si Adelaide percevait instinctivement que son esprit était ailleurs. Ils transférèrent Ed à midi, mais elle ne parvint pas à se résoudre à appeler. Elle avait envie de prendre sa chef à part et de lui assurer qu'elle n'avait aucune vue sur son poste, mais comment aurait-elle pu faire cela sans paraître insolente ? Avoir un travail lui suffisait, mais elle ne voyait aucun moyen de le faire comprendre à Adelaide sans passer pour une femme aux abois. Une fois qu'Adelaide aurait senti sa faiblesse, en effet, elle s'y agripperait. Eileen ne lui en voulait pas complètement : le bureau du maire Giuliani, dans sa quête d'efficacité, avait rongé jusqu'à la moelle le milieu hospitalier. Il était demandé à Adelaide de ne faire aucun cadeau si elle tenait à conserver son poste. Eileen elle-même avait déjà exercé cette pression managériale, à St. John's Episcopal. Elle avait d'abord été contrariée de penser que les lourdes responsabilités de cette époque appartenaient au passé, mais à présent elle s'en moquait complètement.

Le moment était venu de se montrer intelligente – intelligente et forte. En même temps, sa vie ne lui avait jamais donné l'occasion de se comporter autrement. Peut-être seraitelle un jour bête et faible, mais quand viendrait ce jour, cette bêtise n'aurait rien d'original ; car, ce jour-là, tout le monde autour d'elle serait vieux, sénile et dépendant. Cependant, contrairement à Ed, elle ne serait pas toute seule. Ed était entouré, mais il n'y avait personne comme lui dans ce bâtiment : il était plus jeune, et une plus grande part de sa vie avait été sacrifiée. De toute manière, rares avaient été les gens de son niveau, même avant sa maladie : Ed était plus intelligent que la moyenne, plus sensible aussi. De ce fait, il avait été mieux préparé à la solitude de la sénilité qu'ellemême ne l'était. Il avait été un étranger dans le monde pendant la plus grande partie de sa vie.

86

ELLE SE RENDIT À LA MAISON DE SANTÉ après son travail. Elle contourna la réception, d'où partaient les différents couloirs. Sous le comptoir étaient rangés une série de classeurs, qui portaient sur leur tranche des étiquettes où étaient inscrites des lettres telles que « NPR », pour « Ne pas réanimer ». Eileen avait indiqué qu'elle souhaitait cette mention dans le dossier d'Ed, mais une fois de plus, ce choix, extrême et résigné, n'était pas prémédité. Parmi les dossiers, quelques-uns ne portaient pas la mention NPR, et elle eut honte en les voyant, car cela signifiait que ces familles n'avaient pas abandonné tout espoir, qu'elles étaient prêtes à accompagner leurs proches jusqu'à la fin, la toute fin, la fin de la science et de la technologie.

Elle fut aiguillée vers la salle de télévision. Des fauteuils roulants avaient été disposés tout autour de la pièce, qui était pleine de femmes plus âgées que son mari, certaines de plusieurs dizaines d'années, et dont les regards semblaient dirigés moins vers le programme diffusé que vers le halo lumineux de l'écran. Il y avait peu d'hommes, et tous étaient frêles et diminués ; elle ne repéra pas Ed tout de suite, mais finit par l'apercevoir, caché derrière un homme qui gonflait ses joues et les relâchait comme s'il soufflait dans un tuba. Ed avait le même air que s'il avait été pris dans un embouteillage. Il se lamentait tout bas. Lorsqu'elle arriva devant lui, ses plaintes se transformèrent en cri de rage, puis il agita les bras de haut en bas. Elle déplaça le fauteuil roulant du joueur de tuba, qui la regarda d'un air sceptique tout en continuant de souffler avec un bruit de bouche. À l'accueil, elle demanda qu'on lui indique une salle commune, afin de ne pas déranger la personne qui partageait la chambre d'Ed.

Ed hurlait et ne tenait plus en place, se tortillant sur son fauteuil pour essayer de la regarder. Lorsqu'il parvenait à se soulever, sa ceinture de sécurité l'arrêtait, et s'il s'efforçait d'aller plus haut, la moindre pression sur son épaule le faisait valser de sa petite chaise. Après plusieurs virages, elle arriva dans une salle qui, fort heureusement, était vide. Elle ferma la porte derrière elle et poussa Ed jusqu'à un fauteuil en osier dans lequel elle s'assit, face à lui. Il continuait à hurler. Elle tenta de le calmer en posant une main sur son épaule, mais il lui donna une tape. Elle voulut lui toucher le visage, mais il manqua de la mordre. Il bouillait de rage, les dents serrées. Elle insista pour lui arranger les cheveux. Il avait l'air débraillé, négligé. Le personnel de la maison l'avait déjà habillé avec de vieux vêtements dépareillés. Il lui faudrait leur toucher deux mots à ce propos. La manière la plus simple d'obtenir qu'ils prennent bien soin de lui était de leur faire savoir qu'elle veillait au grain, qu'ils ne pouvaient pas échapper à sa vigilance. C'était la même chose avec les infirmières qu'elle supervisait.

Ed supporta pendant quelques instants ses tentatives pour le coiffer, mais finit par porter sa main à son crâne comme pour saccager délibérément son travail.

« Je sais que tu n'as pas envie d'être ici, dit-elle.

— Non. » Il secoua la tête. « Non, non, non, non. Non.

— Je suis là. Je serai là. Je serai là tous les jours. »

Il y avait une tristesse confuse dans l'expression d'Ed, comme s'il luttait pour communiquer ce qu'il ressentait.

« Je n'aurais pas pu continuer à bien m'occuper de toi à la maison, ajouta-t-elle en déglutissant avec peine. Je n'aurais pas pu te garder en sécurité. »

Il retomba dans le silence. Elle avait du mal à se contenir. Elle était déterminée à arriver au bout de cette visite sans craquer.

« Non, dit-il.

— Très bien. Mais ce n'est que pour maintenant. C'est temporaire. Quand tu te stabiliseras, nous te sortirons d'ici. »

Il poussa un grognement en entendant le mot « temporaire », comme si un reste de son humour d'antan avait subsisté. Puis il reprit ses hurlements de fureur, à ceci près qu'ils étaient à présent étrangement décalés par rapport à la conversation, et semblaient presque méditatifs. Il regardait au loin. Elle le secoua pour qu'il arrête, et enfin, heureusement, il se tut.

« Je ne vais pas pouvoir être là dans la journée, poursuivit-elle. Mais je viendrai après le travail, tous les jours. Est-ce que tu comprends ? Je serai là tout le temps. Tu vas finir par en avoir marre de moi. »

Ses sourcils se levèrent.

« Non, non, non ! répondit-il.

— Ne t'inquiète pas pour moi, dit-elle. Je vais me débrouiller. J'ai de l'aide à la maison. »

Elle tendit la main pour lui caresser à nouveau les cheveux, mais il la rejeta avec une férocité stupéfiante.

« Non ! » cria-t-il, comme un ordre plutôt que comme une supplication. Il pointait son doigt vers elle. « Non ! Non !

— Non quoi, Ed ? »

Elle avait le sentiment qu'il comprenait quelque chose. Elle ne lui avait pas dit qu'elle avait gardé Sergei, mais elle sentait que cette question s'était immiscée entre eux à présent.

« Qu'est-ce qu'il y a ? »

Il retomba à nouveau dans le silence, broyant du noir, sa lèvre supérieure dressée, le menton rentré, la cherchant des yeux.

« Non. »

Sa voix était douce maintenant ; il avait mis un point final.

« Non quoi ? Tu ne veux pas que je reçoive de l'aide ?

— Non.
— Très bien. Je m'en sortirai toute seule. J'y arriverai.
— Non », dit-il à nouveau.

Les vestiges d'une lumière du soir flottaient dans l'air, sur le trajet du retour. Elle décida de faire un crochet par le centre-ville. Elle prit Valley Road pour sortir sur Pondfield, et monta la colline jusqu'au dédale de maisons cossues. La route était une succession de virages en épingle à cheveux ; elle dut se ranger sur le côté pour laisser passer une voiture. Les verts vigoureux des arbres luxuriants détonnaient avec le calme des maisons Tudor rénovées, qui toutes semblaient parfaitement disposées.

Eileen s'arrêta devant la maison de Virginia. Cette dernière avait-elle remarqué quelque chose ? Avait-elle remarqué la fréquence à laquelle cette voiture, toujours la même, stationnait devant sa maison ou de l'autre côté de la rue pendant un moment, avant de repartir ?

Elle redescendit la colline et prit Garden Avenue pour s'arrêter à côté des courts de tennis vides. À l'époque où ils vivaient à Jackson Heights, elle avait payé à Ed des leçons privées avec un professeur de Flushing Meadows. Elle n'avait jamais oublié l'admiration qu'elle avait ressentie lorsqu'il avait affonté Tom Cudahy la première fois qu'elle l'avait vu jouer, ni le fait qu'il était parvenu à se hisser au niveau d'un joueur acceptable. Le tennis lui avait semblé être le sport parfait pour lui afin de se remettre en forme, ou tout au moins le sport parfait pour la vie qu'elle espérait le voir mener alors. C'était à ses yeux un exercice satisfaisant, qui l'aurait fatigué avec au moins autant d'efficacité que les longs joggings qu'il aimait faire autrefois. Les terrains de tennis étaient ravissants, et les professeurs qui donnaient des cours là-bas se préparaient pour l'US Open ou y avaient déjà participé. Dans ce genre d'endroit, Ed rencontrerait des gens, se créerait les bons contacts, et élaborerait un plan de carrière ambitieux qu'il n'aurait peut-être pas envisagé sinon. Il manquait, certes, la grandeur ostentatoire d'un country club – mais il aurait aboyé contre cette grandeur. Ed avait toujours été hostile à l'extravagance, et il avait en fait refusé d'assister à un seul de ces cours. Idem pour Connell. Les deux cents dollars payés d'avance avaient été perdus.

Elle fit le tour du centre-ville et reprit Pondfield en sens inverse pour passer devant les restaurants avec terrasses, lesquelles seraient remisées dans quelques semaines. Elle s'était imaginé dîner à cette table avec Ed, un verre à la main, tandis que les riverains s'arrêteraient pour les saluer par leurs prénoms, mais à présent il lui faudrait s'y asseoir toute seule, ou avec des amis venant d'ailleurs, ou ne pas s'y asseoir du tout, parce qu'elle ne connaissait personne en ville.

Elle se gara et passa devant le bureau de poste, le Bistro, la petite épicerie, la pâtisserie Topps, le salon de thé Chez Lange, Alps et Tryforos – et la boutique d'accessoires de mariée, Botticelli, de l'autre côté du trottoir, qui affichait en vitrine une magnifique robe brodée de perles, du corset jusqu'à la traîne. Une fois sur le quai nord de la gare, elle s'installa sur un banc, regardant au loin le Lawrence Hospital, l'endroit qui l'avait attirée dans cette ville, à l'origine. La température était agréable, l'humidité de l'été laissant place à l'air sec de l'automne. Des gens commençaient à s'amasser sur le quai opposé, dans l'attente du prochain train venant du centre-ville. Elle sentit une irrépressible envie de le prendre pour voir où la nuit l'emmènerait, mais Sergei était à la maison, et elle aussi devait rentrer.

Un train approcha de son côté. Elle regarda sa lumière grossir, passer d'un tout petit point lumineux au détour du virage à un vif éclair, au moment où il s'arrêta en grondant dans la gare. Le quai vibra sous ses pieds et, après quelques instants d'intensité, les portes s'ouvrirent et laissèrent un flot de gens se déverser. Les passagers ne semblaient pas se presser, mais ils ne traînaient pas la patte non plus ; ils s'engouffrèrent dans un tunnel ou se dirigèrent vers l'extérieur d'un pas volontaire, pour rejoindre leur époux ou épouse qui les attendait dans la voiture, ou effectuer à pied le trajet jusqu'à chez eux. Le quai se vida rapidement, la laissant à nouveau seule et, après une autre minute, le train sur le quai opposé arriva, et le même manège se déroula.

Jamais Ed ne viendrait la chercher, et jamais elle n'irait le chercher non plus. Il n'y aurait jamais personne qui l'attendrait dans l'obscurité, sous la pluie ; jamais de faisceau de phares la guidant dans sa direction ; jamais de répit sur le siège du passager tandis que quelqu'un maniait le volant à sa place. Il lui faudrait prendre un taxi si elle ne voulait pas faire le trajet à pied depuis la gare. Une flopée de taxis attendaient à la descente des trains, avec leurs chauffeurs à la mine fermée. Jamais ils ne vous escortaient jusque dans votre allée : ils continuaient leur chemin, à la recherche d'autres courses, vous abandonnant debout devant une maison vide, à écouter les bruits étouffés de camions lointains sur l'autoroute puis ceux, assoupis, de la nuit tombante.

Eileen retourna à sa voiture et fit un long détour jusqu'à sa maison, se laissant dériver à travers la ville, empruntant des petites rues. Quand elle eut rentré son véhicule dans le garage, elle en verrouilla les portières, puis resta assise à l'intérieur suffisamment longtemps pour que le voyant lumineux de la porte s'éteigne, l'engloutissant dans l'obscurité. Elle écoutait les rythmes de la maison, son battement de cœur silencieux. Le chauffe-eau bourdonnait au sous-sol et, à quelques marches de là, elle distinguait le léger murmure de la radio de Sergei.

Elle monta directement à l'étage et resta debout devant sa porte. Il écoutait de la musique classique. Ce besoin d'écouter de la musique classique seul semblait être une manie chez les hommes, comme si les émotions que cette musique éveillait en eux étaient trop embarrassantes. Elle attendit jusqu'à entendre un silence dans la symphonie et frappa à la porte. Lorsqu'il lui ouvrit, les bandes réfléchissantes sur son pantalon de jogging et la blancheur aveuglante de ses baskets lui donnèrent presque envie de rire tant ils tranchaient avec le sérieux de son polo.

« Je voulais simplement vous dire que j'étais rentrée, déclara-t-elle. Merci d'être resté. » Il répondit à sa politesse par un geste désinvolte de la main. « Vous voulez du thé ?

— Oui.

— Je n'ai pas de samovar, mais comme c'est irlandais, ça devrait être assez fort.

— Tout me va. »

Elle descendit faire chauffer l'eau et sortit ce qu'il restait du gâteau qu'elle avait fait plus tôt dans la semaine, une petite attention pour Connell avant son départ. Quand la bouilloire siffla, il la rejoignit. Elle s'absorba dans la préparation du thé pour échapper au silence qui s'installait quand elle était seule avec lui. La barrière du langage entravait sa spontanéité. Elle n'avait pas envie de s'adresser à lui comme à un étranger, mais malgré elle, elle se retrouvait toujours à parler plus fort et plus lentement en sa présence. Au bout d'un moment, quand il ne resta plus rien à préparer, elle apporta la théière, le servit et s'assit avec lui.

« Vous aimez la musique classique ? » demanda-t-elle finalement.

Ses sourcils se courbèrent et il se contenta de hocher la tête, anéantissant son espoir, déjà mince, d'avoir initié un échange avec cette question. Elle avait le sentiment qu'il n'était pas plus généreux en gestes qu'en mots.

« Mon mari et moi, nous allons – nous *sommes allés* – au Carnegie Hall entendre plusieurs symphonies. Nous avions un abonnement. »

Elle était sur le point de lui demander, bêtement, s'il connaissait le Carnegie Hall quand il s'éclaircit la gorge avec un grondement autoritaire et lui répondit que sa fille jouait là-bas. Elle se réjouit d'avoir porté sa tasse à ses lèvres à ce moment-là, car elle put ainsi cacher son étonnement.

« Étudiante à Juilliard », ajouta-t-il.

Elle se rendit compte qu'elle n'avait jamais réellement parlé de sa famille avec lui. Elle savait qu'il avait deux enfants et que l'aîné, son fils, dont elle ne se rappelait plus le nom, travaillait sur la côte Ouest ; à présent, elle se demandait s'il travaillait dans la Silicon Valley. Elle l'avait plutôt imaginé agent de sécurité.

« "Carnegie Hall", répéta-t-elle. Dites donc, ce n'est pas rien !

— Elle joue du violon.

— Il paraît que c'est l'un des instruments les plus difficiles, dit-elle. Enfin, tous les instruments m'ont l'air difficiles, à moi.

— Oui et non », répondit-il avec sagesse.

Elle était curieuse d'en entendre plus, mais elle ne voulait pas poser de questions. Elle s'interrogea sur la vie qu'il menait quand il quittait sa maison les vendredis soir. Peut-être que sa fille rentrait pour le week-end, et que tous les trois s'asseyaient à la table d'une immense pièce, à Brighton Beach, et buvaient de la vodka aromatisée en écoutant de la musique. Le temps qu'il passait chez lui, c'était cela, sa vraie vie, alors que celui qu'il passait chez elle n'était que son travail.

« Je vous suis reconnaissante de rester, déclara-t-elle. Je tiens à vous le redire. Mais je ne sais pas combien de temps cela va durer exactement, parce que j'ignore jusqu'à quand on va garder Ed dans cette maison de santé. Je vous paierai au tarif habituel, bien entendu, pour vous être donné la peine de rester. »

Il lui répondit à nouveau par un geste de la main, pour balayer ce sujet trivial. Elle en aurait pris ombrage si elle n'avait pas trouvé ce geste si rassurant. Il se radossa contre sa chaise, comme pour la dévisager. La chaleur qui marquait les traits de Sergei aurait été plus appropriée s'il avait été en train de boire de la vodka plutôt que du thé. L'espace d'un instant, elle se demanda s'il ne cachait pas une flasque ou une bouteille là-haut.

« J'ai besoin de travailler, lança-t-il en étouffant un rire. Je reste même si vous ne me payez pas. Ça ne m'embête pas d'être loin de ma femme. Vous voyez ? »

Elle se dépêcha de boire une gorgée.

« Elle n'est pas comme vous, poursuivit-il. Elle ne travaille pas dur. Elle ne travaille pas du tout. C'est une femme russe, pas américaine. J'étais chauffeur de taxi. Je devrais être à la retraite.

— La vie serait plus facile si nous n'avions pas à nous préoccuper d'argent.

— La vie, c'est facile quand vous avez une femme qui n'a pas besoin qu'on prenne soin d'elle. Qui prend soin de vous. »

Elle coupa une nouvelle part de gâteau qu'elle se mit à grignoter nerveusement.

« Mais, ajouta-t-il, quand je rapporte de l'argent à la maison, elle est contente.

— J'aurai des choses à vous faire faire pendant que vous êtes ici. Un peu de bricolage dans la maison. Il y a des choses que mon mari n'a pas pu terminer. Est-ce que vous êtes bricoleur ?

— J'étais ingénieur en Russie, répondit-il fièrement. Une fois, j'ai construit violon en entier, juste pour m'amuser. Je peux faire vos travaux.

— Je ne vous demanderai rien de trop compliqué », assura-t-elle en essayant de nouveau de cacher son étonnement.

Puis elle lâcha la première chose qui lui vint à l'esprit :

« Si vous pouviez juste m'aider à remettre cette maison en ordre pour que je puisse la vendre. »

Mais, alors même qu'elle prononçait ces mots, elle sut qu'elle ne vendrait jamais cette maison. Au plus profond d'elle, elle soupçonnait qu'elle mourrait dedans.

« Cette belle maison, dit-il, vous allez la vendre pour beaucoup d'argent.

— Vous seriez étonné. Le marché n'est pas très bon ici, en ce moment. Ils ont construit des HLM pas loin et depuis, les gens boudent le quartier.

— Vous aurez beaucoup d'argent pour cette maison, affirma-t-il comme s'il ne l'avait pas entendue.

— Nous avons pris une marge sur notre crédit immobilier pour payer les études de Connell », dit-elle. Elle hésita. « Vous savez ce que c'est ?

— Une marge sur crédit, oui », fit-il, l'air agacé.

Elle fut à nouveau mortifiée, mais identifier sans arrêt ce que Sergei était en mesure de comprendre lui paraissait un exercice bien étrange. Il comprenait sans doute plus que ce qu'elle croyait. Elle leur versa une nouvelle tasse de thé, même si elle en avait déjà trop bu. Elle sentait ses tempes bourdonner.

« Tout ça fait que j'ai encore beaucoup à payer, expliqua-t-elle. Mais si je déménage dans un endroit plus petit, je pourrai sûrement m'y retrouver. »

Pourquoi lui disait-elle tout cela ?

« Vous vous en sortirez, dit-il. Vous êtes très intelligente. »

L'atmosphère changea légèrement, comme si les aspérités de Sergei s'arrondissaient soudain, et peut-être aussi les siennes.

« J'ignore quand Ed pourra rentrer, si son état se stabilise. » Elle improvisait, à présent. « J'aimerais que vous soyez présent au cas où l'on déciderait de le faire sortir sans préavis – pendant un petit moment, au moins. S'il vous plaît, dites à votre femme que je lui suis très reconnaissante pour sa patience. Il faut que je m'adapte à cette nouvelle réalité. Je suis sûre qu'elle se demande pourquoi vous êtes toujours ici si Ed n'est plus à la maison.

— Ma femme, elle ne sait pas que votre mari est dans une maison de santé.

— Vraiment ?

— *Niet.* Non. » Il riait. « Quelle différence ça fait ? Du moment que je rapporte l'argent à la maison. »

Eileen resta silencieuse.

« Combien de temps vous voulez attendre que votre mari rentre à la maison ? » demanda Sergei.

Eileen se sentit rougir et commença à débarrasser les assiettes.

« Seulement tant que cela sera nécessaire, répondit-elle. Seulement jusqu'à ce que je sache qu'il ne rentrera pas. »

Elle lui récita alors la liste des choses qu'elle souhaitait le voir faire la semaine suivante, pendant qu'elle serait au travail – nettoyer le garage, débarrasser les feuilles des gouttières, changer les ampoules des spots sur le côté de la maison. Se rendait-il compte qu'elle était en train de tout inventer ? Ce n'était pas une longue liste, mais cela pourrait au moins l'occuper plusieurs jours. Elle monta ensuite à l'étage et se prépara pour aller au lit. Quelques-unes de ses amies l'appelèrent, si bien qu'elle resta au téléphone jusqu'à dix heures passées. Elle ne fit pas mention de Sergei.

Une fois couchée, elle resta éveillée, à se demander ce qu'elle trouverait quand elle retournerait à la maison de santé le lendemain. Il lui faudrait sans doute passer la nuit là-bas, mais elle ne supportait pas l'image d'Ed dans cet état amoindri, et avec son regard rivé sur elle – ce regard cristallin, rempli de haine, comme si elle l'avait trahi en le mettant là, comme si chaque jour où elle le laissait était une nouvelle trahison.

Quand Sergei monta, elle l'entendit bouger dans sa chambre. Elle écouta les bruits de son lit et les grincements, jusqu'à ce qu'il ne reste plus que le halo léger et persistant des émissions de la nuit et le sifflement étouffé d'un ronflement. Puis elle sombra dans le sommeil, en dépit des publicités criardes qui la firent sursauter, par intermittence, avant que le soleil ne la rappelle vraiment à la vie.

À la maison de santé, elle croisa la directrice des loisirs en se rendant à l'accueil. La femme avait sur le bras un gros oiseau tropical qu'elle essaya de présenter à Eileen.

« Voici Calypsa, annonça la femme, en tendant son bras vers elle. Dis bonjour, Calypsa.

— Bonjour, Calypso, dit Eileen avec un enthousiasme forcé.

— Calyps*a*, avec un *a*. Dis bonjour, Calypsa. »

Son badge indiquait qu'elle s'appelait Kacey, mais elle ne s'était pas présentée, alors même que créer des liens était censé faire partie de ses attributions. L'oiseau resta sur son poignet en fixant sur Eileen un regard inquiétant.

« Je m'appelle Eileen, dit-elle.

— Ne bougez pas, elle va monter sur vous. »

Ne trouvant aucune excuse pour éviter cette embarrassante situation, Eileen tendit son bras avec réticence.

« Droit, ordonna la femme. Mettez votre bras bien droit. Elle va le remonter. »

Eileen redressa le bras. Après quelques secondes, l'oiseau sautilla d'un air décidé sur son poignet. Eileen dut se retenir de crier tandis qu'il passait sur la peau sensible de l'intérieur de son bras, où il s'arrêta pour y planter ses griffes.

« Ça peut faire un peu mal, observa la femme.

— En effet.

— On s'y habitue vite.

— Sans doute, répondit sèchement Eileen.

— Je l'emmène voir tous les pensionnaires. Elle adore grimper sur eux. »

Eileen n'en revenait pas.

« "Grimper sur eux" ?

— Tout partout. »

Il était difficile d'imaginer que ce genre de chose plairait à Ed. L'oiseau était en train de remonter jusqu'à son épaule, où il s'installa avec une certaine autorité, comme s'il y avait planté un drapeau. Eileen se détendit un peu, même s'il lui pétrissait l'épaule à travers son vêtement.

« Il... Elle ne leur fait pas mal ?

— Elle ne ferait pas de mal à une mouche, répliqua la femme avec une légère indignation. Ils peuvent lui crier dessus, essayer de la chasser, elle se comporte toujours comme une vraie dame. »

L'oiseau commença à donner des coups de bec sur le col d'Eileen, et semblait être sur le point de s'attaquer à son oreille quand la femme le repoussa d'un claquement de langue ostensible. Eileen eut l'impression que ce geste était dirigé contre elle.

Ed ne se trouvait pas parmi la foule dense attroupée dans la salle de télévision.

« Où est mon mari ? demanda-t-elle à l'infirmière de service, au bureau d'accueil.

— De qui parlez-vous, madame ?

— Edmund Leary. Il a été admis hier.

— Il est peut-être en train de dormir. Il a eu une journée mouvementée, déclara la fille en levant les sourcils.

— Que s'est-il passé ?

— Les pensionnaires ont parfois besoin d'une période d'adaptation.

— Que s'est-il passé ?

— Nous avons été obligés de le maîtriser. Il refusait qu'on le change. Il est un peu plus jeune que la moyenne de nos patients. Il a plus d'énergie. »

Eileen sentit une pointe de fierté sous son inquiétude, et elle éprouva soudain un urgent désir de voir Ed. Elle descendit le couloir et le trouva, les yeux rivés au plafond, la radio murmurant sur sa table de chevet. Après quelques secondes, elle se rendit compte que la radio était réglée sur une station de rap. Elle l'éteignit, furieuse, et retourna à l'accueil.

« La radio de mon mari était réglée sur du rap ! »

La fille lui répondit par un regard incrédule. Elle ajusta son chignon – un vrai ou un postiche, impossible à dire –, empilé au sommet de son crâne en un amas coloré qui ressemblait à de la mosaïque. Elle aurait dû se douter que cette fille ne comprendrait pas son indignation.

« Elle n'aurait jamais dû être réglée sur une station de rap, insista-t-elle.

— Je suis désolée, madame…

— Leary. Eileen Leary. Mon mari s'appelle Ed Leary, et je vais venir ici tous les jours. Je ne veux plus entendre de rap sur sa radio.

— Je suis désolée…

— Je suis infirmière. Je comprends que vos collègues puissent changer de station pendant qu'ils font les lits. Mais sous aucun prétexte la radio dans cette chambre ne doit être réglée sur du rap ! » Eileen commençait à transpirer. « Je voudrais que ce soit parfaitement clair.

— Est-ce que vous souhaitez parler à mon responsable ?

— Je l'appellerai demain, répondit Eileen. Merci.

— Il n'y aura pas de problème, affirma la fille. Je peux vous l'assurer.

— J'en suis certaine », répliqua Eileen, sur quoi elle rejoignit Ed.

Elle savait pertinemment ce que cette infirmière pensait d'elle, elle pouvait presque l'entendre. Depuis qu'elle supervisait des infirmières, elle avait l'habitude ; cela ne la dérangea donc pas. Quelque part au fond d'elle, elle savait aussi que si Ed avait été comme auparavant, en possession de toutes ses facultés, il aurait très bien pu éprouver assez de curiosité pour prêter l'oreille à cette station. L'ouverture d'esprit de son mari l'avait souvent fait souffrir, comme autant de petites blessures, mais cela restait toujours tolérable, car, en contrepartie, il se laissait parfois aller à des moments de loyauté tribale, au point même de piquer une colère à propos de choses qui la mettaient hors d'elle également. Un épisode en particulier l'avait marquée. Un soir, une petite bande de gamins latinos. Ils étaient appuyés contre le lampadaire devant leur demeure depuis une heure, à hurler un flot d'insanités. Ed leur avait passé un savon en leur disant de garder leur langage de charretier pour ailleurs, car ce n'était pas le genre de sa maison, et Eileen était restée dans l'entrée, regardant par-dessus son épaule, pendant que ces gosses battaient en retraite, la queue entre les jambes. Mais à présent qu'Ed ne pouvait presque plus faire la différence entre deux choses, elle ne voyait plus l'intérêt de cultiver chez lui cette curiosité raisonnable, mutuelle, et même intergénérationnelle, pour le bruit qui les entourait. Cependant, comme la radio silencieuse semblait lui adresser des reproches, elle mit un CD de Nat King Cole.

À la fin de la visite, elle eut du mal à retrouver son chemin dans ces couloirs identiques qui paraissaient tous se rejoindre. Elle demanda l'« entrée avant » car elle l'avait entendue désigner ainsi, contre toute logique – elle se situait à l'arrière du bâtiment. Celle qui faisait réellement face à la rue était l'« entrée arrière », et si elle sortait par là, il lui faudrait marcher longtemps pour rejoindre sa voiture.

Ce bâtiment paraissait avoir été conçu pour vous rendre fou. L'idée était peut-être de tenir les gens à distance. Les rares visiteurs que l'on croisait dans la salle de télévision ne venaient manifestement que pour contenter les pensionnaires.

Elle, cependant, n'était pas en visite : elle était venue voir son mari après le travail. Cela faisait partie de sa journée, tout simplement. Elle montrait de cette manière que même si Ed était ici et non chez lui, rien d'autre n'avait changé. Et ils pouvaient bien mettre sa chambre au milieu d'un labyrinthe, elle la trouverait chaque soir.

Elle serait la femme qui ne part jamais, la femme d'un mariage qui ne meurt jamais. L'idée qu'elle se faisait de son mari ne serait pas altérée parce que des aides-soignantes le considéraient simplement comme un abruti de plus. Elles n'avaient pas idée du genre d'homme sur lequel elles étaient tombées, mais cela, Eileen n'avait pas l'intention de le leur expliquer, car elles ne méritaient même pas de l'entendre. Elle était satisfaite de les laisser penser qu'il était juste un impotent, un invalide, un idiot, car elle seule connaissait la vérité. Elle en saurait toujours plus que ces filles-là.

87

ELLE DEMANDA À SERGEI de mettre une nouvelle couche de goudron dans l'allée. Elle lui fit peindre tout ce qui pouvait être peint, y compris l'extérieur – les portes des placards en cèdre, les clôtures, les rebords des fenêtres, la lourde plate-forme de métal qui précédait l'escalier, et même les briques. Il retira l'ancien papier peint et en posa un avec d'autres motifs. Elle lui fit enlever et remplacer l'isolant du grenier, transporter des déchets du sous-sol et du grenier jusqu'à la benne, et vidanger la gouttière à l'avant de la maison. Il arracha les horribles toilettes du cabinet du rez-de-chaussée et en installa de nouvelles, ainsi qu'un meuble avec un miroir. Il n'avait pas besoin d'aide pour la plupart de ces tâches ; pour les plus importantes, elle payait le jardinier durant ses heures de repos. Sergei utilisait ses propres outils, délaissant ceux qu'elle avait achetés pour Ed. Il supprima les cloques sur le mur du garage. Il renforça le muret au bout de l'allée, là où le terrain descendait en pente douce, car il avait commencé à s'affaisser légèrement, et Eileen s'était entendu dire qu'il finirait par s'écrouler si personne ne s'en occupait. Pour empêcher ce muret de pencher davantage, Sergei creusa une tranchée juste à côté pour la remplir de parpaings qu'il cala à l'aide de morceaux de tissu, avant de remettre la terre par-dessus. Pour finir, il construisit un cadre en bois qu'il installa au sommet de ce double muret, dans lequel il coula du béton si parfaitement lisse que cela rappela à Eileen le glaçage dont elle couvrait ses plus beaux gâteaux.

Ses amies furent émerveillées par le travail de Sergei. Eileen décela une pointe de lubricité dans leur admiration, mais puisqu'elles ne comptaient pas formuler tout haut leurs suppositions, elle les laissa se perdre en conjectures silencieuses. Peut-être pensaient-elles que Sergei prenait la place d'Ed. Peut-être pensaient-elles que les choses lui échappaient fondamentalement. Peut-être pensaient-elles qu'il était triste d'avoir besoin d'un pont entre son ancienne et sa nouvelle vie. Peut-être pensaient-elles qu'elle couchait avec lui. *Qu'elles pensent ce qu'elles veulent,* se dit Eileen. *Qu'elles spéculent et fassent claquer leur langue ; qu'elles se noient dans leur pitié, dans leur désapprobation ou dans ce qu'elles voudront.*

Elle était fière de ces embellissements. Les voisins qui ne lui disaient jamais deux mots lui demandèrent qui s'était chargé du travail. Elle coupa court en répondant que c'était un ami ; et quand elle répétait ces propos à Sergei, il rayonnait d'une fierté assez inattendue. Elle aurait préféré que ces compliments sur la qualité de son travail le laissent de marbre, car si tout cela n'était pas incarné, si tout restait dans le domaine de l'abstraction, alors elle n'était pas obligée d'admettre ce que de tels travaux avaient de rabaissant. Cependant, lorsqu'elle vit à quel point Sergei était content de recevoir pareils compliments, elle cessa d'avoir peur de se montrer condescendante avec lui en lui assignant des tâches, ce qui la mit plus à l'aise pour le garder chez elle – chose à laquelle elle aspirait depuis quelque temps. Qu'allait-elle bien pouvoir faire toute seule, une fois qu'il serait parti ?

Tandis qu'octobre cédait la place à novembre et que le flot de gros travaux se réduisait petit à petit, la maison commença à prendre la patine qu'Eileen avait imaginée lorsqu'elle avait signé les papiers, liant son destin à celui de la demeure. Elle comprit que les travaux resteraient incomplets : elle n'allait pas se lancer dans ce qu'il restait à faire au grenier ou au sous-sol. L'électricité ne serait jamais remise aux normes, la chaudière à mazout ne serait jamais enterrée, ni les tuyaux remplacés, ni l'amiante retiré. Elle ne serait pas en mesure de continuer à verser à Sergei les quatre mille dollars ou presque qu'elle lui donnait chaque mois. L'indemnisation des cent jours de Medicare touchait à sa fin, et, à partir de là, elle devrait payer six mille dollars par mois pour la maison de santé, somme qui serait prélevée directement sur leur compte épargne-retraite et sur ce qui restait de leur emprunt immobilier.

Elle aurait voulu parler avec Sergei de son départ, mais il était plus facile pour elle de dépenser ses sous jusqu'au dernier chaque semaine, de piocher encore davantage dans ses économies et de se promettre d'évoquer le sujet avant la paye suivante. *Du moment que je rapporte l'argent à la maison, elle est contente,* avait-il dit.

Un jour, Sergei lui demanda s'il pouvait rester les week-ends également. Cette requête la déstabilisa ; elle s'apprêtait justement à lui dire que son temps chez elle allait bientôt prendre fin ; en fait, elle avait été sur le point d'aborder le sujet. Il lui annonça ensuite qu'il avait quitté sa femme quelques semaines plus tôt et qu'il dormait depuis chez sa sœur, sur le canapé, le week-end.

« Je n'ai pas les moyens de vous payer à plein temps, lui déclara-t-elle, abasourdie.

— Vous n'aurez pas à me payer, dit-il. C'est moi qui vous paierai pour rester ici.

— Me payer ?

— Je travaillerai comme homme à tout faire, expliqua-t-il. Je travaillerai pour vos voisins. »

Cette proposition, énoncée sur un ton aussi affirmatif, avait le caractère raisonnable et séduisant du plus farfelu des projets. Elle fit semblant de prendre une mine dubitative, mais elle savait que son acceptation était inévitable.

« J'aime bien ce quartier, ajouta-t-il, remplissant le gouffre que ses pensées avaient ouvert.

— Pas question que vous me payiez, répondit-elle. Vous pouvez continuer à faire vos travaux dans la maison le temps que votre situation s'arrange. Ça suffira à compenser l'utilisation de la chambre. Mais, au final, il vous faudra trouver votre propre logement, bien sûr. »

Elle rédigea pour lui une annonce comportant le numéro de téléphone de chez elle, mais sans y inclure son propre nom. Elle la photocopia à et l'accrocha sur les panneaux d'affichage de Slave to the Grind et du Lawrence Hospital. Elle la publia également dans un journal gratuit. Enfin, elle alla frapper aux portes des voisins qui avaient posé des questions sur les travaux réalisés dans sa maison.

Les offres d'emploi commencèrent à arriver. Elle déposa un jour Sergei chez Smith Cairns sur le chemin du travail, où il s'acheta une Taurus d'occasion. La plupart des matins, il partait avant qu'elle soit réveillée, en lui laissant souvent du café. Lui-même n'en buvait jamais.

Eileen cessa de se sentir coupable de l'avoir tenu à l'écart de chez lui, et provoqué ainsi la séparation avec sa femme. Quitter sa femme avait été son affaire ; cela n'avait rien à voir avec elle, et d'après ce qu'elle avait compris, tout était assez récent. S'il n'avait fallu que quelques semaines loin de son domicile pour creuser un gouffre entre eux, alors en arriver à une séparation était peut-être dans l'ordre naturel des choses.

Sergei laissait chaque vendredi plus d'argent que nécessaire pour couvrir ses frais de nourriture. Il n'utilisait presque pas d'électricité.

Prendre leur repas ensemble aurait été trop intime. Il y aurait eu beaucoup de silences à combler à table. Aussi, lorsqu'elle cuisinait, elle mangeait en premier et lui posait sa part sur la cuisinière ; lorsque c'était Sergei, il lui mettait la sienne dans le frigo. Elle frappait à la porte de sa chambre et lui disait à travers qu'il y avait quelque chose pour lui en bas. Il lui laissait un petit mot dans sa grammaire approximative : « *C'est moi qui ai fait un dîner ce soir. N'allez pas le faire.* »

Il emportait des vêtements propres dans la salle de bains lorsqu'il se douchait, et s'habillait avant d'en sortir. Une fois, cependant – il n'avait pas dû se rendre compte qu'elle était rentrée –, elle l'observa depuis le bas de l'escalier tandis qu'il repartait d'un pas assourdissant vers sa chambre, une vieille serviette blanche autour de la taille, sûrement piquée au club de sport. Les deux extrémités de la serviette peinaient à se rejoindre à cause de son ventre saillant, mais qui ne débordait pas, comme si son excès de chair était fait d'une matière plus ferme que la sienne. Des restes de vapeur flottaient dans l'air. Avec son visage et son torse tout rouges, il faisait penser à un homard qui aurait survécu à un plongeon dans l'eau bouillante, tandis que le reste de son corps avait presque une couleur d'albâtre.

Sergei faisait lui-même sa lessive – et aussi la sienne, souvent, mais sans jamais mélanger leurs vêtements. Elle n'avait pas eu à exiger qu'il opère cette distinction ; il en avait décidé ainsi tout seul.

Ils regardaient la télévision chacun dans sa chambre. Le poste du petit salon n'était presque jamais utilisé, sauf parfois tard dans la nuit, quand, assurée qu'il était sous les couvertures dans ses quartiers, elle descendait dans le noir à pas feutrés au rez-de-chaussée pour l'allumer, en gardant le volume très faible. S'il lui semblait entendre l'escalier craquer sous son poids, elle coupait carrément le son, mais ce n'était que des bruits fantômes. L'obscurité ténébreuse de la cuisine se troublait pendant quelques instants, comme s'il venait d'y pénétrer, mais cela ne s'était jamais produit.

Elle prenait le *Times* avec elle lorsqu'elle allait travailler, non pas parce qu'elle en avait besoin pendant son service, mais pour pouvoir le lui laisser plus tard et éviter les négociations maladroites pour savoir qui lirait quelle page. Elle l'abandonnait sur l'îlot de la cuisine lorsqu'elle rentrait, et il était suffisamment discret pour le récupérer quand elle ne se trouvait pas dans la pièce et pour le jeter dans la poubelle à papier quand il l'avait terminé. La plupart du temps, il déposait pour elle en retour le *Post*, dont la lecture était un petit plaisir coupable qu'elle ne s'était pas autorisé depuis Jackson Heights, à l'époque où elle allait chercher Connell dans l'un ou l'autre appartement des Orlando. Elle avait oublié le plaisir qu'elle éprouvait à s'asseoir à la table de leur salle à manger pour feuilleter négligemment les pages de ce journal en discutant, pendant que Connell faisait tout pour retarder le moment du départ.

La perspective de Thanksgiving la hantait depuis un moment. Il lui faudrait se justifier auprès de Connell de la présence continue de Sergei. Sans savoir comment, elle avait réussi à ne pas lui en parler. Le fait qu'il n'appelle pas beaucoup y avait sûrement contribué. Elle avait aussi demandé à Sergei de ne pas répondre au téléphone, même si cette requête était superflue. Finalement, elle téléphona à Connell, lui dit de ne pas rentrer à la maison et de garder l'argent du billet pour venir la fois suivante. Les finances n'étaient pas au beau fixe, lui expliqua-t-elle, et il allait rentrer dans quelques semaines de toute façon. Il protesta, mais assez mollement pour qu'elle ne se sente pas trop coupable. Elle voyait bien que lui se sentait coupable, mais pas seulement parce qu'il était absent : c'était aussi parce qu'il ne se sentait pas *plus* coupable de ne pas être là.

Plusieurs amies bien intentionnées invitèrent Eileen à dîner, mais elle répondit à toutes qu'elle allait déjà chez son cousin Pat. Ce matin-là, elle prit le petit déjeuner avec Ed, puis prépara le repas de Thanksgiving pour elle et Sergei, la totale, avec les multiples accompagnements et une volaille suffisamment grosse pour avoir des restes pendant des semaines.

C'était le premier repas de Thanksgiving américain que Sergei mangeait. Elle le regarda élever dans son assiette une immense montagne avec les divers mets proposés. Après avoir tout dévoré, il emplit à nouveau son assiette. Quand il tendit la main pour se resservir une troisième fois des patates douces aux marshmallows, une douce fierté envahit Eileen, comme une gorgée de vin chaud. Il mangea à lui seul une boîte entière de sauce aux canneberges.

Une nuit, au début du mois de décembre, elle rentra chez elle au terme d'une sale journée de travail, suivie de quelques heures pénibles à Maple Grove pendant lesquelles Ed avait refusé de manger, émettant un long cri plaintif et persistant. Après avoir englouti ses boulettes de viande sans même prendre le temps de s'asseoir, elle entendit Sergei entrer dans la cuisine, derrière elle. Elle leva les yeux vers la fenêtre et vit son reflet. Il se tenait sur le seuil. Au bout de quelques instants, il fut impossible de continuer à faire comme s'il n'était pas là ; il était entré à pas trop lourds, et à présent, l'air était chargé d'électricité. Elle posa son grattoir et prit une grande inspiration pour se donner du courage, puis se tourna vers lui. Il était parfaitement silencieux, et la dévisageait avec une étrange intensité. Il avança vers elle. Instinctivement, elle leva les mains gantés de caoutchouc, mais il fit le tour de l'îlot et se posta devant elle. Sa propre respiration s'accéléra. Il se rapprocha encore. L'espace de quelques secondes, elle perçut son hésitation et cela l'alerta, comme si Sergei avait peur pour leur destin à tous les deux, comme si ce qu'il était sur le point de faire était inéluctable. Elle se reprocha d'avoir hébergé cet étranger dans sa maison. Il pouvait lui faire ce qu'il voulait, elle n'aurait pu l'arrêter.

Il posa une main sur sa taille ; elle eut l'impression d'être sortie de son propre corps, et de se regarder. Son autre main rejoignit la première.

« Qu'est-ce que vous faites ?

— Ne vous inquiétez pas », dit-il.

Il l'attira vers lui. Elle leva les bras pour se protéger, presque timidement, et le contact du caoutchouc froid et humide lui donna un frisson. Elle se sentait molle et gonflée contre lui. Depuis le diagnostic d'Ed, elle avait pris plus de vingt-cinq kilos, presque un kilo pour chacun que son mari avait perdu, comme si elle avait mangé pour maintenir leur équilibre. Sergei se pencha pour l'embrasser ; son visage était suffisamment doux pour qu'elle se demande s'il s'était rasé juste avant de venir la voir. Son aftershave de supermarché, dont il s'aspergeait généreusement, ne la rebuta pas. Elle sentait un battement dans la poitrine de Sergei. Ses mains se promenaient sur elle, laissant leurs empreintes partout où elles étaient passées. Elle le suivit dans l'escalier.

Plus tard, une fois dans sa chambre, elle ferma la porte à clé et plaça le fauteuil devant. Cette précaution était ridicule, mais elle sentait un besoin de se protéger, de se cacher. Elle grimpa dans son lit et pleura pendant un moment, puis, sans savoir comment, elle s'endormit, obéissant aux besoins de son corps. Elle se réveilla au milieu de la nuit, sous la lumière aveuglante de sa lampe de chevet, et entendit le murmure de la télévision de Sergei. Au fond d'elle, elle savait qu'il n'était pas réveillé.

Le matin venu, elle se doucha et s'habilla dans sa salle de bains avant de déplacer le fauteuil. Puis elle s'aventura hors de la chambre. La porte de Sergei était grande ouverte. Elle s'avança jusqu'à elle et regarda à l'intérieur : il l'avait vidée. Elle descendit et fut étonnée de le trouver assis à la table, buvant à petites gorgées une tasse de café, sa valise près de lui.

« Pardonnez-moi, lui dit-il.

— Pour quoi ?

— Je comprends que vous voulez que je parte.

— Ne soyez pas ridicule, répondit-elle. Vous avez du travail à faire. Vous pouvez commencer à chercher un logement. En attendant, c'est ici que vous vivez. Il n'y a rien à ajouter, en ce qui me concerne. »

88

CONNELL AVAIT FOMENTÉ SON COUP DÈS THANKSGIVING, quand il avait appris que sa mère allait organiser une fête le jour de Noël. Le réveillon aurait lieu chez Cindy Coakley, comme l'année précédente et probablement comme toutes les années qui suivraient, maintenant que les anciennes habitudes étaient perdues. Ce n'était pas l'idéal, avait dit sa mère, de prévoir une seconde fête dès le lendemain, d'autant que les invités partiraient sûrement plus tôt, mais il était important pour elle d'organiser quelque chose dans cette maison, en cette année, avec son petit cercle d'amis. Inviter les mêmes personnes aux deux fêtes à la suite allait être un peu redondant, mais elle était sûre qu'ils viendraient si elle insistait, et elle y comptait. Elle ferait sûrement aussi bien qu'à tous les Noëls passés, mais Connell avait pensé que cela lui crèverait le cœur de ne pas pouvoir compter sur la présence de son père ; c'est pourquoi il allait faire en sorte que celui-ci soit présent.

Le matin de Noël, ils allèrent tous les deux voir son père. La maison de santé avait été décorée pour les fêtes. De petits groupes de visiteurs s'amassaient partout où il y avait des places assises, et plusieurs chambres étaient remplies de monde. Un air de fête flottait. Les infirmières et les aides-soignantes se montrèrent moins formelles avec sa mère qu'avec les enfants et les petits-enfants des patients qui étaient venus en avion depuis des endroits lointains, mais elles étaient aussi plus circonspectes. Cela ne devait pas les arranger que sa mère passe tous les jours, la sachant infirmière de carrière, et têtue avec ça.

Ils trouvèrent son père endormi dans son lit, la bouche grande ouverte. Ils s'assirent sur des chaises de chaque côté du lit, en attendant son réveil. Mais Connell eut le sentiment effrayant qu'il était en train de regarder son cadavre. Juste au moment où il allait le toucher pour le réveiller, sa mère le fit à sa place. Son père ouvrit les yeux sans sursauter et commença à bredouiller. Il leva lentement une main pour se gratter le nez, comme s'il bougeait à travers une substance visqueuse invisible.

Sa mère avait essayé de le préparer à la détérioration que son père avait subie depuis l'été. Lorsqu'ils le transférèrent dans son fauteuil roulant, il ne fut pas capable de s'extraire tout seul du lit.

Une fois son père installé, Connell regarda son genou, cherchant le vestige du geste qui les avait liés tous les deux pendant des années. Cela avait commencé quand il était petit ; son père l'attrapait alors dans ses bras et s'exclamait : « Quel bon garçon j'ai là ! » Au début de sa maladie, chaque fois que Connell le prenait dans ses bras, son père le serrait en retour et disait simplement : « Bon garçon. » Lorsque son père avait commencé à perdre ses forces, les accolades s'étaient transformées en tapes dans le dos ; lorsqu'il avait perdu sa coordination, les tapes étaient devenues des coups frénétiques. Une fois où ils étaient accrochés l'un à l'autre, Connell lui avait dit : « Pose juste ta main. Pose-la. Maintenant, laisse-la pendant une seconde, comme ça. » Puis son père avait commencé à prononcer des mots traînants, de sorte qu'il ne pouvait plus dire que des « Bien, bien, bien », et finalement ces « Bien » avaient laissé place à un son inarticulé – mais Connell savait ce que cela voulait dire, même si personne d'autre n'aurait pu l'interpréter. Ensuite était venu le moment où ç'avait été à Connell seul d'initier les étreintes. Depuis son canapé, son père avait essayé de les lui rendre, jusqu'à ce qu'il n'en soit plus capable et se contente de donner de petites tapes sur son propre genou. Enfin, il y avait eu la dernière étape dont il se souvenait : son père donnait de petites tapes sur son genou, que Connell soit ou non dans la pièce. À présent, dans son fauteuil roulant, il ne bougeait plus du tout.

Connell le poussa jusqu'à la grande baie vitrée qui ouvrait sur la pelouse. Des restes de la neige tombée récemment maculaient le paysage. Il faisait trop froid pour sortir son père sur la véranda. Sa mère n'avait pas mentionné la possibilité de le faire rentrer à la maison pour Noël. Vu son état, il comprenait pourquoi. Il ne renonça pas à son idée, cependant : il porterait son père jusqu'à la voiture et dans l'escalier et, le temps d'un soir, il offrirait à sa mère un peu de sa vie d'avant.

Ils avaient acheté quelques cadeaux qu'ils ouvrirent pour son père. Le caractère silencieux de cet échange, qui fut expédié en moins de deux minutes, leur donna la même impression que s'ils étaient venus les mains vides. Sa mère avait fait habiller son père pour l'occasion, dans le tricot gris qu'il aimait mettre pour Noël, celui avec une bande de flocons au milieu, une chemise en dessous et un pantalon habillé, mais on aurait dit que cette tenue appartenait à un homme beaucoup plus corpulent et qu'on la lui avait mise par erreur. Connell ne s'était pas préparé mentalement à le voir flotter ainsi dans ses vêtements.

Sa mère était inhabituellement silencieuse, alors il bavarda jusqu'à ce que son monologue s'épuise. Ils restèrent ensuite à regarder les feuilles balayées par le vent.

Kacey, la responsable des loisirs, entra avec son oiseau exotique sur le bras.

« Regardez, monsieur Leary, dit-elle. Calypsa voudrait vous souhaiter, à vous et à votre famille, un joyeux Noël et de belles vacances ! »

Le perroquet portait un costume de père Noël miniature avec une ceinture noire, ainsi qu'un bonnet rouge avec un pompon. Il fit une petite danse chatoyante. Connell ne put s'empêcher de rire. *Ça doit être l'effet recherché,* pensa-t-il. *Peut-être que cette femme le fait exprès.* Sa mère leva à peine les yeux pour montrer qu'elle avait remarqué la présence de Kacey ou du perroquet, et après avoir tenu l'oiseau pendant un moment, Connell décida qu'il était temps de la faire sortir de l'établissement avant que son humeur ne s'assombrisse davantage.

« Allons-y, dit-il. Nous avons encore beaucoup à faire. »

Il poussa son père jusqu'à sa chambre. Mais, une fois dans la voiture, il prétexta une envie pressante pour retourner à l'intérieur et informer l'accueil de son intention de revenir le soir pour chercher son père. La réceptionniste vérifia qu'il était sur la liste des gens autorisés à le faire.

« Ce ne sera pas un problème, dit-elle, tandis qu'elle refermait le dossier. Je dois simplement vous rappeler qu'il sera sous votre responsabilité, une fois que vous aurez signé la décharge.

— J'ai bien compris », répondit Connell d'un air aussi naturel que possible, mais sans pouvoir cacher le tremblement dans sa voix.

Il lui faudrait attendre le bon moment pour partir. Sa mère allait avoir besoin de son aide. Elle s'était surpassée cette année : de nouvelles guirlandes de lumière, de nouvelles boîtes de décoration, une seconde crèche, une nouvelle étoile pour l'arbre, et des couronnes de fleurs qui semblaient coûteuses.

Une intensité nouvelle entourait aussi les préparatifs. Lorsque Sergei fit un saut de dernière minute à l'épicerie, Connell descendit les derniers cartons du grenier. Il ajouta une figurine à la petite armada de pères Noël, de soldats de bois et de bonshommes de neige qui occupait déjà le rez-de-chaussée. Du faux houx était accroché à chaque mur, orné de gros nœuds, et d'autres couronnes étaient suspendues à chaque porte. Le sapin croulait sous les décorations, les lumières, et d'innombrables guirlandes s'accrochaient à ses branches vertes comme des épinards trop cuits. De la lumière ruisselait le long de la cheminée, des plinthes, des cadres de porte et de la rampe de l'escalier. Des fausses bougies étaient posées au bout des tables et dans l'entrée, et des crèches illuminées se disputaient l'espace avec les sapins de Noël en céramique. Néanmoins, malgré le nombre envahissant de petites décorations, la maison ne paraissait toujours pas assez décorée une fois que tout fut branché et allumé, comme si les coins sombres ressortaient davantage.

La quantité de nourriture dans la cuisine donnait à penser qu'une brigade tout entière y avait travaillé, et non une seule personne déterminée. Des plats, des casseroles et des poêles occupaient chaque recoin des plans de travail et de l'îlot de la cuisine. La table de la salle à manger, dont toutes les rallonges étaient tirées, était couverte d'un chemin de table en dentelle blanche par-dessus une nappe rouge, et des porte-serviettes à l'effigie d'un petit Casse-Noisette y indiquaient la place de chacun. Une table plus petite, prise dans le salon, était installée contre elle. Pourtant, même avec toute cette surface, il ne restait presque plus d'endroits pour poser un verre.

Les invités commencèrent à arriver. Connell les débarrassa, puis tout le monde s'attroupa dans la cuisine, pour siroter son lait de poule ou son verre de vin, piquer un cube de fromage, un gâteau au beurre, une truffe en chocolat, une noisette dans un bol, des boulettes suédoises plantées sur des pics à brochette, des crackers dans des récipients de moins en moins fournis, des grains de raisin sur une grosse grappe, des chips plongés dans des sauces goûteuses, des morceaux de pain tartinés de brie fondu, du cochon de lait en croûte maison, des tranches de viande fumée importée de quelque pays lointain – toutes les notes d'un orchestre qui annonçaient la symphonie à suivre. Il y aurait des restes pendant une semaine.

Connell regarda sa mère glisser à travers la cuisine pour aller dire à Tom, en plaisantant, de garder de la place pour le dîner, alors qu'elle débarrassait les assiettes des cure-dents et nettoyait les miettes avant de s'en retourner à sa conversation avec Marie. C'était dans les fêtes qu'elle apparaissait sous son meilleur jour. Elle avait un don pour mettre les gens à l'aise. Elle avait toujours dit qu'elle aurait fait une parfaite diplomate ou femme politique, et il savait qu'elle aurait été contente qu'il occupe ces fonctions à sa place.

Avec l'excitation et la chaleur des corps combinées, le salon se réchauffa rapidement. Connell ouvrit la porte du patio, mais un violent courant d'air glacé s'engouffra aussitôt à l'intérieur, et il fut obligé de la refermer. Les chaises du salon, les chaises pliantes et le canapé étaient remplis de gens gardant des assiettes de hors-d'œuvre en équilibre sur leurs genoux. Près de la console, dans l'entrée, Jack Coakley s'était installé en compagnie d'un homme qui habitait en haut de la rue, et les autres invités se faufilaient entre eux pour aller rafraîchir leur verre. La porte à l'avant de la maison était restée entrouverte pour faire de l'air. Connell l'ouvrit en grand, et découvrit les deux rennes en bois que Jack avait fabriqués une année dans l'atelier de son garage, ainsi que les lumières qui bordaient la palissade et le trottoir, pour grimper dans les arbustes.

Une fois dehors, Connell ferma la porte derrière lui puis débrancha une guirlande lumineuse, plongeant tout le côté droit de la maison dans l'obscurité. Il revint alors à l'intérieur et dit à sa mère qu'une des guirlandes était cassée et qu'il allait faire un saut au magasin pour la remplacer. Il était sûr qu'elle ne tolérerait pas un tel accroc à la perfection de la soirée. Il partit en voiture, mais s'arrêta un instant devant la maison pour contempler le carré sombre qu'il avait créé là-bas. Il comprenait pourquoi sa mère s'inquiétait de tels détails, car lui-même éprouva une sorte de mauvais pressentiment devant cette obscurité. Puis il trouva une station de radio de Noël et roula dans la nuit qui s'assombrissait rapidement.

Arrivé à la maison de santé, il se gara dans le parking et attendit le clic de l'interphone pour entrer. Mais là où le sas laissait place au hall d'accueil, une bande de tissu rouge, tendue à hauteur de hanches et fixée à chaque extrémité par du velcro, lui barra le passage. On aurait dit le ruban géant d'une ligne d'arrivée, mais ce n'était en réalité qu'un moyen de dissuasion pour empêcher toute évasion. Connell en détacha une extrémité, passa au milieu et sentit une tristesse insidieuse l'envahir tandis qu'il raccrochait le tissu au velcro.

Il trouva son père dans une salle surnommée le « nid de pie », une petite pièce à l'écart qui surplombait la pelouse principale, où les pensionnaires les plus bruyants prenaient leurs repas pour ne pas déranger les autres et où ils passaient la majeure partie de leurs après-midi. Environ une douzaine d'autres pensionnaires étaient présents. À cause du repas que les aides-soignantes étaient occupées à desservir, les fauteuils roulants se retrouvaient enchevêtrés comme des autos tamponneuses. Son père poussait un gémissement faible et continu. Il montra un léger changement d'expression lorsqu'il aperçut Connell, mais il sembla à peine sortir de sa torpeur. L'heure de son coucher était passée ; ils l'avaient laissé là pour Connell. La télévision fixée au mur était réglée sur les informations du soir.

Connell poussa son père dans son fauteuil jusque vers la sortie. Lorsqu'ils atteignirent la bande rouge, il s'arrêta.

« Je vais faire le code, expliqua-t-il. Je peux te dire ce que c'est, si tu me promets que tu ne le répéteras à personne. »

Il attendit de voir les yeux de son père s'illuminer, indiquant ainsi qu'il attendait depuis des lustres la clé de sa liberté, mais celui-ci ne sembla même pas avoir remarqué ce qu'il avait dit. Son fredonnement bas et profond continuait. Connell tapa le code, replaça la bande, et ils sortirent. Il avait le sentiment d'aider son père à s'évader de prison. Après un moment dehors, ce dernier cessa de gémir.

« Est-ce que c'est ça que tu voulais ? lui demanda Connell en se penchant vers lui. Être dehors ? »

Le silence de son père sembla le lui confirmer.

« Si seulement j'avais su ! Il fait un peu trop froid pour rester là maintenant. Mais de toute façon, je t'emmène dans un endroit que tu seras content de voir, je pense. »

Il alla jusqu'à la voiture, ouvrit la portière, et passa ses deux bras sous les aisselles de son père pour le mettre debout. Il le plaça sur le siège, fixa la ceinture de sécurité et rangea le fauteuil pliable dans le coffre.

C'était la première fois depuis des mois que son père quittait les environs de la maison de santé. Que pouvait-il bien ressentir à faire de nouveau ce long trajet ? Les arbres n'avaient plus de feuilles, et le vent fort fouettait les branches dénudées qui, dans le halo réfléchi des lampadaires, ressemblaient à des sentinelles tendant leurs longs bras pour empêcher son père de s'échapper. Ils descendirent la route, son père affalé contre la vitre, silencieux, les mains sur les genoux, le cou tordu dans une position curieuse.

« Assieds-toi droit, papa », lui dit Connell, mais il ne bougea pas.

Connell tendit un bras vers lui pour l'attraper et le redresser, puis il alluma la radio. Il voulait que son père regarde par la vitre et voie les guirlandes accrochées aux palissades dans les jardins devant les maisons, les bougies aux fenêtres, les décorations sur les pelouses et, plus largement, le monde hors des limites de la maison de santé ; qu'il voie que le jour de Noël était arrivé, que ce jour existait ; son père ne semblait même pas avoir remarqué qu'il avait quitté le nid de pie. Enfin, ce n'était pas grave : lorsqu'ils arriveraient à la maison, il la verrait si bien décorée qu'il se rappellerait la joie de Noël. Il reviendrait alors à la vie. Oui, son père allait être heureux, mais la cerise sur la gâteau serait la joie de sa mère d'avoir tout le monde réuni dans la maison une dernière fois, pour Noël. Elle l'avait évoqué si souvent, avant que son père ne soit admis à la maison de santé ! Y renoncer avait dû faire naître en elle un sentiment d'amertume. Pour son père, cette escapade ne signifiait rien, simplement parce qu'il ne savait pas où il allait ; mais, une fois là-bas, il comprendrait que Connell lui avait épargné une longue soirée solitaire dans une pièce où l'unique effort fait pour cette occasion s'incarnait dans un père Noël de supermarché, en relief, scotché à la porte. Savoir que son père aurait passé cette nuit sans la moindre petite attention, l'imaginer sombrer dans un sommeil vide, était insupportable pour Connell.

Il y avait peu de circulation, si bien qu'ils arrivèrent assez vite pour laisser croire que Connell était effectivement allé racheter une guirlande. Le quartier s'était rempli de voitures alignées le long des trottoirs, et il fut obligé de se garer à quelques pas de la maison. Son intention première avait été d'aider son père à marcher jusqu'au canapé pour l'asseoir, mais il se ravisa et ressortit le fauteuil roulant.

Alors qu'il approchait de l'allée, il aperçut Ruth McGuire qui verrouillait sa voiture. Elle avait dû laisser Frank à la maison. Ses yeux s'écarquillèrent à mesure que Connell et son père approchaient. Elle les rejoignit au début de l'allée.

« Mais qu'est-ce que c'est que ça ?

— Joyeux Noël », lui dit Connell, en se penchant pour lui donner l'accolade.

Ruth lui sembla étrangement raide.

« Ed, bonjour », lança-t-elle à son père tout en l'embrassant. Puis elle se redressa et insista : « Qu'est-ce que c'est que cette histoire ?

— J'ai pensé que toute la famille devait être réunie pour les fêtes », répondit Connell.

Ruth posa ses sacs de cadeaux.

« Ta mère n'est pas au courant ?

— C'est une surprise.

— Non. » Elle secoua la tête. « Ce n'est pas une bonne idée. Elle ne sait pas du tout qu'il vient ?

— J'ai tout organisé.

— Mon Dieu ! »

Elle sembla réfléchir rapidement. Ensuite, elle ramassa ses sacs, mais fit un tour sur elle-même et les reposa.

« Qu'est-ce qu'on peut faire ? Qu'est-ce qu'on peut faire ?

— Ça va aller. C'est bon. On va passer une bonne soirée. C'était ce qu'elle voulait.

— Ta mère a beaucoup de pression sur les épaules en ce moment, lui dit Ruth. Elle a beaucoup de mal à affronter tout ça, et c'est encore plus dur avec les fêtes. Crois-moi, je sais de quoi je parle. » Elle désigna le siège du passager que son mari aurait dû occuper. « J'ai laissé Frank avec la garde-malade parce que c'est trop difficile d'y arriver, les soirs comme celui-ci, et que je ne voulais pas bouleverser ta mère. Tout ce qu'elle demande, c'est de parvenir au bout de cette soirée et de passer à autre chose.

— Elle est dans de bonnes dispositions. Elle sera contente de le voir. »

Ruth s'éloigna de quelques pas et fit signe à Connell d'approcher.

« Crois-moi, lui dit-elle. Ta mère fait tout ce qu'il faut pour s'en sortir. Elle fait du mieux qu'elle peut. Pourquoi est-ce que tu ne le ramènes pas à la maison de santé ?

— J'ai fait tout ce chemin avec lui, dit-il. Je ne veux pas le blesser. »

Elle lui lança un regard noir.

« Tu ne vas pas le blesser. Il ne fera même pas la différence. Pourquoi est-ce que tu ne le ramènes pas ? Nous n'aurons même pas besoin de le dire à ta mère.

— Elle sera furieuse contre moi pour avoir disparu tout ce temps. »

Ruth leva les bras en l'air, exaspéré.

« Eh bien, tant pis ! Ne rends pas les choses plus difficiles qu'elles ne le sont.

— Mais c'est Noël. Elle sera contente de le passer avec lui.

— Alors, au moins, va la voir et dis-lui ce que tu as planifié. Je reste avec ton père. Raconte-lui et donne-lui une chance de décider. Ne lui impose pas ça. »

Ruth alla jusqu'au fauteuil roulant et posa une main sur l'épaule de son père avant de le gratifier de quelques petites tapes.

« Je veux qu'elle le voie dans la cuisine, rétorqua Connell. Je veux voir son regard. Je veux voir le visage de mon père. »

Il saisit les poignées du fauteuil et débloqua le frein.

« Mais tu vas m'écouter, à la fin ? s'exclama Ruth. Je connais ta mère depuis plus de trente ans.

— Mais c'est *ma* mère.

— Connell ! »

À nouveau, elle le fusilla du regard.

« Je ne peux pas le ramener maintenant.

— Si, tu peux.

— Il fait froid, dit-il. Je voudrais l'emmener à l'intérieur, maintenant.

— Au moins, donne-moi une chance d'aller lui expliquer.

— Tout va très bien se passer », affirma-t-il, mais elle avait déjà récupéré ses sacs et remontait l'allée devant lui.

Il poussa son père entre les files de voitures, jusqu'à la maison, avant de le mettre debout et de commencer à monter l'escalier avec lui. Il n'y avait pas de rampe, alors il fut obligé de s'appuyer contre le mur, avec un bras tendu, pendant que l'autre ceinturait son père à la taille et qu'il le traînait, une marche après l'autre. Une certaine appréhension monta dans sa poitrine. À nouveau, son père émettait son petit gémissement. Connell progressait lentement vers ce qui s'annonçait comme un moment paroxysmique, même s'il espérait qu'il s'agirait plutôt du prélude à une nuit mémorable et, pour sa mère, d'une conclusion attestant que ces fêtes avaient finalement été parfaites. Tout à coup, il eut la nausée. Il ouvrit péniblement la porte-écran : il avait cru pouvoir la pousser du coude, mais elle lui revint avec force dans la figure. Il eut du mal à ne pas laisser tomber son père. Ensuite, la seconde porte s'ouvrit et Jack Coakley apparut avec un sourire chaleureux, jusqu'à ce qu'il remarque le père de Connell. Son expression changea brusquement, mais il tint la porte à Connell, et celui-ci parvint à se frayer un chemin à l'intérieur à l'instant précis où Ruth apparaissait par une autre porte avec sa mère. Toutes deux étaient plongées dans une discussion animée, ponctuée de grands gestes, et elles ne les virent d'abord pas. Ce fut alors que sa mère les aperçut et se figea. Tout le monde vint s'attrouper dans la cuisine, tourné vers Connell avec un air confus ou solennel, et il réalisa à cet instant sa grave erreur d'appréciation. Sa mère ne se précipita pas vers lui comme il s'y était attendu : elle resta clouée sur place, ouvrant la bouche en silence pendant quelques secondes qui lui semblèrent une éternité, et qui le resteraient sans doute dans sa mémoire. Sur sa chaise habituelle, Sergei se tortilla, et des verres de punch se mirent à pendre de plusieurs mains, comme s'ils y étaient juste accrochés ; puis un sanglot bref et rauque échappa à sa mère tandis qu'elle disait : « Oh, Ed », une fois, d'une voix décroissante, en portant sa main à sa bouche. Connell se tourna pour regarder son père pour la première fois depuis qu'il était allé le chercher à Maple Grove ; dans sa hâte, il lui avait à peine jeté un coup d'œil. Mais qu'aurait-il vraiment vu, s'il s'était arrêté pour le regarder ? Un épais filet de bave coulait de sa bouche, refusant de se rompre et de tomber par terre. Connell l'essuya avant de rester planté là, mortifié de regret, tandis que la foule qui s'était massée, conduite par sa mère, convergeait vers son père pour le faire rouler jusqu'à la cheminée du salon, avec un sérieux empreint de détermination. La fête était terminée avant même d'avoir commencé. Sergei se leva et quitta la cuisine, comme poussé par la brûlure de ces regards muets. Connell devrait attendre un autre jour, peut-être une autre vie, pour se sentir à nouveau lui-même. Il n'avait jamais eu autant l'impression d'être loin de son père, qui disparut derrière le mur formé par le dos des invités, alors que sa mère s'approchait de lui.

« Aide-moi à débarrasser », lui ordonna-t-elle avec un empressement silencieux qui ne put dissimuler sa rancœur. Elle qui avait passé toute sa vie à revoir ses attentes à la baisse, elle savait comment gérer n'importe quelle situation. « Va servir à boire. Nous devons faire de notre mieux. »

Une fois sa corvée terminée, Connell sortit sur le porche, ramassa la guirlande lumineuse qu'il avait débranchée et la ralluma. La lumière jaillit d'un seul coup, complétant les contours du chemin que sa mère avait tracé pour les voitures qui passaient et celles qui devaient tourner dans leur allée. L'ensemble formait un tableau bien net, et il resta là à le contempler, essayant de s'abandonner au plaisir simple de ces lumières, essayant d'oublier que ces lumières et les autres par centaines à l'intérieur n'avaient pas empêché les ténèbres de s'immiscer. Son père était parti. Définitivement.

89

ELLE AVAIT EU PEUR QUE LA FÊTE DURE LA NUIT ENTIÈRE, tous ses invités pétrifiés par la présence d'Ed, se demandant quand ils devaient partir, s'ils *pouvaient* le faire, mais à un moment donné, un par un, ils avaient commencé à s'en aller. Avant que tout le monde soit parti, elle annonça qu'elle allait ramener Ed à la maison de santé – car elle savait qu'il lui serait immensément douloureux de se séparer de lui quand il n'y aurait plus personne – et elle demanda à Jack et Connell de l'escorter jusqu'en bas de l'escalier. Elle dit donc rapidement au revoir aux derniers invités et pria Ruth d'aller chercher leurs manteaux. Connell voulait raccompagner lui-même son père, ou venir avec elle, mais elle insista pour le faire seule.

Une fois arrivée là-bas, elle se gara devant l'entrée principale, même si elle n'était pas censée s'arrêter là ; puis, au lieu de prendre le fauteuil dans le coffre, elle attrapa Ed à bras-le-corps pour le sortir de la voiture et l'entraîna à petits pas, comme si elle dansait avec un homme évanoui qu'elle essayait de garder debout. À l'intérieur, tout était sombre. Une seule lampe était restée allumée, juste avant le hall d'entrée. Elle sonna à l'interphone et maintint Ed droit en le tenant des deux bras. Elle regrettait de ne pas l'avoir simplement laissé dans la voiture pendant qu'elle venait jusque-là, ou de ne pas avoir pris le temps de sortir son fauteuil, mais son esprit était alors confus. Elle sonna à nouveau.

Puis une troisième fois. Elle envisageait de le ramener à la voiture, car il frissonnait, lorsque, enfin, un gardien se présenta à la porte. Elle mit Ed au lit, l'embrassa pour lui dire bonne nuit, et partit avant d'avoir pu analyser ce qui grandissait en elle, un sentiment qu'elle balaya en secouant la tête et en agitant les mains devant elle comme si elle tentait de les sécher.

Elle n'avait pas supporté de laisser Ed dormir à la maison cette nuit-là, car cela lui aurait crevé le cœur de l'avoir avec elle une fois de plus pour le voir repartir à nouveau. Et il y avait aussi le problème que posait Sergei : elle n'avait pas été intime avec lui depuis la nuit où elle était allée dans sa chambre et où elle avait laissé arriver ce qui était arrivé, où cette étincelle s'était soudain transformée en brasier. Mais si elle était presque parvenue à se convaincre qu'il ne s'était rien passé, une sorte de routine s'était installée entre eux. Le soir, Sergei venait la rejoindre dans son lit et la tenait dans ses bras. À un moment de la nuit, il se levait en général et retournait dans son lit, mais il y avait des matins où elle le trouvait là à son réveil, et une fois elle s'était même réveillée dans ses bras. Elle n'aurait pas pu laisser Ed dormir dans ce lit, car il n'était plus celui qu'elle avait autrefois partagé avec lui. Ce n'était pas non plus celui de Sergei, et même de moins en moins le sien. Elle arrivait à peine à s'endormir dedans. Elle songeait depuis des années à acheter un nouveau lit, et voyait à présent qu'il lui faudrait le faire au plus vite, le lendemain même. Maintenant qu'Ed avait remis les pieds dans la maison, les choses ne pouvaient plus continuer comme avant.

Connell se réveilla tard, au grand soulagement d'Eileen. Sergei l'attendait dans la cuisine quand elle descendit. Il lui facilita les choses en interrompant rapidement son discours d'un geste. Elle sut alors qu'elle n'aurait pas besoin de parler : il avait tout compris de lui-même. Il lui avait toujours rendu les choses plus faciles. La veille, il était monté dans sa chambre dès qu'Ed était entré, et n'était pas redescendu. La présence d'Ed avait provoqué une telle diversion que, Eileen en était certaine, personne n'avait tiré de conclusion sur le départ de Sergei. Elle lui avait été reconnaissante d'avoir quitté la pièce ; c'était la meilleure chose qu'il pouvait faire, et elle n'avait pas eu à le lui demander.

Il réunit ses affaires rapidement ; il n'avait pas grand-chose, de toute façon. Elle voulut savoir où il comptait aller, et il dit qu'il allait rester avec sa fille jusqu'à ce qu'il ait une idée plus précise sur ce qu'il ferait ensuite. Quelque chose disait à Eileen qu'il finirait par retourner avec sa femme, que cela avait été inévitable depuis le début : il avait sans doute fait tout cela autant pour lui que pour elle, et pour lui aussi, cela avait été une parenthèse dans sa vie.

Il resta sur le pas de la porte et elle sentit monter en elle un élan, une sorte de peur panique, si bien qu'elle lui demanda s'il voulait l'accompagner en ville pour y manger quelque chose. Lorsqu'il lui répondit que oui, elle s'empressa de sortir avec lui, comme si la réalité de ce qui s'était passé entre eux allait devenir irréfutable dans sa tête sitôt que son fils descendrait et les verrait ensemble.

Elle monta dans la voiture de Sergei. C'était la première fois, et elle fut frappée de voir à quel point elle était propre, sans un seul morceau de papier, un seul emballage. Un parfum de purificateur d'air flottait dans l'habitacle, ainsi qu'une odeur de vieux cuir, et celle – qu'elle n'aurait pas cru pouvoir reconnaître – de Sergei lui-même.

Elle avait pensé aller chez Pete, ou dans un autre petit snack en ville dont elle ne se rappelait plus le nom, mais tandis qu'il conduisait, elle réalisa qu'il serait gênant de s'asseoir en face de lui, de commander un menu entier, et d'avoir ensuite à attendre l'addition en se regardant silencieusement, car elle avait compris qu'elle ressentait pour Sergei plus de choses que ce qu'elle avait jamais voulu admettre, et elle savait que ce sentiment était réciproque – sinon, il ne se serait jamais rien passé entre eux.

Elle le fit se garer sur Palmer Avenue, devant un marchand de bagels. C'était la première fois qu'ils sortaient en public, elle venait seulement de s'en rendre compte, et elle en fut troublée. Elle lui demanda ce qu'il voulait, et il lui dit de prendre ce que bon lui semblerait. Elle se rappela l'avoir vu manger un sandwich œuf-fromage une fois, alors elle en commanda un avec du fromage américain – celui qu'il aimait, chose qui l'avait toujours surprise –, et un pain nature – le choix le moins risqué –, ainsi qu'un café noir. Elle se prit la même chose, à l'exception du fromage ; pour sa part, elle préférait le cheddar. Elle était si nerveuse, au moment de payer, qu'elle se trompa et fut obligée de rajouter un billet pour atteindre le compte. Cela lui fit penser à Ed et aux difficultés qu'il avait dû affronter dans les magasins, et elle eut un pincement de tristesse. Ou de culpabilité, elle n'aurait su le dire. Elle jeta un coup d'œil sur le côté pendant qu'elle payait et vit que Sergei la scrutait ouvertement, peut-être parce qu'il était libre de le faire à présent ; et elle fut certaine que la femme derrière la caisse serait capable de deviner toute l'histoire de leur relation – car il fallait nommer les choses ainsi, si elle était honnête avec elle-même –, simplement grâce à ce regard.

Elle apporta leur plateau et ils s'assirent à la petite table de café, sur des chaises en plastique. Ils parlèrent des choses les plus sûres : la météo, la qualité du café. Il lui demanda d'aller lui chercher une autre serviette, car, comme elles se trouvaient derrière le comptoir, lui-même aurait trop mal à se faire comprendre. Elle eut alors la certitude qu'existait entre eux un lien justifiant, quelque part, toutes ces nuits qu'il avait passées à la tenir dans ses bras, avec la sérénité d'un chien endormi près d'une cheminée, et elle eut envie de tendre la main pour toucher son visage. Elle ne pourrait jamais rester avec lui, elle le savait : quelque chose dans les circonstances qui les avaient conduits à se retrouver ensemble rendait cela impossible ; leurs vies étaient trop différentes, la distance entre eux trop importante. Cette chose qu'ils avaient partagée et qui représentait plus que ce qu'elle avait imaginé au moment où tout s'était passé, cela aussi, à présent, avait disparu.

Une fois leurs sandwichs terminés, elle commanda un muffin qu'ils se partagèrent avec une tendre résolution, et cela permit à la tristesse d'Eileen de s'atténuer. Quand il n'en resta plus une miette, et qu'il n'y eut plus aucune raison pour eux de demeurer là, ils restèrent encore immobiles à se regarder. Elle se fichait de ce que pouvait penser la femme derrière la caisse, car cet instant-là lui appartenait, et elle ne voulait pas le laisser s'échapper. Elle voyait aussi que Sergei éprouvait la même chose, même si elle n'était pas prête à mettre un nom sur ce sentiment. Ils laissèrent donc ce sentiment sans nom passer comme le vent dans un orage. Ensuite elle se leva, et il la suivit dehors. Elle le raccompagna jusqu'à sa voiture et il lui proposa de la reconduire chez elle, mais elle lui répondit qu'elle allait marcher. Des gens passaient de chaque côté d'eux, et elle se sentit nerveuse à rester ainsi plantée devant la voiture avec lui, car il suffisait là encore d'un seul regard sur elle pour comprendre. Mais la rapide accolade qu'elle lui donna se transforma en une véritable étreinte : elle s'abandonna complètement dans ses bras, tandis qu'il la pressait contre lui pour la dernière fois. Elle voulait ne rien oublier de cet instant : le parfum frais de sa chemise, mélangé à celui de l'eau de Cologne, de la fumée et de la sueur ; sa veste râpeuse aux motifs en damier rouge et noir, étrangement innocents, contre son visage ; la force qui se dégageait de lui ; le bruit de sa respiration. Tout lui revint en mémoire : les années de maladie d'Ed, les mois qui avaient suivi son départ, mais elle ne laissa rien sortir car elle ne s'y sentait pas autorisée. Elle ne le méritait pas. Il lui faudrait porter tout cela en elle encore un moment au moins. Sergei lui faisait de petits baisers dans le cou, et il lui dit en russe quelque chose qu'elle ne comprit pas ; après quoi, il prit son visage entre ses mains, et il déposa ses derniers baisers sur son front avant de contourner la voiture jusqu'à la portière du conducteur. Une dernière fois, il la regarda longuement, puis il engouffra son large corps dans le véhicule qui vacilla sous son poids. Elle le regarda démarrer et attendit qu'il ait fait demi-tour au rond-point pour se diriger de l'autre côté, vers la Bronx River ; lorsqu'il fut hors de vue, elle retourna dans le café afin d'acheter des bagels pour Connell. Elle prendrait un second petit-déjeuner avec lui quand il serait levé. Elle aurait ainsi moins de choses à lui expliquer, cela lui semblerait moins réel, ce qu'elle avait éprouvé, assise à cette table de café. À moins que cela ne rende cette histoire plus réelle, au contraire, quelque chose qui n'aurait pas de réalité pour les autres, mais pour elle, si ; quelque chose qui lui appartiendrait, pour une fois, et dont elle n'aurait pas à s'excuser. Elle regarda la caissière dans les yeux lorsque celle-ci lui tendit sa monnaie, puis elle repartit chez elle. Il lui faudrait grimper la colline, sur la seconde moitié du trajet, et elle savait déjà qu'elle serait hors d'haleine en arrivant.

SIXIÈME PARTIE

Le patrimoine d'Edmund Leary

1997-2000

90

IL ÉTAIT DIFFICILE POUR ELLE DE LE LAISSER, le soir. Mieux valait ne pas dire au revoir. Elle prétextait une course à faire, prétendait avoir besoin d'une petite sieste – essayant de sous-entendre, dans la manière dont elle prononçait ces mots, qu'elle allait revenir.

« Il faut que je fasse un saut chez l'épicier », déclarait-elle, puis, comme un automate, elle se frayait un chemin à travers les couloirs jusqu'à la porte de derrière, sans jamais cesser de se dire qu'elle allait faire demi-tour.

Une fois, lorsqu'elle dit : « Je vais chercher quelque chose à manger », Ed eut comme une espèce de rire sardonique, et elle le dévisagea pour trouver un message dans son expression, un signe accusateur ; mais elle ne vit qu'un vide familier alors qu'il fixait du regard quelque chose qu'elle ne pouvait pas voir. Cette maladie la rendait paranoïaque, elle aussi.

Elle se rendait là-bas tous les jours. Elle n'acceptait jamais les invitations à passer un week-end à la campagne ou à la plage. Ses amies disaient qu'elle était trop dure avec elle-même. Elle pensait au contraire qu'elle était trop faible. *J'aurais pu le ramener à la maison,* avait-elle envie de dire. *J'aurais pu m'occuper de lui.* Ses amies ajoutaient qu'il lui fallait un minimum de vie, que tout cela était trop, et elle pensait : *Non, justement, ce n'est pas assez. Je suis infirmière, bon sang, c'est mon métier !* Mais tout ce qu'elle trouvait à répondre, c'était : « Je vais bien. Je vais bien. Je vais bien. »

Le portefeuille d'Ed était toujours dans le coffre-fort. Elle malaxa du bout des doigts le vieux cuir lisse, sortit son permis de conduire et le regarda, lut la prière qu'ils avaient écrite ensemble. À l'intérieur se trouvait tout ce qu'il avait pu emporter durant ses dernières années ambulatoires, et tout ce qu'il avait porté sur lui lors de sa dernière journée en tant que membre à part entière de la civilisation : sept dollars en liquide ; un petit carton récapitulant son nom, son adresse, son numéro de téléphone, et le numéro d'Eileen à son bureau, écrit de sa propre main ; la carte donnée par l'Association Alzheimer (« *Si je semble perdu ou confus, aidez-moi SVP en appelant le...* ») ; ses cartes de station-service Mobil & Amoco ; sa carte de l'American Automobile Association (vingt-septième année d'adhésion) ; deux récépissés de vote à des élections ; sa carte de fidélité Waldbaum avec ses points privilège ; sa carte PriceCostco, au nom de « *Jack R. Coakley – Consultant* » ; sa carte de l'Association américaine des personnes retraitées ; sa carte du Bronx Community College ; un papier avec son numéro d'assurance auto ; sa carte Sears (« *Client depuis 1973* ») ; sa carte Blue Cross/Blue Shield ; sa carte de Sécurité sociale ; sa carte de membre du corps enseignant de la Ville de New York, indiquant qu'il était bien placé (2334) au classement de la Fédération américaine des enseignants (Fédération américaine du travail – congrès des organisations industrielles) ; sa carte de membre de l'académie des sciences de New York ; une photo d'elle datant de juin 1968, à l'époque où elle était encore mince ; une photo de Connell, en tenue de base-ball, datant du lycée ; une photo de Connell datant de l'école maternelle ; une photo de Connell lors de la cérémonie de remise des diplômes à St. Joan ; et la petite carte sur laquelle elle avait rectifié sa propre taille de vêtements. Elle ouvrit cette dernière. Elle s'apprêtait à barrer le « 42 » pour écrire un « 44 » à la place, avant de la jeter à la poubelle, mais en voyant le « 42 » qu'elle avait écrit elle-même, les larmes lui étaient tout à coup montées aux yeux.

Ed avait pour voisin de chambre Reinhold Huggins, un ancien professeur de piano renommé. À présent, M. Huggins marchait avec un déambulateur et refusait de porter un maillot de corps sous sa tenue d'hôpital ; son dos nu coupé en deux par le cordon trop serré, il avançait à tout petits pas, un peu voûté. Mais il était étonnamment alerte. Il ne disait jamais rien de façon abrupte, sauf quand il réclamait de l'eau ; lorsqu'elle lui demandait comment il se portait, il répondait par un : « Plutôt bien, ma foi, et vous-même ? », toujours doux et gentil, de sorte qu'elle devait se pencher pour l'entendre. Malgré sa jolie manière de parler, il faisait cependant peur à voir, avec sa barbe hirsute, irrégulière, et sa figure peu avenante. La seule fois où elle avait essayé de lui faire jouer du piano, il l'avait agrippée aux épaules de ses longs doigts osseux et avait serré fort. Elle n'avait jamais recommencé. Souvent, quand il parlait ou s'asseyait sur sa chaise, il levait son index et le faisait aller de gauche à droite comme un métronome. Autrement, ce n'était pas un mauvais camarade de chambre ; il y avait pire dans le bâtiment.

Mme Klein et Mme Sonnabend aimaient s'asseoir dans le salon et discuter devant la grande baie vitrée. Eileen était surprise de voir comme elles étaient éveillées. À les observer de loin, à voir l'expression de leurs visages, leurs rires, les gestes et la manière qu'elles avaient de s'interrompre l'une l'autre pour affirmer quelque chose, l'air tout excité, Eileen s'était persuadée qu'elles parlaient de leurs petits-enfants. Elle était si intriguée qu'après les avoir croisées plusieurs fois, elle avait fini un jour par s'approcher d'elles pour les écouter. Mme Klein disait : « Ma fille, ma fille, elle va venir me voir, ma fille, avec cent dollars ! » À quoi Mme Sonnabend répondait en boucle un mot qui ressemblait à « *Gesundheit* » – « À tes souhaits. »

Le 2 décembre 1997, Eileen atteignit les dix ans requis pour pouvoir espérer, le moment venu, obtenir sa retraite à taux plein. Avant de quitter l'hôpital, ce soir-là, elle appela Connell à Berlin, mais il n'était pas chez lui, et elle fut presque soulagée de ne pas l'avoir eu. Elle n'était pas sûre qu'il aurait mesuré toute la signification de cette nouvelle et elle ne voulait pas se sentir bête ou ridicule, alors elle laissa un message pour lui demander de la rappeler. Elle n'aurait de ses nouvelles qu'une semaine plus tard environ, et à ce moment-là, l'événement aurait un peu perdu son impact. Cependant, ce jour-là, ce jour en particulier, elle était trop vulnérable pour aborder le sujet et prendre le risque de ne pas avoir de réaction de sa part. Eileen ne s'était pas attendue à ce que cela représente autant pour elle. Elle n'avait pas toujours été sûre qu'elle y arriverait ; ce n'était pas tant la question de l'assurance maladie qui lui importait que le fait d'avoir désormais quelque chose à quoi se raccrocher, quelque chose qui permettrait à sa vie de ne pas s'effriter.

En sortant du travail, elle alla rendre visite à Ed avec une petite bouteille de champagne. Un atelier percussions avait été organisé dans la salle commune ; Kacey se tenait au centre d'un cercle, un tambour suspendu autour de son cou par une sangle. Eileen s'arrêta sur le pas de la porte pour regarder. Kacey tapait sur son tambour, qui était plus sophistiqué que les autres, et regardait les pensionnaires avec un sourire frénétique, essayant de faire en sorte qu'ils l'imitent. Les participants étaient essentiellement des femmes. Eileen se réjouit que l'incapacité physique d'Ed l'empêche de prendre part à des activités comme celle-ci. Elle resta là suffisamment longtemps pour entendre exploser le vacarme des tambours. Kacey frappa alors plusieurs fois sur son instrument, une main après l'autre, rapidement, générant un son sourd, comme celui d'un gobelet en plastique qui tombe par terre.

« À vous, maintenant ! » leur lança-t-elle avec un enthousiasme sincère, en leur jetant un regard implorant.

Une vieille dame soupira et souffla : « Oh là là, quand même ! » Eileen aurait pu la serrer dans ses bras de gratitude.

Elle trouva Ed dans sa chambre. Le bruit du bouchon le fit sursauter et ses yeux s'écarquillèrent. Elle fut obligée de verser le champagne lentement dans sa bouche pour l'empêcher de tout recracher, mais une fois qu'il eut senti les bulles sur sa langue, il se mit à le laper. Et elle aurait juré qu'un sourire de délectation était apparu sur ses lèvres lorsqu'elle lui avait annoncé la nouvelle.

Pendant des années, elle avait imaginé qu'elle serait tentée de prendre sa retraite le jour même où elle aurait atteint son taux plein, mais tandis qu'elle se trouvait assise là, finissant sa petite bouteille de champagne, elle prit conscience que, même si sa situation financière avait été meilleure, même si les frais de la maison de santé n'avaient pas augmenté tous les six mois, pour atteindre à présent sept mille dollars, elle n'aurait pas eu le moins du monde envie de s'arrêter de travailler. Une fois à la retraite, elle n'aurait plus rien d'autre à faire que de passer toute la journée chez elle, et elle avait encore de l'énergie à revendre. De plus, c'était là un élément indéniable, elle faisait bien son travail. Pendant toute sa vie, elle s'était imaginé tous les autres métiers qu'elle aurait pu exercer – en particulier avocate, ou encore politicienne, ce qui aurait probablement été la plus belle carrière parmi toutes, pour la descendance de Big Mike Tumulty, même si la descendance en question n'était pas un garçon –, mais, à présent, elle était frappée par une chose : elle avait accompli ce qu'elle pouvait accomplir de mieux. Sa profession s'était gravée en elle, durant tout ce temps où elle avait essayé de s'en détourner. L'important dans la vie, ce n'était pas de *vouloir* quelque chose ; l'important, c'était de *faire* quelque chose et de le faire bien. Elle avait travaillé dur pendant des années, et même si elle n'avait rien d'autre pour le prouver que sa maison et l'éducation de son fils, il y avait toujours ce fait irréfutable : tout cela avait bel et bien existé, et personne ne pouvait l'effacer des archives de la vie – si tant est que quelqu'un se charge de tenir les archives.

91

LE LENDEMAIN MATIN DE THANKSGIVING 1998, Connell se rendit à la maison de santé tout seul. Il s'apprêtait à s'en aller et avait parcouru la moitié du couloir quand il fit demi-tour pour revenir à sa chambre. Il resta sur le pas de la porte, regarda à l'intérieur, puis il repartit. Lorsqu'il fut sur le point de tourner la clé de contact dans la voiture, il rebroussa de nouveau chemin, mais cette fois il entra dans la chambre. Il s'assit sur la chaise près du lit de son père, et lui prit la main comme s'il venait juste d'arriver.

À midi, ils allèrent déjeuner. La cantine était bruyante, remplie de femmes qui appelaient à l'aide ou criaient des incohérences, ce qui eut pour effet de percer le brouillard dans lequel son père était en général perdu et le fit trembler et s'agiter dans son fauteuil roulant. Connell attribua cette réaction à la nature galante de son père. Les cris des hommes n'avaient pas le même effet sur lui.

Après le déjeuner, de retour dans la chambre, Connell arriva rapidement à bout de tout ce qu'il avait à dire. Il avait raconté à son père que les Mets avaient raté les qualifications après s'être effondrés lors de la dernière semaine de la saison, perdant cinq matchs d'affilée, et que les Yankees avaient gagné une fois encore les Séries mondiales après avoir remporté la plupart des matchs de la saison régulière. Il avait raconté comment se passait sa dernière année de licence. Il n'avait aucun moyen de s'assurer que son père comprenait quoi que ce fût. Quand sa mère était là, tout semblait plus facile. Elle lui parlait comme s'il était susceptible de répondre à n'importe quel moment. Elle lui relatait un petit incident domestique et ajoutait : « Tu nous disais toujours de ne pas faire ça », ou : « Mais tu étais déjà au courant, pas vrai ? » Lui ne pouvait se résoudre à poser des questions rhétoriques. Il ne pouvait se résoudre à croire que son père allait répondre, et il avait l'impression de lui manquer de respect en l'interrogeant. Alors à la place, il restait assis près de lui en silence ou mettait de la musique.

La chambre était calme, silencieuse. Du côté de M. Huggins, un petit piano servait de support à un vase et à quelques photos encadrées. Connell n'avait jamais vu M. Huggins s'y asseoir, mais en fait, celui-ci n'était presque jamais dans la chambre. Il arpentait sans cesse les couloirs, poussant son déambulateur comme s'il essayait de s'épuiser.

« Tu savais que M. Huggins était allemand ? lança Connell. Bon, je t'ai déjà parlé de Berlin, mais laisse-moi le faire à nouveau… C'est formidable, Berlin. L'art, la culture, la littérature. Cette ville est un chantier géant. Ils sont en train de tout reconstruire, et en même temps ils veulent tout préserver, parce que tout est sujet à débat, là-bas. Ils tentent d'affronter d'une manière intelligente le passé dont ils ont hérité. Leur méthode n'est pas parfaite, et ils sont conscients qu'ils ne pourront jamais effacer les atrocités des nazis. Alors ils travaillent à devenir les historiens du monde, la conscience du monde. Ils regardent derrière eux constamment, en se préservant de tout révisionnisme ou de tout sentimentalisme vis-à-vis de leurs anciennes manières de vivre ou de tout ce qui pourrait faire remonter l'état d'esprit qui les avait menés sur le chemin de l'enfer. Évidemment, il y a des néonazis là-bas, comme il y a des racistes et des xénophobes partout ; mais en tant que culture, en tant que culture intellectuelle du moins, ils sont profondément déterminés à tuer dans l'œuf ce genre de choses. Tu ne peux pas accuser les Allemands, ou du moins les Berlinois, ou plutôt les intellectuels berlinois ou, non, les intellectuels de l'Université libre que j'ai rencontrés (tu vois comme j'ai appris à revoir mes jugements auprès d'eux ?) de vouloir faire comme si les nazis n'avaient jamais existé. Ils se prémunissent même contre la colère qu'ils pourraient éprouver et les cas de conscience qu'ils pourraient se poser, à force de réfléchir tout le temps. Il y a une sorte de discipline inébranlable dans l'attention qu'ils portent à leur conscience, à la fatigue qui pèse sur leur conscience. Ils prêtent attention à… – non, ils ne parleraient pas de "l'attention", car ce mot implique quelque chose de "bienséant"… Ils sont presque violents envers eux-mêmes, dans leur refus d'être à l'aise vis-à-vis de ce qu'il s'est passé alors que la plupart d'entre eux n'étaient pas nés, à l'époque. Ils admettent leur manque de discipline et n'ont pas peur de s'adresser des reproches. On aurait deux ou trois choses à apprendre de ces gens-là. Pour la reconnaissance de l'esclavage, par exemple, ou les traitements qu'on a fait subir aux Indiens d'Amérique ; pour les camps d'internement au Japon, ou Jim Crow, et puis les expériences sur la syphilis de Tuskegee, et tous ces autres épisodes atroces qui ont laissé une tache sur l'âme de l'Amérique. »

Il y eut un nouveau silence, jusqu'à ce que Connell mette un CD, tiré du coffret de Mozart qu'il avait acheté à son père comme cadeau de Noël anticipé. Il avait décidé de ne pas revenir pour Noël cette année, même s'il ne l'avait pas encore dit à sa mère, qui serait ainsi obligée d'accepter l'invitation des Coakley au lieu de passer une nouvelle soirée de réveillon déprimante à Maple Grove, comme elle l'avait fait l'année précédente, quand il se trouvait en Allemagne. S'il rentrait, elle insisterait pour qu'ils fêtent Noël ensemble tous les trois, et il ne voulait pas de ça pour elle. Il comptait lui forcer la main, et faire en sorte que quelqu'un d'autre – Cindy, ou n'importe qui, cela n'avait pas d'importance – prenne soin d'elle, pour changer.

Son père se mit à applaudir et à pousser des cris de joie au milieu d'un mouvement de la symphonie. Connell applaudit avec lui, et cela lui rappela l'époque où, enfant, assis à côté de son père à Carnegie Hall, il guettait le mouvement de ses mains qui battaient avec autorité, pour savoir quand il pouvait lui-même applaudir.

À la fin de l'un des mouvements – un coup d'œil dans le carnet du disque lui révéla qu'ils écoutaient la quarantième symphonie de Mozart –, son père afficha un sourire de dément avant de sangloter assez fort pour qu'il devienne impossible d'entendre la musique. Connell fut incapable de déterminer ce qui l'avait fait réagir, la symphonie ou quelque chose d'autre, remonté à la surface de son esprit inconscient. Une colère incommensurable l'envahit. Mais plutôt que de laisser ce sentiment s'exprimer et venir gâcher sa visite, il poussa son père jusqu'à la salle de télévision et partit, pour de bon cette fois.

92

CELA FAISAIT DES SEMAINES QU'EILEEN VOYAIT LA FIN APPROCHER. Le teint d'Ed avait viré au gris, et son souffle sentait le soufre. Une couche de tartre pâteuse recouvrait désormais ses dents, car elles ne pouvaient plus être correctement brossées, et elles avaient tellement foncé qu'elles étaient passées d'une couleur jaunâtre à une sorte de bleu nécrotique. Son regard était absent, dénué de toute clarté. Sa tête tombait en permanence sur le côté, comme si les muscles de son cou avaient cessé de fonctionner. Ses soubresauts d'automate manquaient toujours de le projeter de son siège.

Il montrait souvent ce qui ressemblait à des étincelles de lucidité, mais elle savait qu'il s'agissait plutôt de projections de sa part. Il était moins douloureux de croire qu'il ne pouvait pas se souvenir de tout ce qu'il avait perdu, mais d'un autre côté – et elle était consciente que c'était égoïste – elle voulait qu'il continue de savoir qui elle était.

Un mois avant sa mort, Ed avait cependant fait quelque chose auquel elle repensa plus tard, chaque fois qu'elle se demandait à quel point il avait été conscient durant ces derniers jours. Cela s'était produit quelques jours avant la Saint-Valentin, tandis qu'elle le poussait dans le couloir jusqu'à sa chambre. La maison de santé avait été décorée avec des banderoles roses et des cartons découpés en forme de cœur, comme si ce lieu n'était pas un mouroir, mais un collège plein d'adolescents bourrés de désir sexuel. Alors qu'elle rasait un mur afin d'éviter de bousculer un patient en fauteuil qui arrivait dans l'autre sens, Ed avait tendu une main pour attraper l'un de ces cœurs accrochés au mur et l'avait détaché. *Attraper*, le mot était trop fort ; il l'avait plutôt frôlé, et sa main s'était posée dessus par réflexe. Mais il l'avait tenu pendant tout le reste du trajet jusqu'à sa chambre. Il ne l'avait lâché que lorsqu'elle avait arrêté son fauteuil et s'était assise à côté de lui ; le cœur avait atterri par terre, entre eux deux. Sa main avait tressauté pour essayer de le récupérer ; il l'aurait presque pointé du doigt. Elle l'avait ramassé, et elle s'apprêtait à lui demander si le cœur était pour elle quand elle s'était rendu compte qu'elle ne supporterait pas son absence de réponse. Elle s'était alors contentée de le poser sur la table de chevet.

De la salive blanche s'était amassée au coin des lèvres d'Ed, avait-elle constaté, elle avait donc mouillé une serviette en papier et lui avait essuyé le visage.

« Joyeuse Saint-Valentin », avait-elle dit, et lorsqu'elle l'avait embrassé sur la bouche, pour la première fois depuis bien trop longtemps, elle avait été surprise de voir à quel point sa saveur était douce.

93

QUELQUE CHOSE DANS LE MESSAGE DE SA MÈRE le força à la rappeler tout de suite, au lieu d'attendre la fin de la semaine. Elle ne lui aurait jamais annoncé de mauvaises nouvelles sur son répondeur, mais sans doute y avait-il eu un indice, un tremblement subtil dans sa voix – il suffisait de cela. Depuis des années, il s'était accordé à la fréquence toute particulière du désastre. Voilà qui était irrationnel, bien sûr : la maladie de son père ne pouvait laisser prévoir aucun changement brutal de fortune, seulement un long déclin ; néanmoins, chaque fois que le téléphone sonnait pendant qu'il dormait, il se réveillait en sursaut et bondissait sur ses pieds.

« Ton père est malade », lui annonça-t-elle lorsqu'il la rappela.

Il balaya son appartement des yeux. Des feuilles étaient jetées partout ; une épaisse couche de poussière s'était accumulée sur chaque surface. Ni lui ni son colocataire n'avaient fait le ménage depuis des semaines. C'était leur dernier semestre, et l'un comme l'autre cherchaient à profiter au maximum des derniers jours qu'il leur restait. Il considéra les odeurs : la puanteur légère, teintée d'ammoniac, des vêtements sales ; l'odeur musquée de moisi qui émanait des assiettes empilées dans l'évier, car elles n'étaient lavées que lorsque la petite amie de son colocataire se plaignait.

« Il ne va pas passer la nuit », ajouta sa mère.

Sa voix était dénuée de cette note de fierté qu'elle affichait toujours quand elle était certaine d'avoir raison, remplacée par de la vulnérabilité. C'était peut-être la première fois qu'il l'entendait parler ainsi.

« Tu es sûre ? demanda-t-il, mais c'était une question bête ; elle avait vu des centaines de gens mourir.

— Il a une pneumonie, dit-elle calmement. C'est grave pour quelqu'un dans son état.

— Pourquoi tu n'as pas téléphoné plus tôt ?

— J'attendais de voir s'il réussirait à s'en sortir. Je ne voulais pas te déranger inutilement. Mais peu importe, le fait est que je t'appelle.

— Comment va-t-il ? »

Question bête, là aussi, mais il espérait, et s'attendait à moitié à ce que la réponse de sa mère soit différente cette fois – modulée, protectrice.

« C'est très calme ici. Je suis près du lit. J'essaye de le mettre à l'aise. »

Il voyait parfaitement la maison de santé plongée dans le noir, le couloir obscur à l'exception d'un rai de lumière qui brillait sous la porte de son père. Il voyait parfaitement la main de sa mère sur la poitrine de son père, la respiration laborieuse de celui-ci, la terreur dans ses yeux.

« Il ne reste plus qu'à espérer qu'il s'accroche jusqu'à ce que tu arrives, reprit-elle. Appelle JetBlue. Mets ton billet sur l'American Express. »

Il ne possédait pas de carte à débit différé. Sa mère lui avait donné l'Amex le jour de son départ pour l'université. Son nom était inscrit dessus en lettres capitales, « CONNELL J. LEARY », avec, en dessous : « *Membre depuis 1967* ». « En cas d'urgence », avait-elle déclaré en la lui tendant avant de partir travailler, ce matin-là. La toute dernière chose qu'elle lui avait lancée, comme toujours, avait été : « Fais attention à toi. »

Il prépara ses affaires avec une certaine cérémonie. Il ressentait l'excitation qui précédait tout voyage, mais cette fois il se préparait pour quelque chose de plus grand. On disait que la mort d'un père était un moment déterminant dans la vie d'un homme, peut-être le moment le plus déterminant. Il était sur le point de franchir la porte d'un club immense et silencieux, celui des hommes ayant vécu ce singulier passage. L'idée qu'il allait peut-être se réveiller dans la peau d'une nouvelle personne, estampillée du sceau de cette légitimité, le troublait. Chaque chemise qu'il pliait pour la ranger dans son sac, chaque paire de chaussettes qu'il roulait habillerait cette personne meilleure qui, peut-être, allait naître au monde. Une veste de bon ton, un pantalon élégant, ses plus belles chaussures : le destin pour lequel il s'était préparé commençait à se dessiner. Mais il y avait également d'autres choses à gérer : descendre les poubelles, laver la vaisselle accumulée dans l'évier. Il s'en chargea avec une énergie qu'il n'avait jamais pu trouver auparavant. Ces petites tâches présageaient les plus grands devoirs qu'il lui faudrait accomplir, en tant que fils de sa mère et ambassadeur de sa famille – bref, en tant qu'homme. Chaque mouvement qu'il accomplissait portait l'empreinte de la détermination. Il n'y avait pas de temps pour les sentiments, mais simplement pour les tâches d'un homme qui devait faire les choses bien, et sans se plaindre.

Il resta sur le seuil de l'immeuble pendant un moment, à regarder – peut-être pour la dernière fois avec ses yeux d'adolescent – la rue sur laquelle il donnait. Il inspira profondément l'air du soir, le parfum des arbres et l'odeur des voitures. Son appartement lui semblait soudain empreint d'un charme suranné ; il éprouva une immense affection pour la vie qu'il avait menée. Il laisserait tout derrière lui. Il recommencerait de zéro. Rien ne pourrait l'arrêter ; rien ne pourrait le blesser ; il arriverait à marcher sur des charbons ardents sans difficulté.

Avant de partir, il appela à nouveau sa mère.

« Comment va-t-il ? » demanda-t-il, car il ne parvenait pas à formuler la question évidente : « Est-ce qu'il est toujours en vie ? »

« Il souffre, répondit-elle, mais il est encore là. » Sa voix dérailla. « Je lui ai dit que tu venais. Il a serré mon doigt. »

Arrivé à Midway, Connell s'enregistra, passa entre les détecteurs et s'assit dans la salle d'embarquement. Il n'y aurait pas beaucoup de temps à attendre ; il était arrivé peu avant le départ. Il s'installa et essaya de lire, mais il fut saisi de panique à l'idée que son père était en train de mourir. Il vivait sans lui depuis quelque temps déjà, mais il revenait toujours à son côté, comme en pèlerinage, pour entendre les conseils que lui donnaient les battements de son cœur quand il pressait une oreille contre sa poitrine ; pour être rassuré par sa constance ; pour profiter du confort qu'il ressentait quand il le prenait dans ses bras et remarquait le rythme doux et inconscient de sa respiration dans son cou. Il était toujours son modèle ; il était toujours son père.

L'embarquement commença. Les rangées de l'arrière, là où il avait son siège, furent invitées à entrer en premier. Tandis qu'il franchissait la passerelle à pas lourds, il eut l'impression d'être un cheval prêt à jaillir furieusement de l'avion dès l'atterrissage. Il n'avait enregistré aucun bagage ; son oncle Pat l'attendrait à l'aéroport.

Il était le premier arrivé dans sa rangée. Il casa son livre dans la poche du siège de devant, abaissa sa tablette sur laquelle il se mit à pianoter. Les autres passagers arrivèrent lentement. Bientôt, il se leverait pour laisser passer la personne installée près du hublot, ou regarderait celle placée du côté du couloir fourrer ses affaires dans les compartiments au-dessus de leurs têtes. Il regrettait de s'être dépêché d'embarquer. Il n'avait pas besoin d'aller aux toilettes, mais il rangea sa tablette et s'y dirigea malgré tout.

Il s'approcha tout près du miroir et posa son front contre la glace. Son souffle créa de la buée. Il resterait ici aussi longtemps qu'il en avait besoin. Il cherchait quelque chose, une sorte de confirmation, même s'il n'était pas sûr de savoir laquelle.

Puis tout s'éclaircit. Tout était là : l'air éternellement surpris de son père ; la même implantation de cheveux, une tignasse noire qui semblait monter en terrasses jusqu'au sommet de son crâne ; le nez de son père, qui s'élargissait un peu au niveau des narines ; la mâchoire de son père, qui équilibrait tout le reste ; la fossette au menton de son père ; les oreilles légèrement trop grandes de son père...

Il montra les dents. Elles étaient, contre toute attente, parfaitement droites. Lorsqu'il était enfant, il avait porté la nuit un appareil dentaire destiné à accentuer l'effet de ses bagues. Il avait falsifié le journal de bord dans lequel il devait inscrire ses heures de port. Saisi de panique à la dernière minute, avant de se rendre chez l'orthodontiste, en réalisant la masse de temps qu'il avait perdu, il avait changé de stylo et modifié les chiffres, inventant des données qui témoignaient de sa discipline et de son endurance. Son père l'avait conduit chez l'orthodontiste tous les mois pendant deux années entières ; chaque fois, Connell s'était attendu à être découvert et condamné ; chaque fois, il avait été épargné. Et son père non plus ne s'était jamais rendu compte de rien ; il était trop content de l'emmener faire un tour en voiture, content de dilapider de l'argent qu'il n'avait pas, pour le sourire de son fils. Le monde des adultes semblait budgété pour répondre à la négligence des enfants.

Ses dents ne ressemblaient pas à celles de son père. Ce dernier avait un bridge qu'il nettoyait sous l'eau et qu'il faisait claquer pour l'amuser quand il le lui demandait. Devant, il avait aussi la dent en moins qu'il avait perdue en tombant sur les pavés de la cuisine, ce fameux jour, quand Connell broyait du noir dans sa chambre.

Tu rentres à la maison, se dit Connell dans le miroir, en espérant qu'ainsi, ce qui était en train d'arriver s'imprimerait définitivement. *Ton père est à l'agonie. Il est ton meilleur ami. Tu ne seras plus jamais le même.*

Cela ne fonctionna pas. Quand il arriva devant son siège, il avait déjà oublié ce qu'il avait ressenti dans les toilettes. Une jolie fille de son âge environ, ou peut-être un peu plus âgée, avait pris la place près du hublot. Du côté du couloir était assis un vieil homme d'affaires qui n'aurait sans doute pas dit non à un petit flirt avec elle. Connell se faufila devant lui en insistant pour qu'il ne se lève pas, et l'homme ne cilla pas. Tandis qu'ils attendaient le décollage, Connell regarda le petit écran sur le dos du siège devant lui. Il montrait le trajet entre l'endroit où ils se trouvaient et leur destination, l'icône qui représentait l'avion étant aussi grosse qu'un État. Cette distance semblait pouvoir être couverte en un éclair, mais l'avion ne bougeait pas.

« J'ai entendu dire que c'était bien. »

Il désigna l'ouvrage que la fille avait entre les mains.

« Oh, oui, ça l'est, déclara-t-elle. C'est très bien écrit. J'ai aimé tout ce que j'ai lu d'elle.

— Qu'est-ce qui vous amène à New York ? »

Elle parut surprise par ce changement de sujet soudain, mais il n'avait pas lu ce livre ni aucun autre de cette auteure.

« Je vais voir une amie, répondit-elle. Mon ancienne colloc' de la fac. Elle a déménagé là-bas pour travailler dans la mode.

— Je m'appelle Connell. »

Il se cogna maladroitement le coude en voulant lui tendre la main pour la saluer.

« Karla, dit-elle. Enchantée. »

Il crut entendre l'homme d'affaires soupirer.

« Vous êtes déjà allée à New York ?

— C'est la première fois. Je suis tout excitée.

— Vous restez combien de temps ?

— Une semaine.

— Qu'est-ce que vous avez prévu ?

— Pas grand-chose, avoua-t-elle. Je n'ai même pas encore acheté de guides de voyage. Tout ce que je sais, c'est que je vais loger chez mon amie. J'ai été tellement occupée ces derniers temps que je n'ai même pas pu prendre une minute pour programmer quoi que ce soit.

— Ne manquez pas le ferry pour Staten Island, dans ce cas. C'est la plus belle vue de la ville et cela ne coûte que cinquante centimes. »

L'homme d'affaires toussa.

« C'est gratuit maintenant, remarqua-t-il.

— Pardon ?

— Cinquante centimes, c'était avant. C'est gratuit maintenant. »

Il se replongea dans ses notes, empilées parmi d'autres papiers, mais non sans avoir lancé auparavant à Connell un regard lui disant qu'il savait très bien à quoi il jouait - et aussi qu'il avait visiblement quitté New York depuis bien longtemps, qu'il était un imposteur et qu'il s'apprêtait à induire cette fille en erreur.

« Ça a l'air super, quoi qu'il en soit, déclara Karla. J'adore les bateaux. Et les bonnes affaires. »

Connell et elle se regardèrent pendant une seconde.

Elle avait un sourire charmant, ouvert. Puis elle retourna à sa lecture, et il sortit son livre de la poche du siège devant lui. Après un moment, elle lui demanda s'il venait de New York, et il lui répondit qu'il y avait habité ; elle lui demanda pourquoi il retournait là-bas, et il lui dit que son père était mourant, après une longue maladie, sur quoi elle répondit qu'elle était profondément désolée. Cette révélation sembla les plonger dans un silence plus tenace, et il regretta presque de ne pas avoir inventé quelque chose. L'avion décolla en cahotant. Elle fit le signe de croix et joignit les mains, embrassant légèrement le bout de ses doigts.

Peu avant l'atterrissage, il voulut savoir si elle aimait la nourriture indienne.

« Eh bien, dit-elle, je crois que je n'y ai jamais goûté.

— Je connais deux restaurants côte à côte, expliqua-t-il, tout en haut de la Deuxième Avenue, et un peu en retrait de la Troisième. Ils sont identiques : même déco, mêmes abat-jour et chapelets de piments en plastique. Et ils se font la guerre depuis des années. Il y a un rabatteur devant chaque restaurant, qui essaye de convaincre les gens d'entrer comme si c'était le paradis, derrière. Et là, il faut faire un choix : gauche ou droite. Une fois que ce choix est fait, on appartient à une tribu. Les types du restaurant s'en souviennent. Et mieux vaut ne pas se tromper de porte quand on y retourne.

— Tu es entré dans lequel des deux ? lança-t-elle en le tutoyant soudain.

— Celui de droite.

— Alors, comment tu sais qu'ils sont identiques ?

— Je n'avais jamais pensé à ça. J'imagine que j'ai eu trop peur d'aller vérifier. Tu ne peux pas savoir à quel point ces mecs sont intimidants. »

Elle rit ; il sentait de l'intérêt naître en elle. Pendant presque toute la durée du vol, il avait attendu ce moment où la dynamique changeait entre eux, ce moment où elle cesserait d'être une étrangère. Peut-être que sa chance était arrivée.

« On pourrait peut-être y aller pendant que tu es en ville, proposa-t-il. À celui de gauche, si tu veux. Je suis prêt à prendre le risque.

— Je ne suis pas du genre à compromettre la loyauté de quelqu'un », répliqua-t-elle, puis elle se tortilla sur son siège.

Il craignit d'être allé trop vite. La situation risquait de devenir gênante ; il leur restait encore un peu de chemin à parcourir ensemble.

« Tu as raison, déclara-t-il. Prudence est mère de sûreté.

— Tu es sûr que tu auras le temps ? Je veux dire… avec ton père ?

— Je le trouverai.

— Ne te préoccupe pas de moi, en tout cas. J'aurai suffisamment de choses à faire pour m'occuper. Et toi aussi, tu risques d'être occupé.

— Ça ira, affirma-t-il. Je tâcherai de m'échapper. En plus, mon père va certainement se rétablir en un rien de temps. C'est déjà arrivé avant.

— Eh bien, dit-elle, si ça ne bouscule pas ton emploi du temps plus que ça…

— Je te passerai un coup de fil pour qu'on organise quelque chose. »

Ils échangèrent leurs numéros. Une légère confusion se lisait sur le visage de Karla. Elle avait l'air sous le choc – un choc comparable à celui que l'on reçoit en plongeant dans de l'eau froide, à la fois brutal et rafraîchissant. La façon dont elle chercha son regard pendant un long moment, comme pour lui demander s'il était sûr de vouloir sortir avec elle alors qu'il avait tant d'autres choses importantes à faire, conforta son sentiment : il l'avait impressionnée, lui avait montré qu'il était un homme ouvert au changement, qui avait suffisamment d'imagination pour trouver du temps, même dans les profondeurs du désespoir, pour les choses importantes de la vie, ces accidents sans lesquels notre existence ne serait rien de plus qu'un train-train plat et ennuyeux.

Ils atterrirent et descendirent de l'avion. Alors qu'elle récupérait ses affaires dans les compartiments supérieurs, quelques passagers s'interposèrent entre eux. Connell attendit au début de la passerelle, embarrassé à l'idée que tout le monde pouvait voir ce qu'il faisait. Il lui semblait important de l'accompagner jusqu'aux bagages. Elle était sur le point de découvrir le reste de la ville ; il ne serait alors plus que le premier homme de toute une série qu'elle croiserait durant ses déplacements. Quelle que fût la primauté qu'il détenait, elle était sur le point de basculer, prenant ce caractère transitoire des rencontres éphémères. Il pouvait être facilement oublié. Ces derniers cent mètres allaient faire toute la différence.

Tandis qu'ils se frayaient un chemin à travers le terminal, il fit quelques remarques caustiques sur New York qui firent rire Karla. Il voguait sur une vague d'euphorie. Son sac sur ses épaules était léger comme une plume. Elle paraissait allonger le pas pour s'accorder à ses foulées. Au fond de lui, quelque chose lui disait que tout était possible : cette rencontre était peut-être le prélude à une histoire susceptible de se poursuivre dans la ville que tous deux venaient juste de quitter. C'était le premier jour de son voyage ; il n'y avait aucun moyen de savoir ce qui allait arriver. Et il y avait cette jeune femme qui marchait à son côté, toute frétillante. Aux yeux d'un étranger, il aurait pu être son petit ami, visitant lui aussi New York pour la première fois.

Ils couraient presque quand ils atteignirent le couloir qui donnait sur la salle des bagages. Il ne l'avait pas quittée des yeux, mais tandis qu'ils repartaient vers les sorties, il se rappela la raison de sa venue et chercha son oncle Pat à travers la vitre glacée. Il ne put distinguer aucun visage.

Les portes-tambour se trouvaient au bout d'une petite pente ; Connell commença à se sentir anxieux. Il se mit à ralentir la cadence, son sourire s'évanouit. Il regardait moins Karla et davantage en direction des portes, derrière lesquelles attendait son oncle Pat. Il finit par marcher si lentement que Karla lui demanda ce qui n'allait pas. Il apercevait déjà les silhouettes floues de son oncle et de sa mère derrière la vitre. La venue de sa mère ne pouvait signifier qu'une chose. Il dériva lentement loin de Karla, sans lui répondre. Il ne voulait pas que sa mère le voie lui parler, voie quel imbécile frivole il était. À peine quelques secondes plus tard, Karla était partie de son côté ; il fit quelques pas derrière elle, sachant ce qu'il avait vu à travers la vitre mais ne voulant pas complètement l'admettre jusqu'à être arrivé près d'eux, jusqu'à ne plus pouvoir éviter la vue des larmes sur le visage de sa mère. Ce fut à cet instant qu'il en prit conscience : son père était mort au moment même où lui l'avait complètement oublié.

Il poussa les portes-tambour. Sa mère s'éventait d'une main tout en essayant de lui dire ce qu'il avait déjà compris. Son oncle se tenait debout à côté d'elle, et ne disait rien.

« Je suis désolée », répétait-elle.

Il avait raté son père de deux heures, mais elle avait obtenu la permission de le laisser à la maison de santé suffisamment longtemps pour que Connell puisse lui dire au revoir.

Son oncle Pat les y conduisit comme s'il était un coureur de Formule 1, en se penchant dans les virages. Pendant que sa mère s'asseyait sur la banquette du hall d'entrée, son oncle l'accompagna jusqu'au bout du couloir, jusqu'à la chambre de son père, et le laissa seul. Les yeux de son père étaient ouverts. Connell regarda longuement leur belle couleur bleue, même s'ils étaient fixés sur quelque chose d'autre, et il glissa une main dans les cheveux de son père comme il l'avait toujours fait quand ils rebiquaient en épis. Il posa un baiser sur son front et ses joues. Son père était froid. Il lui parla, même s'il savait qu'il n'était plus là. Sa bouche était ouverte. Il regarda sa dent cassée. Son père n'aurait plus jamais besoin de ses dents. Il n'aurait plus jamais besoin de rien.

Au bout d'un moment, sa mère vint le chercher.

« Peut-être que ça suffit, maintenant », dit-elle.

Il donna à son père encore un baiser et, avant de sortir, il se retourna sur le pas de la porte pour le regarder une dernière fois. Il était sur le point de s'avancer de nouveau vers lui quand il aperçut le regard sérieux et implorant que son oncle lui lançait. L'expression de sa mère traduisait la douleur qu'elle éprouvait à se trouver dans cette pièce ; elle avait tenu le coup pour lui, songea Connell, mais il était temps de s'en aller. Il avait dû être difficile pour elle de voir son père ainsi, elle qui avait été confrontée toutes ces années aux cadavres de ses patients. Il avait dû lui sembler qu'il n'y avait pas de différence entre lui et ces inombrables autres morts. Connell ferma doucement la porte, puis ils retournèrent tous les trois à la voiture.

94

C'ÉTAIT LA PNEUMONIE QUI L'AVAIT TUÉ. Son cerveau s'étant détérioré, les différentes parties de son corps avaient cessé de fonctionner. Ses poumons s'étaient remplis de mucus. Il s'était noyé dedans.

Après sa mort, le 7 mars 1999, Eileen décida que si la vie après la mort existait bel et bien, alors elle voudrait revenir sur cette terre sous un nom complètement différent – quelque chose d'évocateur, comme « Holiday » ou « Sunshine ». Dans son existence présente, cependant, elle était Eileen Leary ; elle ne se remarierait jamais. Ainsi allait la vie : on sombrait avec le bateau. Qui aurait pu dire que ce n'était pas une histoire d'amour ?

Elle dormait à la place d'Ed. Elle n'aimait pas particulièrement ce côté du lit, mais elle ne pouvait se résoudre à dormir à sa propre place. Chaque fois qu'elle le faisait, elle restait étendue là, à penser à toutes les nuits où elle avait dormi, dos à lui, et elle désirait plus que tout en revivre une seule – juste une, cela aurait été suffisant – afin de pouvoir tourner son corps vers le sien.

Ed aurait sans doute voulu donner son corps à la science. Les neurologues qui avaient posé leur diagnostic n'allaient pas demander une autopsie, cependant ; convaincus qu'il s'agissait de la maladie d'Alzheimer, ils avaient depuis longtemps abandonné toute investigation. L'équipe qui avait conduit les recherches sur les médicaments n'allait pas non plus réclamer son corps. Elle aurait pu payer afin de le faire autopsier malgré tout, mais il aurait faillu remplir des documents pour que le corps voyage d'un comté vers un autre, et la procédure lui aurait coûté dans les huit mille dollars, soit à peu près autant que ce qu'elle avait payé sur la fin, à Maple Grove. Cela lui sembla déplacé de payer, quelque fût le montant, pour avoir le privilège d'entrevoir l'énigme d'un esprit aussi fin que celui d'Ed. Un tel honneur n'était pas monnayable, et au bout du compte elle ne put se résoudre à le faire autopsier. Elle ne supportait pas que quelqu'un ouvre la tête de son mari. Ses dents étaient cassées, ses gencives étaient devenues rouges et gonflées, ses cheveux étaient hérissés, et les muscles dont il avait été fier autrefois s'étaient atrophiés ; il avait des coupures et des cicatrices partout, sa peau avait pris une teinte grisâtre à cause du manque de soleil. On ne devait pas abîmer son corps davantage. Et l'idée qu'on le découpe ainsi, lui qui s'était si souvent livré à des dissections, la remplissait d'une révulsion palpable. Ed fut donc mis en terre intact. Toutes les questions auxquelles il était possible de répondre avaient trouvé leurs réponses ; toutes celles qui n 'avaient jamais été posées resteraient à jamais inexprimées. La science avait ses limites. Il ne subsistait qu'un corps, et elle désirait lui réserver sa tendresse.

Malgré tout le mal qu'elle s'était donné pour faire mettre un bracelet de cuir sur la montre LeCoultre, Ed ne l'avait jamais portée. Elle était restée dans son étui pendant trente-deux ans. Eileen l'avait sortie de cet étui. Sous le revêtement de velours, au fond de la boîte, le bracelet d'or était posé là, comme la mue d'un serpent. Elle était ensuite allée chez le bijoutier et l'avait fait remettre. La montre restaurée se serait bien revendue, car elle était dans un état parfait ; de plus, ce genre d'objet était très prisé, et le prix de l'or avait augmenté ; mais tout cela n'avait pas compté, puisqu'elle avait enterré la montre avec son mari.

Les nouveaux outils qu'elle avait achetés n'avaient eux non plus jamais été utilisés. Une semaine après la mort d'Ed, Eileen avait payé quelqu'un pour les faire enlever, ainsi que le contenu de son bureau : des boîtes d'archives, des cassettes vidéo, des livres de science. Les livres dataient d'un autre temps. Personne ne regardait plus de cassettes, et il s'agissait de toute façon d'enregistrements de mauvaise qualité qu'Ed avait réalisés à partir d'un appareil en noir et blanc, des vieux films et des documentaires sur des cathédrales et des ponts. Connell n'y aurait vu aucun intérêt. Tout cela n'avait plus aucune valeur.

Son veuvage procurait à Eileen du temps libre en abondance, au cours duquel elle avait une vision récurrente de son mari, aux premiers jours de sa maladie, juste après sa retraite. Il était toujours beau. Ses cheveux étaient plus fins, mais ils n'avaient pas perdu leur étonnante noirceur, et ses yeux bleus brillaient sous la lumière, même si le blanc avait jauni. Il était néanmoins plus petit qu'autrefois, et ses vêtements flottaient sur lui. C'était un début d'après-midi mais la pièce était sombre, à l'exception du halo de la télévision et des rais de lumière qui filtraient à travers les rideaux de la porte du patio. Toutefois, lorsque le vent faisait bouger les branches d'arbre, la pièce s'illuminait. La lampe sur la table de chevet aurait pu offrir un meilleur éclairage, mais dans l'effervescence qui avait accompagné son départ pour le travail, Eileen avait oublié de l'allumer, et Ed n'avait plus la force de le faire lui-même. Il était assis là depuis huit heures du matin, à regarder la chaîne qui, d'après elle, offrait la meilleure chance de le divertir pendant son absence. Il avait déjà vu chaque épisode de la série policière qu'il était en train de regarder, mais sa mémoire défaillante lui permettait de voir n'importe quoi comme si c'était la première fois et il avait perdu le fil de l'intrigue au milieu d'un épisode. Néamnoins, des détails de la narration parvenaient jusqu'à son esprit : un rebondissement retentissant, de la colère sur un visage, une réunion heureuse. Il était toujours capable de sentir les choses ; il pouvait toujours pleurer. Et il pleurait sans s'en rendre compte, parfois. Mais, après coup, comme s'il se réveillait d'un mauvais rêve, il remarquait les larmes séchées sur ses joues. En revanche, il n'était plus en mesure de lire : au moment où il arrivait à la fin d'une phrase, il avait oublié le début. À peine pouvait-il déchiffrer les gros titres d'un journal, et ainsi reconstituer très vaguement ce qui se passait dans le monde. Alors, il était laissé devant la télévision ; mais lorsque Eileen se trouvait dans les parages, il écoutait de la musique, ou elle lui faisait la lecture.

Il avait eu faim soudain. Il avait essayé d'aller dans la cuisine, et après plusieurs tentatives, avait fini par y arriver. Mais quand il était revenu dans le salon, il n'avait pas retrouvé la télécommande pour changer de chaîne, parce qu'il ne parvenait plus à suivre l'histoire. Il savait juste qu'il était question d'un meurtre, d'une sorte d'enquête – à l'écran, les détectives travaillaient toujours sur l'affaire – et d'un vol, de quelque chose que l'on ne parvenait pas à retrouver.

Dans un des placards de la maison, il y avait un crâne à l'intérieur d'une boîte. C'était un spécimen appartenant à Ed : il avait enseigné l'anatomie avec. Il l'avait baptisé « George », mais Eileen avait refusé de l'appeler autrement que « le crâne ». Il le sortait de temps à autre pour le montrer à Connell et à ses amis, et elle avait toujours insisté pour écourter ce sinistre spectacle. Les garçons rentraient leurs doigts dans les orbites et enfonçaient leurs ongles dans les sillons de cette calotte nacrée ; ils sentaient sous leurs doigts les créneaux des dents d'ivoire et faisaient claquer la mâchoire articulée comme pour faire parler un pantin. Une année – Connell devait avoir huit ou neuf ans –, elle avait organisé une fête d'Halloween pour tous les enfants du quartier. « George fera une apparition ce soir », avait dit Ed à Connell à la table du petit déjeuner, ce matin-là, et lorsque la fête avait battu son plein, et que tous les enfants avaient été rassemblés dans le sous-sol, Ed avait revêtu une longue tunique noire, fait brûler le fond d'une casserole et s'était servi du fond carbonisé pour se barbouiller le visage. Il avait éteint la lumière du sous-sol tandis qu'il y descendait, et quand il avait atteint le centre de la ronde formée par les enfants, dans l'attente de la surprise, il avait parlé d'une voix profonde et brandi le crâne en l'air, devant une lampe torche. Les enfants avaient frissonné et hurlé avec une joyeuse terreur – y compris Connell, même s'il savait de quoi il s'agissait.

Ed avait dit un jour à Eileen qu'à sa mort, il souhaitait que ce crâne soit utilisé dans des cours d'anatomie. Il avait beaucoup aimé l'histoire d'un comédien qui avait légué son crâne à sa troupe pour jouer le rôle de Yorick, dans *Hamlet*, et assurer ainsi son immortalité.

Eileen sortit la boîte du placard et la posa sur son bureau. Elle ne l'avait jamais ouverte. Elle souleva l'un des rabats du carton, un autre, puis les deux derniers, lentement. Elle frissonna en voyant le sommet de ce crâne, mais elle le retira de la boîte et le posa face à elle sur le bureau. Malgré ses années de métier, ses rencontres avec la mort, les cours d'anatomie qu'elle avait pris, elle n'avait jamais été capable de surmonter l'étonnement brut qu'elle éprouvait devant les reliques d'un corps. Elle regarda fixement les orbites vides. Pendant toutes ces années, sous les traits d'Ed aussi, il y avait eu un crâne. Et le crâne placé devant elle avait jadis été recouvert de chair. Il avait appartenu à un homme qui avait eu une famille, des amis. Elle fut frappée de constater qu'elle-même était beaucoup plus proche de la fin que du début.

Elle songea à faire don du crâne au département des sciences de la Saunders High School, mais se ravisa. Quand elle-même partirait, elle laisserait derrière elle ce crâne orphelin, et Connell devrait se charger de lui trouver un foyer ou prendre la responsabilité de s'en débarrasser. Il deviendrait l'arbitre de son destin, tout comme il lui faudrait décider quoi faire de son corps à elle – de la même manière qu'elle avait décidé quoi faire du corps de son mari.

Plus elle pensait à la proposition qu'Ed avait refusée à NYU tant d'années auparavant, plus elle découvrait d'autres facettes de cet événement, comme autant de mystérieuses possibilités : peut-être Ed avait-il rejeté cette offre pour d'autres raisons que son désir de se soustraire au jeu des ambitions ; peut-être avait-il eu davantage besoin du Bronx Community College que cette université n'avait eu besoin de lui ; peut-être avait-il eu peur de modifier son quotidien ou de s'exposer à une attention accrue de la hiérarchie ; peut-être en connaissait-il plus sur son état de santé que ce qu'il avait montré ; peut-être avait-il su ce qu'il adviendrait plus tôt que ce qu'elle avait jamais imaginé.

L'étude médicale avait duré seulement trois ans, mais Eileen avait gardé son mari sous médicaments deux années de plus, jusqu'à ce qu'il fût trop dur pour lui d'avaler les comprimés. Ce n'était pas uniquement pour la contrarier qu'il résistait : il avait une peur instinctive de l'étouffement.

Le médicament n'avait d'abord pas eu de nom – il était désigné par une série de lettres et de chiffres : SDZ ENA 713. Ensuite, il en avait reçu un, Exelon, et avait pu être prescrit. Plus tard, beaucoup de choses changeraient : des patchs seraient posés sur les gens pour qu'ils n'aient plus à prendre de médicaments. Voilà qui aurait épargné à Ed beaucoup d'ennuis.

Parfois, Eileen se demandait – c'était dans les moments où elle n'avait pas le moral – si ce médicament n'avait pas provoqué en lui cette rigidité qui l'empêchait de se relever quand il était tombé, vers la fin. La rigidité figurait en effet parmi les effets secondaires. Aurait-elle été capable de garder Ed à la maison plus longtemps s'il n'avait pas pris ce médicament ? Aurait-on pu lui épargner de mourir dans une chambre étrangère ?

Parfois, elle restait allongée dans son lit et songeait au fait que, peut-être, quelque part, il existait des médicaments qui auraient pu tout changer. À l'époque, elle aurait été sceptique devant une telle hypothèse, mais Ed, lui, l'aurait adorée. Les progrès de la science étaient la chose au monde qui le rendait le plus heureux. Ça, et ceux de Connell. Et ses progrès à elle, elle devait bien l'admettre – oui, les siens aussi qui survenaient le plus souvent quand, enfin, elle lâchait un peu de lest.

De nombreuses nuits, elle jouait à se faire peur en essayant d'imaginer ce qu'il serait advenu d'Ed durant ses dernières années si elle avait divorcé – comme elle y avait brièvement songé, avant qu'une explication ait été trouvée à la soudaine cruauté de son mari. Elle avait beau essayer, elle n'arrivait pas à imaginer où il aurait vécu et qui aurait pu prendre soin de lui. À mesure que le temps passait, elle en venait à croire que c'était le destin qui l'avait placée à ses côtés à la fin. Avoir été là pour lui était tout ce à quoi la vie – le fait qu'elle ait dû s'occuper de sa mère, ou sa carrière dans le domaine infirmier – l'avait préparée, et cela avait été, en un sens, le plus grand travail de son existence. Elle était alors capable de s'endormir, profondément.

Éliminer les regrets qui avaient été semés sur le chemin qu'elle avait emprunté, tel était le dernier cadeau que lui avait offert Ed.

Elle continua à passer à la maison de santé. Elle s'était attachée à certains patients. Elle leur apportait des gâteaux et leur tenait compagnie dans la salle de télévision, regardant les informations du soir ou des rediffusions jusqu'à ce que vienne l'heure de rentrer. Certaines nuits, elle lisait un magazine à Mme Benziger, mais la plupart du temps elle se rendait utile en changeant de chaîne quand les pensionnaires finissaient par se lasser du programme en cours.

Un soir, alors qu'elle partait, M. Huggins vint à sa rencontre dans le couloir, poussant son déambulateur. Les plafonniers avaient été éteints, et la seule source de lumière émanait d'une vieille lampe qui, réfléchissant le blanc immaculé de sa tenue d'hôpital, lui donnait l'air d'être le messager d'un esprit malin.

« Bonsoir, monsieur Huggins », dit-elle tout en approchant de lui.

Il s'était arrêté et se tenait debout, aggripé à son déambulateur. Il leva un bras et pointa vers elle un doigt accusateur. Il lui disait quelque chose, mais si doucement qu'elle n'entendait pas. Elle se pencha vers lui.

« Arrêtez, murmurait-il, aussi doucement qu'un bébé. Arrêtez. »

Elle étudia son visage, comme pour voir si elle avait bien compris. C'était le cas et il avait raison : plus personne ne dépendait de ses décisions ; il n'y avait plus qu'elle et sa vie, et elle ne pouvait pas continuer à venir ici éternellement. Elle avait eu besoin que quelqu'un lui donne la permission de cesser ces visites.

Elle embrassa la joue poilue de M. Huggins.

« Merci, lui dit-elle. Bonne nuit et au revoir. »

Elle franchit la bande de sécurité puis la porte, mais là, elle s'arrêta et se retourna. La dernière image qu'elle eut de cet endroit fut le dos gris et blanc de M. Huggins, comme la vision furtive d'une baleine faisant surface, tandis qu'il passait devant la lampe et prenait au ralenti le virage menant à la chambre qu'il avait partagée avec Ed et qu'il occupait maintenant seul. Ed lui manquait-il, à lui aussi ? Elle espérait pour lui qu'il ne s'en souvenait même pas.

Tout le monde conseilla à Eileen de vendre la maison, de se trouver un endroit plus petit, moins cher, et de garder la différence. Mais elle n'avait pas besoin de cette somme. L'argent de l'assurance-vie lui permit de rembourser le prêt qu'elle avait pris pour couvrir les frais de scolarité de Connell, ainsi que les factures de la maison de santé. Et même de faire les travaux nécessaires sur la toiture. Elle avait peu d'économies, mais elle avait sa propriété ; et aussi la pension d'Ed ainsi que son propre salaire, tant qu'elle continuerait à travailler. Il n'y avait plus de maison de santé à payer, plus de salaire à verser à Sergei, et Connell avait presque terminé ses études.

De toute manière, où serait-elle allée si elle avait vendu ? Elle n'aurait pu retourner à Jackson Heights : il n'y avait plus rien pour elle là-bas. Lorsqu'elle avait acheté sa maison, elle avait prévu de mourir dedans, et son plan n'avait pas changé.

D'un air désolé, Cindy Coakley lui dit : « Le fantôme de ton ancienne vie est ici. » Eileen pensa : *Pas de mon ancienne vie – de mon ancienne future vie. Voilà ce que c'est, ce fantôme : le fantôme de la vie que j'ai failli avoir. Du moment que je ne quitte pas cet endroit, mon ancienne future vie ne pourra pas mourir.* Puis elle se dit : *Les gens bougent trop, dans ce pays.*

95

LORSQU'IL ENTAMA SON DERNIER TRIMESTRE À L'UNIVERSITÉ, trois semaines après la mort de son père, Connell n'avait plus qu'un seul cours à valider pour obtenir son diplôme. Il lui restait également un devoir de sciences à finir, et il avait pris l'option théâtre, où il étudiait les pièces de Tennessee Williams. Il avait prévu d'écrire un mémoire sur l'influence de Bellow sur Amis, mais il ne parvint pas à s'y mettre, et il ne se souciait plus d'obtenir les félicitations spéciales du jury. Les honneurs lui suffiraient.

Peu après le début du trimestre, il se mit à fréquenter une fille prénommée Danielle, et à sortir au Tiki Bar ou chez Jimmy avec elle et leurs amis. Il jouait au billard, au baby-foot et au flipper Famille Adams, et restait plongé dans de longues conversations jusque très tard dans la nuit, boosté par la caféine ; Danielle et lui faisaient l'amour tout le temps. Des gens dormaient sur son canapé presque chaque nuit, des amis à lui ou de ses colocataires ; la vie était comme une fête infinie. Il commença à sécher certains cours. Il allait, certes, toujours au Blue Gargoyle, le centre de tutorat, trois fois par semaine, pour faire travailler Delores, une élève de CM2 qu'il aidait à apprendre à lire depuis le mois de septembre. Mais il se mit à traîner chez Danielle pendant qu'elle était en cours. Il était là quand elle rentrait ; et parce qu'elle semblait toujours contente de le voir, il ne se demandait jamais s'il perdait son temps ou non. Il travaillait sur son rôle dans une pièce en un acte de Tennessee Williams, *Parle-moi comme la pluie et laisse-moi écouter*, une œuvre solitaire sur un homme qui revient chez lui pour retrouver sa petite amie souffrante et silencieuse, et qui lui raconte sa nuit d'errance dans les rues. Cette pièce résonnait un peu comme sa propre vie, à ceci près qu'en ce qui le concernait, c'était plutôt lui qui attendait le retour de sa petite amie et non l'inverse. Ensuite il négligea également ses autres cours. D'abord la littérature médiévale, où il ne rendit pas une seule de ses dissertations ; puis les sciences, où il refusa de participer à un projet. Il décrochait, sans arriver à s'en empêcher. Et impossible d'abandonner certaines matières, puisqu'il n'en avait pris que trois. Il se trouvait dans une spirale, mais il n'avait rien, rien à quoi se raccrocher. Sa mère ne ferait pas le déplacement pour la remise des diplômes, car elle avait reçu récemment une promotion et ne pouvait pas prendre de congés ; cela lui épargnerait d'avoir à lui expliquer pourquoi il ne monterait pas sur l'estrade avec les autres. Après tout, mieux valait peut-être la laisser penser qu'il avait eu son diplôme. Danielle, qui était seulement en troisième année, lui annonça qu'elle s'était bien amusée avec lui mais qu'elle partait passer l'été à Florence pour étudier l'art de la Renaissance. Il vendit ce qu'il pouvait, fit expédier ses livres, et s'acheta un billet pour l'Amtrack en l'honneur de son père : ils avaient évoqué l'idée de voyager ensemble en train à travers l'Amérique. Le Lake Shore Limited partait ce soir-là, traversant l'Indiana, l'Ohio et la Pennsylvanie, avant d'arriver dans le nord de l'État de New York au petit matin. Alors que le soleil se levait, Connell put admirer les petites villes qui défilaient derrière les vitres, d'anciens centres d'activités, et de belles vues sur l'Hudson. Il lut un peu, ne dormit pas et ne parla à personne. Il passa l'essentiel du trajet à regarder par la fenêtre en pensant à son père. Celui-ci aurait jugé ça fascinant, l'histoire tout entière de l'industrie américaine écrite dans ces usines abandonnées, ces bâtiments rouillés, ces tas de débris. Quelque part après Poughkeepsie, Connell se mit à pleurer, et il continua à pleurer presque sans discontinuer durant l'heure et demie qui lui restait jusqu'à Penn Station. Il n'avait pas entrepris ce voyage avec l'intention de faire le deuil de son père, mais c'était pourtant bien ce qu'il avait fait. En embarquant à Chicago, il s'était plongé dans une veillée silencieuse de vingt heures. Observer la gloire passée du nord de l'État de New York et se retrouver dans l'incapacité d'en discuter avec son père lui avait réellement fait comprendre ce que représentait sa disparition.

Lorsqu'il arriva dans le hall d'entrée de l'immeuble sur Park Avenue, il tomba nez à nez avec un gamin maigrichon, dans un uniforme de portier trop grand pour lui comme s'il jouait avec les vêtements de son père, ainsi qu'avec un autre habillé en agent d'accueil, qui passait la serpillière sur le carrelage sans aucune méthode.

« Tu étais dans quel lycée ? » demanda-t-il au gamin derrière le comptoir d'accueil.

Connell reconnut tout de suite, non sans un certain déplaisir, ce mélange familier de déférence et de condescendance dans le regard que lui rendit le garçon. Un regard qui disait clairement : *Ce boulot n'est qu'un petit arrêt temporaire sur la grand-route de mon existence.* Le gamin confirma ses soupçons : de jeunes bacheliers s'étaient succédé depuis son propre passage.

Il demanda à voir M. Marku. Le gamin parla dans un interphone d'une voix étouffée qui se voulait mature, et quelques minutes plus tard, M. Marku émergea de son appartement. Il prit Connell dans ses bras avec une tendresse qui le désarma, avant de l'entraîner dans son bureau. Les poissons dans l'aquarium étaient plus petits à présent, mais il y en avait plus, et de plus colorés.

« Tu as l'air d'aller bien, constata M. Marku en allumant une cigarette. Tu as fière allure. Tu as fini par te raser. » Il se frotta le menton, mais sa joie se lisait dans ses yeux. « Tu es venu me rendre visite.

— J'ai quelque chose à vous demander, déclara Connell. Du travail. »

M. Marku le regarda longuement.

« Tu as terminé l'université. »

Connell fit cliquer un stylo sur sa cuisse.

« Oui.

— Et tu veux revenir ici.

— Oui. Je suis désolé que les choses se soient finies comme ça la dernière fois. »

M. Marku agita une main comme s'il chassait une mouche.

« Pour un job d'été.

— Je pensais à plus.

— Tu peux faire d'autres choses. Un garçon aussi intelligent que toi…

— Je ferai du bon travail. Je ferai du meilleur boulot qu'avant. »

M. Marku cessa de cligner des yeux, son regard approbateur se fit plus dur.

« Les gars de l'équipe ont des femmes, des familles, des factures à payer. Pour eux, tout ça, c'est un salaire régulier, un boulot respectable. Peut-être pas pour toi…

— Je ne lirai plus, je vous le promets, dit Connell. Terminé, les bouquins. Je porterai le chapeau. Je me raserai tous les jours. Je connais les ficelles. »

M. Marku secoua la tête. Peut-être se rappelait-il les faiblesses de Connell – ses retards, sa manie de se mêler de la vie des gens de l'immeuble et de s'asseoir à la moindre occasion.

« Je ne suis plus un gamin, insista Connell. J'ai compris, maintenant. Je ne serai plus jamais en retard. Je fermerai ma bouche et je ne me mêlerai pas de ce qui ne me regarde pas. Je ne m'assiérai jamais. »

M. Marku éclata de rire.

« Même moi, je m'assois. » Il secoua à nouveau la tête, mais comme s'il essayait de réfléchir sérieusement, cette fois. « Je n'ai rien à plein temps.

— Rien ? répéta Connell.

— Tu ferais mieux de chercher ailleurs avec ton diplôme, dit-il. Ça n'a pas de sens pour un garçon comme toi de travailler ici.

— Je me plais bien, ici. Je ne veux pas aller travailler dans un bureau, être assis à une table toute la journée à gratter du papier. »

Un long silence s'ensuivit, ponctué par une soudaine agitation dans l'aquarium.

« Demain matin, sept heures quarante-cinq, lâcha finalement M. Marku.

— Merci, monsieur.

— Pour un job d'été, ajouta-t-il, et Connell hocha la tête. C'est tout ce que j'ai. Ensuite, tu devras chercher autre chose. »

Connell prit la place des portiers partis en vacances ; il travaillait aussi près de l'entrée de service, où il notait les entrées et les sorties du personnel et s'occupait des appartements de la colonne A. Il s'était fait plus d'argent, trois ans auparavant, mais entre-temps le syndic était intervenu, et le salaire des jeunes avait été abaissé. Un job d'été rapportait désormais quatre-vingts pour cent d'un salaire normal. Il lui faudrait attendre un an pour se hisser au même salaire que les autres, mais cela lui convenait ; peut-être allaient-ils moins le regarder comme un parvenu, désormais.

Il se rasa, se coupa les cheveux et porta son chapeau. Les jeunes qui sortaient juste du lycée le respectaient étant donné qu'il était plus âgé ; ils le regardaient avec une considération prudente. Ils le voyaient, soupçonnait-il, comme un homme qui avait connu un passage à vide dans sa vie.

Au début du mois d'août, un portier que tout le monde aimait beaucoup, un vieux de la vieille connu sous les noms de John l'Écossais, l'Écossais ou Scottie – mais jamais tout simplement John –, prit sa retraite. Un gâteau et du café furent servis, pour fêter trente ans de service de sept heures du matin à trois heures de l'après-midi. Son départ libérait une place de premier choix. M. Marku appela Connell dans son bureau.

« Dis-moi combien de temps tu as l'intention de rester ici.

— Combien de temps ? Je croyais que mon contrat expirait en septembre. »

M. Marku laissa délibérément passer un silence.

« Tu es revenu pour faire les choses correctement. »

Cette déclaration éveilla en Connell une gratitude un peu gênante. Il regarda M. Marku sans rien dire.

« Demain, six heures quarante-cinq, lança celui-ci.

— L'heure de Scottie ? »

M. Marku acquiesça. Connell acquiesça en retour, avec la sensation qu'il venait de réussir son entrée dans le monde des adultes. Le service de sept à trois était le seul qui présentait un minimum de complexité, car il comprenait le départ pour le travail des résidents, les enfants qui filaient à l'école, les nounous et les employés de maison qui pointaient, l'arrivée des colis, et les facteurs qui jetaient des sacs remplis de lettres à trier par catégories précises dans un gros chariot compartimenté.

Au bout de quelque temps, Connell remarqua un léger changement dans la manière dont les employés à plein temps se comportaient avec lui, le sortant du groupe des plus jeunes qu'il continuait néanmoins de couvrir chaque fois qu'il le pouvait, en masquant leur incompétence sur des questions pratiques ou en volant à leur secours dès que le besoin se présentait, comme n'importe quel portier l'aurait fait. Lorsque ces jeunes s'en allèrent à l'université en septembre, il sentit qu'il était devenu un membre permanent de l'équipe. La seule différence entre lui et les autres portiers se voyait à la manière dont ils employaient leurs pauses : il lisait des livres au lieu du journal, et il ne perdait pas son temps dans les vestiaires pendant la pause déjeuner, mais allait faire un tour dans le quartier, jetait un coup d'œil au musée Guggenheim, ou s'asseyait dans un restaurant avec son ouvrage ouvert devant lui.

Il devint une figure incontournable de l'accueil. Il connaissait tous les noms des résidents et les numéros des appartements. Il connaissait les noms de leurs enfants qui rentraient de l'université le week-end. Il connaissait les noms des nounous, ceux des masseuses qui arrivaient avec leur table pliante, ceux des amants. Il gardait les secrets et connaissait le bureau d'accueil comme une taupe connaît son trou. Dès qu'une silhouette familière apparaissait devant le bâtiment, son doigt pressait le bouton du bon ascenseur. Quand quelqu'un d'inconnu approchait, son doigt se trouvait déjà au-dessus de l'interphone, et il se tenait prêt à approcher l'oreille du haut-parleur et à appuyer.

Il voyait bien que sa présence mettait certains résidents mal à l'aise ; ceux-ci auraient sans doute préféré qu'il parle un mauvais anglais, n'ait pas fréquenté l'université et possède un physique d'Europe de l'Est ou mexicain. Pour éviter d'attiser la flamme de leur malaise, il leur parlait de lui le moins possible. Les jeunes qui travaillaient là l'été étaient une chose ; ils provoquaient une onde temporaire sur les eaux calmes de la société. Ils étaient tolérés, et même pardonnés. En gagnant, le temps d'un été, une belle petite somme d'argent, et en poursuivant leur chemin vers de bonnes écoles, parfois même de meilleures écoles que celles dans lesquelles entraient les enfants des résidents, ils leur confirmaient que la vie qu'ils menaient était juste, et que leurs idéaux méritocratiques restaient viables.

La mère de Connell ne cessait de lui poser des questions sur ses études et son nouveau travail. Comment aurait-il pu lui expliquer qu'il n'était pas allé au bout de son cursus, après tout l'argent qu'elle avait dépensé pour son éducation ? Il l'écoutait parler comme s'il était plongé sous l'eau, les sons étouffés par une viscosité mystérieuse dans sa tête. Son esprit tournait au ralenti, son imagination luttait. Il se sentait devenir plus épais de partout.

Dans cette année universitaire ratée, le seule petite lueur était l'aide qu'il avait apportée à Delores. Il commença à donner des cours au fils de M. Marku également. Peter était en classe de quatrième et n'avait eu aucune note en dessous de dix-huit depuis le CM1. Connell lui faisait apprendre de nouveaux mots de vocabulaire et, assis dans la petite pièce adjacente au hall d'entrée, lui faisait passer des contrôles blancs.

Durant les vacances de Thanksgiving, les anciens bacheliers partis pour leur première année d'université rentrèrent au bercail un par un, comme des héros, et vinrent voir M. Marku, lequel sortit de son bureau et leur donna de grosses accolades qui rendirent Connell immensément jaloux. Ils saluèrent Connell avec respect, tel un grand frère sympa, mais il ne se sentait pas sympa, et leur condescendance le blessait.

Il partageait un appartement à Greenpoint avec un type rencontré par l'intermédiaire de Todd Coughlin, son ancien coéquipier au cross-country, qu'il avait croisé par hasard lors d'un concert au Bowery Ballroom et qui vivait juste de l'autre côté de la rue. Le soir, il allait voir des galeries ; se rendait à des fêtes, des spectacles. Il avait une petite amie prénommée Violet, une actrice qui travaillait comme barmaid. Elle ne remettait jamais en question son choix professionnel, et présumait simplement qu'il s'agissait là d'une solution temporaire en attendant de trouver et d'emprunter un chemin plus créatif.

Il fit un chèque à sa mère pour lui rembourser une partie de l'argent qui avait servi à financer ses études. Elle le déchira devant lui.

« Ne fais pas ça pour moi, dit-elle. C'est moi qui ai décidé de prendre cette épargne. Ne crois pas qu'en me remboursant cet argent tu te sentiras moins coupable de garder ce boulot. »

Il ne s'expliquait pas pourquoi il n'était pas retourné à l'université à l'automne. Peut-être parce qu'y retourner aurait été un mensonge, une promesse qu'il aurait faite à lui-même, ou à sa mère, et qu'il n'aurait pas pu tenir. Restait aussi un autre problème : dire à sa mère qu'il n'avait pas obtenu son diplôme. Ce n'était pas qu'il se moquait d'accomplir quelque chose d'ambitieux dans sa vie ; il n'était tout simplement pas sûr de savoir quelle était cette ambition.

Après plusieurs mois, la source à laquelle se nourrissait sa culpabilité – n'avoir pas été là quand son père avait besoin de lui, l'avoir laissé entrer dans une maison de santé – finit tout simplement par se tarir, et il poursuivit son chemin dans le vaisseau vide de son quotidien. À présent, il n'avait plus l'impression de vivre la vie de quelqu'un d'autre, mais il commençait à sentir qu'il vivait sa propre vie.

Il ne vérifiait jamais l'état de son compte en banque, et se contentait de continuer à déposer ses chèques de paye. Il y avait toujours assez pour payer les factures. Il ne voulait pas considérer les implications à long terme de quelconques décisions financières, car le simple fait de penser à toutes ces années mises bout à bout – vingt ans, trente, quarante – le remplissait de terreur.

Au début du mois de janvier, quand Peter Marku fut accepté à Regis School, Connell éprouva une joie intense. Il voulait que Peter saisisse le monde à bras-le-corps, et il était fier de l'avoir aidé.

Il fut invité à un dîner chez les Marku, pour fêter l'événement. À sa grande surprise, il oublia très vite qu'il se trouvait dans l'appartement de son patron, même si, à quelques reprises, l'interphone sonna et que M. Marku se leva pour aller répondre à Tony, qui apportait une large enveloppe à la porte. Connell aurait pu se trouver dans n'importe quel autre appartement de Park Avenue ; tout se passa comme s'il était un tuteur respecté, qu'ils avaient invité chez eux pour le récompenser du rôle qu'il avait joué dans l'avenir de leur fils, lequel avenir était maintenant plus assuré. Il y eut des raviolis, plusieurs bouteilles de vin et un gâteau délicieux – une recette traditionnelle albanaise, lui dit Mme Marku.

Tandis qu'ils prenaient le café, Connell regarda le visage rayonnant de fierté de Peter. La reconnaissance de ce garçon était palpable, mais même dans le cas contraire Connell ne lui en aurait pas tenu rigueur, car il était de toute façon conscient de l'influence qu'il avait eue. Ce fut à ce moment-là que l'idée le frappa, tout d'un coup : être professeur, voilà une chose qui lui aurait beaucoup plu. Sauf qu'il fallait un diplôme, bien entendu. Même s'il réussissait à s'inscrire dans un programme doctoral correct – encore fallait-il qu'il obtienne avant son master –, il n'était pas sûr de pouvoir y survivre. Il avait aimé écrire des dissertations lors de ses premières années d'université, mais la nature même du travail académique ne l'attirait pas le moins du monde – sa spécialisation, l'obsession constante de publier des articles. Le mieux qu'il pouvait espérer était d'enseigner dans un lycée. Voilà qui ne serait pas évident, toutefois : chaque génération était censée faire mieux que la précédente ; tout homme devait surpasser la réussite de son père. S'il comptait devenir professeur de lycée, il lui faudrait accepter de ne jamais aller plus haut que son père. Sa mère avait de grandes ambitions pour lui, et voilà qu'il faisait le pied de grue devant la porte d'un immeuble. Mais au moins, il vivait à l'intérieur d'une chose qui, aux yeux du monde extérieur, devait ressembler à une chrysalide. S'il réussissait à réaliser le projet de vie qu'il imaginait maintenant – qui pourrait sincèrement lui plaire, car il aiderait tous ces jeunes à traverser l'épineux buisson de leur adolescence –, ce ne serait pas seulement une déception parmi d'autres pour sa mère : ce serait sa plus grosse déception.

Il était à présent le favori parmi les portiers. Il avait aidé le fils de son chef à se hisser sur l'échelle de la respectabilité. Ce nouveau statut allait lui donner des prérogatives, faciliter son travail. Ce bâtiment – le hall d'entrée, les vestiaires au sous-sol, et même l'appartement du chef – serait comme une sorte de maison pour lui. Il aurait désormais la possibilité de revenir y dîner. Il pouvait vivre à travers Peter pendant les quatre prochaines années au moins, en guidant ses décisions, en lui faisant bénéficier de son point de vue, en l'aidant à entrer dans une bonne université, avec une bourse d'études. Et quand Peter reviendrait de l'université et, plus tard, quand il quitterait son loft en centre-ville pour rendre visite à ses parents, quand il arriverait dans sa voiture de fonction pour emmener ses parents dîner, Connell ouvrirait sa portière sans aucune aigreur, car à ce moment-là il serait assez âgé pour ne plus ressentir une telle chose. Tout ce qu'il avait à faire était de se raccrocher au temps. Tout lui semblerait plus simple une fois les années passées. Pas besoin d'aller où que ce soit ; il lui suffisait de rester dans son hall d'entrée, et les années viendraient à lui.

S'il lui avait fallu choisir un promontoire à partir duquel regarder le monde, ce hall d'entrée n'aurait pas été le pire – surtout pendant les calmes soirées d'été, quand toutes les portes étaient ouvertes et qu'une douce brise soufflait, sous le coucher du soleil qui tombait sur la ville en se réfléchissant dans les vitres, de l'autre côté de Park Avenue.

Lorsque M. Marku voulut lui resservir du café, Connell posa sa main sur le dessus de sa tasse. M. Marku parut dubitatif et demanda à Connell s'il était sûr de ne pas vouloir en reprendre. Mme Marku coupa une autre part de gâteau et, tandis qu'elle la déposait dans son assiette, un étrange sentiment de trahison se mit à flotter autour de Connell. Certes, ce n'était qu'une part de gâteau, mais elle était dotée d'une puissance étrange, presque lumineuse. Il avait l'impression qu'il allait renoncer à l'idée qu'il se faisait de sa vie s'il la mangeait, comme si cette part de gâteau était un serment d'allégeance, que les Marku allaient prendre le pas sur son avenir avec aussi peu : un dessert maison, la promesse d'une intimité plus profonde, un semblant de famille, un vague statut de grand frère. Mais il n'eut pas l'énergie de protester, pas quand il n'y avait aucune raison. Sa main fut attirée vers sa fourchette et il coupa un morceau de gâteau, le regarda se séparer du reste. Il écarta sa main de la tasse et laissa M. Marku la remplir. Peter le regarda en silence, remarquant chaque détail, observateur plus que personne observée. Et soudain Connell comprit, avec une acuité perçante, que cette expérience n'était en réalité pas la sienne, mais celle du garçon. Il n'avait pas vu venir l'usurpateur.

96

À L'ÉPOQUE OÙ EILEEN ÉTAIT ADOLESCENTE, elle avait rêvé d'aller dans la vallée de la Mort et de dormir sous le ciel étoilé. À cinquante-huit ans, elle trouva un compromis pour réaliser ce rêve et séjourna au Furnace Creek Inn, un complexe hôtelier de luxe.

Elle s'y rendit en février, pendant la saison fraîche, car elle n'aurait jamais été capable de supporter la chaleur et craignait d'exposer sa peau pâle au soleil. Malgré cette précaution, passé le premier jour, pendant lequel elle se promena dans le vide immense du désert, vaguement effrayée, elle resta à l'intérieur la plupart du temps, dans les environs de l'hôtel, partageant son temps entre les salles de restaurant, les salons avec cheminée, et une chaise longue près de la piscine chauffée.

Elle participa néanmoins à une excursion nocturne dans le parc naturel. Le groupe visitait Racetrack Playa, un lac asséché dont le sol craquelé ressemblait à la peau d'un lézard. Eileen n'eut pas besoin d'un guide, ou même de connaissances rudimentaires en astronomie, pour reconnaître ce qu'elle voyait là-haut, la Voie lactée. Mais le guide pointa du doigt une pierre mouvante : des roches se déplaçaient, expliqua-t-il, par un mystère qui n'avait jamais été percé. L'un des touristes se mit à soutenir que le mouvement de ces roches pouvait être dû aux effets du vent ou de la glace. Et Eileen songea que les connaissances de cet homme en sciences étaient, elles, vraiment approximatives ; elles relevaient de l'anecdote, et il les avait à l'évidence acquises en lisant un magazine de vulgarisation. Rien à voir avec l'érudition qu'Ed avait durement acquise : lui n'aurait jamais pris la parole sans savoir précisément de quoi il retournait. Elle aurait adoré le voir en cet instant, les étincelles d'une théorie dans son regard. Elle aurait été une fois de plus impressionnée par la patience qu'il aurait montrée à l'égard de ce touriste fanfaron. Et Ed aurait aimé la manière dont ces pierres laissaient derrière elles un long sillon, avançant sans jamais s'autoriser de répit et défiant toutes les hypothèses.

97

AU PREMIER ANNIVERSAIRE DE LA MORT DE SON PÈRE, Connell prit le train pour Bronxville afin de se rendre au Gate of Heaven Cemetry. Sa mère le rejoignit à la gare, puis ils firent ensemble un crochet par Tryforos & Pernice.

« Choisis quelque chose de joli », lui recommanda-t-elle en restant dans la voiture tandis qu'il allait acheter des fleurs. Il fut submergé par le choix, mais jeta son dévolu sur un bouquet mixte, déjà assemblé. Quand il retourna à la voiture, cependant, sa mère s'agaça.

« Ils n'avaient pas de roses ?

— Je ne sais pas. J'ai seulement pris celles que je trouvais jolies.

— Tu as pris des chrysanthèmes et des marguerites. Il fallait prendre des roses.

— Tu aurais pu me le dire. » Sa mère avait l'air sincèrement bouleversée. « J'y retourne si tu veux.

— Non, ça ira, répondit-elle. Ton père ne verra pas la différence, de toute façon. Et il aurait sûrement choisi comme toi. »

Des bourrasques soufflaient sur le cimetière. Sa mère s'éclaircit la gorge et déclara : « Mon Dieu, veille sur l'âme de mon cher mari, Ed. » Elle chercha le regard de Connell. « Fais-lui savoir qu'il nous manque et que nous l'aimons. » Elle regarda une fois encore Connell. « Je n'ai jamais été très douée pour les prières. En tout cas, si le paradis existe, ton père est là-bas. Ça, j'en suis sûre. Ed, dit-elle en se tournant à nouveau vers la tombe, il ne passe pas une heure sans que je pense à toi. Peut-être que tu le sais déjà. Peut-être que tu peux écouter mes pensées. Si c'est le cas, tant mieux car cela signifie que je n'ai pas besoin de parler. Mais je ne peux plus m'arrêter, moi, quand je commence. Parfois, j'ai l'impression que tu n'es jamais parti. Je commence à te dire des choses et tu n'es pas là. Je plie le journal en deux pour te montrer un article et tu n'es pas assis en face de moi. Tu manques à ton fils. Je te raconterais bien tout ce qui s'est passé pendant l'année écoulée, mais si vraiment tu m'entends, alors tu es déjà au courant de tout ça. Et sinon, je ne ferais que parler à moi-même. Je t'aime très fort... Bien, il nous reste à dire le "Notre Père" maintenant, j'imagine. »

Elle se mit à réciter la prière, et Connell se joignit à elle, enveloppé dans un souvenir d'enfance. Les mots lui vinrent facilement ; peut-être étaient-ils logés si profond en lui qu'ils feraient partie des dernières choses dont il se souviendrait à sa mort. Puis sa mère chercha par terre des cailloux à déposer sur la pierre tombale. C'était une coutume juive qu'elle avait volée comme une pie pour construire le nid de son deuil. À part des petits vaisseaux rouges sur ses joues, le froid ne semblait pas avoir eu d'effet sur elle. Elle était résistante, mais tandis qu'ils demeuraient dans le vent piquant, Connell ne put s'empêcher de l'imaginer, toute seule dans la maison, avec toutes ces pièces vides, calmes et silencieuses. Plus tard ce jour-là, il repartirait, après le thé et le gâteau, et elle resterait derrière. Il avait été heureux quand elle lui avait dit qu'elle songeait à vendre cette maison, mais elle s'était ravisée ; quelque chose l'avait retenue.

Sa mère posa un caillou de plus sur la pierre tombale et recula d'un pas, poussée par le vent.

« C'est ton père qui a choisi cet endroit, expliqua-t-elle. Nous avions regardé des brochures, juste après notre déménagement. Il ne savait pas encore pour sa maladie, à l'époque. Ça peut avoir l'air morbide, dit comme ça, mais pas du tout. Il voulait voir ce lopin de terre, alors on était venus ici ensemble. Ce n'était pas du tout rempli alors. Ton père voulait être sur cette colline. Il aurait aimé un jour tel que celui-ci, froid et brumeux, avec ce ciel plein de nuages de pluie. Je ne sais pas si tu t'en souviens, mais il adorait les cimetières. À chaque voyage, il s'arrêtait dans un cimetière. Il aimait bien lire les inscriptions sur les tombes. Peut-être que j'aurais pu trouver quelque chose de mieux. »

Il considéra les mots gravés là : « PÈRE ET MARI BIEN-AIMÉ ». C'était une expression passe-partout, mais une pierre tombale n'était pas faite pour être originale, et ces mots correspondaient à la vie qu'avait vécue son père, même s'ils pouvaient correspondre aussi à beaucoup d'autres hommes. En dessous se trouvait un espace vide où figurerait l'inscription pour sa mère. Elle se tenait à côté de lui, mais un jour, elle ne serait plus, et ce serait à lui de prendre des dispositions pour rendre son corps à la terre. Il eut envie de la serrer dans ses bras, de la protéger de ce qui allait venir, et il sentit une sorte de panique s'épanouir dans sa poitrine. Le mieux qu'il put faire pour la chasser fut de passer un bras autour des épaules de sa mère.

« C'est le seul patrimoine auquel ton père ait jamais été attaché », précisa-t-elle, comme pour répondre à ses propres pensées.

Ce n'était peut-être qu'un lopin de terre, mais la vue était magnifique, et comme Ruth et Frank McGuire avaient acheté un espace à proximité, cela commençait à ressembler à un petit voisinage. Ses parents avaient fait figure de pionniers lorsqu'ils avaient réservé leurs emplacements, mais au fil des années la marche de la mortalité avait balayé les alentours et les avait remplis ; une autre unité s'était formée un petit peu plus haut sur le chemin. Il n'y avait pas de place ici pour lui, songea Connell, et c'était tout aussi bien : il déciderait lui-même de l'endroit où reposer, ou peut-être que quelqu'un qu'il ne connaissait pas encore prendrait cette décision à sa place.

Son *patrimoine*. Il ne put s'empêcher de chercher un autre sens à ce mot. Quel était le patrimoine de son père ? Il y avait son portefeuille d'actions, la maison et tout ce qu'elle renfermait ; il y avait sa contribution à la science ; il y avait les vies de ses étudiants qu'il avait modifiées par son enseignement, et les impacts que ces mêmes étudiants auraient, ou avaient eus, sur les autres. Et il y avait lui, Connell : il faisait partie du patrimoine de son père, mais ça n'était présentement qu'un bien hypothéqué.

Il ramassa un caillou et l'ajouta à la petite pile sur la pierre tombale. Puis ils se dirigèrent vers la voiture.

« Ton père avait eu le coup de cœur pour cet endroit quand il avait su que Babe Ruth y était enterré. »

Connell se souvenait avoir lu que des joueurs de base-ball avaient convoyé le cercueil de ce grand joueur pour leur porter chance, mais il n'avait pas réalisé que c'était dans ce cimetière-ci.

« Où est la tombe ?

— Pas loin d'ici.

— Est-ce que papa l'avait vue ?

— Il s'est recueilli devant pendant un long moment. » Elle gloussa. « Sans dire un mot. Solennellement. Comme vous deux l'avez toujours fait avec tout ce qui touche au base-ball. »

Ils avancèrent en voiture jusqu'à un grand panneau en retrait de la route annonçant « RUTH » en grosses lettres capitales, avec dessous le dessin d'une grosse pierre tombale où était représenté Jésus désignant un petit garçon. Une pierre plus petite portait une citation du cardinal Spellman : « QUE L'ESPRIT DIVIN QUI A ANIMÉ BABE RUTH POUR GAGNER LE MATCH DE LA VIE INSPIRE NOTRE JEUNESSE » ; sur une autre figuraient ses dates de naissance et de mort, ainsi que celles de sa femme, Claire. Sur la tombe, il y avait des balles de base-ball empilées comme une petite offrande, et une batte, isolée, ainsi que des cartes de base-ball scotchées.

Connell pensa à son père en contrebas de la route, méconnu de tous sauf de sa famille. La mort aurait pu l'élever plus haut, mais il existait une hiérarchie, même dans les cimetières. Il marcha jusqu'à la tombe de Ruth et posa une main sur la pierre. Il n'était pas contre un peu de chance. Il se serait même agenouillé si sa mère n'avait pas été là. Un instant, il eut impression d'être de retour à l'église quand, petit garçon, après avoir glissé une pièce dans le tronc et allumé un cierge, il fallait dire sa prière. Dire une prière, faire un vœu, avoir une pensée – est-ce que tout cela était la même chose ? Est-ce que quelqu'un écoutait ? Y avait-il autre chose qu'un grand vide dans l'Univers ? *Aidez-moi*, pensa-t-il. *Aidez-moi*. Mais Babe Ruth resta impassible dans son tombeau, bloc gris aussi silencieux que la pierre dans laquelle il était sculpté.

Une fois rentrée, sa mère alla faire du thé, et Connell se rendit dans le bureau pour se servir de l'ordinateur. La pièce sentait encore un peu comme son père, ou du moins comme les choses qu'il associait à son père – les vieux livres, les pelures de crayon, le métal chauffé de la lampe de bureau. Sa mère le rejoignit et prit quelque chose sur la table.

« J'ai trouvé ça en faisant du rangement dans ses placards », dit-elle. Elle lui tendit une enveloppe avec son nom dessus. « Ton père voulait que je te la donne il y a un moment, mais avec tout ce qui s'est passé, j'ai dû oublier. »

Il essaya de ne pas lui montrer la colère qui se diffusa dans ses veines comme un poison.

« Qu'est-ce que c'est ? questionna-t-il donc aussi calmement qu'il le put.

— Eh bien, répondit-elle, je ne me suis pas permise de l'ouvrir à ta place. Je me rappelle qu'il voulait te dire certaines choses. Et il m'avait demandé d'attendre qu'il n'ait plus toute sa tête pour te la donner – mais pas d'attendre aussi longtemps, évidemment. »

Connell garda la lettre à la main, l'air circonspect.

« Merci, fit-il.

— Peut-être que tu préfères être tout seul pour lire ça », remarqua sa mère, sur quoi elle quitta la pièce.

Mais, au lieu d'ouvrir la lettre, Connell la posa sur le bureau, où elle resta comme un verdict en suspens ; ensuite, il alla jusqu'à l'armoire à dossiers et en examina les tiroirs. L'un d'entre eux était rempli de vieux souvenirs de sa jeunesse – bulletins scolaires, certificats, cartes d'anniversaire et de fête des Pères, dessins datant de ses premières années d'école, un lapin en peluche qui un jour avait été la chose au monde la plus importante à ses yeux et dont il avait ensuite oublié l'existence. Tandis que les années passaient, son père avait amassé de plus en plus de choses, pour s'en souvenir sûrement, puis il avait complètement arrêté.

Dans un autre tiroir, Connell trouva des boîtes à chaussures pleines de ces petits albums photos offerts lorsque l'on fait développer une pellicule. Ils ne portaient pas de date, mais l'un d'entre eux contenait des clichés d'une de ses compétitions de cross-country, aussi devait-il avoir été rempli lors de son année de première. Les photos le montraient principalement, lui, mais il ne regardait jamais l'objectif. On aurait dit que, chaque fois, son père avait attendu qu'il se tourne vers lui. Une terrible solitude envahit Connell tandis qu'il imaginait son père le guettant à travers l'objectif, cherchant silencieusement son regard. Il fut soulagé de découvrir quelques photos de paysages, une de la pelouse de Van Cortlandt Park ; mais lorsqu'il arriva à la photo de son père entourant de son bras son coéquipier d'une époque, un garçon différent des autres qui était parti après une malheureuse première année à l'école – il lui fallut fouiller au fond dans sa mémoire pour retrouver son nom, Rod –, il se sentit jaloux. Son père était un nain à côté de Rod, et celui-ci avait dû se baisser pour se mettre à sa hauteur pour la photo. Leurs deux visages étaient proches, et tous deux affichaient un sourire dément. À croire qu'ils étaient père et fils.

Connell était terrifié à l'idée de lire la lettre – aucun doute là-dessus. Il s'avança jusqu'à la bibliothèque. Il ne restait plus de la collection de son père que deux étagères de livres de référence et des volumes de philosophie ou de littérature dont sa mère n'avait pas voulu se séparer. Une autre étagère abritait la production intellectuelle de son père – un autel d'articles scientifiques, de notes, de carnets. Connell se rappela le temps qu'avait passé son père dans son laboratoire juste avant de prendre sa retraite : en fait, il devait savoir qu'il lui faudrait bientôt l'abandonner. Était-il possible qu'il ait recherché alors une explication, ou même un remède, à la maladie qui le touchait ? Certes, s'il avait effectué des recherches, celles-ci n'avaient rien donné ; cependant, peut-être sa démarche pouvait-elle quand même avoir un impact sur le monde ? Ces carnets renfermaient peut-être des données qui pourraient faire émerger son père de tous ces morts oubliés sur la colline. Il voulait qu'un jour les gens aillent sur sa tombe pour lui rendre un hommage posthume.

Connell trouva un carnet datant de cette période, mais il n'y avait apparemment aucune trace d'informations capitales, aucune matière première à partir de laquelle il pouvait échafauder un second acte.

N'y figuraient que des notes griffonnées d'une main tremblante, et d'interminables, d'obscures colonnes de chiffres.

Il s'assit au bureau et attrapa l'enveloppe devant lui. Sa crainte s'était évaporée alors qu'il lisait les notes de son père. Un espoir juvénile s'alluma soudain en lui : cette lettre contenait peut-être un message urgent qu'il devait entendre. Mais alors, ce fut la peur d'être déçu qui le fit hésiter à l'ouvrir. Il voulait garder intact le cachet de toutes ces possibilités qu'elle pouvait offrir ; conserver la liberté de projeter en elle tout ce qu'il désirait ; continuer d'utiliser son imagination pour se hisser hors du trou dans lequel il se trouvait.

98

Le 16 mai 1992

Mon fils,

Je voulais prendre le temps de te dire certaines choses que selon moi tu dois entendre, et que tu ne pourras entendre que de moi, car il y a un certain temps, j'ai appris une mauvaise nouvelle et, comme ce que je vais te dire pourrait répondre aux questions que tu te poseras peut-être plus tard, j'aimerais que tu saches tout cela. Mon intention n'est pas d'insister sur l'importance de mes explications ; je veux que ma présence dans ta vie quand je serai parti soit comme une main posée sur ton épaule, et pas autour de ta gorge ; mais si ces choses comptent à tes yeux, alors elles comptent aussi aux miens, précisément pour cette raison. J'espère que tu parviendras à déchiffrer mon écriture, sans parler de suivre le fil de mes pensées – lesquelles, je le crains, sont peut-être plus floues que je ne le perçois au moment présent. Je veux t'écrire ces mots avant qu'ils se dérobent devant moi.

Je souhaite que tu te souviennes de moi, mais seulement si tu le désires. J'ai essayé d'être le genre de père dont un fils peut se rappeler avec le cœur plein et ouvert, et non par simple sens du devoir. La manière dont tu me connais en tant que père est ce que je suis vraiment. La complicité qu'il y a entre nous va au-delà des mots, et c'est dans cette complicité que je m'accomplis le plus pleinement, dans cette complicité et dans l'espace invisible que je partage avec ta mère. Il sera peut-être important pour les générations futures de connaître certaines données de ma vie, de pouvoir replacer certaines feuilles sur les branches de notre arbre généalogique, mais c'est une notion abstraite ; tu es la raison pour laquelle j'écris, toi qui fais partie de mon sang et de mes os. Je ne veux pas te quitter avec des questions. Je veux que tu me gardes en toi parce que tu seras heureux de le faire et que cela te donnera de la force. Je veux que tu m'oublies si tu en as besoin. Je veux que tu suces la moelle de la vie. Je vais bientôt m'affaiblir, et prendre une grande respiration. Si tu veux te souvenir de moi, alors souviens-toi de toutes les choses que nous avons faites ensemble.

Des fois où nous avons cherché des mots pour tes concours d'orthographe, pendant des heures et des heures. Tu avais l'air d'un moine qui récite ses prières. On commençait avant le dîner, on reprenait après, jusqu'à l'heure de se coucher. Souviens-toi du golf, des seaux entiers de balles que nous avons vidés. Souviens-toi de nos parties de pêche, de nos balades en canoë. Des balles que nous avons tirées, des matchs où nous sommes allés. Souviens-toi des radios que nous avons bricolées ensemble, des voitures téléguidées. Souviens-toi de nos virées chez le marchand de bandes dessinées, de notre voyage en Italie, de notre sortie à Disney World. Souviens-toi des devoirs que nous avons faits ensemble. De toutes les fois où nous sommes allés jouer au base-ball dans les cages de batteur. De quand je t'ai appris le nom des oiseaux, des plantes et des animaux. Quand nous sommes allés observer les oiseaux. Des symphonies que nous sommes allés entendre. Des pièces de théâtre. Des matchs à Madison Square Garden. De la fois où nous avons vu établi un nouveau record de saut à la perche. Le record de saut en longueur. Le record de course à pied. Les matchs des Knicks. Les matchs de catch. George « l'Animal » d'acier. King Kong Bundy. Andre le Géant. Hulk Hogan. De la manière dont je te massais le dos jusqu'à ce que tu t'endormes. Des matchs des Mets que nous avons écoutés ensemble à la radio. Des fois où nous avons lu tous les deux en pleine nuit. Des points que j'ai marqués au base-ball. Des balles qui sont sorties. Des fois où je t'ai conduit à travers tout New York et au-delà pour t'emmener chez tes amis, des fois où je suis venu te chercher à la descente du train après que tu m'avais appelé. Des sorties au musée. Des sorties chez le barbier. À nous faire couper les cheveux côte à côte. De l'habitude qu'on avait d'aller t'acheter une nouvelle tenue de base-ball chaque année. Des joggings que nous avons faits ensemble. Des pompes que nous avons faites ensemble. De toutes les fois où nous sommes sortis dans le froid pour aller faire quelques passes de foot. De la fois où tu as surmonté ta peur de te balancer sur une corde, dans la maison de vacances des Coakley. Des fois où je t'ai fait sauter du marchepied du train. Des œufs de Pâques que nous avons décorés. De la manière dont tu adorais regarder la peinture se dissoudre et le nuage de couleur se diffuser dans l'eau. Toutes ces fois où nous avons déblayé de la neige ensemble.

Ce qui est maintenant le plus important, c'est que tu saches à quel point je désire que tu vives ta vie et que tu en profites. Je ne veux pas que ce qui m'arrive soit un obstacle pour toi.

Je veux que tu saches que j'ai aimé mon métier et que j'ai réussi certaines choses, et je pense que cela vaut plus que tout l'argent du monde. Je ne t'ai pas offert le train de vie des riches, mais je crois sincèrement t'avoir donné un père dont tu peux être fier.

Je ne serai pas à tes côtés pour parler avec toi des grands événements majeurs, des hauts et des bas. Mais quand il y aura des coups durs, je veux que tu penses à ceci :

Imagine-toi lors d'une de tes courses de cross-country. Tu as du mal, ce jour-là. Tout le monde te dépasse. Tu es fatigué, tu n'as pas assez dormi, tu as faim, tu n'as pas le moral, tu te prépares à une défaite. Tu attends davantage de la vie, et la vie te donnera plus, mais il y a des choses qu'elle ne te donnera pas, et la victoire, ce jour-là, en fait partie. Tu vivras une défaite ; d'autres suivront. Des victoires aussi. La vie n'est pas faite pour compter les victoires et les défaites ; la vie est faite pour aimer et être aimé. Tu seras aimé même quand tu n'auras pas le moral. Tu seras aimé que tu termines ta course ou non.

Mais voilà ce que je veux te dire : cela vaudra toujours la peine de t'armer de courage pour essayer d'y arriver. Peu importe que tu gagnes ; ce qui importe, c'est que tu coures avec fierté, et que tu sois fort à l'arrivée. Les années vont passer en un clin d'œil, et je serai parti. Te souviendras-tu de moi, en train de t'encourager sur le bord de la route ? Je ne serai pas toujours là, mais quand je te quitterai, je te laisserai une partie de mon cœur. Et tu as toujours eu la part du lion, depuis que tu es né.

Quand je serai parti, je veux que tu entendes ma voix dans ta tête. Entends-la lorsque tu en auras le plus besoin, que tu te sentiras le plus désespéré, que tu te sentiras le plus seul. Lorsque la nuit te semblera trop cruelle, et que tu auras l'impression qu'il y a trop peu d'amour dans le monde. Lorsque tu auras l'impression d'avoir échoué, que tu ne sauras plus à quoi rime tout cela, que tu n'arriveras plus à aller de l'avant, je veux que tu tires ta force de moi dans ces moments-là. Je veux que tu te rappelles combien je t'ai chéri, combien j'ai vécu pour toi. Quand le monde te semblera rempli de géants et que tu te sentiras tout petit, quand tu auras l'impression de livrer bataille pour simplement garder la tête hors de l'eau, je veux que tu te souviennes que réussir n'est pas tout dans la vie. Cela vaut la peine d'être un homme bon. Cela ne peut être vain de faire ce qui est juste.

Le monde se referme sur moi. J'ai entamé une course que je courrai seul. Il n'y aura pas de lauriers pour m'attendre sur la ligne d'arrivée, pas de gagnant à déclarer. Ma récompense sera de laisser cette vie derrière moi.

Je veux que tu n'oublies jamais ma voix.

Mon garçon bien-aimé, tu es tout pour moi.

99

SA MÈRE ÉTAIT EN TRAIN DE LIRE LE JOURNAL en buvant son thé, une assiette de biscuits posée devant elle. Elle lui avait préparé une tasse.

« Alors ? demanda-t-elle. Qu'est-ce qu'elle disait ? »

Il resta sur le pas de la porte.

« Je ne suis pas allé au bout.

— Tu n'es pas allé au bout ? On dirait que tu as vu un fantôme. Viens, assieds-toi. »

Il avança jusqu'au fauteuil. Il avait la lettre entre les mains. Il la posa sur la table, près de sa sous-tasse.

« Pourquoi tu n'as pas fini de la lire ?

— Je l'ai lue.

— Tu viens de me dire que tu ne l'avais pas terminée.

— Je l'ai terminée, maman. » Il sentait sa lèvre trembler. « Donne-moi une seconde pour réfléchir.

— Très bien. Dis-moi quand tu seras prêt. »

Il prit un biscuit, simplement pour s'occuper. C'était les biscuits recouverts de gelée qu'elle aimait bien, des biscuits au beurre. Il croqua dedans, mais garda le morceau dans sa bouche et le laissa fondre sur sa langue.

« J'ai dit que je n'étais pas allé au bout, déclara-t-il, mais je ne parlais pas de la lettre. Je parlais d'autre chose.

— De quoi ? De quoi est-ce que tu parlais, bon sang ? Ce que tu dis n'a pas de sens.

— De mes études, lâcha-t-il. De mes études à l'université.

— Mais enfin…, répliqua-t-elle aussitôt, en prenant un gâteau.

— Non.

— Qu'est-ce que tu racontes ?

— Je ne suis pas allé au bout de mes études à l'université. Il ne me restait que quelque cours à valider, mais je suis rentré ici. »

Elle lui lança un regard long, dur, tout en continuant à mâcher lentement.

« Et là, tu me dis la vérité ?

— Pourquoi est-ce que je mentirais là-dessus ?

— À toi de me dire. Tu mens depuis tout ce temps, apparemment. »

Elle prit un autre biscuit et le mangea rapidement. Il fit de même, pour tenter de noyer son anxiété.

« Je n'ai pas menti. Je n'ai simplement pas dit la vérité.

— Donc, tu es en train de me dire que tu n'as pas eu ton diplôme ?

— Je ne l'ai pas eu, non », répondit-il.

Elle soupira, enfouit sa tête dans ses mains.

« Et est-ce que c'est pour ça que tu travailles dans ce fichu immeuble ? »

Sa voix était légèrement étouffée, car elle parlait entre ses mains.

« Oui. Peut-être. Je ne sais plus.

— Si, c'est pour ça, lança-t-elle en criant presque. C'est précisément pour ça ! » Son visage s'était éclairé, non pas de joie, mais du halo qui irradiait lorsqu'elle voyait clairement les choses. « C'est exactement pour ça. Et ce n'est pas cet enfant-là que j'ai élevé. Je le savais. Je savais que quelque chose ne tournait pas rond. J'aurais dû m'en apercevoir toute seule. Je me demande comment j'ai fait pour louper ça. »

Elle avait un regard lointain, mais son visage s'ouvrit comme il ne l'avait pas fait depuis longtemps ; le stress de toutes ces années avec son père avait emporté sa plénitude et laissé des rides à la place.

« Je suis désolé. Je sais que tu es en colère.

— Oh, pour ça, on peut dire que tu as raison, répliqua-t-elle. Je suis furieuse. Ne te méprends pas. Tu n'avais aucun droit de faire ce que tu as fait, et peu m'importe que ce soit ta vie à toi. D'autres vies étaient impliquées. Pas seulement la mienne, mais celle de ton père aussi. Celles de *mon* père et de *ma* mère… Beaucoup de gens ont travaillé dur pour que tu aies ce que tu as eu. Beaucoup d'argent a été dépensé.

— Je vais le rembourser.

— Ce que tu vas faire, répondit-elle sèchement, c'est démissionner de ce travail sur-le-champ, retourner à la fac et passer les examens qu'il te manque pour avoir ton diplôme. Tant pis s'il faut te conduire jusqu'à Chicago moi-même. Tant pis si je dois rester assise à côté de toi et te regarder faire ton travail comme quand tu étais petit et que je devais te surveiller. Je me fiche de savoir pourquoi tu as fait ça, merde ! Laisse-moi te dire pour quoi : pour des conneries, voilà ! Alors, tu vas me décrocher ce diplôme et tu vas te bâtir une vraie vie. Et que j'aille en enfer si tu penses que les choses vont se passer autrement que ça. » Elle frappa dans ses mains. « Je n'arrive pas à croire que je n'ai rien vu. Je savais pourtant que ça ne te ressemblait pas. Je le savais !

— Qu'est-ce qui ne me ressemblait pas ?

— Cette vie ridicule que tu mènes.

— Et si tu te trompais ?

— Je ne me trompe pas. Je t'ai porté dans mon ventre. Je connais deux ou trois choses sur toi.

— Qu'est-ce qu'elle a, la vie que je mène ?

— Ne fais pas ton arrogant avec moi ! s'exclama-t-elle. Ma mère a passé la serpillière pendant trente ans. Compris ? Elle a nettoyé le vomi de petits morveux. Il n'y a rien de mal à travailler dur. Ce qu'il y a de mal là-dedans, c'est que ce n'est pas ta vie. Ça ne l'a jamais été. Ça, c'est la vie de quelqu'un d'autre. Une vie que tu as piquée. Tu n'as pas le droit de continuer ainsi, un point c'est tout.

— Tu ne peux pas me forcer à retourner à l'université.

— Mais si, et je vais le faire, et peu importe que tu sois trop obtus pour voir que je le fais par amour. Tu pourras me remercier quand je serai morte et que tu n'auras pas à aller te lever pour ouvrir la porte à un foutu vaurien. Que j'aille en enfer si je laisse une chose pareille arriver à mon fils. Je suis encore ta mère. »

100

LORSQUE EILEEN ENTENDIT UN COLLÈGUE DIRE qu'il vendait des places pour un match des Mets, elle se souvint du jour où, au printemps avant leur déménagement, Ed lui avait annoncé qu'il avait acheté des billets à l'un de ses confrères. À l'époque, elle avait pensé qu'il s'agissait d'un subterfuge, mais à présent elle préférait y voir la tentative sincère d'un homme préoccupé, désireux d'offrir à sa famille un après-midi insouciant, même si Ed n'avait pas été capable de le partager pleinement avec eux. Elle n'avait pas encore compris, alors, ce qui lui arrivait, et elle avait été dure avec lui ; maintenant, elle avait tout l'espace pour se montrer indulgente à son égard.

Elle acheta deux places et se rendit au match toute seule, gardant le siège vide pour Ed. Elle était arrivée en retard, et elle trouva le stade bondé. C'était le premier jour d'octobre 2000. Les feuilles avaient commencé à changer de couleur. Il faisait chaud et le ciel était un peu nuageux – *Une bonne journée pour aller au base-ball*, aurait dit Ed. Dans ce dernier match de la saison, l'enjeu n'était pas grand, apparemment : les Mets allaient être sélectionnés pour le championnat quoi qu'il se passe. Ils jouaient contre les Expos de Montréal, une équipe qui, d'après ses souvenirs, n'était pas très bonne, mais cela importait peu, finalement. Une énergie palpable flottait dans l'air, le genre d'énergie qu'Ed aurait aimée, surtout si Connell avait été là.

Elle posa son sac à main et son manteau sur le siège vide et s'installa. Un vendeur de hot dogs qui faisait d'incessants allers-retours dans les tribunes s'arrêta quelques rangs en dessous d'elle. Elle le regarda ouvrir en deux un petit pain, attraper avec dextérité une saucisse qui flottait dans l'eau, fouiller dans la poche de son tablier bien rempli pour trouver de la monnaie. Elle avait faim, mais elle se sentit trop vulnérable pour affronter cette humanité transpirante, l'intimité ordinaire que provoquerait cet échange.

Elle avait essayé de nettoyer son esprit du bruit qui polluait sa vie de tous les jours, y compris les lourds silences qui pesaient à la maison ; le stade était bien choisi pour cela. Quand les autres spectateurs se levèrent, elle resta assise. Elle ne frappa pas dans ses mains sur le rythme donné par des enceintes géantes, elle ne cria pas de « Allez ! » en même temps que tous les autres, mais elle s'autorisa à s'approprier la joie qui débordait de la foule.

Les Mets menèrent de peu jusqu'à la septième manche, où les Expos revinrent au score, qui resta serré jusqu'à la neuvième manche ; lorsque le troisième joueur des Mets fut exclu, Eileen tapa de colère sur son genou. Puis, en regardant ses ongles rongés, elle se rendit compte que cette victoire avait une grande importance à ses yeux, peut-être même plus que pour les Mets. Ed aurait été content de voir le match se diriger vers des prolongations. Ainsi, le destin des joueurs serait suspendu encore un moment, les deux équipes s'acharnant pendant ce temps supplémentaire, et l'enjeu grandissant à chaque sortie de balle, comme si tout dans le monde irait bien en cas de victoire des Mets.

Elle comprit ce qui attirait tant Ed dans ces matchs : chaque jour pouvait apporter un nouveau record, alors que le reste du monde demeurait inchangé. Il y avait toujours des nouvelles, et même la plus insignifiante était bonne à prendre. Chaque lancer était différent, et chaque coup de batte, alors que ce n'étaient pourtant que variations sur un même thème familier. Pour un instant aussi infime qu'infini, une géométrie précise délimitait le monde, avec ces lignes sur le terrain et ces clôtures qui l'entouraient.

La dixième manche déboucha sur une onzième. Il y eut plusieurs coups sûrs, auxquels s'ajouta un amorti sacrifice – elle ne pourrait jamais oublier ce terme, car l'amorti sacrifice, lorsqu'il était parfaitement exécuté, était presque le coup préféré d'Ed, seulement dépassé, sur l'échelle de son estime, par l'action éclair et le coup sur trois bases. Cet amorti sacrifice, donc, envoya les coureurs sur la deuxième et la troisième base ; le batteur suivant fut vaincu, mais le lanceur des Mets parvint à faire sortir les deux derniers joueurs sans incident. Eileen réussit enfin à reprendre sa respiration. Après deux sorties rapides à la fin de la onzième manche, le batteur suivant frappa un simple, et celui d'après enchaîna avec une formidable flèche qui atterrit au centre du terrain, mais le défenseur du centre lança la balle à l'arrêt-court, qui la lança lui-même au receveur, lequel toucha le coureur à domicile, provoquant un troisième retrait. Le lanceur des Mets élimina trois batteurs d'affilée au milieu de la douzième manche – *Éliminé sur trois strikes !* aurait commenté Ed avec un geste victorieux –, sur quoi le lanceur des Expos les élimina dans l'ordre à la fin de la deuxième période de jeu. Au bout de la treizième manche, personne n'avait réussi à atteindre une base, et elle entendit quelqu'un dire derrière elle qu'il s'agissait du plus long match joué par les Mets cette année-là ; elle pensa : *Évidemment,* en craignant que son cœur ne soit pas capable de le supporter.

Lorsque, à la toute fin de la treizième manche, un but sur balle fut accordé, elle aurait presque pu entendre Ed dire : *Ce sont les premiers buts sur balle qui te tuent,* puis le batteur suivant prit la place du lanceur. Elle savait que les lanceurs ne frappaient pas bien, et que l'équipe choisissait habituellement un remplaçant dans ce genre de situation ou cherchait l'amorti ; mais, par miracle, il réussit son coup et arriva jusqu'à la base grâce à une balle courte, qui resta sur le terrain. Elle se retrouva debout, en train de crier : « Allez ! Allez ! Allez ! » en même temps que sa voix était avalée par le chœur ascendant des milliers d'autres supporters. Le batteur suivant frappa parfaitement la balle, provoquant un amorti – elle se souvint qu'Ed appelait cela : *Une frappe parfaite*, où se jouait tout votre destin –, et lorsqu'il lâcha la batte, le joueur de troisième base accourut, rata son lancer, et le coureur, sur la seconde base, parvint à réaliser un coup de circuit. Les poings serrés, elle sentit sa gorge se nouer tandis que les cris de joie cascadaient autour d'elle.

Cette victoire n'était peut-être pas importante, et pourtant ! Une joie fugitive la parcourut pendant que les joueurs sortaient du terrain. Elle se rassit sur son siège et regarda les supporters partir, le stade se vider et retomber dans le silence. Les ombres des coureurs continuèrent à flotter entre les bases. Elle ne s'en alla que lorsque l'équipe de nettoyage commença à balayer les morceaux de terre sur le terrain pour le remettre à niveau.

101

ELLE SONNA À L'INTERPHONE DE L'APPARTEMENT noté dans son carnet d'adresses. Une femme timide et frêle ouvrit la porte et s'adressa à elle en espagnol. Eileen aperçut un berceau dans le salon derrière elle, et une chemise étalée sur une planche à repasser. Elle demanda à voir les Orlando, mais la femme ne parut pas savoir de quoi elle parlait. Eileen s'excusa et redescendit l'escalier. « Orlando » n'apparaissait nulle part sur le panneau du hall d'entrée. Alors, elle tourna au coin de la rue pour se rendre devant la maison des Palumbo. Ce fut M. Palumbo qui l'accueillit. En huit ans, il avait considérablement vieilli ; il devait approcher les quatre-vingts ans maintenant.

« C'est moi, monsieur Palumbo, déclara-t-elle, Eileen Leary. Comment allez-vous ? »

Elle n'aurait su dire s'il ne l'avait vraiment pas reconnue ou s'il faisait semblant. Elle ne lui avait jamais beaucoup parlé, mais ils avaient été voisins pendant des années ; cela devait compter. Lorsqu'il lui tendit sa main gauche, la paume à plat, elle la saisit, soulagée. La jointure de ses doigts ressemblait à des roulements à billes, mais sa peau était douce. Il serra un peu sa main et se mit à donner de légères tapes dessus avec l'autre. Ses mains étaient chaudes comme deux petits fours.

Il lui apprit le décès de sa femme. Eileen lui présenta ses condoléances, mais elle ne put se résoudre à lui annoncer la nouvelle pour Ed. Il lui dit ensuite que son fils n'habitait plus l'appartement à l'étage.

« C'est dur d'être propriétaire à mon âge. Ma fille voudrait que je vende la maison et que je les rejoigne à Hackettstown. J'y songe, mais qu'est-ce que je ferais là-bas, au milieu de nulle part ? Regarder l'herbe pousser ? Le gamin qui habite au-dessus, un gentil garçon colombien, il s'occupe de tous les petits travaux qu'il faut faire ici. Je monte là-haut et je joue au poker. » Il éclata de rire. « Je me fais plumer. »

Elle demanda des nouvelles des Orlando. M. Palumbo commença à lui parler de Donny, avant de disparaître dans une autre pièce pendant un long moment. Lorsqu'il revint, il lui tendit une carte de visite d'un magasin de pièces détachées à Garden City. Donny avait ouvert son affaire quelques années plus tôt et possédait à présent plusieurs succursales, ainsi que des stations de lavage.

« Une belle réussite, commenta-t-il. Et il s'est remarié, aussi. Une gentille dame. Ils ont deux filles ensemble. »

Un sourire se dessina sur le visage d'Eileen. Le succès de Donny, parce qu'il défiait tous les mauvais augures, tenait du miracle. Ed en aurait été fier.

« C'est merveilleux, dit-elle.

— Je suis allé les voir. Très joli quartier. Gary habite dans une petite dépendance sur leur terrain. Brenda tient les comptes. Et vous devriez voir Sharon : une vraie beauté. On dirait une star de cinéma.

— Ça alors, lâcha-t-elle. Et Lena ?

— Elle est décédée juste après ma femme. »

M. Palumbo fit le signe de croix, et Eileen l'imita. Lorsqu'il lui demanda des nouvelles de sa famille, elle resta vague, parla avec parcimonie. Elle se sentait bête de ne pas vouloir admettre qu'Ed était parti, mais elle ne put s'en empêcher. Elle avait besoin que cet homme croie Ed toujours en vie.

Ils se dirent au revoir, mais comme la porte se refermait derrière elle, elle entendit quelque chose tomber à l'intérieur de l'appartement et fut saisie d'une panique aussi soudaine qu'inexplicable. Elle avait la quasi-certitude que M. Palumbo était tombé et s'était tué. Elle frappa de nouveau à la porte, et M. Palumbo rouvrit, alors elle lui dit la première chose qui lui vint à l'esprit – qu'elle voulait lui souhaiter un joyeux Thanksgiving si elle ne le revoyait pas avant. Avec un air un peu abasourdi, il la remercia pour ses vœux, puis elle partit pour de bon. Mais à peine avait-elle fait quelques pas qu'elle éprouva un brusque coup au cœur, et le goût métallique de la peur lui emplit la bouche. Elle s'assit sur le perron pour se calmer. Elle avait peur, voilà tout, peur de devenir une laissée-pour-compte. C'était impossible, puisqu'elle avait quitté ce quartier avant qu'une telle chose puisse lui arriver, mais, si heureuse qu'elle fût pour Donny, elle était déconcertée d'apprendre qu'il n'était pas resté là pendant tout ce temps. Jamais elle n'aurait imaginé qu'il parviendrait à changer de vie, et elle avait tiré un certain réconfort de la certitude qu'il s'en tiendrait à sa trajectoire initiale. D'une certaine manière et sans qu'il le sache, elle en avait fait le gardien immuable de son propre passé, car il était très effrayant de penser que le monde vivait au rythme d'un flux permanent.

Elle-même n'avait pas fondé de dynastie, et elle n'était pas sûre que sa lignée se poursuivrait. Son fils était retourné finir ses études à Chicago, mais elle ne pouvait s'empêcher de s'inquiéter pour lui. Comme toujours, sauf que cette fois son inquiétude était d'une nature bien plus élémentaire qu'avant. Elle avait cessé de s'inquiéter de savoir s'il allait lui donner des petits-enfants et quelle sorte de père il serait – grâce à Dieu, il rencontrerait une fille bien, s'installerait avec elle et aurait des enfants –, ce qui l'inquiétait, c'était son avenir à lui.

Elle voulait se réjouir pour Donny, mais comment aurait-elle pu reprendre contact avec lui après tout ce temps de silence ? Elle tripota la carte de visite puis la rangea dans son portefeuille. Elle pensa : *J'espère que tu auras une magnifique vie. J'espère que tu auras un beau grand jardin. J'espère que tu retourneras des steaks en regardant tes filles courir et en te disant : Je vais pouvoir mourir en paix.*

Elle se leva et marcha jusqu'à son ancienne maison. Les nouveaux propriétaires avaient laissé les plantes pousser dans ses jardinières, et ils avaient repeint les portes ; de nouveaux rideaux au goût discutable pendaient aux fenêtres, mais il s'agissait bien de sa maison, sans erreur possible. Elle s'était retrouvée tant de fois à cet endroit précis, à la couver du regard, qu'un brusque élan d'affection vint recouvrir le souvenir de son désir désespéré d'y échapper. Elle s'avança sur le perron.

Les lampadaires s'étaient allumés, mais le soir n'avait pas encore laissé place à la nuit. Elle aurait voulu retourner à cette époque où tout cela avait été sa vie. Les oiseaux piaillaient dans les arbres avec entrain, les voitures passaient trop vite dans la rue, et la peinture lisse de la rambarde sembla insuffler de la vie dans sa main. Elle ferma les yeux, écouta les bruits familiers d'un avion qui disparaissait au loin, d'un klaxon, et respira l'odeur mélangée, étrangement plaisante, des voitures et des feuilles. Elle aurait pu être en train de rentrer chez elle après une longue journée à l'hôpital ; ou revenir d'un dîner chez Arturo un dimanche soir, avec Ed et Connell. Après avoir traversé le porche à leur suite, elle aurait trouvé Ed déjà installé sur le canapé, son casque sur la tête, et elle lui aurait dit : *Écoute ta musique tant qu'il te plaira. Écoute tous tes disques si tu en as envie. Je serai là quand tu auras fini. J'attendrai des années s'il le faut.* Puis elle aurait pris sa main dans la sienne et l'aurait embrassée avec suffisamment de tendresse pour lui montrer qu'elle ne se moquait pas de lui. *Restons simplement ici,* lui aurait-elle dit. *Restons ici pour toujours.*

Eileen ne connaissait pas les gens qui habitaient là, mais il lui semblait maintenant clair qu'elle ne pourrait pas retourner chez elle sans avoir revu la maison. Elle avait passé sa vie à courir, et elle était fatiguée. Il devait exister une manière de réintégrer le passé dans le présent, même si elle lui avait tourné le dos.

Elle saisit le heurtoir et frappa trois gros coups à la porte. Un jeune homme vint ouvrir. Il était difficile d'apposer son image sur celle du garçon – qui devait avoir à l'époque sept ou huit ans – qu'elle avait aperçu devant cette même maison, près de ses parents, le jour de la visite. Il était grand et musclé, et ses cheveux étaient soigneusement coiffés. Il avait le sourire blanc et lumineux d'un homme politique.

« Est-ce que je peux vous aider ? »

Se voir accueillie par un étranger dans sa propre maison la déstabilisa. Elle dut réprimer la fierté qui menaçait de détruire ce moment avant même qu'il n'ait commencé.

« Je m'appelle Eileen Leary, déclara-t-elle. Je vivais ici autrefois. »

Elle eut l'impression d'être l'un de ces démarcheurs zélés qui faisaient du porte-à-porte, prêchant pour des religions obscures ou des causes perdues. Elle n'aurait pas été surprise, et ne lui en aurait pas voulu, s'il lui avait claqué la porte au nez sans même qu'elle ait pu continuer son discours. Mais il l'invita à entrer.

« Je ne veux pas vous déranger, ajouta-t-elle tandis qu'elle franchissait le seuil.

— Pas du tout, dit-il. Cela ne vous embête pas d'enlever vos chaussures ? »

Voilà une coutume qu'elle avait pendant longtemps songé à importer chez elle, mais elle n'avait jamais trouvé le moyen de l'introduire. Le carrelage de l'entrée était froid sous ses collants, il laissa toutefois place à un agréable tapis moelleux lorsqu'elle pénétra dans le salon. Un téléviseur était installé à l'endroit où s'était trouvé son fauteuil. Cette configuration était si plaisante qu'elle se demanda pourquoi Ed et elle n'avaient jamais pensé à utiliser l'espace ainsi. Elle regarda le père, M. Thomas si son souvenir était exact, faire claquer ses mains élégantes sur ses genoux et étirer son long corps en se levant du canapé.

Le garçon commença à faire les présentations, mais son père l'interrompit.

« Je sais qui vous êtes, s'écria-t-il gentiment. Bienvenue à la maison ! Est-ce que ça a beaucoup changé ? Ma femme est en train de préparer à manger. Anabel ! Viens voir. »

La décoration était si différente qu'elle eut du mal à retrouver la profondeur et la largeur de la pièce. Cette pièce qu'elle-même avait tant peiné à agencer, car il y avait toujours quelques centimètres en trop ou en moins, semblait en effet s'être transformée pour répondre aux besoins de ses nouveaux propriétaires, trouvant une harmonie naturelle comme si elle avait attendu leur arrivée. Lorsque Eileen jeta un coup d'œil dans la salle à manger, cependant, elle vit son vieux miroir en pied, et ressentit un pincement au cœur si puissant qu'elle en eut mal au ventre. Il y avait plus de choses partout, des plus petites comme des plus grandes, le genre de choses qui n'auraient pas fait bonne figure dans sa propre maison, mais qui, ici, dénotaient une abondance fructueuse.

« J'aime beaucoup ce que vous avez fait de la maison », dit-elle, et elle se sentit aussitôt ridicule.

Cela faisait presque huit ans. Ils n'avaient rien « fait » de la maison : ils se l'étaient appropriée, voilà tout – ou, s'ils en avaient fait quelque chose, c'était depuis si longtemps qu'il était absurde d'y penser en ces termes.

Ils restaient debout, dans cette disposition malaisée qui survient presque toujours quand les hommes sont chargés de faire les présentations. Mais elle vit que le garçon lançait un coup d'œil en direction de la télévision et une forme d'affection s'épanouit dans son cœur : son fils aurait fait pareil, dans les mêmes circonstances.

En cherchant quelque chose à dire, elle remarqua, sur une petite table d'appoint, un trophée surmonté d'une figurine ailée qui ouvrait les bras en signe de victoire.

« Qu'est-ce que c'est ? » demanda-t-elle en le soulevant.

Il était plus lourd que ce à quoi elle s'était attendue, pas comme ces trophées en toc qu'on distribuait dans les galas de danse ou les compétitions sportives sans importance.

« Il l'a gagné lors d'un débat, dit le père – et elle se souvint soudain que Thomas était également son prénom. Une compétition régionale. Nous sommes très fiers de lui.

— N'allez pas croire tout ce qu'il dit, intervint le garçon. Je suis seulement arrivé deuxième.

— Mais cette année, tu seras premier », répliqua le père.

Cette attention mettait visiblement le garçon mal à l'aise, alors elle posa le trophée ; puis, se rappelant qu'ils étaient catholiques, elle lui demanda :

« Tu es allé à St. Joan ?

— Oui. Je suis arrivé là-bas en quatrième.

— Comme mon fils. »

Elle avait deviné que ce garçon avait fréquenté la même école que Connell, connue pour son club de débats, mais elle avait hésité à lui poser la question, au cas où il n'aurait pas réussi à en faire partie.

« Tu as une sœur, si je me souviens bien. Est-ce qu'elle vit là ?

— Elle est à Yale, répondit fièrement M. Thomas. Nous ne la voyons pas souvent. Seulement pendant les vacances – et un week-end par-ci par-là, lorsqu'elle a besoin de faire sa lessive. »

Il étouffa un rire devant l'idée absurde que sa fille rentre d'aussi loin pour laver ses vêtements, mais Eileen avait également décelé une pointe de plaisir dans ce qu'il avait sous-entendu : la brillante étudiante qui prenait le chemin d'un beau parcours professionnel était restée sa fille.

Juste au moment où elle commençait à sentir un poids peser sur sa poitrine en pensant qu'elle n'avait pas lavé le linge de son fils à la maison depuis bien longtemps – elle ne faisait à présent la lessive pour elle-même qu'une fois par semaine environ –, Mme Thomas émergea de la cuisine et laissa échapper un cri de surprise en voyant une étrangère dans son salon. Elle avait dû être si absorbée par sa tâche qu'elle n'avait pas entendu frapper à la porte. Eileen connaissait bien l'état d'esprit que faisaient naître les exigences des devoirs ménagers, la préparation d'un repas pour des bouches qui montreraient leur assentiment à la manière dont elles l'engloutiraient. Elle avait toujours éprouvé une certaine émotion à regarder son mari et son fils manger.

« Bonjour, dit la femme avant de se tourner vers son mari pour avoir une explication.

— Anabel, c'est Mme Leary.

— Mme Leary ? »

C'était bien sûr le mari, et non la femme, qui l'avait reconnue ; ce mari qui gardait les idées claires grâce à sa femme, alors que celle-ci, à cause de tous ces travaux domestiques, était à peine capable de penser encore à la fin de la journée. Eileen éprouva une pointe de fierté, dans une solidarité remplie de respect.

« Mme Leary, à qui nous avons acheté la maison », précisa-t-il.

La femme porta une main à sa bouche pour étouffer un cri de surprise.

« Oh ! Bienvenue ! Qu'est-ce qui vous amène ici ?

— Je passais dans le quartier.

— Pardonnez-moi, je ne suis pas présentable... » Elle fit un geste en direction du tablier noué autour de sa taille, qui portait sur le devant une grosse tache toute fraîche. « Vijay, tu veux bien débarrasser Mme Leary ? »

C'était donc ainsi que le garçon s'appelait. La femme avait dû faire son entrée pour que ce détail crucial soit porté à sa connaissance. Thomas Thomas aurait pu être Ed : il restait campé là, sans se rendre compte de cette entorse – charmante, quelque part – au protocole. Mais le garçon s'approcha d'elle et l'aida à retirer sa veste, une manche après l'autre.

« Je vous fais faire le tour de la maison ? proposa la femme. Je suis sûre que vous êtes curieuse de la voir. »

Eileen était curieuse, en effet. Elle fut si requinquée par le discernement de cette femme – Anabel –, si juste, fine qu'elle en oublia presque de lui répondre.

« J'aimerais beaucoup, oui, dit-elle enfin. Je m'appelle Eileen. »

Une poignée de main ferme, pleine de connivence, s'ensuivit. Puis Anabel la conduisit dans la cuisine, qui sentait la cardamome et le curry. Ils l'avaient transformée, supprimant l'îlot central. Il y avait beaucoup plus d'espace sur les plans de travail qu'ils avaient fait recouvrir de granite. On pouvait même y manger – il y avait d'ailleurs des tabourets de bar rangés en dessous, mais elle avait constaté qu'ils prenaient leurs repas dans la salle à manger. Les travaux de rénovation avaient été réalisés avec goût ; c'était le genre de travaux pour lesquels elle aurait accepté qu'Ed et elle dépensent leur argent – si elle n'avait pas su au fond d'elle-même qu'elle pensait à une autre maison chaque fois qu'elle regardait la sienne.

Anabel lui montra ensuite rapidement le reste de la maison. Ils avaient refait la salle de bains : il y avait un nouveau carrelage dans le style métro, une baignoire sur pieds, et un joli lavabo sur colonne. Ils avaient transformé l'un des placards de la chambre parentale en un petit cabinet de toilette – Eileen songea qu'elle avait toujours rêvé d'une seconde salle de bains. Les plinthes avaient été remplacées dans toutes les pièces. Des objets indiens étaient posés un peu partout – tissus en soie, figurines en bois sculpté, vases en métal frappé –, mais il y avait aussi des croix aux murs, et une photo du pape dans la chambre parentale. Eileen mit un moment à réaliser que cette chambre avait un jour été celle qu'elle avait partagée avec Ed, car rien n'y était plus pareil. Le lit semblait réfléchir la vie et l'énergie des années que ce couple avait passées à dormir dedans, côte à côte.

« Comment vont votre mari et votre fils ? » demanda alors Anabel.

Eileen n'eut pas la force, à cet instant, d'esquiver pareille question par une réponse obscure.

« Mon mari est mort en mars dernier, dit-elle.

— Oh ! Je suis profondément désolée, madame Leary !

— Merci. Mais, je vous en prie, appelez-moi Eileen.

— Ça doit vous faire drôle de revenir ici.

— Ça me fait plaisir, en réalité.

— Restez donc dîner avec nous. Nous allions passer à table. »

Elle savait quoi répondre à ce déploiement de politesse, en restant correcte : *Il faut que je me sauve,* ou : *Je ne peux vraiment pas rester,* ces formules qui permettaient à chacun de ne pas perdre la face et de retourner à sa vie habituelle. Mais à ce moment précis, elle n'eut envie de prononcer aucune de ces phrases. Elle était trop fatiguée. Elle avait envie de rester là avec ces gens, dans cette chaleureuse maison qu'ils avaient créée sur ce qu'elle avait laissé derrière elle. Quelque chose dans cet environnement lui était douloureux, peut-être à cause de toutes ces différences aussi irréductibles qu'oppressantes, mais en même temps elle ne pouvait s'imaginer les quitter. Elle n'avait aucune hâte de regagner sa maison vide, avec le vent qui hurlait, les branches qui s'abattaient sur le toit, et la peur que quelqu'un s'introduise par une fenêtre qui troublait son sommeil. Tant de vie emplissait cette maison-ci qu'il était impossible d'y ressentir la moindre peur. Et elle se fit soudain la réflexion qu'on se sentait toujours plus en sécurité dans la demeure d'autrui que dans la sienne. Il y avait quelque chose de sacré dans une invitation à y rester.

Anabel la mena jusqu'à la table de la salle à manger et la pria d'y prendre place. Thomas et Vijay éteignirent la télévision et les rejoignirent à table en bavardant tout bas, l'air réjoui. Mais alors, Thomas rompit le charme.

« Vous aimez la cuisine indienne ? » demanda-t-il tandis qu'Anabel se glissait dans la cuisine.

Eileen se figea, terrifiée. Elle était déjà assise et avait commencé à déplier sa serviette sur ses genoux, il n'y avait donc aucun moyen de faire marche arrière. Elle ne voulait pour rien au monde manquer de respect à ces gens, mais la vérité était qu'elle avait horreur de la cuisine indienne. Sa seule vue la dégoûtait – ces petites mares de sauce marron, ces montagnes de viande dans des paysages boueux. Elle avait senti l'odeur des épices dans la maison, mais les avait prises comme un détail inévitable – une marque tribale –, et non comme un élément récurrent de leur vie quotidienne. Cela ne lui avait pas vraiment effleuré l'esprit que les Thomas pouvaient cuisiner indien chez eux. N'allait-on pas de l'avant pour s'intégrer ? Elle ne savait que penser de ces gens qui se fondaient parmi les autres mais en même temps ne se fondaient pas, qui lui ressemblaient et ne lui ressemblaient pas, dont les enfants avaient fréquenté les mêmes endroits que son enfant à elle mais qui avaient pris leur départ ailleurs.

Comment pouvait-elle leur dire qu'elle détestait leur cuisine, cependant ? Il lui faudrait tout expliquer – le sentiment qui petit à petit s'était insinué en elle, devant les changements de son quartier, de sa vie, du monde tel qu'elle voulait qu'il soit : simple, prévisible, familier. Leur cuisine elle-même n'était pas en cause ; c'était son odeur, ses épices, ces condiments qui proliféraient de manière étrange, le mystère qu'il y avait dans ces préparations. C'était le fait que tout cela se soit imposé à elle. Un si grand nombre d'Indiens étaient arrivés tout d'un coup, et un si grand nombre de ses amis étaient partis. À un moment donné, tous les restaurants du quartier s'étaient transformés en restaurants indiens. Puis la dernière de ses amies avait déménagé, tandis que les restaurants indiens restaient et semblaient même proliférer. Elle ne supportait pas la seule vue de cette nourriture, et voilà qu'on allait la lui servir !

« Je ne sais pas, dit-elle. Je n'y ai jamais goûté. »

Et cela, finalement, était la vérité. Une telle répulsion, et toutes ces fois où elle avait affirmé qu'il lui était impossible d'en prendre une seule bouchée sans avoir envie de vomir, alors même qu'elle n'y avait en réalité jamais goûté. Cela aurait été plus simple si ça avait été le cas, car il y aurait eu moins de choses à expliquer. Il était plus facile de dire : « Je n'aime pas » que : « Je suis trop en colère pour y goûter. » Mais on ne pouvait pas se mentir à soi-même indéfiniment.

Sa gorge était sèche et serrée. Elle but de l'eau, presque son verre entier.

« Eh bien, c'est l'occasion de tester », répondit Thomas au moment où sa femme entrait avec le plat.

Il lui en donna le nom, mais Eileen était trop énervée pour rien retenir. Ensuite, il lui servit une assiette, et Vijay lui passa une corbeille remplie de pains qui ressemblaient à des petits matelas, fins et doux. Puis les autres convives remplirent à leur tour leur assiette, et l'odeur qui s'éleva jusqu'à elle ne fut pas aussi agressive qu'elle l'aurait pensé ; il s'en dégageait une douce aigreur. Mais la montagne qu'elle avait dans son assiette avait la même couleur que la planète Mars, et elle devait faire avec.

Thomas lui répéta le nom du plat, et elle remua un peu le contenu de son assiette du bout de sa fourchette. À sa première bouchée, elle se rendit compte qu'il s'agissait de poulet, et qu'il y avait de la tomate dans la sauce, ainsi qu'une crème qu'elle ne put identifier et des épices inconnues. Il y avait quelque chose de complexe et de contradictoire dans cette préparation, une douceur et une force qui cherchaient sans cesse à prendre le pas l'une sur l'autre, et par-dessus tout cela une plénitude plaisante en bouche, un mélange de textures renforcé par le contact des grains de riz. Elle était bien consciente de n'avoir aucun élément de comparaison auquel rattacher cette expérience, finalement vibrante. Si l'on considérait que le goût des plats que l'on avait oubliés faisait revivre le passé, alors une autre forme de réminiscence, une réminiscence de possibilités futures, était renfermée dans ces saveurs inconnues. Elle était en train de se créer un nouveau souvenir. Elle était en train de manger indien. Jamais elle n'aurait cru vivre jusqu'à ce jour.

« C'est bon, déclara-t-elle, essayant d'être mesurée, mais elle finit par ne plus pouvoir se retenir. C'est vraiment excellent ! »

Elle posa sa fourchette sur le bord de son assiette, se redressa et vit que tous la regardaient chaleureusement. Ce fut seulement à ce moment-là qu'elle le remarqua : ils étaient assis dans la même disposition qu'Ed, Connell et elle autrefois – le père qui présidait en bout de table, dos à la fenêtre ; le garçon dos au miroir ; la mère en face de lui, à une place stratégique pour pouvoir se lever facilement. Eileen occupait la place qui avait souvent été vide à sa propre table. Au milieu des repas, il lui était fréquemment arrivé de la regarder et de songer combien il serait plaisant d'avoir là quelqu'un, venu à l'improviste et apportant un peu du monde extérieur avec lui. Elle n'avait jamais contemplé la scène depuis le point de vue du visiteur, jamais su à quel point le tableau qui s'offrait depuis cette place était complet, à quel point il semblait que ce qu'il y avait de plus important dans la vie était déjà contenu là.

« Je ne savais pas ce que je manquais », ajouta-t-elle. Et parce qu'il n'y avait aucun moyen d'exprimer ce qu'elle pensait sans raconter toute son histoire, elle ramassa sa fourchette et prit une nouvelle bouchée, en espérant que ses hôtes verraient plus que de la simple politesse dans ce geste et dans le sourire qui se dessinait sur son visage.

Épilogue

2011

LA JOURNÉE AVAIT ÉTÉ UNE GALÈRE ÉTOUFFANTE. Tout bougeait au ralenti. Il avait fait ouvrir les fenêtres et allumer les ventilateurs, mais l'air stagnait dans la pièce, menaçant. Les examens de fin d'année arrivaient à grands pas, et il avait été forcé de donner sa leçon à toute vitesse, comme un cours magistral, ce qu'il détestait faire. D'ordinaire, quand le temps devenait aussi chaud, ses élèves de première faisaient tout pour éviter l'humiliante expérience que représentait le fait de travailler pour de vrai, mais la chaleur extrême les avait plongés dans un état qui, en apparence au moins, ressemblait à un silence attentif. C'était aussi l'heure qui précédait le déjeuner. Ils ne dessinaient pas des pénis sur des feuilles volantes avec des restes de craie et ne se donnaient pas des claques dans le dos, ne prenaient pas un accent ridicule quand il leur demandait de lire, ne lisaient pas les extraits à une vitesse d'escargot et ne criaient pas non plus en chœur le dernier mot de chaque phrase. Il avait adoré ces journées étouffantes, au début, mais à présent qu'il était un ancien, à présent qu'il suscitait le respect et l'attention, ces journées-là étaient celles qu'il appréciait le moins, car il se sentait alors à la limite de son art. Il fut presque content quand Carmine Priore jeta son livre en l'air, lui demandant d'en finir avec son charabia et de les laisser sortir en avance : au moins, c'était un signe de vie.

Un peu avant la fin du cours, il s'aperçut soudain qu'il avait oublié le sujet qu'ils étaient en train de traiter, oublié où il voulait en venir, et même le livre qu'ils étudiaient. Il se tourna vers le tableau pour s'aider à s'en souvenir, mais n'y trouva aucun indice, rien qu'un mot, « empathie », gribouillé là et souligné, par lui visiblement. Il se tourna alors vers l'une des tables de devant et y vit un ouvrage, *La Métamorphose*. Il commença à paniquer. Il venait de penser à Alzheimer, et la terreur l'envahissait. Il n'avait que trente-quatre ans.

Il prit une grande respiration. Il lui fallait simplement se détendre. Il connaissait *La Métamorphose*. Il connaissait aussi ses élèves : il y avait Nick Indelicato et Tommy Daulton ; il y avait Declan Coogan ; il y avait Brendan King ; et là, maintenant endormi – il tapa sur son bureau, et le garçon se réveilla en sursaut –, Carmine Priore.

Lui-même s'appelait Connell Leary, Con-man pour ses amis, M. Leary pour ses élèves. Il resterait encore M. Leary pour eux quand ils auraient quarante ans et des enfants.

Il essaya de chasser l'idée qui s'était emparée de son esprit, mais ce sentiment vide, comme gorgé d'eau, persista et la terreur continua de monter en lui. Pourtant, ce n'était pas un rêve : c'était bien sa classe, une salle de classe ordinaire qu'il partageait avec un collègue historien, décorée avec des cartes du monde ancien et moderne, une affiche de Shakespeare, une autre de Thomas Jefferson et une reproduction encadrée de *La Mort de Socrate*.

Les visages des garçons s'illuminèrent d'un plaisir malicieux tandis que le silence électrique s'amplifiait. Ils s'échangèrent des regards et commencèrent à murmurer.

« Silence ! cria-t-il. Silence tout de suite ! »

En entendant sa propre voix, il se fit la remarque qu'elle n'avait pas l'air d'être la sienne, mais plutôt celle d'un professeur comme on en voyait dans les films, tellement pointue qu'elle semblait irréelle. Il fallait agir vite s'il voulait garder son autorité.

« Je suis capable d'attendre toute la journée que vous soyez prêts à apprendre, ajouta-t-il en retournant vers le bureau de son père. Et vous allez attendre avec moi. » Il s'arrêta, un long moment, sans que cela produise le moindre effet. « Nous allons faire quelque chose d'important, maintenant : vous allez prendre le contrôle de votre éducation. La matière première va être entre vos mains. Vous allez me faire cours comme si c'était moi qui ne savais rien. L'un de vous va venir au tableau et faire le professeur. » Un grognement théâtral collectif s'éleva tout d'un coup. « Ou sinon, je peux vous donner un contrôle surprise », dit-il, provoquant de plus fortes protestations. Il jeta son dévolu sur Justin Nix, assis au fond de la classe – un garçon gentil, au visage large, parfaitement indifférent aux conventions grammaticales de la langue écrite. Justin pointa un doigt vers sa poitrine et regarda derrière lui, faisant mine de chercher un autre élève, sur quoi toute la classe se mit à rire.

« O.K., monsieur, dit-il enfin en se levant et en approchant à grands pas du tableau. J'arrive. Appelez-moi Monsieur Leary, les amis. »

Connell tendit à Justin un morceau de craie.

« Au travail, lança-t-il. Alors, qu'est-ce qu'on sait ? Qu'est-ce qu'on a besoin de savoir ? »

Connell se laissa tomber sur sa chaise, envahi par l'odeur étouffante de ces adolescents qui cuisaient dans la chaleur. Il entendait à peine Justin, comme s'il se trouvait au fond d'une piscine. Justin n'était pas en train de parler de *La Métamorphose* : il imitait la façon dont M. Leary se tenait au tableau, sa façon de se frotter le dessus du crâne et de remonter ses lunettes. Justin maîtrisait parfaitement son numéro. Mais, au bout d'une minute, Connell sentit l'air revenir dans ses poumons. Les garçons attendaient de le voir réagir.

« Merci pour ton aide », déclara-t-il en essayant d'avoir l'air calme et sarcastique. Il ne voulait pas leur montrer qu'il le pensait vraiment. « Je crois que nous avons tous énormément bénéficié de cette petite démonstration. Vous pouvez l'applaudir. »

Des applaudissements exagérés retentirent, suivis de cris ironiques et de gestes de victoire, relâchement soudain d'énergie. Il fit venir un autre élève au tableau, puis un troisième ; ils firent quelques remarques sur le livre. Il se leva alors de sa chaise, requinqué, en possession de tous ses moyens.

« Voilà à quoi je veux que vous réfléchissiez, commença-t-il. Sitôt que la porte s'ouvre et que les parents de Gregor aperçoivent l'énorme insecte pour la première fois, ils savent qu'il s'agit de leur fils. Est-ce que ça vous a frappé ? Vous avez trouvé ça étrange ? Pourquoi ne se sont-ils pas précipités pour essayer de chercher Gregor dans un placard ? Pourquoi ne sont-ils pas allés à la fenêtre pour s'assurer qu'il ne s'était pas cassé une jambe en sautant ? Pourquoi ont-ils instantanément présumé que leur fils avait été transformé en – qu'est-ce qu'il y a encore, Trevor ?

— En blatte, dit Trevor.

— Nous en avons déjà parlé. Le mot que Kafka a employé, dans la version originale en allemand, aurait plutôt dû être traduit par quelque chose comme "vermine". Nous avons aussi vu que, vers la fin de l'histoire, la femme de ménage décrit une espèce d'insecte. Lequel, Justin, puisque tu as déjà fait un si bon travail ?

— Un cancrelat, répondit Justin.

— Bien ! Un cancrelat. Qui se nourrit, nous en avons déjà parlé aussi, d'excréments. »

Les élèves grognèrent comme un seul homme. Connell eut la sensation d'être en train de trouver une échappatoire. Il serait capable d'aller jusqu'au bout. Il s'était tenu devant cette classe et l'avait guidée à travers un texte suffisamment souvent pour pouvoir le faire sans s'effondrer à présent, sans même montrer quels efforts cela lui demandait. Au fond de lui, cependant, il mourait toujours de peur.

« Simplement pour humilier Gregor un peu plus. Bref, comment pouvons-nous expliquer que ses parents sachent aussitôt que ce cancrelat est leur fils ? Peut-être parce que cela ne fait aucune différence pour eux de voir en lui une vermine. Peut-être parce que tous deux le considèrent depuis le début comme moins qu'un humain. Gregor a été à leur service, il a été leur marchepied. Peut-être que son esprit, tel qu'ils le voient, a finalement trouvé le corps qu'il méritait. »

La cloche sonna. Il leur rappela de terminer leur lecture, puis il ramassa ses affaires en gardant la tête baissée. Il sentait que quelques élèves s'étaient attroupés autour de son bureau. Danny Burbano était là, et Justin aussi. Pour Danny, c'était une habitude : il avait peur de parler devant les autres, mais il aimait discuter des livres qu'ils lisaient, et lui se prêtait au jeu.

« Pas aujourd'hui, Danny, lui dit-il en partant. Tu m'en parleras demain. »

Il sentit la blessure qui s'ouvrait dans la poitrine du garçon. Il avait été plus sec que ce qu'il avait voulu, mais il lui fallait sortir de cette salle. Justin le suivit dans le couloir, en pressant le pas pour pouvoir y arriver.

« Est-ce que je vais avoir des ennuis ?

— Toi ? Pourquoi ?

— À cause de l'imitation.

— Personne ne va avoir d'ennuis, lui répondit Connell. Tout ira très bien. »

Il arriva au bout du couloir et franchit les portes battantes avant que Justin ait pu répondre. Il leva les yeux vers lui, dans l'escalier, et le vit qui le regardait descendre les marches. Il avait probablement l'air d'un fou furieux.

Dehors, il partit en petites foulées. Le feu au coin de la rue était rouge, mais il traversa l'avenue en courant. Il continua à courir pendant plusieurs mètres, jusqu'au parc qui bordait l'Hudson ; là, il s'effondra sur un banc et essaya de reprendre sa respiration. Sa chemise était trempée de sueur. Il n'avait pas couru aussi vite ni aussi longtemps depuis ses années de lycée. Il prit des bouffées profondes mais fugitives, et tâcha de se concentrer sur le soleil qui tapait dans son cou. Un remorqueur qui passait fit retentir sa corne de brume. Ce bruit lui rappela celui des ouaouarons, et il éprouva un sentiment étrange, familier, qu'il ne sut identifier. Il regarda les vapeurs diaphanes qui s'élevaient dans l'atmosphère et, plus loin, les bateaux qui avançaient lentement, puis la ligne d'horizon qui leur faisait concurrence de l'autre côté de la rivière, et il pensa à la manière dont la vie s'organisait autour de l'eau.

Il avait déjà ressenti les prémices de ce moment, auparavant. Un jour, alors qu'il se trouvait dans l'obscurité du crépuscule, dans sa cuisine, en train de débrancher le chargeur du téléphone portable de sa femme pour brancher le sien à la place, alors qu'il tenait cet objet dans sa main, il s'était aperçu qu'il n'arrivait pas à se souvenir de son nom. Il avait posé les mains sur le bord du plan de travail et s'était penché en avant, la tête vers le micro-ondes, se débattant dans un brouillard épais, aphasique ; après une minute, il avait commencé à ressentir la même panique que quand, dans son sommeil, il prenait une position qui lui coupait la circulation et qu'il se réveillait d'un coup et criait, secouant son bras engourdi pendant si longtemps que, il en était sûr, il allait en perdre l'usage à jamais, jusqu'à ce que le sang revienne et qu'il retrouve petit à petit ses sensations. La seule chose qu'il avait été capable de faire venir à son esprit était le dernier vers d'un poème d'un auteur américain dont il se souvenait vaguement – *Blackberry, blackberry, blackberry* –, puis il s'était rappelé le titre du poème, « Meditation at Lagunitas », et il avait alors réalisé, dans un mélange de soulagement et de peur, que « BlackBerry » était justement le nom qu'il cherchait, et que son inconscient avait été plus rapide pour le retrouver que sa conscience ; tout cela était peut-être un signe avant-coureur.

Babe Ruth a marqué 714 home run au cours de sa carrière, Hank Aaron 755, Barry Bonds 763. Hack Wilson a battu le record de points produits en une saison avec un total de 190 en 1930, même si, plusieurs décennies plus tard, les historiens se sont aperçus d'une erreur dans le comptage des points et ont transformé ce nombre en 191. Lou Gehrig a joué 2 130 matchs consécutifs, Cal Ripken 2 632. Orel Hershiser a joué 59 manches consécutives sans accorder de point en 1988, éclipsant le record de Don Drysdale, qui était de 58. Cy Young a remporté 511 matchs, Walter Johnson 417, Christy Mathewson et Pete Alexander 373.

Barry Bonds a marqué 2 558 buts-sur-balle, Rickey Herderson a marqué 2 295 points, Hank Aaron a battu le record des points produits, 2 297, et Pete Rose a frappé 4 256 coups sûrs, dépassant le record de Ty Cobb, 4 191 – 4 189, d'après certains – en 1985. Mickey Mantle a terminé sa carrière avec une moyenne au bâton de 0,298, à cause de saisons médiocres à la fin. Ted Williams a manqué d'être sacré Meilleur joueur en 1941, au profit de Joe DiMaggio et de ses 56 matchs, avec au moins un coup sûr, malgré une moyenne au bâton de 0,406 cette année. Dwight Gooden a accompli 276 retraits sur trois prises en tant que néoprofessionnel. Ralf Kiner a réalisé 7 home run même s'il n'a joué que 11 saisons.

Peut-être aurait-il dû garder d'autres données dans sa mémoire. Apprendre la date des élections et des coups d'État politiques. Le nom des Présidents dans l'ordre chronologique, et de leur vice-Président, les dates de leur mandat et de leur mort, ou l'histoire de la Mésopotamie et de la métallurgie, ou les bases de la mécanique quantique ; mais il ne connaissait pas tout cela, seulement les statistiques du base-ball. Il les avait apprises à l'origine parce que son père les connaissait, et qu'il aimait pouvoir les partager avec lui ; elles avaient fini par rester gravées dans sa mémoire, tout simplement.

Roberto Clemente a eu une moyenne au bâton de 0,317, a été choisi pour ouvrir 17 matchs des All-Star Games, et a terminé avec exactement 3 000 coups sûrs. Son avion s'est écrasé à Porto Rico lors d'une mission humanitaire au Nicaragua, pour livrer de la nourriture en 1974. Il a été immédiatement inscrit au Panthéon des grands Américains, malgré les cinq ans exigés par la Baseball Writes' Association of America pour estimer la valeur de la contribution de 20 joueurs à ce sport.

Il attendait que la sensation de panique revienne, mais après un moment il commença à se demander s'il s'était vraiment passé quelque chose, ou s'il avait réussi à surmonter cette peur. Quelque chose dans la scène qui s'était produite en classe avait tout réactivé, une sorte d'impression déstabilisante de déjà-vu. Il ne cessait de repenser à l'instant où il s'était tourné vers le tableau et où il avait été incapable de se rappeler la manière dont le seul mot qui était inscrit dessus y était arrivé. Ce mot flottait là, obscur, chargé d'un message insistant.

Il repensa à la visite qu'il avait rendue à son père dans sa propre salle de classe, avant d'avoir appris sa maladie. Il l'avait alors regardé se désagréger sous ses yeux.

De l'*empathie*. Il n'en avait pas toujours eu. C'était comme un muscle qu'il vous fallait développer et entretenir. Parfois, il se disait que son véritable objectif n'était pas d'enseigner à ses élèves comment écrire de meilleures dissertations, mais de les pousser à réfléchir davantage à ce que cela signifiait d'être humain.

Michelle avait essayé de le persuader de revenir sur sa décision de ne pas avoir d'enfants – un enfant. Il lui avait dit dès le départ qu'il se refusait à prendre le risque de devenir un père malade ou que ses enfants soient touchés par la maladie. Sa lignée allait prendre fin avec lui, et elle l'avait accepté – jusqu'au décès de sa mère, peu après Noël.

Il sortit son portefeuille et plongea les doigts dans ses plis, à la recherche du petit morceau de dent. Il le tint sous le soleil, sentit la douceur de l'émail sous ses doigts. Ce morceau aurait pu être un fragment de coquillage, de pierre ou de rocaille. Il l'avait déplacé de portefeuille en portefeuille au fil des années. Il n'avait jamais cessé de se torturer avec. Ses regrets pesaient, et pas seulement sur lui.

La veille au soir, il avait accepté d'aller passer des examens. Michelle avait obtenu qu'il s'engage à concevoir un enfant s'il n'était pas porteur du gène. Il voyait maintenant que la chose qui l'avait frappé, au moment où il avait été victime de cette absence devant ses élèves, avait été l'idée de cet enfant potentiel. Il avait vu son visage, amalgame de celui de sa femme et du sien. La vérité était que même s'il portait ce gène, il désirait avoir un enfant. Si jamais lui-même tombait malade, il ferait tout ce qu'il faudrait pour le protéger, aussi longtemps qu'il le pourrait.

À la vérité, il le voyait à présent, il voulait plus que tout au monde avoir un enfant avec sa femme. La famille de celle-ci était aussi peu importante que la sienne. Après le décès de sa mère, son père était parti s'installer en Californie pour vivre avec son frère, Ricky. À l'exception d'un cousin à Houston, Michelle n'avait personne.

Michelle et sa mère à lui s'étaient regardées de haut pendant plusieurs années. Au départ, Connell avait pensé que le comportement de sa mère était lié aux origines nicaraguayennes de Michelle, mais dernièrement, il en était venu à croire que cela avait plutôt un rapport avec leur forte personnalité à toutes les deux. Elles se prenaient le bec sans même le vouloir. Le fait que Michelle était avocate jouait peut-être aussi, elle avait été la clerc d'un juge de la Cour suprême et travaillait à présent pour un cabinet d'affaires. Elle avait déjà vécu plusieurs des vies que sa mère aurait voulu vivre, et elle n'avait même pas trente-cinq ans. Cependant, sa mère et Michelle s'étaient rapprochées ces dernières années, au point que c'était maintenant Michelle qui appelait sa mère lorsqu'ils prévoyaient de faire quelque chose avec elle ; et quand ils allaient lui rendre visite, toutes les deux s'installaient à la table de la cuisine après le dîner et jouaient au backgammon tandis qu'il regardait la télévision dans le petit salon. Il savait que s'il avait un enfant, elles se rapprocheraient encore, et il n'était pas difficile d'imaginer Michelle appeler prochainement sa mère « *mami* », ce qui, pensait-il, les rendrait heureuses toutes les deux.

Il pourrait honorer son père en aimant cet enfant de la même manière que son père l'avait aimé. Et s'il devait un jour se retrouver vulnérable devant lui ; s'il devait un jour se retrouver sans défense, inutile et pathétique ; s'il devait oublier des choses, s'uriner dessus, se perdre sur le chemin de chez lui, eh bien qu'il en soit ainsi. Si cet enfant ne parvenait pas à faire face à cette situation – n'était-ce pas justement le propre des enfants ? Ils sortaient trop souvent, ils restaient dehors trop tard, ils disaient des choses sans réfléchir, ils oubliaient leurs responsabilités, ils vous brisaient le cœur ; et, des années plus tard, ils finissaient par y repenser.

Et les parents, alors ? Ils voyaient les choses avec une plus grande clarté. Ils pardonnaient, même s'ils ne le disaient pas toujours. Même s'ils ne pouvaient pas le dire. Ils leur pardonnaient.

Maintenant, il mourait d'impatience d'aller rejoindre sa femme chez lui. Elle serait surprise par ce revirement, et peut-être encore plus surprise par toutes les choses qu'il avait à lui dire. Elle avait toujours essayé de le faire parler. Eh bien, ce soir, il parlerait. Elle ne pourrait plus l'arrêter. Il allait lui raconter toute l'histoire, même les parties dont il était le moins fier. Il lui faudrait trouver un moyen d'agencer sa narration, pour lui donner un sens. Rapporter tout depuis le début. Donner suffisamment de détails pour que Michelle puisse tout entrevoir. Heureusement, il avait une bonne mémoire. Tout était là, quelque part, il était sûr de cela. Il suffirait de creuser.

Il se leva et marcha jusqu'au grillage qui entourait le bord de l'île. Une dernière fois, il regarda le petit morceau de dent puis le jeta dans l'eau. Il disparut sans la moindre éclaboussure, pour aller chercher sa place, invisible, au fond du fleuve. Dans des milliers d'années, peut-être, ce morceau dériverait jusqu'à la mer. Et des milliers d'années plus tard, peut-être, il s'échouerait sur le rivage d'un monde complètement différent, avec de nouvelles espèces, une atmosphère différente, et une place ténue réservée à l'homme. Pour le moment, tandis qu'il respirait et se mouvait, tandis qu'il ressentait et pensait, il demeurait, entre ce moment et celui de sa mort, un intervalle qui lui était accordé. Et il y avait tant de choses à vivre pendant ce temps : le parfum vif et citronné d'une tasse de thé noir ; la sensation que procurait une pile de serviettes chaudes tandis qu'on l'emportait jusqu'au placard, en la tenant à deux mains ; le petit cri d'un enfant résonnant au loin, à travers la fenêtre d'une chambre ; la perfection de la crème d'un cannolo ; le mouvement soudain de l'oreille d'un cheval chassant une mouche ; le vert aveuglant d'un terrain de base-ball ; les cartes que formaient les ridules sur le dessus d'une main ; l'odeur, le toucher et même le goût de la terre ; le réconfort d'un corps blotti contre un autre.

Il prendrait son enfant contre lui autant qu'il le pourrait.

« Bien, lui dirait-il. Bien. Bien. »

Remerciements

Les titres des parties I, III, IV et IV m'ont été inspirés par *Gatsby le Magnifique*, « Skunk Hour » de Robert Lowell, « Love Song : I and Thou » d'Alan Dugan, et « Meditation at Lagunitas » de Robert Hass.

Merci infiniment à : Stephen Boykewich, Aidan Byrne, Joshua Ferris, Chad Harbach, Christopher Hood et Tracy Tong pour leur lecture attentive et la pertinence de leurs commentaires ; Aaron Ackermann, Bonnie Altro, Charles Bock, John James, Matthew McGough, David Moon, Bergin O'Malley, Brad Pasanek, Amanda Rea, Chris Wiedmann et Boris Wolfson pour leur amitié, leurs encouragements et leur soutien ; à tous mes professeurs, particulièrement Tristan Davies, Eric DiMichele, Stephen Dixon, Judith Grossman, Michelle Latiolais, Alice McDermott, Jean McGarry, John Mullin, David Powelstock, Mark Richard, Jim Shepard, Malynne Sternstein, William Veeder, Michael Vode, Robert von Hallberg, Greg Williamson et Geoffrey Wolff ; mes camarades chez Hopkins and Irvine ; le personnel et la communauté de Paragraph, où j'ai écrit une partie substantielle de ce livre ; mes collègues bien-aimés de Xavier High School, spécialement Margaret Gonzales, Ben Hamm, Mike LiVigni et l'ensemble des membres du département d'anglais ; mon extraordinaire agent Bill Clegg, ainsi que Chris Clemans, Raffaela De Angelis, Anna DeRoy, et Elizabeth Sheinkman chez WME ; ma brillante éditrice Marysue Rucci, l'éditeur Jonathan Karp et tous les autres de chez Simon & Schuster, en particulier Elizabeth Breeden, Andrea deWerd, Cary Goldstein,

Emily Graff, Jessica Lawrence, Christopher Lin, Carolyn Reidy, Richard Rohrer, Lisa Rivlin et Wendy Sheanin ; la préparatrice de copie Peg Haller ; Clare Reihill de chez Fourth Estate ; Caroline Ast chez Belfond ; Mickey Quinn pour avoir partagé ses souvenirs avec moi ; ma sœur Liz Janocha et mon beau-frère John ; ma mère et mon père, pour une vie d'amour et d'histoires ; et ma femme Joy pour ses corrections pertinentes et pour sa patience à toute épreuve, et pour m'avoir accordé du temps afin d'écrire alors que nous élevions nos jumeaux dans notre petit deux-pièces.

Collection « Littérature étrangère »

ADAMS Poppy
Le Temps des métamorphoses

ADDERSON Caroline
La Femme assise

AGUÉEV M.
Roman avec cocaïne

ALI Monica
Sept mers et treize rivières
Café Paraíso
En cuisine
La Véritable Histoire de Lady L.

ANDERSON Scott
Triage
Moonlight Hotel

ARLT Roberto
Les Sept Fous
Les Lance-Flammes

ARPINO Giovanni
Une âme perdue
Le Pas de l'adieu
Mon frère italien
Giovanni le bienheureux

AUSLANDER Shalom
La Lamentation du prépuce
Attention Dieu méchant
L'Espoir, cette tragédie

BALLANTYNE Lisa
Un visage d'ange

BAXTER Charles
Festin d'amour

BENIOFF David
24 heures avant la nuit

BEZMOZGIS David
Le Monde libre

BLOOM Amy
Ailleurs, plus loin

BROOKNER Anita
Hôtel du Lac
États seconds
La Vie, quelque part
Une chute très lente
Une trop longue attente
Fêlures
Le Dernier Voyage

BROOKS Geraldine
Le Livre d'Hanna
La Solitude du Dr March
L'Autre Rive du monde

BROWN Clare
Un enfant à soi

CABALLERO Antonio
Un mal sans remède

CAICEDO Andrés
Que viva la música !
Traversé par la rage

CAÑÓN James
Dans la ville des veuves intrépides

CASH Wiley
Un pays plus vaste que la terre

CONNELL D. J.
Julian Corkle est un fieffé menteur
Sherry Cracker et les sept voleurs

CONROY Pat
Le Prince des marées
Le Grand Santini

COURTENAY Bryce
La Puissance de l'Ange

CUNNINGHAM Michael
La Maison du bout du monde
Les Heures
De chair et de sang
Le Livre des jours
Crépuscule

DI PAOLO Paolo
Tanta vita !

DORRESTEIN Renate
Vices cachés
Un cœur de pierre
Sans merci
Le Champ de fraises
Tant qu'il y a de la vie

DOUGHTY Louise
Je trouverai ce que tu aimes
Portrait d'une femme sous influence

DUNANT Sarah
La Courtisane de Venise
Un cœur insoumis

DUNMORE Helen
Un été vénéneux
Ils iraient jusqu'à la mer
Les Petits Avions de Mandelstam
La Maison des orphelins

EDELMAN Gwen
Dernier refuge avant la nuit

ELTON Ben
Nuit grave
Ze Star

FERRARIS Zoë
La Disparue du désert
Les Mystères de Djeddah
Clandestines

FEUCHTWANGER Lion
Le Juif Süss

FITZGERALD Helen
Le Don

FLANAGAN Richard
La Fureur et l'Ennui
Désirer

FRENCH Paul
Minuit à Pékin

FREY James
Mon ami Leonard

FROMBERG SCHAEFFER Susan
Folie d'une femme séduite

FRY Stephen
L'Hippopotame

GAIGE Amity
Schroder

GALE Patrick
Chronique d'un été
Une douce obscurité
Tableaux d'une exposition
Jusqu'au dernier jour

GARTSIDE Mark
Ce qui restera de nous

GEE Maggie
Ma bonne

GEMMELL Nikki
Les Noces sauvages
Love Song

GEORGE Alex
Une symphonie américaine

GILBERT David
Les Normaux
Les Marchands de vanité

GUSTAFSSON Lars
La Mort d'un apiculteur

HAGEN George
La Famille Lament
Les Grandes Espérances du jeune Bedlam

HAYES Suzanne
et NYHAN Loretta
Petites recettes de bonheur pour les temps difficiles

HODGKINSON Amanda
22 Britannia Road

HOMES A. M.
Mauvaise mère

HOSSEINI Khaled
Les Cerfs-Volants de Kaboul
Mille soleils splendides
Les Cerfs-Volants de Kaboul (roman graphique)
Ainsi résonne l'écho infini des montagnes

HUTCHINS Scott
L'Amour comme hypothèse de travail

JOHNSTON Jennifer
Petite musique des adieux
Ceci n'est pas un roman
De grâce et de vérité
Un Noël en famille

JONES Kaylie
Dépendances

JORDAN Hillary
Mississippi
Écarlate

KAMINER Wladimir
Voyage à Trulala

KANON Joseph
L'Ultime Trahison
L'Ami allemand
Alibi

KENNEDY Douglas
La Poursuite du bonheur
Rien ne va plus
Une relation dangereuse
L'homme qui voulait vivre sa vie
Les Désarrois de Ned Allen
Les Charmes discrets de la vie conjugale
Piège nuptial
*La Femme du Ve*
Quitter le monde
Cet instant-là
Cinq jours
Murmurer à l'oreille des femmes

KLIMKO Hubert
La Maison de Róża
Berceuse pour un pendu
Les Toutes Premières Choses

KNEALE Matthew
Les Passagers anglais
Douce Tamise
Cauchemar nippon
Petits crimes dans un âge d'abondance
Maman, ma sœur, Hermann et moi

KOCH Herman
Le Dîner
Villa avec piscine

LAMB Wally
La Puissance des vaincus
Le Chagrin et la Grâce
Nous sommes l'eau

LAW Benjamin
Les Lois de la famille

LAWSON Mary
Le Choix des Morrison
L'Autre Côté du pont
Un hiver long et rude

LEONI Giulio
La Conjuration du Troisième Ciel
La Conspiration des miroirs
La Croisade des ténèbres

LI YIYUN
Un beau jour de printemps
Un millier d'années de bonnes prières

LISCANO Carlos
La Route d'Ithaque
Le Fourgon des fous
Souvenirs de la guerre récente
L'Écrivain et l'Autre
Le Lecteur inconstant suivi de *Vie du corbeau blanc*

LOTT Tim
Frankie Blue
Lames de fond
Les Secrets amoureux d'un don Juan
L'Affaire Seymour

MADDEN Deirdre
Authenticité

MAKSIK Alexander
La Mesure de la dérive

MARCIANO Francesca
L'Africaine
La Fin des bonnes manières

MCAFEE Annalena
Le Doux Parfum du scandale

MCCANN Colum
Danseur
Les Saisons de la nuit
La Rivière de l'exil
Ailleurs, en ce pays
Le Chant du coyote
Zoli
Et que le vaste monde poursuive sa course folle
Être un homme

MCCOURT Frank
C'est comment l'Amérique ?
Teacher Man, un jeune prof à New York

MCGARRY MORRIS Mary
Mélodie du temps ordinaire
Fiona Range
Un abri en ce monde
Une douloureuse absence
Le Dernier Secret
À la lueur d'une étoile distante

MERCURIO Jed
La Vie sexuelle d'un Américain sans reproche

MILLS Jenni
Le Murmure des pierres

MORTON Brian
Des liens trop fragiles

MURAKAMI Haruki
Au sud de la frontière, à l'ouest du soleil
Les Amants du Spoutnik
Kafka sur le rivage
Le Passage de la nuit
La Ballade de l'impossible
L'éléphant s'évapore
Saules aveugles, femme endormie
Autoportrait de l'auteur en coureur de fond
Sommeil
1Q84 (Livre 1)
1Q84 (Livre 2)
1Q84 (Livre 3)
Chroniques de l'oiseau à ressort
Les Attaques de la boulangerie
Underground
L'Incolore Tsukuru Tazaki et ses années de pèlerinage

MURRAY Paul
Skippy dans les étoiles

NICHOLLS David
Un jour
Pourquoi pas ?
Pour une fois

O'CONNOR Scott
Ce que porte la nuit

O'DELL Tawni
Le Temps de la colère
Retour à Coal Run
Le ciel n'attend pas
Animaux fragiles

O'FARRELL Maggie
Quand tu es parti
La Maîtresse de mon amant
La Distance entre nous
L'Étrange Disparition d'Esme Lennox
Cette main qui a pris la mienne
En cas de forte chaleur

ONSTAD Katrina
La Vie rêvée des gens heureux

OWENS Damien
Les Trottoirs de Dublin

OZEKI Ruth
En même temps, toute la terre et tout le ciel

PAYNE David
Le Dragon et le Tigre : confessions d'un taoïste à Wall Street
Le Monde perdu de Joey Madden
Le Phare d'un monde flottant
Wando Passo

PEARS Iain
Le Cercle de la Croix
Le Songe de Scipion
Le Portrait
La Chute de John Stone

PENNEY Stef
La Tendresse des loups
Le Peuple des invisibles

PICKARD Nancy
Mémoire d'une nuit d'orage

PIZZOLATTO Nic
Galveston

POLLEN Bella
L'Été de l'ours

RADULESCU Domnica
Un train pour Trieste

RAVEL Edeet
Dix mille amants
Un mur de lumière

RAYMO Chet
Le Nain astronome
Valentin, une histoire d'amour

RELINDES Ellis Mary
Bohemian Flats

ROBERTIS Carolina De
La Montagne invisible

ROLÓN Gabriel
La Maison des belles personnes

ROSEN Jonathan
La Pomme d'Ève

SANSOM C. J.
Dissolution
Les Larmes du diable
Sang royal
Un hiver à Madrid
Prophétie
Corruption
Dominion

SAVAGE Thomas
Le Pouvoir du chien
Rue du Pacifique

SCHWARTZ Leslie
Perdu dans les bois

SEWELL Kitty
Fleur de glace

SHARPE Tom
Fumiers et Cie
Panique à Porterhouse
Wilt 4 – Le Gang des mégères inapprivoisées ou Comment kidnapper un mari quand on n'a rien pour plaire
Wilt 5 – Comment enseigner l'histoire à un ado dégénéré en repoussant les assauts d'une nymphomane alcoolique

SHIPSTEAD Maggie
Plan de table

SHREVE Anita
Le Poids de l'eau
Un seul amour
La Femme du pilote
Nostalgie d'amour
Ultime rencontre
La Maison du bord de mer
L'Objet de son désir
Une lumière sur la neige
Un amour volé
Un mariage en décembre
Le Tumulte des vagues
Une scandaleuse affaire
Un jour après l'autre

SHRIVER Lionel
Il faut qu'on parle de Kevin
La Double Vie d'Irina
Double faute
Tout ça pour quoi
Big Brother

SILVESTRE Edney
Si je ferme les yeux
Le bonheur est facile

SMITH Tom Rob
Enfant 44
La Ferme

SOLER Jordi
Les Exilés de la mémoire
La Dernière Heure du dernier jour
La Fête de l'Ours
Dis-leur qu'ils ne sont que cadavres

SPELLER Elisabeth
Le Retour du capitaine Emmett

STEINBERG Janice
Les Belles Promesses

SWARUP Vikas
Les Fabuleuses Aventures d'un Indien malchanceux qui devint milliardaire
Meurtre dans un jardin indien
Pour quelques milliards et une roupie

THOMAS Matthew
Nous ne sommes pas nous-mêmes

TOBAR Héctor
Printemps barbare
Jaguar

TOLTZ Steve
Une partie du tout

TSIOLKAS Christos
La Gifle
Jesus Man

ULINICH Anya
La Folle Équipée de Sashenka Goldberg

UNSWORTH Barry
La Folie Nelson

VALLEJO Fernando
La Vierge des tueurs
Le Feu secret
La Rambla paralela
Carlitos qui êtes aux cieux

VERMES Timur
Il est de retour

WARD Jesmyn
Bois Sauvage
Ligne de fracture

WATSON Larry
Sonja à la fenêtre

WEBB Katherine
L'Héritage
Pressentiments
À la claire rivière

WEISGARBER Ann
L'Histoire très ordinaire de Rachel Dupree

WELLS Rebecca
Fleurs de ya-ya

WEST Dorothy
Le Mariage

WINGFIELD Jenny
Les Ailes de l'ange

WRINKLE Margaret
Wash

WOLF Jack
Misericordia

ZAILCKAS Koren
Notre mère

ZHANG Xianliang
La mort est une habitude
La moitié de l'homme, c'est la femme

ZWEIG Stefan
Le Monde d'hier. Souvenirs d'un Européen

Composition et mise en pages
Nord Compo à Villeneuve-d'Ascq

MIXTE
Papier issu de
sources responsables
FSC® C003309

Cet ouvrage a été achevé d'imprimer en décembre 2014
dans les ateliers de Normandie Roto Impression s.a.s.
61250 Lonrai (Orne)
N° d'impression : 1404887
Dépôt légal : janvier 2015

Imprimé en France